Für Barbara, Bine und Rike,
Kallis ersten Fans

QUERVERLAG

ZUVOR

„He! Was machst du da?“
„Psst, sei still.“
„Was machst du denn hier?“
„Wonach sieht es denn aus?“
„Lass das sein!“
„Sei doch endlich still!“
„Du machst noch das Fenster kaputt.“
„Sinn und Zweck der Sache, du Genie!“
Schweigen.
„Du willst fort?“
„Du etwa nicht?“
Schweigen.
„Eigentlich nicht.“
Schulterzucken.
Schweigen.
„Geh nicht.“
„Ich hab hier nichts verloren. Und du auch nicht.“
„Ich will nicht, dass du gehst.“
„Was?“
„Du würdest mir fehlen.“
„Ich?“
„Ja.“
Überraschtes Lachen.
„Ich werd ohnehin bald rausgeworfen.“
„Bestimmt nicht.“
„O doch.“
„Das würde er niemals tun.“
„Wetten?“
„Allen kann geholfen werden. Auch dir.“
„*Auch* mir? Na, danke.“

Zögern.
„Willst du dich nicht … ändern?“
Schnauben.
„Nicht?“
„Ich kann nicht.“
„Aber doch, wenn du nur …“
„Oh, bitte. Spar mir das!“
Schweigen.
„Versteh doch. Du dich auch nicht. Wir können uns nicht ändern. Es ist gut so, wie es ist. Wir gehören hier nicht her.“
„Ich habe dich falsch eingeschätzt.“
„Werd ich dir wohl doch nicht so fehlen.“
Splitterndes Glas.
„Du hast es wirklich kaputt gemacht!“
„Klasse letzte Worte!“
„Nein, ich … warte!“
„Ja?“
„Ich weiß was Besseres.“
Ihre Lippen waren weich.

1

Kalli konnte sich nicht erinnern, die Tasse zerbrochen zu haben. Und doch lag sie da, zu ihren Füßen, auf dem abgewetzten Läufer im Flur. Zehn Scherben weißen Hotelporzellans und ein kleiner Henkel.

Sie trat an das Wohnzimmerfenster, das auf die Hauptstraße hinausging. Mit Zeige- und Mittelfinger schob sie vorsichtig die silbernen Lamellen der Jalousie auseinander. Ignorierte den Staub, der ihre Nase kitzelte. Spähte durch die Lamellen hindurch.

Unten startete Fabio den roten Van. Den hatte er von einem Freund geliehen. Hatte sich in seinem Unternehmen frei gemacht. Um sie und ihr Zeug hierherzufahren. Fabio.

Der Nieselregen bildete einen feinen Vorhang, orange-gelb beleuchtet durch die Straßenlaternen. Sie beobachtete, wie Fabio die Scheinwerfer einschaltete, zurücksetzte, das Lenkrad einschlug. Oben, am Fenster, schob sie die Lamellen auseinander und kniff die Augen zusammen. Was tat er denn? Ließ er etwa das Fenster herunter? Tatsächlich, jetzt steckte er den Kopf heraus, schaute nach oben. Er würde ganz nass werden. Schnell trat sie einen Schritt vom Fenster zurück. Er sollte sie so nicht sehen. Unten hupte es zweimal und sie lächelte in sich hinein. Er hatte sie doch gesehen. Sie trat wieder ans Fenster und blickte ein weiteres Mal durch die Jalousien. Der Van bog gerade um die Ecke. Er war verschwunden. Doppelt verschluckt, durch Straßenecke und Wetter.

Okay und jetzt? Kalli schaute durch den Raum und fuhr sich beim Anblick der – wenn auch wenigen – wild verstreuten Kartons, Kleiderberge und Reisetaschen durch die Haare. Sie waren noch feucht. Nicht nur vom Regen. Trotz des kühlen Novemberwetters schwitzte sie. Vom Kistenschleppen vom Auto in den vierten Stock. Von der Unruhe, die sie ergriffen hatte, sobald sie am frühen Nachmittag das Ortsausgangsschild der Stadt passierten, in der sie so viele Jahre gelebt hatte. Vom Stress, der ihr durch den Körper fuhr, als sie Fabio zum Abschied drückte und ihr zum ersten Mal so richtig klar wurde, dass sie nun getrennt sein würden.

Das wird vorbeigehen, sprach sie sich Mut zu. Die Anspannung wird nachlassen. Schon bald. Sie wischte sich die feuchte Hand an ihrer Jeans ab und ließ ihren Blick durch das Wohnzimmer schweifen. Besonders gut hatte ihr neuer Arbeitgeber sie ja nicht untergebracht. Die Wohnung war dunkel, zugig und roch nicht gut. Irgendwie säuerlich und abgestanden.

Und die paar Möbel machten es jetzt auch nicht fett. „Eine gemütliche, kleine Stadtwohnung", hatte ihr Arbeitgeber gesagt. „Möbliert natürlich. Sie werden sich wohlfühlen." Lustlos stromerte sie durch die Wohnung und machte Inventur. Im Wohnzimmer gab es neben dem durchgesessenen Sofa und einer wackeligen Stehlampe nichts weiter zu sehen. In der dunkelgrauen Auslegware waren vier rechteckige Abdrücke an der Stelle eingestanzt, wo ein schwerer Couchtisch wohl mal gestanden hatte. Die Küche glänzte mit einer weißen, fleckigen Küchenzeile von Ikea und einem alten Camping-Klapptisch. Nicht dass sie dem viel hinzuzufügen hätte. Sie hatte ihre eigenen Möbel in Schwerin zurückgelassen.

Immerhin das Bett im Schlafzimmer machte einen soliden und einladenden Eindruck und war sogar frisch bezogen. Doch als sie die Tür des schmalen Kleiderschrankes öffnete, kam die ihr gleich entgegen. Kalli lehnte sie neben dem Schrank an die Wand und starrte in die Dunkelheit des halb geöffneten Schranks. Etwas legte sich schwer über ihren Brustkorb, nahm ihr die Luft.

Erst einmal kurz raus hier, beschloss sie. Sie sah auf die Uhr: 17:55 Uhr. Der Bäcker unten am Eck hatte sicherlich noch auf.

Als sie die Tür des Ladens aufdrückte, ertönte ein helles Läuten. Die Frau hinter der Theke, ihr Kopf eingerahmt von den zwei letzten Mischbroten in der Auslage, schaute demonstrativ zu der großen weißen Uhr. 17:59 Uhr.

„Wir schließen gerade."

Kalli nickte. „Geht schnell."

Ihr Blick glitt über die letzten Brötchen und Stücke Eierschecke in der Theke.

„Öhm … ein Mischbrot bitte."

Die Frau drehte sich zur Auslage und tütete das Brot ein. Kalli suchte in ihren Jeanstaschen nach dem nötigen Kleingeld.

„Macht 2,90."

Kalli schob das Geld in die Schale auf der Theke. „Wann öffnen Sie morgens?"

„6:30 Uhr."

„Danke."

Die Frau musterte Kalli. „Sie sind aber auch nicht von hier."

„Wie meinen Sie das?"

„Hört man doch."

„Ich komme aus Schwerin. Gerade angekommen."

Die Frau schaute skeptisch. Sie wartete.

Kalli resignierte.

„Na gut. Ursprünglich bin ich aus Thüringen."

Die Frau nickte bestimmt. „Das hab ich gleich gewusst. Hatte überlegt, Sachsen-Anhalt, die Ecke."

Kalli nahm das Brot entgegen.

„Willkommen in Moorstede."

Mit knurrendem Magen biss Kalli bereits beim Treppensteigen in den frischen, duftenden Brotlaib. Sie hatte eh nichts zum Draufmachen. Oben, in der Küche, ließ Kalli das angeknabberte Brot auf den Campingtisch fallen. Aus einem Impuls heraus klatschte sie in die Hände. Das Geräusch klang hohl in der leeren Wohnung. „War ein Versuch", murmelte sie. Vorsichtig sammelte sie die Scherben im Flur auf. Dann inspizierte sie die Kartons und Taschen in Flur und Wohnzimmer. Auspacken. Sie hatte keine Lust.

Fabio hatte, wie immer in solchen Situationen, die Organisation an sich gerissen. Sie wusste das zu schätzen. Zwar war sie nicht vollständig untalentiert in solchen Dingen. Aber zumindest momentan nicht zu gebrauchen.

„Pass auf", hatte er am Mittag zu ihr gesagt. „Ich kenn dich doch. Du wirst keine Lust haben auszupacken. Also machen wir dir eine Kiste mit den wichtigsten Dingen für den Abend und nächsten Morgen und markieren sie mit einem X."

Sie marschierte die Kartons im Flur ab. Kein X. Sie machte Licht im Wohnzimmer. Dort fand sie den Karton. Hinterste Reihe, ganz unten. Natürlich.

Sie zog ihn hervor und klappte ihn auf: Wasserkocher, ein Handtuch, Zahnbürste, Deo, Haarwachs, eine frische Unterhose, Tee, Kaffee, Bourbon und natürlich ihr Bügeleisen. Sie wühlte sich durch die Gegenstände. Hatte sie ihre Zigaretten nicht hier reingetan? Sie klappte den Karton wieder zu, öffnete den Karton daneben. Wo verdammt noch mal hatte sie sie versteckt? Seit einem Vierteljahr hörte sie mit dem Rauchen auf – deshalb war die letzte, angebrochene Schachtel vermutlich auch nicht in dem X-Karton gelandet. Zur Hölle damit. Sie wollte jetzt eine. Neuanfänge erfordern schließlich auch besondere Maßnahmen. Sie richtete sich auf, runzelte die Stirn. Dann ging sie in den Flur und tastete die Taschen ihrer Jacke ab. Und dort waren sie. Erleichterung. Gleich im Flur steckte sie sich eine an, trat an das Wohnzimmerfenster und öffnete es.

Neuanfang, dachte sie, als der Rauch in ihre Lungenflügel strömte. Von wegen. Sie schüttelte den Kopf. Das ist kein Anfang. Eher ein Ende. Das Ende ihres sehr guten Jobs in Schwerin. Das viel zu vorschnelle Ende eines Lebens, wie sie sich es immer vorgestellt hatte. Leben in Gemeinschaft. Sogar geteilte Elternschaft. Himmel.

Sie drückte die Zigarette außen auf dem Fensterbrett aus und schnipste sie auf die Straße hinunter. Ihr war theatralisch zumute und sie fand, mit Mitte dreißig durfte man das nicht. Also ging sie in die Küche und schenkte sich ein Glas Bourbon ein. Ganz untheatralisch. Im Eisfach waren sogar noch vier Eiswürfel in einer vergilbten Form. Das Universum meinte es gut mit ihr. Das Eis sprang im warmen Whiskey mit einem scharfen Knall – der sie an ein anderes Geräusch erinnerte. Und daran, weshalb sie hier war. Gewissermaßen.

Sie nahm einen großen Schluck.

Ich hätte mich entschuldigen sollen. Mich entschuldigen müssen. Sie setzte das Glas ab. Wiederum, dachte sie, bereue ich es nicht. Und es würde auch nichts mehr ändern. Sie betrachtete sich in der Spiegelung des Küchenfensters. Sie sah grimmig aus. Und wie immer, wenn sie geschwitzt hatte, kringelten sich ihre dichten schwarzen Haare zu Locken.

Göttin sei Dank hatte Leni ihre Drohung nicht wahr gemacht und sie angezeigt. Das käme bei ihrem neuen Arbeitgeber gar nicht gut. Zumindest hätte es den Jobwechsel erheblich erschwert. Vielleicht, überlegte sie und schenkte sich ein weiteres Glas ein, hat Leni es deshalb nicht getan. So konnte Kalli ziehen. Und sie zog. Sie prostete ihrem Spiegelbild im Küchenfenster zu.

Sie schob die Gedanken beiseite. Sie musste sich jetzt auf das konzentrieren, was vor ihr lag. Auf den Antrittsbesuch, zum Beispiel. Antrittsbesuch. Schon dieses Wort löste bei ihr die Beklemmung in der Brust aus, die in letzter Zeit zu einer stetigen Begleiterin geworden war. Sie nahm das Glas und die Bourbon-Flasche und ging ins Wohnzimmer. Dort zog sie einen ungeöffneten Karton vor das Sofa und stellte beides darauf ab. Sie goss sich ein drittes Glas ein, rührte es aber nicht an. Vornüber gebeugt saß sie auf der Sofakante, die Ellbogen auf die Oberschenkel gestützt, und starrte auf die Abdrücke des nicht mehr vorhandenen Couchtisches im Teppich. Wann war nur alles so gründlich schiefgegangen? Wann immer sie versuchte, die Entwicklung der letzten Monate zu greifen, entzog sich ihr alles. Die Dinge hatten eine eigene Dynamik entwickelt, die sie nicht vorausgesehen hatte und auch heute noch nicht ganz verstand.

Sie kaute. Sie hatte gar nicht gemerkt, dass sie noch einmal zurück in die Küche gegangen war, aber das musste sie, denn die Bäckertüte lag neben ihr auf dem Sofa. Und sie hielt den Brotlaib mit beiden Händen umschlossen und biss gerade ein weiteres Mal hinein. Ein Hicksen bahnte sich seinen Weg hinauf. Sie hatte zu schnell gegessen. Schmerzhaft triezte der Schluckauf ihr Zwerchfell.

Mann, bin ich eine Heldin. Sie wickelte das Brot in die Tüte ein. Jetzt sitz ich hier. Im regnerischen Moorstede. Zwischen Umzugskartons. Und habe Schluckauf. Das Ganze hatte wenig Ähnlichkeit mit dem glamourösen Abgang, den sie sich in den letzten Wochen ausgemalt hatte. In dem sie, den Reiserucksack über der Schulter, noch einmal an ihrer alten Wohnung klingelte, Susanne und Leni mit prägnanten, wohl gesetzten Worten konfrontierte und ihnen die Hausschlüssel vor die Füße warf. Und dann, wenn sie sich schon umgedreht hätte, würde Merle angerannt kommen, aus ihrem Kinderzimmer, und sich an ihr Bein hängen. (An der Stelle ging ihre Fantasie dann aber nie weiter.) Und Wochen später würden sie Fabio und Luís auf der Straße oder im Bioladen begegnen und Fabio würde allen erzählen, was für eine gigantische, wunderschöne Dienstwohnung Kalli in Moorstede bezogen hatte. Diesem idyllischen norddeutschen Städtchen, das fast am Meer lag. (Naja, vierzig Kilometer entfernt.)

Ich werde jetzt Kartons auspacken, sagte sie sich. Dann fiel sie auf die Seite und schlief sofort ein.

Sie steht im Wald – oder am Stadtrand? Welcher Stadt eigentlich? Nicht ihre alte. Aber auch nicht die neue. Egal, sie fühlt sich leicht. Frei. Jemand ist bei ihr. Sie blinzelt in das helle Sonnenlicht, das zwischen den Ästen der großen Platanen auf den Gehsteig flutet. Susanne. Sanne ist bei ihr. Jetzt weiß sie es auch wieder, sie sehen sich ein Haus an. Es muss der Stadtrand sein, sie kennt auch diese Straße, sie war hier schon einmal. Sie treten durch ein Gartentor, ab hier geht der Traum auf Fast Forward und schon gehen sie wieder die Straße hinunter, hat wohl nicht geklappt mit dem Haus. Laufen einen Hang hinab, durch wadenhohes, trockenes Gras, es knistert, Grillen zirpen, noch über einen Zaun, durch Holundersträucher hindurch – und sie stehen an einem See. Das Wasser ist kalt, sie ziehen ruhige Bahnen, Kalli treibt auf dem Rücken. Was ist denn das dahinten? Sanne kichert. In der Mitte des Sees schwimmt etwas. Groß, dunkel, unförmig. Ein Baumstamm? Ein vergessenes Pool-Spielzeug? Es ist kaum zu erkennen, war nicht gerade Mittag, wieso dämmert es schon? Kalli verkrampft sich, tritt Wasser auf der Stelle. Wieso lacht Sanne, das ist nicht witzig. Der kleine unförmige Fleck im See wird ein größerer unförmiger Fleck. Es ist ganz still. Und Sanne fort. Ihr Lachen hallt noch nach. Kalli sieht sich um. Erleichterung. Ruhe breitet sich in ihr aus. Sanne ist fort. Der Fleck kommt näher. Schwimm einfach vorbei, denkt sie. Und das Nashorn schwimmt vorbei. Natürlich ist es ein Nashorn. Kalli lacht. Sie schwimmt ans andere …

Lautes Klingeln riss sie aus dem Traum.

Natürlich ist es ein Nashorn, klang es in ihr nach. Nashörner. Sie hatte überhaupt keinen Bezug zu Nashörnern.

Es klingelte erneut. Ein Blick aufs Handy verriet ihr, dass es kurz vor Mitternacht war. Wer konnte das sein? Um diese Uhrzeit? Zumal niemand wusste, dass sie hier wohnte. Außer Fabio und natürlich ihrem neuen Arbeitgeber.

Ein drittes Klingeln. Himmel!

Sie stand auf und vertrat sich den Fuß auf dem Brot, das vor dem Sofa lag. „Autsch!" Sie verzog das Gesicht, verkniff sich einen weiteren Fluch und humpelte zur Wohnungstür. Die Person da draußen musste einen verdammt guten Grund haben. Kalli zog die Tür auf.

„Ja?"

Im fahlen Neonlicht des Treppenhauses stand eine junge, schlaksige Frau. Schwarzer Kapuzenpulli, schwarze Lederjacke, kurze Haare, gehetzter Blick.

„Luisa?"

„Kalli", sagte Kalli und die Fremde sagte nichts.

Kalli trat von einem Fuß auf den anderen. Der linke schmerzte. Sie verlagerte ihr Gewicht auf den rechten.

„Und Sie sind …? Also, außer offenbar nicht in der Lage, die Uhr zu lesen."

Die Fremde ignorierte die Beleidigung. „Ich suche Luisa. Ist sie da?" Und als Kalli sie stirnrunzelnd anschaute, fügte sie hinzu: „Hab das Licht von unten gesehen."

Kalli blickte sich um, tatsächlich, sie hatte das Licht über dem Herd in der Küche brennen lassen.

„Hier gibt es weit und breit keine …"

Der Blick der Fremden nahm etwas Flehentliches an.

„Bitte. Wenn sie nicht mit mir reden will. Ich verstehe das. Ich möchte nur hören, dass es ihr gut geht." Dabei trat sie einen Schritt näher an Kalli heran.

„Und ich bin mir sicher, hier komplett alleine zu wohnen." Um das zu demonstrieren, drückte Kalli die Tür auf und postierte sich im Türrahmen.

„Sie ist nicht hier?" Der Kopf der Fremden sackte zwischen ihre Schultern.

„Also wenn es das dann wäre …" Kalli wandte sich ab.

„Nein, warten Sie! Sie hat hier vorher gewohnt. Sie müssen sie doch kurz kennengelernt haben."

Kalli seufzte. „Hören Sie. Das kann nicht sein. Das ist eine Dienstwohnung von …"

„Jaja, ich weiß", unterbrach die Fremde. Ihre Augen taxierten nervös das Halbdunkel hinter Kalli, so als könnte sie dort vielleicht jemanden versteckt halten. „Das weiß ich doch. Aber sie hat hier gewohnt. Ich bin mir sicher!"

Na, das wird ja immer verrückter. Wie kann dieser Teenager wissen, dass diese Wohnung …

„Sie müssen Luisa mal gesehen haben. So alt wie ich, kinnlange braune Haare, vielleicht einen Kopf kleiner."

Langsam tat ihr die junge Frau leid, doch sie konnte ihr nicht helfen. Sie konnte noch nicht einmal verstehen, was eigentlich los war. Aber irgendetwas bedrängte die junge Frau. Und zwar so sehr, dass sie kurz vor Mitternacht an einer fremden Wohnung klingelte. Kalli musterte sie intensiver, nahm die abgekauten Fingernägel, die verschmutzten Stiefel und den alten Trekkingrucksack wahr, den sich das Mädchen zwischen die Beine geklemmt hatte, damit er nicht umkippte. Im Netz der Seitentasche steckten alte Kassenzettel und Zugtickets. Wie alt mochte sie sein? Siebzehn? Achtzehn? Kalli roch Ärger drei Meilen gegen den Wind. Ihre Neugier war geweckt.

„Okay. Ich versuche, etwas im Haus in Erfahrung zu bringen. Ich kann auch den Vermieter fragen. Lassen Sie mir doch Ihre Telefonnummer hier. Dann rufe ich Sie an – zu einer menschlicheren Uhrzeit."

„Anrufen? Mich?" Die Stimme der Fremden hallte laut im Treppenhaus.

„Ja. Falls ich etwas herausbekomme."

„Auf keinen Fall!" Die Fremde funkelte sie an.

„Aber wie soll ich …“

Mit Schwung schulterte die Frau ihren Rucksack, drehte sich um und sprang die Stufen hinunter. Entgeistert stand Kalli noch auf der Türschwelle, als sie unten die Haustür ins Schloss fallen hörte. Was war denn das? Also außer, dass ihr Talent im Umgang mit Teenagern schon immer seine Grenzen hatte. Aber doch … sie kannte dieses Ziehen hinter dem Bauchnabel. Ihre Da-stimmt-was-nicht-und-ich-fürchte-es-wird-mir-wiederbegegnen-Vorahnung.

Das Flurlicht erlosch und Kalli schloss ab. Auf ihrem Smartphone-Display blinkte eine Nachricht auf. „Bin gut angekommen“, schrieb Fabio. Und eine Minute später: „Und du?“

Sie schaltete das Handy ab. Sie wusste nicht, was sie darauf antworten sollte.

2

Nach der zweiten Tasse Kaffee waren Kalli und Anita bereits beim Du. Auf den Punkt erschien Kalli zum Termin, doch die Sekretärin des Chefs vertröstete sie. „Dauert leider noch. Wichtiger Anruf." Aus der angekündigten halben Stunde war mittlerweile fast eine ganze geworden, die Kalli zwischen pragmatischen Büromöbeln aus Chrom, Ölbildern in Gelb- und Violett-Tönen und dem unvermeidlichen Bogenhanf verbrachte. Anita wusste schon mehr über Kalli, als der lieb war. Wie hatte sie ihr das nur alles aus der Nase gezogen? Aber auch Kalli war bereits gut über ihr neues Arbeitsumfeld informiert.

Dass die Anzahl der Mitglieder seit Jahren rückläufig war (keine Überraschung). Wem man vertrauen konnte und bei wem man auf der Hut sein musste. Wer zu Tratsch neigte, wer zu Aufdringlichkeit, wer zu Alkohol (Kalli machte sich innerlich Notizen). Dass die Wohnung, in der sie jetzt untergebracht war, nur als Übergangslösung gedacht war und die eigentliche Unterkunft gerade renoviert wurde (Göttin sei Dank!). Dass der Chef gerne golfte, vorzugsweise mit den einflussreichen Leuten aus dem Ort (interessant).

Kalli hörte zu und fläzte sich im Besucherstuhl. Nicht, weil ihr vor diesem Antrittsgespräch so lässig zumute wäre. Mehr, weil sie mit ihren eher kurzen Beinen nicht gut in dem tiefen Leder-Stuhl sitzen konnte. Die Vormittagssonne schien direkt durch das gegenüberliegende Fenster und machte sie träge. Sie gähnte.

Hätte sie gewusst, dass sich ihr Chef Herr Winter verspäten würde, sie hätte sich morgens nicht solchen Stress gemacht. Sie war bereits in einem Gefühl von Hektik aufgewacht und musste feststellen, dass die begründet war. Sie hatte keinen Wecker gestellt. Es reichte gerade so für Zähne-Putzen, Kämmen, ein schnelles Knäcke. Sie hielt die schwarze Jeans vom Vortag prüfend etwas von sich weg. Ging noch. Sie schlüpfte in das weiße kragenlose Hemd und den königsblauen Pullover, welche Fabio vorsorglich auf einem Bügel hängend transportiert hatte. Was sollte sie nur ohne ihn tun? „Danke, Süßer“, flüsterte sie in den leeren Flur, warf sich ihren Wintermantel lose über und verließ das Haus.

So hatte sie zumindest, dachte sie im Vorzimmer ihres neuen Chefs, keine Zeit gehabt, sich unnötig Gedanken über die nächtliche Besucherin zu machen.

Oder über das Antrittsgespräch. In den letzten Wochen war alles so wahnsinnig schnell gegangen. Die unbürokratische Versetzung hatte sie überrascht. Ihr war klar, dass sie sich eigentlich ab Versetzungsantrag – Minimum! – ein Vierteljahr hätte gedulden müssen, bis sich etwas ergeben hätte. Es gab schließlich Regeln. Und jetzt war sie hier. Schneller, als sie hatte packen können. Der Antrag, ein kurzes Bewerbungsgespräch per Video und dann Zusage und Umzug innerhalb einer Woche. Dankbar hatte sie die Gelegenheit beim Schopf ergriffen. Zugegeben, der begehrteste Standort war diese Kleinstadt wohl nicht. In Kallis Metier schieden sich die Geister. Die einen zog es aufs Dorf, die anderen in die Metropolen. Kleinstädte – nicht so ruhig und (potenziell) idyllisch wie das Dorf und oft ohne das kulturelle Angebot einer größeren Stadt – hatten es immer schwerer. Zumal diese, die ja noch nicht mal richtig an der Ostsee lag. Nur so knapp davor, dass man lieber das Auto als das Rad nehmen würde.

„Noch mehr Kaffee für dich?“ Anita hob die Kanne an.

„Danke, nein.“ Kalli schüttelte den Kopf und richtete sich in ihrem Stuhl auf. „Anita Unheil“, murmelte sie vor sich hin.

Die Sekretärin hob die Schultern. „Tja, was soll ich machen?“

„Eigentlich der perfekte Name für deinen Job, oder?“, schäkerte Kalli.

Anita zwinkerte ihr zu und kam um ihren Schreibtisch herum. Sie setzte sich auf die Kante des Tisches und ließ die Beine schwingen. Dabei kamen sie Kallis Beinen gefährlich nahe. Kallis Blick wanderte zu ihrer rechten Hand. Kein Ring am Finger. Kalli erwog einen Flirt und spürte, wie ihr die Hitze ins Gesicht stieg. Vielleicht später, ermahnte sie sich. Lieber erst mal den Chef kennenlernen.

„Dein Name ist aber auch nicht ohne", sagte Anita und schlug die Beine übereinander. „Hört man selten. Jul…"

„Ach, sag doch einfach Kalli. Wenn wir schon dabei sind."

„Dein Name ist doch hübsch. Wieso nennst du dich Kalli?"

Himmel, wie oft hatte sie das schon hören müssen. Kalli rutschte auf ihrem Stuhl hin und her. Was sollte sie antworten? In ihren Vornamen war Familiengeschichte eingefaltet wie ein dicker Brief in einen viel zu kleinen Umschlag. Den Namen hatte sie von der Schwester ihres Vaters, die ihre Taufpatin gewesen war. Genau zwei Tanten hatte sie. Als Jugendliche nannte sie sie nur die „coole Tante" und die „nervige Tante". Im Stillen tat sie das immer noch. Die coole Tante war zeit ihres Lebens Straßenbahnfahrerin in Halle gewesen, galt als „alleinstehend" und kam für Kallis Geschmack leider viel zu selten zu Besuch. Die „nervige Tante" war zeit ihres Lebens auf Männerjagd, schenkte Kalli ständig Puppen, obwohl sie mit denen nichts anfangen konnte, und ihr schrilles Lachen löste bei Kalli Gänsehaut aus. Und ausgerechnet nach der war sie benannt. Eines Tages war sie zu Fabio marschiert und informierte ihn, dass sie ab sofort Kalli hieß. „Okay", hatte er gesagt. Anders als ihre Eltern, die immer noch dabei waren, „sich daran zu gewöhnen".

„Also?" Anita schaute sie erwartungsvoll an.

„Ach … Kalli ist so kleben geblieben. Aus der Schulzeit", wich sie aus.

Abrupt wurde die Tür zu Winters Büro aufgerissen. Reflexartig erhob sich Kalli. Der Propst war ein schockierender Kontrast, nachdem Kalli eine volle Stunde lang die fröhliche, spitzbübische Art seiner Vorzimmersekretärin genossen hatte. Der hagere Mann schaute sie unter dunklen, buschigen Augenbrauen ernst, ja fast ermahnend an, musterte sie einmal von oben bis unten, drückte dann ihre Hand kurz, aber fest und lud sie mit einer Geste in sein Büro ein.

„So, Frau Krause." Winter strich sich seine blau-grün gemusterte Krawatte über dem kleinen Bierbauch glatt; er saß exakt mittig unter dem kleinen Holzkreuz über seinem Schreibtisch.

„Schön, dass wir uns noch persönlich kennenlernen." Er sagte es in einem Ton, als wäre Kalli daran schuld, dass alles so schnell, fast überstürzt abgewickelt worden war. Und als würde er es jetzt, live mit ihr in seinem Büro, bereits bereuen. Kalli wurde sich ihrer verwuschelten, kurzen Haare bewusst, die sie sich eigentlich in der Früh noch hatte waschen wollen. Sie spürte ihren schmalen, einzelnen silbernen Ohrring im linken Ohrläppchen und die ersten, kleinen Schweißperlen, die sich am Rande ihres hauchzarten Oberlippenbärtchens sammelten.

Sie räusperte sich. „Ein sehr schönes Propsteigebäude." Eigentlich war ihr das Haus aus gelbem Backstein – Fassade schnörkellos, Eingang mit fünf Stufen, violettes Plexiglasschild „Propstei Moorstede-Wolfsleben" – normal wie nur irgendwas vorgekommen, aber sie hoffte, dass das ihrem Gegenüber ein Stichwort zu einem Monolog geben würde, während dem sie sich etwas entspannen konnte. Die Rechnung ging auf. Allerdings etwas zu gut. Winter hörte gar nicht mehr auf.

Sie verlagerte ihr Gewicht auf dem Stuhl und blickte – hoffentlich dezent – zur Uhr. Gut zwanzig Minuten lang hörte sie Winter jetzt schon dabei zu, wie er in einem melodischen Auf und Ab unfassbar lange Sätze formulierte. Hinter ihm schlug das Pendel der Standuhr aus der Gründerzeit gleichmütig den Takt zu seinem Monolog.

„Pastor Fuchs hat ja immer …" Pastor Fuchs, Pastor Fuchs – den Namen konnte Kalli schon nicht mehr hören. Hätte er ihr für jedes „Pastor Fuchs" der letzten halben Stunde ein Zwei-Euro-Stück in die Hand gedrückt, könnte sie sich das Kollekte-Sammeln bis zum Jahreswechsel sparen. Womit hatte sie nur einen derartig beflissenen Vorgänger verdient?

„Ihre Aufgaben muss ich Ihnen ja nicht erklären. Es ist ja nicht Ihre erste Stelle", ging Winter übergangslos zum wesentlichen Teil über, ohne dass die Regung eines Gesichtsmuskels verraten hätte, ob er ernstlich beeindruckt oder eher ungläubig war, angesichts dieser Mittdreißigerin mit dem kecken einzelnen Ohrring.

„Gut, gut. Nun, heute Nachmittag lernen Sie dann Ihre Gemeinde kennen. Sie haben es sich nicht nehmen lassen, ein Kaffeetrinken zu organisieren. Sie erwarten Sie 15 Uhr im Gemeindehaus."

„Der Einführungsgottesdienst ..."

„Morgen."

„Morgen schon?"

Kalli fühlte sich überrumpelt. Sie hatte gehofft, noch drei, vier Tage Schonzeit vor ihrer offiziellen Einführung zu haben – um runterzukommen, durchzuatmen, Wunden zu lecken. Eine Fantasie, die sich gänzlich zerstörte, als Winter fortfuhr: „Außerdem haben Sie bereits am Samstag", er zögerte kurz, „Ihre erste Beerdigung."

Kalli holte geräuschvoll Luft.

„Ich weiß, ich weiß. Das ist etwas unorthodox, aber Sie wissen ja, wie das ist."

„Sie meinen, dass die Leute sterben, wie sie wollen?"

Der Propst schaute sie irritiert an. Kein Kandidat für meinen trockenen Humor, dachte Kalli und zuckte entschuldigend mit den Schultern.

„Nun", Winter räusperte sich, „Sie werden schon heute Nachmittag feststellen, dass die Beerdigung *das* Thema in der Gemeinde ist. Luisa war erst siebzehn."

Kalli horchte auf. „Luisa?" Hatte nicht die Fremde im Treppenhaus nach einer Luisa gefragt?

„Ja, wieso?"

„Ach, schon gut", wich Kalli aus. Das war sicher nur ein Zufall. Bestimmt ein beliebter weiblicher Vorname – sie rechnete im Kopf nach – im Jahr 2002 oder so.

„Jedenfalls – Markus Stuvemann, ihrem Vater, gehört die Brauerei hier, *Nordbier*. Wenn Sie Bier trinken", Winter schaute sie scheel an, „kennen Sie die Marke sicherlich."

Kalli nickte unverbindlich.

„Die Tochter ist am Freitagabend gestorben. Einfach umgefallen und war tot. Ist das zu fassen?" Winter machte eine Pause und sah Kalli direkt in die Augen. „Dementsprechend groß ist die Aufregung. Die Familie ist seit einem guten Jahrhundert ortsansässig. Aus der Gemeinde nicht wegzudenken, wenn Sie verstehen."

Kalli verstand. Größter Spender, notierte sie sich gedanklich.

Winter räusperte sich erneut. Kalli rutschte auf die Stuhlkante vor und hakte ihre Waden um die Stuhlbeine. Das war kein guter Einstieg. Eine Gemeinde, die sie noch gar nicht kannte. Beerdigung als erste Liturgie. Und dann auch noch die geliebte Tochter eines der wichtigsten Gemeindemitglieder.

„Kann nicht eine Kollegin oder ein Kollege aus einer benachbarten Gemeinde die Beerdigung leiten?", brachte sie matt hervor.

Ein entschuldigendes Lächeln, mehr das Zucken eines Mundwinkels, stahl sich in Winters Gesicht. „Frau Krause. Wir sind auf dem Land. Hier wird sehr viel gestorben. Manchmal mehr, als wir Personal aufbringen können."

Kalli schluckte. Adieu, Wunden lecken. Zumindest, was die eigenen betrifft. Nun, das konnte warten. Schließlich hatte sie lange, lange Zeit in dieser unerträglichen Situation ausgeharrt. Der Verlust der Stadt, die sie als ihre Heimat betrachtet hatte und …

„Frau Krause? Sie sehen etwas blass aus."

„Ja. Ja, ich … der Umzug, die neue Stelle, es geht doch etwas schnell. Aber natürlich übernehme ich gerne die Beerdigung am Samstag."

„Gut, sehr gut. Haben Sie sonst noch Fragen?"

„Ja, in der Tat. Was meine Wohnung betrifft …"

„Nur ein Übergang, nur ein Übergang", versicherte Winter. „Natürlich möchten wir Sie gerne im Gemeindehaus einquartieren. Wir dachten, wenn schon ein Wechsel, renovieren wir mal schnell durch. Bitte packen Sie nicht allzu viel aus, es kann sich nur um ein paar Tage handeln."

„Und das Büro …"

„In Ihrem Arbeitszimmer im Gemeindehaus können Sie sich schon einrichten, das ist kein Problem. Frau Unheil wird Ihnen Ihre Schlüssel geben." Sprach's und drückte sich aus seinem Ledersessel hoch. „Also, wenn es weiter nichts gibt … Wir sehen uns dann morgen zu Ihrer Einführung."

***

Unschlüssig stand Kalli auf dem Pflaster vor der Propstei. Sie hatte nicht damit gerechnet, dass sie so wenig Zeit zum Ankommen haben würde. Um ganz ehrlich zu sein – eigentlich war ihr Plan gewesen, nur das Antrittsgespräch hinter sich zu bringen und dann noch mal drei, vier, vielleicht auch fünf Tage bei Fabio und Luís in der Stadt zu verbringen. Fabio hatte noch Urlaub und seine Schwester hatte das kleine Bestattungsunternehmen, das sie gemeinsam führten, fest im Griff.

„Mist", murmelte sie in sich hinein. Sie lehnte sich an die Wand des Backsteingebäudes und zückte ihr Smartphone.

„Kann nicht kommen", simste sie ihrem besten Freund, „morgen schon Einführung. Samstag die erste Beerdigung!"

Die Antwort kam prompt: „Kopf hoch. Auf Beerdigungen lässt es sich doch am besten Leute kennenlernen."

„Du musst es ja wissen …"

Fabio schickte eine Emoji-Reihe, die aus Kussmündern und Hühnern bestand. Kalli lachte. Die Hühner waren ein Running Gag zwischen ihnen. Als sie zusammen nach dem Abi von Thüringen nach Schwerin gezogen waren, war das, was Fabio am meisten vermisste, das Gackern von Hühnern. Er hegte und pflegte den Traum von Hühnern in der Stadt seine ganze Ausbildung hindurch und machte ihn eines Tages wahr. Dunkelbraune und weiße Barnevelder. Gackernde, hüpfende, sich malträtierende Hühner. Margit, Fatou, Anton, Irmgard und Aljoschka – allesamt benannt nach den Nachbar*innen im Haus, die sich ihr Stillschweigen gegenüber dem Vermieter aus Aachen mit einem gelegentlichen Sonntagsei zahlen ließen. Luís, Fabios Liebster, hatte jedoch in dessen Traum von der Hühnerzucht im Hinterhof nur unter der Bedingung eingewilligt, dass die Lieblinge ein schnelles Suppentopf-Ende fänden, sollte der Vermieter doch etwas spitzkriegen.

Was er schließlich tat. Fabio war überrascht, als er entdeckte, dass Luís' souverän vorgetragene „Ab-in-den-Suppentopf"-Tirade genau das war: nämlich vorgetragen. Luís wiederum war entsetzt, dass Fabio gedacht hatte, dass er, Luís, im Falle des Falles zur finalen Tat schreiten würde. Kalli war zugegen, als die beiden sich, mit den Stiefeln im Mist stehend, Fabio einen

Eimer schwingend, für alle Margits, Fatous, Antons, Irmgards und Aljoschkas des Hauses gut hörbar stritten, wer denn nun von ihnen beiden das Beil von Margit (nicht das Huhn, die Nachbarin; sie beobachtete das Geschehen interessiert aus dem zweiten Stock) schwingen würde. Es war hochdramatisch, Federn stoben, dabei ging es noch nicht einmal zur Sache. Kalli erinnerte sich, wie sie die beiden einmal mehr dafür bewunderte, sich so leidenschaftlich streiten und später wieder vertragen zu können. Sie erinnerte sich, wie ihr vor Lachen die Seiten schmerzten.

Sie erinnerte sich nicht, wie genau sie auf den Beifahrersitz von Fabios Van gekommen war, im Kofferraum gackerten die Hühner. Ihr Freund schwitzte nervös. „Luís hat immer die besten Ideen“, brummte er in seinen dicken Schal.

„He, die Viecher waren doch deine Idee“, erinnerte ihn Kalli. Die Landstraße zog im prallen Sonntagslicht vorbei; die Stadt hatten sie längst hinter sich gelassen. Äcker reihten sich aneinander, hier und da von Gräben durchzogen, am Horizont viele Flecken Kühe, Windräder, ein Hochsitz, weitere Äcker.

„Fabio?“, hatte Kalli schließlich ihre schweigsame Fahrt übers Land unterbrochen. „Wie weit noch? Ich denke, es reicht. Irgendwann müssen wir ...“ Dann legte sie ihm behutsam ihre Hand aufs Knie. Fabio schluckte und nickte stumm. Hinter der nächsten Kurve ging er vom Gas und fuhr langsam rechts heran. Plattes Land vor ihnen, plattes Land hinter ihnen. Auf einer schmalen Anhöhe zur linken Seite reckte eine kleine Baumgruppe ihre halb entblätterten Äste in den gleißend blauen Himmel. Der Van war ein kleiner roter Fleck im ostdeutschen Nirgendwo. Und plötzlich waren sie in ein befreiendes Lachen ausgebrochen, schrill in der Stille des Sonntags zwischen Kurve und Anhöhe.

Boooooak, machten die Hennen im Kofferraum.

Mit den dicken schwarzen Lederhandschuhen aus dem Handschuhfach, der dunkelblauen Mütze und der alten Cordjacke sah er genau nach dem aus, was sie jetzt nicht gleich tun würden. „Also gut!“ Kalli stieß die Autotür auf ihrer Seite auf. „Bringen wir es zu Ende!“

Fabio fummelte bereits am Schloss des Kofferraums herum. „Klemmt mal wieder …“

„Halt!“ Kalli packte Fabios Arm. „Wir können das doch nicht hier machen!“ Ein silberner Citroën überholte sie im Schritttempo, drei misstrauisch dreinblickende Gesichter an den Fensterscheiben. „Du hast recht – fahren wir hinter den Hügel. Dort sieht uns niemand.“

Unwillkürlich beschleunigte Kalli ihren Schritt, als sie daran zurückdachte, wie Fabio den alten Van den Hügel zwischen den Bäumen hinaufsteuerte und auf der Rückseite hielt. Von der Straße aus nicht sichtbar, wuchs hier eine Gruppe von Birnbäumen. „Perfekt“, seufzte er.

Die Luft war kühl, die Sonne noch kraftvoll, als sie an der Autotür lehnten und den Barneveldern beim Scharren im Laub und den letzten Resten spätsommerlichen Birnenmatsches zusahen. Sie teilten sich eine Zigarette; Kalli hatte damals schon aufgehört zu rauchen, erinnerte sie sich, sowie an eine Träne auf Fabios Wange, einzelnes Gegacker, gedämpfte Geräusche eines Autos von der anderen Seite der Anhöhe. „Ich kenne niemanden, mit dem ich besser Hühner aussetzen könnte“, sagte ihr bester Freund und ließ den Kopf auf ihre Schulter sinken.

Was hatte sie sich nur dabei gedacht, so mir nichts, dir nichts Schwerin den Rücken zu kehren? Ja, sie wollte Abstand von Sanne, Leni und der Kleinen. Aber wie zur Hölle sollte sie ohne Fabio klarkommen? Seit der Schulzeit waren sie nicht getrennt gewesen.

Ihr Gesicht starrte ihr aus dem erloschenen Display ihres Smartphones entgegen. Sie blinzelte. Dann straffte sie die Schultern und schob das Heimweh beiseite. Ich brauche erst mal einen Plan, dachte sie und marschierte in die Touri-Info nebenan.

„Ich brauche einen Plan“, sagte sie drinnen zu dem rundlichen, glatzköpfigen Mann, der hinter dem Tresen saß. Der nickte, schaute sie ernst durch seine Nickelbrille an und sagte: „Einen Stadtplan hätten wir.“

„Der reicht wohl fürs Erste.“

Der Mann kramte in einem Fach hinter dem Tresen und zog eine einfache, schmale Karte hervor.

„Darf ich?“ Kalli breitete den Stadtplan auf dem Tresen aus.

„Suchen Sie etwas Bestimmtes?“

„Nein, ich versuche eher, mir einen Überblick zu verschaffen.“

„Aha. Also keine Touristin, sondern neu in der Stadt.“

Kalli schaute überrascht auf.

„Willkommen in Moorstede“, setzte der Mitarbeiter hinzu.

Sie lächelte und beugte sich erneut über den Plan. „Nun, vielleicht doch. Mein neuer …“, sie zögerte kurz, „… Arbeitgeber sprach die ganze Zeit vom Hüseberg. Wo wäre der? Auf Google hab ich den nicht gefunden.“

„Oh. Ja, den Namen kennen nur die Alteingesessenen hier.“ Er zog den Plan zu sich heran und tippte auf eine Stelle nordwestlich, ziemlich am Ortsrand. Dabei rutschte ein filigranes, regenbogenfarbiges Perlenarmband aus seinem rotblaukarierten Flanellhemdärmel. „Hier ist er.“ Er schaute auf. „Aber was wollen Sie da?“

„Öhm … arbeiten.“

„Arbeiten? Da draußen ist ja nichts außer …“ Seine Augen weiteten sich. „Oh! Sie sind die neue Pastorin.“

„Sind Sie in der Gemeinde …“, sie konsultierte das Mitarbeiter-Schildchen an seiner Brust, „Bernd?“

Bernd verzog das Gesicht. „Das nu’ nich’. Also, naja, zu Weihnachten natürlich. Manchmal zu Erntedank.“ Er klopfte sich mit der flachen Hand auf seinen Bauch. „Aber“, er lehnte sich über den Tresen und senkte seine Stimme zu einem vertraulichen Flüstern, „der schnelle Abgang vom alten Pastor und die Gerüchte über die Neubesetzung waren das beherrschende Thema im Stadttratsch der letzten Tage.“

„O je.“

„Allerdings, meine Liebe“, Bernd zwinkerte ihr zu, „weiß ich nicht, ob die Leute hier draußen an so gutaussehende, junge Pastorinnen gewöhnt sind. Insbesondere die Ehefrauen.“

Kalli lachte und faltete den Plan zusammen. Sie musste los, wenn sie vor dem Kaffeetrinken noch einmal zur Wohnung zurückwollte. „Also gut, danke, Bernd.“

„Oh, und wenn Sie noch Gesellschaft suchen – außerhalb der Gemeinde, meine ich. Dann werfen Sie doch noch einen Blick auf die Pinnwand draußen.“

Im Durchgang, an der Pinnwand, sah sie gleich, worauf Bernd hinauswollte. Kallis Hand verharrte kurz an dem Flyer. Dann zog sie sie zurück. Es war noch zu früh dafür. Und in dieser kleinen Stadt, mit ihrem Job … Sie musste vorsichtig sein, das war nicht die Hauptstadt. Sie verließ die Info, nicht ohne einen weißen A4-Ausdruck, den jemand über das Plakat der örtlichen Coming-out-Gruppe gepinnt hatte, umzuhängen. „*aquila* e.V. – Wer bin ich? Was passiert mit mir in der Pubertät? Was sind meine Stärken? Wie erkenne ich wahre Freunde?“ Gute Frage.

Kalli zog die Tür hinter sich zu und trat aus der kleinen Seitenstraße, in der sich Propstei und Touri-Info befanden, auf den Marktplatz. Sie ließ das Treiben auf sich wirken. Das helle Pflaster des Platzes, die bonbonfarbenen Fassaden von Rathaus, Hotel und Geschäften, die in dicke, bunte Anoraks eingepackten Verkäuferinnen an den Wochenmarktständen – alles strahlte regelrecht unter dem klaren, weiten Novemberhimmel. Aber ob nun verlottert oder frisch herausgeputzt wie dieses – sie war für solche Städtchen nicht geschaffen. Für sie war klar, dass sie einen neuen Antrag stellen würde. Nach einer angemessen höflichen Übergangszeit. Vielleicht tat sich ja etwas in Rostock auf. Oder in Stralsund oder Greifswald. Aber bis dahin würde sie wohl hier Schönwetter machen müssen.

Sie schlenderte quer über den Platz, zwischen den Marktständen hindurch, und hielt nach einem Blumenstand Ausschau. Sie fand ihn am Rande des Marktplatzes. Das Angebot an Schnittblumen in weißen Plastikvasen, fertig gebundenen Sträußen aus Rosen, Gerbera und Schleierkraut, Tisch- und Grabgestecken forderte ihre Entscheidungskraft heraus. Die Verkäuferin beäugte ihr Kreisen um den Stand.

Und dann erwischte es sie. Völlig kalt.

Später würde sie sich fragen, was es ausgelöst hatte. Die kleinen, kunstvollen Miniatur-Blumengestecke? Sie wusste nur, dass ihr Blick auf eines fiel, das denen sehr ähnlich war, die Leni immer aus dem Verschnitt im Blumenladen mitgebracht hatte. Für den Küchentisch. Lauter rote, weiße und gelbe Rosenknospen. Zwischen Disteln, Kamille oder Eisenkraut. Überdeutlich nahm sie plötzlich die einzelnen Teile dieses Gestecks wahr. Merkte, wie sich ihr Atem beschleunigte. Und sich die Zeit auffaltete. Entschachtelte.

In die vielen Streite, die sie von ihrem Zimmer aus mitgehört hatte. In den Abend, an dem ihr Sanne sagte, sie sei schwanger. Und dass Leni davon nichts wusste.

In Leni, die tobte.

In Termine, zu denen sie, Kalli, Sanne begleitete. In die Reisetasche, die sie ihr zur Entbindung packte.

In eine Nacht, in der Leni sturzbetrunken nach Hause kam.

Noch mehr Streit.

In Merle, als sie sie das erste Mal im Krankenhaus im Arm hielt. Während Leni mit hängenden Schultern daneben stand.

In Nächte, in denen sie, die wimmernde Merle an der Brust, in der Küche auf- und ablief. In erste Worte, erste Schritte, erste Anläufe der Versöhnung zwischen Sanne und Leni, erste Anzeichen, dass Kalli unerwünscht war, die ersten harten Worte. Ein Schlag.

Alles gleichzeitig, beieinander, ineinander.

Sie hörte, wie jemand nach Luft schnappte. War sie das etwa? Sie spürte die Blicke der Blumenverkäuferin auf sich. Spürte die Rillen des Marktpflasters unter den Schuhsohlen. Eine Bank an ihrem Rücken. Sie schloss die Augen. Atmen, atmen.

Eins – ein – zwei – aus – drei – ein – vier – aus – fünf – ein – sechs – aus – sieben – ein – acht – aus – neun – ein – zehn – aus – noch einmal – eins – ein – zwei – aus – drei – …

„Junger Mann?“

Durch die halb geschlossenen Augenlider blickte Kalli in das Gesicht einer alten Frau, die sich über sie beugte.

„Junger Mann – ist alles in Ordnung?“

„Hm … grr“, brachte Kalli zustande.

„Na, da setze ich mich lieber.“

Kalli schloss die Augen erneut und spürte, wie die Frau sich neben sie auf die Bank fallen ließ. Ihr Atem ging bereits etwas ruhiger, aber in ihren Ohren rauschte es unangenehm laut. Sie richtete sich auf, öffnete die Augenlider ein Stückchen, ließ vorsichtig Licht ein, räusperte sich. Die Frau neben ihr steckte in einem flauschigen, grasgrünen Mantel, gekürt von einem braunen, breitkrempigen Männerhut.

„Frau“, presste sie hervor.
„Bitte?“
„Frau – junge Frau.“
„Wie auch immer. Rauchen Sie?“
„Ich habe gerade aufgehört“, sagte Kalli und zwang sich, die Augen komplett zu öffnen.
„Nun, da haben wir etwas gemeinsam“, gluckste die Alte und drückte Kalli aus dem Ärmel ihres gigantischen Mantels eine bereits brennende Zigarette in die Hand. Wann hat sie das nur gemacht? Erleichtert nahm sie die Wärme wahr, die in ihren Bauch zurückkehrte.
„Ich heiße Kalli.“
„Ein eigenwilliger Name für eine junge Frau, finden Sie nicht?“
Kalli hob und senkte die Schultern, unschlüssig die Zigarette zwischen den Fingern drehend.
„Sind Sie sicher, dass Sie in Ordnung sind?“ Die Frau beäugte misstrauisch die nur noch schwach vor sich hin glimmende Zigarette, von Kalli ungelenk mit abgespreizten Fingern gehalten.
„Ja … doch …“, Kalli zögerte. „Ich kann die nicht rauchen, tut mir leid.“
„Dann zwei für mich“, grummelte die Alte und fischte Kallis Zigarette zurück in ihren Ärmel.
Kalli stieß sich von der Bank hoch und blickte sich um. Der Blumenstand lag nur wenige Meter entfernt. Es war ihr vorgekommen, als wäre sie über den ganzen Marktplatz getaumelt. „Also … man sieht sich!“
„So? Meinen Sie?“ Die Alte paffte ein Rauchwölkchen in Kallis Richtung.

***

Zuhause zog Kalli die Klamotten aus.
Stellte ihr Bügelbrett auf.
Bügelte.
In Unterwäsche.
Erst das Hemd. Immer noch vom Schweiß feucht an Kragen und Rückenpartie. Dann die Jeans. Zum Schluss noch den blauen Pullover. Langsam beruhigte sie sich.

Sie zog sich wieder an, Hemd und Hose noch warm vom Bügeleisen. Dann versuchte sie, Fabio zu erreichen. Er ging nicht ran. Sie schluckte. Spürte die Beklemmung.

Sie zog alles wieder aus und begann von vorne.

***

„Heike, dein Zitronenbaiserkuchen ist wirklich köstlich! Wie hast du nur …"

„Ist es denn zu fassen, dass es im *Lidl* schon Stollen gibt?"

„Jedes Jahr früher, ich bin ja …"

„Früher wäre doch …"

„Aber die Lebkuchen, muss ich gestehen …"

„Sie ist doch ganz schön jung, oder? Vierunddreißig, sagt die Hilde."

„Und hatten wir überhaupt schon mal eine Pastorin? Verheiratet scheint sie ja nicht zu sein."

„Noch ein Tässchen Kaffee?"

„Du solltest unbedingt noch ein Stück von …"

„Frau Pastor, Sie müssen jetzt der Magda noch mal erklären, wie Sie zu diesem Vornamen …"

„Ich will ja nicht tratschen, aber der Nicolai aus der Jugendgruppe, der hat neulich …"

„Von wem hast du das?"

„Heute früh beim Bäcker, da …"

„Ja, ist es denn zu fassen!"

Kalli fand sich in einem Strudel aus rosa Zuckerguss, weißer Spitze und scharfzüngigen Liebenswürdigkeiten wieder, auf die kein Theologieseminar der Welt sie vorbereitet hatte. Sie hatte ihren dunkelroten, alten Passat vor dem Gemeindehaus abgestellt. Einem Haus, das eher den Namen Gemeinde*schloss* verdient hätte. Überwachsen mit Efeu, überwacht von Wasserspeiern und überragt von Erkertürmchen. Als Kallis Schritte auf dem Schotter des Parkplatzes knirschten, ging ihr überraschter Blick über die Apfelbäume links vom Gemeindehaus. Im Pfarrgarten rupften zwei struppige, pummelige Ponys mit halb geschlossenen Augen das welke, gelbe Gras und zeigten sich völlig unbeeindruckt vom Gewusel auf dem Parkplatz und von den drei Kindern, die sich redlich bemühten, Zuckerwürfel auf ihre scheckigen Rücken zu lupfen. Eine breite, zum Teil mit Moos bewachsene Steintreppe führte zu einer kolossalen, mit Schnitzereien verzierten Holztür hinauf.

Und hinter der Tür – zwei völlig identische Frauen in den Sechzigern, Dauerwellen, Halbrandbrillen, wogende Busen in graublauen Strickkleidern. Die Zwillingsschwestern begrüßten sie überschwänglich. Kalli war unwohl.

„Ich bin Britta, das ist Brigitte. Ich weiß, ich weiß, das ist verwirrend! Nicht wahr?“ Die Frau wartete Kallis Reaktion erst gar nicht ab. „Sie erkennen Brigitte an dem Brillengestell mit Goldrand, ich trage die mit dem roten Rand, aber manchmal vertauschen wir sie auch morgens im Bad. Können Sie sich vorstellen, wie verwirrend es ist, sonntags in den Gottesdienst zu kommen und mit Brigitte angeredet zu werden? Du schaust deine Schwester an, aber sie sieht genauso aus wie du und trägt auch noch deine Brille, und du fragst dich, ob …“

Eine Schwester links, eine Schwester rechts wurde Kalli unter neugierigen Blicken durch den Flur, an der Teeküche vorbei und in einen Raum gezogen, den eine opulente Kaffeetafel ausfüllte. „Unser kleiner Saal“, erklärte Britta (oder Brigitte?). Die neue Pastorin wurde von gut dreißig Menschen mit großem „Oho“ empfangen.

Nach der Panikattacke am Mittag stürzte sich Kalli auf Gebäck und Torten, als hätte sie tagelang nichts zu essen bekommen. Und ganz gegen ihre Gewohnheit nahm sie Zucker in ihren Kaffee. Vier Stück. Was mit hochgezogenen Augenbrauen registriert wurde.

Ein Stück Kürbiskuchen, ein Stück Zitronenbaisertorte, zwei Tassen Kaffee und drei Ochsenaugen später hatte Kalli zumindest eine grobe Schneise in die Vielzahl an neugierigen Gesichtern geschlagen. In Gemeindemitglieder und Ehrenamtliche sortiert. Ihr redefreudiges Empfangskomitee zum Beispiel schien, wie ihre Eltern es ausgedrückt hätten, „die guten Seelen“ hier zu sein. Was die eigentliche Bedeutung nur wenig verschleierte, nämlich: von allen für selbstverständlich genommen, moralisch gebunden, unbezahlt. Britta und Brigitte wohnten gegenüber, putzten die Räume, fütterten die Ponys und die Mitglieder des mittwöchlichen Bibelkreises, leiteten abwechselnd den Kindergottesdienst (wenn denn Kinder da waren).

Kaum hatte Kalli die Kaffeetasse aus der Hand gestellt und versucht, sich in Gedanken noch einmal die Namen der Leute, mit denen sie am Tisch saß, aufzurufen – eine ziemlich große Gemeinde; nicht das, was sie sich gewünscht hätte, aber da machte sie sich keine Illusion, gute zwei Drittel waren sicherlich vor allem der Neugier wegen hier –, da packten Britta und Brigitte sie auch schon am Arm und führten sie durch den Flur zurück, an der Eingangstür vorbei in den linken Flügel des Gemeindehauses. Kalli hatte das schon mit Spannung erwartet. Es war für sie immer aufregend, den Raum zu sehen, in dem das Kernstück ihrer Arbeit stattfinden würde; ein Foto hatte sie bereits gesehen, klar, aber …

„Das Haus wurde um 1850 als Sitz der Brauerei-Familie Stuvemann erbaut, der neogotische Stil ist kaum zu übersehen", referierte Britta und unterbrach Kallis Gedankengänge. Kalli erinnerte sich an die Wasserspeier über dem Eingang und schüttelte sich. „In den 1960er Jahren wurde angebaut, dort, wo der Kleine Saal, die Teeküche und das Jugendzimmer sind. 1995 kam dann noch der Lagerraum hinter der Bühne im Gottesdienstraum hinzu."

„Stuvemann", überlegte Kalli laut, „den Namen habe ich doch heute schon ein paarmal gehört."

„O ja", Brigitte nickte, „Stuvemanns sind eine der einflussreichsten Familien hier oben und seit Jahrzehnten Mitglieder dieser Gemeinde. Nicht umsonst ist unsere Gemeinde in dieser kleinen Villa untergebracht und die von Sankt Laurentius in einem Betonquader am Rand der Stadt."

Ihre Schwester lachte auf.

Entzückend, dachte Kalli.

„Und die Beerdigung am Samstag?"

„Ja, nun, das ist Luisa Stuvemann, die jüngste Tochter. Traurige Geschichte."

„Vor allem, wenn man bedenkt, wie jung die Luisa war!"

„Wie sind sie denn so, die Stuvemanns?“, hakte Kalli nach und dachte daran, dass sie sich mit der Familie wegen der Trauerfeier in Verbindung setzen musste.

„Nett“, sagte Brigitte.

„Gute Leute“, kam es von Britta.

Nett und gut – Kalli verstand. Sie würde sich wohl selbst ein Bild machen müssen.

„Oben drüber“, Brigitte zeigte zur Decke, „werden Sie dann wohnen. Das können wir Ihnen jetzt leider noch nicht zeigen.“

„Und unten drunter“, Britta tippte kurz mit dem Fuß auf den Flurboden, „ist das Kirchgemeindearchiv.“

„Die Pflege des Archivs war Ihrem Vorgänger ja ein großes Anliegen“, fügte sie in ehrfurchtsvollem Ton hinzu. Kalli fing einen Blick von Brigitte auf, den sie nicht recht deuten konnte.

Inzwischen standen sie vor einer schlichten, dunklen Holztür im linken Flügel des Gebäudes. Gemeindebüro, stand auf dem Schild neben der Tür. Darunter, kleiner: Seelsorge. Und zwei Namen: Hr. Pastor Fuchs, Hr. Müller.

Britta war ihrem Blick gefolgt. „Das Schild, das wird natürlich noch ausgetauscht, eigentlich sollte Herr Müller das schon letzte Woche machen. Das ist unser Gemeindesekretär.“

Wahnsinn, ich habe einen Sekretär, dachte Kalli. Das muss ich Fabio erzählen!

„Und, ist er auch ‚nett‘?“, konnte sie sich nicht verkneifen.

„Nun ja.“ Britta schaute zu Brigitte hinüber, die sogleich in die Bresche sprang: „Wir haben ihn selbst nur zwei-, dreimal gesehen. Die Stelle war lange unbesetzt und der Herr Pastor war mit seinem Papierkram eigen. Müller hat selbst erst vor zwei Wochen hier angefangen. Ein junger Theologiestudent …“

„Naja, ‚jung‘ …“, warf Britta ein.

„Er kommt immer Dienstag- und Freitagvormittag, um bei der Verwaltung zu helfen. Sie werden sich sicherlich gut verstehen.“

„Er ist heute nicht hier?“

„Nein. Nein, er hat diese Woche Urlaub eingereicht.“

„Aber nun, kommen Sie“, übernahm Britta – Kalli konsultierte schnell die Farbe vom Brillengestell – wieder das Ruder. „Wir zeigen Ihnen Ihren Arbeitsplatz. Den Schlüssel haben Sie doch bekommen, oder?"

Kalli schloss auf und trat in das Büro, die Zwillinge auf den Fersen.

„Ja, was ist denn hier los?", rief Brigitte aus.

Kalli teilte ihre Entgeisterung. Ihr Blick war gleich auf den monumentalen Schreibtisch gefallen, an dem sie mit drei Sekretären hätte Platz nehmen können. Die Vorliebe von Pastoren – und Universitätsprofessoren – für diese Art von Möbelstücken hatte sie nie verstanden. Hinter dem Ungetüm von Schreibtisch befanden sich ein großes Doppelfenster und eine grün gepolsterte Sitzgruppe mit einem niedrigen, runden Beistelltisch. Zur rechten Hand noch Akten- und Büroschränke, über dem Fensterrahmen das Kreuz. Gesamteindruck: beklemmend. Sie würde umräumen müssen. Aber vermutlich war das nicht, was Brigittes Ausruf ausgelöst hatte. Sie wandte sich zu den beiden um.

„Was ist?"

Britta fixierte Brigitte mit einem Blick und neigte den Kopf.

„Nun", Brigitte zögerte kurz, „es ist sehr – ordentlich. Damit haben wir nicht gerechnet. Schätze ich."

Britta trat an eines der Regale und fuhr mit dem Zeigefinger vor den Rücken der Aktenordner entlang. Stumm präsentierte sie ihrer Schwester den sauberen Finger. Die trat zu ihr, schob sich die Brille höher auf den Nasenrücken und beugte sich über die Hand ihrer Schwester.

Kalli beobachtete das Schauspiel mit verschränkten Armen. „War er denn nicht besonders ordentlich, der Kollege?", rief sie ihre Anwesenheit den beiden wieder ins Gedächtnis. Britta setzte gerade an, auch die oberen Regalfächer zu prüfen.

Brigitte schoss herum. „Wo denken Sie hin? Er war der ordentlichste Mensch, den man sich vorstellen kann."

„Na, dann ist ja alles in Butter", murmelte Kalli.

„Wir hoffen, dass Sie diese Tradition fortsetzen", rief Britta über die Schulter. Sie stand auf den Zehenspitzen, die Hand in der obersten Aktenablage.

„Ich frage mich nur, wann er das gemacht hat“, sagte Brigitte zu ihrer Schwester. Und zu Kalli gewandt: „Weil er doch so schnell fortmusste.“

„Tja, immer perfekt organisiert, der Gute.“ Britta hatte sich wieder zu ihnen gesellt. „Ein echter Workaholic.“

Kalli verfolgte den Lobgesang auf ihren Vorgänger und hoffte, dass sie ihm nie vorgestellt würde.

„Ja.“ Brigitte rollte mit den Augen. „So sehr, dass wir hier auch nie zum Putzen reindurften.“

„Brigitte!“

„Mein ja nur.“

„Sie durften hier nicht rein?“, fragte Kalli.

„Naja.“ Brittas Blick schoss zu ihrer Schwester. „Dass wir nicht durften, so würde ich es nicht ausdrücken.“

„War aber so“, brummte Brigitte.

„Er war manchmal einfach so …“ Britta suchte nach Worten.

„Eigenbrötlerisch?“ Wieder Brigitte.

Der Arme, dachte Kalli. Ich verstehe ihn jetzt schon. Wer weiß, ob ich die beiden reinlassen werde. „Was ist denn hinter der Tür hier?“, lenkte sie das Gespräch auf ein anderes Thema. Zur linken Seite lag, weiß gestrichen und daher nicht auf den ersten Blick ins Auge fallend, eine niedrige Tür.

„Ach das.“ Britta öffnete sie ohne viel Elan. „Das war früher die Archivkammer.“ Kalli bückte sich unter dem Türrahmen durch und schaute in einen kleinen, weiß getünchten Raum, lediglich ausgestattet mit einem Tisch mit Resopalplatte, einem PC und einem niedrigen Sideboard. „Jetzt arbeitet hier Herr Müller – wenn er denn da ist. Pastor Fuchs hat die Tür sonst zu gelassen.“

„Sagen Sie mal, der Kollege Fuchs, wohin ist er denn …“

„Ach, schon so spät!“ Brigitte packte ihren Ärmel. „Kommen Sie, wir haben Ihnen ja noch gar nicht das Wichtigste gezeigt!“ Womit sie Kalli in den Gottesdienstraum gegenüber zog.

Als Kalli eine Viertelstunde später aus dem Seitenausgang des Gottesdienstraums ins Freie trat, puckerte es mörderisch hinter ihren Schläfen. Sie fischte ihre Zigarettenschachtel aus der Innentasche ihres Blazers. Das war definitiv nicht der Monat, um mit dem Rauchen aufzuhören. Sie hatte die Gelegenheit genutzt, sich dünnezumachen, als Britta und Brigitte nach Kaffeenachschub gefragt wurden. Sie hoffte, die Zwillinge würden nicht die Verfolgung aufnehmen. Mit dem ersten Zug an der Zigarette versuchte sie, die vielen Informationen in ihrem Kopf zu ordnen. Dass Fuchs sich hin und wieder im Büro eingesperrt zu haben schien, kam ihr nur logisch vor. Nicht anders würde sie sich verhalten, wenn das Schwesternpaar vorhatte, sie weiterhin mit ihrer Überfürsorglichkeit zu malträtieren. Der Mann wurde ihr immer sympathischer. Was ihn wohl bewegt haben mochte, so plötzlich die Pfarrstelle zu wechseln? Nun, was hat dich denn bewogen?, schalt sie sich selbst. Es sind doch immer die gleichen Gründe: Trennung, Zerwürfnisse, Abstand, der nötig wird. Manchmal Alkohol, Drogen oder eine Affäre, die ans Licht gekommen ist. Die kalte Novemberluft strömte durch ihre Lungenflügel, sie blinzelte ins trübe Nachmittagslicht.

Eine Hand auf ihrer Schulter ließ sie jäh zusammenfahren. „Geben Sie mir auch eine?“ Es war die ältere Frau vom Marktplatz.

„Mensch, schön, Sie wiederzusehen!“ Ehrlich erfreut, ein bekanntes Gesicht zu entdecken, drückte Kalli der Frau energisch die Hand. „Ich glaube, Sie haben mir heute Mittag gar nicht Ihren Namen verraten.“

„Marlis. Marlis Schidlowski.“ Die Frau schielte auf Kallis Zigarette. Kalli bot ihr still eine an, Marlis Schidlowski nickte.

„Wie gefällt Ihnen denn unsere Gemeinde – zumindest der kaffeekränzchen-wütige Teil, der sich heute hier versammelt hat?“

Kalli lachte und gab Marlis Feuer.

„Ich weiß nicht recht“, überlegte sie. „Ich versuche schon die ganze Zeit das Gefühl abzuschütteln, in den Dreh einer Inspector-Barnaby-Folge gestolpert zu sein. Ich rechne die ganze Zeit damit, eine Leiche im Glockenturm oder unter der Kaffeetafel vorzufinden. Oder in der kleinen Kammer, die an mein Büro grenzt.“

„Willkommen in unserer Gemeinde“, erwiderte Marlis trocken und zog an ihrer Zigarette.

In dem Moment bog eine schlaksige Gestalt in einem dunkelgrauen Mantel, den Kragen hochgestellt, um die Ecke des Gebäudes und blieb jäh vor ihnen stehen.

„Machst'n hier?", knurrte die Schidlowski ihn an.

„Wollte mir nur die Beine vertreten", entgegnete der junge Mann matt. Tim war sein Name, erinnerte sich Kalli, sie waren sich vorhin kurz vorgestellt worden. Sein Händedruck war schlaff gewesen und hatte ein öliges Gefühl in ihrer Handfläche hinterlassen. Sie hatte ihn kerzengerade neben seiner Mutter sitzen sehen, zerstreut Butterkekse auf seinem Teller zerkrümelnd.

„Na, hier jedenfalls nicht, hier rauchen wir", beschied ihn Marlis, bevor Kalli etwas Freundlicheres sagen konnte.

Als seine spitzen Schultern aus ihrem Sichtbereich verschwunden waren, fragte sie: „Was fehlt ihm denn?"

„Oh, ach, nur Liebeskummer."

„Eine Person aus der Gemeinde?"

Marlis entließ Zigarettenqualmwölkchen in den nun fast dunklen Abend. „Luisa Stuvemann."

Kalli fuhr zusammen. „Die Luisa, die ich übermorgen beerdige?"

Marlis nickte.

„Na, aber das ist doch etwas mehr als Liebeskummer!"

„Wenn Sie meinen. Ich würde das nicht so bezeichnen, wenn ein Typ einem Mädchen nachsteigt, das so sichtlich nichts von ihm wissen will. Und jetzt meint er, er muss hier den Hamlet geben."

„Dem", wandte Kalli ein, „ist allerdings der Vater gestorben, nicht die Liebste."

„Na, ich mein nur. Behalten Sie den besser ein bisschen im Auge."

Kalli drückte ihre Zigarette auf den Steinplatten des Seiteneingangs aus und Marlis tat es ihr nach.

„Passieren reichlich eigenartige Dinge hier in letzter Zeit. Dass Sie die Beerdigung halten – wo doch der Fuchs wohl auch kommt. Harter Einstieg für Sie."

Kalli fror in der kalten Luft. Mittlerweile war es fast vollständig dunkel. Nebelschwaden hingen zwischen den Apfelbäumchen.

Hinter zwei Bäumen bewegte sich eine große Gestalt durch den Nebel. Die Ponys, erinnerte sich Kalli. Es sah fast aus, als würden sie schwimmen.

„Winter meinte", sagte sie und hielt Marlis die Seitentür zum Gottesdienstraum auf, „es wäre eine gute Gelegenheit, mir ein Bild von der Gemeinde zu machen."

„Da hat er wohl recht."

3

Als die erste Kerze flog, konnte sie noch zur Seite springen. Die zweite erwischte sie allerdings am Oberschenkel. Erschrocken rieb sie sich die Stelle. Dann streckte sie sich, um zu sehen, woher der Tumult kam.

Der Friedhof war voll mit Trauergästen. Sie selbst mittendrin. Am offenen Grab der kleinen Stuvemann. Einige der Gäste drehten sich um, reckten die Köpfe. Das Geschrei vom Rande des Friedhofs schwoll an.

Die dritte Grabkerze kam in hohem Bogen geflogen und schlug donnernd auf den Sargdeckel. Wie durch zwei mächtige, unsichtbare Hände in der Mitte geteilt, stoben die Trauergäste nach links und rechts auseinander, brachten sich in Deckung hinter Hecken, Marmorsteinen und Bäumen. Und gaben Kalli den Blick frei auf eine junge Person in schwarzem Kapuzenpullover, die mechanisch die Grabkerzen ringsum einsammelte und in die Menge schleuderte.

Unzielgerichtet.

Mit rotem Gesicht.

Jetzt eilte sie mit langen Schritten den Hauptweg des Friedhofs entlang. Auf das Grab, auf Kalli zu.

Und auf Stuvemanns, die immer noch aufrecht und starr an Kallis Seite standen. Doch als den jüngsten der Brüder, Hendrik, eine Kerze an der Schulter traf, machten auch sie, dass sie davonkamen. Suchten Schutz hinter einer mächtigen Eibe und einer alten Familiengruft.

Kalli realisierte, dass sie die Einzige auf dem Gelände war, die noch am Grab stand. Vor dem eisblauen Himmel und dem weißen Marmor weithin gut erkennbar. In ihrem schwarzen Talar, das Beffchen flatterte im Wind. Alle anderen Gäste bewegten sich geduckt in panischen Wirbeln aus schwarzen und dunkelgrauen Mänteln, Hüten und Mützen zwischen Grabsteinen und Buchsbaumhecken, verließen schnellen Schrittes das Gelände. Vor der Friedhofsmauer heulten Motoren auf.

Mit lautem Knall splitterte die ohnehin schon marode Nase der Engelsstatue, nur zwei Meter neben ihr. Diesmal war es ein Stein. Scharf und kantig. Kalli warf sich flach auf den Boden.

Sie hatte sich immer viel darauf zugutegehalten, dass sie während des Theologiestudiums ein Semester lang eine Schulung in Mediation absolviert hatte – in weiser Voraussicht auf die vielen unzufriedenen Ehepaare, die sie in der Seelsorge betreuen würde. Flach auf dem klammen Rasen liegend kramte sie in ihrem Gedächtnis, ob die Schulung sie auch auf solche Szenen vorbereitet hatte. Ihre Nasenspitze lugte über den Rand von Luisas frisch ausgehobenem Grab. Was zum Teufel ging hier vor sich?

„He!", rief Kalli, hob vorsichtig den Kopf und spähte den Weg entlang. Die Person im Kapuzenpullover hatte sich plötzlich in Bewegung gesetzt, weg vom Grab, Richtung Ausgang. Ziel schien eine zierliche, ältere Frau mit einem altmodischen Schleier zu sein, die zum Parkplatz eilte. Luisas Großmutter, erinnerte sich Kalli dunkel. „Hier geblieben!" Dann waren beide aus Kallis Sichtfeld verschwunden. Diffuses Geschrei vom Parkplatz drang an ihr Ohr. Mehrere schlagende Autotüren. Reifen, die auf Kies durchdrehten. Dann Stille.

Am liebsten wäre sie aufgestanden und gegangen. Aufrichten, Talar abstrampeln, Haare glätten, davonschreiten.

Schon der gestrige Tag war fürchterlich gewesen. Vormittags hatte sie die Mutter von Luisa zur Vorbereitung auf Beerdigung und Trauerfeier empfangen müssen. Eigentlich hatte sie sogar alle fünf erwartet – die Eltern, die beiden Brüder, Peter und Hendrik, und die Großmutter. Der Auftritt der Mutter in ihrem kleinen, staubigen Büro nahm ihr fast den Atem. In mehrerlei Hinsicht. Beatrix Stuvemann war eine Erscheinung in fließender, schwarzer Seide. Zwei aufregend kühle, fast schmerzhaft hellgraue Augen musterten Kalli. Wortlos. Kalli war so baff, dass sie ihr aus Versehen fast einen Handkuss aufgedrückt hätte. Stattdessen hatte sie sich gefasst, Beatrix Stuvemann einen der grünen Polsterstühle unter dem Fenster zurechtgerückt und sich, mit Notizblock und Stift bewaffnet, zu ihr gesetzt. Wortlos.

Es war nicht gerade Kallis innigster Traum, ihren Einstand auf einer Beerdigung zu geben. Zumal sie die Verstorbene nicht kannte. Dieses Gespräch mit der Mutter würde ihr einziger Anker für die Liturgie sein.

Das Gespräch war nach fünfzehn Minuten beendet.

Kalli stenografierte zügig mit, was die Mutter ihr über ihre Tochter sagen konnte. Siebzehn Jahre, unter der Woche Internat, an den Wochenenden zu Hause, Einserschülerin. Lieblingsfach Physik. Lesen und Kino, Freunde und Shoppen, Yoga und Kirchenchor. Kalli blickte von ihrem Block auf. Das war nicht besonders plastisch. Beatrix Stuvemann hatte ihren Blick aus dem Fenster in die Ferne gerichtet. In der linken Hand umklammerte sie ein Taschentuch.

Kalli brauchte mehr. Die Familie bestand schließlich darauf, dass sie sogar die Trauerrede hielt. Die Predigt, ja, klar. Aber die Trauerrede? Normalerweise ließen sich die Hinterbliebenen es nicht nehmen, die Rede selbst zu schreiben und vorzutragen. Sie, Kalli, unterstützte nur dabei.

Und auf Kallis Fragen nach Freundinnen, die vielleicht einbezogen werden, nach Lieblingsorten der Toten, die vielleicht erwähnt, Lieblingsbands, die vielleicht gespielt werden sollten, wusste die Mutter keine richtige Antwort. Und auch das Foto von Luisa, das sie ihr mitgebracht hatte, war – nichtssagend. Ein typisches Porträt, wie es in Schulen gemacht wurde. Und es zeigte eine Luisa, die bestimmt erst dreizehn, vierzehn Jahre alt war. Hatte die Familie kein aktuelles Foto?

Eigenartig, fand Kalli. Sehr eigenartig. Als hätte sie ihre Tochter nicht gut gekannt. Und wenn das so ist, wieso schickt sie dann nicht stattdessen einen der Brüder zum Trauergespräch? Oder den Vater? Die Großmutter? Ihr blieb die ganze Familie schemenhaft.

„Aber sie wird doch wohl eine beste Freundin oder einen besten Freund gehabt haben?“, fragte Kalli.

„Nein.“ Beatrix Stuvemann legte ihre Stirn in Falten, nach wie vor aus dem Fenster starrend. „Nicht, dass ich wüsste.“

„Tim vielleicht?“, unternahm Kalli einen letzten Versuch.

Beatrix senkte nur den Kopf.

Am Nachmittag dann fand sie kaum die Zeit, Liturgie und Trauerrede abzufassen. Ihre Einführung vor der Gemeinde stand an. Schon beim Gedanken daran brach ihr der kalte Schweiß unter den Achseln aus. Sie wusste noch, dass Britta und Brigitte die Glocken läuteten, während sie gemeinsam mit Propst Winter in den Gottesdienstraum einzog. Und dass sie rasende Angst bekam bei der Vorstellung, sie könnte jetzt, hier, mitten in ihrer Einführung, eine Panikattacke bekommen wie am Vortag auf dem Marktplatz. Die Sorge darum nahm ihre komplette Aufmerksamkeit ein. Den Rest des Gottesdienstes zählte sie ihre Atemzüge und sagte mechanisch an den geforderten Stellen „Ja, mit Gottes Hilfe“. Als sie abends zu Hause war, weinte sie vor Erleichterung. Und als sie heute Morgen aufgestanden war, fühlte sie sich wackelig. Innen und außen. Nicht gerüstet für den Tag.

Sie hätte nicht geahnt, wie wenig gerüstet sie tatsächlich sein würde.

Und nun lag sie im Dreck, den schweren Geruch der Friedhofserde in der Nase, den Kopf näher an einem Sarg, als ihr lieb war, verschreckte Mitglieder ihrer neuen Gemeinde an der Peripherie der Szene. Sie zitterte auf dem frostigen Boden. Die Kälte hatte sich von ihrem Bauch in alle Gliedmaßen ausgebreitet. In ihren Schläfen pochte es.

Tu was, ermahnte sie sich. Irgendwas! Verlass wenigstens diese würdelose Position.

Sie richtete sich auf, noch halb geduckt. Plötzlich wurde ihr klar, dass es schon eine ganze Weile lang still war. Notdürftig wischte sie sich die klebrige, feuchte Erde vom Talar. Dann schaute sie sich um.

Stuvemanns waren verschwunden. Auch alle anderen Trauergäste hatten sich verzogen. Einige wenige schienen sich noch auf dem Parkplatz vor der Friedhofsmauer aufzuhalten.

Sie blickte sich nach ihrem Kollegen um. Pastor Fuchs hatte sich ihr noch vor der Trauerfeier vorgestellt. Sie hatte sich einem athletisch gebauten Mittfünfziger gegenüber gesehen, dessen joviale Ausstrahlung und puterrotes, fröhliches Gesicht sie überraschten. Glattrasiert und das schüttere, aschblonde Haar zurückgestrichen, schritt er ausladend auf sie zu, ergriff ihre Hand und riss einen kleinen, makabren Witz über die Umstände ihrer Begegnung. „Gerne hätte ich Ihnen diese Bürde abgenommen, liebe Kollegin“, sagte er und begrüßte mit einem kurzen Winken eine Traube von Trauergästen, die sich etwas zu zeitig in der letzten Reihe eingefunden hatten. „Aber der Gemeinderat dachte wohl, es wäre die falsche Botschaft, Sie so schnell anzuheuern und Ihnen dann diese Aufgabe nicht zu übertragen. Das läuft schon, ich bin mir sicher.“ Er zwinkerte ihr zu. „Ich bin heute nur als seelischer Beistand für Familie Stuvemann da.“ Und damit war er ins Pfarrbüro verschwunden, „um den Damen kurz Hallo zu sagen.“

Während der Beerdigung hatte sie ihn dann aus dem Blick verloren. Nun suchten ihre Augen vergeblich den Friedhof nach ihm ab. Ein Schwarm Krähen ließ sich laut streitend in der Eibe neben dem Grab nieder. Der Wind trug heiseres, aufgeregtes Stimmengewirr vom Parkplatz zu ihr herüber.

Kallis Blick glitt über Büsche und Grabsteine. Sie zuckte zusammen. Nur wenige Meter von ihr entfernt stand die Person mit dem schwarzen Pullover, die Kapuze heruntergezogen, und starrte aus rotgeränderten Augen Kalli an.

Sie kannte die junge Frau. Es war die Fremde aus dem Treppenhaus. Und in einem irrwitzigen Moment glaubte sie kurz, ganz kurz, diese explosive Szene würde ihr gelten. Nicht, dass sie solche Auftritte nicht schon einmal erlebt hätte. Auch war sogar einmal, erinnerte sie sich, etwas nach ihr geworfen worden. Eine aufgebrachte Kommilitonin und Ex- (damals noch Noch-)Geliebte hatte in der Mensa eine Kartoffel quer über zwei Tische und mehrere Menschengruppen geschleudert, direkt in ihre Tomatensuppe, nachdem sie herausgefunden hatte, dass Kalli und die Tutorin für Hebräisch noch eine weitere, ebenfalls sehr alte Sprache für sich entdeckt hatten.

Aber das konnte hier nicht der Fall sein, oder?

Sei nicht albern, sagte sie sich.

Die Person machte einen Schritt auf Kalli zu.

Kalli erwiderte ihren Blick. Hielt ihn fest.

Die junge Frau öffnete den Mund.

Kein Ton kam heraus.

Eine Böe ließ das Laub zwischen den Gräbern aufwirbeln. Das Pochen in Kallis Schläfen nahm zu.

Die Frau aus dem Treppenhaus tat einen weiteren Schritt. Blieb stehen, hob die Hände, ließ sie wieder sinken. Nestelte an ihrem Schal.

Kalli fasste sich ein Herz und näherte sich der Person.

„Hallo“, sagte Kalli.

Die Person blinzelte, ballte ihre Hände zu Fäusten.

Dann drehte sie sich um und ging davon.

Ratlos blieb Kalli stehen. Sollte sie ihr folgen? Doch sie hatte sich bereits in Bewegung gesetzt. Zögerlich.

Sie sah sie zwischen den Grabsteinen verschwinden. Auf den Hauptweg des Friedhofs einbiegen, zwischen Eiben und Weiden hindurch.

In großem Abstand folgte Kalli ihr. Als sie auf den Weg trat, wandte sie sich kurz um. Zum frisch ausgehobenen Grab. Dem offenen, klaffenden Loch neben der großen Eibe. Vor wenigen Minuten war hier alles voller Menschen gewesen. Nun lag die Grabstelle verwaist da. Etliche kleine Sträucher und Stauden waren unter den Beinen der fliehenden Gemeinde niedergetrampelt worden. Über dem hellroten Grabstein des Nachbargrabs hing ein einzelner, dunkelblauer Seidenschal. In Hektik verloren. Fünf Grabkerzen lagen rings um das offene Grab verstreut. Die Bestatterin, Frieda Martin, war gerade dabei, sie aufzusammeln. Sie musste die ganze Zeit in der Nähe gewesen sein. Kalli hatte sie nicht bemerkt. Frieda richtete sich auf und hob wie zum Gruß kurz ihre Hand in Kallis Richtung. Kalli nickte ihr zu.

Da wurde ihr klar, dass die junge Frau gar nicht sie angestarrt hatte.

Sie hatte zum Grab gewollt. Zu Luisa. Natürlich. Was sonst hatte die Szene neulich Nacht zu bedeuten? Es war ihr nicht in den Sinn gekommen. Was ging hier vor sich? Sie musste sie unbedingt einholen.

Kalli raffte den Talar und beschleunigte ihren Schritt. In der Mitte des Friedhofs kreuzte der Hauptgang den Weg zu den

Seitenausgängen. Kalli sah die junge Frau nach rechts gehen. Der Weg vollführte eine Biegung. Einen kurzen Augenblick war Kalli die Sicht durch zwei Kastanienbäume genommen. Als sie um deren mächtige Stämme getreten war, stand sie bereits am Ausgang.

Von der jungen Frau keine Spur.

Hier, an der Seite des Friedhofs, war wenig los. Nur ein einzelner roter BMW parkte davor. Auf der Fahrerseite saß jemand und telefonierte. Kalli drehte sich zurück zum Friedhof. Es war still. So still, dass sie die letzten trockenen Blätter in den Kastanien rascheln hörte. Sie stellte sich auf die Zehenspitzen, spähte über die Gräber.

Da griff jemand hinter ihr nach ihrer Hand, berührte sie sachte, fast unmerklich. Sie stieß einen spitzen Schrei aus.

„Psst." Hinter ihr stand ihr Vorgänger Fuchs und legte den Zeigefinger an die Lippen. Eine Welle der Erleichterung durchfuhr sie. Verstärkung war da.

Fuchs deutete mit der Hand stumm die Friedhofsmauer entlang. Die Frau im Kapuzenpulli war auf einer Friedhofsbank unter einer ausladenden Weide zusammengesunken, die Schultern vornübergebeugt, Schluchzer schüttelten sie. Kalli wollte bereits einen Schritt auf die Weide zumachen, da hielt Fuchs sie an der Schulter fest und flüsterte: „Ich mach das schon."

Kalli schaute ihm eine Weile hinterher, unschlüssig, was sie tun sollte. Einerseits schien er die Fremde zu kennen, wusste vielleicht, was zu tun war. Andererseits gefiel es ihr nicht, dass ihr Vorgänger einfach übernahm. Sie setzte sich leise in Bewegung.

Fuchs saß bereits bei der jungen Frau auf der Bank. „Agnieszka, Agnieszka."

Der zärtliche, vertraut wirkende Tonfall, in dem Fuchs die Fremde ansprach, ließ sie zögernd hinter der Weide stehen bleiben.

„Die haben sie umgebracht, ich weiß es."

„Das sind schwere Vorwürfe, Agi. Das kannst du unmöglich ernst meinen."

„Ich spüre es."

Fuchs schwieg. Kalli unterdrückte ein Hüsteln, das sich den Weg ihre Kehle hinaufbahnte.

„Schau, uns alle hat der Tod von Luisa schwer getroffen. Für uns alle war er überraschend. Ich verstehe, dass du verzweifelt bist."

Agi lachte auf. „Das glaube ich kaum. Sie war immer das schwarze Schaf!"

„Ja, schon. Da gebe ich dir recht. Aber wer bringt denn ein Familienmitglied um, nur weil es das schwarze Schaf ist?"

Mir fallen geringere Beweggründe ein, dachte Kalli hinter dem Baum. Vor dem Baum, auf der Bank, schaute Agi den Pastor zweifelnd an. Dann weiteten sich ihre Augen erstaunt.

„Hören Sie", setzte sie an.

„Nein, Agi, du hörst mir jetzt zu." Die Ehrfurcht gebietende Stimme veranlasste sogar Kalli dazu, ihre Schultern zu straffen und gerader zu stehen.

„Ich weiß, du mochtest Luisa. Ich weiß, das muss schwer für dich sein – aber ich werde nicht zulassen, dass du die Trauer der Familie störst." Er machte eine Pause. „Du hast hier nichts zu suchen."

Dann drehte er sich zu Agi und sah ihr fest in die Augen. „Oder muss ich dich erinnern, wie ihr, Luisa und du, auseinandergegangen seid? Das muss ich doch nicht, oder?"

Kalli konnte förmlich hören, wie die junge Frau die Luft anhielt. Dann, fast atemlos: „Woher?"

„Woher ich das weiß? Nun. Frag dich besser, wer nicht davon weiß."

Agi ließ den Kopf zwischen die Schultern sinken. Starrte auf ihre Schuhspitzen.

Fuchs lehnte sich zurück, schlug die Beine übereinander und strich sein Sakko glatt. Eindringlich schaute er die junge Frau an. „Bitte geh jetzt. Es ist genug."

Der Wind schluckte die Antwort der jungen Frau und wirbelte die Weidenzweige durcheinander; sie nahmen Kalli für einen Moment die Sicht. Als der Wind die Zweige wieder zur Seite schob, sah Kalli, wie Agi sich von der Bank erhob, das Gesicht leichenblass. Das Mädchen öffnete den Mund, aber ihre letzten

Worte wurden vom Rauschen der Weide davongetragen. Für einen kurzen Moment kreuzten sich ihre Blicke. Ertappt drückt sich Kalli näher an den Baumstamm heran. Hatte Agi sie gesehen? Doch schon hörte sie die Schritte der jungen Frau, die sich auf dem Kies des Friedhofsweges entfernten, Schritte, erst zaghaft, dann immer hastiger, schließlich rannte sie.

Kallis Herz schlug heftig in ihrer Brust.

Als sie sich hinter dem Baum zum Gehen umwandte, stand die Bestatterin Frieda Martin hinter ihr, ebenfalls leichenblass, die Hand fest in den Stoff ihres Mantels über dem Herzen gekrallt. Sie schwankte leicht.

***

Fast hätte er sie verpasst, so schnell bog Agi aus dem Friedhofstor des Seiteneingangs auf den Gehsteig. Sie lief, rannte fast. Er hatte die ganze Szene vom Auto aus verfolgt. Mumm hatte sie ja, das musste man ihr lassen. Trotzdem unklug. Sehr unklug. Hierher zurückzukommen. Aber: gut für ihn.

Was sie wohl mit dem alten Pastor besprochen hatte? Er zögerte kurz, dann ließ er den Motor an und parkte aus. Langsam fuhr er der jungen Frau hinterher. Er sollte sie im Auge behalten.

Wieder musste er unwillkürlich den Kopf schütteln, als er an seine Entdeckung dachte. Wenn das stimmte, wäre seiner Karriere ein gutes Stück geholfen.

Nur, dass die Hauptzeugin blöderweise tot war. Wäre ihm nicht die Idee mit ihrer Freundin gekommen, er hätte keinen Grund, noch einmal hier rauszukommen. Also, mal abgesehen von dem USB-Stick. Aber das war die pure Trotteligkeit gewesen.

Die Kleine wandte sich nach links, die Straße zum Bahnhof hinunter. Ihr Ziel war offensichtlich. Er fuhr rechts ran, um ihr einen Vorsprung zu lassen und kurz zu überlegen, was er machen sollte. Er brauchte sie. Alle Aufregung der letzten Tage wäre sonst umsonst gewesen.

Allerdings benötigte er auch unbedingt den Stick. Und wäre nicht jetzt dafür die beste Zeit? Jetzt, da alle beim Leichenschmaus waren? Er bräuchte bloß hineinzuspazieren. Und selbst wenn ihn jemand entdeckte, wäre es kaum auffällig. So viele Leute gaben sich heute die Klinke in die Hand. Er zupfte an seinem Ohrläppchen und starrte aus der Windschutzscheibe. Mädchen oder Stick?

Erst die Kleine. Wer weiß, wohin sie sonst wieder verschwinden würde. Wahrscheinlich war das seine letzte Chance. Entschlossen setzte er das Auto wieder auf die Straße.

Der Bahnhof lag verlassen da. Kaum verwunderlich, der nächste Zug würde erst in etwas über einer Stunde einfahren. Er sah, wie Agnieszka um das Gebäude herum zu den Gleisen ging. Er schaute sich um. Keine Menschenseele weit und breit. Das war die Gelegenheit. Er musste sie unbedingt zum Reden bringen.

***

Kalli kippte ihren zweiten Doppelkorn. Die junge Frau ging ihr nicht aus dem Kopf. Die unter der Kapuze weit aufgerissenen Augen. Der kurze, direkte Blick, den sie gewechselt hatten. So klar, so scharf, als wäre sie unerwartet mit dem Kopf voran in eiskaltes Wasser getaucht.

Mit zitternder Hand schaufelte sie sich eine Gabel voll Kartoffelsalat in den Mund. Sie brachte den Bissen kaum herunter und ließ die Gabel sogleich wieder sinken. Sie hatte entschieden keinen Appetit. Und wenn ihr hier jemand beim Zittern zuschaute! Was für ein Start. Wenn das nicht in die Stadtchroniken eingehen würde. Neue Pastorin verpatzt erste Beerdigung. Auch noch die der tragisch jungen, allseits beliebten Tochter der allseits verehrten Unternehmerfamilie. Sie legte sich die linke Hand auf das rechte Handgelenk. Das Zittern ließ etwas nach. Sie machte einem der Kellner ein Zeichen und bekam einen dritten Schnaps eingeschenkt. Kalli Krause im Einsatz, dachte sie zynisch. Kann zwar nicht als Käpt'n des sinkenden Schiffes das Ruder in der Hand halten. Aber trinken wie ein Seemann schon.

Das hier war definitiv der schlimmste Tag ihres Lebens und das, obwohl sie dachte, der schlimmste Tag ihres Lebens sei der Umzug vor einer Woche gewesen. „Scheiße“, knurrte sie zwischen den Zähnen hervor. Nicolai aus der Jugendgruppe, der ihr gegenübersaß und gelangweilt Schnörkel mit einem Filzstift auf die Papiertischdecke schmierte – das Smartphone hatte man ihm abgenommen, nachdem er die Beerdigungsszene gefilmt und auf YouTube hochgeladen hatte –, verschluckte sich prompt an seiner Cola, ließ den Stift fallen und machte, dass er von diesem eigenartigen Neuankömmling wegkam.

„Verdammt." Ihr wurde bewusst, dass sie die unprofessionelle Vorstellung, die sie heute auf dem Friedhof abgegeben hatte, nur noch verlängerte, wenn sie hier wie angenagelt an der langen Tafel sitzen blieb und einsam einen Kurzen nach dem nächsten kippte, während die meisten anderen standen, durch den Raum schlenderten, sich gedämpft unterhielten. Sie schaute sich um. Stuvemanns hatten nicht weniger als die große Aula auf dem Gelände ihrer Brauerei zur Verfügung gestellt. Servicekräfte in schwarzen Hemden und Blusen trugen kalte Platten und Tabletts mit Bier und Wein durch den Saal. Eine neue Welle von Peinlichkeit durchschwappte Kalli, als ihr klar wurde, dass sie scheinbar eine der wenigen Personen war, die bereits zu Härterem als Bier und Wein übergegangen waren. Neben ihr nur die Bestatterin, die alleine an der Wand neben dem Eingang zur Aula lehnte. Und zwei Männer, die, im Gegensatz zu ihr selbst, wirklich wie Seemänner aussahen. Zumindest so, wie Kalli sich Seemänner vorstellte: verstrubbelt, verschwitzt, schmuddelige Oberbekleidung und rote Nasen. Sie musste wohl zu lange hingeschaut haben, der eine prostete ihr zu. Sie wurde rot, fühlte sich ertappt, prostete zurück. Kopf in den Nacken, weg mit dem Zeug! Wie an einer Schnur gezogen, kam sofort der beflissentliche Kellner herbei und schenkte geräuschlos nach. Kalli schob das Glas ostentativ von sich weg.

Sie suchte die Grüppchen der Gäste nach einem bekannten Gesicht ab. Am liebsten Fuchs. Zur Not noch die Zwillinge. Brigitte und … Birgit? Berta? Bettina? Na, irgendwie so. Sie scheute sich, einfach zu einer der Gruppen dazuzustoßen. Es wäre legitim, alle erwarteten es. Dass sie sich vorstellte. Ins Gespräch ging. Sie konnte diese Erwartung spüren, wann immer ein fragender Blick sie streifte. Aber auf keinen Fall war sie bereit, über die Szene am Grab der jungen Stuvemann zu sprechen. Und das würden sie. Der Tratsch war bereits in vollem Gange; sie machte sich keine Illusion.

Egal. Tratsch egal. Namen der Ehrenamtlichen egal. Beerdigung egal. Sie würde hier nicht lange bleiben. Sie konnte nicht. Das war nicht ihre Welt. Vierter Korn.

Sie knallte das Glas auf den Tisch und dachte: Ich will nach Hause. Sie vermisste die Stadt. Die geordneten Abläufe in ihrer alten Stadtpfarrei. Fabio. Sogar ihre Mitbewohnerinnen. Sie fing an, den Kartoffelsalat in sich reinzustopfen. Die ganze Woche über hatte sie es geschafft, den Trennungsschmerz unten zu halten. Ihn einfach nur im Hintergrund vor sich hin schwelen zu lassen. Jeden Morgen kurz gegrüßt, aha, du bist noch da, guten Morgen. Sie hatte sich wirklich tapfer gehalten. Aber diese junge Frau, Agi, fast noch ein Teenager, hatte in diesem kurzen Moment, als sich ihre Blicke kreuzten, einen Spalt im Raumzeitkontinuum aufgestoßen und plötzlich hatte sie wieder an ihrem alten Küchentisch, in der alten Küche, in der alten Stadt gesessen und hörte den Satz, der ihr Leben, so wie es war, komplett durcheinanderbrachte: „Ich ertrage dich nicht mehr hier." Sanne hatte Merle auf den Arm genommen und war aus der Küche gegangen, als wäre nichts gewesen. Sie hatte Kalli mit dem Nachhall dieses Satzes allein gelassen, den blauen Plüschdinosaurier auf dem Schoß, den Merle so liebte.

Sie fühlte, wie ihr die Gabel aus der Hand gezogen wurde. Marlis Schidlowski, heute in ein opulentes, weinrotes Tuch mit goldenen Löwen gewickelt, das sie lässig über ihrer Trauerkleidung trug, begutachtete das durch bloße Daumen-, vielleicht sogar Willenskraft komplett zu einem „U" verbogene Essbesteck. Kalli konnte sich nicht erinnern, dass sie das gewesen sein sollte. „Unsere Neue verfügt ja über beeindruckende Fähigkeiten."

Kalli grunzte zur Antwort.

„Na na, grämen Sie sich nicht, Kalli. Niemand legt Ihnen dieses Fiasko zur Last. Alle rätseln über diese Szene genauso, wie Sie es tun."

Kalli drehte verstohlen den Kopf. Einige Gäste erwiderten ihren Blick, schauten jedoch schnell wieder weg. Aus der gedämpften Geräuschkulisse hörte sie das Getuschel heraus. Getuschel, das von Grüppchen zu Grüppchen sprang. Hier und da unterdrücktes Gekicher. Plötzlich entdeckte sie auch die Zwillinge – Britta! fiel es ihr wieder ein, Britta und Brigitte –, die am Rande des Saals standen und das Treiben aus zusammengekniffenen Augen beobachteten.

„So, rätseln sie?“, fragte Kalli Marlis.

„Was hat Fuchs Ihnen erzählt?“ Marlis rückte sich einen Stuhl zu Kalli heran.

Kalli war mit Fuchs vom Friedhof zum Gemeindehaus zurückgekehrt. Sie hatte die junge Frau nicht mehr gesehen. Kurz überlegte sie, ob sie Fuchs auf das, was sie gehört hatte, ansprechen sollte, aber dann traute sie sich doch nicht. Zuzugeben, dass sie hinter der Weide gestanden hatte. Lauschend. Also bedankte sie sich nur für sein Eingreifen und tastete sich vorsichtig vor, ob Agi aus der Jugendgruppe war. Fuchs verneinte.

„Wohl die Jüngste aus einer Familie vom Altenhofer Berg“, sagte Kalli und schaute Marlis fragend an.

„Das ist die Neubausiedlung hier“, klärte sie sie auf.

„Er sagte, die Familie sei zwar in die Gemeinde eingetreten, aber nur selten da gewesen.“

„Selten?“, schnaubte Marlis. „Ich hab die junge Frau noch nie im Leben gesehen. Und welche Familie denn nur?“ Marlis runzelte die Stirn und suchte die Antwort in der Decke der Aula. „Aber gut. Wenn Fuchs das so sagt, er wird es wohl wissen.“ Marlis zögerte kurz. „Genau genommen weiß ich eigentlich auch über die Luisa nicht viel.“ Marlis schob ihr Weinglas auf dem Tisch hin und her. „Irgendwie ein blasses Mädchen, wissen Sie, was ich mein? Immer im Hintergrund, sagt kaum einen Pieps, aber na gut, in dem Alter war ich auch nicht anders. Keine Freundinnen in der Gemeinde, hockte ständig mit ihren Brüdern zusammen. Überrascht mich, ehrlich gesagt, dass ihr Leben eine derart heftige Reaktion wie Kerzenschleudern und Rumkrakeelen auf dem Friedhof hervorgerufen haben soll.“

„Was sollte das Ganze wohl?“, hatte Kalli auch Fuchs gefragt, als sie auf dem Weg zum Leichenschmaus waren.

Der hatte nur traurig den Kopf geschüttelt. „Ich kann es Ihnen gar nicht genau sagen. Luisa und Agi schienen sich angefreundet zu haben. Waren kurze Zeit über unzertrennlich. Dann endete die Freundschaft jäh. Ich weiß nicht genau, warum."

„Hm, das ist ja nicht gerade viel", kommentierte Marlis Kallis Bericht.

„Ja", überlegte Kalli laut. „Und was hat sie vor meiner Tür gesucht?"

„Sie stand vor Ihrer Tür?", rief Marlis aus.

„Pssssst", machte Kalli und spürte das Brennen der Blicke in ihrem Nacken. Sie senkte ihre Stimme zu einem Flüstern. „Ja, sie stand vor meiner Tür. In der ersten Nacht hier. Und hat nach Luisa gefragt. Kurios, oder?"

„Absonderlich, höchst absonderlich." Marlis nippte gedankenversunken an ihrem Glas und setzte es dann plötzlich ab. „Huch, so spät schon, ich muss los!" Sie warf einen schnellen Blick an Kallis linkem Ohr vorbei. „Bleiben Sie tapfer", wisperte sie ihr zu. „Unser Arzt naht." Damit raffte sie ihr Schultertuch und schritt davon.

Kalli stand auf. Sie hatte schon zu lange über den Tisch gebeugt gesessen. Zeit, sich unter die Leute zu mischen und das Desaster vom Vormittag mit Würde zu ertragen. Sie wandte sich um.

Dort stand jemand. Viel zu nah für ihren Geschmack.

Sie trat unwillkürlich einen Schritt zurück und stieß gegen die Tischplatte. Die auf dem Tisch abgestellten Gläser gaben ein helles, klirrendes Geräusch von sich.

„Verzeihen Sie, ich wollte Sie nicht erschrecken." Der Mann war groß, sogar stattlich, wie es andere außer Kalli vielleicht würdigen würden, und steckte in einem modern geschnittenen, schmalen Anzug sowie in einem extrem aufdringlichen Aftershave. Er schwenkte ein halbvolles Glas Rotwein.

„So eine aufregende Beerdigung gab es hier zuletzt, als die alte Schüller dachte, ihr Mann würde von innen an den Sargdeckel klopfen."

Kalli wusste nicht, ob sie darüber lachen wollte. Sie setzte ein schiefes Grinsen auf. Jetzt, da sie stand, merkte sie den Schnaps in den Beinen. Und die Erschöpfung.

„Wenig davon war mein Verdienst“, sagte sie.

Der Mann nickte. „Gut, dass Fuchs da war, um die Sache zu klären.“

Kallis Magen zog sich zusammen.

„Entschuldigung, ich habe mich ja noch gar nicht vorgestellt.“ Er streckte seine Hand aus und Kalli ergriff sie. Ihre eigene Hand fühlte sich unangenehm kalt und schmierig in seiner trockenen, warmen an. Er ließ sie dann auch sofort los, kaum, dass sie den Händedruck erwidern konnte.

„Dr. Adrian Plessner. Gemeindearzt.“

„Oh, ich wusste gar nicht, dass das eine Berufsbezeichnung ist“, entfuhr es Kalli. Sie biss sich gleich auf die Zunge. Benimm dich, ermahnte sie sich.

Plessner räusperte sich und überging ihre Bemerkung. „Die Leute hier“, er drehte sich seitlich zu Kalli und vollführte eine ausholende Geste mit dem rechten Arm, „tratschen natürlich. Machen Sie sich nichts draus. Ihre Referenzen waren ja vorzüglich. Ist man bei den Jüngeren ja gar nicht mehr gewohnt.“ Er musterte sie durchdringend. „Auch wenn Sie Ihr erstes Studium abgebrochen haben.“ Kalli fröstelte. Der hatte ja gründlich recherchiert. Dass sie einmal drei Semester Medizin studiert hatte, wusste neben ihren Eltern und Fabio eigentlich kaum jemand.

„Woher kennen Sie …“, fragte sie und ahnte die Antwort schon.

„Kirchgemeinderat. Wir werden uns wohl häufiger begegnen.“

Himmel hilf, dachte Kalli. Dann schalt sie sich. Der Arzt hatte ihr nichts getan, er versuchte nur, Konversation zu machen.

Ein Kellner mit einem Tablett kam vorbei und räumte die leeren Gläser vom Tisch. Er hob eines der Schnapsgläschen fragend in Kallis Richtung. Kalli hätte gerne, wehrte jedoch ab.

Plessner nickte. „Besser so. Das wird hier nicht gern gesehen.“

„Was?“

„Trinkende Pastoren.“

Kalli quittierte es stumm.

Er deutete auf die Zigarettenschachtel auf dem Tisch hinter ihr.

„Sie rauchen auch?“

Kalli schüttelte erst reflexhaft den Kopf. Dann nickte sie. Der Arzt machte eine sauertöpfische Miene. Ein Kräuseln überzog seine spitze Nase. „Das ist nicht gut."

Kalli nickte. Dann schüttelte sie den Kopf. Sie nahm die Schachtel vom Tisch und schob sie sich in die Gesäßtasche. Verdammt, war sie müde.

„Sind Sie verheiratet?"

Sie hielt in der Bewegung inne. Alle Alarmglocken schrillten.

„Wieso? Wird das ein Antrag?"

„Sind Sie's?"

„Schauen Sie, es war ein recht langer Tag. Heben wir uns die persönlicheren Fragen doch für ein anderes Gespräch auf."

„Ich meine nur … eine Frau im geistlichen Amt. Schon Mitte dreißig."

Ihre Fäuste ballten sich in ihren Hosentaschen. Kalli konnte den Weg geradezu sehen, der sich von hier aus thematisch über Frauen im Dienst, der Frage nach Enthaltsamkeit oder Ehe und gleichgeschlechtliche Paare im Gemeindehaus entspinnen würde. Heute nicht.

„Die junge Frau heute Vormittag, auf dem Friedhof … War Sie Ihnen bekannt?"

Plessner nippte an seinem Rotwein und legte die Stirn in Falten. „Nein, nicht, dass ich wüsste."

„Auch in der Gemeinde nicht?"

„Nein. Niemand hier schien sie gekannt zu haben. An Fuchs' Stelle wäre ich nicht so geduldig gewesen, ich hätte sie einfach rausgeworfen. Eigentlich ja Ihre Aufgabe." Er lächelte süffisant und fügte hinzu: „Und mit Ihnen hatte das gewiss nichts zu tun?" Das Lächeln wurde breiter. Kalli bereute, dass sie Marlis erzählt hatte, dass Agnieszka nachts vor ihrer Tür gestanden hatte. Sie hoffte, sie würde Stillschweigen darüber wahren.

„Nein. Ich kenne sie nicht", erwiderte sie und setzte hinzu: „Pastor Fuchs scheint sie jedoch flüchtig gekannt zu haben."

„Meinen Sie?" Plessner schaute skeptisch. Seine Augen begannen den Raum hinter ihr abzusuchen.

„Wie war sie denn so? Also, Luisa?", fragte Kalli schnell. „Leider …" Sie entschied sich für die diplomatische Variante und nicht dafür, ihren Eindruck zu teilen, dass die Mutter ihrer Tochter offenbar nicht besonders nahe gestanden hatte. „… war es mir in der kurzen Zeit kaum möglich, ein lebhaftes Bild von ihr zu bekommen. Aber Sie, als Gemeindearzt …“ Sie bemühte sich, dem Wort keinen ironischen Beiklang zu geben.

„Nun …“, Plessner räusperte sich schon wieder und fing an, seine Anstecknadel, einen Pin mit einem verkratzten, roten Vogelmotiv und silbernem Schriftzug, zwischen Daumen und Zeigefinger hin und her zu drehen. „Vermutlich hätten Sie das auch nicht, wenn Sie schon länger hier gewesen wären. Luisa war die meiste Zeit im Internat auf Schloss Repgow, auch ihre Mutter war dort bereits als junges Mädchen. Soweit ich weiß, hatte sie die mädchenüblichen Interessen, einen übersichtlichen Freundeskreis und einen guten Notendurchschnitt. Jedenfalls nichts“, er trank den letzten Schluck aus seinem Glas und stellte es auf dem Tisch ab, „was einen derartig heftigen Auftritt motivieren könnte.“

„Mir fallen schon Hintergründe ein, die bei jungen Menschen dramatische Reaktionen hervorrufen“, überlegte Kalli laut. Sie war froh, dass sich das Gespräch von ihr wegentwickelte.

„Zum Beispiel?“

„Zum Beispiel“, Kalli beschloss, ihn herauszufordern, „schmerzhafte, emotionale Erfahrungen. Freundschaftlicher Verrat? Oder eine romantische Angelegenheit vielleicht?“ Ihr Magen machte einen Sprung, als ihr ein Bild ins Gedächtnis schoss, sie selbst, wie sie wutentbrannt eine Tomate gegen eine Fensterscheibe schleuderte, sie hatte ihr Gesicht, aufs Unkenntliche verzerrt, in der Reflexion des Küchenfensters gesehen und Leni hatte, völlig unbeeindruckt, unter der zermatschten Tomate gesessen, die langsam, fast höhnisch, die Scheibe herunterrutschte. „Wär's das dann?“, hatte Leni in ihrer schnodderigen Art gefragt und sie fortan ignoriert.

Plessners schneidender Ton brachte sie in die Gegenwart zurück. „Romantische Angelegenheiten? Auf einem reinen Mädcheninternat?“

„Nun …“, Kalli hob eine Augenbraue.

„Frau Pastor …“ Plessner ließ eine spürbare Pause an der Stelle, an der er noch ein „-in“ hätte setzen können, wenn er das gewollt hätte. „Sie kommen aus der großen Stadt. Schön und gut. Aber das, wovon Sie da sprechen, gibt es hier nicht."

„Homosexualität?", half Kalli ihm und Plessner zuckte wie unter einem Peitschenhieb zusammen.

„Bitte, dämpfen Sie etwas Ihre Stimme. Und wenn Sie den trauernden Eltern helfen wollen, unterlassen Sie bitte diese Unterstellungen."

„Aber das ist doch keine Schande!" Kalli wurde sich jetzt selbst ihrer lauten Stimme bewusst, auch dass sie mit einer Hand gestikulierte. Britta und Brigitte, sie waren in der Zwischenzeit in eine andere Ecke gewechselt, schauten neugierig herüber.

Plessner beugte sich zu ihr herab und schaute sie eindringlich an. Dann sagte er langsam und so leise, dass sie es gerade hören konnte: „Dort, wo Sie herkommen, vielleicht nicht. Hier schon." Drehte sich auf dem Absatz um und ging. Kalli blieb mit offenem Mund zurück. Hatte sie das gerade wirklich gehört? Das konnte doch wohl nicht sein. Sie schluckte und versuchte, sich zu sammeln. Erleichtert nahm sie Brittas auffordernden Blick am Ende des Raumes wahr. Doch in dem Moment, den sie benötigte, um ihren Blazer von der Stuhllehne zu nehmen, hatte sich bereits Fuchs zu den beiden Schwestern gesellt und schien sie in ein intensives Gespräch zu verwickeln. Kalli sah, wie Britta und Brigitte ihre Münder zu dünnen Strichen zusammenkniffen.

Na, gut. Sie wandte sich zu ihrer Linken und stellte sich einer Gruppe Teenager vor – potenzielle Opfer ihres Konfirmandenunterrichts –, die reichlich lustlos in ihren Früchtetees rührten.

***

Später war sie durch den dunklen Spätnachmittag nach Hause geschlichen. Das Auto hatte sie stehen lassen; der Schnaps war ihr in die Waden gesackt. Die Straße führte bergab Richtung Stadtmitte, hin zum Bahnhof, eine verlassene Gegend. Nur eine schwarze Katze begegnete ihr, die von links nach rechts die Straßenseite wechselte, zwei Radfahrerinnen, die sich den Berg hochmühten, und ein einzelnes rotes Auto, das vom Bahnhof kam. Hielt hier überhaupt ein Zug? Sie fühlte sich einsam und verloren. Sie wünschte, sie könnte jetzt zu anderen Menschen, Menschen, denen sie nahestand, nach Hause kommen und ihnen von ihrem Tag erzählen, so wie sie es die letzten Jahre über gemacht hatte: Das war vielleicht ein Tag, ihr glaubt es nicht! Sanne würde kurze Nachfragen dazu stellen, Merle dabei mit einem Löffel, Schneebesen oder was sich sonst zum Trommeln eignete, auf einem Topf, einer Schranktür oder dem Boden herumlärmen und vor sich hin glucksen. Im Hintergrund leise das Radio und, wenn es regnete, das regelmäßige Klopfen der Regentropfen auf dem Fensterbrett vor dem Küchenfenster. Später würde Kalli vielleicht noch den Einkauf machen oder Merle baden.

Leni war nur selten in diesem Bild.

Kalli fror, trotz des Parkas, den sie noch aus der Hutablage ihres Passats geangelt und über ihren Blazer geworfen hatte. Auf der unbeleuchteten Landstraße trat sie in eine Pfütze und fluchte. Merle hatte Pfützen geliebt. Mit der Zeit war Kalli immer kreativer darin geworden, die Kleine von ihnen wegzulocken, sie abzulenken, wenn sie sich auf dem Weg von der Kita einem besonders schlammigen Exemplar näherten. Im Sommer hatte sie ihr den Spaß gelassen, dann gab es zu Hause trockene Sachen. Nur unter Protest, versteht sich, ein Kampf, ihren Dickschädel mit den dunkelblonden Locken durch den Ausschnitt des T-Shirts zu bekommen, und wenn ihr Gesicht darunter wieder auftauchte, lachte sie schon wieder, bereit für neuen Schabernack. Merle.

Ihre Zehen wurden nass. Sie war nicht aus der Pfütze getreten.

4

„Und das sind alles Notfälle?“ Kalli starrte entgeistert auf den Stoß Schmierzettel, den Britta ihr auf den Schreibtisch gelegt hatte. Sie linste auf die Uhr; es war gerade einmal Viertel zehn – und da hatten schon fünf Leute angerufen?

„Es klang alles sehr dringend!“ Brittas Stimme war eine halbe Oktave höher und ihre Brille ein Stückchen tiefer gerutscht. Gesamtergebnis: vorwurfsvoll. „Pastor Fuchs kommt dienstags immer extra um acht. Er weiß, dass da viele anrufen.“

„Kam“, verbesserte Kalli sie. „Er *kam* um acht.“ Sie räusperte sich. Bloß keinen Knatsch mit diesen Frauen. Was machten sie überhaupt hier? Kalli hätte erwartet, allein im Büro zu sein. „Wann, sagten Sie, kommt Herr Müller zurück?“

„In einer Woche“, sagte Brigitte, die mittlerweile mit einer großen Tasse dampfenden Pfefferminztees ebenfalls Kallis Schreibtisch überragte. Kalli wurde es plötzlich sehr eng.

Britta musterte sie kühl. „Nun, wenn Sie dann alles haben, dann können wir ja jetzt noch durchsaugen, die Blumen machen und dann gehen.“

Es ist ja nicht so, als hätte ich euch bestellt, dachte Kalli und sagte laut: „Vielen Dank!“

Sie stieß erleichtert den Atem aus, als sich die Tür hinter den Zwillingen schloss, und wandte sich Brittas Telefonnotizen zu. In etwas altertümlicher, ausladender, spitzer Schrift stand auf dem ersten Zettel:

12.11., 7:45 Uhr – Liebe Frau Pastor,
Hannelore Schuh hat angerufen. Sie haben Sie noch nicht kennengelernt. Sie war nicht beim Kaffeetrinken und auch nicht bei der Beerdigung. Sie hat wohl einen verstauchten Knöchel.

Allerdings hat man sie auch vorher nicht mehr besonders oft im Gottesdienst gesehen. Sie waren noch nicht da, deshalb habe ich mir erlaubt, ans Telefon zu gehen.
Hannelore hat nur gesagt, dass sie wegen einer Glaubensfrage regelmäßig mit dem Herrn Pastor gesprochen hat. Sie fragt, ob Sie nachmittags vorbeikommen können. 14 Uhr war immer ihre Zeit.
Ihre Telefonnummer hat sie nicht dagelassen, aber ich denke, Sie finden sie im Computer.
Wir wünschen Ihnen einen schönen Tag!
Herzliche Grüße, Britta Schmied

Kalli legte den Zettel zur Seite und nahm den nächsten.

12.11., 8:45 Uhr – Es kam ein weiterer Anruf. Leider sind Sie immer noch nicht im Hause. Es war der Propst. Ich habe Sie entschuldigt. Er bittet Sie, bei den Diedrichsens vorbeizusehen, Ärger im Haus.
Handynr. Hr. Diedrichsen: 0178 9092254.
Beste Grüße, B. S.

Diedrichsen, Diedrichsen – da war doch was, überlegte Kalli. Fuchs hatte von ihnen gesprochen. Er hatte sie bei ihrem kurzen Plausch auf dem Weg vom Friedhof zum Leichenschmaus vorgewarnt. Eine Familie, die quasi im Dauerkonflikt mit einem anderen Gemeindemitglied lebt. Kalli seufzte und nahm den dritten Zettel auf.

12.11., 9:05 Uhr – Fr. Bott, hat sehr gejammert, fragt nach Termin – heute Nachmittag?
BG

Sie schob die Zettel an den äußersten Rand der Schreibtischplatte. Das konnte warten. Ihren freien Montag hatte sie genutzt, um ihre Bleibe halbwegs wohnlich zu machen. Und sie hatte einen Entschluss gefasst. Bis eine angemessene Zeitspanne verstrichen war, nach der sie weiterziehen könnte, würde sie Moorstede eine

Chance geben. Schließlich hatte sie keine Sekunde gezögert, als der Anruf kam. Sie hatte so schnell wie möglich fort aus Schwerin gewollt.

Und vor allem würde sie sich um die Kleine kümmern. Jawohl, sie würde Agnieszka nach Hause bringen. Die ganze unselige Geschichte aufklären. Das würde sie eine Zeit lang beschäftigen.

Qualvoll langsam fuhr der PC hoch. Wenigstens war Fuchs ein Ordnungsliebhaber. Kalli hatte keine Schwierigkeiten, sich in den Dateien der Gemeinde zurechtzufinden. Sie rief die Liste mit den Konfirmand*innen auf. Wie alt mochte diese Agi sein? Siebzehn hatte sie geschätzt. Vielleicht auch sechzehn oder schon achtzehn? Kalli klickte sich durch die Gruppen. In keiner von ihnen tauchte eine Agnieszka auf. In der Liste von Konfirmand*innen von vor drei Jahren fand sie allerdings Luisas Namen.

Kalli fuhr zusammen, als draußen eine der Schwestern den Staubsauger gegen die Bürotür rammte.

„Britta!", rief sie, die Bürotür öffnend, Brittas Rücken zu, aber Britta bearbeitete den alten PVC-Boden, als hinge ihr Leben davon ab.

„Britta!"

„Lassen Sie mal." Kalli fuhr erneut zusammen. Brigitte war hinter ihr nahezu geräuschlos um die Ecke gebogen, eine Blumengießkanne in der Hand. „Die hört jetzt erst mal nichts. Brauchen Sie etwas?" Kalli lotste sie in ihr Büro und schloss die Tür hinter sich. Brigitte schaute sie erwartungsvoll, aber auch skeptisch an.

Was sah Brigitte wohl?, überlegte Kalli. Eine junge, unfertige Theologin, die sich in den altehrwürdigen Büromöbeln ihres verehrten Vorgängers breitmachte. Kein Wunder, dass der Kirche in diesen Breitengraden die Anhänger davonliefen, wenn die Landeskirche nur noch bärtige Skateboarder, eitle Jesus-YouTuber oder sogar Frauen schickte.

Kalli räusperte sich. „Dieses Mädchen, vom Samstag …"

„Ja?" Brigitte stellte geräuschvoll die Gießkanne ab. Selbst das klang irgendwie anklagend in Kallis Ohren.

„Agnieszka. Ich finde sie in keiner Liste."

„Das wundert mich kaum", unterbrach Brigitte sie. „Die ist nicht konfirmiert worden. Jedenfalls nicht hier."

„Aber Fuchs schien sie recht gut gekannt zu haben?"

Brigitte legte den Kopf schief und blinzelte. „Das glaube ich kaum."

„Kennen Sie ihren Nachnamen? Hat sie Familie hier im Umkreis?"

„Nun, ihre älteren Brüder sind von ein paar Jahren zugezogen. Aus Polen. Von Eltern weiß ich nichts. Und nach den Gottesdiensten waren sie immer sofort weg, legten keinen Wert auf Geselligkeit. Irgendwann kamen sie gar nicht mehr."

„Also waren sie Gemeindemitglieder?"

„Wenn Sie so wollen."

„Also finde ich sie im Verzeichnis?"

„Das sicher." Die Gemeindehelferin verschränkte ihre Arme und überlegte; draußen brummte der Staubsauger über den Flur. Kalli trommelte mit den Fingerspitzen auf die Tischplatte des Schreibtischs. Brigitte blinzelte und seufzte.

„Ich weiß nicht mehr, wie die heißen. Ein kurzer Name. Sie können ja den Sekretär mal fragen, wenn er wieder da ist", schloss Brigitte und ging.

Mit drei Klicks war Kalli im Gemeindeverzeichnis. Es war erwartungsgemäß voll. Mittelvoll. Kalli fragte sich, wie viele Mitglieder, deren Namen sie hier las, sie wohl tatsächlich zu Gesicht bekommen würde. Die Austrittsraten waren horrend. Dazu kam, dass auf dem Land eine Taufe auf zwei oder drei Beerdigungen kam. Vorsichtig geschätzt.

Die Suchmaske spuckte bei „Agnieszka" keinen Treffer aus. Also scrollte sie durch das gesamte Verzeichnis. Und da, in der Mitte, das mussten sie sein. Król, Stefan und Teodor. Und Fuchs hatte in der Spalte „Anmerkungen" hinzugesetzt: „plus Schwester". Plus Schwester? Kalli wunderte sich. Fuchs schien ihr eigentlich niemand zu sein, der seine Verzeichnisse schlampig führte.

Sie ließ den Familiennamen durch die Suche des Dateisystems laufen. Nichts. Nichts außer der Nennung im Verzeichnis. Keine Anmeldung zur Gemeindefahrt. Keine Beteiligung in Ausschüssen des Kirchgemeinderats. Kein Eintrag in der Seelsorge-Dokumentation.

Sie rief den Browser auf, loggte sich in ihren Facebook-Account ein und gab in die Suche „Agnieszka Król" ein. Dann „Agi Król". Schließlich „Agi Moorstede". Sie hielt die Luft an. Es gab zwar einen Eintrag, aber das Profilfoto zeigte einen Mann um die vierzig. Das wird sie wohl nicht sein. Auch die Suche mit den Namen der Brüder war ergebnislos. Dann fiel ihr ein – hatte die Gemeinde nicht eine Webseite? Vielleicht waren dort Fotos der Jugendgruppen abgebildet? Aber die Gemeinde war nicht online.

Einige Recherchen auf YouTube, Instagram und über die Google-Bildersuche später rieb sich Kalli frustriert die Augen. Unmöglich, dass so ein junger Mensch völlig unsichtbar auf Social Media sein sollte.

Über den Bildschirm flimmerte eine plötzliche Bewegung. Kalli wandte sich um. War da jemand vor dem Fenster?

Niemand zu sehen. Allerdings auch die Geranienkübel nicht, die vor wenigen Minuten noch dort gestanden hatten. Sie riss das Fenster auf und ein Schwall kalter Luft fuhr ihr ins Gesicht.

Unten hockte Brigitte zwischen den Geranienkübeln.

„Ach, Brigitte, schön, dass ich Sie noch mal sehe." Die Gemeindehelferin richtete sich zu ihrer vollen Größe auf und blickte etwas betreten drein.

„Ich bin Britta."

Oh, dachte Kalli, da hatte sie sie ja schon vorhin verwechselt. Wie war das mit den Brillengestellen?

„Nun", fuhr sie fort, „hören Sie. Die junge Frau vom Friedhof. In Fuchs' Unterlagen tauchen sie und ihre Familie gar nicht auf."

Britta nagte an ihrer Unterlippe.

„Wen könnte ich denn noch fragen? Wer kann etwas über sie wissen? Stuvemanns? Pastor Fuchs?"

Durch Britta ging ein Ruck, als würde sie gerade erwachen. Ihre Stimme klang spitz. „Ich möchte wirklich nicht unhöflich sein, Frau Pastor", setzte sie an und Kalli wappnete sich innerlich bei dieser Einleitung, „aber besser, Sie behelligen die Familie nicht. Zumal dieses Mädchen vor letztem Samstag ohnehin niemandem aufgefallen war. Und es gibt in dieser Gemeinde so viel anderes zu tun!“ Sprach's, drehte sich auf dem Absatz um und ging, die Geranienkübel ihrem Schicksal der vermutlich ersten frostigen Nacht überlassend.

Kalli schloss das Fenster. Brigitte – nein, Britta – hatte sie auf eine Idee gebracht.

Sie rief erneut Facebook auf. Diesmal gab sie Luisas Namen ein. Bingo! Die kleine Stuvemann war unter ihrem Klarnamen auf der Plattform. Ihr Profil noch nicht gelöscht.

Und da war ein Selfie der beiden jungen Frauen.

Kalli schluckte. Das Foto, das ihr die Mutter bei der Vorbereitung der Trauerfeier gezeigt hatte, war ein typisches Klassenfoto gewesen. Luisa in weißer Bluse, mit dezenten Ohrsteckern sowie einem tannengrünen Haarband als einzigem modischen Zugeständnis. Und mit dieser Art von wächserner Haut, wie man sie nur durch die Bildbearbeitung überengagierter Schulfotografen bekommt. Die Luisa auf dem Foto mit Agi sah ganz anders aus. Sie sitzt im Gras, inmitten von Löwenzahn und Gänseblümchen, die Sonne scheint ihr ins Gesicht und sie schirmt ihr Gesicht mit dem rechten Arm ab, am Handgelenk eine Vielzahl von Armreifen und -bändern, Kalli konnte sie förmlich klimpern hören. Luisas Haare sind zersaust. Der linke Arm hängt über Agis Schulter. Agi grinst übers ganze Gesicht.

Woher kannten sich die beiden? Offenbar nicht aus dem Konfi-Unterricht. Auch nicht aus der Schule, wenn Luisa aufs Internat ging. Woher dann? Und wenn die beiden wirklich enge Freundinnen waren – wieso haben Luisas Eltern und Brüder nicht Kontakt mit ihr auf der Beerdigung aufgenommen?

Gedankenverloren griff sie zum Telefon, zögerte. Britta hatte recht. Sie konnte nicht einfach die Familie anrufen und nach einer entfernten Freundin ihrer gerade verstorbenen Tochter fragen – zumal nach deren Auftritt am Samstag. Es wäre taktlos und sie würde in dieser kleinen Stadt schneller in Ungnade fallen, als sie zur nächsten Kaffeefahrt einladen konnte. Also wählte sie die Nummer des Gemeindebüros, die Fuchs ihr am Samstag dagelassen hatte, damit sie eine Übergabe zu den laufenden Angelegenheiten der Pfarrei machen konnten.

„Guten Tag", meldete sich die Stimme des jovialen Kollegen, „leider haben Sie mich nicht erreicht. Bis einschließlich 15. November bin ich im Urlaub. Sie erreichen unsere Gemeindemitarbeiterin, Frau Klaus, am Donnerstag von 14 bis 18 Uhr. In dringenden Fällen können Sie mich auch auf meinem Handy erreichen unter …"

Kalli hatte die Verbindung bereits unterbrochen. Auf keinen Fall würde sie einen Kollegen in seinem wohlverdienten Urlaub stören. Sie wusste aus eigener Erfahrung, wie spärlich freie Tage gesät waren und dass es nahezu an Unmöglichkeit grenzte, eine Woche am Meer zu verbringen, ohne dass sich ein „Notfall" meldete (der in der Regel keiner war). Sie atmete tief durch. Also doch Stuvemanns.

Dort wurde sofort nach dem ersten Klingelzeichen abgehoben. „Steinbrech", schallte es durch die Leitung, „was kann ich für Sie tun?"

„Ähm, guten Tag, Pastorin Krause hier." Kalli zögerte. „Ist das der Anschluss von Familie Stuvemann?"

„Ja, Sie sind richtig." Die Stimme klang bereits ungeduldig. „Sie sprechen mit der Assistentin von Herrn Stuvemann."

„Nun", Kalli räusperte sich, „können Sie ihn mir dann bitte geben?"

„Haben Sie einen Termin?"

„Brauche ich einen?", platzte es ungläubig aus Kalli heraus.

„Ich bedaure, ohne Termin ist Herr Stuvemann zurzeit nicht zu sprechen."

„In Ordnung …" Kalli überlegte.

„Ist sonst noch etwas?"

„Ja. Richten Sie der Familie doch bitte aus, dass ich gerne vorbeikommen würde, um zu sehen, wie es ihnen geht. Machen Sie das? Und rufen Sie mich unter dieser Nummer zurück und sagen mir, wann es passen würde?"

„Ich richte es aus", kam es unverbindlich aus dem Hörer. „Guten Tag!"

„Auf Wieder…“, doch da hatte die Assistentin schon aufgelegt.

Kalli trat, das Telefon noch in der Hand, ans Fensterbrett. Blickte in den Pfarrgarten hinaus. Lauschte ins Haus.

Stille. Die Schwestern mussten wohl endlich aufgebrochen sein. Oder lauerten in einem dunklen Winkel darauf, was Kalli wohl als Nächstes tun würde. Auch wenn ihre momentane Bleibe sich als klein, dunkel und zugig herausgestellt hatte, war sie doch ganz froh, dass sie noch nicht im Gemeindehaus wohnte. Sie würde sicherlich alle Mühe haben, die beiden von ihrer Türschwelle fernzuhalten. Vermutlich würden sie ihr halb sieben den Kaffee ans Bett bringen wollen, nur um zu überprüfen, ob sie sich auch ja nicht für zehn Minuten auf die andere Seite drehte.

Eines der dicken Ponys trottete in ihr Sichtfeld. Würden die im Winter nicht reinkommen müssen? Und wenn ja, wohin? Und gehörte das zu ihren Aufgaben? Britta hatte sicherlich recht, wenn sie sagte, hier gäbe es genug zu tun. Die Gemeinde war groß genug, dass lediglich drei angrenzende Dörfer – Stromühlen, Klein und Groß Sandacker – zu ihrem Bezirk gehörten. Die Gottesdienste fanden ausschließlich hier, in Moorstede, statt, nur einmal im Monat – in der Passions- und Adventszeit zweimal – würde sie zusätzlich einen Nachmittagsgottesdienst in den Dorfkirchen von Groß Sandacker oder Stromühlen halten. Wiederum war die Gemeinde klein genug, dass ihr zugemutet wurde, nur mit der Hilfe einer Zehn-Stunden-Kraft den ganzen Laden am Laufen zu halten – von den liturgischen und seelsorgerischen (sozialarbeiterischen, sagte sie bei sich) Aufgaben, über Verwaltung und Kassenführung, bis hin zum Beschnitt der Apfelbäume, Befestigung wackelnder Grabsteine und dem Beseitigen des Mülls, der über die Friedhofsmauer geworfen wurde. Wenn sie Pech hatte, gehörten auch die Ponys dazu.

Aber erst würde sie diese Agi finden. Welche Gemeinde einer ostdeutschen Kleinstadt konnte es sich schon leisten, ein Gemeindemitglied entfliehen zu lassen!

Ob sie sich nicht in was verrenne, hatte Fabio am Morgen bei ihrem Video-Call mit seiner Kalli-bitte-mach-keinen-Quatsch-Stimme in die Kamera gefragt. Kalli saß mit ihrem zweiten Kaffee auf dem Sofa. Sie fand, am ersten Tag musste man es echt nicht übertreiben. Fabio war indessen auf dem Weg zur Arbeit. Im Hintergrund die ihr vertrauten Straßen und Häuser. Der Kiosk an der Ecke. Die weiß-gelben Straßenbahnen. Merles Kita. Ihr Magen zog sich zusammen. Und so sagte sie, statt auf seine Frage zu antworten: „Ich will nach Hause."

Fabio seufzte. „Ich weiß."

„Irgendwie ist das daneben. Ich sollte froh sein, aus dem ganzen Chaos raus zu sein."

Ihr bester Freund schwieg.

„Ich meine, sollte ich nicht erleichtert sein?"

„Na, hör mal!"

„Hm?"

„Immerhin hast du dein Zuhause verloren."

„Dafür hab ich allerdings auch selbst gesorgt", murmelte Kalli.

„Ich hab dich zwar gerade nicht gut verstanden, aber falls es das war, was ich denke – die anderen haben sich auch nicht mit Ruhm bekleckert."

Kalli nippte an ihrem Kaffee, während Fabio in der Stadt, die sie ihre Heimat nannte, eine ihr wohlbekannte Ampelkreuzung überquerte.

„Jetzt erzähl doch mal. Wie war dein Wochenende? Deine Nachrichten haben sich ja wie Fortsetzungsfolgen einer Seifenoper gelesen!"

Kalli lachte laut auf.

„Nein, mal im Ernst. Wie waren die ersten Tage?"

Göttin, dachte sie, war sie wirklich erst seit einer knappen Woche hier? Es kam ihr deutlich länger vor.

„Wo fange ich da an? Nun, in der ersten Nacht, du warst vielleicht seit vier Stunden weg, steht eine Fremde vor meiner Tür und sucht eine andere Frau. Die Frau, die ich beerdigen würde, aber das wusste ich da noch nicht. Vorgestern dann taucht sie bei der Beerdigung auf und macht eine Mordsszene."

„Gruselig!", brüllte Fabio ins Handy. Eine Straßenbahn ratterte an ihm vorbei.

„Ja, und keiner hier scheint eine Idee zu haben, was das Ganze zu bedeuten hat."

„Hm."
„Aber das werde ich schon rausfinden."
„Rausfinden?"
„Ja."
„Kalli, verrennst du dich da nicht in was?"
„Wie meinst'n das jetzt?"
„Ich meine, komm doch erst mal an. Komm runter."
„Runterkommen? Hier?", brauste Kalli auf. „Du weißt ja nicht, wie das hier ist. Der Ort ist öde! Ich kann mit den Leuten nichts anfangen!"
„Du kennst doch noch kaum jemanden", wandte Fabio matt ein, aber Kalli übertönte ihn einfach.
„Der Einzige, den ich halbwegs sympathisch finde, ist mein Vorgänger Fuchs. Mit Winter, meinem Chef, werde ich nie warm werden. Oder mit den beiden Gemeindehelferinnen. Und dann erst die Familie von dem toten Mädchen!"
„Kalli …"
„Was?"
„Atmen."
Kalli lag eine wütende Erwiderung auf der Zunge, doch sie schluckte die Worte runter.
„Ich meine, was ich verstehen kann …" Kalli blickte auf Fabios Wange; ihr Freund hatte sich offenbar das Smartphone zwischen Ohr und Schulter geklemmt, um nach seinem Schlüssel zu suchen, „… ist, dass du nicht mit so einer hässlichen Geschichte starten möchtest. Schließlich ist das dein Neuanfang." Er stieß die Tür zu seinem Bestattungsunternehmen auf.
„Ja", sagte Kalli unverbindlich. „Das wird es wohl sein."
„Hör dich ein wenig um. Aber …, Kalli?"
„Ja?"
„Beiß dich nicht fest."
„Okay."
„Und vergiss darüber nicht, mit den Leuten vor Ort Frieden zu schließen, ja?"
„Hm."
„Und komm uns bald besuchen."
Kalli zögerte.

„Wie läuft es denn bei euch?“
„Hm. Unverändert. Wir streiten.“
„Ich hab dich lieb.“
„Ich dich auch. Pass auf dich auf!“

Jetzt hallte ihr Fabios Ermahnung durch den Kopf, während sie den Ponys beim Grasen zusah. Nun ja. So wie ihre Recherchen bislang gediehen waren, gab es ohnehin nichts zum Festbeißen. Sie nahm Brittas Notizzettel von ihrem Schreibtisch, schob sie in das Laptopfach ihres Rucksacks und brach zu ihrem ersten Hausbesuch auf.

***

Das regenbogenbunte Kreuz am Rückspiegel schwang müde von links nach rechts, als Kalli auf den Parkplatz des Gemeindehauses einbog. Die Uhr im Auto zeigte gerade einmal kurz nach vier, doch es dämmerte schon über den nebligen Äckern. Sie war völlig ausgelaugt und hatte dabei nur zwei von drei Terminen geschafft. Vom Auto aus hatte sie Frau Bott angerufen und gebeten, am nächsten Tag in die offene Sprechzeit zu kommen.

Der erste Besuch hatte sie an den Rand des kleinen Villenviertels des Städtchens gebracht. Hinter der nächsten Straßenbiegung war schon das Nachbardorf, Groß Sandacker, zu sehen.

Ein helles, freundliches Geräusch ertönte, als sie bei Familie Diedrichsen klingelte. Die imposante Villa thronte auf einem kleinen Hügel, dessen gepflegter Steingarten Kalli auf ein älteres, wohlhabendes Ehepaar schließen ließ, deren Kinder längst aus dem Haus waren.

Umso überraschter war sie, als ihr ein bärtiger Mann um die vierzig öffnete, in Jogginghosen und einem fleckigen weißen T-Shirt, eine Stoffwindel über die linke Schulter geworfen; ein durchdringender Geruch schlug ihr entgegen.

„Ah. Sie!“, sagte er und schlurfte in den Flur.

Kalli fasste das als Einladung auf einzutreten und stolperte sogleich über mehrere Paare Kinderschuhe, die unmittelbar hinter der Tür auf einem unsortierten Haufen lagen. Rechts führte eine große, dunkle Holztreppe ins Obergeschoss der Villa.

„Ein schönes Haus haben Sie“, setzte Kalli zum Smalltalk an und folgte Diedrichsen durch den Flur in die Küche. Sie hielt die Luft an – hier war der Geruch, den sie bereits auf der Türschwelle wahrgenommen hatte, nahezu unerträglich. Auf einer Wolldecke auf dem Boden brabbelte ein dickes Baby vor sich hin.

„Is' nicht unsers“, brummelte Diedrichsen und nahm einen Wassertopf mit einem Gläschen Babybrei vom Herd.

Kalli beschloss, dass er das Haus, nicht das Baby meinte und dass hier keine weitere Gesprächslyrik von Nöten war.

„Herr Diedrichsen“, sie räusperte sich, „ich habe gehört, dass Sie Probleme mit Ihrer Vermieterin haben?“

„Hm.“

Kalli wartete ab.

„Meine Frau könnte das besser erzählen.“

„Versuchen Sie's doch.“ Kalli ließ sich unaufgefordert auf einen Holzstuhl am Kopfende der Babydecke fallen. Der Knirps riss die Augen auf, Spuckebläschen am Mund.

Diedrichsen setzte den Topf mit Nachdruck auf dem Bauerntisch ab, das Wasser spritzte.

„Ständig is' die gnaddelig“, setzte er an. „Hier im Haus und auch beim Krippenfest.“

„Beim Krippenfest?“

„Nu, Sie wissen schon. Der Ausschuss, der das Krippenfest plant.“

„Aha.“ Was Besseres fiel Kalli nicht ein. Die seelsorgerischen Tätigkeiten waren für sie der Pferdefuß an ihrem Job. Ein Fass ohne Boden oftmals. Und ohne dass sie wirklich dafür ausgebildet wäre.

„Die motzt ohne Ende. Keiner weiß, warum. Und luschern tut die auch.“

„Was denken Sie denn, was das Problem ist?“

Diedrichsen schaute sie zum ersten Mal, seit sie geklingelt hatte, wirklich an.

„Je nun …“ Er druckste herum.

Ach, komm schon, feuerte Kalli ihn innerlich an und rückte ungeduldig auf ihrem Stuhl hin und her.

„Vietnamesin."
Kalli riss die Augen auf. „Wie bitte?"
„Nu'. Die ist Vietnamesin. Kulturelle Unterschiede. Sagt meine Frau."
Kalli seufzte. Dann straffte sie ihre Schultern.
„Wie heißt denn Ihre Vermieterin und wo kann ich sie erreichen?"
„Je nun …"
Noch einmal „Je nun" und ich vergesse mich, knurrte Kalli in sich hinein.
„Die wohnt ja über uns."
Kalli blickte unwillkürlich zur Decke. „Hier?"
„Ihr gehört die Villa. Wir sind zur Miete. Seit fast drei Jahren."
Also war Kalli auch noch die dunkle Holztreppe hinaufgestiegen und hatte bei Lý geklingelt. Der Kontrast war frappierend. Minh Lý begrüßte sie herzlich. In ihrem hell eingerichteten Wohnzimmer servierte sie ihnen Tee in filigran verziertem Porzellan. Kalli ließ sich in einen bequemen Sessel sinken und spürte, wie ihr ganzer Körper sich entspannte.
„Ich freue mich, Sie kennenzulernen", sagte Frau Lý und setzte nach: „Sie können ganz direkt mit mir sprechen, ich kann mir schon denken, wieso Sie hier sind."
Kalli lächelte sie dankbar an und berichtete ihr von Diedrichsens Klagen. Und auch, dass sie nicht ganz schlau daraus geworden war.
Frau Lý lachte. „Ich kann Ihnen sagen, was ich für ein Problem habe. Täglich kochen die Kohl! Und nicht nur im Winter. Tagein, tagaus – das ganze Haus riecht danach. Weißkohl, Spitzkohl, Rosenkohl – ich werde noch wahnsinnig! Und dann die Blagen. Vier Stück, und das fünfte ist wohl schon unterwegs. Dabei haben sie die vier, die schon da sind, kaum im Griff."
Auf so eine Tirade war Kalli nicht gefasst und sie erinnerte sich daran, dass sie zum Arbeiten hier war.
„Und was hat es mit dem Krippenspiel auf sich?", fragte sie nach, um das Bild komplett zu kriegen.
„Ich leite den Ausschuss. Aber die gute Frau Diedrichsen hat immer mindestens zwei von den Kindern dabei. So lässt sich

nichts in Ruhe planen! In der letzten Sitzung mussten wir unbedingt klären, wie wir damit umgehen, dass uns zwei Darstellerinnen abhandengekommen sind, Gott sei ihrer Seele gnädig!“ Frau Lý unterbrach sich kurz und schaute betroffen drein.

„Sie meinen die kleine Stuvemann?“

„Ja. Sie sollte die Maria spielen. Jedes Jahr gab sie die Maria. Und unser Tim den Joseph.“

Kalli war verwirrt. „Tim ist Ihnen auch abgesprungen?“

„Oh, nein. Diese andere – Agnieszka. Sie sollte einen Hirten spielen. Aber ich glaube, sie sagte nur zu, um Luisa einen Gefallen zu tun.“

Kalli fasste nach: „Aber Sie haben sie kennengelernt?“

„Naja. Sie war bei der Vorbesprechung da. Die Proben begannen ja erst in diesen Wochen. Eine lebhafte junge Frau, der Gabriel wäre eigentlich besser für sie gewesen oder der Herodes, aber die waren ja alle schon weg …“

Kalli notierte sich das gedanklich und sagte abschließend zu Frau Lý: „Tun Sie mir den Gefallen, laden Sie die Diedrichsens zum Tee ein. Und sagen Sie ihnen, was Sie stört. Wenn das nichts hilft, schauen wir weiter.“ Kali kamen ihre eigenen Worte banal vor; Minh Lýs emporgezogene Augenbraue sprach Bände.

Und so war sie zum nächsten Hausbesuch zu Frau Schuh aufgebrochen, der ihr nichts brachte, außer dem Gefühl, einen Marathon gelaufen zu sein und eine grundlegende Inspiration für den Fall, dass sie eines Tages einen Krimi schreiben wollen würde – dann hätte sie jetzt die perfekte Vorlage für eine potenziell mörderische Ehefrau.

Auf dem Rückweg verfuhr sie sich. Die Schuhs lebten am Rande des Waldes und statt wieder zur Stadt reinzufahren, fuhr sie tiefer in den Wald hinein. Sie hielt nach einer Möglichkeit zum Wenden Ausschau. Der Weg war schmal, links und rechts ein kleiner Graben. Doch hinter der nächsten Kurve war plötzlich Schluss. Sie hielt vor einem großen, schmiedeeisernen Tor, hinter dem eine lange gepflasterte Auffahrt lag. Sie stellte den Motor ab und stieg aus. Um sie herum war es still. Sie trat zum Tor und schaute durch die Eisenstäbe. Die Auffahrt machte gleich hinter dem Tor einen Knick, sodass sie nicht erkennen konnte, wohin sie führte. Sie zögerte. Das Tor hatte eine Klingel. Allerdings ohne Namen.

Die Neugier siegte.

Sie drückte den kleinen Messingknopf. Eine forsche Stimme meldete sich: „Ja, bitte?"

Kalli hielt die Luft an. Sie hatte sich nicht überlegt, wie sie sich melden wollte. „Ähm, Krause hier, ich bin von der Evangelischen Gemeinde in Moorstede", improvisierte sie.

„Frau Krause, die Assistentin meines Sohns hat Ihnen doch heute bereits mitgeteilt, dass wir gerade nicht zu sprechen sind."

Verdutzt sah sie die Klingel an. Assistentin? Wie konnte …? Sie rief sich ihre Telefonate vom Tag in Erinnerung und stellte mühsam eine Verbindung her.

Hatte sie etwa bei Stuvemanns geklingelt? Wie peinlich. Kalli fühlte ihre Ohren rot werden.

„Hallo?"

„Ich wollte gar nicht stören", erwiderte sie matt. „Ich habe mich nur verfahren. Und am Klingelschild stand kein Name, entschuldigen Sie", sagte sie.

„Ich entschuldige." Es knackte in der Sprechanlage.

„Hallo?"

Aber es war niemand mehr auf der anderen Seite.

Mit einem Fluch auf den Lippen hatte sie den Passat rückwärts durch den Wald zur Straße zurückgefahren.

Nur wenig später warf Kali auf dem Parkplatz vor dem Gemeindebüro die Tür ihres Wagens ins Schloss. Sie war jetzt echt spät dran und wollte wenigstens noch in Grundzügen ihre erste Konfi-Stunde vorbereiten und sich anschließend nach einem kalten Bier umsehen – da hätte sie sich fast unwillkürlich hinter ihr Auto geduckt. Dort, mit ausholenden Schritten und noch ausholenderen Armgesten, schritt Britta über den Parkplatz auf sie zu.

Was machte die olle Krähe hier noch? War sie vorhin nicht aufgebrochen? Kalli nahm sich vor, zeitnah ein Mitarbeitergespräch über Arbeitszeiten zu führen. Nicht, dass sie darauf Lust hätte …

„Frau Pastor!“ Britta zog die letzte Silbe lang und war nun fast beim Auto angelangt. Kallis Herz machte plötzlich einen kleinen Hüpfer. Gab es vielleicht Nachrichten von Agi?

„Frau Pastor!“ Britta stützte sich schnaufend auf der Motorhaube ab. „Da warten zwei Männer in Ihrem Büro!“

Die „Männer“, wie sich herausstellte, waren zwei Polizisten in Uniform. Kalli konnte nicht anders, als sich zu erschrecken. Das tat sie immer. Den Kaffee, den Brigitte ihnen aufdrängen wollte, lehnten die beiden höflich (und mehrmals) ab.

„Frau Krause, richtig?“, fragte der Ältere der beiden und Kalli nickte zustimmend, während sie sich auf ihren Bürostuhl sinken ließ. „Schön, dass wir Sie persönlich antreffen.“

Kalli spürte die alte Scheu von sich Besitz ergreifen. Wenn sie auf ihrer alten Pfarrstelle eines gelernt hatte, dann: Besser, wir regeln unsere Angelegenheiten möglichst selbst. Und die Erinnerung, wie sie während des Studiums ihre Ex-Freundin wegen Belästigung anzeigen wollte, tat ihr Übriges. „Reden Sie doch einfach noch mal mit Ihrer Freundin“, hatte die Beamtin damals mit sanfter Stimme gehaucht. „Ex-Freundin!“, hatte Kalli korrigiert. „Ihrer Ex-Freundin. Besprechen Sie das doch einfach in Ruhe, nehmen Sie vielleicht auch noch jemanden mit. Wir haben so viel mit echten Stalkern zu tun.“ Die Erinnerung an dieses Gespräch verursachte ihr unmittelbar Übelkeit.

„Frau Krause?“ Der ältere Beamte schaute irritiert.

„Entschuldigung, es war ein anstrengender Tag. Was hatten Sie zuletzt gesagt?“

Der Ältere warf dem Jüngeren einen Blick zu. Der wiederholte: „Wir sind auf der Suche. Nach Agnieszka Król.“

Kalli biss sich auf die Zunge, um nicht mit einem „Ich auch!“ herauszuplatzen.

„Ihre Brüder haben sie als vermisst gemeldet. Vor gut zehn Tagen. Da war sie allerdings schon drei, vier Tage verschwunden.“

„Und da kommen Sie jetzt?“, entfuhr es Kalli.

„Sie hat das wohl schon häufiger gemacht“, fuhr der Polizist unbeirrt fort, „und die Brüder haben sich nichts dabei gedacht. Sie ist“, er blätterte in einem Notizbuch, „also vor insgesamt vierzehn Tagen morgens zu ihrer Arbeit aufgebrochen, aber nicht heimgekommen."

„Kennen Sie sie?", setzte der ältere Polizist nach.

„Ich? Nein! Wieso?", schnappte Kalli und bereute sofort ihre impulsive Antwort. Die Polizisten tauschten wieder einen Blick, der Ältere zog die Stirn kraus.

„Also, kennen ist zu viel gesagt", fuhr Kalli in ruhigerem Tonfall fort. „Ich bin ja erst seit etwa einer Woche hier. Sie tauchte am Samstag bei einer Beerdigung auf und sorgte für Furore."

„Ja, das haben wir gehört. Deshalb rollen wir die Sache auch noch mal auf. Warum war sie hier?"

„Das konnte ich nicht in Erfahrung bringen."

Kalli hielt inne. Sollte sie ihnen vielleicht auch erzählen, dass sie wenige Nächte zuvor vor ihrer Tür gestanden hatte? Doch bevor sie sich entscheiden konnte, richtete der Jüngere eine weitere Frage an sie.

„Seit wann sind Sie für diese Gemeinde zuständig?"

„Seit letztem Donnerstag erst."

„Stimmt es, dass Agnieszka regelmäßig an einer Jugendgruppe der Gemeinde teilgenommen hat? Ihre Brüder erwähnten so etwas."

„Nein, nicht, dass ich wüsste. Dann müsste sie im Computer auftauchen." Noch einmal scrollte sie durch die entsprechenden Dateien, wobei ihr der jüngere Polizist über die Schulter schaute.

„Nun, dann scheint das hier ins Nichts zu führen. Wenn Sie etwas hören sollten, rufen Sie uns doch bitte an." Er legte ihr eine Visitenkarte auf den Schreibtisch.

Als sie die Tür hinter sich ins Schloss zogen und Kalli hörte, wie die Zwillinge sie zum Ausgang komplimentierten, wischte sie die Karte in den Papierkorb.

5

Es war Mittwochvormittag und Kalli streckte ihr Kreuz hinter dem Schreibtisch durch. Frau Bott war gerade aus ihrer Sprechstunde gerauscht, die Post wartete als sauberer Stapel am Kopfende des Schreibtisches und sogar die Konfi-Gruppe hatte sie vollständig vorbereitet. Am vergangenen Abend war sie nur noch ins Bett gefallen; nach dem Besuch der Polizei war sie selbst für ein Bier zu k.o. gewesen. An Agi hatte sie den ganzen Vormittag nicht gedacht. Zumindest das Pony-Mysterium hatte sich heute gelöst – die Ponys gehörten Familie Bott und überwinterten auf deren Hof. In der kommenden Woche würde der Umzug ins Winterquartier anstehen und Kalli würde sich um nichts kümmern müssen (zumindest nicht um die Ponys).

Sie griff an dem frisch geschlachteten Huhn, das ihr die alte Bott als Begrüßungsgeschenk übergeben hatte, vorbei zum Telefonhörer. Heute würde sie sich nicht abwimmeln lassen. Mit dem Besuch der Polizei am Vorabend hatte sie ja wohl einen guten Grund, sich direkt zu Stuvemanns durchstellen zu lassen.

Nach nur einem Läuten meldete sich der ältere Sohn. Kalli erkannte ihn gleich an dem ungnädigen Tonfall seiner Stimme. Sie ratterte die gesamte Geschichte mit dem Polizeibesuch herunter, bevor Peter Stuvemann Zeit hatte, schon zur Begrüßung unhöflich zu werden. Am anderen Ende war es still. Dann fragte Peter Stuvemann brüskiert: „Und bitte, was hat das mit uns zu tun?"

„Nun ja, ich hatte angenommen, dass Sie etwas über Agi wissen würden. Luisa und Agi kannten sich doch offensichtlich." Im gleichen Moment biss sie sich auf die Zunge – das konnte sie doch gar nicht wissen. Was hatte sie sich nur gedacht?

Das Schweigen am anderen Ende der Leitung war geradezu eisig.

„Wie kommen Sie darauf?"

Kalli überlegte und entschied sich, selbst brüsk zu sein. „Ich werde es wohl irgendwo aufgeschnappt haben."

„Hören Sie!" Die Stimme im Hörer zischte. „Glauben Sie diesem Typen kein Wort."

„Welchem Typen?" Kalli war überrascht. Hatte sie irgendetwas verpasst?

„Sie wissen schon, dem kleinen Schnüffler von der Presse, der in dem roten BMW aus Hamburg unterwegs ist. Von wem sollen Sie es sonst haben?"

Kalli witterte Oberwasser und versuchte, ihrer Stimme einen möglichst beiläufigen Klang zu geben.

„Sie haben mich erwischt", log sie. „Ein bisschen neugierig hat mich das schon gemacht."

„Glauben Sie dem Kerl kein Wort. Taucht hier plötzlich auf und fragt alle nach unserer Familie aus. Keiner weiß, was er will. Aber Ärger macht er. Und wenn Sie auf Ärger verzichten wollen, meiden Sie ihn besser." Damit legte er auf.

Kalli starrte den Hörer an. Deutlicher ging's nicht. Das Ganze wurde immer interessanter. Aber hatte sie nun etwas Neues über Agis Aufenthaltsort herausgefunden? Nein. Nur, dass das Rätsel, dem sie nachspürte, vielleicht größer war, als sie dachte. Wer war der Journalist, von dem Peter Stuvemann gesprochen hatte? Auf der Beerdigung hatte niemand ihre Aufmerksamkeit erregt, der aus der dörflichen Kulisse herausgefallen wäre oder Dorfbewohner*innen in dunkle Ecken gezerrt und ihnen ein Diktiergerät unter die Nase gehalten hätte.

Ein Hochgefühl durchströmte sie. Vom Adrenalinstoß beflügelt, wählte sie die Praxisnummer von Plessner und ließ sich für den späten Vormittag einen Termin geben. Auch wenn sie keine sonderliche Sympathie für den Arzt empfand – er wirkte wie einer, der wusste, was im Ort vor sich ging.

***

In Plessners Praxis war es stickig. Sie lag in einem Altbau der kleinen Innenstadt. Der große Tresen im Eingangsbereich war ein Bollwerk aus massiver Eiche, das den Wartebereich von den

Sprechzimmern trennte. Kalli grüßte knapp und reichte ihre Chipkarte hinüber.

Nach wenigen Minuten im Wartezimmer – zwei großen Zimmern mit hohen Stuckdecken, die durch eine offenstehende, doppelflügelige Glastür verbunden und mit knarzenden Holzstühlen und staubigen Gummibäumen eingerichtet waren – wurde sie bereits aufgerufen. Die anderen Wartenden schauten finster. Die Arzthelferinnen auch. Kalli hob in alle Richtungen entschuldigend die Schultern.

Plessner ragte in der Tür zu seinem Sprechzimmer auf und lächelte ihr unverbindlich entgegen. Kalli fröstelte es wie schon bei ihrer ersten Begegnung und sie erschrak bei dem Gedanken daran, dass sie ihre Gay-Games-Logo-Boxershorts trug. Hoffentlich würde es keine allzu gründliche Untersuchung werden.

„Na, Frau Krause", begrüßte sie der Arzt und wies ihr einen Platz vor seinem Schreibtisch, „wegen eines Katers vom Leichenschmaus sind Sie vermutlich nicht hier. Das ist ja nun schon ein paar Tage her."

„Sehr schöne Praxisräume haben Sie", log Kalli, die sich nicht schon zu Beginn aus der Hütte locken lassen wollte. Ein Volltreffer, merkte sie gleich, denn Plessner strahlte über das ganze Gesicht und strich mit sichtlichem Stolz über die Armlehnen seines imposanten Doktorstuhls aus geschnitztem Tropenholz, auf den er sich hatte fallen lassen.

„Der Stuhl, auf dem ich sitze, hat bereits meinem Großvater gehört", schwärmte er.

„Und Sie haben so viel Platz", schmeichelte Kalli weiter.

„O ja." Plessner sprang auf und ging zu zwei Türen am Ende des Raumes. „Wir haben hier sogar noch einen weiteren Behandlungsraum und einen größeren Raum, schauen Sie selbst." Kalli blickte pflichtschuldig in das zweite Behandlungszimmer mit seinen Glasschränken und dem altertümlichen EKG-Schreiber.

„Und hier." Plessner stieß die zweite Tür auf. Der Raum war riesig. Fensterlos. Und komplett leer – abgesehen von einigen Stühlen, die ordentlich an einer Wand übereinandergestapelt waren, einem alten Overheadprojektor und – waren das Bibelsprüche, die dort gerahmt an den Wänden hingen? Kallis Herz pochte plötzlich wie wild. Der Raum verströmte einen scharfen Geruch. Woher kannte sie den? Ihre Hände fingen an zu schwitzen.

„Und", nahm sie den Gesprächsfaden wieder auf, „wofür benutzen Sie diesen Raum?"

„Oh, dies und das. Wir vermieten ihn hin und wieder an Gruppen, Anonyme Alkoholiker, Weight Watchers, solche Dinge." Er machte eine Pause und schaute sie an. „Wenn ich nicht wüsste, dass Sie im Gemeindehaus gut ausgestattet sind, würde ich ihn Ihnen glatt anbieten." Kalli rang sich ein Lächeln ab. Keine zehn Pferde würden sie in diesen Raum bekommen. Unruhe ergriff sie.

„Nun, Frau Krause, was führt Sie denn zu mir?" Plessner hatte sich wieder auf seinen Thron aus Holzschnitzereien fallen lassen.

Kalli schilderte ihm, so nah an der Wahrheit wie möglich, ihren oft stolpernden, unrhythmischen Herzschlag, die Enge in ihrer Brust und die oft damit einhergehende Atemnot. Ihr war klar, dass es sich um Panikattacken handelte; sie kämpfte mit ihnen, seit der Streit mit Sanne und Leni eskaliert war. Bereits mit Mitte zwanzig hatte sie welche gehabt, sie wusste, was zu tun war. Kein Grund zur Sorge.

Aber das musste Plessner ja nicht wissen. Insgeheim hoffte sie, dass die Nummer „Junge, besorgte Frau sucht deinen Schutz" bei ihm bewirken würde, dass er ihr ein paar Fragen beantwortete. Dementsprechend schloss Kalli die Beschreibung ihrer Symptome mit zögerlicher, leiser Stimme und schaute ihm von unten nach oben in die Augen. Gut gemacht, lobte sie sich, als sie sah, wie Plessner sie sanft anblickte und seufzte.

„Haben Sie schon einmal unter Panikattacken gelitten?"

Mist. Sie hatte ihn unterschätzt; also nickte sie, nun ehrlich zerknirscht.

„Nun, das wundert mich nicht." Er beugte sich über den Tisch und legte seine Hände mit den Handflächen nach oben ab, eine Geste, die sagte: Ich kenne dein Problem, mein Kind, wir werden das schon wieder geraderücken. „Bei Ihrem Lebensstil …

Als alleinstehende Frau auf dem Land, in diesem fordernden Beruf. Der Wechsel aufs Land, aus einer großen Stadt – in der andere Lebensweisen eher toleriert werden als hier."

Jetzt war Kalli hellwach. „Sie meinen, wenn jemand aus der Gemeinde erfährt, dass ich unter Panikattacken leide?"

„Nein. Sie wissen, wovon ich spreche."

Okay, dachte sich Kalli, das geht zu weit. Sie spannte ihre Schultern und sagte, etwas lauter, als sie zuvor gesprochen hatte: „Nein, das weiß ich mit Sicherheit nicht."

„Wie Sie möchten, Frau Krause. Glauben Sie mir, ich verstehe das. Sie wären nicht die Erste, die frühzeitig den Dienst quittiert. Aber von mir erfährt keiner ein Sterbenswörtchen."

Kalli wollte etwas erwidern, doch er hob die Hand und fuhr fort: „Schauen Sie, ich mache Ihnen keinen Vorwurf. Sie sind neu. Sie werden schon rauskriegen, wie hier der Hase läuft. Wir sind eine kleine Gemeinschaft. Mit eher traditionellen Ansichten. Das muss man erst mal verstehen. Und auch, ob man hierher passt." Er machte eine Pause. „Dass die kleine Król weg ist, wundert mich da nicht."

„Sie sagten doch, Sie würden sie nicht kennen", platzte es erstaunt aus Kalli heraus.

„Das habe ich nicht gesagt. Wir kennen uns hier schließlich alle. Zumindest in der Gemeinde."

Kalli drehte sich der Kopf. Sie war überzeugt, neulich hatte er etwas anderes gesagt.

Der Arzt lehnte sich in seinem Stuhl zurück. „Ich habe gehört, dass Sie sich nach dem Mädchen erkundigen. Lassen Sie es. Nicht, weil es da etwas Dunkles, Schmutziges zu entdecken gibt, sondern einfach, weil wir das hier so tun. Wir erkundigen uns ausdrücklich *nicht*."

Kalli verdaute das.

„Ich wurde vor einem Journalisten gewarnt", legte sie nach. „Was hat es damit auf sich?"

Plessner rollte mit den Augen. „Eine Warnung ist der sicherlich nicht wert. Ein Ärgernis, nichts weiter. Wie ich schon sagte. Wir erkundigen uns ausdrücklich nicht. Und wir mögen es auch nicht, wenn andere es tun."

Damit stand er auf und rief nach einer der Arzthelferinnen. „Wir nehmen eine Blutprobe von Frau Krause und bitte schreiben Sie ihr auch ein EKG."

***

Zurück im Büro widmete sich Kalli dem Poststapel. Sie rieb sich die Armbeuge; die Arzthelferin hatte dreimal stechen müssen. Kalli konnte es ihrer Vene nicht verübeln, dass sie sich vor Plessners grimmiger Arzthelferin versteckt hatte. Sie hob die oberen Briefe ab, um den großformatigen, dicken Umschlag, den Britta und Brigitte ganz nach unten sortiert hatten, als Erstes zu öffnen. Doch als sie die Aufschrift las, ließ sie ihn mit Herzklopfen sinken. Es stand zwar kein Absender darauf; aber diese Handschrift kannte sie. Gedankenverloren strich sie über das Papier. Sie konnte ihn jetzt nicht öffnen.

Mit der restlichen Post unter dem Arm trat sie ans Fenster, stieß einen Fensterflügel auf und schaute vorsichtig in den Garten. Keine randlosen Brillengestelle zu sehen heute. Sie schwang sich aufs Fensterbrett und steckte sich eine Zigarette an. Dann nahm sie den obersten Brief.

Sie schob ihren Zeigefinger in das Kuvert, schlitzte den Brief auf und las: „Schweinesülze mit Bratkartoffeln und Krautsalat – 8,90 €, Panierter Seelachs mit Kartoffelsalat – 9,50 €, Für die Kleinen: ..." Es war ein Abriss einer Speisekarte. Sie drehte das Papier um. Auf der Rückseite der Speisekarte war eine eilige Nachricht hingeschmiert:

Hallo, neue Pastorin. Ich möchte mit Ihnen reden. Treffen wir uns Donnerstag, 14:15 Uhr, am Bahnhof. Eine Stunde später muss ich wieder zurück. Es ist wichtig. Agi.

Und kleiner, darunter gequetscht: P.S.: Tut mir leid, dass ich einen Stein nach Ihnen geworfen habe.

Na, immerhin. Kalli schmunzelte und merkte, wie ihre Laune stieg. Vielleicht würde es doch einfacher werden, diese eigenartige Geschichte zu klären. Zumindest hinter „Agi finden" konnte sie jetzt ein Häkchen setzen.

***

Er hatte die Tage verwechselt. Das konnte doch wohl nicht sein. Wie dämlich war das denn? Den ganzen Tag hatte er auf der Lauer gelegen, um einen Zeitpunkt abzupassen, wenn es ruhiger im Gemeindehaus war. Die Neue irgendwohin unterwegs, zum Seniorenstift, zur Propstei, zu irgendeiner Andacht, was wusste er denn. Und die beiden Alten im Bibelkreis. Dann hätte er bloß durch die Tür spazieren brauchen.

Aber er hatte die Tage verwechselt.

Heute war nicht Bibelkreis-Tag. Heute war Konfirmandenunterricht.

Hier, an dieser Ecke der Pferdekoppel, hatte er sowohl auf den Parkplatz und Eingangsbereich als auch auf das Doppelfenster des Büros einen guten Blick. Um halb vier waren die beiden Alten gegangen. Hatten „Tschüs, bis morgen!" in den Flur gerufen und waren über die Straße zu ihrem Haus gegangen. Da hatte er sich schon gewundert.

Wenn er sich umdrehte, konnte er oben auf dem Hügel sein Auto sehen. Vielleicht war das doch keine gute Idee gewesen. Zwar weit ab vom Schuss; aber das Rot doch weithin sichtbar. Er zögerte. Er könnte zum Auto zurückgehen und ein anderes Mal wiederkommen, aber dafür war er zu weit gefahren. Und wenn er wieder ohne Ergebnisse zurückkam, würde es richtig Ärger geben. Da schaute er lieber, ob ihm das Glück nicht vielleicht hold war. Immerhin war die Neue jetzt ein paar Minuten, im besten Fall zwanzig, allein da drin.

Er verließ seine Deckung zwischen den Apfelbäumen und huschte zum Gebäude, drückte sich eng an die Hauswand. Sollte er es durch den Haupteingang probieren? Sie kannte ihn ja nicht. Er könnte also improvisieren, falls sie ihm begegnete. Oder durch den Hintereingang? Das wäre näher am Büro. Aber wenn er am Hintereingang erwischt würde, müsste er sich ganz schön was einfallen lassen … So absurd. Dabei hatte er doch sogar einen Schlüssel. Nur konnte er den nicht ohne Weiteres benutzen. Würde ganz schön was an Fragen aufwerfen. Die er jetzt so gar nicht brauchte.

Also vorne rum!

Da bog plötzlich ein PKW auf den Parkplatz ein. Eine laut schimpfende Frau knallte die Wagentür zu und zerrte ihren halbwüchsigen Sprössling am Arm hinter sich die Steintreppe hinauf. Schnell huschte er um das Gebäude herum. Hockte sich unter das große Bürofenster. Schob sich dann Zentimeter für Zentimeter nach oben. Lugte durch die Scheiben.

Die Mutter rauschte durch die Tür des Büros und stellte den Teenager vor dem Schreibtisch der Pastorin ab, als würde sie ihn ihr als Opfergabe darbringen. Der Junge verging sichtlich vor Peinlichkeit. Nach einem aufgeregten Wortwechsel schob die Neue die Mutter auf den Flur und setzte sich mit dem Teenager in die Sitzgruppe vor das Fenster.

Scheiße, das konnte dauern. Ungeduldig wippte er auf den Fußballen auf und ab. Es war aber auch tierisch kalt.

Zehn vor vier zeigte sein Smartphone an, als Mutter und Sohn wieder abrauschten. Er hatte einen neuen Plan. Er würde sich jetzt schnell reinschleichen und drinnen verstecken. In Ruhe suchen, wenn die Neue Feierabend gemacht hatte.

Da wurde das Fenster des Büros aufgestoßen und er warf sich flach ins feuchte Gras. Die Neue lehnte auf der Fensterbank. Ein Feuerzeug blitzte auf, dann das glimmende Ende einer Zigarette. Wenn sie nur etwas weiter links nach unten schaute, müsste sie ihn eigentlich sehen. Doch sie schien in Gedanken zu sein. Endlose fünf Minuten später schlossen sich die Fenster wieder. Er sprang auf und spähte um die Häuserecke. Mit vier, fünf schnellen Schritten war er an der großen Holztür, hatte die Hand schon auf der Klinke.

Da hörte er wieder Wagengeräusche, drei, vier Autos hielten auf dem Parkplatz und am Straßenrand, nörgelnde Teenager entstiegen den Rücksitzen.

Er zog die Kapuze seiner Windjacke tiefer ins Gesicht und trat von der Treppe zwischen die Kinder. Er konnte ihre neugierigen Blicke spüren. Er hastete um die Ecke, „He!" rief es da laut in seinem Rücken, doch er sprintete schon los, war mit einem Satz über den Zaun, zwischen den Ponys durch, quer über die Wiese, zu seinem roten BMW Coupé, auf dem Feldweg hinter der Koppel.

***

Kalli hatte ihren Passat am Gemeindehaus stehen lassen und sich zu Fuß zu der Kneipe aufgemacht, die ihr einer der Konfirmanden empfohlen hatte. Sie war auf etwas Dunkles, Schäbiges gefasst und staunte nicht schlecht, als sie um die Ecke bog und das kleine Wirtshaus entdeckte, eingequetscht zwischen dem Flüsschen Moore und der Hauptstraße, das Reetdach pittoresk beleuchtet von zwei Straßenlaternen, die den Vorgarten flankierten. Ihre Überraschung wuchs, als sie die Person erkannte, die im Schankraum an den Zapfhähnen hantierte.

„Sie!"

Marlis Schidlowski winkte sie an den Tresen und setzte ihr ein tropfendes Pils vor die Nase. „Aufs Haus. Auf Ihre erste Woche."

Kalli nahm mehrere Züge von dem kalten, herben Bier und spürte, wie sie sich entspannte. Sie beobachtete die mürrische Wirtin, wie sie große Tabletts mit Bierkrügen und Weinkaraffen zu den Tischen trug und hier und da mit Gästen einen Schnack hielt. Heute trug sie einen schreiend gelben Rock zu einem dunkelblauen Strickpullover, an dem überall Quasten hingen. In einer Ecke des Schankraums saß Frieda Martin allein vor einem Glas Roten. Kalli grüßte zu ihr herüber. Frieda zog ihre Schultern zu den Ohren und blinzelte wild mit den Augen. Kalli nahm sich vor, sich der Bestatterin in den nächsten Tagen ausführlicher vorzustellen.

Als sie ihr erstes Glas geleert und bereits ein zweites auf dem Tresen vor sich stehen hatte, wortlos dort abgestellt von Marlis, zwischen zwei Ladungen Bratkartoffeln und Steaks, die sie im Gastraum servierte, zog sie aus ihrem Rucksack den großen Umschlag, den sie im Büro nicht hatte öffnen können.

Sanne hatte die Sendung an ihre alte Pfarrei adressiert, wohl in der Hoffnung, dass die Mitarbeiterinnen dort ihre neue Anschrift wissen würden. Die Gemeindesekretärin hatte die alte Anschrift durchgestrichen, die neue daneben geschrieben und den Umschlag wieder frankiert. Kalli wog ihn in der Hand, er war schwer. Was mochte darin sein? Ein Hoffnungsschauer durchfuhr sie bei der Vorstellung, er könnte vielleicht einen

Brief von Sanne enthalten, einen Brief, in dem sie alles erklären, sich entschuldigen würde. Vielleicht würde er auch die Zeichnungen enthalten, die Kalli von Merle jedes Jahr zu deren Geburtstag angefertigt hatte. Sie hatte die beiden vor ihrem Auszug gebeten, sie ihr wiederzugeben, doch sie hatten sie ihr am Umzugstag nicht hingelegt. Ob absichtlich oder nur vergessen, sie wusste es nicht.

Sie schnappte vor Enttäuschung nach Luft, als aus dem Umschlag lauter weitere Postsendungen herausrutschten: Rechnungen, die Mitgliedszeitschrift ihrer Krankenkasse und ein Verlagskatalog, außerdem noch der kleine Postkartenkalender, den sie in der Küche aufgehängt hatte. Sie schaute in den Umschlag, ob sich noch irgendwo eine kleine Notiz, eine Nachricht aus ihrem alten Leben verfangen hatte. Nichts.

Wieder einmal nahm ihr die Abgebrühtheit, mit der Sanne sie aus ihrem Leben radierte, die Luft. Leni, gut, das konnte sie verstehen. Sie zerknüllte den großen Umschlag und knallte ihn auf den Tresen.

Wann hatte es eigentlich angefangen, dass die Luft zwischen ihnen dick wurde? Sie konnte es nicht mehr sagen. Merle musste drei, vielleicht sogar schon vier gewesen sein, da beschloss Sanne, Leni ein Ultimatum zu stellen. Sannes Elternzeit war ins Land gegangen, sie hatte wieder begonnen zu arbeiten, Merle ging zum Tagesvater – und die konstante Größe an Sannes Seite, dachte Kalli, war immer sie gewesen. Kalli hatte sich nie gefragt, was das eigentlich mit der Beziehung zwischen Sanne und Leni machte. Sie selbst hatte sich nie Kinder gewünscht, aber sie liebte Merle vom ersten Augenblick an und freute sich an der Vorstellung ihrer kleinen Familienidylle. Ihr Leben, das im Studium und Vikariat recht träge dahingeflossen war, nur unterbrochen durch dramatische und weniger dramatische, flüchtige Romanzen, hatte plötzlich einen Rahmen bekommen.

Sie hatte nicht gewusst, dass ihr Leben einen Rahmen brauchte.

Und stillschweigend war sie davon ausgegangen, dass schon alles gut sei. Dass jede an ihrem Platz war, in ihrem Arrangement. Lenis Ding war es nun einmal nicht, ein Kind zu versorgen. Sanne hatte die Schwangerschaft letztlich einfach durchgesetzt – und Kalli war in die Lücke gefallen, die sich zwischen den beiden auftat.

Heute würde sie Lücke sagen. Damals dachte sie, sie sei genau am Platz. Ihrem Platz.

Wie naiv. Während sie Familie spielte, musste es zwischen den beiden fürchterlich gekracht haben.

Und eines Abends, sie und Sanne räumten die Küche auf, überraschte diese sie mit dem Satz: „Ich hab mit Leni geredet. Entweder sie ist im Boot oder wir müssen getrennte Wege gehen."

Ein Rempler in die Seite brachte Kalli in die Gegenwart zurück. Eine Frau hatte sich hinter ihr entlanggedrückt, machte eine entschuldigende Geste mit der Hand und verschwand auf dem Klo. Kalli räusperte sich; ihre Kehle war trocken. Das Verlagsprogramm aus der Briefsendung hatte sie zu kleinen Schnipseln auf dem Tresen verarbeitet.

„Schlechte Nachrichten?" Marlis fegte mit der Handfläche die Papierfetzen auf die andere Seite des Tresens.

„Hm."

Marlis hob die Augenbrauen.

„Eher: keine Nachrichten", sagte Kalli.

„Traurige Liebesgeschichte?"

„Hm."

„Wenn das ma' nicht alles heißen kann." Die Wirtin brachte einen weiteren Schwung Bier an den Tisch in Kallis Rücken.

„Eher keine Liebesgeschichte", sagte Kalli zögerlich, als Marlis wieder hinter dem Tresen war. „Oder doch. Naja, nicht klassisch."

„Klassisch. Ich hatte mein ganzes Leben lang keine klassische Liebesgeschichte." Marlis zog Bierhumpen über die Spülbürsten und stellte die Gläser danach ins klare Wasser im Becken daneben.

Kalli räusperte sich. „Ich habe fast ein Jahrzehnt mit meinen besten Freundinnen zusammengewohnt. Naja. Ich dachte, sie wären es …"

„O je."

„Die beiden bekamen ein Kind …"

„Und dann war's das." Marlis nickte grimmig.

„Nein, nicht auf die Art. Erst habe ich noch viele Jahre das Kind mit aufgezogen. Hier, schauen Sie." Kalli zog ihr Portemonnaie aus der Gesäßtasche und reichte Marlis ein kleines Passfoto von Merle. Die nahm es und brummte: „Kannst Marlis sagen, hab ich neulich schon gesagt. Süßes Ding. Wie heißt sie?"

„Merle."

„Merle", wiederholte Marlis, warf einen erneuten Blick auf das Bild und gab es Kalli zurück. „Und dann?"

„Ich weiß auch nicht. Irgendetwas ist passiert. Zwischen den beiden Müttern. Und am Ende war ich plötzlich draußen."

„Oh." Marlis hatte mit dem Spülen aufgehört. „Und jetzt wartest du auf Post?"

„Eher nicht. Es ist nur ... Ich hatte gehofft ...", doch Kalli schnürte es die Kehle zu. Es ging nicht.

„Marlis!", rief es aus der Tiefe des Schankraums.

„Jaja", brüllte die Wirtin zurück. Sie legte ihre vom Spülen aufgeraute Hand auf Kallis. Nur kurz, gerade angedeutet. „Pass auf. Komm Montag zum Frühstück. Da ist Ruhetag. Ich möchte gerne die ganze Geschichte hören, ja?"

Und damit verschwand sie nach hinten an einen großen runden Tisch, an dem drei ältere Männer und Frauen beim Skat zusammensaßen. Kalli blinzelte etwas unbefriedigt in ihr halbleeres Glas.

„n'Abend." Hinter ihr trat Tim in den Wirtsraum. Er wankte bedrohlich und hatte seinen Anorak schief geknöpft. Sofort war Marlis da, hakte den jungen Mann unter und lehnte ihn gegen den Tresen. „Ah, Marlis, meine Marlis", lallte der. „Ein Großes für mich."

„'n großen Pfeffitee kannste haben, höchstens."

Tim stierte sie an, als spulte sich jedes ihrer Worte unendlich langsam vor ihm ab. Nach einer gefühlten Ewigkeit sagte er: „Gut – also Tee! Tee für alle!"

Oje, dachte Kalli, als der junge Mann mühevoll auf den Barhocker neben ihr kletterte. Das roch nach Arbeit. Wiederum ... Sie blickte ihn von der Seite an. Vielleicht war ja aus Tim etwas rauszukriegen.

„Geht's 'n so", fragte der. Es klang wie eine Feststellung, nicht wie eine Frage.

„Geht so", sagte Kalli. „Und Ihnen?"

„Kannst ‚Du' sagen, Frau Pastor."

„Also gut. Wie geht es dir?"

„Hm", grunzte Tim und nahm ein dampfendes Glas Pfefferminztee von Marlis entgegen.

Kalli schwieg und beobachtete den jungen Mann, wie er drei Löffel Zucker in seinen Tee schaufelte.

„Du und Luisa – ihr standet euch wohl sehr nahe?"

Tim rührte in seinem Glas, die Zuckerkristalle tanzten. „Hm."

„Du musst sehr traurig sein."

„Luisa und ich!", brach es aus Tim plötzlich heraus. „Luisa und ich!" Seine Stimme wurde lauter und er machte eine weit ausholende Geste mit dem rechten Arm. Kalli wandte ihr Gesicht etwas ab; sein säuerlicher Bieratem war ihr unangenehm. Hinter ihnen murrte der Vierertisch mit den Kartenspielern. Kalli glaubte sogar, ein „Jetzt geht das schon wieder los" zu hören.

„Luisa und ich", wiederholte er etwas leiser, „das ist eine lange Geschichte."

„Ich hab Zeit", sagte Kalli.

„Luisa und ich, wir waren schon befreundet, da waren wir noch soooo!" Tim zeigte mit Daumen und Zeigefinger, wie klein sie damals noch waren (drei Zentimeter). „Schon im Kindergarten wusste ich, dass wir mal heiraten werden!"

Oje, dachte Kalli erneut und fragte: „Was ist passiert?"

„Was is' passiert, was is' passiert! Diese kleine Schlampe hat sich zwischen uns gedrängt!"

„He!", sagte Kalli. „Das Wort möchte ich nicht noch mal hören!"

„Gedrängt?", lallte Tim.

Kalli seufzte resigniert. „Du meinst Agnieszka Król?"

„Jaja. Die blöde …" Kalli drohte ihm mit dem Zeigefinger. Tim drehte sein Teeglas auf der Tresenplatte zwischen den Händen. „Luisa und ich, wir waren unzertrennlich. Beste Freunde seit immer." Er machte eine Pause und zwinkerte Kalli zu. „Zum Schluss auch mehr."

Kalli runzelte die Stirn.

„Wir haben uns letztes Silvester geküsst. Ich wusste, dass sie auch in mich verliebt ist."

Kalli wartete.

„Und dann, dann kreuzte diese Agi hier auf, niemand wusste, woher. Und ich hab Luisa kaum mehr gesehen. Von jetz' auf gleich, ohne Vorwarnung."

„Hm." Kalli überlegte. Das war interessant. Sie wusste, eigentlich war es ihre Aufgabe, Tim Trost zu spenden. Ihn zu bestärken. Etwas über Wege zu erzählen, von denen niemand (außer natürlich Gott) weiß, wohin sie führen. Doch ihre Neugier siegte. Wer weiß, wie bereitwillig Tim noch einmal mit ihr über das Thema reden würde.

„Du hast sie nicht mehr gesehen?"

„Ja. Naja." Über Tims Nasenwurzel bildete sich eine tiefe Falte. „Sie war halt nur noch mit Agi unterwegs. Also am Wochenende, unter der Woche war sie ja eh auf 'm Internat. Eigentlich haben wir jeden Tag telefoniert. Auch das hörte auf, irgendwann hat sie sich unter der Woche gar nicht mehr gemeldet. Nur noch nichtssagende Smileys auf meine Nachrichten geschickt."

Er begann, den Zucker vom Boden des Teeglases zu kratzten.

„Dann freust du dich aufs Wochenende und dann hocken die ständig aufeinander, da war überhaupt kein Dazwischenkommen mehr." Ein weiterer Löffel Zucker verschwand in seinem Mund. „Sogar Händchen haben die gehalten, so enge waren die miteinander."

Kalli verschluckte sich an ihrem Bier. Mühsam versuchte sie, ihren Hustenreiz zu unterdrücken, um Tim nicht im Redefluss zu stören.

„Händchen gehalten?", quetschte sie zwischen zwei Hustern hervor.

„Ja. Hab sie mal in der Stadt getroffen."

„Was hatte das zu bedeuten?"

Tim funkelte sie an und sagte mit Nachdruck: „Das kann ich Ihnen sagen. Früher war ich Luisas bester Freund. Und dann war es diese Agi."

Das ist *eine* Erklärung, dachte Kalli bei sich, während Tim – noch ein „Wüsste nich', was Sie das eigentlich alles angeht!" nachgeschoben – mit dem Löffel am Boden seines Teeglases kratzte, auf dem schon längst nicht mehr das kleinste Zuckerkristall zu finden war.

***

Sie war seit einer Woche hier und fand noch immer keinen Schlaf. Mit einer Tasse Tee in der Hand hatte sie sich auf das Sofa im Wohnzimmer sinken lassen. Die Uhr zeigte halb zwei.

Wieder hatte sie schlecht geträumt. Die Postsendung von Sanne hatte sie wohl doch stärker aufgewühlt, als sie sich eingestehen wollte. Und war es gut gewesen, Marlis davon zu erzählen? Sie wusste nichts über diese Frau.

Normalerweise würde sie mit Fabio reden. Doch auch er, beharrlicher Hüter aller ihrer großen und kleinen Geheimnisse, kam nicht infrage. Nicht diesmal. Sie schämte sich, ihm zu erzählen, was zuletzt zwischen ihr und den beiden anderen vorgefallen war. Insbesondere zwischen ihr und Leni. Bei dem Gedanken daran konnte sie regelrecht seinen ungläubigen Blick auf ihrer Haut spüren. Sehen, wie er missbilligend die Lippen schürzte.

Wenn es also sogar vor ihrem besten Freund unsagbar war und ihr so sehr auf der Seele lastete, sollte sie sich vielleicht eher einen Kollegen suchen, der ihr die Beichte abnahm. Nicht ihren alten Mentor in Schwerin, überlegte sie, der kannte Leni und Sanne gut. Auch wenn sie ihm und seiner Verschwiegenheit vertraute, wusste sie, dass sie nicht offen sprechen würde. Nicht so, dass es sie erleichtern würde.

Sie überlegte. Ob sie Fuchs fragen sollte? Warum eigentlich nicht? Er machte auf sie einen offenherzigen Eindruck, würde sich nicht so schnell verschrecken lassen von dem, was sie zu sagen hatte. Und falls doch, müsste sie ihm zumindest im nahen Umfeld nicht weiter begegnen.

Ja, das war eine Idee. Sie würde ihn gleich nach seinem Urlaub anrufen. Dann könnte sie ihm auch die Neuigkeiten über Agi erzählen, dachte sie, als sie zurück ins Schlafzimmer ging.

Auf dem Nachhauseweg hatte sie noch mit Fabio telefoniert. Atemlos hatte sie ihm von ihrer Begegnung mit Tim erzählt. Ihr Gefühl war ganz klar: Luisa und Agi waren ein Paar. Aber wenn das stimmte, dann warf es neue Fragen auf. War Tim wirklich so naiv, nicht zu erkennen, was da gelaufen war? So unaufgeklärt, dass er sich damit behelfen musste, die beiden seien nur beste Freundinnen gewesen? Aber warum auch sollte er lügen? Aus Scham, in ein Mädchen verliebt gewesen zu sein, das nicht auf ihn stand? „Und wieso behaupten Stuvemanns, Agi nicht gekannt zu haben?", hatte Fabio den Faden am Telefon weitergesponnen. Nach dem, was Tim ihr in der Kneipe erzählt hatte, mussten die beiden Mädchen doch viel Zeit miteinander verbracht haben. Wie konnte das der Familie entgangen sein? Fragen über Fragen! Und so schlief sie ein.

6

Mit einer Runde Bügeln war Kalli in den Morgen gestartet. Keine andere Sache der Welt war für sie auch nur vergleichsweise meditativ. Beim Packen vor einer Woche hatte sie alle ihre Klamotten achtlos in einen Karton gestopft; dementsprechend gab es genug zu tun.

Den beruhigenden Geruch von heißem Wasserdampf, der auf frisch gewaschene Hemden trifft, in der Nase gewann sie Schritt für Schritt den Boden unter den Füßen zurück. Jeder sorgfältige Strich mit dem Eisen über den dicht gewebten Baumwollstoff ließ ihren Atem ruhiger werden. Und obwohl sie nur mit ihrem überlangen *Guns-n'Roses*-Schlaf-Shirt bekleidet in der kalten Wohnung stand, fror sie nicht.

Als sie in ihr Hemd geschlüpft war – hellgrau und mit so feinen Punkten, dass sie kaum als solche zu erkennen waren – und den obersten Knopf geschlossen hatte, fühlte sie sich bereit für den Tag.

Zu ihrer Erleichterung fand auch Fuchs ihr Anliegen, sich von ihm die Beichte abnehmen zu lassen, nicht weiter absonderlich. Im Gegenteil, er schien sich sogar geschmeichelt zu fühlen und lud sie für den nächsten Tag ein, sich auf halber Strecke zwischen Moorstede und seinem neuen Wohnort zu treffen. „Glauben Sie mir, die Fahrt lohnt sich. Es ist mein absoluter Lieblingsort und ich bin mir sicher, er wird auch Ihnen gefallen."

Mit der Aussicht, sich am nächsten Tag jemandem anvertrauen zu können, machte sie sich auf den Weg zur Arbeit. Und heute würde sie endlich dieses Rätsel um die Kerzen werfende junge Frau lösen! Ihr Schritt federte.

Der Vormittag zog ereignislos vorüber. Sie machte sich erste Notizen für die Predigt am Sonntag und stellte sich telefonisch bei der Gemeindekantorin vor. Das Gespräch war schnell zu

Ende, denn die Kantorin hatte ihre eigenen Vorstellungen davon, was geeignete Lieder waren, und wischte Kallis Vorschläge zur Seite. „Wenn Sie wollen, dass unsere älteren Damen auch weiterhin in die Kirche kommen, geben Sie ihnen die Lieder, die sie singen wollen." Kalli konnte nicht einschätzen, ob die Kantorin, die etwa in ihrem Alter sein musste, das sarkastisch meinte oder bitterernst.

„Spielen Sie auch ein Instrument?", fragte sie abschließend noch.

„Nein, nicht wirklich", antwortete Kalli.

„Herr Pastor Fuchs konnte ja Gitarre spielen."

Was kann der eigentlich nicht?, dachte Kalli, als die Kantorin auflegte.

Gegen Mittag rief Tim an, um sich einen Termin für den Nachmittag zu holen. Er klang, als wäre er gerade aufgestanden.

Immer wieder schaute Kalli zur Uhr, die nur qualvoll langsam auf die Zeit zurückte, zu der sie mit Agi am Bahnhof verabredet war.

Endlich war es so weit.

Kalli parkte ihren Passat so, dass sie die Gleise gut im Blick hatte. Sie war etwas zu früh. Das war die Aufregung. Sie schaltete das Radio an.

„Nachdem die USA angekündigt haben, aus dem Pariser Klima-Abkommen auszusteigen, hat …"

„Sie hören jetzt Tina Turner mit …"

„Der Bundesgesundheitsminister hat den Referentenentwurf eines Gesetzes zum Verbot von Konversionsbehandlungen …"

„Das waren *The Police* mit *Every Breath You Take*. Und nun eine Meldung aus der Region: Die Brauerei *Nordbier* feiert am Samstag ihr 100-jähriges Jubiläum. Mit einem Tag der offenen Tür soll …"

„Nach der Landtagswahl haben Thüringer CDU-Politiker Gespräche mit der AfD gefordert …"

„Nachdem Schüler auf einer Fahrt ins KZ Neuengamme antisemitische Lieder auf ihren Handys abgespielt haben, haben nun die Lehrer Anzeige …"

Mit einem Gruselschauer schaltete Kalli zwei Sender zurück. Auf dem Regionalsender lief gerade ein Interview mit Markus

Stuvemann. „Wir sind stolz, seit einem vollen Jahrhundert die Region durch unser Unternehmen zu stärken", tönte Stuvemanns Stimme gerade aus ihren Radiolautsprechern heraus. „Mittlerweile beschäftigen wir 165 Mitarbeiter. Kommen Sie zum Tag der offenen Tür und seien Sie live dabei, wenn wir …"

Sie schaltete das Radio aus. Vielleicht war es doch besser, sich ein wenig die Füße zu vertreten.

Der Asphalt des Vorplatzes war löchrig, das Bahnhofsgebäude wirkte marode. In der obersten Etage waren die Fenster mit Brettern vernagelt und das kaputte Schild über dem Eingang wies den Halt als MOORSTE aus. Hätte Agi ihr nicht geschrieben, dass sie hier mit dem Zug ankommen würde, Kalli hätte nicht geglaubt, dass diese Bahnstation noch am Netz war. Sie schlenderte zu den Ankunfts- und Abfahrtsplänen und suchte nach dem Zug, der 14:15 Uhr eintreffen sollte. Die S-Bahn – S-Bahn!, dachte Kalli – kam von Hamburg und war von dort aus gute zwei Stunden unterwegs. Moorstede war der vorletzte Halt. Sie stieg die speckigen Treppenstufen zum Eingang hinauf und drückte vorsichtig gegen die von Staub und Schmutz milchige Glastür. Das Gebäude war nicht verschlossen.

Sie trat ein. Niemand war darin. Es roch muffig. Wie sie erwartet hatte.

Sie sah sich die Anschläge am Aushang an. Eine Wegbeschreibung, wie Ankömmlinge die Touri-Info finden, hing neben Werbung für Marlis' Kneipe „Krug im Moor", einem alten Plakat vom Schützenfest in Stromühlen und einem Hilferuf auf giftgrünem Kopierpapier, dass letzte Woche ein vor dem Gebäude angeleinter Cockerspaniel gestohlen worden sei.

Gestohlen?, dachte Kalli. Hier?

Durch die offene Tür blickte sie ungläubig die mit Glasscherben und Kaugummi verschmutzten Treppenstufen zum verwaisten Bahnhofsvorplatz hinunter. Der Bahnhof lag abseits der Innenstadt; das einzige Auto auf dem Parkplatz war ihr Passat. Eine einsame Krähe hüpfte über das Pflaster.

„'s zieht!"

Kalli zuckte zusammen und drehte sich um. Sie blinzelte in den dämmrigen Raum.

„Fahrkarte?“ Die schnarrende Stimme schien von dem alten Ticketschalter zu kommen. Sorgfältig schloss sie die Eingangstür und sah durch die Fensterscheibe des Schalterraums. Dort saß, mit dem Rücken zu ihr, eine alte Frau in einem abgewetzten, braun-geblümten Polstersessel und schaute *Sturm der Liebe* auf einem kleinen Fernseher.

„So ein Mist mit dem Cockerspaniel“, machte Kalli sich bemerkbar.

„Hm“, kam es hinter dem Sessel hervor. „Is' wieder aufgetaucht.“

„Oh, gut!“

„Wie man's nimmt.“

„Hm?“

„Tot auf der Landstraße.“

„Oh.“

„Fahrkarte?“

„Nein. Danke. Ich warte nur auf den Zug.“

„Warten Sie nicht zu lange.“

„Wieso?“

„Hat Verspätung heute. Fünfzehn Minuten.“ Die Frau hatte bislang nicht ein einziges Mal den Kopf gewandt.

„Ich hab Zeit.“

„Außerdem steigt nie wer aus.“

Was für ein Sonnenschein. Kalli zündete sich draußen eine Zigarette an und lehnte sich an die Motorhaube ihres Autos. Die Krähe saß jetzt auf der großen, runden Bahnhofsuhr über dem Eingang und schielte auf die rauchende Pastorin. Zehn nach zwei zeigte die Uhr.

Was Agi ihr wohl zu sagen hatte? Dass sie nach Hamburg durchgebrannt war, lag auf der Hand. Sicher, es könnte auch jedes andere Nest entlang der Bahnlinie sein, aber dass ein queerer Teenager von Moorstede nach, sagen wir, Wolfsleben ausrückte, um dort „neu anzufangen“, erschien ihr reichlich abwegig. Nur, wieso kam sie zurück? Für ein kurzes Gespräch mit einer Frau, die sie nicht kannte? Beunruhigt fragte sie sich, ob sie sich eigentlich strafbar machte, wenn sie eine vermisste, von der Polizei gesuchte Person traf. Ihre Kopfhaut kribbelte.

14:16 Uhr zeigte die Uhr im Passat.

Kalli kramte sich mit klammen Fingern durch das vollgestopfte Handschuhfach. Irgendwo hatte sie doch noch ein Halstuch. Ein Flyer segelte aus dem Fach, der Wind schnappte ihn sich und trieb ihn in kurzen Stößen über den Platz. Sie ließ ihn fliegen. Sie wusste, was es war. Das Angebot eines chilenischen Caterers, den Fabio ihr im Sommer für Merles Einschulung empfohlen hatte.

Die Einschulung. Die Sache mit der Einschulung hatte schließlich dem Fass den Boden ausgeschlagen.

Schon Monate vorher war Kalli voller Aufregung gewesen und wollte gemeinsam mit den anderen die Feier planen. Doch Sanne hatte sie regelmäßig vertröstet. Das ginge ihr alles zu schnell, sie wissen noch gar nicht wegen ihrer Eltern und überhaupt müsse sie erst mit Leni .... Kalli schnaubte vor Wut beim Gedanken an die entschuldigenden Gesten, die Sanne dabei mit den Händen vollführte.

Und eines Nachmittags, da war der Ton plötzlich anders, und Sanne sagte nicht mehr ausweichend: „Du, das geht mir zu schnell“, sondern: „Du, wir haben jetzt schon Pläne.“

Kalli erinnerte sich, wie sie diesen Satz erst gar nicht verstanden hatte. Von diesen Plänen wusste sie ja gar nichts. Unfassbar langsam fiel bei ihr der Groschen, dass es genauso sein sollte. Die beiden wollten allein planen. Als Paar. Sanne hatte nur herausgezögert, ihr das zu sagen.

„Okay“, hatte Kalli hervorgebracht. „Und sagt ihr mir dann vielleicht noch, wann es losgeht?“

„Du bist ... Wir haben ... dich nicht eingeplant.“ Und setzte hinzu: „Du weißt doch, wie knapp wir sind.“

So baff war Kalli gewesen, dass sie Sanne einfach in der Küche hatte stehen lassen. Der Satz brauchte auch noch bis zum nächsten Morgen, um richtig zu ihr durchzudringen. Dann traf er sie mit voller Wucht. Sie war zur Einschulung des Kindes, für das sie sechs Jahre lang Sorge getragen hatte – mehr als Leni und sicherlich mehr als die zwei entfernten Cousinen von Sanne, die anreisen würden –, nicht eingeladen. Was hatte das zu bedeuten? Sie begriff es nicht.

Und das bis heute. Wie sollte sie auch? Nach wie vor waren Sanne und Leni ihr eine Erklärung schuldig. Für Kalli lag klar auf der Hand, dass mehr dahinterstecken musste. Oder war sie einfach nur die dumme Dritte, die auf dem Altar der spannungsreichen, bröckelnden Paar-Beziehung der beiden anderen geopfert worden war? Kalli schüttelte den Gedanken ab, während sie mit den Augen der Krähe folgte, die von der Bahnhofsuhr auf die Stufen des Eingangs herunterflatterte. Das würde ja bedeuten, dass sie die Jahre davor Tomaten auf den Augen gehabt hatte.

Sie hatte die Auseinandersetzung gesucht.

Doch Sanne ließ sie regelmäßig abblitzen, weil sie „gerade keine Energie für Diskussionen" habe. Bis das Ganze eskalierte – und dann saßen Leni und Sanne am längeren Hebel. Hatten dann einen wirklich guten Grund, sie zu schneiden.

Wieder überkam Kalli die Scham in heißen Wellen, als sie an diese letzte Szene dachte. Auf dem Bahnhofsvorplatz in Moorstede, mehr der erste Zufluchtsort als ein neues Zuhause.

Das Warnsignal der Bahnschranken klang von der Hauptstraße zu ihr hinüber. Mechanisch trat Kalli zum Bahnsteig und sah den Zug einfahren. Sie war die Einzige am Gleis. Die Luft roch nach anstehendem Regen. Zwei Möwen zogen träge Kreise über den Gleisen.

Der Zug hielt. Fünfzehn Sekunden. Dann fuhr er wieder an.

Kalli schaute den schmalen Bahnstieg links entlang, rechts entlang. Hatte sie geträumt?

Ungläubig drehte sich Kalli um die eigene Achse.

Hinter ihr stand die Frau vom Schalter. Den Mund mürrisch zusammengekniffen. Sie hob die Schultern und murrte: „Sag ich doch."

***

Stinksauer raste Kalli zurück durch die Innenstadt. Nicht nur, dass Agi nicht gekommen war. Nicht nur, dass sich die unangenehmen Erinnerungen an die Zeit vor ihrem Umzug ungefragt, aber beständig an die Oberfläche spülten. Nicht nur, dass ihr verdammt noch mal nicht klar war, was sie hier eigentlich trieb.

In dieser gottverlassenen – fuck, verzeih den Fluch, dachte sie – Gegend.

Ihr war auch schlagartig eingefallen, dass sie die offene Sprechzeit am Nachmittag vergessen hatte. Dabei hatte sie doch vormittags selbst noch einen Termin mit Tim ausgemacht! Ein kurzes, grelles Aufblitzen am Rand der Straße zum Gemeindehaus sagte ihr, dass sie in den nächsten Wochen auch noch Post von der hiesigen Polizeidirektion bekommen würde. All das für ein Gör, das sie nicht kannte und dann noch nicht mal zum Treffen kam. Was dachte sie sich nur?

Sie stellte den Passat mit Schwung quer vor dem Gemeindehaus ab und stampfte die Steinstufen der Eingangstreppe hinauf.

Britta war schon zur Stelle.

„Frau Pastor! Wissen Sie nicht, dass …"

„Doch, ich weiß", herrschte Kalli sie an.

„Die Leute warten scho…"

„Dann hoffe ich, Sie haben ihnen bereits Tee gekocht!"

Sofort bereute sie diesen Satz, aber zu spät, er war schon raus.

Britta schnappte nach Luft und drehte sich auf dem Absatz um. Brigitte steckte den Kopf aus der Teeküche und sagte ausdruckslos: „Das musste doch nun wirklich nicht sein."

Kalli hob hilflos die Hände und eilte den Flur hinunter.

Die „Leute", die warteten, waren – nur Frau Schuh. Wieder einmal.

Keine Spur von Tim, aber das war Kalli jetzt auch egal. Nichts als Drama und heiße Luft, diese Kids. Sie hielt Frau Schuh die Tür auf. Wahrscheinlich ist irgendwo ein Event für bockige Teenager, dachte sie, während Frau Schuh sie unter ihrem kleinen Filzhütchen hervor beäugte. Kalli knallte hinter ihnen die Tür zum Büro zu und Frau Schuh vollführte einen kleinen, erschrockenen Hopser.

***

Langsam nahm Kalli die letzten Züge von ihrer Zigarette – vom Aufhören konnte keine Rede mehr sein – und sah Minh Lý beim Einparken zu. Es war fast vollständig dunkel; von der Pferdekoppel tönten die Schreie der Krähenschwärme herüber, die sich in den Apfelbäumen des Pfarrgeländes und den Pappeln am Feldweg hinter der Koppel zur Nachtruhe niedergelassen hatten. Sie liebte den holzig-erdigen Geruch solcher Novembernächte, kurz bevor es richtig kalt wurde.

Zu ihrer Verwunderung stellte Frau Lý die kleine, mollige Frau, die mit ihr aus dem Auto gestiegen war, als Paula Diedrichsen vor. Geht doch, dachte Kalli, als sie hinter den aufgeregt schwatzenden Frauen die Treppe hochstieg. Der Mantel der Diedrichsen verströmte einen dezenten Duft nach Kohl.

Kalli wappnete sich innerlich. Auf die erste Sitzung des Kirchgemeinderats hatte sie sich eigentlich gefreut – war doch das parlamentarische Arbeiten schon immer eine ihrer Stärken. Doch neben der Lý und der Diedrichsen sowie einer Doreen Majuntke – der der örtliche Bioladen gehörte, in dem Kalli sich nach der offenen Sprechzeit noch schnell eine Quiche geholt hatte, die mit Abstand das Köstlichste war, was sie seit Langem gegessen hatte – würde sie auch auf Beatrix Stuvemann treffen (die sie immer noch nicht gut einschätzen konnte), auf Tim (hoffentlich nüchtern) und auch auf Plessner (natürlich mischte der hier auch mit!). Der saß schon mit verschränkten Armen und links und rechts flankiert von der Majuntke und Tim im Bauch der in einem „U" angeordneten Konferenztische, die sie vorhin gemeinsam mit Britta und Brigitte – schweigend – im Kleinen Saal zusammengeschoben hatte. Verbarrikadiert hinter den obligatorischen Apfelsaftflaschen und Thermoskannen betrachtete Tim eingehend seine Fingernägel. Kalli würde ihn später ansprechen, warum er nicht zum Termin gekommen war oder wenigstens abgesagt hatte. Sie ließ sich an der Seite ganz außen nieder. So konnte sie, wenn sie schon nicht in der Mitte saß, dennoch alle im Blick behalten.

Als Letzte betrat Beatrix Stuvemann den Raum, heute in einen eleganten, marineblauen Hosenanzug gekleidet, durch den Kalli sich ihrer eigenen fusseligen Wollstrickjacke überdeutlich bewusst wurde. Die Stuvemann schritt auf sie zu und Kalli streckte ihr die Hand entgegen. Sie ergriff sie kurz, fast unmerklich, und sagte: „Sie können das nicht wissen, aber das ist mein Platz."

Kalli merkte, wie ihr Kopf rot wurde. Im Raum war es mucksmäuschenstill. Nimm's mit Humor, sagte sie sich, während sie ihre Kaffeetasse, ihr Notizbuch und ihren Ausdruck mit den Tagesordnungspunkten zusammensuchte und auf die gegenüberliegende Seite des Raumes umzog. Beatrix Stuvemann blieb so lange neben ihrem Stuhl stehen, bis Kalli zurückgekommen war, um auch ihr Jackett von der Stuhllehne zu nehmen.

Kaum dass sie saß, ergriff Plessner das Wort. „Gut, wenn dann alle ihre Plätze haben, würde ich jetzt mit Punkt eins auf unserer Tagesordnung be..."

„Einen Moment, bitte", unterbrach Kalli ihn sofort. Ich glaub, mein Schwein pfeift, dachte sie. Das war nun wirklich zu viel! „Ich weiß Ihren Einsatz zu schätzen, würde es aber vorziehen, dass Sie mir die Leitung überlassen." Sie sah Plessner den Rest seines Satzes herunterschlucken und fügte knapp hinzu: „So, wie es auch vorgesehen ist."

Tim, zur rechten Seite des Arztes, rollte mit den Augen. Galt das ihr oder seinem Sitznachbarn? Schwer zu sagen. Auf jeden Fall würde sie sich nicht weiter herumschubsen lassen, nicht von Britta und Brigitte, nicht von schwermütigen Jünglingen und nicht von Mister „Gemeindearzt".

In die angespannte Stille im Raum flog plötzlich erneut die Tür auf und Anita Unheil, den Laptop unter dem Arm, platzte mit einem lang gedehnten „Sorry" hinein. Sie ließ sich neben Kalli nieder und flüsterte laut: „Habe ich schon etwas verpasst?"

„Nur das Vorgeplänkel", erwiderte Beatrix Stuvemann von der anderen Seite des Raumes und schlug die Beine übereinander.

Kalli atmete tief durch. „Ich begrüße Sie zu unserer heutigen Sitzung. Wir beginnen mit Tagesordnungspunkt eins", sagte sie und Anita neben ihr tippte zügig Datum und Anwesenheitsliste ins Protokoll.

Kalli hatte die Stunde, die ihr vor der Sitzung noch verblieben war, damit verbracht, die Protokolle der letzten acht Wochen zu studieren. Die Ausbesserung von Schlaglöchern in der Einfahrt, der Gemeindeausflug im Frühjahr, ein Müllproblem auf dem Friedhof (die aktuelle Konfi-Gruppe war im Verdacht), die Planung einer Veranstaltungsreihe, die Ausschreibung einer Prädikanten-Stelle – Kalli fühlte sich gut im Bilde. Anita war eine penible Protokollantin. Und, Kalli zog vorsichtig Luft durch die Nase ein, roch angenehm nach … was war das? Grapefruit? Die Finger der Sekretärin klackerten beruhigend regelmäßig über die Laptoptastatur. Kalli führte durch die ersten drei Tagesordnungspunkte und kam währenddessen wieder etwas runter.

Zehn Minuten später flogen die Fetzen.

Als Plessner den Titel der zurzeit in der Gemeinde ausgerichteten Veranstaltungsreihe vorlas – „Moderne Identitäten im Konflikt" –, dachte Kalli noch amüsiert: Himmel, das kann ja alles sein! Sie lauschte halbwegs desinteressiert dem Geschwafel des Arztes, der das positive Feedback der Gemeinde auf die Vorträge und Workshops im Frühjahr und Spätsommer hervorhob, und seine Vorschläge, wie einige dieser Themen vielleicht auch Anwendung im Konfirmandenunterricht finden könnten, rauschten durch sie hindurch. Sie hatte beschlossen, ihm bei einem Tagesordnungspunkt, der ihr nicht so wichtig erschien, das Feld zu überlassen, um ihn und seine Anhängerschaft (charismatische und laute Männer hatten die leider immer) nach dem holprigen Konferenzstart etwas milder zu stimmen.

„… eine These, die sich doch wunderbar mit der Auslegung der Geschichte von Jona im Bauch des Walfischs …" – Kalli unterdrückte ein Gähnen – „… verknüpfen lässt, finden Sie nicht auch?" – Kalli nickte mechanisch (Was ließ sich letztlich nicht mit Jona im Walfischbauch verknüpfen?) – „Nun, was den Abschlussvortrag in wenigen Wochen angeht …" Die Wanduhr über Plessner zierte ein himbeerroter Fleck an der Stelle kurz vor zwölf. Was das wohl war? Kalli versuchte, den Fleck stärker zu fokussieren, ohne sich dabei allzu offensichtlich nach vorne zu lehnen. Sieht aus wie Lippenstift, dachte sie. Oder Nagellack? Schwer zu erkennen. Kalli schaute sich vorsichtig um, auf der Suche nach weiteren roten Gegenständen. Dieses Spiel hatte sich bewährt, wenn lange Sitzungen immer länger wurden und sie dennoch halbwegs konzentriert sein – oder besser: wirken – musste. Rot … Der Fleck an der Uhr. Das Notizbuch der Majuntke. Tims unterlaufene Augen. Der Lippenstiftrand an Anitas Kaffeetasse. Die sorgfältig manikürten Fingernägel der Stuvemann, wenn ein sanftes Korallenrot auch zählte. Und, da, da war noch etwas. Kalli kniff ein Auge zusammen. Da war so ein Pin, einer, wie Plessner ihn auch hatte. Ein roter ... Vogel?

„... schlage ich Dr. Dr. Henriette Wuesten vor."

Kalli kam unsanft wieder in der Konferenz an.

„Bitte?", platzte es ungläubig aus ihr heraus. „*Die* Henriette Wuesten?"

Plessner ließ den Notizzettel sinken, den er sich während seines kleinen Vortrages vor das Gesicht gehalten hatte.

„Ja, *die* Henriette Wuesten. Wir beabsichtigen, sie zum Abschlussvortrag einzuladen."

„Wir? Also, ich nicht!"

„Wer ist das denn?", fragte Frau Lý.

Kalli räusperte sich. „Sie ist die Stichwortgeberin einer eher unfortschrittlichen Ecke des Christentums. Diplomatisch ausgedrückt."

Minh Lý und auch Paula Diedrichsen neben ihr schauten sie ratlos an. „Ultrakatholisches Lager", setzte Kalli hinzu.

„Wir laden konfessionsübergreifend zu unserer Reihe ein, das hatte ich bereits ausgeführt." Plessner sah sich Zustimmung heischend im Raum um. Die Majuntke und Tim nickten drauflos.

„Darum geht es nicht!"

Alle Köpfe drehten sich zu Kalli, auch Anita hielt im Tippen inne.

„Die Frau ist gegen alles, was eine Errungenschaft unserer Gesellschaft ist. Gleichstellung, Ganztagsschulen, Inklusion – selbst gegen das Internet!"

„Nun, damit haben wir hier auch unsere Probleme."

Der Punkt ging an Plessner, der ganze Raum gackerte. Aber so schnell würde sie ihn nicht vom Haken lassen. Nicht wenn er plante, eine Frau einzuladen, deren Kommentar zum Thema Homosexualität darin bestand zu sagen: „Ich verurteile diese Menschen ja gar nicht. Ich bedauere sie, dass sie sich sexuell derartig aufführen müssen. Wissen Sie, dieses, dass heute alles erlaubt ist – dem muss man ja nicht nachgehen. Man sticht ja auch niemanden ab, nur weil es geht."

„Okay, dann werde ich deutlicher. Die Bestimmung von Frauen über ihren eigenen Körper? Ein modernes Verständnis von Familien? Oder …"

„Sie meinen Abtreibung und dass Schwule Kinder adoptieren!"

„Wo ist das Problem?"

„Kein Problem, Frau Pastorin. Nur werden diese Dinge hier zumindest kontrovers diskutiert."

Beatrix Stuvemann lächelte. Die Majuntke und Tim blickten entschlossen. Anita stöhnte leise: „Gott, bitte nicht wieder die Abtreibungsdiskussion."

Kalli beschloss, zum letzten Schlag auszuholen. „Und *politikercheck.org* sammelt Beweise, dass Ihre Dr. Dr. Wuesten Verbindungen bis in die …"

„Ich bitte Sie!" Die Majuntke lachte laut auf. „*Politikercheck.org*? Wir sind hier in Moorstede!"

Tim räusperte sich. „Ich möchte auch was sagen." Er fuhr mit den Händen über die Tischplatte, als würde er sie glattstreichen müssen.

Ja, dann sprich doch, dachte Kalli ungeduldig, quaken doch hier eh schon alle durcheinander.

„Ich finde die Themen von Henriette Wuesten interessant. Sie hat Antworten auf Fragen, die sich viele Jugendliche, die ich kenne, stellen. Die ich mir auch stelle."

Kalli stierte ihn entgeistert an.

„Das … das wollte ich nur sagen", schloss der junge Mann.

„Danke, Tim!" Das war wieder Plessners laute und kräftige Stimme. Der Arzt berührte leicht Tims Unterarm.

Ja, danke, Tim. Kalli knirschte mit den Zähnen.

Da meldete sich Paula Diedrichsen. Kalli wurde bewusst, dass sie sie bisher noch nicht einmal hatte sprechen hören. Mit einer überraschend tiefen Stimme schlichtete sie: „Mir reicht die Diskussion bis hierhin. Ich hätte jetzt gerne eine Pause und würde mir kurz selbst ein Bild machen." Damit zückte sie ihr Smartphone und Kalli unterbrach dankbar die Sitzung.

Während Kalli sich ihren mittlerweile dritten Kaffee aus einer der alten, mit blauen Windmühlen bedruckten Thermoskannen einschenkte, steckten die Diedrichsen und die Lý über dem Handy die Köpfe zusammen und tuschelten vor sich hin.

Vergebens. Zum Schluss wurde der Vortrag angenommen, nur Paula Diedrichsen, Minh Lý und Kalli selbst hatten dagegen gestimmt. Anita hämmerte das Ergebnis ins Protokoll. Kalli schloss die Sitzung. Dann bemühte sie sich, nicht ihren Kopf auf die Tischplatte sinken zu lassen, während noch Menschen im Raum waren.

Eine Hand drückte sanft ihre Schulter. Kalli blickte auf. Anita schwenkte einen schmalen Schlüsselbund an ihrem Zeigefinger vor Kallis Gesicht hin und her. „Hast du Lust, dich ein wenig abzulenken?"

Kalli blickte sich um. Mittlerweile hatten alle den Raum verlassen. Mist, dachte sie, ich wollte doch Tim auf den Termin ansprechen.

Anita lächelte sie an. „Wenn du es wissen willst – ich hätte auch dagegen gestimmt. Leider hab ich aber keine Stimme."

Der Schlüsselbund der Sekretärin verschaffte ihnen Einlass in die Pfarrwohnung im Obergeschoss der Villa. Kalli folgte Anita durch eine doppelflügelige Eingangstür mit schönen, alten Bleiglasfenstern in den weiträumigen Flur. „Was für ein Unterschied", seufzte sie.

„Nicht wahr?" Die Sekretärin zwinkerte ihr zu.

Die Wohnung war wunderschön. Kalli ging die großzügig geschnittenen Zimmer ab und machte ein paar Fotos für Fabio. Sie würde sich hier sehr wohlfühlen.

„Wann kann ich hier endlich rein?", fragte sie und ließ sich auf das eingemauerte Bänkchen unter dem Erker im Wohnzimmer fallen.

„Morgen kommen die Maler. Und im Bad müssen noch ein paar gesprungene Fliesen ausgewechselt werden. In zwei Wochen, schätze ich." Kalli schaute aus dem Fenster in den dunklen Obstgarten. Diese Wohnung würde alles andere hier mehr als wettmachen.

Anita setzte sich neben sie. Sehr nah neben sie.

O nein, dachte Kalli, nicht das.

Zu spät.

„Du riechst frisch gebügelt", säuselte Anita.

„Und du nach Grapefruit", gab Kalli zurück.

„Ist das so?" Anita schaute an sich herunter, als erwartete sie, einen Obstkorb im Schoß zu entdecken.

Kalli rückte vorsichtig ab. Nicht, dass sie Anita nicht attraktiv gefunden hätte – sehr sogar. Die Mittdreißigerin mit den kurzen, strubbeligen Haaren und dem ansonsten sehr konservativen Auftreten hatte etwas Schalkhaftes, das Kalli bei Frauen schon immer unwiderstehlich gefunden hatte. Aber das Ganze roch nach Drama, und sie war froh, gerade einem entkommen zu sein.

Kalli gab ihr die Hand und zog sie hoch. „Komm, es war ein langer Tag. Aber die Überraschung hier ist dir gelungen, vielen Dank!"

7

Kalli hätte nicht sagen können, warum sie ausgerechnet heute nach dem Brief griff, der oben auf den Briefkästen lehnte. Er war ihr am Vorabend schon aufgefallen.

Sie war früh wach gewesen und hatte, da sie nicht wieder einschlafen konnte, einen Spaziergang in der morgendlichen Dunkelheit unternommen. Ihre Wangen brannten noch von der kalten Luft. Und als sie den von alten Prospekten und Werbeflyern überquellenden Briefkasten der Wohnung leerte, fischte sie den Brief mit runter.

Er war adressiert an Luisa Stuvemann.

Kalli prüfte die Anschrift. Die stimmte mit Kallis Adresse überein. Die Postbotin hatte wohl nicht gewusst, wo sie ihn einstecken sollte.

Kalli kontrollierte erneut den Namen im Sichtfenster des Briefes. Doch, kein Zweifel. Auf dem Briefumschlag stand: Luisa Stuvemann.

Kalli fuhr ein Gruselschauer den Rücken hinunter. Die junge Frau, die sie vor gut einer Woche unter die Erde bringen musste, hatte Post bekommen. Gänsehaut überzog ihre Unterarme.

Nicht, dass das etwas Ungewöhnliches wäre. Kalli kannte die Erzählungen von Angehörigen, die, Wochen nach dem Todesfall, einen Brief an den oder die Verstorbene im Briefkasten finden. Alte Schulfreunde, die ihn oder sie zu einem Jahrgangstreffen einladen. Die Patentante, die noch nicht auf Mails umgestiegen war und nachfragt, wie es ihm oder ihr gehe. Eine verflossene Liebschaft, die, sich an die gemeinsame, glückliche Zeit erinnernd, eine Postkarte schickt. Ohne zu wissen, dass die Person, an die sie adressiert worden war, gar nicht mehr lebte.

Einmal musste eine hinterbliebene Ehefrau ein Päckchen auspacken. Kalli war dabei, als sie es öffnete. Die Augen der Frau hatten sich vor Schreck geweitet. Der Tote hatte – also natürlich nicht der Tote, korrigierte sich Kalli, sondern der Ehemann, als er noch lebte – eine Taucherbrille bestellt. Kein übliches Modell, wie man es in jedem Sportgeschäft kaufen kann, sondern eine spezielle Anfertigung aus Australien, die volle vier Wochen mit Luftpost unterwegs gewesen war. Die Frau hatte geweint. Ihres Wissens hatte ihr Mann in seiner Kindheit noch nicht einmal richtig Schwimmen gelernt. Wozu eine Taucherbrille? Kalli ließ sie mit diesem Rätsel allein.

Und nun das. Kalli wog den Brief in der Hand. Eine Seite, schätzte sie, maximal. Sollte sie ihn öffnen?

Korrekterweise müsste sie ihn Luisas Eltern übergeben. Wiederum war er an diese Anschrift adressiert und von der Postbotin abgelegt worden. Und auch Agi hatte bei Kalli vor der Tür gestanden und nach Luisa verlangt.

Jetzt sah Kalli überrascht auf das leichte Papier in ihren Händen hinunter. Luisas Familie lebte auf einem geradezu herrschaftlichen Anwesen am Moor – genau am anderen Ende der Stadt. Warum also hatte Agi vor einer Woche in diesem Haus nach Luisa gefragt? Und warum wurde ein Brief für sie abgelegt? Sie hatte doch sicherlich bei ihren Eltern gewohnt, wenn sie nicht im Internat war.

Sie drehte den Umschlag in ihren Händen hin und her. In der Hoffnung, dass sie vielleicht doch einen Hinweis übersehen hatte, wie sie damit umgehen sollte.

Ach, verdammt! Kalli schob ihren Zeigefinger unter die Klebelasche des Kuverts und schlitzte es auf.

Liebe Luisa,
leider bist du zu unserem Termin nicht gekommen. Bist du noch an einer Beratung interessiert?
Falls ja, schlagen wir dir einen neuen Termin vor:
Freitag, 15. November, 11 Uhr.
Du kannst auch telefonisch oder per E-Mail mit uns Kontakt aufnehmen. Die Kontaktdaten findest du unten.
Mit freundlichen Grüßen
Tari Ehab, Beraterin, *Buntes Moorstede*

Im Briefkopf prangte das Logo einer Beratungsstelle – drei stilisierte Hühner in Regenbogenfarben. Kalli schmunzelte. Sie faltete den Brief zusammen. Steckte ihn ins Kuvert. Wog ihn in der Hand. Starrte auf die Briefkästen, die in einer Reihe vor ihr an der Wand hingen. Der Termin war heute. Sie fasste einen Entschluss.

***

Im Büro erledigte sie schnell, was angefallen war: bestätigte das Protokoll zur gestrigen Kirchgemeinderatssitzung, holte die Angebote zur Ausbesserung der Schlaglöcher auf dem Parkplatz ein und verschickte die Hausaufgaben für die Konfi-Gruppe. Sie wunderte sich immer wieder, wie viel Zeit der „Kleinkram" in ihrem Job einnahm: E-Mails beantworten, Termine organisieren, in Kontakt mit den ehren- und (seltener) hauptamtlichen Mitarbeitenden in der Gemeinde sein.

Ein Blick auf die Uhr sagte ihr, dass sie an der Predigt für den Sonntag wohl am Wochenende arbeiten müsste, wenn sie zu der Beratungsstelle fahren und anschließend den Kollegen Fuchs treffen wollte. Auch der neue Gemeindebrief musste nächste Woche raus – und damit hatte sie sich noch nicht einmal ansatzweise befasst.

Sie zog die Schubladen ihres Schreibtisches auf und durchwühlte die Fächer mit Büroutensilien. Gab es in Moorstede keine USB-Sticks? Sie rauschte durch den Flur zum Kleinen Saal, in dem Brigitte gerade damit beschäftigt war, den Boden zu wischen.

Kalli schluckte die Frage hinunter, ob es wirklich nötig sei, das zu tun, nachdem Brigitte sich schon Anfang der Woche mit den Böden abgemüht hatte. In ihrer Vikariatszeit hatte sie eine Gemeindemitarbeiterin kennengelernt, die jeden Tag, ungelogen jeden Tag, das gesamte Pfarrbüro durchsaugte und damit alle in den Wahnsinn trieb, bis sie eines Tages beim Staubsaugen einen Herzinfarkt bekam und, nachdem sie von dem genesen war, dies als Gottes Fingerzeig nahm, sich zu ihrer Schwester nach Florida abzusetzen. (Wie es ihr wohl geht, fragte sich Kalli.)

„Brigitte." Kalli bemühte sich, möglichst sanft zu klingen; denn zum gestrigen Zwist waren noch keine versöhnlichen

Worte gefallen. „Wissen Sie, ob wir irgendwo einen USB-Stick haben?“

Brigitte hielt im Wischen inne und taxierte den Stiel des Wischmopps.

„Das ist so ein kleines Ding, aus Plastik oder aus Metall, auf dem man Dateien …“

„Also, wirklich! Erklären Sie mir gerade, was ein USB-Stick ist? Die Teile haben es mittlerweile auch zu uns geschafft. Ich hatte nur gerade überlegt, wo ich den zuletzt gesehen habe.“

„Oh.“

Brigitte wischte sich die nassen Hände an ihrer Jeans ab, drückte sich an Kalli vorbei und watschelte in die Teeküche. Kalli vernahm ein geräuschvolles Kramen durch die Besteckschublade, gefolgt von einem triumphierenden „Aha!“.

„Hier.“ Brigitte übergab Kalli einen violett-metallisch glänzenden USB-Stick. „Aber verlieren Sie den nicht.“

Kalli ließ ihn in die Gesäßtasche ihrer Jeans gleiten.

„Ich weiß allerdings nicht, wie voll er ist. Aber ein paar einfache Docs sollten wohl noch Platz finden. Er gehört Herrn Müller. Schauen Sie doch mal, wie viel drauf ist. Sonst können Sie ja auch die Dateien vom Stick in einen separaten Ordner auf Ihren Desktop ziehen und sie dann später Herrn Müller zurückspielen.“

Schon wieder hatte Kalli eine der beiden Frauen unterschätzt. Sie sollte sich wirklich intensiver mit den Schmieds befassen, sobald sie das Rätsel um Agi und Luisa aufgeklärt hatte.

„Wo ist eigentlich …“

„Wo bleibt eigentlich …“

Sie hatten beide zu der gleichen Frage angesetzt. Kalli lachte und Brigitte ließ sich zu einem zaghaften Grinsen verführen.

Ja, wo war eigentlich besagter Gemeindesekretär Müller? Kalli rechnete im Kopf nach.

„Sie hatten mir doch gesagt …“

„Eher meine Schwester.“

„Also gut, Britta hatte mir gesagt, dass Müller Urlaub genommen hat, aber heute müsste er doch eigentlich wieder da sein, oder nicht?“

„Ja, er sprach von anderthalb Wochen. Er kommt dienstags und freitags." Brigitte hatte sich dem Jahreskalender in der Teeküche zugewandt – die Spalten verliefen in Regenbogenfarben, hier aber anders gemeint als auf dem Briefkopf der Beratungsstelle, und über jedem Monat stand ein biblischer Sinnspruch – und tippte energisch mit dem Ende des Mopps auf die Spalte für den November. „Der Dienstag fiel noch in seinen Urlaub. Aber heute nicht mehr."

„Hm. Kann vielleicht eine E-Mail von ihm irgendwo hängen geblieben …"

„Sie tun es schon wieder!"

„Ja, Sie haben recht. Entschuldigen Sie."

„Dennoch kann es natürlich zu einem Missverständnis gekommen sein. Er reichte sehr plötzlich seinen Urlaub ein. Fuchs ging gerade, Sie kamen, da achtet man nicht groß auf einen Sekretär, der nur zehn Stunden die Woche kommt."

„Okay. Dann machen wir es so: Ich übersehe das heute mal. Am Dienstag wird er ja sicherlich zurück sein und wir können das Ganze klären."

Brigitte nickte hoheitsvoll und verschwand wieder im Kleinen Saal.

Allein in ihrem Büro und die energische Ermahnung der Gemeindehelferin – „Verlieren Sie ihn bloß nicht!" – in den Ohren knüpfte Kalli den Schlüsselanhänger – eine neongrüne Plüschbommel – von ihrem Schlüsselbund ab und befestigte sie an dem Stick. Sie verlegte die Dinger tatsächlich gerne; mit einer großen Bommel daran war es deutlich schwieriger.

Kalli überprüfte die Speicherkapazität des Sticks. Der war überraschend voll. Sie klickte sich durch die Ordner. „Vorlagen", „Anträge", „Abrechnungen" – das alles konnten doch nicht die Übeltäter sein? Sicherlich eher der Ordner mit „Fotos". Zu ihrem Erstaunen enthielt „Fotos" noch mehr Papierkram. Lauter JPEGs von abfotografierten Briefen, Dokumenten und sonst was. Kalli gähnte. Fotografierte sich Müller etwa sicherheitshalber alles an Korrespondenz noch einmal ab? Womit hatte sie nur einen derart gründlichen Sekretär verdient, wo Gott ihr doch schon die Zwillinge zugelost hatte? Schwierig zu sagen, was sie hiervon löschen durfte, ohne zu wissen, wie ihr Sekretär arbeitete. Doch dann markierte sie kurz entschlossen die letzte Reihe Bilder und zog sie in einen separaten Ordner auf ihren Desktop, wie Brigitte es vorgeschlagen hatte. Falls Müller die noch brauchte, bekam er sie zurück, ansonsten würde sie sie löschen. Dann fügte sie ihre Vorbereitungen für Predigt und Gemeindebrief hinzu. Fertig.

***

Die Rosenstraße hielt nicht, was ihr Name versprach. Es war die Art von Seitenstraße, die, vom Stadtkern mit Markt, Rathaus, Touri-Info und der kleinen Einkaufsstraße her betrachtet, in Gemeinden mit wenig Geld gerade so *nicht* mit restauriert wird. War der Markt noch von pastellfarbenen Häusern mit frischer Fassade umgeben, so zeigte sich wenige hundert Meter tiefer im Straßengeflecht ein ganz anderes Bild. Nur zwei Seitenstraßen weiter war Kalli von dem lichten, hellgelben Straßenpflaster auf bröckeligen Asphalt getreten, mit Schlaglöchern so groß, dass ein kleiner Hund darin verschwinden konnte. Kalli musste wieder an den entlaufenen Cockerspaniel denken.

Das Haus mit der Nummer 9 hatte keine Tür. Ratlos schritt Kalli die dunkelgraue, mit Graffiti besprühte Fassade ab. Unter der Hausnummer hing zwar das Schild der Beratungsstelle, „Buntes Moorstede – Beratungsstelle und Treffpunkt", und es gab auch eine Klingel mit Gegensprechanlage. Jedoch keinen Eingang.

Kalli drückte auf die Klingel.

„Ja, bitte?"

„Guten Tag, ich habe einen Termin."

„Name?"

Kalli zögerte kurz, dann sagte sie: „Luisa Stuvemann."

„Komm rein."

Kalli hörte durch die Anlage, wie im Haus der Summer betätigt wurde. Wo war nur die Tür? Verdammt.

Sie drückte erneut auf die Klingel.

„Luisa? Hat es nicht geklappt?"

„Ich … habe wohl vergessen, wo es reinging."

„Hm. Schau mal rechts von dir das Geländer – erinnerst du dich? Dort geht die Treppe zum Keller runter. Dann drinnen wieder hoch."

Kalli sah nach rechts. Tatsächlich, dort war ein altes, rostiges Geländer, das sie nicht für voll genommen hatte. Der Summer ertönte erneut. Sie eilte zum Geländer und gelangte über fünf Treppenstufen an eine Tür. Sie drückte sie auf und stand im Keller.

Die Wände waren weiß getüncht und durch warme Spots bestrahlt. Links standen drei Fahrräder aneinander gelehnt an der Wand, rechts befand sich ein Kicker-Tisch. Eine Holztreppe mit abgetretenem, dunkelviolettem Teppich auf den Stufen führte nach oben. Dort erschienen nun Beine in hellen Jeans.

„Hey, komm doch …" Der junge Mann mit den roten Locken beendete seinen Satz nicht und blieb auf der vorletzten Stufe stehen. Bevor Kalli zu einer Erklärung ansetzen konnte, brüllte er die Stufen hoch: „Bernd! Kommst du mal bitte? Schnell!"

An sie gewandt sagte er: „Sie sind nicht Luisa. Wo ist sie? Sind Sie Ihre Mutter? Wie sind Sie an den Termin gekommen?"

„Ihre Mutter?", entfuhr es Kalli empört. Sie war ja wohl zu cool, um irgendjemandes Mutter zu sein!

Inzwischen war auch sein Kollege die Treppe hinuntergesprungen.

„Sie!" Seine Augen weiteten sich. Dann sagte er zu dem jüngeren Mann: „Lass gut sein, Jo, ich kenne sie."

Auch Kalli hatte ihn erkannt. Es war der Mann aus der Touri-Info, der ihr den Weg zum Hüseberg gezeigt hatte.

Nachdem Bernd und Jo oben noch ihre Kollegin Tari hinzugeholt hatten und alle im Empfangsbereich saßen, fragte Jo, dessen Misstrauen sich sichtlich nicht gelegt hatte: „Und was wollen Sie?"

„Mein Name ist Krause …"

„Schön. Und weiter?"

„Jo, immer langsam", bremste ihn Bernd. „Ich denke, die Frau Pastorin tut uns nichts." Er zwinkerte Kalli zu.

„Pastorin?" Jo sprach das Wort aus, als müsste er dabei etwas besonders Ekliges im Mund hin- und herbewegen.

„Ein Job wie jeder andere", versuchte es Kalli matt.

„Ja, genau wie Polizist, Soldat und Zirkusdompteur", setzte der junge Mann hinzu und bekam einen tadelnden Knuff in die Seite von Tari. Kalli lächelte unverbindlich. Sie fühlte sich kaum provoziert durch diesen jungen – wie alt war er? Neunzehn? – Mann. Nichts anderes erlebte sie manchmal in ihren Konfi-Runden. Sie musterte die ungleiche Gruppe, die sich zu dritt auf das Sofa gequetscht hatte. Jo, in Kallis Augen viel zu dünn für sein Alter, saß halb auf der Sofalehne, und hatte seine blassen Arme vor seinem schwarzen T-Shirt verschränkt. In der Mitte saß Tari, eine Frau in Kallis Alter, von kleiner und kompakter Statur, die eine herzliche Wärme ausstrahlte. Und am anderen Rand des Sofas thronte Bernd, ein Kerl von einem Mann, um die fünfzig, schätzte sie, groß, Bierbauch, grell kariertes Jackett und ein funkelnder Ohrstecker. Er kraulte sich den Bart und sagte zu Kalli: „Aber Butter bei die Fische – wieso sind Sie hier?"

Plötzlich fragte sich Kalli das auch. Sie hätte auch anrufen können, um die Beratungsstelle vom Tode Luisas zu informieren. Und eigentlich hatte sie doch – nachdem Agi zum angekündigten Treffen gestern nicht erschienen war – beschlossen, das Herumschnüffeln zu lassen. Ein bisschen, gab sie zu, war sie neugierig auf diesen Verein. Und vielleicht suchte sie auch einfach Anschluss. Community. Wiederum wäre das gegen ihre Regel, an ihrem Dienstort ihre sexuelle Orientierung zwar nicht zu verstecken, aber doch auch nicht an die große Glocke zu hängen. Ihr Credo war bis jetzt gewesen: Wenn mich jemand fragt, wie ich lebe, bin ich ehrlich. Ansonsten geht es niemanden was an. Aber sie wusste nur zu gut, dass das bequem war. Denn es fragte nie jemand.

Die drei schauten sie erwartungsvoll an. Über diese Grundsatzfrage kann ich ja später noch brüten, dachte sie sich und entschied sich für ein direktes Vorgehen.

„Luisa ist tot. Ich habe die Einladung zum Termin auf meinem Briefkasten gefunden."

„Was … wie?", stotterte Tari. Sie brach ab und schaute betreten zu Bernd. Jo zupfte am Ausschnitt seines T-Shirts herum.

„Ich weiß selbst sehr wenig darüber. Der Arzt meint, so etwas passiert sehr, sehr selten, aber es passiert – quer durch alle Altersgruppen."

„Welcher Arzt?", fragte Bernd scharf. Kalli war nicht entgangen, dass er zuvor einen kurzen Blick mit Jo gewechselt hatte. In ihren Augen tiefe Beunruhigung.

„Adrian Plessner. Er hat seine Praxis ..."

„Ja, ja", Bernd fuhr ihr über den Mund, „*den* kennen wir."

„Und woher kennen *Sie* den?" Jo kniff die Augen zusammen.

„Lass gut sein, Jo", ermahnte Bernd ihn erneut. Er klang erschöpft. „Er wird einfach in ihrer Gemeinde sein."

„Ja, ein Gemeindemitglied."

Jo schlug die Beine übereinander und richtete seinen Blick zur Zimmerdecke.

„Eines, das sicherlich kein Fan von mir wird", versuchte Kalli, eine Brücke zu den anderen zu schlagen.

Bernd lächelte matt. „Tot?", sprach er ungläubig vor sich hin, dann: „Wieso haben wir das nicht mitbekommen?"

„Ja, wieso eigentlich nicht?", triezte ihn Jo. „Du schnappst doch sonst jeden Klatsch bei Marlis im *Krug* auf."

Der ältere Mann drehte die Handflächen nach oben. „Weiß nich'. War 'ne Weile nicht dort. Bernd lässt mich gerade nicht. Kein Bier, kein Schnitzel." Er verzog das Gesicht und klopfte auf seinen Bauch.

„Bernd?", fragte Kalli.

„Mein Mann", sagte Bernd. „Er heißt auch Bernd."

„Ah."

„Ich muss kurz eine rauchen." Tari stand auf und schaute entschuldigend zu Kalli. Kalli sah, wie die Hände der Frau zitterten, als sie ihre Zigarettenschachtel aus der Hosentasche zog. Als Taris Schritte auf der Treppe zum Keller widerhallten, sprang auch Jo auf und folgte ihr.

Bernd klopfte auf das Sofa neben sich und Kalli folgte der Einladung nur zu gerne. Schon in der Touri-Info hatte sie zu dem großen Mann eine Verbundenheit gespürt. Sie fühlte sich wohl in seiner Nähe.

„Ich muss mich für Jo entschuldigen. Er ist zurzeit sehr misstrauisch." Bernd drehte die Tasse in seinen Händen. „Vor ein paar Tagen ist einer unserer Nachbarn einfach zu uns reinspaziert. Eine Klientin hatte die Tür unten nicht richtig zugezogen.

Jo war ganz allein mit ihm, wir anderen noch nicht aus der Mittagspause zurück."

Kalli zog scharf die Luft ein. Sie hasste solche Geschichten.

„Es war wohl nicht … bedrohlich. Oder doch. Aber nicht unmittelbar. Oder körperlich. Der Typ fragte Jo neugierig zu uns aus, wie wir arbeiten, warum Menschen hierherkommen und so weiter. Dann wurden die Fragen immer provozierender." Bernd lachte auf.

„Jo hat ihm wohl in Engelsgeduld alles beantwortet, sogar die unverschämten Fragen. Schätze, da hat Jo seinen guten Willen für den restlichen Monat aufgebraucht."

Kalli wurde bewusst, dass sie den jungen Mann mit ihrem unvermittelten Auftritt im Keller vorhin in eine unmögliche Situation gebracht hatte. Sie würde sich bei ihm entschuldigen müssen.

„Wie lange gibt es euch schon hier?"

„Seit Mitte der Neunziger."

„Oh, wow."

„Jaja, nicht schlecht, was? Seitdem bin *ich* natürlich noch nicht hier, bevor du fragst, Schätzchen." Kalli glaubte ihm kein Wort und kicherte.

„Ich bin seit einigen Jahren im Vorstand aktiv. Kümmere mich um den ganzen Papier- und Bürokram. Jo geht mir dabei zur Hand, organisiert unsere Jugendgruppen. Hier und da übernehme ich auch Beratungen, wenn viel los ist."

„Und Tari?"

„Tari ist unsere hauptamtliche Beraterin. Also, naja. Ganze fünfzehn Stunden kriegen wir für sie vom Landkreis. Noch mal das Doppelte packt sie ehrenamtlich drauf."

Kalli schnaufte. Das schien kein großer Unterschied zwischen Stadt und Land zu sein. Hier wie dort ließen sich Kommunen oder Bundesländer Zivilgesellschaft und Prävention nichts kosten. Sie wechselte das Thema.

„Kam Luisa oft hierher?"

Bernd rückte auf dem Sofa etwas ab.

„Kann man nicht sagen, nein."

„Und ihre Freundin, Agi? Agnieszka?"

„Auch nicht."

„Aber sie waren hier, zusammen? In der Beratung?“

Bernd machte eine Bewegung mit dem Kopf, die ein Nicken und Schütteln zugleich zu sein schien.

Während Kalli noch überlegte, wie viel sie ihm über Agis nächtlichen Besuch und die Szene auf der Beerdigung erzählen sollte, fragte Bernd plötzlich: „Sagen Sie mal, in welcher Rolle sind Sie eigentlich hier?“

***

„Mist, Mist, Mist!“ Kalli schlug mit den flachen Händen auf ihr Lenkrad. Wie konnte sie nur so dämlich sein? Das war definitiv die falsche Antwort, und sie merkte es schon, als ihr der Satz über die Lippen kam. Wie dumm!

Verärgert über sich selbst – aber auch über das selbstgefällige Gehabe von Bernd und Jo (Tari war gar nicht mehr aufgetaucht) – war sie zum Marktplatz zurückgestampft, wo sie das Knöllchen von ihrer Windschutzscheibe fegte, ohne es nur eines Blickes zu würdigen. Sie schüttelte die Sanduhr auf ihrem Armaturenbrett. War das Ding kaputt, oder was? Nie im Leben war sie eine Stunde lang fort gewesen!

Eigentlich waren ihr die Sanduhren ziemlich progressiv vorgekommen. Wie die Art pragmatische und zugleich witzige Idee, die manchmal auch Gemeindeverwaltungen beschert sind. Statt des digitalen Chaos mit Parkuhren, die man nur über Handy-Apps aktivieren konnte, die ständig abstürzten oder nur mit bestimmten Betriebssystemen heruntergeladen werden konnten, gab die Gemeinde Moorstede für die Einheimischen kostenlos Sanduhren im Rathaus aus. Im gesamten Innenstadtbereich und am Bahnhof konnte man sie nutzen und damit eine Stunde lang kostenfrei parken. Einfach aufs Armaturenbrett stellen, umdrehen und so lange parken, wie der Sand lief (angeblich eine Stunde). Schon Anfang der Woche hatte sie einen Strafzettel kassiert, als sie einkaufen war. Okay, sie hatte sich in der Buchhandlung vertrödelt. Aber niemals war das eine Stunde! Lief der Sand in Moorstede vielleicht schneller?

„Als Seelsorgerin der Familie Stuvemann“, hatte sie geantwortet. Schön formell. Und dämlich.

Dass die Familie, wenn schon nichts von Luisas Orientierung, so doch wahrscheinlich auch nichts von den Terminen ihrer Tochter in der Beratungsstelle wusste, hätte sie eigentlich ahnen können.

Dass Luisa dafür offensichtlich Gründe hatte.

Gründe, durch die die Erwähnung der Familie in den Augen von Bernd, Tari und Jo nicht unbedingt einem Empfehlungsschreiben gleichkam. Und damit der beste Satz, um das aufgebaute Vertrauen des Teams von *Buntes Moorstede* geradewegs wieder zu verspielen.

Bernds Miene hatte sich sofort verhärtet.

„Das is' ja ein Ding."

„Ich bin aber nicht in ihrem Auftrag hier", hatte Kalli sich beeilt zu sagen.

„Hm. In wessen dann?"

„Ich weiß es nicht."

„Hm."

Kalli fixierte das Muster des knalligen Teppichs zu ihren Füßen. „Ich schätze, es geht mir nah."

„Hm", machte Bernd wieder, beugte sich nun aber vor. Kalli strich sich nervös durchs Haar.

„Irgendetwas ist schräg an dieser Geschichte. Ich meine, zum Beispiel, wieso schicken Sie die Termineinladung an die Pfarrwohnung?"

„Pfarrwohnung?"

„Ja. Dort habe ich sie gefunden."

Bernd starrte sie zweifelnd an.

„Pfarrwohnung?", wiederholte er.

Kalli nickte nur.

„Wir haben die Adresse benutzt, die Luisa angegeben hat. Wir fragen sehr offen, in welcher Form unsere Klient*innen Terminerinnerungen erhalten möchten. Sie wissen am besten, welcher Weg für sie der sicherste ist." Er kratzte sich den Bart, und Kalli strich sich reflexhaft durch ihre Locken.

„Und wenn Sie Pfarrwohnung sagen …"

„Eine kleine Wohnung in der Innenstadt, die der Gemeinde gehört. Die eigentliche Pfarrwohnung ist im Gemeindehaus am Stadtrand."

„Hm." Bernd zuckte mit den Schultern. „Na gut, Stuvemanns steckten ja schon immer eng mit der Gemeinde zusammen. Vielleicht gab es Zoff und sie wollten ihrer Tochter etwas Raum geben."

„Hm." Jetzt war es an Kalli, skeptisch zu gucken. Sie zögerte kurz, fragte dann aber: „Wenn Sie oder Tari das sicher wüssten, dürften Sie es mir trotzdem nicht sagen, oder?"

Bernd nickte knapp.

Unten ging die Kellertür und sie hörte, wie Jo und Tari auf der Treppe leise miteinander sprachen.

„Nun gut." Bernd stand auf und strich seine Hose glatt. „Wir müssen dann auch wieder an die Arbeit."

„Bernd, bitte", Kalli entschied sich, zum formloseren Du überzugehen, „kannst du mir nicht ein paar Stichworte geben, warum Luisa und Agi hier waren?"

Bernd schüttelte den Kopf.

„Was war los? Hatten die beiden Streit?"

Der Berater lachte auf.

„War Agi in Schwierigkeiten, weil sie von zu Hause weggegangen war? Gab es Ärger mit den Brüdern von Agi?"

„Frau Krause", setzte Bernd an.

„Kalli", unterbrach ihn Kalli.

„In Ordnung. Kalli." Sie konnte sehen, wie er mit sich rang. Doch dann sagte er: „Du verstehst sicherlich am besten, dass wir nichts über unsere Klient*innen weitertragen. Und bitte beherzige meinen Rat: Halt dich aus dieser Geschichte raus."

In der Tür zum Empfangsraum war Jo aufgetaucht und schaute mit trotzigem Blick hinter dem Rücken seines Kollegen hervor.

Da war sie gegangen. Das war jetzt bereits das zweite Mal, dass ihr jemand sagte, sie solle sich „aus der Geschichte raushalten". Und dass zeitgleich alle so taten, als gäbe es überhaupt keine Geschichte.

Draußen hatte ein leichter, graupeliger Regen eingesetzt.

Am Markt kaufte sie in einem Döner-Imbiss für das Mittagessen ein. Als kleines Versöhnungsangebot an die Zwillinge. Sie wettete, sie hatten noch nie Falafel gegessen.

***

„Das glaubst du nicht", lachte sie ins Telefon. „Natürlich haben die beiden schon einmal Falafel gegessen." Sie imitierte Brigittes Stimme, die hinzugesetzt hatte: „Aber sonderlich schmeckt es uns nicht."

Aus den Lautsprechern der Freisprechanlage dröhnte Fabios schallendes Lachen zu ihr. „Da muss wohl eine mal an den eigenen Vorurteilen arbeiten", stichelte er.

„Doch so was von! Aber das Ganze geht ja noch weiter. Ich hatte erwartet, dass die beiden das Essen einfach nicht anrühren würden. Stattdessen haben sie die Falafelbällchen aus ihren Sandwiches geklaubt. Und dann marschierte Britta geradewegs zum Kühlschrank und sie belegten die Sandwiches mit Butterkäse!"

Fabio verschluckte sich fast vor Lachen. Als er sich beruhigt hatte, sagte er: „Ich würde die beiden gerne kennenlernen. Klingt doch sympathisch."

„Ja", antwortete Kalli nachdenklich. „Eigentlich sind sie das, aber irgendwie werden wir nicht richtig warm."

„Wo klemmt's denn?"

„Ich weiß auch nicht. Immer, wenn ich ins Pfarrbüro komme, sind sie schon da. Egal, zu welcher Tageszeit. Wie bei Hase und Igel. Ich fühle mich belauert. Neulich, ich könnte schwören, dass eine von beiden durch das Fenster vom Büro gelinst hat, was ich am Computer treibe. Und ständig am Putzen! So viel kann es gar nicht zu putzen geben."

„Und Neuigkeiten von dem Mädchen?"

„Nein, bei der Beratungsstelle war nichts zu holen. Die haben total gemauert, als das Gespräch auf Agi kam. Ich habe danach gleich noch bei den Brüdern angerufen und gefragt, ob sie etwas von ihr gehört haben."

Sie erinnerte sich an das kurze Telefonat. Und daran, wie peinlich es ihr war, dass sie erst heute – ganze zwei Tage, nachdem die Polizei bei ihr gewesen war – darauf gekommen war, dort anzurufen und sich nach ihnen zu erkundigen. Der ältere der beiden, Teodor, sprach in leisen Sätzen ins Telefon, während der andere, Stefan, im Hintergrund schniefte.

„Nichts?"
„Nichts."
Sie beendeten ihr Gespräch, als Kalli das Ortsausgangsschild von Moorstede passierte.
Die Landstraße führte zwischen Stoppelfeldern und Alleen dahin. Die Furchen der Äcker wanden sich in ebenmäßigen Mustern die Hügel hinauf und hinunter. Auf den Hängen ragten kleine, fast kahle Baumgrüppchen wie karge Inseln empor.
Der Himmel, vormittags noch verhangen, war aufgerissen und die untergehende Sonne warf grelle, korallenrote Flecken auf den Horizont. *You got a fast car, I want a ticket to anywhere.* Aus dem Lautsprecher klang leise die Stimme von Tracy Chapman.
Ihre Hände waren schweißnass und fühlten sich klamm auf dem Lenkrad an. Es war mild für November, selbst jetzt, als es auf die Dämmerung zuging. Und doch war sie froh, dass sie noch die dicke Steppweste übergeworfen hatte. Allerdings hätte sie sich auch in ihr Federbett gewickelt ins Auto setzen können, es hätte sie dennoch gefroren. Sie war nervös, wie der Kollege ihre Beichte aufnehmen würde.
Sie war erst einmal zu einer „Ohrenbeichte" gegangen; damals hatte sie gerade mit dem Vikariat angefangen. Auch dieser Gang war schwer gewesen, hatte sie damals doch … Kalli drängte die Gedanken daran zur Seite. Ihre Gefühle waren schon kompliziert genug, auch ohne dass sie sich die letzte Beichte in Erinnerung rief. Oder wofür sie damals Buße ablegte.
Dass auch in der evangelischen Kirche gebeichtet wurde, wussten die wenigsten. Und wenige Gemeinden boten das proaktiv für ihre Gemeindemitglieder an. Beichte schien etwas, das aus der Zeit gefallen war. Auch Kalli ging es so. Und nicht immer war es leicht, die Beichte von den seelsorgerischen Aufgaben zu trennen. Ein Kollege aus Schwerin, der die Beichte als Angebot einführen wollte, hatte nach einem Jahr wieder davon Abstand genommen. Die Stimmung in seiner Gemeinde war in dieser Zeit völlig umgeschlagen. Plötzlich waren die kleinen, persönlichen Konflikte, die Menschen mit sich herumschleppten – und an denen sie ja durchaus auch schwer trugen!, Dinge wie „Soll ich

meinem Mann sagen, dass ich mich in meinen Arbeitskollegen verguckt habe?", „Ich kann meine Schwägerin nicht ausstehen", „Ich würde gerne mal ohne Kinder in den Urlaub fahren" – eine große dramatische Beichte wert. Und der dramatische Rahmen erzeugte dramatische Gefühle. Der Kollege hatte allerhand zu tun, seine Gemeindemitglieder zu überzeugen, dass schon alles gut und in Ordnung sei, dass schon alles werden würde.

Denn eigentlich waren Beichte und Buße für all diejenigen Dinge vorgesehen, die sich mit Kommunikation, ja, mit einer Entschuldigung, nicht mehr ins Lot bringen lassen. Dass man wirklich etwas kaputt gemacht, einen anderen Menschen in eine schwierige Lage gebracht hatte. Etwas getan hatte, bei dem die Scham so groß war, dass man es keinem in seinem Umfeld anvertrauen wollte. Beichte war nicht zu trennen von Schuld, mitunter schwerer Schuld.

Die Beichte damals hatte ihr gutgetan. Es hatte ihr geholfen, das, was sie getan hatte, loszulassen, es nicht immer wieder durchzuspielen. Sie merkte, dass dieses Ereignis, wann immer sie daran dachte, wie ein Dorn in ihrem Fleisch saß, aber es beschäftigte sie nicht mehr. Sie dachte nicht mehr darüber nach, wie sie etwas, was nicht mehr zu kitten war, doch noch retten konnte. Sie hoffte, dass es auch heute so sein würde, dass sie diese Plagegeister aus ihrem alten Leben zur Ruhe bringen könnte. Denn Beichte war von etwas Weiterem nicht zu trennen: Vergebung. Zumindest der sich selbst gegenüber. Und Vergebung war der erste Schritt für eine Neuorientierung.

So weit die Theorie.

Kalli hieb den Fuß auf die Bremse. Sie hatte das kleine, braune Schild, auf dem „Gut Cauten" stand, erst gar nicht gesehen. Von der Landstraße scharf rechts abgehend, führte die Straße – eine Querverbindung mit alten Betonplatten, deren Fugen ein beruhigendes, gleichmäßiges Geräusch abgaben, als Kalli darüberfuhr – den Hügel hinunter.

Das Herrenhaus war leicht zu finden; das Dorf Neu Cauten bestand aus einer einzigen Straßenkreuzung, an dessen einem Ende das Gutshaus auf einer kleinen Anhöhe thronte, umgeben von hohen Akazien. Fuchs' dunkelgrüner Jeep stand bereits davor.

Kalli parkte, stieg aus und schaute sich um. Es war kein Mensch unterwegs. Auf der Straße, die sie hochgekommen war, pickte eine Schar Hühner am Wegesrand. Die Dämmerung hatte bereits eingesetzt. Das Gutshaus lag dunkel da. Die Fenster waren nicht erleuchtet. Nur die Straßenlampe vor dem Haus warf einen schmalen Kegel aus Licht.

Kalli linste in Fuchs' Jeep. Auf der Ladefläche lagen ein Sack Sand, eine Hacke, eine erdverkrustete Schaufel und allerhand Grünschnitt. Sie seufzte sehnsüchtig. So ein Auto hatte sie sich auch immer gewünscht, aber für ihr Leben in der Großstadt als unnötig empfunden. Aber jetzt, warum nicht? Irgendetwas Gutes musste der Umzug ja haben.

Langsam ging sie um das Haus herum. Es gab in dieser Gegend allerhand alte Herrenhäuser. Oft in so unscheinbaren, kleinen Nestern wie diesem, die nicht einmal eine Bushaltestelle hatten. Man entdeckte sie zufällig auf einer Radtour oder wenn man mit dem Auto vom Weg abgekommen war oder in verregneten Urlauben aus Langeweile ziellos übers Land fuhr. Einige standen leer und verfielen. Wenige waren bewohnt und glänzten in neuer Pracht. Die meisten, die Kalli entdeckt hatte, ähnelten Gut Cauten. Schwer zu sagen, ob hier jemand lebte. Zwar weit davon entfernt, verfallen zu erscheinen – ein Baugerüst auf der Rückseite kündete von Betriebsamkeit –, wirkte es dennoch nackt, nur im oberen Stockwerk zierten spärliche Gardinen und kleine Sukkulenten die Fenster. Sonst gab es nichts zu sehen, nicht einmal einen Briefkasten.

Sie löste ihren Blick vom Haus und hielt überrascht die Luft an. Der Garten zu ihren Füßen war gigantisch. So gigantisch, dass sie im Dämmerlicht sein Ende nicht ausmachen konnte. Kein Rosengarten. Kein Obstgarten. Auch kein ungerodeter Kartoffelacker. (Wovon sie insgeheim ausgegangen war.)

Ein Irrgarten.

Und unten, vor dem Garten, machte eine Gestalt winkend auf sich aufmerksam. Kalli sprang die Terrassentreppe hinunter.

„Was für ein großartiger Ort!", sprudelte es aus ihr heraus.

Fuchs grinste breit. „Ich wusste, dass es Ihnen hier gefallen würde."

Kalli lachte. „Und wie schauen wir beide eigentlich aus?" Sie und ihr Kollege gaben ein Bild ab, als wären sie aus einem Landhauskatalog ausgeschnitten worden. Genau wie sie trug er einen schweren, wollweißen Rollkragenpullover und darüber eine dicke Weste. Erst der Jeep ihrer Träume, und jetzt noch das.

„Na, wir machen doch eine gute Figur zusammen", sagte er. „Kommen Sie?" Er machte eine einladende Bewegung zu den dichten Hecken.

Kalli zögerte. „Dort hinein?" Sie deutete auf den Eingang des Irrgartens, der dunkel vor ihr lag. Das Gestrüpp überragte sie um einen guten Meter.

„Fürchten Sie sich nicht. Es ist ein geradezu spiritueller Ort, das werden Sie schnell merken."

„Und wie finden wir den Weg hinaus?"

„Und das eine geradezu spirituelle Frage."

„Sie müssen jetzt was von wegen Vertrauen antworten."

Fuchs lachte. „Es lag mir schon auf der Zunge. Nein, aber ganz im Ernst. Ich komme fast wöchentlich hierher. Ich kenne den Weg gut." Er zog seine Umhängetasche hervor und holte eine große Thermoskanne und zwei Metall-Kaffeebecher daraus hervor.

„Kleine Erwärmung?"

„Nur zu gerne."

Und während Kalli den ersten Schluck von dem starken, schwarzen, nur leicht gesüßten Tee nahm, traten sie durch die immergrüne Hecke in den Garten.

Nachdem sie die leidige Frage nach Siezen oder Duzen geklärt hatten – Kalli fand innerhalb ihrer Gemeinde die Kombination aus Vorname und Siezen ideal, bevorzugte aber bei Kolleg*innen, mit denen sie vertrauter war (oder werden wollte), das Du –, erzählte ihr Fuchs von dem Garten.

Das Haus hatte seine beste Zeit in der Mitte des 18. Jahrhunderts gesehen. Damals entstand der erste Irrgarten. Die kommenden Generationen haben im Wechsel die Tradition des Gartens verkommen lassen oder wiederbelebt. Als sich nach der Wende ein Förderverein gegründet hatte, um nach alten Kupferstichen das Labyrinth neu anzulegen, animierte der damals noch ganz junge Fuchs die Jugendlichen aus seiner Konfirmandengruppe mitzuhelfen. Die alte Hecke aus Hainbuchen bestand nur noch rudimentär und sollte mit Buchs aufgefüllt werden. Der ursprüngliche Plan war, das Labyrinth zu einer touristischen Attraktion zu machen, doch leider verhinderte eine Bürger*innen-Initiative – die im Wesentlichen aus den ehemaligen Gründungsmitgliedern des Fördervereins bestand –, dass es so weit kam. Seitdem fiel das Labyrinth wieder weitestgehend der Vergessenheit anheim.

„Nur ich komme noch manchmal her", schloss ihr Kollege. „Zweimal im Jahr auch mit der jeweils aktuellen Konfirmandengruppe. Vielleicht möchtest du diese Idee ja fortsetzen?"

„Und das Haus?"

„Meistens leer. Vor zwei Jahren hat ein Architektenpaar aus Hannover das alte Anwesen gekauft. Sie waren beeindruckt davon, wie gut das alte Labyrinth gepflegt wurde, und haben mir ein Nutzungsrecht eingeräumt."

„Großzügig."

„Die beiden sind kaum hier. Und für mich ist es ein Stück Heimat."

Kalli ging schweigend neben ihm her. Sie spürte ein altbekanntes Gefühl in sich aufsteigen; eine Mischung aus Neid und … ja, was? Sehnsucht? Wann immer sie einen Menschen traf, der so sichtlich in sich ruhte und „am Platz" war wie der Kollege an ihrer Seite, regte es sich. Sie hatte es lange nicht gespürt. In der Stadt, in der Zeit, nachdem Merle geboren war und Sanne, Merle und sie zu einer gut funktionierenden Einheit verwachsen waren – da war es kein einziges Mal aufgetreten. Und jetzt war es da und verursachte ihr einen Kloß im Hals.

Ohne es gemerkt zu haben, war sie Fuchs schon tief in den Garten gefolgt. Doch irgendetwas war eigenartig. Kalli blieb stehen und blickte zurück.

„Wir waren noch an keiner einzigen Kreuzung, oder?"

„Kennst du den Unterschied zwischen Labyrinthen und Irrgärten?"

Kalli legte den Kopf schief; das war keine Antwort auf ihre Frage, doch sie war neugierig: „Ist das nicht das Gleiche?"

„Nein. Ein Irrgarten möchte dich in die Irre gehen lassen. Wie der Name schon sagt. Es gibt Sackgassen, Kreuzungen, Wege, die im Kreis führen. Man kann sich richtig verzetteln."

Fuchs setzte seinen Weg fort und Kalli bemühte sich, Schritt zu halten.

„Aber in einem Labyrinth führt nur ein einziger Weg vom Eingang zur Mitte und dann zum Ausgang. Ein einziger Weg. Du kannst dich darin nicht verlaufen."

Das hatte sie nicht gewusst. Sie ließ beim Vorbeigehen ihre Handfläche vorsichtig über die Hecke gleiten.

„Du stehst am Eingang und du weißt nicht, wie lang der Weg durch das Labyrinth sein wird. Du weißt nicht, ob hinter der nächsten Biegung eine weitere Biegung kommt oder es mal ein Stück geradeaus geht. Es wirkt unübersichtlich, ohne es zu sein. Es ist ein Weg zur Mitte. Wenn auch ein verschlungener. Wie das Leben."

Er machte eine Pause und fasste sie in den Blick. Sein rechter Mundwinkel zuckte. „Und wie im Leben auch kann einen ein Kurs, den man als sicher und geradlinig empfindet, auch auf Abwege führen."

Kalli schaute in den dunklen Himmel hinauf; die ersten Sterne glänzten am Firmament. Sie dachte über die Worte ihres Kollegen nach, ließ sie in sich nachklingen. Schon immer tat sie sich schwer mit solchen großen Metaphern. Und doch, dieses Bild berührte etwas in ihr.

Und der Kloß in ihrem Hals war verschwunden.

„Lass uns beginnen."

Kalli räusperte sich.

„Sprich dich los von den Verfehlungen, die du getan hast."

Wieder beobachtete Kalli das Zucken im Mundwinkel ihres Kollegen. Irgendetwas daran löste ein schmerzhaftes Ziehen in ihrem Bauch aus. Sie schluckte und kämpfte gegen ihre Scham, schaute noch einmal hoch zu den Sternen.

Dann erzählte sie Fuchs, was sie getan hatte.

Wie sie dachte, Heimat gefunden zu haben. Zugehörigkeit. Wie sehr sie Merle liebte, für die sie so viele Jahre gesorgt hatte. Wie dann alles ins Rutschen kam. Dass plötzlich, ungefragt und als wäre es das Selbstverständlichste der Welt, Leni ihren Platz eingenommen hatte. Der ja eigentlich auch ihrer war. Nur hatte Leni ihn nicht gewollt. Fast sechs Jahre lang nicht. Wie sie, Kalli, versuchte, mit Sanne darüber ins Gespräch zu kommen. Über etwas, das sie als kaum besprechbar empfand. Was sie, Kalli, eigentlich zu bedeuten hatte in diesem filigranen Geflecht aus wahrgenommenen Verantwortlichkeiten und abgelehnten Verantwortlichkeiten. Dass sie stillschweigend davon ausgegangen war: Wenn Leni sich nicht zu Merle bekennt und sie, Kalli, diese Rolle ausfüllte – dass das dann natürlich für den Rest der Zeit auch so bliebe. Nicht im Traum war ihr eingefallen, es könnte anders kommen. Dass das die Paarbeziehung der beiden vor ein Problem stellen und sie selbst am Ende hinten runterfallen würde.

Doch entweder drückte sie sich gegenüber Sanne nicht gut aus; zu schwer in Worte zu kleiden war für sie selbst, was sie bewegte, es gab kein Modell, auf das sie sich beziehen konnte. (In Heterofamilien hieß so etwas Patchwork, aber wie heißt es, wenn in einer Wohngemeinschaft eine Mitbewohnerin Sorge für ein Kind trägt, welches in einer lesbischen Beziehung eine der anderen Frauen im Alleingang bekommen hat, dabei weiterhin mit ihrer langjährigen Partnerin zusammen ist, die jedoch keine Verantwortung für das Kind übernimmt?)

Oder aber Sanne hatte bewusst gemauert. Mittlerweile glaubte sie, Letzteres war der Fall. Rückblickend erkannte sie, dass Sanne ihr immer stärker aus dem Weg gegangen war, immer fadenscheinigere Gründe fand, um sich aus Gesprächen mit ihr zu ziehen.

„Und eines Tages, da ging ich zur Kita, um Merle abzuholen, und niemand hatte mir Bescheid gesagt, dass Leni sie holt. ‚Die Mutter war schon da‘, sagte die Erzieherin zu mir. Mir war klar, jetzt musste etwas geschehen."

Kalli überließ sich der Führung des Labyrinths. Neben ihr hörte Fuchs schweigend zu, den Blick nach vorn gerichtet.

Die beiden Frauen hatten sich ihr gegenübergesetzt. Nebeneinander, Sanne hatte ihre Hand auf Lenis Bein gelegt. Die anderthalb Meter Tischplatte, die sie trennten, waren Kalli plötzlich unüberbrückbar erschienen. Sie kam sich völlig deplatziert vor. Sie war drauf und dran, einem Paar mit Kind erklären zu wollen, dass *sie* eigentlich Merles „richtige“ Co-Mutter sei. Schon im Kopf klang dieser Satz völlig verrückt. Doch er musste raus. Leni lachte kurz und laut auf. Sannes Mund wurde ein schmaler Strich, sie starrte betreten auf die Tischplatte. Vom Rest des Gesprächs bekam Kalli nicht mehr viel mit. Sie war raus, das war ihr in diesem Moment schon klar. Trotzdem klammerte sie sich an Sannes vages „Wir kriegen das schon irgendwie hin, dass sich alle okay mit der Situation fühlen“. Trotzdem brauchte Kalli noch eine Runde, bis sie es vollständig begriff.

„Nachdem deutlich war, dass ich zur Einschulung nicht eingeladen war und sie das bis zur letzten Minute für sich behalten hatten, bin ich ausgerastet.“

Ihr Mund fühlte sich komisch an. Steif, unbeweglich. Die Worte kippten irgendwie zur Seite und rutschten schräg aus ihr heraus.

„Was hast du getan?“ Die Stimme ihres Kollegen klang laut und trocken in der Stille des Gartens.

Kalli spürte, wie ihr Gesicht brannte, als sie an den Einschulungstag zurückdachte.

„Merle und Sanne waren bereits zur Schule vorgefahren. Leni war noch in der Diele, sie sollte mit Sannes Eltern, ihrer Tante und einer Cousine nachkommen. Die Eltern waren erst das zweite Mal überhaupt da, obwohl sie quasi um die Ecke wohnten. Und die Cousinen – na, egal. Ich war erschöpft von den letzten Wochen, den komplizierten Gefühlen. Ich wollte an Leni nur vorbei, meine Jacke holen und den Tag bei meinem besten Freund verbringen, aber sie konnte es einfach nicht lassen. ‚Bist du immer noch mies drauf?‘, fragte sie. ‚Wir wollten nun mal nur Familie dabeihaben.‘ Als wäre das der normalste Satz der Welt.“

Kalli holte tief Luft.

„Und dann habe ich sie so hart geohrfeigt, dass ihre Unterlippe mit drei Stichen genäht werden musste.“

Fuchs neben ihr wandte überrascht den Kopf in ihre Richtung. Wieder das Zucken des Mundwinkels.

„Und es hat mich alle, alle Kraft gekostet, nicht noch ein zweites und drittes Mal zuzuschlagen."

Jetzt war es raus. Ihr war übel. Es reichte, davon zu erzählen, um ihre Handfläche wieder glühen zu lassen.

Das Schlimmste war Lenis Blick gewesen. Fast befriedigt hatte sie auf das Blut geblickt, das sie sich von der Lippe wischte.

Sannes Eltern waren zu Merles Einschulung gefahren. Die Cousine war mit Leni ins Krankenhaus gefahren. Und Kalli war mit einem Koffer zu Fabio und Luís gefahren. Und danach nicht mehr zurückgekehrt.

„Und noch immer habe ich diese tiefen Gefühle von Zorn in mir." Sie zögerte. Eigentlich hatte sie „Hass" sagen wollen. Aber Hass auf Mitmenschen war für eine Theologin undenkbar. Unsagbar.

„Die sich auf Leni richten?"

„Ja."

„Nicht auf Susanne?"

„Nein", sagte Kalli erstaunt.

Wieso eigentlich nicht? Jetzt, da Fuchs so direkt fragte: Sanne war ja in der deutlich machtvolleren Position gewesen. Hatte ihr näher gestanden. Ihr Verrat müsste doch deutlich schwerer wiegen, aber … Kalli schob den Gedanken schnell beiseite.

Fuchs räusperte sich. „Ich werde dir jetzt keine Predigt zum Thema Nächstenliebe halten." Er unterbrach seinen Gang an der nächsten Ecke und wandte sich ihr zu. „Das kennst du alles."

Kalli, die sich innerlich schon auf Markus 12, 31 vorbereitet hatte, war erleichtert.

„Die Frage ist, wohin mit den ganzen negativen Gefühlen." Fuchs hatte den Weg wieder aufgenommen und Kalli folgte ihm um die Hecke. Sie waren in der Mitte des Labyrinths angekommen, ein kleiner Platz, in dessen Zentrum eine überlebensgroße Statue stand.

„Ich komme manchmal her und vertraue die schwereren Gefühle ihr hier an."

Mittlerweile war es so dunkel, dass sie die Statue auf dem kleinen Platz, in den der Weg mündete, nicht richtig erkennen konnte. Sie sah, dass es ein Tier war. Ein großer Hund? Ein

Wildschwein? Ein Ochse? Sie trat näher. Die Statue überragte sie um einen guten Meter. Mit einem Mal erkannte sie, welches Tier sie darstellte. Sie legte ihre Hand an die Flanke des Tieres, auf das harte, bemooste Holz. Plötzlich war sie ganz ruhig. Etwas löste sich in ihr.

„Hilf mir aus dem Rachen des Löwen und errette mich von den Einhörnern", zitierte Fuchs hinter ihr den bekannten Psalm. „So heißt es noch in der Lutherbibel. Neuere Übersetzungen sagen ‚Wildstier'. Naturforscher überlegten lange, ob nicht das Nashorn damit gemeint sei."

Neugierig betrachtete Kalli das Tier. Die verschiedenen Anekdoten, die sich entlang der langen Übersetzungsgeschichte der Bibeltexte spannen, kannte sie gut. Aber ein Nashorn mitten auf einem mecklenburgischen Acker – das war schon eigenartig.

„Wie kommt es hierher?"

„Genau weiß ich es nicht. Ich habe in den alten Unterlagen des Gutshauses nur einen Brief gefunden, in dem der alte Gutsherr an seine Schwester schreibt, dass die Statue fast fertiggestellt sei."

Mit der Hand noch immer auf der Flanke des Nashorns kramte Kalli in ihrem Gedächtnis.

„Wenn der Irrgarten Mitte oder Ende des 18. Jahrhunderts entstanden ist … Es war nicht unbedingt eine völlig abwegige Wahl für eine Statue."

„Nicht?"

„Naja, gab es da nicht diesen holländischen Kapitän, der von einer Überseefahrt ein Nashorn mitbrachte und damit durch Europa reiste? Er stellte das Tier monatelang aus und löste damit einen regelrechten Hype um Nashörner aus." Einen Hype, von dem sich die Tiere wahrscheinlich immer noch nicht erholt haben, dachte sie.

„Das wusste ich gar nicht. Ich habe aber auch nie richtig nachgeforscht." Fuchs richtete einen nachdenklichen Blick auf das Nashorn.

„Wissen, das hängen bleibt, wenn man eine Tierrechtsaktivistin datet."

„Hm." Fuchs' Mundwinkel zuckte, aber Kalli ging darüber hinweg, völlig mit sich beschäftigt. Sie wusste, worauf ihr Kollege hinauswollte – mit dem Psalm, der Statue. In diesem Psalm gab es viele Tiere. Fürchterliche Tiere. Blutrünstige Tiere. Tiere, die einem ans Leder wollen. Gefühle, die drängen.

So hatte sie es im Theologiestudium gelernt. Wieder fragte sie sich – wie schon bei anderen Gelegenheiten zuvor –, ob man sich als Kolleg*innen überhaupt gegenseitig Trost spenden könne. Wenn man letztlich bei den Auslegungen landete, die man im Studium gelernt hatte. Was auch bedeutete: gelernt hatte zu analysieren, zu zerlegen.

Lass dich hierauf ein, ermahnte sie sich. Sie ging einmal um die Statue herum. Ließ auch dort ihre Hand über die Seite streichen. Sie spürte, wie das Nashorn ein wenig nachgab. Es kippelte auf dem Sockel. „Huch."

„Oh, ja, Vorsicht. Sie steht nicht ganz gerade."

Wie passend, dachte Kalli. Sie zog die Hand weg und trat wieder an Fuchs' Seite. Er hatte seine Taschenlampe eingeschaltet und wartete an der anderen Seite des Platzes auf sie. Dort führte der Weg wieder zwischen die Hecken und, so wusste sie ja jetzt, direkt, ohne Abzweigung und Spielchen, nach draußen. Plötzlich konnte sie es kaum erwarten. Sie warf einen letzten Blick auf die Statue. Was ihr Kollege dem Dickhäuter aus Holz wohl so anvertraute?

Neben ihr begann Fuchs, ein Gebet zu sprechen, um die Beichte zu beenden. Doch es rauschte durch sie hindurch. Auch die Worte, in denen sie um die Vergebung ihrer Tat bat, kamen ihr sperrig vor. Ritualisiert. Nicht mehr, nicht weniger.

Und als er schloss: „So bitte ich dich: Versöhne dich in Gedanken mit den Menschen, denen du in Zorn gegenüberstehst. Sodass du dich neu ausrichten kannst und frei und unbelastet für Gottes Dienste bist", und sie sich den obligatorischen drei Minuten Stille, die darauf folgten, überließ – da dachte sie an das Nashorn und fühlte ihre Halsschlagader pulsieren.

Schweigend legten sie den Weg die Terrasse hinauf zu ihren Autos zurück. Kalli fuhr mit dem Handrücken zärtlich über die Fahrertür des Jeeps.

„Wunderschönes Auto."

„Danke."

„Muss eine schöne Stange Geld gekostet haben."

„Ja. Ich hab über längere Zeit was zur Seite gelegt. Und noch ein wenig geerbt."

Kalli pfiff anerkennend. Erben war etwas, worauf sie sich nicht würde verlassen können.

„Ich habe noch etwas für dich." Fuchs beugte sich in seinen Jeep und zog einen Laptop hervor. „Wenn du magst. Ich hatte bereits einen Teil der Liturgien für den Advent vorbereitet. Vielleicht erleichtert es dir etwas die nächste Zeit."

„Danke."

„Ich habe nur", Fuchs tastete die Taschen seiner Jeans und seiner Weste ab, „nichts zum Rüberspielen dabei. Hast du? Ansonsten maile ich dir alles nach und nach."

Kalli kramte in ihrem Rucksack nach dem USB-Stick, auf dem sie am Vormittag erst Platz gemacht hatte, um am Wochenende darauf zu arbeiten. Der Kollege griff nach der grünen Bommel und ließ den Stick übertrieben erstaunt vor seinem Gesicht hin- und herbaumeln. Kalli kicherte. Dann steckte sie sich eine Zigarette an. Wenn sie Glück hatte – vielleicht hatte Fuchs ja sogar einen fertigen Predigtentwurf für diesen Sonntag, überlegte sie, während ihr Kollege auf der Ladefläche des Jeeps Hacke und Schaufel beiseiteschob und den Laptop abstellte. Dann könnte sie mit dem ganzen anderen Kram etwas aufholen.

„Ganz schön voll das Teil." Fuchs scrollte durch die Ordner. Er hielt kurz inne, zog die Stirn kraus.

„Ist nicht meiner."

„So?"

„Müllers."

Schwungvoll zog Fuchs den Stick aus der Schnittfläche und drückte ihn Kalli in die Hand. „Das hätten wir." Er streckte sich ausgiebig. „Ich bin müde."

„Kann ich dich trotzdem noch etwas fragen?"

„Raus damit."

Kalli wog den Stick in ihrer Hand und zögerte. Dann fragte sie: „Wie gut kennst du Müller? Ist er zuverlässig?"

Fuchs hob überrascht die Brauen.

„Wieso fragst du?"

„Ach, es ist nur … der Stick hier hat mich wieder erinnert. Als Brigitte ihn mir heute übergab, haben wir überlegt, wann der eigentlich wiederkommen wollte. Wir dachten heute, aber er ist nicht da gewesen."

„Nun", Fuchs klappte den Laptop zu und klemmte ihn sich unter den Arm, „ich bin mir auch nicht mehr sicher." Er kratzte sich am Kinn. „Eigentlich ist er akkurat. Soweit ich das beurteilen kann, lange war er ja noch nicht bei uns."

„Never mind." Kalli zuckte mit den Schultern. „Fleißig scheint er ja zu sein, er hat allerhand wichtig aussehenden Kram auf dem Stick."

„Hat sich schnell eingearbeitet." Fuchs schlug schwungvoll die Ladeklappe zu. Kalli erschrak.

„Nun gut. Danke, dass du dir die Zeit für mich genommen hast."

Fuchs lächelte sie an. „Aber gern. Gute Nacht."

„Gute Nacht."

8

Mit einem erfüllten kleinen Seufzer ließ Kalli ihren Kopf in den Schoß der Fremden sinken. Das hatte gutgetan. Sie könnte jetzt sofort eindösen. Und wahrscheinlich auch endlich einmal wieder tief schlafen. Aber nein. Lieber diesen seltenen Moment genießen. Sie öffnete träge ihre Augenlider. Aus ihrer Perspektive sah sie: eine nackte Brust, eine Achselhöhle mit rotblondem Flaum, eine kräftige Schulter, einen definierten Bizeps, eine breite Hand, die eine Zigarette zum Mund führte. Ein markantes Kinn, Sommersprossen, schmale Lippen. Und darüber Augen, die sie interessiert musterten.

„Beobachtest du mich?“, fragte Kalli.

„Den ganzen Abend schon. Hast du das nicht bemerkt?“ Dann setzte die andere hinzu: „Du frierst, oder?“

Ja, das stimmte. Kalli fröstelte. Nachdem die Aufregung der stürmischen letzten zwei Stunden verflogen war, merkte sie, wie kühl es in dem Raum war.

„Hier, nimm mein Sweatshirt.“ Die Frau griff hinter sich und warf Kalli ihren flaschengrünen Kapuzenpulli über die Schultern. Kalli zog ihn sich bis zur Nasenspitze und schloss beglückt die Augen.

„Besser?“

„Mmmhh.“

Kalli spürte die Vibration der Bässe vom Dancefloor unter ihnen sachte durch die dünne Matratze, auf der sie lagen. Die Frau legte ihre Hand auf Kallis Haar und begann, mit einer Locke zu spielen.

„Was treibst du so, wenn du nicht in Darkrooms unterwegs bist?“

Die Frau hielt kurz darin inne, Kallis Haare zu zwirbeln, und räusperte sich.

„Lehrerin. Sekundarstufe."
„Oh. Welche Fächer?"
„Mathe – und Religion/Ethik."
„Religion?"
„Ja."
„Außerdem lebe ich in einem Hamburger Vorort mit meinem Mann, zwei Kindern und unserem Labrador Schnuffi."
Kalli richtete sich ruckartig auf. „Was?"
Die Frau lachte und drückte sanft Kallis Kopf wieder in ihren Schoß.
„Scherz! Aber die Mathe- und Religionslehrerin stimmt."
„Puh!" Kalli lachte erleichtert. Was für ein verrückter Abend.
„Darf ich dich auch fragen?"
„Ja, klar", nuschelte Kalli in den Pulli. „Ich bin Buchhändlerin."
„Hier, aus Hamburg?"
„Äh, nein. Hannover."
Die Fremde drückte ihre Zigarette im Aschenbecher aus.
„Mit KFZ-Zeichen aus Nordwestmecklenburg?"
Kalli stützte sich auf den Unterarm und schaute sie eindringlich an. „Ganz schön aufmerksam."
Wer hatte hier wen beobachtet? Offenbar hatte die Frau sie bereits bemerkt, als sie auf dem großen Parkplatz vor dem Club parkte. Jetzt erinnerte sie sich auch an den rötlichen Schimmer der Haare der Fremden, die rauchend neben der Eingangstür lehnte. Aber zu dem Zeitpunkt war sie zu aufgeregt, um draußen groß etwas wahrzunehmen. Sie war schon lange nicht mehr allein ausgegangen. Oder überhaupt ausgegangen. Früher mit Fabio, klar, dann später mit Fabio und Luís gemeinsam. Nach Merles Geburt hatte sich ihre Ausgehlaune jedoch stark reduziert. Sie wusste nicht, wie es sich anfühlen würde. Sie wusste nur, dass sie an diesem Morgen in Moorstede aufgewacht war und ein überwältigendes Gefühl von „Ich muss hier raus" verspürte. Sonst, befürchtete sie, würde sie am nächsten Tag im Gottesdienst vielleicht einen Schreikrampf bekommen.
Und so hatte sie sich am Abend in ihr Auto gesetzt und war die anderthalb Stunden über die Autobahn nach Hamburg gefahren. Und jetzt war sie hier.

Die andere zuckte mit den Schultern. „Bringt mein Beruf so mit sich."

„Lehrerin? Tatsächlich?"

Die anderen nagte an ihrer Unterlippe. Sie neigte sich zur Seite und steckte sich eine neue Zigarette an. „Ja." Und setzte hinzu: „Wenn du wüsstest."

Ja, klar, wenn ich wüsste, wer du wirklich bist, dachte sich Kalli. Aber das spielte keine Rolle heute Abend. Und das war das Schöne daran. Sie nahm es der anderen nicht übel. Schließlich flunkerte sie auch.

Die Anbahnung war weitestgehend wortlos verlaufen. Kalli hatte drei Songs lang zwischen – vorrangig – schwitzenden Männerpaaren und -gruppen getanzt und dabei die große, offenbar Kette rauchende Frau an der Bar nicht aus den Augen gelassen. Sie schien auch solo hier zu sein, trug ein einfaches schwarzes Top zu einer dunklen Jeans und hatte ihre halblangen, rotblonden Haare zu einem kurzen Pferdeschwanz gebunden. Eine einzelne Strähne hatte sich gelöst und hing ihr in die Stirn. Kalli hatte ein Faible für schönes Haar und war schon beim ersten Anblick hin und weg.

Beim vierten Song beschloss Kalli, dass die Aufmerksamkeit, die die andere auf die Tanzfläche richtete, ihr – und nicht den ganzen Bären um sie herum – galt, und fasste sich ein Herz.

„Trinken wir was zusammen?"

„Gerne."

Aber noch bevor der unfassbar entspannte Barkeeper bis zu ihrer Bestellung vorgedrungen war, nahm die andere sie an die Hand und sie verschwanden nach oben. Um diese Zeit war noch kaum was los und sie fanden eine schöne, mit dunkelblauen Samt-Stores verhangene Nische.

Kalli schaute auf ihr Handy, sie musste gleich los.

„Wie heißt du eigentlich?"

„Hm?" Die andere war eingedöst. Sie blinzelte. „Ich – öh. Sag erst du."

„Okay, wir sagen uns unsere Namen gleichzeitig."

Die andere rollte mit den Augen.

„Is' gut."

„Eins – zwei – drei!“

Dann sagten beide gleichzeitig „Anna“.

Die rotblonde „Anna“ schmunzelte.

„Alles klar.“

„Okay, wir lassen das besser. Ich muss eh los.“

„O nein, jetzt schon?“ Die andere wand sich unter Kalli hervor und legte sich neben sie. Sie setzte die Fingerspitzen ihrer rechten Hand auf Kallis Brustbein und ließ sie Richtung Bauchnabel spazieren.

Kallis Haut kribbelte unter der Berührung. Es war ein wirklich schöner Abend gewesen. Nichts würde sie lieber tun, als jetzt noch einmal …

Sie legte ihre Hand auf die der anderen.

„Leider. Ich muss morgen … also, nein, heute! … früh raus.“

Anna ließ mit einem enttäuschten Seufzer ihren Kopf in ihre Schulterbeuge fallen.

„Na gut. Dann breche ich auch auf.“

Nachdem sie sich unten zwischen ihren Autos nach einem langen Abschiedskuss voneinander gelöst hatten, fragte sie: „Was arbeitet eine Buchhändlerin eigentlich sonntags?“

Kalli lachte. „Dieses Rätsel überlasse ich dir – Anna.“

Es war ein Uhr nachts. In anderthalb Stunden könnte sie im Bett liegen und sogar halbwegs ausgeschlafen in den Gottesdienst starten. Die Predigt hatte sie hochkonzentriert – und entlang des Entwurfs von Fuchs – am Samstag geschrieben, danach die letzten Absprachen mit der Kantorin getroffen. Auch der Gemeindebrief war im Druck.

Wie viele ihrer Schäfchen wohl zum Gottesdienst kommen würden?, fragte sie sich, als sie die Auffahrt auf die A20 Richtung Lübeck nahm. Bei ihrem Einführungsgottesdienst war es voll gewesen, auch bei der Beerdigung der kleinen Stuvemann. Heute früh wäre ihr erster regulärer Gottesdienst. Sie schaltete das Radio ein.

„Sie hören die 90er-Jahre-Party-Night mit Heiko …“

„… hatte sie enthüllt. In ihrem neuen Buch nun verdeutlicht die Frankokanadierin …“

„… auf jeden entdeckten Mord kommt ein unentdeckter, weiß Kriminalkommissarin …"

„Herr Schmitt, Sie als Geschäftsführer eines Braunkohlekraftwerks – was sagen Sie zur Klimakrise?"

Wieso war es so schwer, einen Sender zu finden, auf dem einfach nur entspannte Musik lief? Sie warf erneut das Tracy-Chapman-Album rein, das sie schon auf der Fahrt zum Treffen mit Fuchs gehört hatte.

Fuchs. Kalli konnte sich nicht ganz des Neides erwehren, wenn sie an den Kollegen dachte, der vor ihr die Gemeinde geführt hatte. Sie wünschte, sie könnte eines Tages auch so eine gelassene Souveränität ausstrahlen. Sie wünschte, sie hätte auch einen solchen Ort, an dem sie Kraft tanken könnte. Sie wünschte, sie könnte mehr mit den Impulsen anfangen, die er ihr mitgegeben hatte.

Zwar hatten seine Worte dort, im Labyrinth, unmittelbar etwas in ihr berührt. Doch hatte sie schon auf der Rückfahrt am Freitagabend gemerkt, wie die neue Energie, die ihr das Sinnbild mit den Tieren und dem Garten beschert hatte, sich langsam verflüchtigte.

Und heute, nur einen Tag später, spürte sie die Flamme des Zorns hell und schneidend hinter der Brust brennen. Nein, nicht des Zorns. Des Hasses. Sie hasste Leni. Und Fuchs hatte recht darin, dass sie Sanne ziemlich billig wegkommen ließ. Aber so war es mit den Gefühlen. Für Sanne hatte sie nur Kummer und Enttäuschung übrig.

Und Merle. Merle. Sie war sich nicht sicher, ob sie wirklich die Kleine vermisste oder vor allem das gemeinsame Familienleben.

Ihr Herz klopfte schneller.

Eine einzelne Schweißperle tropfte ihr kalt ins Auge, als sie von der A20 auf die A21 Richtung Rostock fuhr.

Schwitzte sie etwa?

Jetzt merkte sie auch, dass ihre Hände kalt und nass auf dem Lenkrad lagen. Eine nach der anderen wischte sie sie an ihrer Jeans ab.

Wieso schwitzte sie so stark?

Am Straßenrand bildeten Seitenmarkierung, Poller und Autobahnschilder einen verschwommenen weiß-blauen Streifen, durchsetzt mit gelben Punkten.

Das Schlagen ihres Herzens war ihr spürbar bewusst. Ihre Brust war eng. Sie schnappte nach Luft. Panisch warf sie einen Blick in den Rückspiegel. Es war niemand außer ihr unterwegs. Schlingernd brachte sie den Passat auf dem Seitenstreifen zum Stehen und hieb mit der Faust auf den Warnblinker.

Mit zwei Sätzen war sie aus dem Auto und über die Absperrung gesprungen. Vornübergebeugt und die Arme auf die Oberschenkel gestützt, zog sie gierig die kalte Nachtluft ein.

Sie schloss die Augen.

Und zählte.

Eins – ein, zwei – aus, drei – ein, vier – aus …

Als ihr Puls sich beruhigt hatte, streckte sie den Rücken durch und drehte sich zum Wagen um.

Ein einsames, blinkendes Auto in der Dunkelheit.

Und darüber unzählige Sterne.

Sie zählte Sterne.

Ihr Atem ging gleichmäßig.

Alles würde gut werden.

Entschlossen startete sie den Wagen.

Ein Jahr. Dann würde sicher alles anders sein.

Sie würde die anderen vergessen.

Sie müsste sich nicht noch einmal versetzen lassen. Sie würde Anschluss in Moorstede finden. Sie würde sich an ihre Gemeinde gewöhnen.

Und die sich an sie.

Sie würde – schon in wenigen Wochen – in eine wunderschöne, riesige Wohnung mit Blick ins Grüne ziehen. Sie würde ein richtiges Landei werden und am Ende noch einen Kräutergarten hinter dem Gemeindehaus anlegen. Sie würde sparen und irgendwann ihren alten Passat gegen einen Jeep tauschen. Sie würde mit Fabio und Luís zu dem verrückten Gutshaus fahren und ihnen das Nashorn zeigen. Das würde ihnen gefallen. Sie würden lachen und sie würde sagen: „Habe ich nicht ein tolles neues Zuhause?“

Zuhause. Einmal, während des Studiums, waren sie und ein paar Kommiliton*innen von einem NDR-Reporter interviewt worden. Ihn hatte die Frage interessiert, warum junge Menschen – im „großen Zeitalter des schnellen Geldes und hohen Kirchenaustrittsraten“, so hatte er es formuliert – noch Theologie studierten. Ein derartig langwieriges, schweres Studium, in dem man drei tote Sprachen zu lernen verpflichtet war. Sich mit – zum Teil unzumutbar konservativen – Exegeten (überwiegend Männern) auseinandersetzen musste, die über Bibelstellen des Alten Testaments brüteten, die – als Regeln für das soziale Zusammenleben – in heutigen Ohren im besten Fall skurril, im schlimmsten Fall grausam klingen. Und zum Schluss, wenn man es durch die Prüfungen geschafft hat, vergleichsweise schlecht auf die Komplexität eines Berufes vorbereitet ist, der Arbeiten an Abenden, in der Nacht, an Feiertagen und an Wochenenden umfasst, Kümmern, Verwalten, Digitalisieren, Abrechnen und Personal leiten bedeutet.

Sie war eine sehr religiöse Jugendliche gewesen. Aber eine, die sich mit der katholischen Kirche ihrer Eltern schwertat. Und sie brauchte drei qualvolle Semester Medizin, um zu verstehen, dass sie die Konfession ja auch wechseln könnte, und schrieb sich dann – zum nachhaltigen Entsetzen ihrer Mutter – für Evangelische Theologie ein.

Der Reporter machte seine Aufnahmen von jungen, irgendwie alternativ-zottelig aussehenden Studierenden in Blümchen-Blusen und Norweger-Pullis – dann war Kalli an der Reihe. Sie wusste es noch wie heute, wie sie über ihren Glauben sprach. Darüber, wie er sich verändert hatte. In nur sechs Semestern Theologie. Dass sie mehr Zweifel hegte als zu Beginn des Studiums, aber dass sie sich auf den Pfarrberuf freute. Er für sie ein Versprechen wäre, Heimat zu finden. In einer festen Gemeinschaft zu leben. Diese Gemeinschaft zu leiten. Gemeindeleben modern zu gestalten. Kalli lächelte. Dann hatte sie gegenüber dem Reporter noch zum Besten gegeben, dass es zurzeit wohl kaum einen Job mit besseren Zukunftsaussichten für Geisteswissenschaftler*innen gäbe. Fragmente eines früheren, jüngeren Selbst.

Der Reporter hatte alle Interviews bis auf ihres für den Beitrag verwendet. Sie war enttäuscht, erinnerte sich aber auch, nicht sonderlich überrascht gewesen zu sein.

Und heute? Bis zum Ende des Studiums hatte sie alle Aspekte von Glauben so stark durchanalysiert, dass sie immer noch damit beschäftigt war, ihn für sich wieder zusammenzusetzen. Daran anzuknüpfen, was die Jugendliche vor vielen Jahren gefühlt haben mochte.

Sie passierte das Ortseingangsschild nach Moorstede.

Insgeheim hoffte sie, dass sie einfach niemand direkt fragen würde, ob sie eigentlich an Gott glaubte. Und da sie Pastorin war, standen ihre Chancen ganz gut.

Abrupt trat sie auf die Bremse: Am Gemeindehaus brannte Licht. Mitten in der Nacht.

Vorsichtig setzte sie zurück und stellte den Motor aus.

Kein Zweifel. Im Erdgeschoss, im linken Flügel, kam gedämpftes Licht durch die Fenster.

Dort, wo das Pfarrbüro lag.

Okay, kein Problem, fahr einfach weiter. Es hat bestimmt bloß jemand vergessen, die Wandbeleuchtung im Flur auszuschalten. Wahrscheinlich sogar du. Sie rieb sich die Augen.

Und dann sah sie das Auto.

Einen feuerroten BMW. Er war eng an der Koppel geparkt, sodass er von der Einfahrt zum Gemeindehaus aus kaum zu erkennen war.

Ihre Neugierde siegte. Sie stieg aus.

***

Er hatte sich bereits die Fingernägel wund gebissen. Das konnte doch nicht sein. Was stimmte nur nicht mit diesem Nest! Nach dem missglückten Versuch unter der Woche war er extra heute Nacht noch einmal rausgekommen. Nicht, dass das ein Klacks wäre. Und jetzt brannte da wieder Licht!

Zwei Menschen hatte er ins Gemeindebüro huschen sehen. Er hatte ohnehin bereits Sorge, dass ihm jemand auf die Schliche kam. Das hatte alles viel zu lange gedauert. Es musste doch auffallen.

Und – wenn er es heute Nacht nicht erledigte, konnte er vor dem nächsten Wochenende nicht wieder herfahren. Wenn überhaupt. Vielleicht verlor er ja auch schon vorher seinen Job.

Er musste die nächsten Tage unbedingt was anderes liefern. Sonst konnte er das hier auch vergessen.

Also. Wie kam er heute an das vermaledeite Ding?

Du kannst ja, redete er sich gut zu, zumindest um das Gebäude herumschleichen und von draußen einen Blick ins Büro riskieren. Schauen, was da los ist.

Er kletterte über den Zaun zur Pferdekoppel und lenkte vorsichtig seine Schritte durch das nasse Gras. Er erinnerte sich, dass es hier ein paar fiese Löcher gab.

Plötzlich war von der Straße her das scharfe Quietschen von Reifen zu hören. Erschrocken hielt er inne. Dann legte er schnell mit zwei großen Sätzen den Rest des Weges zur Hauswand zurück und presste sich flach gegen das Mauerwerk.

Er lauschte. Vorne hatte ein Auto gehalten. Er hörte, wie es langsam zurücksetzte. Dann wurde der Motor abgestellt.

Er bemühte sich, ruhiger zu atmen, und fluchte innerlich. Was denn jetzt noch?

Vorsichtig tastete er sich die Wand entlang bis zur Ecke. Spähte über den Zaun. Geborgen im Schatten zwischen Haus und Apfelbäumen.

Tatsächlich. In der Zufahrt stand ein Auto. Ein Auto, das er nicht kannte. Das Licht war aus; er konnte nicht sehen, wer darin saß.

Was wurde hier gespielt? Und wer war im Büro?

Er musste das jetzt wissen.

Er schlich an der Seite des Gebäudes zurück und duckte sich unter das Doppelfenster des Büros. Langsam, ganz langsam schob er seinen Kopf über das Fensterbrett. Zentimeter für Zentimeter. Bis er sehen konnte.

Er traute seinen Augen nicht: Im Büro standen die beiden Alten.

Zur Salzsäule erstarrt, mitten in ihren Bewegungen.

Die eine, wie sie gerade eine Akte aus dem Regal zog. Die andere, wie sie Inhalte aus den Schreibtischschubladen auf die Tischplatte warf.

Beide blickten zur Tür.

Ihre Münder zu einem großen „O“ geformt.

In der Tür stand jemand. Eine übernächtigt wirkende Person – ein Mann? eine Frau? – mit kurzgeschnittenen dunklen Locken, den Mantel offen, die Hand noch auf der Türklinke, eine Frage auf den Lippen.

***

„Was zur Hölle treiben Sie hier?“

Das Büro sah aus, als wäre eine Windhose durchgefegt. Auf den Fensterbrettern, den Polsterstühlen, dem Boden lagen aufgeklappte wie zugeschlagene Akten neben- und übereinander.

Und dazwischen Britta und Brigitte. Mit Seiten über Seiten handschriftlicher Notizen in den Händen.

„Ich ... Wir ...“, stammelte Britta mit hochrotem Kopf.

„Hat Ihnen mal wer gesagt, dass Sie unangemessen viel fluchen?“, entgegnete Brigitte.

Kalli seufzte. „Vergessen Sie die Frage. Ich mach erst mal Tee.“

Sie hörte, wie die beiden hinter ihr den Gang zur Teeküche entlangschlurften. Kalli drehte die Heizung in der Küche hoch und setzte Teewasser auf. Die Zwillinge waren auf die Stühle gesunken, die Augen auf den Stoß Papier gesenkt, den sie aus dem Büro mit in die Küche gebracht hatten. Kalli merkte, wie sie sie unter ihren Lidern hervor beobachteten.

„Pfefferminze?“

Die beiden nickten stumm. Kalli stellte Teebecher und Zucker auf den Tisch, goss die Kanne auf. Dann setzte sie sich zwischen die Frauen. Die Ellbogen aufgestützt, rieb sie sich das Gesicht.

„Ich hatte eine sehr lange Nacht. Bitte, sagen Sie mir einfach die Wahrheit. Ohne drum herum zu eiern.“

Nacheinander fasste sie jede der beiden Schwestern in den Blick. Brigitte hielt dem stand, ohne zu blinzeln. Britta schaute weg und spielte mit dem Zuckerlöffel.

„Es ist ganz und gar peinlich“, setzte Britta schließlich an. „Für Pastor Fuchs haben wir ... gelegentlich ein paar Arbeiten erledigt.“ Sie vollführte eine vage Geste zu den handbeschriebenen Zetteln auf dem Tisch zwischen ihnen.

„Gelegentlich?“, rief Brigitte aus.

„Vielleicht auch etwas regelmäßiger.“ Britta schaufelte sich Zucker in ihren Tee. Brigitte beobachtete sie mit tadelndem Blick.

„Ich verstehe nicht“, sagte Kalli, zog sich den Papierstapel heran und nahm das obenauf liegende Blatt herunter. Sie erkannte die altertümliche, spitze Schrift der beiden von den Post-its wieder, die sie ihr ständig hinterließen. Insbesondere dann, wenn sie morgens spät dran war. Ihr müdes Gehirn nahm kaum auf, was sie da beim Überfliegen las. Waren das Auszüge aus Liturgien?

„Pastor Fuchs hatte ja …“

„Ach, Gott, der Arme hatte ja immer …“

„… so viel zu tun!“

Kalli schaute fragend in die Runde. „Viel zu tun?“

Die Schwestern wechselten einen Blick.

„Da haben wir halt ein wenig geholfen.“

„Geholfen?“

„Ja.“

„Ja?“

„Ja.“

Kalli musste ihre ganze Körperspannung aufbringen, um nicht mit der Hand auf den Tisch zu schlagen. Was dachten sich die beiden eigentlich?

„Britta, Brigitte.“ Sie atmete tief durch. „Es ist Samstagnacht. Nein, was sag ich? Sonntagmorgen! Sie haben mein Büro durchsucht, diese Papiere hier“ – sie legte das Blatt zurück auf den Stapel und schob ihn in Richtung der Zwillinge – „aus den Akten entfernt. *Wieso?* Sie müssen schon etwas deutlicher werden!“

„Also, wir haben dem Herrn Pastor Fuchs immer mal die Gemeindebriefe geschrieben.“

„Ja, und gelegentlich die Bibelkreise und den Konfirmandenunterricht vorbereitet.“

„Also, eigentlich immer.“

„Und eventuell haben wir auch …“

„Also nur hin und wieder …“

„… die Predigten verfasst.“

Kalli merkte, wie ihr die Kinnlade herunterklappte. „Sie haben was?“

„Predigten verfasst.“ Brittas Antwort war kaum mehr als ein leises Nuscheln.

„Sie haben Predigten verfasst?“ Kalli war fassungslos. Sie stand auf und ging in der Küche auf und ab. „Sie haben Predigten verfasst?“ Jetzt musste sie schallend lachen. „Ich meine … Sie erzählen mir gerade, Sie waren als Ghostwriterinnen für Fuchs tätig?“ Sie konnte sich kaum halten. Ihr Bauch schmerzte schon.

Brigitte schaute sie an, als käme sie von einem anderen Stern. „Ghostwriterinnen?“, fragte sie indigniert.

„Ja, genau das ist es, was Sie tun. Ghostwriten. Sie wissen schon, dass Sie als nicht-ordinierte Personen keine Predigttexte verfassen dürfen, oder?“

„Das ist uns bewusst“, presste Britta hervor.

Kalli dämmerte es langsam. Sie setzte sich wieder zu den beiden Frauen an den Tisch. „Und im Büro?“

„Wir wollten nur sichergehen, dass Fuchs gründlich war beim Aufräumen.“

„Aber warum haben Sie das überhaupt für ihn getan? Das ist doch furchtbar viel Arbeit! Er hat Sie doch nicht bezahlt, oder?“ Sie schaute zwischen den beiden Schwestern hin und her.

„Nein, keine Bezahlung“, sagte Britta leise.

„Wir waren ihm … einen Gefallen schuldig“, ergänzte Brigitte.

„Einen Gefallen?“

Die Zwillinge schwiegen.

„Das musste aber ein großer Gefallen sein.“

Das Schweigen dauerte an. Einerseits hatte Kalli Lust, noch weiterzubohren. Andererseits – die Situation war so schon unangenehm genug und ihr saß die Nacht schwer in den Gliedern. Wenn sie auf der Stelle nach Hause führe, würde sie zumindest noch zwei, drei Stunden Schlaf bekommen.

„Na gut. Ich lass das mal so stehen. Zeit, ins Bett zu gehen.“

Britta sprang hastig auf.

„Bekommen wir jetzt Ärger?“

„Weswegen?“

„Wegen der Predigten."

„Ihr Geheimnis bleibt bei mir."

Brigitte atmete hörbar aus und nahm den Papierstoß an sich.

„Und müssen wir jetzt", fragte ihre Schwester zögernd, „für Sie auch schreiben?"

„Nein!", rief Kalli lachend aus.

Und sie hätte schwören können, dass zumindest Britta etwas enttäuscht schaute.

***

Wind war aufgekommen an diesem Morgen des vorletzten Sonntags im Kirchenjahr. Kalli rechnete nicht mit einem großen Ansturm. Sie kannte die Zahlen der Landeskirche. Vielleicht fünf Prozent der Gemeindemitglieder kamen regelmäßig. Übertroffen wurden diese Zahlen nur zur Advents- und Passionszeit, vielleicht noch zu Erntedank. Der vorletzte Sonntag im Kirchenjahr war jetzt nicht das Highlight unter den Anlässen, in die Kirche zu gehen. Das verriet schon sein Name – „vorletzter Sonntag im Kirchenjahr" –, der neben Bezeichnungen wie „Epiphanias", „Palmsonntag" oder „Adventssonntag" doch recht blass wirkte.

Dennoch hatte sie sich auf der Steintreppe zum Gemeindehaus aufgebaut, um diejenigen, die zum Gottesdienst kommen würden, in Empfang zu nehmen. Die Kantorin war schon startklar und auch die „drei Omis", die diese am Telefon als Grund dafür zitiert hatte, nicht von ihrer üblichen Auswahl an Musikstücken abzuweichen, saßen bereits in der ersten Bank. Plessner war da, auch Tim war kurz danach gekommen. Er sah noch zerknirschter aus als an den Tagen zuvor – wenn das denn ginge. Kalli hielt ihm die Tür auf und zog die Augen zusammen, als ihr sein aufdringliches Aftershave in die Nase schoss. Junge Männer. Immer etwas zu viel.

Jetzt stand sie da, fünf vor halb zehn, und wartete darauf, dass noch jemand kam. Eine Windböe verfing sich in den Falten ihres Talars und in den Enden ihres Beffchens. Sie erwischte sich bei dem Gedanken, Agi wiederzusehen. Aber wieso sollte sie hierherkommen? Sie hoffte, es ginge ihr gut, wo auch immer sie sich herumtrieb.

Fest erwartet hatte sie auch die beiden Zwillinge. Dass sie nicht gekommen waren, schmerzte sie, stellte sie überrascht fest. Sie hatte geglaubt, dass – so peinlich die Situation auch für die beiden gewesen sein musste – sich dadurch irgendetwas zwischen ihnen gelöst hatte.

Noch mehr komplizierte Gefühle.

Als sie gerade die Tür schließen wollte, sah sie, wie Frieda Martin sich den Anstieg zum Gemeindehaus hinaufquälte. Die Bestatterin fuhr ein dunkelgrün lackiertes, klappriges Damenrad, das sicherlich schon bessere Zeiten gesehen hatte. Ein Van steuerte vorsichtig an der Frau vorbei, die in leichten Schlängellinien – Kalli hoffte, von Wind und Anstrengung, nicht von Wein und Schnaps – in die Einfahrt bog. Kalli gab ihr mit den Händen zu verstehen, dass sie langsam machen sollte, und ging ihr voraus ins Gebäude.

Doch auf der Schwelle zum Gottesdienstraum zögerte sie. Sie hörte die Tür nicht aufgehen. Wo blieb die Martin? Sie kehrte um und schaute aus dem Fenster im Flur. Frieda Martin stand neben dem Fahrradständer, ihr Fahrradschloss in der Hand, und blickte starr zum Gemeindehaus. Dann drehte sie sich urplötzlich um, warf das Schloss in ihren Fahrradkorb, hob das Rad aus dem Ständer und fuhr davon.

Kalli blinzelte. Was war das denn? Sie schüttelte den Kopf. Dann ging sie zurück zu ihrer Gemeinde. Das war sicherlich nicht das Eigenartigste, was sie innerhalb der letzten vierundzwanzig Stunden erlebt hatte.

Während sie vor dem Altar stand und den letzten Klängen der Orgel lauschte, senkte sich die Erschöpfung wie ein Schleier auf sie. Himmel, es war ganz schön was los gewesen in den letzten Tagen! Sie begrüßte die Gemeinde. Gottesdienste zu leiten war ihr noch nie schwergefallen. Sie hatte es immer gemocht. Selbst unter den sich verflachenden Glaubensgefühlen des Erwachsenenalters. „Der Herr sei mit euch!“ Dennoch nahm sie sich vor, gerade auch wegen der durchgemachten Nacht andere Gemeindemitglieder aktiv in die Liturgie einzubinden. Natürlich nicht so, wie ihr Vorgänger das offenbar gehandhabt hatte. Kalli musste sich ein Grinsen verkneifen. „Lasset uns …“ Sie fragte sich schon, was der Kollege in seiner freien Zeit gemacht hatte. Schließlich, so hatte er ihr erzählt, arbeitete er seit annähernd zwanzig Jahren als Gemeindepfarrer und wuchs auch in Moorstede auf. Er habe nie studieren können, wenn die Stuvemanns ihm und seiner Familie, Angestellte ihrer Brauerei, nicht unter die Arme gegriffen hätten. So einem bricht doch nicht plötzlich die Motivation weg, dachte sie, während sie durch das Tagesgebet führte.

Sie war neugierig – und doch hatte sie sich dagegen entschieden, weiter in Britta und Brigitte zu dringen. Pastor*innen waren auch nur Menschen. Oft lagen hinter solchen Brüchen Geschichten, auf die man manchmal lieber nicht stoßen würde. Was immer Fuchs dazu getrieben hatte, den Schreibkram durch die Zwillinge erledigen zu lassen – eine chronische Erkrankung, Spiel- oder Alkoholsucht, Depressionen oder einfach nur Überlastung nach Zusammenlegung der Gemeinden –, alles schon da gewesen, aber sie wollte es nicht wissen. Und trotzdem war es ein eigenartiges Gefühl: Die Predigt, die sie nachher halten würde, die ihr Kollege – vermeintlich – schon so gut vorbereitet hatte, war von den Schmied-Zwillingen geschrieben.

Mit lauter Stimme las sie das Evangelium und setzte sich anschließend in die erste Bank, als die Gemeinde das Lied anstimmte. Wieder bewunderte sie den Altarbereich, der einladend und freundlich wirkte mit den bodentiefen Fenstern, durch die das milde Herbstlicht flutete, den schlichten Kerzenleuchtern aus Messing und den locker gebundenen Sträußen aus Gräsern, Weidenzweigen und Hagebutten. Sie meinte, dass es leicht nach Wald und Wiese roch, aber vielleicht bildete sie sich das auch nur ein – mit diesem Ausblick über Pferdekoppel, Feldweg und Pappelallee.

Zu gerne hätte sie sich darin verloren. Doch sie spürte die Blicke Plessners wie kleine Nadelstiche im Nacken. Den ganzen Gottesdienst über hatte er sie nicht aus den Augen gelassen. Das war ihr nicht entgangen, trotz ihrer Träumerei.

Vorsichtig drehte sie sich um. Und tatsächlich: Er starrte sie an. Sie lächelte gewinnend und zwinkerte ihm zu. Er rümpfte die Nase und blickte auf sein Gesangbuch herunter.

Strophe vier von acht.

„Wahren Sie etwas Abstand zu Adrian", hatte Fuchs ihr Freitagabend noch mit auf den Weg gegeben.

Und das war nicht alles. Dieser Journalist! Obwohl alle sie so eindringlich gewarnt hatten, hatte sie ihn noch nie zu Gesicht bekommen.

Das heißt – was war eigentlich mit dem roten Auto heute Nacht?

Bevor sie die beiden Gemeindehelferinnen in ihrem Büro entdeckt hatte, war der BMW ihr aufgefallen. Deshalb hatte sie doch überhaupt das Büro betreten!

Doch später hatte sie nicht mehr daran gedacht. Und als sie mit den Zwillingen das Büro abschloss, stand er nicht mehr vor dem Haus, da war sie sicher. Zu dem Zeitpunkt hatte sie nur an ihr Bett gedacht und gerechnet, wie viel Stunden Schlaf ihr noch vergönnt sein würden.

Wie aus dem Nichts wurde ihr klar: Dasselbe Auto – wie viele rote BMW Coupés mit Hamburger Kennzeichen gab es hier schließlich schon? – hatte sie auch am Rande der Beerdigung gesehen. Die Person war damals nicht ausgestiegen, erinnerte sie sich.

Strophe acht von acht. Sie machte sich bereit für die Predigt.

„... und errette die in ihrer Not ..."

Agi. Hatte sie nicht eine Art, nun ja, eine „schwesterliche" Verpflichtung, das Mädchen zu finden?

Sie sprach die Fürbitten mit der Gemeinde und fragte sich plötzlich, ob sie sich Sorgen machen müsste. Bislang war sie nur davon ausgegangen, dass Agi nicht zum Treffen gekommen war, weil sie es sich anders überlegt hatte.

Doch vielleicht steckte mehr dahinter.

Sie nahm sich vor, Bernd zu bitten, ihr wenigstens kurz Bescheid zu geben, sollten sie bei *Buntes Moorstede* ein Lebenszeichen von der jungen Frau erhalten.

„Amen."

Überhaupt diese Beratungsstelle. Die wussten eindeutig auch mehr, als sie sagen wollten. Immerhin war ein Mädchen überraschend gestorben, ein anderes verschwunden, beide offenbar ein Paar, und irgendetwas hatte sie in die Beratung getrieben.

Hier war irgendetwas oberfaul, grübelte sie, als sie den Kollekten-Teller entgegennahm.

Sie entließ ihre Gemeinde an der Tür. Schlaffer Händedruck von Tim. Fast schmerzhaftes Zupacken von Plessner.

„Einen schönen Sonntag."

„Lief doch gut", meinte die Kantorin.

Kalli nickte mechanisch.

Die „drei Omis" drückten sich an ihr vorbei durch die Tür.

Kalli hielt sie kurz auf. „Helfen Sie mir doch bitte kurz, und sagen Sie mir noch mal Ihre Namen."

Die Frauen stellten sich vor. Bott, Schulze, Rackwitz, merkte sich Kalli.

Die alte Rackwitz drohte ihr mit dem Finger. „Wir hatten eigentlich gehofft, dass wir nicht mehr die ollen Kamellen von der Marianne hören müssen, wenn jemand Neues da ist."

Die Kantorin, bereits auf dem Flur, verzog säuerlich das Gesicht.

„Was Peppigeres wäre schön", fügte die Bott hinzu.

„Ich kümmere mich darum", sagte Kalli.

Als alle gegangen waren und sie allein in dem großen Gottesdienstraum stand, wandte sie sich dem Kollekten-Teller zu.

Die Ausbeute war mager. Das war zu erwarten gewesen. Sie beugte sich über das Kleingeld.

Zwischen den Münzen lag ein kleiner, rot-silberner Gegenstand. Kalli nahm ihn zwischen Daumen und Zeigefinger und hielt ihn gegen das Licht. Es war ein Pin. So einer, wie sie ihn schon bei Plessner und Beatrix Stuvemann gesehen hatte.

Sie betrachtete das Motiv eingehend. Ein Vogel. Ein Adler, um genau zu sein. Ein kaum leserlicher, schwarz-silberner Schriftzug wand sich unter den Füßen des Adlers entlang: *aquila* e. V., entzifferte sie. Poetisch.

Vielleicht ein Touri-Pin von der Müritz?

Kalli stellte sich vor, wie Plessner, mit verkniffenem Gesichtsausdruck, und Stuvemanns, mit bierernsten Mienen, auf dem Oberdeck eines Ausflugsdampfers über die Müritz schipperten. In Khaki-Shorts. Mit weißen Baseballkappen. Die Nacken der Männer bereits verbrannt.

Wer den Pin wohl in den Teller gelegt hatte?

Sie drehte sich zum Raum. Ihr Blick glitt über die leeren Bänke.

Nun. Stuvemanns waren nicht im Gottesdienst gewesen.

Demnach Plessner.

Unwillkürlich lief es ihr kalt den Rücken hinunter. Sie konnte nicht anders: Sie sah darin eine weitere, feindselige Botschaft des Arztes.

Verärgert ließ sie unter dem Talar den Pin in ihre Hosentasche gleiten. Für solcherlei Fundstücke aus der Kollekte hatte sie eine Sammlung.

9

Marlis Schidlowski hatte nicht zu viel versprochen. Eingewickelt in eine dicke, dunkelblau karierte Wolldecke saß Kalli in einem Terrassenstuhl auf der Rückseite vom *Krug im Moor*, einen großen Becher dampfenden Kaffees gegen die Brust gedrückt, und genoss die Aussicht. Die Luft knisterte vor Kälte. Die Morgenröte ergoss sich in Rosa- und Blautönen, die ans Unwahrscheinliche grenzten, über Ortsrand und Umland. Zu Kallis Füßen fiel der Biergarten zwischen Kirschbäumen und Weiden zur Moore ab, die hinter einem wackeligen Holzzaun fröhlich vor sich hin gluckerte. Acht Tische, mit Raureif überzogen, standen auf dem Rasen, Stühle und Schirme waren längst im Schuppen verstaut. Hinter ihr, aus dem angekippten Fenster zur Küche, hörte sie Marlis das Frühstück zubereiten. Eine Pfanne zischte.

Nach dem Gottesdienst hatte sich der freie Sonntagnachmittag schier endlos vor ihr aufgetan. In der Stadt hatte sie früher an den freien Sonntagnachmittagen immer opulent gekocht. Der einzige Nachmittag, an dem sie die Ruhe dazu hatte. Die Mädels waren da meistens unterwegs, aber Fabio und Luís hatten kaum ein Essen am Sonntag ausgelassen.

In der Tür, beim Verabschieden der wenigen Gemeindemitglieder, hatte sie kurz den Impuls, die alte Bott, Rackwitz und Schulze auf einen Kaffee einzuladen, doch dann war ihr plötzlich aufgegangen, dass sie sich in der Teeküche, dem Reich von Britta und Brigitte, ohne die Zwillinge gar nicht zurechtfinden würde. Mehr als Teewasser hatte sie bislang dort nicht aufgesetzt. Sie würde orientierungslos herumstolpern und die drei Frauen würden sich Blicke zuwerfen, die ausdrückten, dass es ihnen ein Rätsel sei, wie man nach anderthalb Wochen in der Gemeinde noch nicht wusste, wo Kaffeepulver und Kekse untergebracht waren. Also lieber nicht.

Im Auto dann überlegte sie, zum Labyrinth zu fahren. Aber es wäre ihr peinlich, wäre Fuchs auch dort gewesen. Irgendwie war das sein Ort, nicht ihrer. Alleine dort zu sein, kam ihr vor, als würde sie ungefragt in die Wohnung einer fremden Person treten.

Also rief sie Fabio an, der jedoch nicht ans Handy ging und zehn Minuten später eine Nachricht schickte, er und Luís säßen noch den ganzen Tag bei dessen Eltern. Verräter. Kaum war sie aus der Stadt, fanden sie schon einen neuen Ort zum Mittagessen am Sonntag. Sie starrte etwa fünf Minuten ein Loch in den Campingtisch in der Küche. Dann sprang sie hoch, ging ins Wohnzimmer und tat etwas, worum sie sich die letzten Tage geflissentlich gedrückt hatte: Sie packte Kisten aus.

Sie durchforstete die Kartons nach Dingen, die ihr das Leben in dieser kargen Bude angenehmer machen würden, bis sie in die Wohnung im Gemeindehaus ziehen könnte. Sie räumte Bücher, Kissen, eine Tischlampe, Sportsachen, ihr Teestövchen und ihre Lieblingskanne aus und schloss sogar noch – aufgebaut auf einem Umzugskarton unter dem Fenster – die alte Stereoanlage an. Zum Schluss schob sie die Umzugskartons ordentlich gestapelt an die Wand hinter das Sofa.

Viel besser.

Anschließend befreite sie ihr Rudergerät aus den vielen Schichten Knisterfolie, die sie beim Umzug sorgsam darum gewickelt hatten. Das Gerät gehörte ihr seit dem Studium; sie hatte es zu einem Spottpreis von einem Kommilitonen übernommen, der Theologie überraschend abgebrochen hatte und nach Argentinien gegangen war (seine letzte Postkarte war allerdings aus Mexiko gekommen). Sie zog es neben das Sofa, schlüpfte in ihre Sportklamotten und begann, eine Runde zu rudern. Die gleichmäßige, anstrengende Bewegung tat ihr gut. Sie spürte ihre Muskeln im gesamten Körper warm werden. Es dauerte nicht lange, bis ihr die ersten Rinnsale Schweiß über den Rücken liefen. Sie würde wieder öfter trainieren.

„Was machen Lesben auf dem Land?", fragte sie sich laut.

„Weiß och nich." Marlis war auf die Terrasse getreten und steckte sich eine Zigarette an. Sie trug heute einen froschgrünen

Strickpullover und eine Strickhose in der gleichen Farbe, darüber eine weiße Küchenschürze mit roten, gelben und braunen Flecken. „Vermutlich, was alle anderen auch machen. Die, die älter als dreißig sind, finden sich paarweise zusammen und bauen Gemüse an. Die, die unter zwanzig sind, hängen an Bushäuschen herum. Und die, die zwischen zwanzig und dreißig sind, sind nicht hier, sondern irgendwo zur Ausbildung oder zum Studium." Sie paffte ein Wölkchen Qualm in die eiskalte Luft. „Ich hätte ja nicht gedacht, dass du dich noch meldest."

Kalli hatte nach dem Rudern am Sonntagnachmittag im *Krug* angerufen und gefragt, ob die Einladung zum Frühstück am Montagmorgen noch stünde.

„Ich war unsicher, ob ich mich so kurzfristig einladen darf."

Marlis gab ein undefinierbares Brummen von sich. „Spiegel-, Rühr- oder gekochtes Ei?"

„Spiegel."

Zehn Minuten später saßen sie zusammen an einem Holztisch in der Nähe des Ofens, der eine tiefe, gleichmäßige Wärme abstrahlte.

„Das sieht ja fantastisch aus!"

Kalli ließ sich an dem reichhaltig gedeckten Frühstückstisch nieder, auf dem nicht ein Teelöffel mehr Platz gefunden hätte. Die ältere Frau prüfte mit skeptischem Blick, ob nicht vielleicht doch noch etwas fehlte.

„Ach was", sie winkte ab. „Ich freue mich, mal Besuch zu haben, mit dem ich mehr reden kann, als die Bestellung von Bier und Schnitzel hergibt." Sie nahm ein Brötchen aus dem Brotkorb und brach es mit bloßen Fingern in zwei Hälften, die sie sogleich mit Butter und Honig bestrich. „Ich hab Knast."

Kalli beobachtete fasziniert, wie die eine Brötchenhälfte in nur drei Happen verschwunden war. Sie selbst hatte sich noch nicht mal richtig orientiert, was sie essen wollte.

„Hast du dich gut eingelebt?", quetschte Marlis zwischen zwei Bissen hervor.

„Das würde ich nicht sagen, nein." Und setzte auf Marlis fragenden Blick hinzu: „Es sind so viele schräge Dinge passiert."

„Schräge Dinge?"

„Ja, und ich hatte auch gehofft, etwas Klatsch dazu zu erfahren."
„Klatsch? Du bist noch nicht mal zwei Wochen hier und willst schon tratschen?"
„Naja, tratschen." Kalli rutschte auf ihrem Stuhl hin und her. „Das natürlich nicht. Du weißt schon. Eher Hintergründe." Sie schlüpfte aus ihrer Strickjacke und öffnete die obersten Knöpfe ihres karierten Flanellhemdes. Neben diesem Ofen hätte sie auch in T-Shirt und Unterhose sitzen können. „In der Hoffnung, vieles hier besser zu verstehen."
„Wie kommst du darauf, dass ich da die richtige Adresse bin?"
„Nun, ich dachte, eine so gut laufende Kneipe muss doch die reinste Klatschzentrale sein."
Kalli hatte ihr Käsebrot kunstvoll mit Tomatenscheiben und sauren Gurken garniert und nahm den ersten Bissen, während Marlis zum zweiten Brötchen griff.
„Zum Beispiel …" Sie zögerte kurz, unsicher, ob sie die Geschichte weitererzählen wollte. Dann entschied sie sich dafür. „Du kennst doch Britta und Brigitte."
Marlis nickte. „Ziemlich aufdringliche Arbeitsmoral, die beiden. Aber ich mag sie ganz gern."
Kalli schmunzelte.
„Neulich nachts bin ich am Gemeindehaus vorbeigekommen …"
„Was machst du denn nachts am Gemeindehaus?"
„Äh, das ist eine andere Geschichte."
Marlis schob sich eine Weintraube in den Mund und hob eine Augenbraue.
„Jedenfalls brannte Licht, mitten in der Nacht! Ich bin natürlich rein, um zu sehen, was da los ist. Und drinnen, ungelogen, stehen die beiden in meinem Büro und wühlen sich durch sämtliche Unterlagen. Das Büro war komplett verwüstet und mittendrin diese zwei sehr schuldig dreinschauenden Frauen."
„Was? Das sieht den beiden ja gar nicht ähnlich! Was haben sie gesucht? Wieder ihre Brillen?" Marlis gluckste.
„Nee." Kalli grinste schief. „Der Hammer kommt ja noch: Die beiden haben offenbar für Fuchs einen Teil der Arbeit gemacht und wollten die Spuren davon beseitigen."

„Wie, die Arbeit?"

„Texte geschrieben. Sogar Predigten. Bibelkreise, Andachten und Konfirmandengruppen vorbereitet."

„Nein!" Marlis stand der Mund offen. „Im Sinne von – sie schreiben den Predigttext und Pastor Fuchs hat nur noch abgelesen?"

„Ja, offenbar genau so."

„Aber wieso sollten die beiden das tun?"

„Nun, sie haben durchblicken lassen, dass Fuchs sie irgendwie in der Hand hatte."

„Mit was denn?"

„Ich weiß es nicht. Will's auch gar nicht wissen."

„Das hat dich nicht weiter interessiert?"

Kalli schüttelte den Kopf. „Die beiden haben mir leidgetan. Sie wirkten ziemlich erschüttert. Ich wollte nicht noch mehr obskure Details über ihr Leben erfahren. Zumindest nicht im Moment."

„Oder über das eines Kollegen?"

Kalli merkte auf. Marlis hatte ihren Finger an einen wunden Punkt gelegt.

„Du findest ihn toll, oder?" Die ältere Frau ließ sie nicht vom Haken.

„Na ja, schon irgendwie." Sie strich sich nervös durch die Locken und fügte hinzu: „Er wirkt sehr charismatisch. Irgendwie unerschütterlich."

„Und das imponiert dir?"

Kalli nickte zögerlich.

„Aber wieso nur?" Jetzt überschlug sich die Stimme ihrer Gastgeberin. Kleine Krümel ihres dritten Brötchens flogen über den Tisch. „Hat sich nicht gerade gezeigt, dass der Typ ein totaler Blender ist? Auf der Kanzel strahlen, aber mit den Texten von seinen Gemeindehelferinnen?"

„Na, mach mal halblang …"

„Mir war der ja schon immer suspekt."

„Wer sagt denn, dass nicht die Schmieds diejenigen sind, die hier blenden?", schoss Kalli zurück.

„Touché!" Marlis zersägte ihr Spiegelei in zwei Teile und schob sich die eine Hälfte in Gänze in den Mund. „Wiederum", sagte sie mit vollem Mund, „schon immer dieses ewige Profilieren mit diesem Irrgarten oder Labyrinth oder wie auch immer. Geht mir aufs Schwein."

Kalli glühten die Ohren; sie fühlte sich ertappt. Bei ihr hatte sein Einsatz für den Garten ziemlichen Eindruck hinterlassen. Sie nahm einen Bissen von ihrem sorgsam dekorierten Käsebrot. Eine Weile kauten sie schweigend. Im Ofen knackte und knisterte es.

„Marlis?"

„Hm?"

„Du nimmst doch regelmäßig teil am Gemeindeleben, oder?"

Marlis mampfte bejahend.

„Wie passt das – wenn du den Pastor nicht leiden konntest?"

„Ach, Kindchen." Marlis legte Messer und Gabel zur Seite. „Ich geh da doch nicht hin, weil mir die Lesungen aus dem Evangelium so gut gefallen. Ich geh da hin, weil ich die Leute mag. Als Kneiperin in den Sechzigern hast du nicht wahnsinnig viele Gelegenheiten, andere Frauen kennenzulernen. Überhaupt hier in der Region. Ich könnte noch zu den Sportgruppen in der VHS oder in den Chor oder den Schützenverein eintreten, aber das findet alles zu Zeiten statt, wo hier der Laden brummt. Und im Prinzip war's das auch an Angeboten."

Kalli spürte eine leichte Berührung an der Wade. Sie schaute unter den Tisch und blickte in die großen dunklen Augen eines kleinen, kurzbeinigen Hundes mit riesigen, spitzen Ohren.

„Oh, hat die Queen nicht auch so einen?" Sie bückte sich und wollte den Hund unter dem Kinn kraulen. Der kläffte schrill auf und sie zog ihre Hand zurück.

„Ja. Und sie hasst es, wenn man versucht, sie unter dem Kinn zu kraulen."

„Oh!" Kalli streckte erneut die Hand aus und streichelte den Hund am Kopf. Er legte seine Schnauze an ihr Schienbein und kniff die Augen zusammen.

„Und wie heißt sie?"

„Tucker."

Tucker kommentierte das mit einem kurzen Kläffen.

Kalli lud sich Obstsalat in ein Schälchen. „Ich wollte eigentlich Klatsch von *dir*, und jetzt habe ich selbst welchen weitergetragen."

„Das passiert laufend." Die Wirtin zwinkerte ihr zu.

„Jetzt bist du mir aber eine Geschichte schuldig!"

„Was willst du wissen? Oder besser: über wen?"

„Was ist mit dieser Frieda Martin los?"

„Der Bestatterin?"

„Ja, der."

„Was soll mit der sein? Ich kenne sie nicht besonders gut. Nicht mehr die Frischeste, sagt man. Sollte langsam in den Ruhestand gehen."

„Aber sie saß doch hier die Tage auch in der Kneipe?"

„Ja. Seit Kurzem kommt sie ziemlich regelmäßig." Marlis' Stimme nahm einen erstaunten Ton an. „Sie trinkt drei, manchmal vier Glas. Wieso?"

„Ich habe mich nur gefragt, ob sie ein Alkoholproblem haben könnte."

Die andere schaute fragend.

„Auf dem Begräbnis von Luisa, da schien sie mir betrunken zu sein. Und auch gestern, als sie zum Gottesdienst kommen wollte."

„Kommen wollte?"

Kalli schilderte Marlis, wie sie beobachtet hatte, wie sich die Bestatterin in waghalsigen Schlängellinien den Berg zum Gemeindehaus hochquälte, das Rad abstellte, sich dann aber wieder davonmachte.

„Wirklich eigenartig."

„Nicht wahr?" Kalli schaute erwartungsvoll.

„Ja, aber ich weiß darüber nichts."

„Hm."

Sie musste sehr enttäuscht dreingesehen haben, denn Marlis setzte gleich hinzu: „Frag mich was anderes!"

„Tim Ladtke."

„Tim. Ja, Tim." Marlis' Stimme nahm einen brummigen Ton an.

„Jetzt sag nicht, dass du über den auch nichts weißt!"

„Doch, doch. Gerade achtzehn geworden. Geht hier aufs Gymnasium. Vater hat sich in der Wendezeit davongemacht und Tims Mutter mit den drei Kindern sitzen gelassen. Die zwei Schwestern haben Jobs in Rostock. Nur noch Tim wohnt zu Hause. Der Tratsch sagt, dass sie mit dem Arzt liiert ist, aber …"

„Mit Plessner? Nein!"

„… aber sie zeigen sich nicht zusammen."

„Das erklärt einiges."

„Was meinst du?"

„Tim kommt mir so – ich weiß auch nicht – eifernd vor."

„Eifernd?"

„Ja." Kalli nahm einen Schluck von dem heißen Kaffee, den ihr Marlis frisch nachgeschenkt hatte. „Es gibt da so eine Art Vortragsreihe …"

„Ach ja", Marlis winkte ab, „erzähl mir nichts. Großer Scheiß. Jetzt weiß ich, was du meinst."

„Der Tim war total engagiert. Und, ich meine – das sind völlig mittelalterliche Ansichten. Diplomatisch ausgedrückt."

„Und jetzt fragst du dich, wie ein junger Mensch solche Ansichten haben kann."

„Ich meine, ich weiß auch nicht, wie ich's sagen soll. Ihr habt doch hier auch Internet."

„Ganz schön naiv", frotzelte die ältere Frau. „Dein Internet zeigt dir auch bloß, wonach du suchst."

„Ich verstehe nicht, worauf du hinauswillst", sagte Kalli.

„Nun, wenn du am Frühstückstisch von deinem Stiefpapa hörst, Gleichstellung von Frauen, das ist eine gute Sache, dann suchst du vielleicht nach Informationen zum Thema Gleichstellung und kriegst vermutlich als Erstes Seiten vom zuständigen Bundesministerium, Veröffentlichungen von Unis, im Gleichstellungsbereich engagierten Verbänden und so weiter. Wenn du aber am Frühstückstisch hörst, ‚dieser Genderwahn', dann suchst du nach ‚Genderwahn' und kriegst die einschlägigen Seiten."

„Oh." Kalli musste ihr zustimmen.

„Vor etwa einem Jahr, da kam eine neue Direktorin an die Schule. Sie hat viel modernisiert, unter anderem auch in die jährlichen Projekttage explizit Angebote zu Sexualaufklärung aufgenommen. Sonst war das offenbar nur Teil des Biologieunterrichts."

„Und das weißt du, weil ..."

„Sie kommt jeden Donnerstagabend zum Dartspielen."

„Oh, klar – was sonst?", murmelte Kalli und kostete von ihrem Spiegelei. Das Eigelb verlief auf ihrem Teller, als sie hineinstach.

„Jedenfalls lud sie zu den Projekttagen die örtliche Beratungsstelle ..." Marlis suchte nach dem Namen.

„*Buntes Moorstede*?"

„Genau. Die lud sie ein. Du kannst dir nicht vorstellen, was hier los war!"

Aber Kalli konnte es. Sie kannte die Bilder von Demonstrationen hysterischer Menschen vor Schulen, deren überfordertes Kollegium vergebens versucht, einen ruhigen Meinungsaustausch zu ermöglichen.

„Aber Meck-Pomm ist jetzt nicht gerade als Bible Belt bekannt", wandte sie ein.

„Täusch dich da mal nicht. Krude Ansichten findest du überall."

„Wie viele waren denn da?"

„Die Polizei sprach von dreihundert. *Buntes Moorstede* hat wohl fast fünfhundert gezählt."

„Fünfhundert Leute? Vor einem Gymnasium in einer Kleinstadt?"

„Ja. Zugegeben, der Bernd meinte dann auch – Bernd von der Beratungsstelle –, dass das Gros wohl mit Bussen aus Niedersachsen, Sachsen und Sachsen-Anhalt gekommen sei."

„Gut organisiert, diese Leute."

„Exakt. Und dein Tim stand an der Seite seines Stiefpapas in der ersten Reihe und schwang ein Pappschild."

„O Mann." Kalli schob ihren Teller weg. Ihr war der Appetit vergangen.

„Und jetzt, nach dem Tod von Luisa, kommt er mir noch verbissener vor", setzte Marlis hinzu.

„Denkst du, wegen ihres Todes – oder wegen etwas anderem?", hakte Kalli ein.

„Weil die Mädels ein Paar waren?"
„Waren sie das?"
„Ja. Ja, ich bin mir sicher."
„Ich dachte, du kanntest sie kaum."
„Aber ich bin eine gute Beobachterin."
Das war wohl wahr. Kalli war jetzt überzeugt, dass Tim das auch wusste, es nur aus irgendeinem Grund vor ihr hatte herunterspielen wollen.
„Von dem anderen Mädchen, von Agi, nichts Neues?"
„Nein." Kalli stocherte in ihrem Obstsalat herum.
„Willst du dein Ei nicht mehr?"
Kalli machte eine einladende Geste, und Marlis zog sich den Teller mit dem zerlaufenen Spiegelei herüber.
„Wie sind ihre Eltern so?"
„Keine Ahnung. Sie kam nur mit ihren älteren Brüdern aus Polen."
„Nein, ich meine Luisas."
„Hm. Du hast sie doch kennengelernt, oder?"
Bei der Erinnerung an den spröden Austausch mit Beatrix Stuvemann vor der Beerdigung und der Affäre um den Sitzplatz beim KGR vor wenigen Tagen verzog Kalli das Gesicht.
„Das kann ich eigentlich nicht behaupten."
Nachdenklich tippte sich ihre Gastgeberin mit der Gabel ans Kinn und starrte dabei ein Loch in die Wand über Kallis Kopf.
„Stuvemanns gehört quasi alles im Ort. Das solltest du wissen. Neben der Fabrik zahlreiche Immobilien in der Stadt." Sie klopfte auf den massiven Holztisch. „Den *Krug* hier haben wir erst vor drei Jahren abbezahlt. Beziehungsweise, ich. Herbert war da schon ein Jahr tot." Sie lehnte sich zurück und nahm einen großen Schluck aus ihrer Teetasse. „Privat weiß ich eigentlich nichts über sie, fällt mir gerade auf. Nur Geschäftliches. Und Historisches – über die Brauerei. Ich bin nämlich Hobbyhistorikerin, weißt du?"
„Tatsächlich?" Kallis Interesse war mäßig. Obwohl sie nicht viel gegessen hatte, fühlte sie sich unangenehm satt und sehnte sich nach einem Spaziergang an der frischen Luft. Marlis merkte Kallis sinkende Aufmerksamkeit und drohte ihr mit dem Finger.

„Ich hab sogar drauf studiert. Frag mich nicht, wie ich dann Kneiperin geworden bin!"

„Okay, ich frag dich nicht."

Marlis schaute gespielt enttäuscht, dann winkte sie ab. „Na gut, ein paar Storys müssen wir ja noch für andere Montage aufheben."

„Wohl wahr." Kalli schob ihren Stuhl zurück. Tucker hob träge den Kopf. „Danke für dieses reichhaltige Frühstück."

„Aber du hast ja kaum was gegessen!"

„Dafür hast du mich ordentlich mit Informationen gefüttert." Kalli klopfte auf ihren Bauch und knöpfte ihre Strickjacke zu.

„Was machst du jetzt noch, an deinem freien Tag?"

„Schätze, ich werde etwas an der Moore spazieren und dann weiter auspacken."

Sie umarmten sich.

Kalli hatte die Hand schon auf der Klinke, da sagte die Wirtin hinter ihr: „Entweder du machst das. Oder du bleibst noch und ich verrate dir, wer der Mann ist, der hier in dem roten BMW unterwegs ist."

Kalli drehte sich um.

Marlis hob die Kaffeekanne an. „Noch Kaffee?"

***

Zwei Stunden später und ihr schwirrte der Kopf. Dabei war Marlis mit ihrer Geschichte noch nicht einmal beim Ende angelangt. Die ältere Frau als „Hobbyhistorikerin" zu bezeichnen, war, gelinde gesagt, untertrieben; sie schien die Privat-Chronistin des Ortes zu sein.

Nachdem sie eine frische Kanne Tee gekocht hatte – eine weitere Tasse Kaffee hatte Kalli sofort abgelehnt; schon die Frage hatte ihr Herz nervös flattern lassen –, war Marlis in den Keller abgetaucht. Als sie wieder oben war, einen riesigen Pappkarton vor sich her die Stufen heraufschiebend, eine beachtliche Spinnwebe quer über der Brust in ihrem froschgrünen Flauschpulli hängend, war der Tee längst kalt. Mit stoischer Ruhe setzte sie zunächst eine neue Kanne auf, bis sie Kalli zeigte, wonach sie gesucht hatte.

Der große Pappkarton enthielt zahlreiche weitere kleine Schachteln und Mappen. Sie waren unsystematisch beschriftet, einige trugen Jahreszahlen oder Zeiträume, andere nur die Namen von Personen oder Orten.

Marlis hob alles, was oben lag, heraus und stieß einen zufriedenen Laut aus. Kalli beugte sich über ihre Schulter. Ganz unten im Karton lagen drei Schachteln mit der lakonischen Aufschrift „*Nordbier*".

Sie setzten sich mit den drei Schachteln im Schneidersitz vor den Ofen. Marlis legte die Hand auf die erste und schaute Kalli in die Augen. Die war schon ganz zappelig.

„Was ich dir jetzt erzählen werde …"

Ein hoher Ton ließ beide den Kopf wenden. Die Corgi-Hündin stand mit dem Hintern zu ihnen und winselte den großen Karton an.

„Tucker", knurrte Marlis.

„Was hat sie?" Kalli schaute erstaunt den kleinen Hund vor dem großen Karton an.

„Ach, sie will da rein. Warte kurz."

Marlis stand auf, hob ohne viel Federlesens den Corgi auf und setzte ihn in den Karton.

„Sie liebt das."

Kalli rutschte unruhig hin und her. Sie hatte nicht gedacht, dass die Beantwortung einer einzelnen Frage so viel Brimboriums bedürfte. Wiederum, dachte sie, machte ihr eigener Berufsstand auch jede Menge Trara um letztlich einfache Fragen.

Marlis öffnete den Deckel der ersten Schachtel. Darin befanden sich zwei Stapel Fotos. Sie zog die beiden obenliegenden heraus und hielt sie Kalli hin.

Das erste Foto zeigte eine große, forsch blickende Frau am Zapfhahn hinter einem Tresen. Sie musste etwa Ende zwanzig oder Anfang dreißig sein. Links und rechts im Bild waren Schultern in karierten Hemden und halbvolle Biertulpen zu sehen. Das zweite Foto zeigte dieselbe Frau vor dem Tresen. Sie hatte die Arme um zwei Personen gelegt, die links und rechts von ihr standen. Kalli schaute vom Foto auf.

Marlis zwinkerte ihr zu. „Fesch, nicht?"

Die Person links neben der imposanten Frau war eine jüngere Version von Marlis. Sie trug einen königsblauen Blazer mit Schulterpolstern zu pinkem Lippenstift.

„Aber hallo!"

Marlis führte sich das Foto näher an die Augen.

„Ich finde", sie hielt Kalli das Foto hin und tippte auf die Frau in der Mitte, „die sieht dir verdammt ähnlich. Naja, 'n bisschen fülliger."

Kalli konnte das zwar nicht leugnen, doch gleichzeitig war ihr die Frau auf Anhieb unsympathisch.

Kalli deutete auf den Mann auf dem Foto.

„Und der? Der fährt den roten BMW?"

Marlis blinzelte. „BMW?"

„Du wolltest mir doch sagen, wer in dem roten Coupé unterwegs ist – der ominöse Fremde, vor dem mich alle warnen."

„Ach, Gott, nein. Das ist mein Herbert."

Kalli machte eine ratlose Geste. Jetzt war sie völlig ausgestiegen.

„Ja, aber genau genommen fängt die Geschichte um den Mann im BMW hier an." Marlis tippte auf das Foto. „Beziehungsweise …", sie öffnete die zweite Schachtel, in der handschriftliche und mit Schreibmaschine getippte Schriftstücke zum Vorschein kamen, „… im 19. Jahrhundert."

„Im 19. Jahrhundert?"

„Na ja. Um präzise zu sein – im 14. Jahrhundert. In Lübeck."

„Lübeck?", quiekte Kalli.

Marlis schaute streng. „Du hast doch Zeit – oder hab ich da vorhin was falsch verstanden?"

Kalli beschloss, sich darauf einzulassen. Sie tippte noch einmal auf das Foto mit der Gruppe. „Und wer ist sie? Die Frau in der Mitte?"

„Ira." Marlis kniff die Lippen zusammen. „Ira Ristow."

„Und weiter?"

„Ihr gehörte mal die Brauerei."

„Oh. Ist sie …?"

„Tot?" Marlis durchbohrte sie mit einem scharfen Blick. „Nein. Jedenfalls nicht, dass ich wüsste." Marlis seufzte und straffte ihren Rücken. „Wir haben uns … aus den Augen verloren.“

Kalli rutschte näher an den Ofen heran.

„Bitte, von Anfang an.“

„Also gut. Wir sind im finstersten Mittelalter, in der Hansestadt Lübeck …“

Kalli stöhnte. „So weit vorne? Muss das sein?“

„Still!“

Das ursprüngliche Rezept von *Nordbier* gehe wohl, so wird es erzählt, auf eine brauende Hausfrau im spätmittelalterlichen Lübeck zurück, so die Wirtin vom *Krug*. Das sei damals überhaupt nichts Ungewöhnliches gewesen. Brauen zu können war für eine Hausfrau genauso unabkömmlich wie Brot zu backen. Die ersten Kaffeekränzchen ihrer Art waren – so hörte Kalli von Marlis – eigentlich Bierkränzchen. Die Frauen trafen sich, wenn einer Nachbarin, Schwägerin oder Base das Brauen besonders gut gelungen war. Dann wurde verkostet, was das Zeug hielt.

„Ich dachte“, wandte Kalli ein, „dass das Brauen auf die frühen Klöster zurückgeht.“

„Wo denkst du hin?“

Die Mönche, so hörte Kalli, hatten das Ganze nicht erfunden. Sie hatten es nur kommerzialisiert. In direkter Konkurrenz zu den mittelalterlichen Gildenbrauern.

Jedenfalls, Iras Urururururur-Ahnin war die besagte, brauende Hausfrau aus Lübeck. Sie wurde in einer Abhandlung über Bierbrauen in Norddeutschland namentlich erwähnt und sie hatten Iras Stammbaum bis dorthin zurückverfolgen können.

In zweiter Ehe nun heiratete die Urahnin nach Rostock in die Familie eines Gildebrauers ein. Der Brauer, so lasse sich nachvollziehen, stand in keinem sonderlich guten Ruf, der sich jedoch nach der Heirat mit Iras Urahnin deutlich besserte. Was liegt da näher, als anzunehmen, dass das sagenhafte Rezept der Urahnin der Rostocker Brauerei auf die Füße half.

Kalli runzelte die Stirn. Das Ganze kam ihr doch reichlich wie Seemannsgarn vor. Draußen dämmerte es bereits, der Wind pfiff um die Ecken und neben ihnen bullerte der Ofen.

Die Brauerei in Rostock hatte Bestand bis ins 19. Jahrhundert. Mitte des 19. Jahrhunderts brannte sie jedoch ab – unglücklicherweise mitsamt Braumeister – und die Witwe des Brauers zog mit ihren fünf Töchtern nach Moorstede zu Verwandten, wo sie die Brauerei neu aufbauten.

„Und die letzte Besitzerin der Brauerei war meine Freundin, Ira", schloss Marlis.

Die junge Marlis, damals noch Archivarin in einem Museum in der Landeshauptstadt, interessierte sich für die Geschichte von *Nordbier* – besonders für die Behauptung ihrer besten Freundin, die Brauerei sei seit Jahrhunderten in Frauenhand gewesen – und begann, Recherchen anzustellen.

„Das war vielleicht aufregend, das so weit zurückzuverfolgen."

„Wahnsinn", sagte Kalli. „Und das bedeutet – die Brauerei war also seit dem Mittelalter in einer Familienlinie?"

„Na ja, nicht die Brauerei an sich. Die erst seit Mitte des 19. Jahrhunderts", stellte Marlis klar, „wohl aber das Rezept."

Kalli nahm noch einmal die Fotografie von Ira an den Zapfhähnen in die Hand. „Dieses Foto habe ich doch auch schon einmal gesehen", murmelte sie.

„Stimmt", sagte Marlis, „es hängt am Ausschank. So habe ich sie immer bei mir." Sie räusperte sich. „Es ist an Iras dreißigstem Geburtstag, kurz vor der Wende, entstanden. Meinem Herbert …", Marlis tippte auf den Mann mit der Schürze auf dem Gruppen-Foto, „… gehörte damals schon das Wirtshaus hier und natürlich zapften wir *Nordbier*. Ira lud zu ihrem Geburtstag immer zu uns ein und zapfte selbst. Das ließ sie sich nicht nehmen, die verrückte Nudel."

„Was ich nicht verstehe", dachte Kalli laut, „wieso gehört die Brauerei jetzt den Stuvemanns? Und wo ist Ira heute?"

Marlis seufzte. „Auf die eine Frage habe ich eine Antwort, auf die andere nicht."

Ira Ristow übernahm Anfang der Achziger, da war sie gerade einmal zweiundzwanzig Jahre alt, die Geschäftsführung von ihrer erkrankten Mutter. Deutlich früher als geplant, aber die junge Frau war im Betrieb großgeworden und hatte alles im Griff.

Doch dann kam die Wende und damit auch das Ende von VEB, Getränkekombinat und Geschäftskonzepten, die auf das Regionale ausgerichtet waren. Ira wurde sehr schnell klar, dass sie mit den großen Brauereien aus dem Westen und deren Produktpaletten nicht mithalten konnte. Selbst wenn sie in modernere Maschinen und einen Ausbau des Braukellers hätte investieren können.

„Die arme Ira", kommentierte Marlis. „Ich konnte zusehen, wie ihr graue Haare wuchsen."

Jedenfalls, erfuhr Kalli, standen in den frühen Neunzigern plötzlich Stuvemanns auf dem Plan. Die Familie kaufte mit dem Kapital westlicher Verwandtschaft aus Lübeck …

„Oh, hier schließt sich wohl der Kreis", meinte Kalli.

Marlis schaute säuerlich. „Wenn du so willst."

… die kleine Brauerei kurz vor der Pleite auf. Die Lübecker Verwandten, die zum Teil selbst in Bier machten, wurden Mehrheitseigner von *Nordbier*, und die Brauerei in Moorstede wurde grundlegend modernisiert. Mitte der 2000er wurde dann *Nordbier* zusammen mit ihrer Mutterfirma in Lübeck durch niederländische Investoren gekauft.

„Und Ira?"

„Der haben sie angeboten, im Vertrieb zu arbeiten."

„Bitter."

„Ja, sehr. Sie schlug natürlich aus. Und dann verschwand sie, fast von heute auf morgen, mit der ehemaligen Brauereimeisterin nach Polen."

„Mit der Brauereimeisterin?"

Marlis rang die Hände.

Kalli lachte. „Solche Geschichten mag ich am liebsten."

„Ja, ja", brummte Marlis, „soll'n sie glücklich werden." Und setzte hinzu: „Das hat mich schon getroffen. Und nach ein, zwei Jahren blieben dann auch die Briefe aus. Und die alte Telefonnummer, die ich noch habe, ist auch vom Netz."

Im Karton machte sich Tucker durch Zappeln bemerkbar. Marlis stand auf und hob sie heraus. Tucker watschelte zu Kalli und schnüffelte an ihrem Schienbein. Dann stieg sie ohne weitere Umstände auf Kallis Schoß.

„So."

Marlis ließ sich neben ihr nieder und begann, die ausgebreiteten Schriftstücke und Fotos wieder in die kleineren Schachteln zu sortieren. „Das ist die Geschichte. Und der Typ in dem roten Coupé ist oder war dieser Geschichte auf der Spur."

„Wie das?"

„Eines Tages schneite er hier rein. Ferdinand Brandt. Ein Journalist aus Hamburg. Sagte er jedenfalls."

Kalli streckte die Beine aus und kassierte dafür ein unzufriedenes Knurren von Tucker, die daraufhin auch ihre Position ändern musste.

„Was recherchierte er denn?"

„Sagte, dass er für sein Magazin eine größere Reportage über den Verbleib von kleineren Brauereien in Norddeutschland bringen wolle. In der Brauerei selbst war er wohl von Peter Stuvemann – dem ältesten Sohn – vor die Tür gesetzt worden. Aber anscheinend hatte ihm jemand von den Mitarbeitenden dort gesteckt, dass ich gut mit der ehemaligen Besitzerin befreundet war."

„Das war sicherlich unangenehm für dich, oder? Dass die alte Geschichte so aufgewühlt wurde?"

Marlis gab ein unbestimmtes Geräusch von sich, das alles bedeuten konnte. Marlis hatte Brandt einige Abende – und insgesamt sieben Pils und drei Abendessen lang – zappeln lassen, bevor sie sich durchrang, mit ihm in den Keller zu steigen und ihm die Geschichte um *Nordbier* zu erzählen, wie sie sie erinnerte. Brandt war begeistert, hämmerte unzählige Notizen in sein kleines, silbernes Notebook und scannte Fotografien mit seinem Smartphone. Doch schien es letztlich nicht das Ergebnis zu zeitigen, auf das er aus war.

„Schätze, er suchte nach einer etwas skandalträchtigeren Story."

„Skandalträchtiger als der Aufkauf eines kleinen ostdeutschen Unternehmens durch westdeutsches Kapital?"

„He, Frau Kommunistin, lass so was bloß nicht die Leute hier hören!"

Tucker kläffte.

Brandt hatte wohl gehofft, resümierte Marlis, auf etwas zu stoßen, das eindeutige, durch und durch finstere Machenschaften der Stuvemanns belegte. Aber damit konnte Marlis nicht dienen. Nur mit der üblichen Geschichte von Biografien, die sich in den Jahren nach der Wende änderten, und Beziehungen, die dabei auf der Strecke blieben. Dennoch versprach der Journalist, dass er die Geschichte um *Nordbier* bringen würde – eingebettet in andere unrühmliche Geschichten, die er in Meck-Pomm, Brandenburg und Sachsen-Anhalt ausgegraben hatte.

„Ja, und dann war's das."

„Es ist nichts dazu erschienen?"

„Schätze nicht. Ich habe nichts mehr von ihm gehört. Dabei wollte er sich noch die Zitate von mir autorisieren lassen. Aber das ist jetzt fast vier Wochen her."

„Du hast ihn gar nicht mehr gesehen? Nachdem du ihn so tief in deinem Archiv hast graben lassen?"

„Nein – oder doch, warte mal. Einmal war er noch hier, ‚Ein letztes Schnitzel' hat er zu mir gesagt. Er saß am Tresen und hat sich den ganzen Abend sehr angeregt mit Bernd von der Beratungsstelle unterhalten. Brandt hat sich einen Kuli von mir geben lassen und sich auf Bierdeckeln Notizen gemacht. Da habe ich ihn das letzte Mal gesehen."

„Eigenartig." Marlis legte die Stirn in Falten. „Bernd hab ich auch lange nicht gesehen."

„Hat wohl Schnitzelverbot momentan."

„Hm."

Kalli schob Tucker von ihren Beinen und stand auf. Ihr rechter Fuß war eingeschlafen. Die Hündin gab ihr mit einem Blick zu verstehen, wie wenig Verständnis sie dafür hatte.

„Aber im Ort ist dieser Brandt ja noch unterwegs. Ich bin zweimal davor gewarnt worden, mit ihm zu sprechen. Einmal von Stuvemanns selbst. Und ich habe das Coupé gesehen. Vorgestern Nacht vor dem Pfarrbüro – aber drinnen waren nur Britta und Brigitte."

„Wer weiß, was *die* im Keller haben!", frotzelte Marlis.

„Und davor", überlegte Kalli laut, „bei der Beerdigung."

„Was trieb den denn zur Beerdigung?" Marlis war ebenfalls aufgestanden und trat zum Tresen.

„Ich weiß es nicht." Kalli versuchte, sich an die Dinge zu erinnern, die am Rande der Beerdigung abliefen, Personen, die ihr vielleicht entgangen sein konnten, weil sie zu sehr mit fliegenden Grabkerzen beschäftigt gewesen war. „Ich habe definitiv das Coupé an der Seite vom Friedhof parken sehen. Aber ob Brandt die ganze Zeit darin saß oder sich unter die Gäste gemischt hat – keine Ahnung."

„Nun", überlegte Marlis, „mir wäre er ja aufgefallen. Auf dem Friedhof war er nicht. Auch 'nen Sherry?"

„Lieber ein Bier."

„Gibt's aber nur aus der Flasche. Muss erst 'n neues Fass anschließen."

Sie stellte eine Flasche auf den Tresen und öffnete sie schwungvoll. Kalli hievte sich auf einen Barhocker.

„Obwohl", knüpfte Marlis wieder an ihre Unterhaltung an, „wenn ich's genau überlege. Nachdem Brandt das letzte Mal hier war und ich dann nichts von ihm gehört hatte, rief ich ihn an, um zu fragen, wann der Text zum Autorisieren kommt."

„Und?"

„Er war sehr ausweichend und dann fragte er mich völlig unvermittelt, ob ich ihn nicht mit Luisa Stuvemann zusammenbringen könnte."

„Wieso das?"

„Genau das hab ich ihn auch gefragt."

„Und?"

„Er sagte was von wegen Vertiefung der Recherche und ich meinte, ‚Junge, da gibt's nicht mehr zu holen, was wollen Sie von der Kleinen?'."

„Suspekt."

„Und es kommt noch besser. Als ich sagte, ich könne da nicht helfen, fragte er schnell, ob ich stattdessen einen Kontakt zu Agnieszka Król herstellen könne. Da wurde es mir dann zu bunt und ich habe aufgelegt."

„Aufgelegt?"

„Nu ja …"

Kalli konnte es nicht fassen. Das war die erste richtige Spur und die Frau hatte einfach aufgelegt.

Marlis musterte sie fragend und schenkte sich einen zweiten Sherry ein. „Du brütest doch was aus."

„Findest du das denn nicht komisch?"

„Was jetzt genau an der kompletten Geschichte?" Sie schwenkte ihr Sherryglas.

„Ein Journalist schleicht hier herum, schnüffelt nach einer guten Story um die Brauerei, stürzt sich erst auf dich, dann verschwindet er und will noch Infos von den Mädchen."

„Und weiter?"

„Der Typ taucht wieder in Moorstede auf, aber eines der Mädchen stirbt und das andere verschwindet."

„Ach, bitte!"

„Überleg doch mal!"

„Hat mir nie einer gesagt, dass Pastorinnen nachmittags kein Bier vertragen", brummte die Wirtin.

Kalli schaute zu ihren Füßen und erschrak ein wenig, als sie erneut in die dunklen Augen des Corgis blickte. Der kleine Hund legte den Kopf schief und kläffte kurz. Kalli fuhr zusammen.

„Ich brauch 'ne Zigarette." Sie rutschte vom Hocker, und Marlis folgte ihr auf die Terrasse. Der Biergarten lag bereits im Halbdunkel des späteren Nachmittags.

„Mich lässt das nicht los", sagte Kalli nach dem ersten Zug. „Ich glaube nicht, dass das Zufall ist. Okay, vielleicht der Tod Luisas. Aber ein Mann, der um die Kids herumschleicht – und dann verschwindet Agnieszka?"

„Ich denke, dir steigt hier wirklich was zu Kopf. Agi ist verschwunden, weil sie hier nichts mehr hält. Mit den finsteren Gestalten, die sie ihre Brüder nennt, würde ich auch nicht zusammenleben wollen." Finster? Das Wort hallte in Kalli nach. Sie hatte die Brüder bislang nicht persönlich kennengelernt, aber am Telefon erschienen sie ihr sanft, umgänglich. Sehr besorgt um ihre kleine Schwester, die nicht von der Arbeit nach Hause gekommen war. Dennoch, dessen konnte sie sich auch nicht erwehren, hatte Marlis insgesamt vermutlich recht.

„Okay, Marlis." Kalli kniff die Augen zusammen und pustete Rauch in Richtung ihrer neuen Freundin. „Dann hau mal raus. Was ist deine Theorie?"

„Göttin sei Dank.“ Marlis warf die Hände in die Luft. „Ich dachte, du fragst nie!“ Sie strich sich eine Strähne aus der Stirn. „Pass auf. Ich denke, Brandt ging es nicht um Luisa. Er wollte von Anfang an Kontakt zu der anderen, Agi. Er hat mich nur nach Luisa gefragt, weil er – zu Recht – dachte, ich hätte eher Kontakt zur Tochter der Familie, deren Bier ich bei mir zapfe. Und über sie wollte er an die andere herankommen.“

„Aber warum?“

„Ruhig Blut! Ich denke, irgendwas von dem, was ich ihm erzählt habe, hat ihm Anhaltspunkte gegeben, dass Agi vielleicht mit Ira bekannt sein könnte.“

Kalli rollte mit den Augen. „Nur, weil die eine aus Polen kam und die andere nach Polen ging?“

Marlis stieß mit dem Zeigefinger in Kallis Richtung. „Wer kräht denn hier die ganze Zeit ‚Kein Zufall!‘?“

Kalli musste ihr insgeheim recht geben. Auch hier war der Zufall eigenartig groß. Die eine, Ira, verlässt *Nordbier* und geht nach Polen. Und viele Jahre später kommen zwei Brüder und eine Schwester, das Fragment einer Familie, aus Polen ausgerechnet nach Moorstede, um für *Nordbier* zu arbeiten – zumindest die beiden Brüder.

„Du meinst …“

„Ich meine“, Marlis Stimme überschlug sich, „vielleicht kannten die Króls Ira. Vielleicht wussten sie etwas darüber, dass es in der Wendezeit nicht ganz mit rechten Dingen zuging. Und vielleicht haben sie mit dem Journalisten Brandt darüber gesprochen.“

„Ganz schön viel ‚vielleicht‘“, wandte Kalli ein.

„Is’ ja nur ’ne Theorie.“ Energisch drückte Marlis ihre Zigarette am Treppengeländer aus. Kalli tat es ihr gleich.

„Aber warum treibt sich Brandt dann hier noch herum? Worauf wartet er noch?“, fragte Kalli. „Etwa, dass Agi zurückkommt? Aber das ist doch umständlich. Wenn die Króls was von Ira wissen, kann er doch auch mit Agis Brüdern sprechen.“ Kalli war sich klar, dass sie sich ganz schön vergaloppierten. Das alles erklärte auch nicht, warum und wohin Agi verschwunden war. Und das war es, was sie eigentlich interessierte.

„Ach, was weiß ich", murrte Marlis und hielt Kalli die Tür zum Gastraum auf.

„Andererseits", Kalli wollte den Faden noch nicht ganz loslassen, „hat wohl irgendwas aus deinen Kisten Brandt angestachelt." Sie bückte sich zu Tucker, die schwanzwedelnd auf sie zugelaufen kam. „Könntest du nicht noch mal durchgehen, was du ihm gezeigt hast? Vielleicht fällt dir ja auf, was so interessant für ihn war, dass er die Mädchen sprechen wollte."

„Puh, aber nicht mehr heute." Marlis gähnte demonstrativ. „Normalerweise bin ich schon seit zwei Stunden mit meinem Mittagsschlaf beschäftigt."

Kalli musste etwas enttäuscht ausgesehen haben, denn Marlis setzte mit schuldbewusster Miene hinzu: „Mensch, eigentlich wollte ich ja von dir hören, wie *du* in diesem Nest hier gestrandet bist."

Kalli hob die Schultern. „In Schwerin sagten sie, hier gibt's das beste Bier und den besten Klatsch."

Marlis lachte. „Na gut, aber das holen wir nach!"

Kalli war es recht. Mit Fuchs über die Ereignisse zu sprechen, die hinter ihr lagen, hatte sie ziemlich aufgewühlt. Sie war nicht besonders scharf darauf, das Ganze in nächster Zeit noch einmal zu erzählen.

„Schaust du die Fotos und Notizen noch mal durch, ob du was findest? Irgendwas, was das Rätsel klärt, was oder wen Brandt hier noch sucht. Oder was er in der Nacht vor dem Gemeindezentrum wollte?", fragte Kalli, als sie die ältere Frau umarmte.

„Aber ja. Dienstagabend ist hier meistens nicht so viel los. Das kann ich nebenbei machen", antwortete Marlis und entließ Kalli in die Dämmerung.

Von Marlis' Biergarten aus gelangte Kalli direkt auf einen kleinen Pfad, der entlang der Moore führte. Sie machte einen langen Spaziergang, bis Flüsschen und Pfad von der Dunkelheit verschluckt waren. Als die Moore am Ortsausgang eine Biegung nahm und die Hauptstraße mit ihren Straßenlaternen hinter sich ließ, konnte Kalli die Sterne über dem Feld sehen. Doch sie fand keine Ruhe.

10

Perplex starrte Kalli auf das Meer an Blumen in ihrem Büro. Überwiegend dunkelrote, dazwischen auch einzelne weiße Rosen ließen ihren Arbeitsplatz wie die Gruft in einem besonders kitschigen Vampir-Teenie-Film aussehen. So fand sie zumindest. Sie schaltete das große Deckenlicht ein und der Eindruck verflüchtigte sich.

„Ähm … Britta?“

„Ja?“, fragte diese laut und direkt hinter ihr. Kalli schreckte zusammen. Wieder hatte sie nicht bemerkt, dass sich die Zwillinge genähert hatten.

„Ist noch jemand gestorben?“

„Gestorben?“, entsetzte sich Brigitte.

„Nicht?“ Kalli wurde es unbehaglich. Sie hatte wohl schon wieder einen Fettnapf erwischt.

„Die sind für Sie“, klärte Britta auf.

„Von uns“, setzte Brigitte hinzu.

„Für mich?“

„Ja. Als Entschuldigung. Für die Verwüstung Ihres Büros am Wochenende.“

„Gefallen sie Ihnen nicht?“, presste Brigitte hervor.

Kalli schaltete auf Versöhnung um. „Aber doch, ja!“, rief sie aus. „Ich war nur so überrascht und habe es gar nicht mit mir in Verbindung gebracht.“

„Na, die Blumen stehen in Ihrem Büro“, bemerkte Brigitte trocken.

„Brigitte“, mahnte Britta.

„Sie gefallen mir wirklich ausgesprochen gut“, legte Kalli nach.

Die beiden lächelten. Kalli war erleichtert.

„Ich muss Sie beide noch etwas fragen. Bitte antworten Sie ehrlich.“

Die Schwestern blickten sie aufmerksam an.

„Hat Ihnen das Vorbereiten der Predigten und Bibelkreise eigentlich Spaß gemacht?"

„Ja", sagte Britta.

„Nein", sagte Brigitte und schaute ihre Schwester mit weit aufgerissenen Augen an. „Das hat dir Spaß gemacht?"

„Schon."

„Ich frage nur", führte Kalli ihren Plan aus, „weil ich überlegt habe, ob Sie sich nicht zu einer Ausbildung als Prädikantinnen anmelden möchten. Dann könnten Sie sogar eigenständig Gottesdienste leiten."

„Auf keinen Fall", rief Brigitte aus. „Ich bin froh, dass ich den Kram los bin."

Britta schwieg.

„Ich könnte Sie dafür vorschlagen. Zumindest hätten Sie dann wirklichen Gestaltungsspielraum und würden auch eine Aufwandsentschädigung bekommen."

„Aufwandsentschädigung?" Brigittes Stimme hatte sich eine weitere Oktave nach oben geschraubt. „Wir tun das hier doch nicht für Geld."

„Ja, das stimmt", pflichtete Britta ihrer Schwester bei. „Ein wenig Anerkennung wäre aber schon schön!"

„Na gut", sagte Kalli zu ihr. „Überlegen Sie es sich."

„Wenn wir das dann erledigt hätten", unterbrach Brigitte ungeduldig, „im Gottesdienstraum geht der Kronleuchter nicht. Und in einer halben Stunde kommen die Botts, um die Pferde zu holen."

„Den Kronleuchter schaue ich mir an", antwortete Kalli. „Aber was ich nicht mehr möchte, ist, dass Sie hier unentgeltlich meine Sekretärinnen spielen."

Brigitte schnappte nach Luft.

„Für die erste Woche war das hilfreich", setzte Kalli sanfter hinzu. „Doch ab heute möchte ich mir den Arbeitsalltag selbst organisieren, okay? Überlegen Sie sich das mit der Prädikantinnen-Ausbildung. Aber machen Sie bitte keine Aufgaben mehr, die eigentlich mir oder dem Sekretär zufallen."

„In Ordnung", sagte Britta. Ihre Zwillingsschwester deutete ein kaum merkliches Nicken an.

In Kallis Kopf rastete etwas ein.

„Wo ist der eigentlich?" Es war schon halb zehn und von Müller noch immer keine Spur.

„Jetzt wird es wirklich eigenartig", stimmte Brigitte zu.

„Dann telefoniere ich jetzt mit der Propstei dazu."

„Erst der Leuchter", beharrte Brigitte.

„Brigitte!", sagte Britta.

„Ja, ja", murrte die und schlurfte Richtung Teeküche.

„Danke noch mal für die Blumen", rief Kalli ihr hinterher.

Nachdem sie ohne Ergebnis alle Sicherungen im Gottesdienstraum aus- und wieder eingeschaltet hatte – Brigitte wischte währenddessen die Fensterbänke aus und murrte: „Das hätte ich auch noch gekonnt" –, buchte sie einen Elektriker für den nächsten Vormittag. Andernfalls würde der Gottesdienst zum Buß- und Bettag morgen Abend eine sehr schummerige Veranstaltung werden. Dann eilte sie zum Telefon, um Winter anzurufen, bevor die Pony-Aktion sie komplett in Anspruch nehmen würde.

Anita Unheil nahm den Anruf entgegen. „Er ist gerade nicht zu sprechen. Kann ich etwas ausrichten?"

Kalli schilderte ihr, dass der Sekretär, Müller, offenbar nicht aus dem Urlaub gekommen sei und sie nicht wisse, wie sie sich verhalten solle. Sie hoffte, dass es nur ein Missverständnis gebe und ihm nichts zugestoßen sei. In jedem Fall würde sie gerne bei ihm zu Hause oder einem hinterlegten Notfallkontakt anrufen, um mal nachzuhören.

„Bleib kurz dran", sagte Anita, und Kalli hörte sie eine Schranktür aufschieben und durch Unterlagen blättern.

„Kalli?"

„Ja."

„Er scheint keine Telefonnummer hinterlegt zu haben. Und im System hier ist sein Urlaub nur bis Mitte letzter Woche gebucht. Er hätte also schon Freitag da sein müssen."

„Oh, Mist."

„Was ich machen kann, ist, einen Brief an seine Wohnanschrift zu schicken. Von wegen, wir haben seine Rückkehr erwartet und er soll sich bitte unverzüglich mit dir in Verbindung setzen."

„Ja, danke, das wäre hilfreich."

Kalli hörte Anita in einer Akte blättern. „Huch, dass der jeden Dienstag und Freitag so weit pendelt … Von Hamburg", murmelte sie, und dann lauter: „Ich schicke den Brief sofort raus."

„Danke. Ich brauche wohl nicht fragen, ob …"

Anita lachte. „Nein, brauchst du nicht. Keine Mittel für einen Ersatz. Und überhaupt, bis der Antrag durch wäre, ist der Müller bestimmt schon wieder aufgetaucht. Mach dir keine Sorgen."

„Okay, dann bis bald."

„Warte noch. Wenn ich dich schon am Hörer habe – deine Teilnahme am Brauerei-Fest am Donnerstagabend ist dringlich erwünscht."

„Brauerei-Fest?"

„Ja, ist so Tradition. Im Winter wird traditionell eine neue Sorte durch eine regionale Prominenz angestochen."

„Was du nicht sagst."

„Doch, und es kommt noch besser. Rate, wie die diesjährige Special Edition heißt!"

„Öhm …"

„Winter-Bock."

„Winterbock?"

„Winter …", Anita machte eine deutliche Pause, „ … Bock. Mit Bindestrich. Verstehste?"

„Nicht doch!"

„Doch, doch." Die Sekretärin senkte verschwörerisch die Stimme. „Unserem Propst schwoll die Brust, als Beatrix Stuvemann hier höchstpersönlich hereinschwebte und darum bat, die neue Sorte nach ihm benennen und durch ihn anstechen zu lassen."

Kalli prustete ins Telefon.

„Und deshalb, liebe Frau Krause, ist deine Anwesenheit am Donnerstag unabkömmlich."

„Das würde ich mir doch nicht entgehen lassen!"

„Besser ist das. Die Einladung maile ich dir noch. Bis Donnerstag!"

Damit legte sie auf. Im gleichen Moment ertönte ein lautes Hupen vor dem Gemeindehaus.

Kalli war schon gespannt auf die jüngere Bott, nachdem sie ihre Mutter, eine agile, schelmische Frau, bereits beim Kaffeekränzchen und im Gottesdienst sowie die ältere Schwester in der Seelsorge kennengelernt hatte. Allesamt Landwirtinnen. Sie schüttelte der zierlichen Frau Mitte vierzig die Hand und fragte, wie sie helfen könne.

Die Bott klappte den Pferdeanhänger hinten auf, den sie bereits eng an die Koppel herangefahren hatte.

„Wenn Sie Picco am Halfter halten könnten, während ich Gretchen einlade, wäre das super."

Kalli näherte sich vorsichtig dem weiß-grauen Pony und streckte ihm auf der flachen Hand ein Stück Apfel entgegen, das sie vom Frühstück aufgehoben hatte. Picco nahm es vorsichtig von ihrer Hand. Sie streichelte seine Flanke und fasste vorsichtig ins Halfter, während die Bott das fuchsbraune Gretchen in den Anhänger bugsierte. In Gummistiefeln und ohne Jacke stand Kalli im noch von der Nacht feuchten Gras, spürte das Pferd an ihrer Seite unruhig werden und kam sich wild und verwegen vor.

Pastorin auf dem Land. Sie war dem so was von gewachsen.

Sie führte Picco zur Ladefläche des Anhängers, wo er ihr von der Landwirtin abgenommen wurde. Britta eilte mit einer Thermoskanne Tee die Stufen hinunter, in dem Moment, als die Bott die Tür des Anhängers zuschlug und zufrieden sagte: „Hätten wir das für dieses Jahr." Bereitwillig nahm sie aus Brittas Händen eine geblümte Emailletasse heißen Hagebuttentees entgegen.

Hagebuttentee! Kallis Magen zog sich zusammen. Da die Bott aber so genüsslich aus ihrer Tasse schlürfte, nahm sie ebenfalls zwei, drei zaghafte Schlucke und bemühte sich, dabei nicht das Gesicht zu verziehen.

Nach etwas Smalltalk über Wetter („Noch ungewöhnlich mild für Ende November.") die bevorstehende Weihnachtszeit („Stellen Sie sich vor, meine Mutter möchte dieses Jahr nicht mit uns feiern!") und den Hof der Botts („In vierter Generation!") sagte die Landwirtin: „Freut mich, dass Sie hier die Traditionen Ihres Vorgängers fortführen."

Kalli, die das auf die Ponys im Obstgarten bezog, nickte und sagte: „Ja, ich wusste erst nichts so recht damit anzufangen, aber jetzt bin ich ganz begeistert."

„Es ist so wichtig, diese Dinge offen anzugehen."

„Ich helfe, wo ich kann", entgegnete Kalli, die sich jetzt nicht mehr sicher war, worüber sie eigentlich sprachen.

„Ich kann mich noch an Zeiten erinnern, da war ‚Liberalisierung' ein Schimpfwort. Und jetzt sollen wir's beklatschen. Wichtig, auch mal andere Meinungen zu hören."

„Meinungen?"

„Das erste Buch von Frau Dr. Dr. Wuesten, *Die Grausamkeit moderner Erziehung*, hat mir ja die Augen geöffnet."

Die Pastorin war völlig überrumpelt. „Ich bin eigentlich kein großer Fan ihrer Thesen", sagte Kalli unverbindlich.

„Umso großmütiger von Ihnen, dass Sie sie einladen."

„Naja, genau genommen …"

Genau genommen wurde ich vor vollendete Tatsachen gestellt, wollte sie sagen. Aber dann merkte sie, wie das klang, und schluckte den Rest des Satzes widerwillig hinunter.

„Na, mich freut, dass die Reihe fortgeführt wird." Die Bott machte eine vage Handbewegung zum Schaukasten der Gemeinde hinüber, der rechts neben dem Haupteingang stand.

„Reihe?" Kallis Stimme kam als Krächzen aus ihrer Kehle.

Die Landwirtin schaute sie scheel an und stellte ihre Emailletasse auf einem Pfosten des Zauns ab.

„Geht's Ihnen nicht gut?"

Kalli kämpfte mit sich. Das ist die falsche Gegnerin, ermahnte sie sich. Sie wusste, mit wem sie das ausfechten musste.

„Alles bestens", brachte sie mühsam hervor.

„Na, ich fahr dann mal."

„Ja." Kalli nahm mechanisch die Tasse vom Pfosten und klemmte sich die Thermoskanne unter den Arm. Während die Bott hinter ihr noch einmal grüßend die Hupe betätigte, trat sie an den großen Schaukasten.

Und da hing es.

Zwischen der Liste mit den nächsten Gottesdienstterminen und der Vorankündigung für das Krippenspiel. Beides hatte sie Sonntagnachmittag nach dem Gottesdienst aufgehängt.

Nur, dass da die auf A3 gedruckte, dramatisch dunkelrot umrandete Vortragsankündigung noch nicht angepinnt gewesen war.

Den oberen Teil des Blattes nahm die Einladung zum bevorstehenden Vortrag der Wuesten am Donnerstagnachmittag – in zwei Tagen – ein. In der zweiten Hälfte befand sich ein „Save the Date" für weitere Vorträge im Januar und Februar.

Davon war bei der Kirchgemeinderatssitzung keine Rede gewesen. Plessner und seine Leute mussten sich ihrer Sache ja sehr sicher sein. Und überhaupt … Ihr Puls ging hoch: Wie hatte er das überhaupt aushängen können? Der Kasten war nur über ein Schloss zu öffnen und der Schlüssel hing am Schlüsselbrett in Kallis Büro. Kalli kochte. Er hatte doch wohl nicht …? Nein, Kalli knirschte mit den Zähnen, der Typ war zwar echt daneben, aber das würde er nicht wagen.

Oder?

Das war doch wirklich verrückt. Wäre sie nach Baden-Württemberg gegangen oder nach Sachsen – sie wäre auf so etwas eingestellt gewesen. Sie selbst hatte zweimal an den Gegenprotesten in Annaberg-Buchholz teilgenommen, war mit anderen Studierenden – quer durch alle Fachrichtungen – in einem Bus in den berüchtigten Bible Belt Deutschlands gefahren, um gegen den „Schweigemarsch für das Leben" zu demonstrieren. Auch kannte sie Geschichten von ehemaligen Kommiliton*innen, die es zur Fortsetzung des Studiums nach Süddeutschland verschlagen hatte und davon berichteten, in einer völlig verkehrten Welt gelandet zu sein. Wo Schwangerschaftsberatungen darauf hinausliefen, mit den Frauen zu beten und auf sie einzuwirken, keinen Abbruch vornehmen zu lassen. Oder die Diskussion über moderne Aufklärung an Schulen Hysterie und das Beschwören des Untergangs der Familie hervorrief.

Aber hier, in Norddeutschland?

Sie hoffte inständig, dass in Bezug auf den Schlüssel zum Schaukasten wenigstens diesmal nicht die beiden Schwestern ihre Finger mit im Spiel hatten. Sonst drohte hier der nächste potenzielle Konflikt.

Hatten sie nicht.

„Der Plessner", überlegte Britta laut, „hat den Schlüssel, glaube ich, schon vor Jahren von Pastor Fuchs ausgehändigt bekommen."

„Ja", ergänzte Brigitte, „der hat doch diesen Verein, mit dem die Gemeinde immer mal zusammenarbeitet. Jetzt sind sie ja gar nicht mehr so wahnsinnig aktiv …"

„Der Herr Pastor hat ihm den Schlüssel gegeben, damit er die Ankündigungen vom Verein selbst aufhängen kann, wenn er auf dem Weg zu seiner Praxis hier vorbeikommt."

„Und außerdem", Kalli hörte das Zögern in Brigittes Stimme, „hat Fuchs ihm eingeräumt, mindestens fünfmal …"

„Sechsmal."

„… sechsmal im Jahr den Gemeinderaum für seinen Verein zu nutzen."

Nachdem Kalli aus dem Schreibtisch ihren eigenen Schlüssel für den Schaukasten geholt und die suspekte Vortragsankündigung abgehängt hatte, saß sie mit aufgestützten Ellbogen über dem Plakat, den Kopf auf die verschränkten Hände gestützt. Sie fror. Wenn sie sich richtig ärgerte, fing sie an zu schwitzen, und jetzt klebte ihr das Baumwollhemd unangenehm kalt am Rücken.

Ganz unten, in der rechten Ecke des Plakats, erkannte sie das Vogel-Emblem. Und darunter der Schriftzug, *aquila* e.V.

So viel also zu ihrer Assoziation, bei den Pins, die Plessner und Beatrix Stuvemann trugen, würde es sich um Touri-Souvenirs von der Mecklenburger Seenplatte handeln.

Sie zerknüllte das Plakat und lupfte es in den Papierkorb.

Der sollte erst mal kommen und ihr seinen Verein offiziell vorstellen. Dann könnte man ja sehen, ob er den verdammten Schlüssel behalten durfte. Und dass er über den Gemeinderaum in Zukunft nicht mehr frei verfügen könne, würde sie ihm auch beibringen müssen.

Sie nahm den Hörer in die Hand und wählte die Nummer von Plessners Praxis. Es klingelte ewig.

Sie ließ es klingeln.

Mit dem Mittelfinger kippte sie das Schälchen mit den Büroklammern auf ihrem Schreibtisch aus. Sortierte sie in eine Reihe. Erst die roten. Dann die blauen. Zum Schluss die silbernen.

Es klingelte weiter. Schließlich nahm die harsche Sprechstundenhilfe ab, mit der sie in der letzten Woche schon Bekanntschaft gemacht hatte.

„Ja? Der Doktor ist gerade nicht zu sprechen."

„Das will ich auch nicht. Richten Sie ihm aus, Pastorin Krause hat angerufen. Er soll bitte heute oder am Donnerstag in meine Sprechzeit kommen. Ach ja. Und er soll den Schlüssel für den Schaukasten am Gemeindebüro mitbringen."

Dann hängte sie ein.

Puh. Sie hob den feuchten Stoff ihres Hemdes an und fächelte etwas Luft an ihren Rücken. Diese Gemeinde war ein ganz schön dickes Brett. Sie würde eine Auswahl an Wechselhemden im Büro deponieren müssen.

Da sie einmal in Fahrt war, rief sie gleich noch bei *Buntes Moorstede* an. Bernd war dran, doch leider hatten sie keine Neuigkeiten von Agi gehört. Sie fragte ihn nach *aquila* e.V. Einem Verein, der antifeministische, homophobe Referentinnen einlud – das sollte ihnen doch nicht entgangen sein! Doch Bernd wich aus. Sicherlich hätten sie von denen gehört, aber sie hätten genug mit den Beratungen und Schulaufklärungsprojekten zu tun, sie könnten sich nicht auch noch in dem Umfang aktivistisch in der Region betätigen.

„Warum nur glaube ich dir das nicht, lieber Bernd?", provozierte sie ihn.

Bernd senkte die Stimme. „Kalli, bitte misch dich nicht weiter ein." Er legte auf.

Enttäuscht lehnte sie sich im Bürostuhl zurück. Hätte sie direkter sein müssen? Ihm sagen, dass sie sich alleine nicht gegen so einen Verein aufbauen konnte, zumal wenn er jahrelang von ihrem Vorgänger geduldet worden war? Dass sie seine Hilfe bräuchte? Aber vielleicht war das von externen Personen auch zu viel verlangt. Im Prinzip kannte sie die Leute bei *Buntes Moorstede* ja auch kaum. Und sie wiederum hatten keinen Grund, ihr zu trauen.

Also rief sie Fuchs an.

„Ich brauche deine Hilfe." Sie holte tief Luft. „Bei der Einschätzung eines Vereins – *aquila* e.V."

„*aquila*?" Fuchs, am anderen Ende der Leitung, machte eine Pause. „Ja, ja, der Verein von Adrian Plessner und Beatrix Stuvemann."

„Genau der. Sind die … seriös?"

„Nun", ihr Kollege schmunzelte, „was heißt schon seriös? Wie seriös würdest du einen Verein bezeichnen, der der Idee einer durchzechten Nacht entsprang?"

„Na ja", nahm Kalli den Ball auf, „ich war schon selbst bei einer Vereinsgründung wie dieser zugegen."

„Und was ist daraus geworden?"

„Gegründet, zehn Mitglieder geworben, zwei Jahre aktiv gewesen, in Vergessenheit geraten."

„Und da hast du *aquila*."

„Nun, die erscheinen mir aber schon aktiver als das."

„Ach, die drei, vier Vorträge, die Adrian organisiert …" Er schwieg. Dann fragte er: „Habt ihr Streit?"

„Streit kann man eigentlich nicht sagen. Aber unser Verhältnis gestaltet sich etwas … sperrig."

„Ja", sie hörte ihn durch das Telefon lächeln, „das glaube ich gern. Adrian ist ja auch genau das: ein etwas sperriger Charakter. Nimm ihn nicht zu ernst, schenk ihm nicht so viel Aufmerksamkeit."

„Und was mache ich mit den Vorträgen?"

„Ach, lass die nächsten noch laufen, und im Frühjahr bringst du eine eigene, spannendere Reihe in den KGR ein und Adrian ist draußen. Das wäre die eleganteste Lösung."

„Stimmt wohl."

„Und wirf doch mal einen Blick auf die Webseite von *aquila*. Die sind wirklich harmlos. Adrian rasselt einfach nur gern mit den Säbeln."

Kalli kritzelte sich „Webseite" auf einen Notizblock. Sie merkte, wie die Erleichterung sie durchströmte, schon wie die letzten Male, wenn sie mit ihrem Kollegen geredet hatte. Sie musste einsehen, dass sie von der Stadt und von ihrer letzten Gemeinde einfach ein anderes Klima, einen anderen Ton gewohnt war. Und sie vermutlich bei einigen Angelegenheiten noch die Orientierung ihres Vorgängers benötigen würde. „Puh“, entschlüpfte es ihr.

„Ganz schön viel für den Einstieg, was?“

„Kannst du laut sagen.“

„Sonst noch Neuigkeiten?“

„Nein … das heißt, doch! Der Müller ist echt nicht wieder aufgetaucht. Echt sonderbar.“

„Hm.“

„Und der Typ, der sich hier rumdrückt. Ich habe herausgefunden, wer das ist. Er heißt wohl Ferdinand Brandt, ein Reporter vom Hamburger Magazin *Wir im Norden.*“

„Wonach sucht er?“

„Marlis Schidlowski meint, er war einer Geschichte rund um die Brauerei auf der Spur. Dass da vielleicht nicht alles sauber gelaufen ist.“

„Nun, da kann ich mir vorstellen, wie er und Markus Stuvemann auseinandergegangen sind.“ Fuchs lachte. „Da wird er nicht allzu viel gefunden haben.“

„Ja, scheint so. Er ist dann plötzlich untergetaucht. Sagt zumindest Marlis. Er hat wohl noch Kontakt zu Luisa Stuvemann gesucht. Und dann hat Marlis nichts mehr von ihm gehört.“

„Aber Luisa war ja zur Wendezeit noch gar nicht geboren. Und Teenager interessieren sich selten für die Geschäftspraktiken ihrer Eltern“, sinnierte Fuchs.

„Ja. Aber hinter irgendeiner Sache wird er noch her sein. Er ist nämlich noch hier, zumindest sein Auto.“

„Hat er dich aufgesucht?“

„Nein. Nein, aber wieso auch? Ich bin ja völlig neu im Ort.“

„Stimmt auch wieder. Na gut, hör mal, ich muss mich hier um die Sprechzeit kümmern. Und wirklich: Mach dir nicht so viele Gedanken um die Angelegenheit. Das lohnt sich nicht.“

„Danke! Bis bald.“

Bevor sie selbst ihren ersten Termin hatte, warf Kalli einen Blick auf die Webseite von *aquila.* Es gab nicht viel zu sehen. Unter der verschnörkelten Überschrift *„aquila* e.V.“ und dem

Slogan „Moderne Seelsorge in modernen Zeiten!“ sowie einem Foto von einem gerahmten Bild, das ihr vage bekannt vorkam, stand wenig Text. „Selbsthilfe“, „interkonfessionelle, christliche Gruppe“, „voneinander lernen“, „neu orientieren“, überflog Kalli. Sie klickte im Menü auf „Bildungsangebote“. „Turbulente Zeiten“, „Identität“, „Digitalisierung und Globalisierung“, „nachteilige Bedürfnismuster“ las sie quer, „Lebenshilfe“, „Jugendarbeit“, „Familie“, „Eheberatung“. Eine Ankündigung zu den Vorträgen und ihren Referent*innen fand sie nicht. Insgesamt wirkte die Seite nicht sonderlich aktuell.

Eigenartig, aber – ihr Kollege hatte recht – auch nicht weiter beunruhigend. Oberflächlich zumindest.

Was konnte sie also tun? Sie beschloss, am Donnerstagnachmittag zu dem Vortrag zu gehen und Plessner und seinem Verein etwas auf den Zahn zu fühlen.

***

Der Mann rutschte tiefer in seinen Autositz hinunter und bediente vorsichtig den elektronischen Scheibenöffner. An dem SUV neben ihm stand ein sehr wütend dreinschauender Arzt. Gerade war er aus der Praxis geeilt. Jetzt trat er zwischen ihren Autos von einem Bein auf das andere, nagte an einem Daumen, die andere Hand schon am Türgriff. Dann fummelte er sein Smartphone aus der Tasche seines Wintermantels und wählte eine Nummer.

„Ich bin's.“

Er lauschte. Er konnte sein Glück kaum fassen.

Dabei hatte er vor ein paar Sekunden beschlossen zurückzufahren. Die ganze Geschichte sein zu lassen. Bereits eine halbe Stunde saß er hier und rang mit sich, ob er einfach in die Praxis marschieren und Plessner zur Rede stellen sollte. Mit etwas Glück ließe sich der Arzt zu eindeutigen und bestenfalls abdruckreifen Äußerungen provozieren. Die Wahrscheinlichkeit war aber höher, dass er ohne Beweise wieder abziehen müsste. Und damit die ganze Recherche vor dem Aus stünde. Es wäre einfach nur sein letzter verzweifelter Versuch, Fahrt in die Sache zu bringen. Ins Pfarrbüro konnte er nun wirklich nicht mehr.

Die beiden Krähen waren ihm auf die Schliche gekommen. Warum sonst hatten sie alles durchwühlt? Mitten in der Nacht? An die Unterlagen würde er nicht mehr rankommen. Damit hatte er sich abgefunden.

Er stand unter großem Druck. Und er konnte sich nicht jeden Tag ohne Auftrag auf die Lauer legen. Seine Chefin war jetzt schon ungehalten. Auch die Spur von der Kleinen hatte er verloren. Mit wenigen Querrecherchen hatte er ihren Instagram-Account gefunden und folgte ihr jetzt. Das war mäßig ergiebig. Der letzte Post war schon 24 Stunden her. Ein Selfie, sie sah blass und übernächtigt aus, im Hintergrund die Landungsbrücken.

Hamburg. Da konnte sie überall sein. Wenn es nicht nur eine Durchgangsstation war. Er kam so nicht weiter.

„Du weißt genau, was für mich auf dem Spiel steht", blaffte der Arzt gerade in sein Handy.

Im Auto zog der Mann seine Schultern noch ein wenig fester zusammen, um noch tiefer in Sitz und Fußraum zu sinken. Sein Atem ging flach.

„Was sollen wir denn jetzt tun?"

Plessner hieb mit der Faust gegen das Auto des Mannes, der unten im Fußraum zusammenschrak.

„Nein, jetzt hörst du *mir* zu! Du weißt genau, dass mir nichts weiter passieren wird. Eine Lappalie. Momentan zumindest. Aber was wirst *du* tun?"

Lange hörte er nichts weiter. Die Erwiderungen des Gesprächspartners schienen sich hinzuziehen. Immer mal kam ein verstreutes „Hm" des Arztes durch den Schlitz der Fensterscheibe hineingeweht.

Dann hörte er Plessner, nun mit etwas ruhigerer Stimme, sagen: „Du musst das erledigt kriegen. Wir haben keine andere Wahl. Vor allem du nicht. Bevor es zu spät ist. Wenn es das nicht schon ist."

Schweigen.

„Er oder wir. Du verstehst mich schon."

Als Nächstes vernahm er das Schlagen der Wagentür und das Aufheulen des Motors. Dann war alles still. Sicherheitshalber zählte er innerlich noch bis hundert, dann tauchte er vorsichtig wieder auf und sah sich um.

Er hatte das Gefühl, jetzt mehr zu wissen. Aber wusste er jetzt tatsächlich mehr?

Er wusste es nicht.

Irgendetwas regte den Arzt sehr auf. Und seinen Partner? Oder Partnerin?

Während er aus der Stadt und auf die Autobahn fuhr, rauschte die Begeisterung, die er bei der ungeplanten Observation empfunden hatte, gemeinsam mit dem Adrenalin wieder aus seinem Körper. Er sah bereits das verkniffene Gesicht seiner Chefin vor sich. Okay, das war's, entschied er. Keine weitere Energie mehr in diese Geschichte um die Stuvemanns.

An dem nächsten Rasthof machte er Halt und besiegelte das Ganze mit einem dünnen Milchkaffee und einem viel zu süßen Blaubeermuffin.

Da klingelte sein Handy.

„Wo bist du?"

„Irgendwo auf der A20." Pause. Luftholen. „Ich war noch mal in Moorstede." Sein Bauch spannte sich an, in Erwartung des Donnerwetters, das gleich über ihn hereinbrechen würde.

„Das ist gut, sehr gut!"

„Gut?" Er verschluckte sich an einem Muffinkrümel und musste husten.

„Geht's wieder?", fragte seine Chefin, unbeeindruckt vom Röcheln in der Leitung. „Gut. Hör zu. Du kommst jetzt zurück, stellst alles fertig, was du in der Zwischenzeit an Artikeln liegen gelassen hast. Und dann schreibst du die Reportage vor. Am Samstagabend hast du eine Verabredung."

„Verabredung?"

„Mit einer Informantin in Moorstede."

„Ernsthaft? Wie das?" Er zupfte an seinem Ohrläppchen. Wie immer, wenn ihn Nervosität ergriff.

„In der Poststelle ist eine kurze E-Mail von einer privaten Adresse für dich eingegangen. Die Adresse ist, Moment …"

Er hörte ihre Maus klicken. Vor Ungeduld trommelte er mit den Knöcheln auf der Platte des Stehtischs.

„Absender ist *bbs1958@gmx.net.*“

„Nie gehört.“

„Unterschrieben von Britta aus M. Kennst du eine Britta?“

Sein Herz machte einen aufgeregten Sprung.

„Ja.“ Seine Stimme war vor Aufregung ganz heiser. Sie waren ihm wirklich auf die Schliche gekommen. Oder war das alles ein eigenartiger Zufall?

„Willst du nicht endlich mal verraten, woran du da arbeitest?“

„Später. Wird ein großer Knaller.“

Sie seufzte in den Hörer. „Gut.“

„Was stand drin? Was stand in der Notiz?“

„Nur dass das, wonach du suchst, wohl noch da sei. Und sie vielleicht auch weiß, wo genau die Zeugin ist, die du suchst.“

Wonach er suchte, war noch da. Er konnte es kaum glauben. Natürlich würde die alte Schachtel sich das was kosten lassen. Da war er sich sicher. Aber gut.

„Wie komme ich an die Infos?“

„Sie schlägt ein Treffen vor.“

„Es gibt noch Wunder!“

„Das kannst du laut sagen. Ich hätte dich für diese ganzen verplemperten Stunden sonst echt büßen lassen.“

11

„Büßen“, rief Kalli mit fester Stimme in den Raum, „ist der erste Schritt, um Vergebung zu finden. Sich mit Gott – und mit sich selbst – auszusöhnen.“

Streng ließ sie ihren Blick über die Kirchenbänke schweifen. Das Dreiergespann Bott-Schulze-Rackwitz hielt ihrem Blick stand, wenn sich auch besorgte Züge um ihre Mundwinkel bildeten. Tim fixierte offenbar irgendeinen Punkt hinter ihrer Schulter. Seine Miene war schwer zu deuten. Und Frieda Martin, in der vorletzten Kirchenbank, hielt den Kopf vornübergebeugt – ob in Andacht, Schlaf oder Trunkenheit, Kalli konnte es nicht sagen.

Obwohl sie kaum glaubte, dass heute jemand im Gottesdienst schlafen würde. Der Buß- und Bettag war einer der spektakuläreren Feiertage im Kirchenjahr. Und heute, heute hatte sie sich auch noch – halbwegs ungewollt – selbst übertroffen.

Alles hatte damit begonnen, dass sie morgens die Flut an Rosen, die die beiden Zwillinge ihr am Vortag geschenkt hatten, in den Gottesdienstraum räumte. Zwischen den ganzen Sträußen konnte sie unmöglich arbeiten; jeden Zentimeter des Schreibtisches und des Bodens nahmen sie ein. Den beiden Frauen erklärte sie es als Zeichen ihrer gegenseitigen Versöhnung – denn wo sonst hätten diese Blumen ihren richtigen Platz als in einem Gottesdienst zum Buß- und Bettag? Britta und Brigitte waren begeistert und stürzten sich mit noch größerer Inbrunst – wenn das denn möglich war – in die Vorbereitung ihrer Redeteile für die Lesung des Evangeliums und für die Gemeinschaftsbeichte am Schluss des Gottesdienstes.

Kaum war die letzte Vase mit Blumen arrangiert, stolperte der Elektriker herein. Der konnte – „beim besten Willen“ – nichts finden, was den Kronleuchter im Gottesdienstraum am

Leuchten hindern sollte. Der hünenhafte Mann kraulte sich abwechselnd Bierbauch oder Bart und machte insgesamt einen geschäftigen Eindruck. Kalli hatte überhaupt keine Ahnung von solcherlei Dingen – ihre handwerklichen Fähigkeiten beliefen sich auf Löcher-Bohren, Fahrräder-Reparieren, Autoreifen-Wechseln – und so interpretierte sie das ratlose zwischen Sicherungskasten und Kronleuchter Hin- und Herlaufen des Mannes als Ziehen sämtlicher Register, Licht in die Bude zu bringen.

„Hm."

„Hm?"

„Das wird man nischt."

„Nicht?"

„Nischt."

„Was mach ich denn jetzt?"

„Nu'." Er kraulte sich den Bart. „Schätze, das Ding geht irgendwann wieder von alleine an."

„Von alleine?"

„Da wett ich druff."

Er hinterließ seine Rechnung und einen leichten Geruch nach Arbeitsschweiß. Kalli blickte sich um. Obwohl Vormittag, war das Licht im Gottesdienstraum jetzt bereits trüb. Und nachher, um sechs Uhr abends, würde es hier vollkommen düster sein. Zwar gab es an der Rückseite des Raumes, links und rechts neben der Tür, noch vier kleine, halbrunde Wandleuchten, aber die dürften durch den großen Raum wohl kaum mehr als ein mattes Glimmen schicken.

Was folgte, war eine zähe Verhandlung mit Britta und Brigitte, ihr bereits heute sämtliche Blockkerzen auszuhändigen, die die beiden für die Adventszeit eingelagert hatten. Während die Pastorin sie so geschickt wie möglich zwischen Altar und Kirchenbänken verteilte, rief die Kantorin an.

Kalli, in Eile, da sie noch in den *Krug* zum Mittag wollte, erinnerte sich an das Feedback zur Kirchenmusik im letzten Gottesdienst und unterbrach die Kantorin sogleich.

„Probieren Sie doch gerne etwas Neues aus."

„Etwas Neues?"

„Ja. Suchen Sie aus, was Ihnen gefällt."

Was für ein Fehler, wie sie nun wusste.

Die Kantorin war begeisterter Beethoven-Fan und, das nicht schlimm genug, hatte, wie Kalli schien, wirklich die bedrückendsten, schwersten, schaurigsten seiner Werke für die Instrumentalmusik zur Rahmung der einzelnen Liturgieelemente ausgewählt.

Während sie zu den letzten Tönen des ersten Liedes, „Morgenglanz der Ewigkeit", an den Altar trat, sah sie sich kurz, ganz kurz von oben, aus der Vogelperspektive. Eine Gestalt, in schwarzem Talar, nur undeutlich beleuchtet durch die kleinen Kerzen, der ganze Raum im schummerigen Halbdunkel, große Vasen mit dunkelroten und weißen Rosen überall verteilt.

Vor fünf Stunden saß sie noch, in ihren warmen, weißen Wollpulli gehüllt, in Marlis' gemütlicher Gaststube, über einer Schüssel Möhreneintopf, und Marlis, ein kariertes Geschirrtuch über der Schulter, legte zwischen dem Bedienen weiterer Mittagsgäste immer mal einen Stopp an ihrem Tisch ein, um den neusten Tratsch mitzuteilen.

„… echt alles noch mal durchgesehen gestern Abend. Ich denke, es ist sehr unwahrscheinlich."

„Zumindest in meinen Recherchen gibt es keine Hinweise, dass die Geschichte der Króls mit der von Ira zusammenhängt. Wohl einfach ein extrem verrückter Zufall."

„Obwohl das natürlich nicht heißt, dass sie nicht zusammenhängt. Es kann sein. Ich habe dazu nur nichts gefunden."

„Nachschlag?"

„Und den Brandt, den erreiche ich nach wie vor nicht. Ich habe es gestern und heute bestimmt fünfmal probiert."

„Ich hol dir mal noch ein wenig Brot."

„Ach, übrigens, den Bernd hast du verpasst, er war mit Jo zum Mittag hier. Er hat … warte kurz."

„Ich habe ihn direkt nach Agi gefragt, dachte, ich überrumple ihn, vielleicht is' er da zugänglicher. Und du glaubst es nicht! – Ich komme ja!"

„Er war erst ein bisschen perplex, dass ich mich auch für sie interessiere. Ich hab ihm dann erzählt, dass wir beide unter einer Decke stecken, Junge, hat der mit den Augen gerollt!"

„Na, jedenfalls hat er gesagt, du sollst mal deine Mails checken, wenn du das noch nicht gemacht hast. Hast du?"

Kalli, rot im Gesicht und feucht im Nacken von den Hitzewellen, die die heiße Suppe durch ihren Körper schickte, schüttelte den Kopf und schluckte den letzten Bissen Brot herunter.

„Das haben wir gleich." Sie zückte ihr Diensthandy. Tatsächlich. Eine neue E-Mail von einer unbekannten Adresse. Sie öffnete sie.

Marlis ließ sich auf den Stuhl neben ihr fallen und ignorierte den Mann am Nachbartisch, der sich schon mehrmals nachdrücklich geräuspert hatte.

„Willst du nicht erst ...", fragte Kalli mit einer Geste zu dem Mann.

„Weiß ich doch nicht, ob der sich nich' nur verschluckt hat. Soll er doch den Mund auftun, wenn er was will. Jetzt lies vor!"

„Okay, hör zu: ‚Hallo, in der Beratungsstelle meinen sie, ich soll mich mal melden. Weil Sie sich Sorgen machen. Das brauchen Sie nicht. Aber ich muss Ihnen was erzählen. Besser nicht in Moorstede! Ich bin in Hamburg. Können Sie mich hier treffen? Es ist wichtig.'"

„Hört, hört", sagte Marlis.

Kalli stützte ihren Kopf in die Hand. „O Mann, das hatten wir doch schon. Nur soll ich wohl diesmal noch anderthalb Stunden Auto fahren, um sie dann doch nicht zu sehen."

Marlis schlug ihr mit dem Geschirrtuch auf den Handrücken.

„Jetzt sei nicht so streng. Die hat was. Irgendwas bedrückt sie."

„Hm."

„Bist du nicht neugierig?"

Neugierig war vielleicht nicht das Wort, das Kalli gewählt hätte. Die Kleine ähnelte ihr stärker, als ihr lieb war. Also der Kalli mit siebzehn, achtzehn Jahren. Besorgt, das war das treffendere Wort. Wobei sich diese Sorge einerseits aufteilte in die tatsächliche Sorge um die Sicherheit der jungen Frau, die da eines Nachts in ihr Leben gepoltert war. Dass sie sie kaum kannte, war dabei nebensächlich – Retten war schließlich ihr Beruf. Und andererseits in die Sorge, Zeugin einer Geschichte zu werden, die sie selbst furchtbar aufwühlen würde. Wovor immer Agi auf der Flucht war, Kalli war sich nicht sicher, ob sie es wirklich herausfinden wollte.

Und doch mailte sie zurück. Sie schrieb ihr, dass sie sie treffen würde. Zwar nicht morgen, aber doch am Freitagnachmittag. Und dass Agi ihr Zeit und Ort mitteilen solle.

Anschließend, überlegte Kalli, könnte sie gleich zu Fabio und Luís weiterfahren, bei denen sie sich über das Wochenende einquartiert hatte. Kaum, dass sie gestern Abend die Verabredung mit den beiden Jungs ausgemacht hatte, rief Fuchs auf ihrem privaten Handy an und fragte, ob sie schon Pläne für das Wochenende habe. Er wolle Samstag und Sonntag einen Arbeitseinsatz am Labyrinth machen und suche noch Freiwillige. Er wirkte enttäuscht, als sie ihm mitteilte, dass sie das gesamte Wochenende verreist sein würde, aber dass er sie unbedingt beim nächsten Einsatz einplanen sollte.

Sie hatte sich wirklich eine Pause verdient. Schließlich hatte sie in letzter Zeit echt schwer zu tragen. Und dann vorhin noch der Anruf, erinnerte sie sich schaudernd, während Britta und Brigitte abwechselnd die Verse aus dem Lukasevangelium lasen und die bekannten Worte über das Gleichnis vom Feigenbaum ohne Früchte an Kalli vorbeiglitten.

„... im Gegenteil: Ihr alle werdet genauso umkommen, wenn ihr euch nicht bekehrt. Und er erzählte ihnen dieses Gleichnis ...“

Sie war gerade dabei gewesen, sich für den Gottesdienst fertig zu machen, da vibrierte ihr Handy auf der Tischplatte des Schreibtisches.

Sanne, zeigte das Display.

Vor Schreck ließ sie sich in einen der Polsterstühle am Fenster fallen. Sie starrte das brummende Smartphone an, bis der Anruf abbrach. Wie viele Monate hatte sie jetzt nicht mehr mit ihr gesprochen?

Seit der Ohrfeige.

Es hatte sich so gut angefühlt. Das hatte sie Fuchs gegenüber ausgespart. Auch Fabio gegenüber. Genau genommen wusste der überhaupt nichts von der Ohrfeige.

Ja, richtig gut hatte es sich angefühlt. Sie hatte erwartet, dass sie sich danach schlecht fühlen würde. Klein, unwürdig. So in der Art. So wie manche erzählen, „Ja, und dann habe ich meinem Ex in Rage das Auto zerkratzt, aber verrückterweise ging es mir nicht besser. Ich hab mich richtig geschämt."

Doch es ging ihr besser danach. Und gleichzeitig merkte sie, wie groß die Wut in ihr war. Denn diese Ohrfeige, die Genugtuung, die sie dabei empfand, sie fiel zwar in das Loch, das sich in ihr aufgetan hatte, seit Leni sie ausgebootet hatte – doch dort fiel und fiel und fiel sie. Und erreichte tief unten, ganz tief unten erst den Grund.

Sie hatte sich gefragt, wie viele Ohrfeigen wohl nötig wären, um dieses Loch zu füllen.

Und dann hatte sie Angst bekommen.

Als das Handy heute geklingelt hatte, war dieses Gefühlsgemisch aus Bodenlosigkeit und Rachedurst wieder in ihr aufgeflammt.

Es war Buß- und Bettag. Und zu der Tat, die sie dieses Jahr wohl am meisten sühnen sollte, stellte sich kein Gefühl von Reue ein. Nur der unsägliche Wunsch nach Wiederholung.

Sie saß im Büro, zwanzig Minuten vor der Liturgie, und ihr wurde abwechselnd heiß und kalt.

Was macht eine Pastorin in so einer Situation?, fragte sie sich. Und gleich kam ihr die Antwort in den Sinn: Abwälzen.

So kam es, dass Kalli, inmitten dieses halbdunklen Raumes, inmitten der Flut von Rosen, untermalt von der schwermütigsten Musik, die die Kantorin im Repertoire hatte, inmitten dieses düsteren Pomps, der sich von selbst organisiert hatte, auch noch eine Rede hielt, die wohl die plastischste und drastischste war, die sie in ihrer kurzen Berufszeit bislang gehalten hatte.

Selbst für Buß- und Bettagsverhältnisse.

In der ersten Reihe, linke Seite, griff die alte Bott erschüttert nach der Hand der alten Rackwitz neben sich. Auf der rechten Seite wechselten Britta und Brigitte einen alarmierten Blick. In der vierten Reihe hatte Tim sich nach vorne gebeugt und starrte sie aus weit aufgerissenen Augen an. Und Frieda Martin, in der letzten Reihe, hatte sich kerzengerade aufgerichtet. Ihr Mund stand leicht offen. Kalli war bereits bei der Lesung des Evangeliums aufgefallen, dass die Frau bei bestimmten Versen – und

Brigittes strenge Stimme hatte eine besondere Art, die Worte im Raum nachhallen zu lassen – ein trockenes Hüsteln von sich gab. Gut so! Schließlich war das ja auch kein Tag für Ruhe und Entspannung.

„Ein guter Baum kann keine schlechten Früchte hervorbringen und ein schlechter Baum keine guten“, griff Kalli an der Kanzel den Faden aus dem Predigttext auf. Man konnte die Bergpredigt auf weichere, versöhnliche Weise auslegen. Oder man nutzte den Interpretationsspielraum in die andere Richtung und überbetonte die furchteinflößenderen, zu Umkehr mahnenden Elemente. Sie hatte sich für Letzteres entschieden.

Als Kontrast dazu hatte sie gemeinsam mit Britta und Brigitte eine sehr ausführliche, fantasievolle und umarmende Gemeinschaftsbeichte geschrieben, die nach ihrer Predigt wie ein Sprung ins Tauchbecken nach einem langen Saunagang wirken sollte.

Sie konnte nicht ahnen, dass sie bis zu diesem Teil gar nicht kommen würde.

In der hinteren Reihe rutschte Frieda Martin Zentimeter für Zentimeter, fast unmerklich, an den Rand der Kirchenbank. Vorsichtig zog sie sich hoch, hatte das linke Bein schon auf dem Gang.

„Was sagt uns das?“, donnerte Kalli von der Kanzel.

Am Ende des Raums ließ sich die Bestatterin erschrocken zurück in die Bank fallen.

„Es bedeutet: Gott richtet seinen Blick auf uns. Nichts von dem, was wir tun, was wir denken, was wir fühlen, ist für Gott belanglos. Er nimmt unsere Entscheidungen ernst. Bitterernst.“

Ohrenbetäubend laut dröhnte Beethoven durch den Raum, als Kalli vor der beklemmend stillen Gemeinde ihre Predigt zu Ende brachte. Dann trat sie an den Mittelgang. Britta und Brigitte erhoben sich von ihren Plätzen, Karteikarten für ihre Einsätze in der Hand.

„Wir beichten in Gemeinschaft – und doch jede und jeder für sich.“

Sie machte eine Pause.

„Und in der Stille bringen wir vor Gott, was wir an Verfehlungen uns anzulasten haben.“

Sie drehte sich zu Britta und gab ihr den Einsatz. Doch die stierte entgeistert über den Rand ihrer Brille in den hinteren Teil des Raumes. Ein Schrei brandete durch den Mittelgang.

Frieda Martin war schluchzend neben die Kirchenbank gesunken.

***

Die weiteren Minuten zogen an Kalli vorbei wie in einem rasanten Film. Nach drei Sekunden tiefen Schreckens war die junge Pastorin bei der Bestatterin und versuchte, in Erfahrung zu bringen, was ihr fehlte. Doch die war nicht ansprechbar. Aus der Frau drang nur ein ohrenbetäubendes Wehklagen, Tränen liefen ihr über das ganze Gesicht. Ihr Puls raste, unruhig hob und senkte sich ihr Brustkorb. Die Schnapsfahne verschlug Kalli den Atem.

Kalli schickte Brigitte los, um den Rettungsdienst zu verständigen, und komplimentierte die anderen Gäste, die sich schweigend und aufgeregt murmelnd im Hintergrund gehalten hatten, hinaus. Britta und Kalli hakten sich bei der Bestatterin unter und brachten sie in Kallis Büro, wo sie sie in einen der Sessel unter dem Fenster hievten. Kalli schaltete alle Lampen an, die es im Büro gab. Das Dämmerlicht der letzten Stunden fraß an ihren Nerven. Britta stand wie festgefroren neben dem Sessel, hektische rote Flecken auf Wangen und Stirn.

Unterdessen war die Bestatterin von ihrem lauten Wehklagen in ein leises, aber stetiges Wimmern verfallen.

Kalli ließ sich auf den Sessel ihr gegenüber sinken, nahm ihre Hand und redete beruhigend auf sie ein. Zumindest Friedas Atem schien wieder etwas gleichmäßiger zu gehen.

Was fehlte ihr nur? Also außer dass sie sturzbetrunken war.

Nervosität ergriff Kalli.

Brigitte erschien in der Tür zum Büro. „Sie sind unterwegs." Sie blieb unschlüssig im Türrahmen stehen und heftete ihre Augen auf ihre Schwester. Kalli folgte ihrem Blick und atmete tief und langsam aus.

„Britta?"

Britta reagierte nicht auf Kallis Anrede. Sie starrte von oben auf Frieda Martins Haarschopf herab.

„Britta!“

Kalli berührte Britta am Arm. Die zuckte zusammen.

„Britta“, sagte Kalli sanft, „machen Sie uns doch eine Kanne Tee. Und dann warten Sie bitte zusammen mit Ihrer Schwester draußen auf den Rettungswagen.“

Die Zwillinge nickten dankbar und verschwanden aus dem Zimmer.

Kalli musterte Frieda. Ihr fiel auf, dass sie sie bislang gar nicht richtig angesehen hatte. Sie war ihr auf der Beerdigung von Luisa Stuvemann begegnet, auch zwei-, dreimal im *Krug* oder auf der Straße. Und dann letzten Sonntag, als sie *fast* zum Gottesdienst gekommen wäre. Die kleine, schmale Bestatterin war zurückhaltend, ruhig, immer allein, immer in der Peripherie.

Und heute? Kalli konnte sich nicht daran erinnern, dass sie sie vor der Liturgie begrüßt hatte. Aber das musste sie getan haben. Sie erinnerte sich an einen Schwatz mit den drei Alten. Und auch, dass danach die Kantorin durch die Tür segelte, komplett durchgestylt in Schwarz und Violett. Kalli waren sogar die kleinen, mit lila Strass besetzten Ohrstecker in Form von kleinen Kreuzen aufgefallen.

Sie erinnerte sich deutlich, dass sie Tim etwas länger als nötig die Hand drückte und ihn fragte, wie es ihm ginge. Und dass sie überrascht war, dass er so viel aufgeräumter klang als bei ihren letzten Begegnungen.

Aber Frieda Martin? Sie hatte kein Bild zu ihr im Kopf. Nicht davon, wie sie den Raum betrat. Nicht davon, dass sie sie begrüßt hätte.

Kalli zog ihren Sessel näher an den der Bestatterin heran. Mit eingesunkenen Schultern saß Frieda da, das Kinn fast auf der Brust, und starrte auf ihre Hände, die sie unruhig auf ihren Oberschenkeln knetete. Ihre Lippen bewegten sich. Kalli rückte noch ein Stück näher heran und lauschte.

Das war kein Wimmern mehr. Die Frau flüsterte etwas vor sich hin. Kalli hörte einzelne Worte heraus: „vergiss“ und „allein“, „Wohnung“ und „Vater“.

„Frieda“, sprach Kalli sie leise an, „reden Sie mit mir. Was haben Sie?“

Frieda Martin wisperte eine Antwort, so leise, dass Kalli sie nicht verstand.

„Kommen Sie. Bitte sagen Sie doch etwas."

Frieda presste ihre Hände so stark ineinander, dass Kalli die Knöchel weiß hervortreten sah.

„Sie war immer nett zu mir."

„Ja, gut", ermunterte Kalli die Frau. „Wer? Wer war nett zu Ihnen?"

„... war immer nett zu mir. Auch ihre Freundin. Einmal, da war die Mickie im Baum. Kam nicht mehr runter, das dumme Ding. Geschrien und gezetert habe ich. Hat alles nichts genutzt. Dumme Mickie."

Brigitte öffnete leise die Tür und trat mit dem Teetablett herein. Kalli formte lautlos „Danke" mit den Lippen.

„Dumme Mickie."

„Im Baum saß sie?" Kalli wollte die Frau am Reden halten. Sie lehnte sich weiter vor, sie konnte die Sätze der Bestatterin kaum verstehen.

„Das dumme Ding. Hat die ganze Nachbarschaft zusammengemauzt."

„Mickie – das ist Ihre Katze", sagte Kalli, mehr zu sich selbst als zu Frieda.

„... die große Linde vor meinem Haus. Ich hab ihr immer gesagt, das schaffst du nich' mehr. Mit deinen alten Knochen."

Kalli brummte zustimmend.

„Sie kamen vom Feld. Die beiden waren fröhlich, sie hielten sich an den Händen. Sie kamen zu mir rüber."

„Wer? Wer kam zu Ihnen?"

Frieda hob plötzlich ihren Blick und schaute sie erstaunt an. Dann antwortete sie: „Es war warm für Oktober."

Kalli nickte.

„Was hast du denn, Tante Frieda?" Frieda Martin senkte wieder den Blick. „... aber da war die andere schon im Baum. Hatte eine Mülltonne an den Stamm geschoben. Sich von dort auf den untersten Ast geschwungen. War immer ein Wildfang, die Agniezska. Kein Grund, sie zu bitten, vorsichtig zu sein."

Kalli schwieg, wollte die Erinnerung nicht stören.

„Was hast du denn, Tante Frieda?“, murmelte die Bestatterin. Dann setzte sie lauter hinzu: „Und dann war sie einfach tot.“

„Die Luisa?“

„Luisa“, wisperte Frieda, und Tränen rannen ihr erneut aus den Augen.

„Ich konnte nichts mehr tun. Ich war da. Ein paar Wochen davor, da war sie doch so fröhlich. Ich hätte was sehen müssen.“

Mit einem Mal war Kalli hellwach. Ihre Brust schnürte sich zu.

„Ich hätte was merken müssen.“

Kalli schluckte. „Was meinen Sie?“

„Ich weiß nicht, warum sie sterben wollte.“

Vorsichtig setzte Kalli sich in ihrem Sessel wieder etwas weiter zurück. Plötzlich hatte sie das Bedürfnis, ganz viel Raum zwischen sich und der weinenden Frau im Sessel gegenüber zu bringen.

„Sterben *wollte*?“, flüsterte sie.

„Ich war da.“ Friedas Worte kamen mechanisch. „Und sie war tot.“ Sie blickte Kalli fest in die Augen. „So viel Druck. Ich verstehe das ja. Is' jetzt auch nicht das erste Mal für mich gewesen. Ich respektiere das. Immer.“

Die Pastorin zog die Augenbrauen zusammen. Sie konnte ihr nicht mehr folgen.

„Wenn die Familie sagt, es geht keinen was an. Was hab ich da zu sagen?“ Und setzte, fast entschuldigend, hinzu: „Wir sind doch eine kleine Gemeinschaft.“

„Oh.“ Jetzt verstand Kalli.

„Aber das war anders.“ Die Bestatterin hatte wieder begonnen, ihre Hände zu kneten.

„Anders?“

„Sie war immer nett zu mir.“

„Ja.“ Kalli unterdrückte ihren Frust.

„Immer.“

„Hm.“

„Ich war da. Und sie war tot.“ Dann setzte sich die Bestatterin kerzengerade auf. „Aber ich glaube das nicht.“

„Sie glauben nicht, dass sie tot ist?“

Kalli versuchte zu sortieren, was sie da hörte.

„Sie ist tot." Frieda Martin hob die Stimme und sprach betont und langsam, als würde sie mit einem ungezogenen Kind reden.

„Ja."

„Selbstmord."

„Ja?"

„Nein."

„Was jetzt?" Kalli war vollends verwirrt.

Es klopfte. Britta zog die Tür einen Spalt auf und sagte leise: „Die Sanis sind da."

„Bringen Sie sie herein."

Frieda Martin war zurück in ihren Sessel gesunken und murmelte: „Mickie ist auch tot."

Kalli drückte der Rettungsassistentin die Hand, einer stattlichen Frau um die vierzig, deren interessierte Blicke sie an einem besseren Tag wahrscheinlich erwidert hätte.

Nur am Rande nahm die Pastorin wahr, wie die Sanitäterin Frieda Martin ansprach. Die reagierte jetzt nicht mehr und starrte vor sich hin. Die Sanitäterin leuchtete ihr mit einer kleinen Taschenlampe in die Augen, fühlte ihren Puls und führte sie schließlich mit dem Rettungshelfer nach draußen.

In Kallis Kopf drehte sich alles um die Worte der Bestatterin. Konnte das stimmen? Hatte Luisa Suizid begangen? War es das, woran Frieda die ganze Zeit so schwer trug? Und dass sie der Familie geholfen hatte, das zu verheimlichen?

Sie folgte den anderen nach draußen, ein flaues Gefühl im Magen.

„Wie geht es jetzt weiter?", fragte sie die Rettungsassistentin.

„Nun, eigentlich würden wir sie einfach nach Hause schicken, damit sie ihren Rausch ausschläft, aber ihr Blutdruck ist beunruhigend hoch. Wir nehmen sie erst einmal mit. Gibt es Angehörige, die wir informieren sollten?"

Kalli wandte sich mit einem ratlosen Blick zu Britta um, die hinter ihr stand.

„Nein", sagte diese mit belegter Stimme.

„Dann würde ich mal nach ihr sehen", bot Kalli an.

Die Sanitäterin nickte.

Kalli warf einen Blick an ihr vorbei in den Wagen. Die Bestatterin saß auf einem Sitz und schaute verwundert dem Rettungshelfer beim Ausfüllen eines Formulars zu. Kalli hatte den Eindruck, dass sie wieder wusste, was um sie herum passierte. Da hatte Frieda sie auch schon gesichtet und winkte sie heran.

„Frau Krause!"

Kalli trat an den Wagen heran.

„Kommen Sie ruhig herein", sagte der Rettungshelfer. „Ich mache kurz Platz."

Die Pastorin stieg in den Wagen und Frieda packte sofort ihren Arm. Ihre Fingernägel bohrten sich ihr schmerzhaft in die Haut.

„Sie dürfen das niemandem sagen."

„Ich …"

„Versprechen Sie es!"

Kalli schwieg.

„Versprechen Sie es!", beharrte die Bestatterin.

Und Kalli nickte.

***

Das grelle Neonlicht im Supermarkt machte sie schlagartig wach. Nachdem der Rettungswagen vom Parkplatz gerollt war, hatte bei Kalli der Autopilot übernommen. Mechanisch räumte sie mit Britta und Brigitte den Gottesdienstraum auf, und jede blieb mit ihren Gedanken über den Abend für sich. Kalli wehrte beharrlich ab, was sich ihr an spannungsreichen Gedanken näherte. Darüber, was die Bestatterin ihr gegenüber angedeutet hatte. Sie konzentrierte sich auf das Einsammeln der Kerzen und darauf, wie sich die kalte Abendluft anfühlte, die durch die weit geöffneten Fenster in den Raum strömte.

Als sie fast mit dem Aufräumen fertig waren, ging unter heftigem Flackern der kaputte Kronleuchter wieder an.

Schweigend gingen sie zum Ausgang, und Brigitte wagte einen matten Witz, während Kalli die Tür abschloss.

„Ihre Liturgien werden es noch zu regionaler Berühmtheit bringen."

Kalli öffnete den Mund, schloss ihn aber sogleich wieder.

Britta stieß ihrer Schwester den Ellbogen in die Seite, diese zuckte mit den Schultern.

„Is' wohl zu früh für Humor", brummte die.

Oben auf den Steinstufen stehend hatte sie den Zwillingen nachgeblickt, wie sie über die Straße zu ihrem Haus tippelten. Sie beneidete die beiden. Sie gingen zusammen nach Hause, zogen die Tür hinter sich zu, ließen das Draußen draußen und waren dennoch nicht allein mit dem, was sie erlebt hatten. Und als sie den Neid auf die beiden Schwestern weggeschoben hatte, kam darunter etwas ganz anderes zum Vorschein: Hunger. Appetit.

Kalli wusste nicht mehr, wann sie zuletzt richtig gekocht hatte. Jedenfalls nicht in Moorstede. In letzter Zeit hatte sie es komplett eingestellt. Dabei liebte sie es. Sie stieg in ihren Passat, und Bilder von Gerichten, die sie oft und gerne zubereitet hatte, bestürmten sie. Sie wählte darunter Auberginenauflauf und Obstsalat aus.

Nach diesem Abend waren das Gedränge und die laute Musik im Supermarkt ein Schock. Kalli versuchte, sich zu konzentrieren. Im Gang mit der Gemüseauslage prüfte sie die Auberginen vorsichtig mit dem Daumen und wählte zwei große, hellviolette aus, deren Schale auf den Druck hin leicht nachgab. Sie legte Tomaten, frische Petersilie, ein Weißbrot sowie eine reichliche Auswahl an Obst in den Korb. Am Kassenband packte sie alles wieder ein, weil ihr eingefallen war, dass sie noch ein Stück Käse und Olivenöl benötigte.

Als sie ihren Einkauf in der Wohnung auf dem kleinen Campingtisch aufreihte, hatten sich ihre wild kreisenden Gedanken langsam beruhigt und den Weg für ein koordinierteres Vorgehen freigemacht. Sie musste mit jemandem darüber reden.

Sofort dachte sie an Marlis. Die Wirtin war ihr ans Herz gewachsen. Sie vertraute ihr instinktiv. Aber natürlich war ihr innerhalb einer Sekunde klar, dass sie sie schon aus anderen Gründen nicht in die Geschichte einweihen konnte. Sicherlich, die Bestatterin war jetzt nicht in ihre Sprechzeit gekommen und hatte ihr Geheimnis mit einem offiziellen „Ich muss Ihnen etwas anvertrauen" eingeleitet. Im Prinzip hatte sie es nebenbei erfahren. Zufällig. Wäre es andersherum gewesen, hätte *sie* den Tee gekocht und die Zwillinge bei Frieda gesessen – oder Tim oder die alte Bott –, hätten diese das Ganze erfahren.

Und die wären nicht zum Schweigen verpflichtet gewesen.

Vielleicht aber auch nicht. Vielleicht war sie, Kalli, genau am richtigen Platz gewesen. Vielleicht wäre Frieda keiner anderen Person gegenüber offen gewesen.

Aber völlig egal, wie man es drehte und wendete, überlegte sie, während sie Weintrauben wusch und einige bräunliche, zermatschte auslas – was auch immer Frieda Martin ihr da eröffnet hatte, ob brisant oder nicht, fiel unter das Seelsorgegeheimnis. Nur die Bestatterin selbst konnte Kalli von ihrem Schweigen entbinden.

Ausgenommen natürlich, es läge eine Straftat vor. Oder es würde eine geplant werden.

Konnte sie mit Fuchs darüber reden? Dann blieb es ja eigentlich unter Kollegen. Und sie müsste ja nicht offenlegen, dass es sich um Frieda handelte.

Aber auch hier scheute sie sich. Er kannte die Gemeinde seit gut zwanzig Jahren, er kannte die Gemeindemitglieder. Niemals könnte sie ihm das, was sich während des Gottesdienstes zugetragen hatte, so anonymisiert erzählen, dass er nicht einen Rückschluss auf die Bestatterin ziehen würde.

Und manchmal weiß man auch einfach nicht, welche Wege die Informationen aus der Seelsorge nehmen, erinnerte sie sich, während sie einen Apfel zerlegte. Ihr Magen knurrte und sie steckte sich einen einzelnen Apfelschnitz in den Mund. Er schmeckte säuerlich, dann süß.

Lange vor Kallis Vikariat begleitete ihr damaliger Mentor einen Vikar, dem war so was mal passiert. Im Rahmen der Beichte vertraute ihm ein Mann an, er habe wiederkehrende Fantasien, seine Frau zu erwürgen. Dem Vikar sträubten sich die Nackenhaare. Er haderte lange, was zu tun wäre. Er kannte die Statistiken zu Frauenmorden und häuslicher Gewalt. Gesetzlich war er aber ans Schweigen gebunden – zumal er die Informationen auch noch im Rahmen einer Beichte, nicht nur im Rahmen der Seelsorge, erfahren hatte. Das bedeutete, auch der Beichtende selbst konnte ihn nicht vom Schweigen entbinden. Das Beichtgeheimnis war unverbrüchlich.

Kalli erinnerte sich, dass sie, als ihr Mentor ihr diese Geschichte erzählte, die Augenbrauen skeptisch gehoben hatte. Sie hätte natürlich ganz anders gehandelt und das Ganze angezeigt. Jetzt, beim Obst-Schnippeln, fragte sie sich, ob das stimmte. Hätte sie das getan? Als Vikarin? Als Berufsanfängerin mit noch unsicherer Perspektive? Hätte sie nicht mindestens auch gezögert?

Dem Vikar jedenfalls setzte dieser Konflikt zu. Er wurde krank, magerte ab, schlief nicht mehr, berichtete ihr Mentor.

Schließlich löcherte seine beste Freundin aus Studienzeiten ihn so lange, bis er ihr davon erzählte. Um wenigstens das Gewicht auf seiner Seele etwas zu erleichtern. Er hielt die Eheleute dabei völlig anonym, wie er meinte. Er nannte weder Alter noch Namen oder Wohnort. Er ließ sogar offen, ob es sich um Gemeindemitglieder handelte. Doch ihm rutschte an einer Stelle aus, der Mann sei Augenarzt.

Die Kommilitonin war nicht weniger entsetzt. Jetzt trug sie das Geheimnis mit sich herum. Sie war zwar nicht zum Schweigen verpflichtet, aber mit einem Weitererzählen dieser Geschichte – egal, an wen – würde sie ihren Freund in eine schwierige Situation manövrieren.

Die Kommilitonin jobbte neben dem Theologie-Studium in einem Callcenter. Auf die Arbeit konnte sie sich kaum konzentrieren, so sehr setzte ihr die Frage zu, was richtiges Verhalten in einem solchen Fall sei.

Schließlich erzählte sie in einer Raucherpause einer Kollegin davon, die sie sehr mochte. Die wurde immer stiller und stiller und vergewisserte sich zum Schluss noch mal: „Augenarzt ist der, ja?"

Am nächsten Tag war der Augenarzt tot.

Unglücklich gestolpert. Die Kellertreppe heruntergefallen. Genick gebrochen.

Die Kollegin der Kommilitonin fiel lange Zeit aus. Wegen eines Trauerfalls in der Familie. Ein paar Wochen später begriffen der Vikar und seine beste Freundin, dass es zu dem Zeitpunkt nur noch einen einzigen Augenarzt in der kleinen Stadt gegeben hatte.

Tja, die medizinische Versorgung auf dem Land war katastrophal. Kalli schüttelte die Geschichte ab. Irgendwo war sie in ihren Gedankengängen falsch abgebogen. Zumindest war der Obstsalat fertig. Sie fügte einen Teelöffel Olivenöl hinzu, rührte die Schüssel durch und verteilte zum Schluss noch ein paar Walnüsse darüber. Dann legte sie sich alles für das Zubereiten des Auflaufes zurecht, stellte ihr Smartphone auf die Kaffeedose und startete einen Video-Call an Fabio.

An ihn durfte sie eigentlich überhaupt nichts weitergeben, aber zumindest konnte sie sich bei ihm darauf verlassen, dass er in Moorstede niemanden kannte und sowieso den Mund hielt, auch gegenüber Luís.

Fabio ging nicht ran, aber es ploppte eine Nachricht auf, dass er noch unterwegs sei und sie in fünf Minuten zurückrufe.

Also schnitt sie die Auberginen in hauchdünne Scheiben, legte sie auf einem Geschirrtuch aus und bestreute sie mit Salz. Und ihre Gedanken wanderten von Frieda zu Luisa.

Eigentlich, so wurde ihr klar, als sie das Gespräch rekapitulierte, wusste sie gar nicht genau, was die Bestatterin ihr da anvertraut hatte. Als sie sich hatte vergewissern wollen, dass sie wirklich richtig gehört hatte, dass die Bestatterin glaubte, Luisa Stuvemann hätte Suizid begangen – da waren sie von den Zwillingen und den Sanis unterbrochen worden.

Und dennoch: Irgendetwas musste ja diese Aufregung, die rund um das Begräbnis von Luisa entstanden war, erklären. Das eigenartige Verhalten Friedas. Die Zurückgezogenheit der Familie. Das unheimliche Lauern von Plessner (obwohl, vielleicht war der einfach so?). Die Geheimniskrämerei der Leute von der Beratungsstelle. Agnieszka, die auftaucht, verschwindet, sich wieder meldet, nicht zum Treffen kommt und jetzt ein neues Treffen sowie eine Erklärung in Aussicht stellt.

Eine Erklärung, die Kalli heute vielleicht schon auf anderem Wege erfahren hatte?

Lauter Turbulenzen um dieses eine Ereignis herum. Würde ein vertuschter Suizid sie erklären?

Unwahrscheinlich war das nicht. Rein statistisch betrachtet. Kalli wusste, sie war privilegiert. Sie hatte Glück gehabt. Ihre

Eltern hatten einen guten Umgang mit ihrer Homosexualität gefunden. Es war nicht immer leicht, aber auch nie dramatisch. Sie hatten sie immer gegenüber ablehnenden Familienmitgliedern oder gehässigen Nachbarn in Schutz genommen. Insgesamt hatte ihre Mutter später schwerer daran getragen, dass Kalli die Konfession wechselte, als dass sie lesbisch war.

Aber wie viele andere Jugendliche werden obdachlos, werden depressiv, sind suizidgefährdet? Kalli hatte mit einem Kommilitonen studiert, der mit sechzehn Jahren von zu Hause rausgeflogen war. Und Fabio versank vor den einschlägigen Feier- und Festtagen immer in schwarzen Löchern, weil sie ihn daran erinnerten, dass der Großteil seiner Familie ihn schnitt. Sohn eines kubanischen Vertragsarbeiters und dann noch schwul. Schlimmer ging es in deren Augen kaum. Selbst zwischen ihm und seiner Mutter war es ein Thema – eines unter vielen –, das sorgsam umschifft wurde.

Sie kannte die Gefühle nicht, die hinter Suizid steckten. Das würde sie nie behaupten. Und von der Kirche wurde das Thema mit Ablehnung belegt. Und wo nicht offen mit Ablehnung, dort wurde und wird es zumindest ausgeklammert.

Auch biblisch, überlegte Kalli, ist es kaum ein Thema. Der Tod des bekanntesten Selbstmörders der christlichen Religion, Judas Ischariot, wird in der Bibel gar nicht weiter kommentiert.

Was ist das Problem der Kirche mit dem Suizid? Vermutlich, dachte sie, und der Duft des in der Pfanne bräunenden Knoblauchs stieg ihr in die Nase, ist die Antwort darauf die gleiche wie bei den anderen, in Religionen tabuisierten Fragen. Er hat etwas anrüchig Eigenmächtiges.

War das Frieda Martins Bürde? Dass sie dazu beigetragen hatte, eine Selbstmörderin zu begraben? Nein. So schätzte Kalli sie nicht ein. Zumindest die Zeiten, in denen Menschen, die Suizid begangen hatten, in „ungeweihter Erde“ beerdigt wurden, waren längst vorbei. Und „ewige Verdammnis“ wird wohl auch nicht mehr in Aussicht gestellt.

Zumindest nicht auf dieser Seite christlicher Konfession.

Oder zumindest seltener.

Das Klingeln ihres Smartphones riss sie aus ihren Gedanken. Sie stellte die Herdplatte aus und wischte sich die Hände an der Jeans ab. Dann nahm sie den Anruf entgegen.

„Na, was hat sich diesmal ereignet?", begrüßte ihr bester Freund sie vom Display.

Kalli machte ein mürrisches Gesicht. „Glaubst du nicht."

„Huch, eigentlich war das mehr ein Scherz. Und kann es sein, dass alle unsere Telefonate der letzten Zeit mit diesem Satz beginnen?"

Kalli grinste. In der Kamera sah sie, dass es reichlich schief ausfiel.

„Besser, du setzt dich."

Dann brachte sie Fabio auf den neusten Stand. Angefangen bei den Zwillingen, die ihr Büro durchwühlt hatten. Über den Journalisten, der in Moorstede einem, vielleicht abgründigen, Geheimnis um *Nordbier* auf der Spur war – „Dieses *Nordbier*?", fragte Fabio ungläubig und zog eine Flasche Bier aus dem Kühlschrank –, bis hin zu Marlis' Versuch, die alte Brauereibesitzerin aufzuspüren und vielleicht sogar eine Verbindung zu Agi herzustellen. Und zuletzt, was sich heute mit Frieda Martin zugetragen hatte und dass sie vor der Frage stand, ob Luisa vielleicht Suizid begangen hatte und die Familie das verschleiern wollte.

„Aber warum sollten sie?", überlegte Fabio und nippte an seinem *Nordbier*-Pils.

„Und wie kann es überhaupt sein, dass so etwas unentdeckt bleibt?", fragte Kalli.

„Gar nicht", sagte ihr Freund überzeugt.

„Sicher? Du musst das doch wissen", stichelte sie. „Du bist doch vom Fach."

„Hm." Fabio runzelte die Stirn und tippte sich mit dem Flaschenhals gegen die gespitzten Lippen. Eine Geste, die sie, wie Kalli merkte, von ihm übernommen hatte. Oder er von ihr?

„Es ist wirklich sehr unwahrscheinlich", sagte er. „Extrem unwahrscheinlich. Bei Suizid, bizarren Unfällen, bei Verbrechen sowieso – also immer wenn Verdacht auf einen irgendwie unnatürlichen Tod besteht, werden Polizei und Notarzt hinzugezogen. Verhärtet sich der Verdacht, wird die Leiche sofort beschlagnahmt."

Kalli kam ein Gedanke.

„Wenn nun aber nicht? Wenn es niemandem auffallen kann?"

„Wie sollte das laufen? So viele Leute müssten mitmachen. Ein Arzt. Das Bestattungsunternehmen."

„Eben."

Fabio schwieg kurz.

„Möglich wär's. Nur, noch mal: Warum sollte man das tun wollen?"

„Nun ja, wenn die Familie nicht möchte, dass es rauskommt, weil sie streng religiös sind. Auf den Ruf ihrer Familie bedacht. Was Stuvemanns ja sind, nach allem, was ich so mitbekommen habe."

Aber er hatte recht, merkte sie. Irgendetwas passte hier immer noch nicht zusammen.

„Hast du Stuvemanns immer noch nicht besser kennengelernt?"

Sie sah sich im Smartphone den Kopf schütteln, ihre Gedanken schon ganz woanders.

„Du könntest sie anrufen."

„Stimmt. Das ist eine Idee. – ‚Hallo, guten Tag, hier ist die neue Pastorin. Ich weiß, ich weiß, Sie haben mich schon ein paarmal abgewimmelt. Aber ich wollte nur fragen, ob Ihre Tochter nicht vielleicht Selbstmord begangen hat und Sie sich dem nicht stellen wollen?'. Oder noch besser – ich quatsch sie morgen einfach bei einer guten Gelegenheit auf dem Brauereifest an."

Sie rollte demonstrativ mit den Augen.

„Komm, lass dir deswegen keine grauen Haare wachsen. Vermutlich kommt das öfter vor, als wir denken. Wer weiß, wie viele unentdeckte oder bemäntelte Suizide ich schon in den Kisten hatte?"

Kalli durchfuhr ein Schauer bei diesem Gedanken.

Sie schichtete Auberginen- und Tomatenscheiben in die Ofenform, übergoss alles mit dem Knoblauchöl aus der Pfanne und begann, den Käse darüber zu reiben. Sie ignorierte, was an ihr nagte.

„Themenwechsel", flötete Fabio in die Kamera. „Weißt du schon, wann du Freitag ankommst?"

12

„Seien Sie doch still!“ Tim maß sie mit einem herrischen Blick; seine Stimme vibrierte vor Empörung.

Kalli saß neben dem jungen Mann, in der vorletzten Reihe, und hatte ihm gerade die Frage zugeflüstert, ob er das alles glaubte, was die Frau Dr. Dr. Wuesten da seit einer Viertelstunde unter dem Titel „Das postmoderne Ich in Konflikt mit Geschlecht, Sexualität und Selbstwert“ von sich gab.

Obwohl, dachte Kalli, bislang hatte die eigentlich noch nichts Bemerkenswertes gesagt. Oder auch nur etwas besonders Konkretes von sich gegeben. Ganze fünfzehn Minuten nur für Begrüßung und eine Einleitung, die man im Wesentlichen auf die Aussage zusammenfassen konnte: „Der moderne Mensch muss die Herausforderungen einer pluralen Gesellschaft meistern und gerät dabei in Konflikte.“

Aha, dachte Kalli.

Dennoch gab sie sich Mühe, konzentriert zu bleiben. Schließlich wollte sie herausfinden, mit wem sie es hier genau aufnehmen würde, wenn sie gegen diese Veranstaltungsreihe ins Feld zöge. Sie blickte sich vorsichtig um. Etwa vierzig Leute waren zu dem Vortrag gekommen. Der kleine Parkplatz vor dem Pfarrbüro hatte nicht ausgereicht; viele hatten am Rand der Landstraße geparkt, die Reifen halb im Straßengraben.

Die meisten Nummernschilder, hatte Kalli wenig erstaunt registriert, waren nicht aus dem Umkreis. Sie sah Kennzeichen aus ganz Mecklenburg, zum Teil von Rügen, einige aus Hamburg, sogar ein paar, die sie in Niedersachsen verortete.

Plessner musste wirklich gut vernetzt sein.

Natürlich waren auch Personen aus dem Ort da. Tim neben ihr und zwei Mädchen in seinem Alter, die in der Reihe vor ihnen saßen. Kalli hatte sie noch nie zuvor gesehen, aber Tim hatte die beiden überschwänglich begrüßt. Eine von ihnen hatte sich mit funkelndem Blick umgedreht, als Kalli mit Tim flüsterte.

Kalli ließ ihren Blick schweifen. Der Kleine Saal war krachend voll. In der ersten Reihe saßen neben der Bioladen-Majuntke und der jüngeren Bott sowohl Beatrix als auch Christa Stuvemann, Luisas Großmutter. Ganz der joviale, aufmerksame Gastgeber hatte sich Adrian Plessner – nachdem er allen in der ersten Reihe die Hand geschüttelt hatte – an eine Fensterbank gelehnt, die Karteikarten mit seiner Anmoderation lässig in die Brusttasche seines kostspielig aussehenden, pflaumenblauen Jacketts gesteckt, ein halbvolles Glas Wasser in der Hand.

Die Flügeltür am Ende des Raumes knarzte. Die Mädchen in der Reihe vor ihnen drehten sich erneut um. Synchron. Kalli hob reflexartig die Schultern und machte eine entschuldigende Geste. Diesmal war sie es nun wirklich nicht.

Die Mädchen durchbohrten sie mit ihren finsteren Blicken. Als sie sich nach vorne umwandten, drehte Kalli sich um, um den Neuankömmling in Augenschein zu nehmen. Ungläubig blinzelte sie.

Er war es. Unverkennbar.

Dachte sie sich den Dreitagebart weg und ersetzte das konservative Outfit aus V-Neck-Pulli und Chinos durch Jeans und T-Shirt – dann war das Jo.

Jo aus der Beratungsstelle.

Was wollte der hier?

Ihre Blicke verfingen sich kurz ineinander und sie nickte ihm zu. Er schaute durch sie hindurch und setzte sich auf den letzten freien Platz in der hintersten Reihe auf der anderen Seite des Raumes.

„… eine Entscheidung, die jeder von Ihnen hier im Raum täglich treffen muss. Lassen Sie uns also zum Kern der Sache vordringen. Ich habe …“

Die Tür zum Kleinen Saal knarzte erneut. Kalli spürte eine leichte Berührung an ihrer Schulter.

„Ein Anruf“, wisperte Brigitte, „vom Krankenhaus.“

„Geht’s eigentlich noch?“, wisperte eines der Mädchen aus der Reihe vor Kalli erzürnt.

„Mäßigen Sie Ihren Ton, junge Frau“, ermahnte Brigitte sie streng und ohne die Stimme zu senken. Weitere Gäste drehten sich um; in der ersten Reihe schürzte Christa Stuvemann die Lippen. Das Mädchen verzog das Gesicht und Kalli unterdrückte ein Kichern. Dann folgte sie ihrer Mitarbeiterin nach draußen und nahm den Hörer entgegen, den Brigitte gegen die Brust gepresst hielt.

„Krause, hallo?“

„Dr. Patel, Kreiskrankenhaus.“

„Guten Tag.“

Kalli entfernte sich den Flur entlang, weg vom Kleinen Saal und dem Stimmengewirr, das daraus hervordrang. Sie spürte, wie Brigitte sie neugierig von der Seite musterte, dann aber in der Teeküche verschwand.

„Sie haben sich dem Rettungsdienst gegenüber als Kontakt für unsere Patientin, Frieda Martin, angegeben?“

„Das ist korrekt.“ Sie verstärkte den Griff um das Telefon. „Wieso? Wie geht es ihr?“

„Die gute Nachricht ist: Es geht ihr besser. Zumindest körperlich. Die schlechte ist: Sie wirkt immer noch verwirrt. Sie isst nichts, scheint große Angst zu haben.“ Dr. Patel zögerte. „Haben Sie eine Idee, was ihr einen solchen Schreck eingejagt hat?“

Ja – und nein, dachte Kalli und sagte: „Nein.“

„Okay.“ Die Stimme der Ärztin klang, als hätte sie nicht mit einer anderen Antwort gerechnet. „Jedenfalls haben wir sie heute Mittag auf eigenen Wunsch auf unsere psychiatrische Station verlegt.“

„Oh.“ Kalli zog scharf die Luft ein.

„Kommen Sie sie doch die Tage einmal besuchen. Vielleicht morgen? Sie spricht ständig von Ihnen.“

„Das mache ich. Brauchen Sie noch etwas von mir?“

„Nein, ich wollte Sie nur informieren. Auf Wiederhören.“

„Auf Wiederhören.“

Kalli legte auf und starrte den Flur entlang. Ein Räuspern hinter ihr ließ sie aufhorchen. Sie wandte sich um und war nicht überrascht, sich Plessner gegenüber zu finden.

Kommentarlos streckte sie flach ihre Hand aus.

Ein schmales Lächeln umkräuselte seine Lippen. Dann griff er in seine Hosentasche und ließ den kleinen Schlüssel für den Anzeigenkasten auf ihre Handfläche fallen.

„Zufrieden?“, fragte er.

Sie deutete hinter ihn. Dort war Tim gerade dabei, neben der Tür zum Saal einen Tisch mit Kaffee und Snacks aufzubauen.

„Helfen Sie Ihrem Stiefsohn gar nicht?“

Eine scharfe Falte bildete sich an der Nasenwurzel des Mannes. Er öffnete den Mund wie für eine Erwiderung und schloss ihn wieder.

„Adrian?“ Beatrix Stuvemann war aus dem Kleinen Saal gekommen und zu ihnen getreten. Gut abgehoben auf ihrem hellen Blazer-Revers sprang Kalli der rot-silberne Anstecker mit dem Adler sogleich ins Auge. Da war doch was … Sie warf einen prüfenden Blick auf Plessners Jackett.

„Sie haben Ihren ja noch“, entfuhr es ihr spontan.

„Pardon?“

„Ihren Anstecker.“ Sie deutete mit dem Zeigefinger darauf.

„Was soll das heißen?“

„Ach, ich habe am Sonntag so einen in der Kollekte gefunden, da dachte ich …“ Ihr Blick wanderte zu Beatrix, die ihre Hand instinktiv auf den Pin an ihrem Revers legte. Plessner folgte Kallis Blick.

„Das kann ja gar nicht sein“, bügelte er sie ab. „So eine Nadel haben nur drei Personen. Und die dritte Person ist gar nicht von hier.“

Beatrix nickte, dann nahm sie den Arzt beim Ellbogen und zog ihn mit sich zum Kleinen Saal. „Die hat ja Nerven“, raunte Beatrix Plessner zu.

Kalli knirschte mit den Zähnen. Der Mann war ihr echt zuwider. Sie hoffte, sich in Zukunft so wenig wie möglich mit ihm herumschlagen zu müssen.

Als hätte er gemerkt, dass sie ihn beobachtete, drehte er sich, die Klinke der Tür zum Kleinen Saal in der Hand, um und schaute den Flur entlang. Ihre Blicke kreuzten sich. Dann nickte der Arzt hoheitsvoll Tim zu, der ihn jedoch zu ignorieren schien. Plessner verschwand im Kleinen Saal.

In der Absicht, sich eine Tasse Kaffee einzuschenken, trat Kalli an den Auslagen-Tisch. Tim sah ziemlich brummig aus, daher wandte sie sich erst einmal den ausgebreiteten Flyern und Materialien zu. Gedankenverloren blätterte sie durch eine Broschüre der Wuesten, in der ihre aktuellen Bücher und Seminare beworben wurden. Das Cover zeigte eine glückliche Familie, Mann, Frau, eine Tochter, einen Sohn, sogar einen zotteligen, weißen Hund, umrahmt von den Strahlen der aufgehenden Sonne. Bilder und Inhalte zogen an ihr vorbei; sie suchte eigentlich nach einer Gesprächseröffnung mit Tim. Der verteilte gerade schwungvoll, fast scheppernd, Tassen auf dem Tisch. Irgendetwas machte ihn wohl sehr zornig. Und sie neugierig. Sie nahm sich eine Tasse vom Tisch.

„Sie sind genau wie er", sagte er, als sie gerade den Pumpdeckel der Thermoskanne bediente.

Langsam tupfte Kalli mit einer Serviette die Unterseite ihrer Tasse trocken – sie hatte die Kanne mit zu viel Druck bedient –, bevor sie betont ruhig fragte: „Wieso das?"

„Sie nerven beide."

„Ach, das."

Kalli wartete, dass Tim sich weiter erklärte.

„Ich versuche, was zu lernen. Mich zu informieren. Aber ständig quatscht jemand dazwischen."

Kalli sah das Türchen, das ihr Tim mit seinen zornigen Augen da gerade öffnete. Etwas darüber herauszufinden, was ihn so betroffen, so wütend machte. Oder auch nur darüber, wie er zu Plessner stand. Sie sah, wie sich dieses Türchen ganz langsam öffnete. Dahinter schimmerte einladend sanftes, gelbes Licht. Aber sie ließ sich nicht hinreißen. Sie schlug das Türchen zu.

„Dich *informieren*?", triezte sie ihn. „In meiner Definition von ‚informieren' …"

„Oh, bitte." Tim rollte mit den Augen. „Genau das meine ich. Am besten, Sie setzen noch ‚junger Mann' hinzu." Er verstellte seine Stimme, und Kalli fragte sich, ob Plessner wirklich so sprach. Wohl kaum. Oder, Moment. Sollte das eine Nachahmung *ihrer* Stimme sein?

„Okay, was sagt sie denn so Tolles, die Rednerin des heutigen Abends?“

„Mich interessiert das halt. Familien. Und warum sie nicht funktionieren.“ Er nahm sich eine Tasse und setzte hinzu: „Oder nicht mehr.“

„Ein weites Feld.“

„Nicht so weit, wie Sie vielleicht denken.“

Junge, Junge, dachte Kalli, noch nicht mal ’nen Bart und schon so schnodderig.

„Na, dann. Sag es mir. Warum funktionieren sie nicht?“ Sie schenkte sich Kaffee nach und fügte hinzu: „Oder angeblich nicht.“

„Entkernung.“

Und obwohl sie am liebsten schon die Frage davor zurückgenommen hätte, hakte sie nach: „Entkernung?“

„Ja. Die moderne Familie ist total entkernt.“ Der junge Mann holte zu einer großen Geste mit beiden Armen aus, als würde er alle entkernten Familien dieser Gemeinde umschließen wollen. „Durch Zuwanderung, zum großen Teil. Durch …“ – hier beschleunigte sich sein Sprechtempo so sehr, dass Kalli nur Bruchstücke verstand – „Und auch der Glaube an Gender. Oder die Entscheidung zu Homosexualität.“ Und sprach es so dahin, als hätte er zu ihr gesagt: „Tut mir leid, Käsebrötchen sind schon aus. Nehmen Sie doch Hack.“

Kalli biss sich auf die Zunge. Nichts lag ihr ferner, als den jungen Mann weiter in Fahrt zu bringen. Aber so stehen lassen konnte sie es auch nicht.

„Ich glaube kaum, dass sich Menschen dazu *entscheiden*.“

„Aber angeboren ist sie doch auch nicht?“ Seine Stimme überschlug sich förmlich.

„Nein, aber …“

„Schauen Sie, im Grunde habe ich Mitleid mit diesen Menschen. Dass irgendetwas sie so verstört hat, dass sie sich für einen Lebensstil wie diesem entscheiden. Ich kann mir gar nicht vorstellen, unter was für einem Druck sie stehen müssen.“

Kannst du nicht oder willst du nicht?, fragte sich Kalli und drehte sich zu der großen Pinnwand hinter ihr. Dort hatten

Angehörige und Freunde Andenken an Luisa angepinnt, Fotos zum größten Teil, aber auch alte Kinderbilder, unbeholfen mit Buntstiften gemalt, und eine silberne Kette mit einem schlichten Kreuz waren darunter. Die Wand war Kallis Idee gewesen; im Wesentlichen organisiert hatten sie Britta und Brigitte. Die Pastorin war noch nicht dazu gekommen, sie sich genauer anzusehen.

„Entkernung", sagte sie langsam und drehte sich erneut zu Tim um. „Klingt ja ganz schön bedrohlich."

Der junge Mann nickte ernst.

„Ich bin lesbisch. Sehe ich besonders bedrohlich für dich aus?"

„Oh", sagte Tim. Er drehte den Kopf zur Seite.

Schweigen.

Dann: „Darum geht's doch gar nicht."

„So? Klang eben anders."

„Naja … zugegeben, Sie können zumindest ganz schön bedrohlich gucken."

Wenn auch etwas widerwillig nahm die Pastorin dieses Angebot zu einer wackeligen Waffenruhe an. Sie hatte eh schon gegen ihren Willen grinsen müssen.

„Haben Sie eine Freundin?"

„Nein."

Tim öffnete den Mund zu einer neuen Frage und Kalli hob warnend die Hand.

„Versau's jetzt nicht."

„Ja, ja, schon gut."

Kalli deutete auf seine Schuhe. Ihr unabgetragenes Weiß tat regelrecht weh in den Augen.

„Neue Sneaker? Sehen teuer aus."

„Waren sie auch." Tim streckte die Brust raus.

„Taschengeld?"

„Nein. Ein Geschenk von …"

In dem Moment ging die Tür zum Kleinen Saal auf und die ersten Gäste strömten in den Flur, Beatrix Stuvemann allen voran. Kalli trat einen Schritt vom Tisch zurück, sie hatte keine große Lust auf eine erneute Kollision mit Ihrer Herrlichkeit.

Am liebsten wäre sie gegangen. Sie langweilte sich. Aber auf keinen Fall würde sie der Wuesten, Plessner und diesen … Fanatiker*innen hier unbeobachtet das Gemeindehaus überlassen. Also nahm sie die Fotostrecke auf der Pinnwand in Augenschein.

Von einer Vielzahl schreiend roter, gelber, grüner und blauer Reißzwecken gehalten, präsentierte sich dort, was Familie, Gemeindemitglieder, Freundinnen und Freunde als Erinnerungen an Luisa eingereicht hatten. Sie sah zahlreiche Luisas als Kleinkind, in Röckchen und Bluse auf Picknickdecken, in rosa gerüschten Kleidern unter Tannenbäumen und auf Familienfesten, in weißen Schneeanzügen auf Schlittschuhbahnen. Luisa mit einer Schultüte, die ein Plüschpferd krönte. Professionelle Studioaufnahmen aus der Schule, zum Teil mit ihren Brüdern, die sie links und rechts flankierten, erste Anzeichen der Pubertät auf Wangen und Nasen, ihre Hände krallten sich in die linke und rechte Schulter ihrer Schwester. Okay, vielleicht lagen sie auch nur auf (Kalli fand, sie krallten). Im Zentrum dieser Fotos hing das silberne Kettchen mit dem Kreuz. Kalli versuchte wenig erfolgreich, den Gedanken zu unterdrücken, wann das Kettchen der toten Luisa abgenommen worden war.

Wie alt war die junge Frau auf diesen Fotos? Drei, dann vier, fünf und sechs Jahre, auf den meisten war sie wohl im Grundschulalter. Kalli musste sich bücken, um aktuellere Fotos von Luisa zu finden. Am unteren Rand der Pinnwand war eine Einladungskarte zur Aufnahmefeier ins Internat angeheftet, daneben das Foto einer vielleicht vierzehnjährigen Luisa in dunkelblauer Schuluniform, diesmal zwischen den Eltern, aufgenommen vor dem Schlosseingang der imposanten Privatschule. Außerdem vier, fünf Selfies mit Tim, immer der gleiche Winkel, immer die gleichen Gesichtsausdrücke, nur die unterschiedlichen Kleidungsstücke verrieten, dass es sich nicht um dieselben Fotos handelte.

Mit einem unbehaglichen Gefühl in der Magengegend trat sie einen Schritt von der Pinnwand zurück und musterte die Fotostrecke in Gänze.

„Kein Foto mit Agnieszka", sagte sie zu Jo, der neben sie getreten war. „Oder auch nur mit anderen Freundinnen."

„Ja", gab der junge Mann ihr recht. „Geschweige denn überhaupt Fotos aus der jüngeren Zeit." Er senkte seine Stimme zu einem Flüstern. „Schon ein wenig gruselig, nicht?"

Kalli musste ihm stillschweigend zustimmen. Dann fiel ihr etwas ein.

„Was treibst du eigentlich hier?"

„Den Vortrag anhören."

Jo sagte es ohne jeden Sarkasmus.

Sie legte den Kopf schief. „Glaub ich dir nicht."

„Wir halten uns halt informiert. Was der Feind so treibt." Er setzte hinzu: „Schließlich kreuzen die doch auch mit Demobannern und Plakaten auf, sobald wir nur den Fuß in eine Schule setzen."

Kalli rückte einen Schritt von dem jungen Mann ab. „Oh, nein, ich weiß, was du vorhast. Lass es gut sein – an den Leuten hier beißt du dir die Zähne aus." Jo zwinkerte ihr nur zu.

***

Kalli stellte sich auf die Zehenspitzen und reckte ihren Kopf, um in der Menge der Feierenden ein bekanntes Gesicht zu erhaschen. Es war völlig unmöglich. Die Aula der Brauerei – gemeinsam mit *Nordbier*-Shop und Geschäftsstelle im repräsentativsten Gebäude der weitläufigen Brauerei-Anlage untergebracht, das ursprünglich, so wusste sie von Marlis, eine alte Schule gewesen war – platzte anlässlich des Bock-Anstechens aus allen Nähten. Sie konnte kaum glauben, dass das alles ausschließlich geladene Gäste sein sollten. An die fünfhundert Menschen drängten sich auf dem Parkett. Kalli kam sich wie auf einem Rock-Konzert vor.

Schließlich rettete sie sich in eine Ecke des riesigen Saals und nahm dankbar ein Bier vom Tablett eines vorbeieilenden Mönchs an. Sie stürzte es in wenigen, gierigen Zügen hinunter.

„Und was ist mit mir?"

Kalli fuhr zusammen. Sie hatte ganz vergessen, dass ihr Jo am Rockzipfel hing, die Augen rot verquollen von den vielen Tränen jugendlicher Empörung, die er vor dem Gemeindehaus vergossen hatte, nachdem sein Plan, die vor wenigen Stunden beim Vortrag zusammengelaufenen religiösen Hardliner mit einem „echten Homosexuellen" zu konfrontieren, nicht aufgegangen war. Was noch eine Untertreibung schien.

„Erst mal kein Bier für dich", entschied sie und versuchte sich zu sortieren. Was tat sie gleich noch mal hier? Ach ja, Propst Winter würde das Fass anstechen und sie sollte Schönwetter mit Markus Stuvemann machen. Was ihr – nachdem sie am Nachmittag bereits Beatrix und Christa Stuvemann und ihre Fundi-Entourage ertragen musste – noch weniger verlockend erschien als zuvor.

„Wieso 'n nich'?"

„Du verdaust jetzt erst mal die Klatsche, die du gerade von lauter zänkischen, beschwipsten Weibern kassiert hast."

„Mir is' langweilig", murrte Jo.

„Und ich muss pinkeln." Sie trat von einem Fuß auf den anderen und versuchte zu erraten, hinter welcher der zahlreichen vom Saal abgehenden Türen wohl das Klo zu finden wäre. Momentan konnte sie noch nicht einmal mehr mit Bestimmtheit sagen, durch welche Tür sie den mit Menschen und Mönchen vollgestopften Raum überhaupt betreten hatte.

Viel zu warm war ihr auch. Sie strampelte ihren Mantel, den Schal und den Wollpulli ab und drückte alles wortlos Jo in die Arme. Dann griff sie ein weiteres Bier von einem Tablett und hielt es aufseufzend Jo unter die Nase.

„Na gut, hier. Trink das, vergiss die Schrullen von vorhin und rühr dich nicht von der Stelle."

Sie erntete ein freudiges Strahlen und geduldete sich noch die paar Sekunden, die Jo brauchte, um unter ihrem Klamottenberg eine seiner schmalen Hände hervorzunesteln.

Sobald er das Bier hielt, war sie fort. Durch die erstbeste Tür, die in der Nähe war. Und kollidierte unsanft mit einem Mann dahinter. Kalli rieb sich das Kinn und schaute, mit wem sie da zusammengestoßen war. „Ach nein, wie schön, du bist ja auch hier!"

„Tut mir leid", sagte Fuchs und zeigte auf ihr Kinn.

„Schon gut." Kalli war erleichtert, überhaupt jemanden gefunden zu haben, den sie kannte. Nur ihre Blase …

„Sehen wir uns später noch?", fragte sie und trat unruhig von einem Fuß auf den anderen.

„Aber gerne." Er blinzelte. „Suchst du das Klo? Das ist zwei Türen weiter, wenn ich mich recht entsinne."

Kalli hauchte ein „Danke" in seine Richtung, trat zurück in den Saal, hechtete zwei Türen weiter und zog – diesmal vorsichtig – die Tür auf.

In dem Raum hinter dieser Tür, einer Art kleinen Salons, befand sich zwar nicht die Toilette, aber ein gemütliches, leicht abgedunkeltes Zimmer mit zwei Billardtischen und großen, bequemen Sesseln. Sofort breitete sich Ruhe in ihr aus und sie spürte, wie sich ihre Schultern entspannten. Nur zwei Personen hielten sich in dem Salon auf. Nach dem Klo könnte sie ja einfach kurz in einen der Sessel …

Das konnte doch nicht sein!

Leise, vorsichtig setzte sie einen Schritt zurück. Und noch einen. Sie hatte schon die Klinke in der Hand …

„Frau Krause!", rief Britta hinter ihr. „Haben Sie uns gar nicht gesehen?"

Kalli drehte sich um und bemühte sich, nicht zu verkrampft zu lächeln. „Ich, nein … ich suche das Klo."

„O ja, das ist kompliziert. Wo war das noch gleich?" Britta hatte sich aus ihrem Sessel hochgekämpft. Jetzt stupste sie mit dem Fuß ihre Schwester gegen die Wade, welche, die Brille am Lesebändchen unter dem Kinn, eine Zeitung auf Brust und Bauch ausgebreitet, wohlig schlief.

„Hm?", grunzte sie.

„Das Klo!", rief Britta übertrieben laut. „Frau Krause muss pinkeln!"

„Pinkeln?", nuschelte Brigitte im Sessel. „Frau Krause?"

„Ja-ha!"

Kalli spürte, wie sie rot wurde – vor Verlegenheit und Ungeduld. Dann musste sie lachen.

„Was ist das hier für eine Veranstaltung? Seit einer halben Stunde suche ich in der Aula vergeblich nach einem bekannten

Gesicht und jetzt finde ich hinter der ersten Tür den Kollegen Fuchs, hinter der zweiten Tür Sie beide und …"

„Fuchs ist hier?" Brigitte saß kerzengerade im Sessel, die Zeitung rutschte ihr knisternd über die Oberschenkel.

„Hier?", wiederholte Britta ungläubig.

„Na, der traut sich was!" Brigitte preschte an Kalli vorbei und brummte: „Klo is' genau gegenüber." Dann klappte die Tür.

Britta sah ihrer Schwester alarmiert hinterher, dann folgte sie ihr.

Kalli stand in dem leeren Salon und wunderte sich. Seufzend drückte sie die Tür auf und trat zurück in den Saal. Das laute Stimmengewirr und die Schlager aus den Boxen krachten wie Wellen über ihrem Kopf zusammen. Sie kämpfte sich am Rand entlang zu Jo.

„Na, alles gefunden?", lallte der, und Kalli maß die drei großen Glas Bier zu seinen Füßen mit einem ungnädigen Blick. Allesamt leer. War sie so lange fort gewesen?

„Wann hast du zuletzt gegessen?", brüllte sie in sein Ohr.

„Weiß nicht", sagte Jo. Er hickste zweimal. „Frühstück."

„Himmel hilf." Sie knirschte mit den Zähnen.

„Hör zu. Ich muss noch mal los. Ich treib was zu essen für dich auf." Sie schlug nach seinem Arm, der an ihrer Schulter vorbei zu einem Mönch mit Tablett langen wollte.

„Und kein Bier mehr. Hier!" Sie nahm ein Glas Selters von dem Tablett einer sehr bärtigen Nonne. „Das ist besser."

Ohne seine Reaktion abzuwarten, griff sie sich noch ein Pils vom Tablett, wandte sich um und drängelte sich beharrlich mitten durch den Saal zur gegenüberliegenden Seite. Wieso eigentlich Mönche und Nonnen? Sie schob den Gedanken beiseite und fragte eine Frau, die gerade genüsslich in ein Steaksandwich biss, woher sie das hatte. Die Frau antwortete mit vollem Mund und wies vage in die Richtung, aus der Kalli gerade gekommen war.

Okay, das musste also noch warten. Sie hoffte, Jo kippte bis dahin nicht aus den Latschen. Sie bereute bereits bitterlich, dass sie ihn mit zum Fest geschleppt hatte. Aber sie hatte es auch nicht übers Herz gebracht, ihn unter den Hyänen zurückzulassen. Geschweige denn, ihn alleine nach Hause zu schicken.

Wie konnte eine einzelne Person nur so dämlich sein?, fragte sie sich. Dann erinnerte sie sich, dass sie früher genauso gewesen war.

Beim *Get-Together* nach dem Vortrag – Tim und Plessner hatten die Reihen im Kleinen Saal aufgelöst und die Stühle zu kleinen Sitzgruppen zusammengeschoben – war Jo durch die Tür geschwebt (anders konnte Kalli es nicht bezeichnen), sein konservatives Outfit ersetzt durch königsblaue Kordhosen und ein T-Shirt in knalligen Regenbogenfarben, und hatte die Runde gemacht.

Kalli hatte sich längst angewidert vom Publikum des Vortrags abgewandt; ihr war deutlich, dass an diesem Nachmittag nicht die Art von Menschen versammelt war, deren Meinung man durch Argumente oder Begegnungen mit der Realität ins Wanken bringen konnte. Sie würde sich darauf beschränken, das Treiben zu beobachten, aber (zunächst) nicht zu stören – Auftritt: Jo.

„Guten Tag. Waren Sie auch beim Vortrag? Ich bin Jo, ich bin neunzehn, Azubi zum Tourismuskaufmann, ich bin aus Moorstede – und ich bin schwul."

Sie sah, wie der junge Mann sich eine blutige Nase nach der nächsten holte, sah sich aber außerstande, ihn beiseitezunehmen. Sie fürchtete – da war sie ehrlich – den Eklat. Einen Eklat, der an ihr hängen bleiben würde. In zwei, drei Jahren, rechtfertigte sie sich vor sich selbst, während sie so tat, als läse sie in einer Broschüre, würde sie das vielleicht tun, aber nicht nach zwei Wochen. Sie suchte nach einer leisen, eleganten Lösung, diese Leute und ihre Zusammenkünfte in Moorstede zu unterbinden, aber bitte ohne dem filigranen Machtgefüge in der Gemeinde, das sie noch nicht in Gänze durchblickte, offen den Kampf anzusagen.

Es war schrecklich.

Jos letzte Station war die alte Dame neben Kalli. Dramatisch gekleidet in ein flauschiges Twin-Set aus rosa Mohair, einen pinken Seidenschal fast lasziv um die Schultern geworfen, sah die alte Frau – unfreiwillig, vermutete Kalli – aus, als wäre sie einer Drag-Show entstiegen – einer sehr unfröhlichen Variante, zugegeben. Gemeinsam mit Christa Stuvemann beobachtete sie stumm Jos Zirkulieren durch den Raum.

Bereits reichlich angeschlagen zog sich Jo einen Stuhl in ihre Nähe. Um es ein letztes Mal zu versuchen. Wie viel fieser als die anderen konnte wohl diese alte Frau schon sein, die seine eigene Großmutter sein könnte! Wenig überzeugt sprach er seinen Satz.

Christa Stuvemann lachte kurz und trocken auf, als die Alte im rosa Twin-Set ausdrucklos antwortete: „Das kommt vor. Es werden schließlich auch Ferkel mit sechs Beinen geboren. Anders als bei denen, könnte man bei dir aber eine Behandlung versuchen." Damit angelte sie einen silbernen Flachmann aus ihrer Hosentasche, gab einen guten Schuss von, was auch immer darin war, in ihre kleine Tasse und verteilte den Tee schwappend auf Pullover und Seidenschal, während sie den Flachmann zurück in die Tasche fingerte.

Jo sah kurz zu Kalli, blinzelte hektisch mit den Augen. Dann verkrümelte er sich in den Flur.

Genug, entschied die Pastorin.

„Brigitte", flüsterte sie der Gemeindehelferin zu, die gerade den Kopf durch die Tür steckte. „Ich denke, es reicht jetzt."

„Gott sei Dank", seufzte die. „Ich dachte schon, Sie woll'n die hier übernachten lassen."

Mit der Bestimmtheit, wie sie nur Brigitte eigen war, baute sie sich mitten im Raum auf und rief: „He da! Wir schließen jetzt das Pfarrbüro. Benutztes Geschirr bitte in die grüne Plastikwanne am Ausgang. Danke."

Und an Plessner gerichtet, der etwas für Kalli Unverständliches murmelte, fügte sie hinzu: „Sie auch, Doktor."

Draußen, vor dem Gemeindehaus, zog Kalli den vor Wut schäumenden und weinenden Jo von den Treppenstufen hoch und machte einen für sie pragmatischen Vorschlag: dass er sie zum Brauereifest begleiten solle. In seinem desolaten Zustand konnte sie ihn unmöglich allein lassen; doch Zeit, sich um ihn zu kümmern, hatte sie auch nicht. Nicht, wenn sie der Einladung ihres Propstes pünktlich folgen wollte.

Während sie sich durch die Menge in der Aula pflügte, bereute sie ihren Vorschlag. Die Feiernden nahmen ihr die Sicht, als sie sich noch einmal nach Jo umwandte. Er würde schon klarkommen.

Sie war in der Mitte des Saals angekommen, da drehten sich plötzlich alle Anwesenden Richtung Bühne, ein Weiterkommen unmöglich.

Ein rothaariger, bärtiger Mann hatte die Bühne betreten und wurde mit brandendem Applaus begrüßt. Kalli klatschte höflich mit und ignorierte ihre Blase, die sich dem kritischen Punkt näherte.

„Bitte begrüßen Sie mit mir", brüllte der Mann ins Mikro, „unseren Gastgeber, Markus Stuvemann!" Der Applaus schwoll an, vor Kalli reckten mehrere Menschen ihre Bierhumpen in die Höhe und ein Schwapp Schaum traf sie am Haaransatz.

„O Mann", sagte sie vor sich hin, „ich brauch wohl auch noch eins, um das durchzustehen."

„Pils oder Dunkles?", fragte der Mönch neben ihr.

„Pils", sagte sie, nahm im gleichen Moment ein großes Glas vom Tablett und trank die erste Hälfte in einem Zug.

„Immer langsam, Frau Pastor." Tim strich sich die Kapuze seiner Kutte vom Kopf.

„Himmel", spottete sie und zeigte auf seine Kluft, „in ganz Mecklenburg müssen ja die Faschingsläden leer gekauft sein!"

„Gefalle ich Ihnen?" Er drehte sich vor ihr und verschüttete keinen einzigen Tropfen Bier dabei.

„Tim, du steckst voller ungeahnter Talente." Kalli musste brüllen, denn der Brauerei-Besitzer hatte die „Blech-Vögel" angekündigt, die auch just ins Horn stießen.

Sie stellte das halbleere Glas auf Tims Tablett zurück.

„Ich muss los."

Sie zwängte sich durch das nun gleichmäßig zur Blasmusik hin- und herstampfende Publikum und riss die nächste Tür auf.

Es war die Umkleide für das Personal, und ein knutschendes Paar aus Nonne (ohne Bart) und Mönch schauten sie überrascht an.

Die nächste Tür, endlich, war der Flur mit den Klos.

Jetzt musste sie nur noch ungefähr fünfzehn Minuten anstehen und dann hatte sie es geschafft.

Einen Stoßseufzer unendlicher Erleichterung auf den Lippen trat sie eine Viertelstunde später zurück in den Tanzsaal. Jetzt, da das erledigt war, merkte sie deutlich, wie ihr der Tag in den Knochen saß. Sie sehnte sich nach ihrem Sofa. Aber sie musste mindestens noch mit Propst Winter höflich bemessene zehn Minuten Konversation betreiben, am besten auch noch mit Stuvemanns, bevor sie sich den Abgang gönnen konnte.

Sie beschloss, dass Jo, auch in betrunkenem Zustand, alt genug war, um sich selbst etwas zu essen zu organisieren. Diesmal wählte sie ihren Weg am Rande der Aula entlang.

Sie kam gerade rechtzeitig, als Jo Tim das – glücklicherweise leere – Tablett aus der Hand schlug und dieser Jo am Ausschnitt seines Regenbogen-T-Shirts packte. Jos drei leere Gläser auf dem Boden waren in der Zwischenzeit fünf geworden.

„Hinterwäldler!"

„Schwuchtel!"

„He!", rief Kalli und ging dazwischen. „Was ist hier los?", herrschte sie die beiden an.

Die beiden ignorierten sie und keuchten schwer, taxierten sich mit bösen Blicken, die wilde Entschlossenheit und Feindschaft für alle Zeiten zu bedeuten schienen.

„Du", sagte sie zu Jo, „suchst dir jetzt auf der Stelle was zu essen. Dann treffen wir uns in einer halben Stunde am Ausgang und ich bring dich nach Hause."

„Yes Sir", murmelte Jo, und Kalli fragte sich erneut, warum Gott damals den Pharao nicht auch mit Teenagern bestraft hatte statt nur mit Fröschen, Stechfliegen und Blut im Nil?

Sie zog Tim an der Kordel seiner Kutte. „Und du!" Er guckte demonstrativ in eine andere Richtung. „Du bringst mich jetzt zu Winter."

„Geht nicht", nuschelte er.

„Wieso das nicht?", fuhr sie ihn an.

Tim deutete zur Bühne, im gleichen Moment brandeten wieder Applaus und freudiges Johlen auf.

„Jetzt is' Fassanstechen." Kalli sah den Propst auf der Bühne zwischen zwei Brauerei-Mitarbeiterinnen und einem großen Fass stehen und unsicher in die Menge winken.

Sie massierte sich die Schläfen. Ihr war schwindelig. Sie hatte das Gefühl, in Treibsand geraten zu sein.

„Gut, dann zu Markus Stuvemann."

„Was woll'n Sie von dem?"

„Trab los."

Und so schob sie sich ein weiteres Mal durch die angeregt schwatzende, wogende Menschenmenge.

„Entschuldigung, dürften wir kurz …"

„Pssst!"

Kalli hatte gar nicht gemerkt, dass die Musik ausgegangen war und der ganze Saal den Atem anhielt.

„Warten Sie kurz", flüsterte Tim. „Jetzt wird's spannend und ist eh kein Durchkommen."

Ehrfürchtige Stille hatte sich ausgebreitet, als Winter oben auf der Bühne, im grellen Scheinwerferlicht und vor Nervosität schwitzend, den …

„Wie nennt man das Ding gleich?"

„Schlegel", antwortete Tim.

… Schlegel schwang. Er hieb auf den Zapfhahn. Nichts.

Ein zweites, drittes Mal.

Um sie herum begannen einzelne Gäste zu kichern.

Ein viertes, fünftes Mal.

Tim wiegte ernst den Kopf. „Das ist nicht gut."

Ein sechstes, siebtes Mal.

Winters Kopf glänzte rot. Der Saal murrte.

„Feste!", brüllte jemand von weit hinten.

Mit dem zehnten Schlag trieb der Propst den Zapfhahn in das Fass.

Es gab höflichen Applaus.

„Das ist neuer negativer Rekord", resümierte Tim.

Kalli wollte etwas erwidern, aber der junge Mann war bereits verschwunden. Sie setzte ihren Weg Richtung Bühne fort.

„Ah, Frau Krause!"

Anita Unheil ergriff Kallis Ellenbogen und lotste sie das letzte Stück. „Wie schön, Sie zu sehen! Kennen Sie schon meinen Lebensgefährten?“

Sie deutete vage auf eine Gruppe mit drei Männern, und Kalli konnte nicht ausmachen, ob sie den großen schlaksigen meinte, den mit der Halbglatze oder den, dem das Brusthaar oben aus dem Hemd quoll. Sie war zu abgelenkt von Anitas Hand, die ihren Oberschenkel massierte. Sachte, aber bestimmt schob sie sie weg, genau in dem Augenblick, in dem Markus Stuvemann sich zu ihnen gesellte.

„Frau Pastor, probieren Sie eins! Frisch angestochen, unser Winter-Bock.“

Eigentlich hatte Kalli genug, aber sie spürte deutlich, dass Markus Stuvemann kein Mann war, dem man ohne Weiteres etwas ablehnen durfte. Sie schüttelte dem *Nordbier*-Eigentümer die Hand und nahm das Glas entgegen. Der breitschultrige Brauereibesitzer mit dem grauen, halblangen Haar sah in seinem zweiteiligen Anzug aus wie aus dem Ei gepellt. Propst Winter, diesjähriger Namensgeber des Bocks, stand leicht hinter ihm und betrachtete mit unzufriedenen Blicken die Schweißflecke auf seinem eigenen Hemd.

Sie nahm einen Schluck von dem neuen Bock. Überhaupt nicht ihr Fall.

„Lecker“, sagte sie.

Stuvemann lächelte jovial und Winter machte eine Grimasse, die alles bedeuten konnte.

„Warum Mönche und Nonnen?“, fragte Kalli und leckte sich etwas Bierschaum von der Oberlippe. Sie musterte Markus Stuvemann vorsichtig über ihren Glasrand und dachte erstaunt, dass dieses hektische, fast dekadente Treiben, der ganze Zirkus um das Fassanstechen, so gar nicht zu dem passen wollte, was sie als ersten Eindruck von ihm gewonnen hatte.

Als hätte er ihre Gedanken erraten, erwiderte der *Nordbier*-Eigentümer: „Die Leute lieben das.“ Und setzte hinzu: „Wir erinnern damit immer an die klösterlichen Traditionen, aus denen das Brauen hervorgegangen ist.“

„Ich habe neulich gehört", sagte Kalli, „dass das Brauen eigentlich auf mittelalterliche Hausfrauen zurückgeht. Die Klöster haben es wohl nur kommerzialisiert."

„Ist das so?" Stuvemann hob eine Augenbraue.

Winter warf ein: „Aber Hausfrauen-Kostüme! Stellen Sie sich das mal vor."

Kalli ignorierte ihren Chef. „Wie geht es Ihrer Familie?"

„Wir halten uns."

Kalli überlegte noch, wie sie auf diese lakonische Antwort eingehen wollte, da sagte der Brauerei-Besitzer: „Entschuldigen Sie mich. Ich denke, ich sollte kurz Herrn Fuchs aus seiner misslichen Lage befreien." Er deutete in den Raum hinter Kalli.

Kalli drehte sich um und machte einen Schritt um die Gruppe mit Anita Unheils potenziellem Ehemann herum, um besser sehen zu können. Stuvemann steuerte auf das andere Ende der Bühne zu, wobei er gelegentlich links und rechts eine Hand schüttelte. Fuchs stand mit dem Rücken zur Bühne und blickte ziemlich finster drein. Die Menge teilte sich kurz und Kalli konnte einen Blick auf Britta und Brigitte erhaschen. Sie hatten sich vor ihm aufgebaut, gestikulierten wild und redeten offensichtlich zeitgleich auf ihn ein. Kalli wandte sich ab. Die Situation war ihr irgendwie unangenehm, obwohl die beiden doch schon lange für Fuchs gearbeitet hatten und erst seit Kurzem für sie. Sollten sie doch klären, was offen war. Dennoch versank Kalli in Peinlichkeit.

„Frau Krause?" Winter berührte sie leicht an der Hand.

„Ja?"

„Ich möchte Ihnen gerne die Brüder Król vorstellen."

„Ach ja, wir haben letzte Woche telefoniert. Wie geht es Ihnen?" Sie war dankbar für das abgedunkelte Licht. Sicherlich würde sie gleich hektische rote Flecke im Gesicht bekommen, wenn sie mit den Brüdern von Agi reden musste.

Agi, die sie morgen in Hamburg treffen würde. Wovon sie, entschied sie instinktiv, den Brüdern nichts sagen würde. Agi war vor irgendetwas ausgerissen und hätte sie ihren Brüdern ausreichend vertraut, hätte sie sie wohl eingeweiht.

Kalli war überhaupt nicht darauf gefasst, den Brüdern zu begegnen. Nicht ohne Grund hatte sie es bisher beim Telefonieren belassen. Sie musterte die beiden. Stefan und Teodor Król trugen Bärte, wie sie jetzt unter Männern in ihrem Alter hip waren. Stefan bewegte seine Lippen.

„Pardon, was haben Sie gesagt?" Kalli beugte sich etwas vor. Die Schlagermusik hatte wieder eingesetzt.

„Uns geht es nicht so gut", brüllte Stefan Król.

Kalli nickte. „Verständlich."

„Wir machen uns große Sorgen", rief Teodor Król.

„Ja." Kallis Magen verknotete sich. „Haben Sie gar nichts von ihr gehört?", fragte sie. Das war scheinheilig. Aber noch komischer wäre es, diese Frage nicht zu stellen.

„Nein!", brüllte Stefan Król.

„Auch nicht diese Woche?"

„Nein."

„Und die Polizei?"

„Nichts."

„In Ihrer Heimatstadt ist sie nicht aufgetaucht?"

„Nein. Wir haben auch kaum Verwandte mehr."

„Und die, die wir noch haben, machen uns Vorwürfe."

„Wir hätten Agi nie nach GEROPA bringen dürfen."

Kalli hatte Mühe, alles zu verstehen. In unmittelbarer Nähe stand ein großer Lautsprecher.

„Sie arbeiten für die Brauerei?"

„Zwei meiner Besten!" Markus Stuvemann war um Kalli herumgetreten und stand jetzt zwischen den Brüdern, umfasste ihre Schultern mit den Armen.

Kalli wandte sich um und suchte den Bühnenbereich ab. Britta, Brigitte und der Kollege Fuchs waren verschwunden. Oder verdeckt, schwer zu sagen. Nachdem die ersten Beats des bekannten Remixes von Kerstin Otts „Die immer lacht" durch die Boxen klangen, hatte sich der Tanzboden merklich gefüllt.

Als sie sich zurückdrehte, waren sowohl die Króls als auch Markus Stuvemann – sie sah ihn noch durch die Tür zu ihrer Rechten schlüpfen – ebenfalls verschwunden.

Sie fuhr sich durchs Haar, erleichtert, dass sie sich nicht weiter durch Smalltalk manövrieren musste. Zeit zu gehen. Der Saal begann, schal zu riechen.

Sie schlug einen kleinen Umweg ein, um nicht ein weiteres Mal mit Anita zu kollidieren. Doch an der Stelle, an der sie Tim, Jo und ihre Klamotten zurückgelassen hatte, standen nur leere Biergläser.

Immerhin fand sie Mantel, Pullover und Schal – ordentlich zusammengelegt, staunte sie – unter dem Stehtisch in der Nähe.

Nach nur zwei Anläufen erwischte sie die richtige Tür, die in einen Vorraum und von dort zum Parkplatz führte.

Gierig sog sie die kalte Nachtluft ein.

Draußen fand sie Tim und Jo. Die Jungs standen mit dem Rücken zu ihr, die Hosen heruntergelassen, einträchtig darin vereint, Schlängellinien in einen Berg Sand zu pinkeln.

„Ich werd irre", knurrte sie in ihren Schal. Sie klatschte in die Hände. „Holla, ihr Süßen! Ich fahre jetzt Richtung Innenstadt. Wer mitwill, folgt mir."

Jo drehte den Kopf über seine Schulter und lallte: „Sie woll'n noch fahr'n?"

Kalli rechnete im Kopf nach, wobei sie auf katastrophale dreieinhalb große Gläser Bier kam. Verdammt.

„Okay, anders: Ich fahre jetzt Richtung Innenstadt. Ich fahre nicht schneller als 30, wir schnallen uns an, und ihr erzählt es keinem. Alternative: laufen."

Jo torkelte auf sie zu. „Schau ma', was ich gefund'n hab. Irre komisch."

Er drückte Kalli einen reichlich zerknitterten Hochglanzflyer in die Hand. „Brau dein eigenes Bier", las sie, „Prozesse des Brauens – Prozesse des Mannseins." Als Seminarleiter war der älteste Sohn der Stuvemanns, Peter, angegeben.

„Wohl eher Prozesse des Grauens", sagte sie und überflog die Seminarinhalte.

Jo hickste bestätigend.

„Das is' nich' so schlecht gewesen!", rief Tim und kam vom Sandberg herüber. „Ich bin ein ganz anderer Mann als vorher!"

„Mach mal lieber den Hosenlatz zu", sagte Kalli.

Sie verlud die Jungs auf den Rücksitz und stattete sie mit Plastikbeuteln aus, die sie im Kofferraum fand.

„Luisa liebte diese Partys", nuschelte Tim, während Kalli vom Parkplatz der Brauerei rollte.

„Luisa, Luisa", murrte Jo.

„Schenkte auch mit aus, das war immer lustig."

„Muss ja 'ne Heilige gewesen sein."

„War sie."

„Glaub ich nicht."

„Du blöder …"

„Jungs!", unterbrach Kalli mahnend und warf einen Blick in den Rückspiegel. Aber sie brauchte sich keine Sorgen zu machen. Beiden war bereits das Kinn auf die Brust gesunken.

Angestrengt konzentrierte sie sich auf die Straße. Hinter einer Kurve erwischte sie ein Schlagloch und der Wagen machte einen Satz.

Jo schrak hoch. „Wusstest du, dass sie bei uns in der Beratungsstelle war?"

„Wie jetz', bei'n Schwul'n?" Kalli sah im Spiegel, wie auch Tim seinen Kopf wieder aufrichtete.

„In unserer *Beratungsstelle*", stellte Jo pikiert richtig.

„Hm", machte Tim, und Kalli wartete auf eine zornige Erwiderung.

Doch Tim nickte. „Das erklärt wohl einiges."

„Vermisst du sie?", fragte Kalli nach hinten.

Tim schaute aus dem Fenster, und Kalli sah, wie sich sein Blick verwässerte.

„Ja. Sehr."

Hinten griff Jo nach Tims Hand.

13

Kalli warf Laptoptasche und Reiserucksack auf die Rückbank ihres Passats und schlug die Tür zu. Sie wandte sich um und winkte Britta und Brigitte, die sie bis auf die Treppe hinausbegleitet hatten. Die beiden hoben kurz die Hand. Dann verschwanden sie nach drinnen.

Den Zwillingen hatte sie erzählt, dass sie sich den Rest vom Freitag und den Samstag mobiles Arbeiten bei ihrem besten Freund in Schwerin gönnte. Davon, dass sie am Nachmittag einen Schlenker nach Hamburg fuhr, wussten sie nichts.

Sie hatte dabei kein schlechtes Gewissen. Die beiden hatten sich den ganzen Morgen ebenfalls sehr bedeckt gehalten, was ihre gestrige Auseinandersetzung mit Fuchs betraf.

Kalli betrachtete das Gemeindehaus, ihren neuen Arbeits- und bald auch Wohnort. Die zweistöckige, alte Villa mit den zwei Erkern glänzte in einem Schimmer aus mattem, orangefarbenem Spätnachmittagslicht. Seit gestern war mildere Luft in die Region geströmt; es war fast frühlingshaft warm und roch nach feuchter Erde und betauter Wiese. Verwundert stellte sie fest, dass sie bereits begann, sich hier wohlzufühlen. Fast heimisch. Anfang der Woche hatte sie es kaum erwarten können, ins Auto zu steigen und zu den Jungs in ihre alte Heimatstadt zu fahren. Und jetzt hätte sie das Wochenende fast lieber in Moorstede verbracht.

Fast.

Sie gab das Café, das Agi ihr als Treffpunkt am Hamburger Hafen genannt hatte, in ihr altes Navi ein. Sie bemühte sich, nicht an ihre letzte Fahrt über die Autobahn zurückzudenken, und ignorierte ihre feuchten Handinnenflächen.

Das Café befand sich an einer großen, belebten Straßenkreuzung. Der Asphalt glänzte vom leichten Nieselregen. Kalli zog ihren Schal fester. Sie wusste, dass der Hafen in der Nähe war, aber sie hätte nicht genau sagen können, in welcher Richtung er sich befand.

Ihre Hand lag schon am Griff der doppelflügeligen Glastür. Unentschlossen.

Sie trat einen Schritt zurück. Auf dem Gehweg rempelte sie ein Passant an. Nervosität hatte sie ergriffen; sie wusste nicht, wieso. Sie versuchte, in den Innenraum des Cafés zu blicken. Die bodentiefen Fenster am Eingangsbereich waren beschlagen und sie konnte das Innere nur verschwommen wahrnehmen. Einen großen Raum, ein Tresen in der Mitte, Pendelleuchten. Es war voll, gedämpftes Stimmengewirr drang auf die Straße nach draußen.

Was tat sie hier nur? Sie traf eine junge Frau, die von der Polizei gesucht wurde. Sie hatte die Polizei, die Brüder, Leute aus ihrer Gemeinde angelogen. Gut, vielleicht nicht angelogen. Aber doch verschwiegen, dass sie weit mehr über Agis Aufenthalt wusste, als von ihrem Umfeld angenommen wurde. Dass sie in Kontakt mit ihr stand. Wenn auch spärlich. Sie hatte darüber nicht groß nachgedacht, aus dem Bauch heraus gehandelt. Und nun war sie hier. Was erwartete sie sich von diesem Treffen? Ihr kam das plötzlich alles reichlich daneben vor. Lesbische Pastorin aus der Großstadt rettet queeres Teenie-Landei. War es das?

Aber Gehen kam jetzt auch nicht mehr infrage. Dafür war sie außerdem viel zu neugierig.

Sie drückte die Tür auf.

Und erlebte ein Déja-vù.

Im Windfang des Cafés stand Agi. Gerade warf sie ihren Rucksack über die Schulter. Sie trug genau das gleiche Outfit wie bei ihrer ersten Begegnung: schwarzen Kapuzenpulli, schwarze Lederjacke, Jeans. Nur die Haare waren jetzt komplett abrasiert. Und das kleine Nasenpiercing kannte sie auch noch nicht.

Kalli deutete auf das Piercing. „Neu?"

„Ich wollte gerade gehen."

„Ich bin allerhöchstens fünf Minuten zu spät", sagte Kalli erstaunt.

Agi trat von einem Fuß auf den anderen und schaute an Kalli vorbei auf die Straße.

„Könnt' ihr ma' die Tür zumach'n?", rief eine Frau, kaum älter als Agi, hinter dem Tresen hervor.

Kalli schob sich an Agi vorbei und hielt ihr die Tür auf.

„Raus oder rein?"

Agi zögerte. Dann trat sie zurück ins Café und drückte die Tür zu.

„Ich sitz da hinten."

Auf dem Tisch in der Ecke stand ein unberührter, schwarzer Kaffee. Agi ließ sich auf die Bank an der Wand fallen und zog die Tasse zu sich heran. Die Jacke legte sie nicht ab.

Kalli hängte ihren Mantel über einen Stuhl und setzte sich ihr gegenüber. Sie schaute Agi an. Wartete.

„So", sagte die und schaute aus dem Fenster.

Kalli folgte ihrem Blick. Auf der Scheibe hinterließ das herablaufende Kondenswasser ein Muster aus feinen Streifen. Der Nachmittagsverkehr auf der Straße war ein schattenhaftes Treiben hinter dem Glas.

Agi rührte angestrengt in ihrem Kaffee, obwohl Kalli sie weder Milch noch Zucker hatte hineintun sehen.

Kalli schlug die Beine übereinander. „Warum wolltest du, dass ich herkomme?"

„Ich möchte wissen, was mit Luisa passiert ist."

Kalli riss überrascht die Augen auf. „Das weißt du doch, oder nicht?"

„Ich glaube das keine Sekunde lang. Luisa war kerngesund. Zumindest, als wir uns das letzte Mal gesehen haben." Ihre Stimme klang brüchig.

„Ich weiß, es ist schwer zu glauben", setzte Kalli an. „Es ist sicher selten. Aber es kommt vor. Auch bei ganz jungen …"

„Nein", unterbrach Agi sie, „Sie verstehen nicht."

Kalli blickte sie abwartend an.

„Ich habe Luisa umgebracht."

„Was?" Kalli senkte ihre Stimme zu einem Flüstern.

„Kann ich euch was bring'n?" Kalli hatte gar nicht gemerkt, dass ein Kellner an ihren Tisch getreten war. Er trug eine rote Strickmütze, obwohl es höllisch heiß im Café war.

„Ähm, ich weiß noch gar nicht …"

„Im Angebot sind Pumpkin Spice Latte und Matcha Flavoured Chai." Er klang gelangweilt.

„Pfefferminztee, bitte. Danke."

„Wie Sie meinen." Der Kellner bewegte sich davon, man konnte es nur als Schlurfen bezeichnen.

Kalli wandte sich wieder Agi zu. „Wie hast du das gemeint?"

Die junge Frau öffnete den Mund. Heraus kam ein hohes Fiepen. Sie presste die Lippen wieder zusammen. Tränen quollen ihr aus den Augen, die sie mit dem Jacken-Ärmel schnell wegwischte. Aber es kamen mehr und mehr. Ihr Gesicht war schon ganz rot.

„Der Tee." Der Kellner stellte im Vorbeigehen die Tasse ab und schien keine Notiz von der weinenden Frau zu nehmen.

Kalli räusperte sich, dann setzte sie sich neben sie auf die Bank.

„Komm, zieh mal deine Jacke aus. Is' doch viel zu warm hier drin."

Agi wand sich aus der Lederjacke und gab sie Kalli, die sie neben sich auf die Bank legte.

„Wirklich warm hier drin", presste sie zwischen zwei Tränenschüben hervor.

„Ja."

Agi zog die Nase hoch.

Der Kellner kam zurück und legte wortlos einen Stoß Servietten vor Agi ab.

„Danke", sagte Kalli. Er nickte knapp, während er zwei Tassen Cappuccino am Nachbartisch servierte.

Agi schnäuzte sich lautstark.

„Vielleicht fängst du von vorne an", ermunterte Kalli sie.

„Wo ist vorne?", fragte Agi und schnäuzte sich erneut.

Doch dann begann sie, in stockenden Sätzen zu erzählen.

„Vor drei Jahren bin ich mit meinen Brüdern nach Deutschland gekommen. In meiner Vorstellung waren das immer Berlin, Hamburg oder vielleicht noch Leipzig. Aber nicht Moorstede." Sie förderte ein schiefes Grinsen zutage. „Moorstede, das ist wie Polen, zumindest wie die Ecke, aus der wir gekommen sind. Unsere Eltern sind bei einem Autounfall gestorben. Meine Brüder versuchten, den Familienbetrieb am Laufen zu halten, aber es ging alles in die Brüche. Also suchten sie Arbeit in Deutschland. Ein Neuanfang, sagten sie."

„Warum ausgerechnet Moorstede?"

„Kann man Sie auch fragen, oder?"

„Das stimmt."

„Und?"

„Die schnellste Möglichkeit, die sich aufgetan hatte."

„Ah." Agi bedachte Kalli mit einem Seitenblick. „Ja, war bei uns ähnlich. Und zumindest hatten wir noch eine Verwandte hier. Eine Tante meiner Mutter. Sie war schon sehr alt und lebt mittlerweile nicht mehr, aber sie hat meinen Brüdern die Stellen bei *Nordbier* vermittelt."

„Und du?"

Agi zog die Schultern hoch. „Ich machte keine Faxen. Zu dem Zeitpunkt begann ich zu begreifen, dass ich auf Frauen stand. Ich hatte eh eine schwere Stellung in meiner alten Schule." Sie nahm einen Schluck von ihrem Kaffee. „Das Klima in Polen ist echt rau geworden."

Kalli nickte.

„Aber viel besser war es für mich hier auch nicht."

Agi hatte ihren Realschulabschluss gemacht und anschließend angefangen, in einer Drogerie zu arbeiten. Sie hatte damals schon Pläne, Geld zu sparen, um nach Hamburg oder Berlin zu ziehen. Die Kolleginnen und der Filialleiter behandelten sie höflich. Sie arbeitete sich schnell ein und übernahm oft zusätzliche Schichten. Als sie zwei Jahre dort gearbeitet hatte, wurden für einen Sommerjob zwei neue Mädchen in Agis Alter eingestellt, Schwestern. Nur eine Woche später hörte sie einen Wortwechsel der Mutter der beiden mit dem Filialleiter. „Ich möchte nicht, dass die beiden mit *der* in einer Schicht sind." Tags darauf wollte er unter fadenscheinigen Gründen ihre Schichten umorganisieren. Das hätte aber bedeutet, dass sie viel weniger gearbeitet hätte, als sie eigentlich wollte. Verärgert konfrontierte sie ihn mit dem, was sie am Vortag gehört hatte. Er stritt es ab. Noch zwei, drei Wochen arbeitete sie dort, dann kündigte sie. Der Filialleiter schien erleichtert.

„Das ist Unrecht", sagte Kalli. „Tut mir leid."

Agi schaute ihr kurz in die Augen, bevor sie sie wieder auf ihre Kaffeetasse sinken ließ. „Und dann lernte ich Luisa kennen."

„Wo?"

„Meine erste Jobsuche verlief wenig erfolgreich. Meine Brüder schlugen mir ein Ferienlager vor, brachten so eine Broschüre von der Arbeit mit. Schätze, der Alte hat sie ihnen …"

„Wer?"

„Der alte Stuvemann. Luisas Vater. Schätze, der hat Stefan und Teo diese Broschüre gegeben. Mal Pause machen, meinten sie. An der frischen Luft sein. Schwimmen. Gutes Essen. Völlig kostenfrei! Klang gut, fand ich. Aber es war fast wie Schule." Agi zuckte mit den Schultern. „Aber das war in Ordnung, ich ignorierte diesen Teil und stürzte mich auf den Rest."

„Was meinst du damit, es war wie Schule?"

„Ganz schön viel Gequatsche. Wenn's wenigstens interessant gewesen wäre. Aber lauter so Zeug über, wie es ist, eine ‚Frau'" – Agi vollführte Anführungszeichen in der Luft – „zu sein, wie es ist, ein ‚Mann' zu sein und so Zeug über Pubertät und Gefühle. Aber immerhin, am Nachmittag konnten wir machen, worauf wir Lust hatten." Sie gab dem Kellner ein Zeichen, ihr einen weiteren Kaffee zu bringen. Kallis Bauch sagte ihr, dass sie an dieser Stelle einhaken sollte; doch sie wollte die junge Frau nicht im Fluss stören. Also machte sich Kalli nur eine gedankliche Notiz und hörte weiter zu.

Die Umgebung war traumhaft; Agi hatte seit dem Tod ihrer Eltern keinen Urlaub mehr gemacht. In unmittelbarer Nähe gab es einen kleinen See, einen Fluss und reichlich Wald, sie konnten Räder und Kanus leihen und abends so lange am Lagerfeuer sitzen, wie sie wollten.

„Mann, fand ich Luisa weird am Anfang", erinnerte sich Agi. „Sie war mega religiös. Ich meine, ich bin auch evangelisch erzogen, das ist mir auch wichtig und so." Sie warf der Pastorin einen prüfenden Blick zu. „Aber Luisa nahm das alles so *richtig* ernst. Sie war schlimmer als meine katholischen Mitschülerinnen in Polen." Agi verdrehte kurz die Augen. Dann verfinsterte sich ihr Blick wieder. „Inklusive morgens in der Bibel lesen.

Auch das Gerede am Vormittag schien ihr nichts auszumachen. Voll die Streberin halt."

Dann kam der Tag, an dem sie zusammen Küchendienst hatten. Agi sollte Möhren und Kartoffeln schälen, Luisa wollte sie klein schnippeln. Immer wieder nahm sie Agi den Schäler aus der Hand, um eine Stelle, die ihr an dem Gemüse nicht sauber genug war, erneut zu schälen. Nach zehn Minuten schäumte Agi vor Wut. Sie fing an, absichtlich nachlässig zu schälen.

„Hallo!", ahmte Agi Luisa nach, die Leute vom Café-Tisch neben ihnen wandten die Köpfe. „Kannst du mir sagen, wer *das* essen soll?"

Dabei hatte sie ihr mit einer Möhre vor dem Gesicht herumgefuchtelt. Die Agi zwar akkurat geschält, an der sie aber das Grün dran gelassen hatte, welches ihr Luisa prompt über die Nasenspitze peitschte. Ausdruckslos hatte Agi daraufhin eine offenstehende Tüte Mehl genommen und Luisa über den Kopf geschüttet. Luisas Mund stand vor Schreck weit offen, auf der Oberlippe kleine Berge von Mehl. Dann hatten sie schallend gelacht.

„Ich weiß nicht, was dann passierte. Sie begann, meine Nähe zu suchen. Ich merkte, wie sie mich beim Umziehen vor dem Schwimmen beobachtete. Beim Morgenkreis den Platz neben mir wählte. Abends mit mir am Feuer saß, bis alle anderen schon im Bett waren."

Doch nach zwei Wochen wurde Agi zappelig. Wald, See, Lagerfeuer – gut und schön, aber doch nicht vier Wochen lang! Ihr Plan, nach Hamburg oder Berlin zu gehen, kam ihr wieder in den Sinn. Sie rechnete sich aus, wie viel Geld sie schon hätte verdienen können, während sie im Ferienlager war. Sie beschloss, sich davonzumachen. Eines war sicher: Riefe sie ihre Brüder an, würden die sie bereden, bis sie schließlich im Camp blieb. Aber wenn sie erst einmal zu Hause vor der Tür stand, würden sie nur mit den Schultern zucken.

Eines Morgens wollte sie abhauen. Doch zu ihrer Überraschung fand sie die Eingangstür verschlossen. Sie ging leise in den Gemeinschaftsraum und öffnete ein Fenster. Es ließ sich nur schwerfällig aufziehen und verursachte ein hässliches, lautes Geräusch.

„Und dabei erwischte sie mich."

„Und dann?"

„Sie hat mich geküsst."

„Oh", Kalli lachte, „damit war die Sache dann wohl entschieden."

Agi nickte. „Ich blieb. Es war schön. Nach dem Camp haben wir uns weiterhin getroffen. Heimlich. Luisas Familie durfte davon nichts wissen."

„Und deine Brüder?"

„Die auch nicht." Agi seufzte. „Ach, die beiden. Sie haben sich sehr verändert, seitdem wir in Deutschland sind."

„Inwiefern?"

„Die faseln nur noch von ‚*Gayropa*' und so 'nem Zeug." Sie rollte demonstrativ mit den Augen. „Das muss von ihren neuen Dudes aus der Brauerei kommen. Anders kann ich mir das nicht erklären." Sie klopfte sich auf den Brustkorb. „Aber, hallo? Was denken die, wie ich das finde?"

Kalli erinnerte sich an ihre kurze Unterhaltung mit den beiden auf dem Fest. „Wir hätten sie nie nach GEROPA bringen dürfen", hatte Teo gebrüllt, und sie dachte, sie hätte ihn falsch verstanden. Hatte sie auch, aber nie im Leben wäre sie darauf gekommen, dass er „*Gayropa*" gesagt hatte.

Sie wechselte das Thema. „Wie konntet ihr das vor Luisas Familie geheim halten?"

„Das war leicht. Luisa hatte seit dem Sommer eine eigene Wohnung."

„Eine eigene Wohnung?" Kalli hob die Augenbrauen.

Der Kellner brachte Agis zweiten Kaffee, sie nahm ihn entgegen. Die Tasse zitterte leicht auf der Untertasse.

„Ja. Da, wo Sie jetzt wohnen. Wenn sie unter der Woche nicht im Internat war, lebte sie dort."

Kalli war skeptisch. „Das kann eigentlich nicht sein. Das ist eine Gemeindewohnung."

„Was weiß ich … Im Ort gehört doch eh fast alles Luisas Familie." Agi führte die dampfende Tasse zum Mund, setzte sie aber schnell wieder ab. „Wiederum, na ja." Sie sprach langsam, als prüfe sie jedes Wort. „Ein wenig weird war das schon. Ich meine – für *mich* wäre so eine ganze Wohnung Freiheit pur. Nur …"

„Nur?", hakte Kalli ein.

„Nur Luisa wollte da nicht sein. Ihr Zuhause war woanders, sie hatte auch kaum Sachen in dieser Wohnung. Luisa sah darin die Strafe ihrer Alten. Oder so. Also, war es ja auch, eine Strafe. Ihre Familie ging Luisa über alles. Konnte es nie erwarten, am Ende jeder Woche vom Internat nach Moorstede zurückzukommen. Hatte kaum ein anderes Thema, Papa hier, Mama da. Ihre Brüder, ihre Großmutter – die reinsten Engel, wenn man ihr so zuhörte. Mich nervte das kolossal. Ich meine, schließlich mussten wir uns vor denen verstecken!" Agi hielt inne. „Ich werd selbst nicht schlau draus, was sie sich dachte. Sie machte alle diese Dinge, um wieder in ihre Familie aufgenommen zu werden …"

„Welche Dinge?"

„Na ja, sich dorthin ausquartieren zu lassen. Und dieses ganze Blabla über sich ergehen lassen. Freitagabend und Samstagvormittag kam immer jemand …"

„Hm?"

„Irgendwer von der Familie, ich weiß nicht genau, wer, Luisa machte ein riesiges Geheimnis drum, ich weiß nicht, wieso. Da kam also wer, vielleicht diese fiese Vogelscheuche von Großmutter? Einmal, noch bevor ich Luisa kannte, hab ich mal meine Brüder von der Arbeit abgeholt und da haben die mich ihr vorgestellt. Alter, die hat einen Blick drauf, da gefrierst du zu Eis und … Aber was wollte ich eigentlich sagen?" Agi kratzte sich an der Schläfe. „Ach ja, also, dann haben sie gebetet und ewig gesprochen, was weiß ich, Luisa erzählte nicht viel darüber." Agi lachte auf. „Und dann, wenn die Luft rein war, bekam ich eine SMS. Und dann hatten wir etwas Zeit, bis zu ihrem nächsten Termin."

„Warte mal, ich versteh das nicht ganz. SMS? Termine? …"

„Jedes Wochenende mit Luisa hatte für mich eine feste Struktur." Agi spreizte die Finger ihrer rechten Hand und zählte mit der linken ab. „Freitagabend kam sie an und hatte ihr erstes Treffen mit ihrer Großmutter. Danach bekam ich eine SMS, dass wir uns sehen können. Ich war so circa halb zehn bei ihr und blieb über Nacht."

Kalli nickte, um zu verstehen zu geben, dass sie folgte. „Und Samstagmorgen …"

„… musste ich wieder fort, da rückte die Alte dann ja das zweite Mal an. Danach kam ich wieder, aber um sechs brach Luisa zum Abendessen zu ihrer Familie auf, damit sie um sieben pünktlich draußen bei denen am Abendbrottisch sitzen konnte."

„Wie, sie ging zum Abendessen nach Hause?", wunderte sich Kalli.

„Ja. Jeden Samstagabend. Und dann noch mal Sonntagmittag. Musste sie. Das war irgendwie Teil dieser bekloppten Strafe, schätz ich. Echt krass. Ich begleitete Luisa immer noch bis zur Straßenecke, weiter durfte ich nicht, seit wir einmal ihrem Freund Tim begegnet sind. Manchmal, wenn sie dann zurück war, haben wir uns noch mal getroffen. Aber …" Agi suchte nach Worten. „Das mochte ich nicht so gern, nach diesen Essen war sie immer down. Weil sie nicht dableiben durfte. Was ich nicht kapiere. Verstehen Sie das?"

Kalli wusste nicht, wie sie darauf reagieren sollte. Einerseits konnte sie Agis Ratlosigkeit nachfühlen – dass ihre Freundin scheinbar freiwillig alles tat, um wieder in ihre Familie aufgenommen zu werden, was offensichtlich auch hieß: ihre Gefühle für Agi zu verbergen; und sich aber gleichzeitig mit ihr traf. Und andererseits konnte Kalli Luisas widersprüchliches Verhalten verstehen: Das Mädchen war hin- und hergerissen, war noch dabei, eine Entscheidung für sich zu treffen – in die eine oder andere Richtung.

Freiwillig? Entscheidung treffen?, hallte es in Kalli nach. Sie war sich nicht sicher, ob das hier überhaupt zutreffen konnte.

„Okay", griff Kalli den Faden wieder auf, „also Samstagabend war sie zum Abendessen dort und ihr habt euch noch mal gesehen …"

„Ja, oder auch nicht …"

„… oder auch nicht. Und Sonntag?"

„Sonntag dann noch Mittagessen bei ihrer Familie. Wenn die aus dem Gottesdienst kamen. Dahin durfte sie nämlich auch nicht mit. Je nachdem, wann das zuende war, bekam ich wieder eine SMS und wir trafen uns an der Wohnung zum Tschüs-Sagen. Bevor sie am frühen Abend den Zug zum Internat zurücknahm."

In Kallis Kopf verknoteten sich Tage, Termine und Treffen. Diese Art, eine Beziehung zu beginnen, frisch verliebt, mit Kribbeln im Bauch und Hummeln im Hintern, kam ihr … stressig vor. Sehr stressig.

„Das muss anstrengend für euch gewesen sein", tastete sie sich vor. „Und für dich wahrscheinlich auch ganz schön verwirrend, oder?"

„Total. Ich mein – ich war echt verknallt. Aber dieses ganze *On-Off* – das war mir schnell zu viel."

In Agi wuchs der Wunsch, woanders neu anzufangen. Sie sah für sich keine Perspektive in Mecklenburg, erkennbar queer, auch noch aus Polen und mit nichts als einem Realschulabschluss in der Hand.

„Ich hing an Luisa, wirklich. Aber wie sollte das bitte mit uns aussehen – mit diesem ganzen Versteckspiel?"

„Du wolltest, dass sie mit dir geht."

„Ja. Sie verstehen das!" Agi drehte ihre Kaffeetasse auf der Untertasse im Kreis. „Aber Luisa, Luisa verstand das irgendwie nicht."

„Wollte sie nicht?"

Agi seufzte. „Schwer zu sagen. Doch, ich glaube, eigentlich wollte sie. Gleichzeitig aber auch nicht." Agi hob hilflos die Hände. „Ich habe keine guten Worte dafür."

Kalli nickte.

„So vieles war echt schräg." Die junge Frau flüsterte, ihr Blick schien in die Ferne zu gehen. „Sie glaubte zum Beispiel auch, dass man aus eigenem Antrieb hetero werden könnte. Sie dachte, sie kann beten, bis es weggeht." Sie zog die Nase hoch; Kalli schob ihr eine weitere Serviette rüber. „Ist das zu fassen?"

Manchmal verlebten sie eine friedliche Zeit in der Wohnung. Stunden, die mit Quatschen, Pizza-Essen und Musik-Hören vorbeizogen. Manchmal gab es jedoch Tage, da stemmte Luisa sich gegen Agi. War reizbar, aggressiv. Und wollte dennoch nicht, dass Agi ging. Wieder an anderen Tagen stritten sie, weil Agi rauswollte, aber Luisa nicht. Obwohl sie manchmal die Wohnung verließ, um Tim zu treffen.

„Das war auch so'n Ding. Der durfte nämlich nichts von uns wissen. Also, er wusste wohl, dass wir Zeit miteinander verbringen. Sie meinte zumindest mal, er mache ihr Stress, weil sie viel mehr mit mir als mit ihm abhängt. Aber sie sagte ihm nicht, dass wir zusammen waren." Agi ballte ihre rechte Hand zu einer Faust; erneut liefen ihr Tränen über das Gesicht.

„Wie ist es ausgegangen?" Kalli war es eng um die Brust.

Nach einem heftigen Streit wegen Tim zog Luisa sich mehr und mehr zurück. Agi begriff, dass es Luisa richtig schlecht ging, aber sie überblickte nicht, was los war. Und es wurde ihr langsam, aber sicher zu viel. Sie wollte nicht den Rest ihres Lebens zwischen der Wohnung ihrer Brüder, unterbezahlten Gelegenheitsjobs, dem Warten auf Luisas SMS und dem anschließenden, heimlichen Geschleiche durch ihr Treppenhaus zubringen. Und immer nur streiten. Sie fasste ernsthafte Pläne zu gehen. Mit oder ohne Luisa. Im Internet stieß sie auf *Buntes Moorstede*.

„Ich wusste nicht, dass wir so was in Moorstede haben."

„Ein großes Glück, in so einer kleinen Stadt", stimmte Kalli zu und dachte an Bernd, den sie mochte, Jo, den sie nervtötend fand, und Tari, die sie nicht richtig einschätzen konnte.

Agi schlug Luisa vor, sie zur Beratungsstelle zu begleiten. Machte extra einen Termin für einen Freitagabend aus, von dem sie wusste, dass Luisas „Sitzung" mit ihrer Großmutter ausnahmsweise ausfallen würde.

„Ich dachte, vielleicht löst das was in ihr."

„Und?"

„Sie kam mit. Aber ich denke, mehr, weil sie keine Lust auf einen neuen Streit hatte. Sie war müde. Genau wie ich."

Luisa wartete im Vorzimmer. Als Agi aus dem Beratungsgespräch kam, erlebte sie eine kleine Überraschung. Luisa, die auf einem Sofa im Wartebereich lümmelte, sichtlich entspannt, und sich angeregt mit einer Frau unterhielt. Tari. Luisa lachte laut, etwas, das Agi zu der Zeit gar nicht mehr von ihr gewohnt war. Und als sie gingen, schrieb Tari Luisa einen Termin auf einen Zettel.

Der Termin, zu dem die junge Frau nie erscheinen würde. Kalli dachte an den Morgen zurück, als sie einen Briefumschlag von den Postkästen fischte. Der Auslöser ihrer Irritation und Neugier.

„Auf dem Rückweg waren wir sogar noch ein Eis essen auf dem Markt. In aller Öffentlichkeit, stellen Sie sich das vor! Naja, ihre Hand nehmen durfte ich trotzdem nicht." Agi verzog den Mund. „Bis sie Punkt sechs zu ihren Eltern zum Abendessen ging, hatten wir einen richtig unbeschwerten Tag. Aber dann war die alte, bedrückte Luisa wieder da."

Am nächsten Morgen war alles beim Alten.

Agi hatte genug. Die Beratung hatte sie in ihren Plänen noch bestärkt.

„Auch, wenn der Berater sich offenbar mehr dafür interessierte, was passiert war und wie wir uns kennengelernt haben, als was ich jetzt vorhabe", erinnerte sich Agi.

Kalli ließ sich diese Bemerkung auf der Zunge zergehen. Irgendetwas störte sie daran. Sie wollte Agi jedoch nicht unterbrechen.

Luisa und Agi stritten sich weiter; Agi schmiedete Pläne. Um ihren achtzehnten Geburtstag hatte sie mit ihrem neuen Job an einer Tankstelle genug Kohle zusammen, um den Sprung zu wagen. Zum Ende des Monats kündigte sie. Tari vermittelte ihr über die Beratungsstelle ein WG-Zimmer in Hamburg. Und in dieser WG wäre in ein, zwei Monaten sogar noch ein weiteres Zimmer frei. Agi musste sich schnell entscheiden. Luisa sollte mit. Agi versuchte es mit Bitten. Dann mit Schreien. Schließlich mit Flehen.

„Luisa war wie versteinert." Agi fragte sie offen, ob sie sie in Ruhe lassen, ob sie gehen sollte, aber daraufhin klammerte sich Luisa nur an sie. Agi wusste nicht, was zu tun war. „Ich hatte das Gefühl zu ersticken."

Schließlich hatte Agi zu lange gezögert. Als sie sich drei Tage nach der Frist in der Beratungsstelle meldete, war das Zimmer vergeben. Agi war am Boden zerstört und suchte nach Trost. Doch Luisa schien sich zu freuen. „Das heißt, du bleibst noch?", war alles, was sie dazu sagte.

„Ich bin ausgeflippt", flüsterte Agi. „Und dann gegangen. Für immer."

Kalli drückte die Hand der jungen Frau. „Ein schwerer Schritt."

„Ja."

Nach diesem Wochenende voller Streit ging Agi wie jeden Tag mit ihren Brüdern aus dem Haus zur Arbeit. Einen ganzen Tag brauchte es, bis ihre Wut verrauchte. Tags darauf war ihr klar, was sie tun würde. Sie würde definitiv gehen. Aber vorher wollte sie sich mit Luisa versöhnen. Und zumindest dafür sorgen, dass der schlimme Streit nicht die letzte Begegnung sein würde.

„Immer und immer wieder rief ich bei Luisa an. Sie ging nicht ran."

Agis Wut schwoll erneut an. Und als sie zurück nach Hause kam, da wartete jemand auf sie vor der Tür.

Kalli hielt den Atem an.

„Peter Stuvemann."

„Bitte?"

„Der große Bruder von Luisa."

„Ihr Bruder?" Kalli ließ das sacken. „Was wollte der?"

„Er wollte … Er hat … Ich habe …" Doch die Worte gingen in wilden Schluchzern unter. Mehrere Gäste drehten sich mit neugierigen Blicken nach der weinenden jungen Frau um. Kalli schob ihr ihre Lederjacke zu.

„Komm. Wir gehen an die Luft."

Kalli zahlte ihre Getränke am Tresen, dann trat sie zu Agi auf die Straße. Die junge Frau stand unbeweglich im Strom der Passant*innen, starrte vor sich auf den Gehsteig.

Kalli steckte sich eine Zigarette an. „Wo geht's denn hier zum Wasser?"

Agi deutete stumm die Straße entlang.

Eine Weile liefen sie schweigend. Schließlich kreuzten sie eine große Straße, bogen um einen Häuserblock und standen am Hafenbecken.

Kalli hatte schon immer eine große Affinität zu Wasser verspürt. Obwohl es an den Landungsbrücken an diesem Freitagnachmittag hektisch zuging, spürte sie, wie sich unversehens etwas in ihr weitete. Sie drückte ihre Zigarette an einem Mülleimer aus und fischte sich sogleich eine zweite aus ihrem Päckchen. Sie wollte Agi nicht drängen. Sollte sie sich erst einmal fassen. Dass diese Liebesgeschichte nicht gut ausgegangen war, erschien Kalli offenkundig; das Ergebnis der Geschichte trabte gerade traurig an ihrer Seite die Hafen-Promenade entlang. Aber Kalli wusste auch, wie sie selbst in Agis Alter gewesen war. Man überbewertete Geschehnisse, die eigene Rolle darin, bezog alles auf sich, schämte sich für Dinge, über die man Jahre später nur den Kopf schüttelte.

Es würde schon alles gut werden. Geduld.

„Ich habe Geld genommen."

„Was bitte?" Kalli ließ vor Schreck ihre zweite Zigarette auf das Pflaster fallen. „Geld genommen? Wie meinst du das? Wofür?"

Agi weinte wieder.

„Geld, *wofür*?"

Agi schaute sie durch ihren Tränenschleier einen Augenblick lang entgeistert an.

„Mann, doch nicht *dafür*!"

Kalli atmete aus. Von wegen Geduld, schalt sie sich.

„Geht's noch?" Die junge Frau musterte sie zornig.

Kalli machte eine entschuldigende Geste.

Agi trat an den Rand des Hafenbeckens und schaute einem großen Frachter nach, der die Wasserstraße hochfuhr. Kallis Herz war schwer. Sie trat ebenfalls ans Wasser. Es roch salzig und ein wenig modrig. Über dem Hafenbecken kreiste ein schwarzweißer Pulk aus Krähen und Silbermöwen.

Agi holte tief Luft. „Peter hat mir Geld angeboten. Dafür, dass ich auf der Stelle meine Taschen packen und verschwinden würde. Keinen weiteren Kontakt zu Luisa suche und auch niemandem erzähle, dass Luisa und ich ein Paar waren."

Kalli wandte sich der jungen Frau zu. Agi hielt die Augen auf ein weiteres Schiff gerichtet. Die Arme verschränkt, hatte sie die Jacke fest um sich gezogen. Als das Schiff an ihnen vorbeizog, drehte sie den Kopf zu Kalli und sah ihr in die Augen. Kalli erwiderte den Blick.

„Eine schwindelerregend hohe Summe. Zumindest für mich."

Agi drehte ihr Gesicht wieder dem Hafenbecken zu.

„Ich habe es genommen. Ohne zu zögern."

Kalli schwieg.

Als Agi weitersprach, konnte Kalli sie kaum verstehen. Die junge Frau hatte nicht widerstehen können. Mit Luisa schien eh alles aus und vorbei. Und jetzt war hier plötzlich nicht nur der Absprung, sondern ein ganz neues Leben zum Greifen nahe. Das Geld reichte aus, um entspannt den erweiterten Realschulabschluss nachzuholen und vielleicht sogar noch das Fach-Abi zu beginnen. Peter gab es ihr bar auf die Hand. Im Hauseingang zu ihrem Wohnblock.

Und so war sie mit dem Geld nach Hamburg gereist und klopfte einfach bei der WG an, deren Zimmer sie nicht bekommen hatte. Die Bewohner*innen hörten sich staunend ihre Geschichte an. Das mit dem Geld ließ Agi aus. Sie quartierten sie im Gemeinschaftszimmer ein, bis das zweite WG-Zimmer frei werden würde. Das, von dem Agi sich gewünscht hatte, Luisa würde dort einziehen. Agi füllte mit dem Geld der Stuvemanns – Kalli war sich sicher, dass Peter hier nur als Überbringer aufgetreten war – Kühlschrank und Vorratskammer.

„Puh", sagte Kalli. „Und jetzt denkst du …"

„Ja." Agis Gesicht glänzte vor Tränen, aber sie schluchzte nicht mehr so laut. Kalli war sich sicher, dass das dicke Ende noch kam.

„Ich brauche erst mal was zu essen." Kallis Magen hatte schon im Café geknurrt. In diesem Moment schien er wilde Saltos zu schlagen.

Mit zwei Portionen Fish & Chips lehnten sie sich gegen ein Geländer. Der Freitag spülte eine große Ladung Wochenendtourist*innen in den Hafen. Die beiden beobachteten das bunte Treiben aus gestylten Partygänger*innen, Anoraks und Mäntel über dünne, glitzernde Outfits geworfen, Reisegruppen, die hochgestreckten Schirmen, Broschüren oder Winkehänden folgten, und Familien mit Kindern aller Altersstufen, die zum Musical übersetzen wollten. Während Kalli ihre Portion regelrecht verschlang, pickte Agi freudlos mit ihrer kleinen roten Plastikgabel in den Pommes herum.

„Ich krieg nichts runter. Wollen Sie noch?"

Kalli nahm das Angebot gerne an, verringerte aber ihr Tempo auf ein Maß, das es eher möglich machte zu reden.

„Es ist ganz schön bizarr", fuhr Agi fort. „Ich bin hier, in Hamburg. Und wir sprechen miteinander. Dabei kennen wir uns gar nicht."

Kalli nickte.

„Ich bin froh, dass Sie gekommen sind."

Am darauffolgenden Morgen, ihrem ersten Morgen in Hamburg, verbracht auf dem großen, durchgesessenen Sofa in der WG, wachte Agi mit hohem Fieber auf. Ihre neuen Mitbewohner*innen versorgten sie mit Paracetamol und Brokkolisuppe. Agi stellte fest, dass ihre bisherige vollständige und umfassende Ablehnung dieses Gemüses völlig unbegründet war. Dann schlief sie drei Tage lang, nur unterbrochen von wechselnden Personen, die sie besorgt wachrüttelten, ihr ein Glas Wasser einflößten und das Zimmer lüfteten.

Am dritten Tag konnte sie abends mit den anderen am Tisch sitzen. Am sechsten Tag begleitete sie eine Mitbewohnerin zum Markt. Immer noch ganz schön wackelig auf den Beinen. Und so zog eine ganze Woche ins Land, bis Agi wieder so gesund war, dass sie klar denken konnte. Als sie vollständig begriff, was sie getan hatte – dass sie in Hamburg war, dass sie genug Geld hatte, dass sie nicht mehr mit Luisa kämpfen musste, sie aber auch nie wiedersehen würde –, da verfiel sie in hysterisches Gekichere. Das Ergebnis von Traurigkeit, Wut und Erleichterung, die sich gleichzeitig Bahn brechen wollten, schätzte Kalli. Und als der Wirbelsturm an sich widerstreitenden Gefühlen Agi wieder ausspie, waren Fragen da.

Und Zweifel. Nagende Zweifel.

„Wieso habe ich Luisas Bruder getraut?" Agi gestikulierte wild. Sie hatten sich wieder in Bewegung gesetzt, die Landungsbrücken bereits hinter sich. „Ich kannte den nur von Fotos. ‚Nimm es, ist besser so', hat er gesagt. Und ich habe es einfach gemacht. Ohne Fragen zu stellen. Habe Luisa zurückgelassen, ohne mich zu verabschieden."

„Luisa", sagte Kalli vorsichtig, „hatte ihre Wahl getroffen. Zumindest nach dem zu urteilen, wie du es beschreibst."

„Hm."

Kalli fiel etwas ein. „Wie haben die denn überhaupt von euch mitbekommen?"

Agi lachte. „Weird, nicht? Dieses wochenlange Verstecken. Obwohl sie's wussten." Sie blieb stehen, beobachtete einen sandfarbenen Spitz, der an einer strassbesetzten Leine vorbeitippelte. „Ich schätze, Tim. Auch wenn Luisa ihm nie die Wahrheit über uns erzählte." Sie nahm wieder Schritt auf. „Schon allein sein Blick, als wir ihm damals zufällig auf der Straße begegnet sind! Hätte mir gleich klar sein müssen."

„Tim", fragte Kalli, „warum sollte er?"

Agi schürzte die Lippen. „Eifersucht", sagte sie. „Vielleicht sogar Rache? Er war ja selbst verknallt in Luisa, nach allem, was ich so mitbekommen habe."

Stimmt, erinnerte sich Kalli an ihre ersten Begegnungen mit Tim. Dennoch: Es kam ihr reichlich weit hergeholt vor. Eifersucht – na gut. Aber Rache? Wie albern. Wiederum – sie dachte an Sanne und Leni – vielleicht nicht *so* albern. Und Tim hätte sich ausrechnen können, was er in Gang setzen würde, wenn er Markus und Beatrix Stuvemann von Luisa und Agi erzählte. Er müsste noch nicht einmal mit ihnen selbst sprechen, nur ein Wort gegenüber seinem Stiefvater, Plessner, fallen lassen.

„Is' jetzt auch egal. Ich bin überzeugt: Luisa wusste nichts von dem Geld. Verstehen Sie? Ich war weg, ohne ein Wort. Und ja, sie war nicht ans Telefon gegangen, aber es gibt viele Gründe, nicht ans Telefon zu gehen. Und all die Tage, die ich krank auf dem WG-Sofa lag, saß sie vielleicht in dieser Wohnung, hat gewartet, dass ich wiederkomme, aber ich kam nicht."

„Vielleicht", sagte Kalli langsam. Wenn das so wäre, fragte sie sich insgeheim, warum sollte Luisa dann Agi nicht zurückrufen. Oder ihr wenigstens eine Nachricht schicken. Plausibler erschien ihr, dass die Familie ihr sofort unter die Nase rieb, dass Agi das Geld genommen hatte. Und Agi damit für Luisa gestorben war.

Aber sie würde den Mund halten. Ihr ihren Glauben lassen, Luisa habe von dieser unseligen Transaktion nichts erfahren.

„Ich schämte mich. Wegen des Geldes, und dass ich einfach so gegangen war."

„Also wolltest du sie noch mal treffen.“ Kalli dachte an ihre erste Nacht in ihrer neuen Bleibe, in der eine damals völlig fremde, junge Frau vor ihrer Tür gestanden hatte.

Agi kickte einen Kronkorken ins Wasser. Sie drehte sich um, ihr Gesicht zu einer Grimasse verzerrt.

„Stellen Sie sich das nur vor! Ich fahre zurück nach Moorstede. Ein letztes Mal. Ich wusste, mein Fortgang, das war nicht okay von mir. Luisa sollte wenigstens eine Erklärung bekommen.“

Kalli schnürte es die Kehle zu, denn den Rest kannte sie ja.

„Und dann klingele ich an der Wohnung – und *Sie* machen auf.“ Agi schluchzte und Kalli zog sie instinktiv an sich. „*Sie* machen auf und Luisa ist tot und ich bin mir sicher, weil ich fortgegangen bin.“

Agi weinte hemmungslos in ihren Mantel. Kalli ließ sie und beobachtete die Krähen- und Möwenschwärme über dem Hafenbecken. Die sich zu immer neuen Gruppen, schwarz hier, weiß dort, formierten, durcheinanderstoben, ein Wirbel aus schwarzen und weißen Federn, dann in entgegengesetzte Richtungen flogen, nach links die schwarzen, nach rechts die weißen Vögel. Eine Runde über Häuserdächer, Speicher und Kräne kreisten, das Spiel wiederholten.

Agi schob sich vorsichtig aus der Umarmung. Kalli griff in ihre Manteltasche und reichte ihr eine unbenutzte Serviette.

„Riecht nach Fritteuse“, brachte Agi mühsam hervor, während sie sich das Gesicht abtupfte. „Was mach ich jetzt nur?“, murmelte sie.

Kalli zog sie auf eine Bank. Sie brauchte selbst etwas Festes unter dem Hintern. Sie hatte das Gefühl, dass das Pflaster unter ihr schwankte und dass ihr der eigentliche Inhalt des Gesprächs entglitt. Was hatte sie bisher gehört? Eine Liebesgeschichte, wie sie nun mal unter Teenagern vorkommt? Man trifft sich, verliebt sich, will unterschiedliche Dinge, kann es nicht in Worte fassen, streitet sich, geht mit großem Getöse auseinander, Scherben auf beiden Seiten? (So würde sie es vermutlich normalerweise sehen; mit dem entscheidenden Unterschied, dass eine der beiden gestorben war.)

Sie merkte, sie hatte Mühe, Agi die Geschichte zu glauben. Nicht, dass es sich nicht so zugetragen hätte. Aber doch, ob es so dramatisch war, wie Agi es schilderte. Konnten Stuvemanns derartig ablehnend gegenüber ihrer eigenen Tochter sein? Derartig ablehnend, dass sie eine so perfide Strafe aussannen? Derartig ablehnend, dass sie der Freundin Geld boten, damit sie verschwand? Doch wieso sollte Kalli Agi das *nicht* glauben? Wollte sie nicht? Sie hatte ähnlich dramatische Geschichten selbst erlebt. Zum Glück nicht durch ihre eigenen Eltern – aber doch durch andere Familienangehörige. Das, was Kalli so schwer begreifen konnte, war, dass beides nebeneinander existierte: die dramatischen wie die undramatischen Geschichten. Es machte die Reaktionen von Menschen unberechenbar. Du bist immer auf der Hut, nichts entlastet dich, dachte sie.

Und wieso auch sollte Agi lügen? Warum dann nicht eine andere Geschichte erzählen? Eine, bei der sie selbst eine bessere Figur machte?

„He, Pastorin!"

Kalli schaute auf. Agi stand vor ihr und starrte sie an. „Sind Sie eingefroren?"

„Nenn mich nicht so."

„Wie, Pastorin?"

„Ja."

„Sind Sie doch", sagte die junge Frau kleinlaut.

„Aus deinem Mund klingt's aber irgendwie beleidigend."

„Hm. 'tschuldigung." Agi ließ sich wieder auf die Bank neben sie fallen. Sie schaute übers Wasser, verfolgte das Auf und Ab der Möwen und Krähen. „Haben Sie diese abgefahrenen Moves von den Vögeln gesehen?"

„Ja."

Kalli fiel etwas ein. „Sag mal, kennst du eine Ira Ristow?"

Agi überlegte kurz. „Nein, ich denke nicht. Nie gehört."

Kalli nickte.

„Wer ist sie?"

„Auch eine, die aus Moorstede abgehauen ist. Aber schon vor langer Zeit, gut dreißig Jahre her."

„Scheint ein Muster zu sein."

„Hm. Und hat dich vielleicht vor mir schon mal wer nach einer Ira Ristow gefragt?"

Aus dem Augenwinkel sah Kalli Agi langsam den Kopf schütteln.

„Ein Journalist vielleicht?"

Agi drehte ihr das Gesicht zu und sah sie mit großen Augen an. „Woher wissen Sie das?"

„Also doch?"

„Ja. Und nein. Er hat nicht nach einer ... wie war der Name?"

„Ristow. Ira Ristow."

„Er hat nicht nach einer Ira Ristow gefragt." Agi schlug ein Bein übers andere und drückte die Schultern durch. Ihr ganzer Körper schien sich anzuspannen. „Das war spooky. Ich weiß auch kaum noch was, weil ich so aufgewühlt war. Ich ging zur Beerdigung, Sie erinnern sich sicher ..."

Kalli lachte kurz auf. „Und ob."

„... jedenfalls, danach musste ich am Bahnhof noch ziemlich lange warten. Da stand er plötzlich vor mir. Ob er mir Fragen zu Luisas Familie stellen könnte. Hat sich für ihren Stand in der Gemeinde interessiert. Dann wollte er wissen, wie Luisa und ich zueinanderstanden. Was wir im Sommer so getrieben hatten." Sie schluckte. „Ich kann mich leider kaum an die genauen Fragen erinnern. Es war total unheimlich. Ich kannte den Typen nicht, nie gesehen, niemand sonst war auf dem Bahnhof. Und als er kurz in seiner Umhängetasche kramte, drückte ich mich schnell um das Gebäude und stieg in einen der kaputten Seiteneingänge ein. Dort blieb ich, bis der Zug eintraf."

Kalli drückte ihre Hand. „Du musstest ganz schön was durchstehen."

Agi nickte stumm. Kalli schlich um eine weitere Frage herum.

„Wie hast du das vorhin gemeint – dass Luisa gestorben ist, weil du fortgegangen bist?"

„Gestorben." Agi betonte jede Silbe, die Stimme schmerzvoll verzerrt. „Das klingt wie: krank gewesen. Alt gewesen. Unfall gehabt. Tragisches Unglück."

Kalli wartete ab. Agi kaute auf ihrer Unterlippe. Sie zerknüllte die Serviette in der Hand. Zielte auf die Öffnung vom Mülleimer neben der Bank. Verfehlte ihn. „Kacke."

Kalli seufzte. „Denkst du, sie hat sich umgebracht? Ist es das?" Sie sprach aus, was Agi offensichtlich nicht über die Lippen brachte.

Agi bückte sich nach der Serviettenkugel und warf sie in den Mülleimer. Sie drehte sich zu Kalli und nickte.

„Wegen dir? Weil du weggegangen bist?"

Ein weiteres Nicken. Ihr Kinn zitterte leicht. „Können wir zurückgehen?", fragte sie.

Kalli erhob sich. Schweigend legten sie den größten Teil des Rückweges am Hafenbecken zurück.

„Hör mal", sagte Kalli schließlich. „Egal, was mit Luisa passiert ist, seit du sie nicht mehr gesehen hast – dich trifft keine Schuld." Dann setzte sie hinzu: „Es ist übrigens gar nicht klar, woran Luisa gestorben ist."

Moment mal, dachte sie sich, was rede ich hier eigentlich? Sie schüttelte die Erinnerung an Frieda Martin ab und auch den Eindruck, den die aufgelöste Agi in ihr hinterließ. Sie räusperte sich. „Das heißt, nein – es ist schon klar. Offiziell geht aber niemand von einem Selbstmord aus."

„Nicht?"

„Nein."

Agi wirkte erleichtert.

Aber in Kalli regten sich Zweifel. Wie konnte sie sich sicher sein? Diese Geschichte hatte alles, was es dafür brauchte. Restriktive Eltern (und das war noch ein Understatement, fand Kalli), einen isolierten, mit sich hadernden Teenager, Verrat und gebrochene Herzen.

Dann noch Frieda Martin. Was hatte die bloß beobachtet? Kalli fiel ein, dass sie der Stationsärztin versprochen hatte, die Bestatterin am Nachmittag zu besuchen. Sie beschloss, sich vom Auto aus zu melden. An diesem Nachmittag würde das nichts mehr.

Und der Journalist. Dass der wirklich an einer Geschichte um die Brauerei, um den Verbleib von Ira Ristow interessiert sein sollte, das erfüllte sie zunehmend mit Skepsis.

„Was denken Sie?“ Agis Augen blickten dunkel; eine zarte, senkrechte Falte bildete sich über ihrer Nasenwurzel.

„Oh, nichts. Nichts weiter.“ Sie berührte die junge Frau kurz am Arm. „Ich denke wirklich, du musst dir keine Sorgen machen.“

14

Am frühen Sonntagmorgen, ringsherum war noch alles dunkel, stapfte Kalli den schlammigen Feldweg zum Hügel hinter dem Pfarrgarten hoch und stellte sich vor, wie sie bei Propst Winter zu Hause anrief und sagte: „Entschuldigung, dass ich störe. Ich kann heute unmöglich den Gottesdienst in der Gemeinde leiten, ich bin immer noch betrunken und außerdem ganz entsetzt von dem, was ich letzte Nacht getan habe."

Winter schlief sicherlich im weichsten aller Federbetten. Friedlich.

„Du wirst immer nur Ärger machen." Das hatte bereits ihre Grundschullehrerin prophezeit. Kalli sah sie immer noch deutlich vor sich: die kleine, fast kugelige Frau mit der dunkelbraunen Dauerwelle, mit ihrer schneidenden Stimme und ihren vor Ärger geröteten Wangen. Ärger wegen Kallis zerrissener Hosen vom Raufen auf dem Schulhof. Wegen der mit Totenköpfen und Ankern beschmierten Mathe-Hausaufgaben (die sichtbaren Auswirkungen von Kallis Piratenphase in der dritten Klasse). Wegen der Ziege, die, am Heizkörper im Flur vor dem Klassenzimmer angebunden, auf den Linoleumboden pinkelte (Kalli dachte, es wäre so viel cooler, ein echtes Haustier mitzubringen statt nur das aufgegebene Foto mit Steckbrief; strenggenommen handelte es sich jedoch nicht um ihr eigenes Haustier, vielmehr um eine der Ziegen von der Wiese des Nachbarn, der zwar am Vormittag den Ziegendiebstahl noch der Polizei angezeigt, am Nachmittag jedoch darüber gelacht hatte).

In der Sekundarstufe wandelte sich „Immer nur Ärger machen" in „Kein Wunder, dass du immer Ärger bekommst, schau dich doch nur an!" (Kallis punkige Phase in der sechsten Klasse; die kaputten Jeans ließen ihre Eltern, die froh waren, dass sie schon lange keine Ziege mehr geklaut hatte, ihr noch durchgehen, aber als sie einmal von einem Schulfreund nach Hause kam, die Haare raspelkurz rasiert, fiel ihre Mutter wortwörtlich in Ohnmacht).

„Wenn Sie wüssten, wie brav unsere Kalli auf dem Gymnasium geworden ist“, sagte ihre Mutter eines Freitags im Konsum zu Kallis ehemaliger Grundschullehrerin, die Kalli, an der Seite ihrer Mutter unbehaglich von einem Fuß auf den anderen tretend, durch ihre Nickelbrille ungläubig beäugte.

Der Klassenlehrerin auf der Sekundarschule hatten ihre Eltern nur mit Mühe eine Empfehlung für das Gymnasium abtrotzen können, obwohl Kallis Notendurchschnitt noch gerade so im Rahmen war. Fabios Mutter hatte – wenn auch aus anderen Gründen – ebenfalls zu kämpfen. Das schweißte Fabio und sie in der siebten Klasse zusammen. In der Sekundarstufe hatte Fabio sich von ihr noch möglichst ferngehalten. Zu viel Ärger vorprogrammiert. Er wusste bereits, dass – egal wie rabaukenhaft die Person an seiner Seite und wie unbeteiligt er selbst war – er immer, wirklich immer die Suppe auslöffeln würde – als Kind eines kubanischen Vertragsarbeiters, der zur Wende das Land wieder verlassen musste.

Auf dem Gymnasium entdeckten sie, dass sie zwei Gemeinsamkeiten hatten: heimliches Rauchen auf dem alten Schulklo im Keller und erste, zarte Interessen für Jungs (Fabio) und Mädchen (Kalli). Kalli hatte schnell raus, dass die Mädchen in ihrer Altersstufe nur bedingt mit Totenkopfzeichnungen, Ziegen und Raufereien zu beeindrucken waren, und legte sich infolgedessen ein etwas gemäßigteres Image zu, das sich auf kleinere Foppereien, den großzügigen Umgang mit ihrem Zigarettenvorrat sowie gelegentliches Abschreiben-Lassen bei Vokabeltests beschränkte.

Und auch, wenn sie eine wahre Vom-Saulus-zu-Paulus-Wandlung durchgemacht hatte, wie ihr Vater das bezeichnen würde, klang ihr noch heute der Satz ihrer Grundschullehrerin in den Ohren.

Insbesondere heute Morgen.

Der Weg zum Hügel hoch war rutschig. Außerdem schien er unter ihrem Tritt zu wanken. Sie bemühte sich, ihren Fuß sicher aufzusetzen. Mantel, Schal und Gesicht waren feucht vom Nebel, der zu diesen frühen Sonntagsstunden wie eine dicke Decke über den Feldern am Ortsrand lag.

Ihr Mund fühlte sich an, als hätte eine Maus darin übernachtet. Ihr Magen schlug Kapriolen. Ihre Schläfen puckerten. Trotz der zweiten Aspirin, die sie vor einer halben Stunde eingeworfen hatte.

Sie hatte den schlimmsten Kater ihres Lebens.

Die Luft hier draußen würde ihr guttun. Hoffte sie. Sie wünschte, der dichte Nebel könnte sich auch in ihren Kopf ausbreiten und die Ereignisse löschen, an die sie sich vom Sonnabend erinnern konnte. Wenn auch verschwommen.

An der höchsten Stelle des Hügels stand eine Bank unter einer ausladenden Linde. Kalli konnte die Krähen in der Krone des Baumes leise krächzen hören. Sie ließ sich auf dem nassen Holz nieder, ignorierte, dass ihre Hose dabei feucht wurde.

Sie versuchte, den Nebel zu durchdringen.

Links und rechts konnte sie einige Meter weit den Weg entlang sehen. Doch zu ihren Füßen, dort, wo der Pfarrgarten zum Gemeindehaus hin abfiel, war alles undurchdringlich. Suppe. Es war gerade einmal kurz nach sieben.

Am frühen Morgen, fast noch Nacht, hatte sie den ersten Zug aus der Stadt nach Moorstede genommen. Sie hatte ihr Auto stehen lassen müssen. Nach einer unruhigen Nacht im Treppenhaus vor der Wohnung der Jungs. Hatte im Gemeindehaus nur schnell Rucksack und Laptop abgestellt. Hatte sofort wieder an die Luft gemusst.

In ihrer Manteltasche knisterte die Tüte mit dem belegten Käsebrötchen, das sie sich noch in einem Backshop am Schweriner Haauptbahnhof gekauft hatte. Sollte sie es riskieren? Doch allein bei der Vorstellung des Batzens Remoulade, den es sicherlich enthielt, wurde ihr speiübel. Nur mit Not hatte sie die Zugfahrt überstanden. Und in zwei Stunden würde sie vor die Gemeinde treten. Eigentlich müsste sie absagen. Aber das konnte sie unmöglich tun. Beim letzten Gottesdienst war Frieda Martin zusammengebrochen, bei ihrer ersten Beerdigung Grabkerzen geflogen und vor ihrem Einführungsgottesdienst hatte sie eine Panikattacke – gut, zumindest das hatte niemand mitbekommen. Ihr Ruf war schon fast ruiniert, bevor sie hier überhaupt richtig in Fahrt gekommen war.

Sie stützte die Unterarme auf ihre Oberschenkel auf und beugte sich vor. Himmel, war ihr schlecht. Sie versuchte, sich auf ihre Atmung zu konzentrieren.

Feuchter, eisig kalter Nebel durch die Nase ein. Etwas wärmeren durch den Mund aus. Aber es klappte heute nicht. Die Erinnerungen überfluteten sie.

Schon auf dem Weg zu Fabio und Luís am Freitagabend war sie an ihrem alten Haus vorbeigekommen. Die beiden wohnten nur fünf Straßen weiter, und man musste, egal, aus welcher Richtung man kam, diese Kreuzung nehmen. Sie hielt kurz auf dem Parkplatz der Apotheke gegenüber, um dem surrealen Gefühl nachzuspüren, das sich einstellte, als sie nach so langer Zeit auf ihr altes Zuhause zufuhr.

Als käme sie heim.

Das Haus war ein mittlerweile renovierungsbedürftiges, vierstöckiges Eckhaus, einst hellgelb gestrichen, jetzt unbestimmt hellbraun, an einer lebhaften Ecke der östlichen Innenstadt. Sie blickte die Fassade hinauf. Oben, aus dem dritten Stock, sahen die beiden Doppelfenster ihres ehemaligen Zimmers auf Kalli und die Straßenkreuzung hinab. Kalli, ihrerseits, blickte die Fenster im dritten Stock entlang: ganz links Sannes Zimmer, dann ihres, Flur, Küche – und ergänzte sie um die Zimmer auf der Rückseite: Merles Zimmer, Lenis Zimmer, das Bad. Und merkte, wie ihr Durst nach Rache vorsichtig die ersten Fühler aus der dunklen Bodenluke in ihrem Kopf streckte. Schnell drückte sie sie zu.

Als sie das Auto wieder anließ, fühlte sie sich wie betäubt.

Die Jungs begrüßten sie herzlich wie eine Freundin, die lange auf Reisen gewesen war. Luís hatte Hühnchen – „Im Ernst?“, formte Kalli stumm mit den Lippen in Fabios Richtung – mit Paprika und Tomaten vorbereitet.

Kalli ging bald darauf ins Bett. Sie wollte früh auf den Beinen sein, um noch vor dem Frühstück die zwei, drei Dinge, die Freitag liegen geblieben waren, zu erledigen sowie die Predigt für den Sonntag vorzubereiten. Je eher sie am Vormittag damit fertig würde, desto mehr vom Samstag konnte sie mit Fabio verbringen.

Sie hatte alles versaut. Das ganze schöne Wochenende.

Auf der feuchten Bank über dem Pfarrgarten rammte Kalli ihre Hände in die Manteltaschen. In der rechten stieß ihre Faust auf die Tüte mit dem Käsebrötchen.

„Arrrrrrrghhhhh!“

Sie sprang auf, riss die Tüte aus der Tasche und schleuderte sie mit aller Kraft und in hohem Bogen in den Nebel vor sich. Sie hatte schon immer über einen starken Wurfarm verfügt. Mit einem gedämpften, satten Laut hörte sie das Brötchen auf dem feuchten Boden inmitten des Pfarrgartens aufschlagen. Hörte das Echo ihres Schreis zwischen den Obstbäumen verhallen.

Sie keuchte schwer und musste vor Schwindel die Augen schließen. Schnell ließ sie sich wieder auf die Bank sinken.

„Was für ’ne Story“, hatte Fabio genuschelt, während er versuchte, des mächtigen Mozzarellafadens Herr zu werden, der sich von seiner Unterlippe zur Gabel spann. Nach einem späten, langen Frühstück hatten sie sich von Luís verabschiedet und eine ausgiebige Runde durch den Schlosspark gedreht. Den Teich, an dem Kalli viele Jahre lang mit Merle im Frühjahr die Gänse- und Entenküken beobachtet hatte, ließen sie aus. Am späten Nachmittag fielen sie ausgehungert und durchgefroren in das italienische Restaurant in Fabios Viertel ein. Wie früher bestellten sie beide das Gleiche – erst Tomatensuppe, dann Mozzarella-Pizza mit Ruccola –, nur, dass Kalli währenddessen zwei Gläser Martini trank und ihr Freund Johannisbeersaft. Er hatte sie danach gefragt, wie die Geschichte um Agi denn nun ausgegangen war, und sich auch nach Frieda erkundigt. Kalli hatte etwas unwillig abgewunken.

Bereits auf der Fahrt von Hamburg hatte sie beschlossen, dass sie ihren Abschluss mit der Geschichte um Agi und Luisa finden würde. Keine schöne Geschichte, zugegeben. Stuvemanns waren ihr auch vorher schon nicht sympathisch gewesen. Sie würde Abstand zu ihnen halten. Und Agi würde schon ihren Weg finden. Sie würde noch kurz in Kontakt bleiben und ihr eine LGBT-freundliche Gemeinde in St. Pauli empfehlen. Den Pastor, einen großen, fröhlichen Mann, hatte sie einmal auf einer Fortbildung zu Social Media in der Gemeindearbeit kennengelernt. Sie würde ihr raten, entweder in der Gemeinde regelmäßig zur Seelsorge zu gehen oder sich eine Therapeutin zu suchen. Und sie noch einmal bitten, sich bei ihren Brüdern zu melden.

Und damit würde sie dieses Kapitel – dieses Kapitel mit der Überschrift „Mein aufregender Eintritt in eine neue Lebensphase, der mir die restlichen Nerven gekostet hat, bevor es dann wieder, und zwar völlig ungebrochen, bergauf ging" – schließen. Agi war gefunden, sie hatte ein neues Zuhause, alles war gut.

So schilderte sie es Fabio.

Doch wie beharrlich sie auch versuchte, das Gespräch darauf zu lenken, wie es bei Fabio im Bestattungsunternehmen lief, wie es seiner Schwester ging und ob er und Luís nun nach dessen Beförderung nach einer größeren Wohnung suchen würden – Fabio brachte es immer wieder auf Agi und die Ereignisse in Moorstede zurück.

Und schließlich ließ sie sich anstecken, mit ihm noch bei Wein und Crackern am Küchentisch Theorien zu spinnen.

„Für mich ist das nicht so eindeutig", behauptete er. Er frage sich nicht, ob gebrochenes Herz oder Selbstmord. Er schenkte Kalli Wein nach und beugte sich über den Küchentisch. Er denke sogar an Mord, jawohl!

„Du spinnst ja", sagte Kalli. „Du solltest deinen *True-Crime*-Konsum zurückschrauben."

„Im Ernst! Kam im Radio. Jeder zweite Mordfall bleibt unentdeckt. Davon gehen sie aus."

„Sie? Wer sind ‚sie'?"

„Is' doch egal. Jedenfalls eine krasse Zahl."

„Ja, echt krass." Kalli verdrehte die Augen und begann, das Etikett von der Weinflasche zu pulen. Sie überlegte. „Du hast schon recht", setzte sie schließlich an, „ein paar offene Fragen gibt es schon noch. Wenn es hier wirklich um Suizid geht – wie Agi befürchtet –, warum sollte das die Familie so beharrlich vertuschen? Welche Rolle spielt Frieda Martin darin? Oder Plessner? Und was ist mit Tim, irgendwas verbirgt der doch auch, das rieche ich!"

„A-*ha*!" Fabio stieß mit dem Zeigefinger in die Luft.

„Ja?"

„Verdammt", er kratzte sich am Kopf, „ich hatte gerade einen guten Gedanken, aber jetzt ist er weg."

„Noch Wein?"

Fabio hielt die flache Hand über sein Glas. „Nein, danke, für mich nicht mehr."

Zwei Flaschen hatten sie geleert. Oder, um ehrlich zu sein, vermutlich eher sie. Fabio hatte zwei, höchstens drei Gläser getrunken. Und sich um elf ins Bett verabschiedet.

Da war für Kalli der Abend noch nicht vorbei.

Kalli spitzte die Ohren. Etwas bewegte sich im Nebel den Hügel hinauf auf sie zu. Sie hörte Schritte. Gefolgt von einem gleichmäßigen Quietschen. Sie überlegte kurz, schnell auf der anderen Seite den Hang hinabzugehen. Doch dann spürte sie ihre steifen, schweren Glieder und blieb, wo sie war.

Das Quietschen wurde lauter.

Der Nebel im Pfarrgarten hatte sich inzwischen etwas gelichtet, die Stämme der Apfelbäume steckten nur noch mit der unteren Hälfte in Nebelschwaden. Auch die Straße, an der das Gemeindehaus stand, war bereits schemenhaft in der beginnenden Morgendämmerung zu erkennen.

„Wird 'n strahlenden Tag geben."

Kalli hatte den Mann noch nie zuvor gesehen. Er war klein, dick, trug eine rote Daunenjacke und eine Schiffermütze. Das laute Quietschen ging offensichtlich von seinem Fahrrad aus oder vielleicht auch von dem kleinen Anhänger, den er an das Fahrrad gekoppelt hatte und auf dem Kalli allerlei Gartengeräte herausragen sah. Der Mann zog sich seine dicken Handschuhe von den Fingern und legte sie neben Kalli auf die Bank. Kalli rückte etwas ab.

„Darf ich mal?" Er deutete unter die Bank, auf der Kalli saß. Sie hob reflexartig die Beine und der Mann harkte mit einem rostigen Laubbesen alte, braune Blätter unter der Bank hervor. Dann widmete er sich noch den wenigen Blättern, die vor der Bank lagen, harkte gewissenhaft den gesamten Bereich zwischen der Bank und dem Zaun, der den Feldweg vom Pfarrgarten trennte.

„Gibt nich' viel zu tun, hm?", sagte Kalli.

„Komm ja auch jeden Tag her."

Kalli meinte, sich verhört zu haben.

Der Mann schnaufte, als er das Laub in einen Zinneimer auf dem Anhänger rieseln ließ.

„Is' meine Bank, müssen Sie wissen." Mit einem schmierigen Lappen bewaffnet fing er an, die Armlehnen der Bank zu polieren.

„Oh!" Kalli war aufgesprungen.

Der Mann machte eine beruhigende Geste. „Bleiben Sie nur."

Kalli beobachtete ihn. „Ist das wirklich Ihre Bank?"

Der Mann schaute zu ihr auf, während er an den Füßen der Bank hier und da Unkraut wegzupfte. „Nu'", sagte er, „vermutlich nicht." Er richtete sich auf und klopfte sich die Hände an der Hose ab. „Aber is' ein schöner Ort hier, nicht wahr? Ich komme jeden Tag hierher und mache Ordnung. Für wenn ich mal hier sitzen will."

„Ach so." Kalli nickte.

„Na, ich muss dann ma' wieder. Meine Frau macht mir die Hölle heiß, wenn wir heute wieder den Gottesdienst verpassen."

Beim Gedanken an Altar und Kirchenbänke fing Kallis Bauch unschön an zu blubbern.

„Is' doch heute Totensonntag. Da gehen wir immer. Mindestens."

„Na dann, bis später."

Er musterte sie. „Geh'n Sie auch hin? Hab Sie hier noch nie gesehen."

„Ich geh jeden Sonntag", sagte Kalli und hielt sich den Bauch.

„Dann müssen Sie wohl frisch zugezogen sein."

Kalli zwang sich ein Lächeln auf die Lippen. „Das kann man wohl sagen."

Der Mann kratzte sich den Haaransatz unter seiner Mütze. „Dann bis später."

Das Quietschen entfernte sich den Weg hinunter.

Kalli lehnte sich auf der Bank zurück und schloss die Augen. Sie versuchte, sich auf das Streichen der frischen Luft über ihr

Gesicht und das Rufen der Krähen in der Linde zu konzentrieren.

Wäre sie am Abend doch nicht noch mal losgezogen. Wäre sie doch einfach ins Bett gegangen.

Dann hätte sie jetzt vermutlich trotzdem Kopfschmerzen, aber solche, die sich mit Schmerztabletten bändigen ließen. Und sie hätte sich nicht zu dieser unfassbaren Dummheit hinreißen lassen.

Kalli steckte sich eine Zigarette an. Ihre Hände zitterten, ihre Finger waren so steif, dass sie das Rädchen vom Feuerzeug nicht bewegen konnten. Sie legte beides auf ihren Beinen ab, knetete und dehnte ihre Finger, pustete in ihre Hände. Dann versuchte sie es noch einmal. Sie nahm einen langen Zug.

Als Fabio ins Bett gegangen war, blieb Kalli unschlüssig in der leeren Küche sitzen. Sie hörte, wie er aus dem Bad ins Schlafzimmer tapste, hörte ihn mit Luís leise flüstern, kichern, dann schloss sich die Tür. Stille breitete sich in der Wohnung aus. Nur der Wasserhahn am Spülbecken tropfte. Sie pulte noch das Etikett von der zweiten Weinflasche, goss sich den letzten Schluck daraus ein und verfing sich in zähen, dunklen Gedanken. Sie versuchte, sich an den Worten ihres Kollegen Fuchs festzuhalten, erinnerte sich an den Spaziergang im Labyrinth. Sie ging wieder mit ihm die grünen Gänge entlang, strich mit den Händen über die Hecke, die frühlingshaft weiche Blätter trug.

Dann ging es nicht weiter. Auch vor ihr: Hecke.

Aber es war doch ein Labyrinth, kein Irrgarten.

Oder war es andersrum?

Wie war noch mal der Unterschied? Ihr Gehirn arbeitete nicht richtig. Sie konnte sich nicht erinnern; die Gedanken ließen sich nicht festhalten.

Sie verstand, dass sie träumte. Schweiß brach ihr aus. Wo war eigentlich Fuchs?

Sie ging den Weg, den sie gekommen war, zurück. Plötzlich gab es dort eine Abzweigung. Sie trat auf den Platz mit der großen Nashorn-Statue. War es wirklich derartig groß gewesen? Sie streckte die Hand aus. Sie reichte dem Nashorn nur bis zur

Hälfte des vorderen Beins. Sanft streichelte sie über das Holz. Es wollte etwas von ihr. Nur was?

Mit jedem Strich ihrer Hände über das Bein des Tieres entspannte sie sich.

Dann blickte sie auf.

Das Nashorn hatte ihr den Kopf zugewandt und starrte sie an.

Sie schrie und wachte auf. Mit dem Kopf auf dem ausgestreckten Arm auf der Küchentischplatte. Sie zog aufs Sofa um und versuchte, in den Schlaf zu finden. Zwecklos. Sie war hellwach.

Also brach sie zu einem mitternächtlichen Spaziergang um den Block auf. Wie von selbst steuerte sie das kleine italienische Restaurant in der Seitenstraße an. Der letzte Gast ging gerade. Sie setzte sich trotzdem an die Theke und bestellte ein Bier.

Der Kellner blickte etwas unglücklich aus der Wäsche. Er hatte gehofft, dichtmachen zu können. Kalli schaute ihm beim Spülen zu, während sie ihr Bier stürzte.

Als sie begann, für ihn die Stühle kopfüber auf die Tische zu stellen, damit er wischen konnte – Kalli hatte es früher unzählige Male beobachtet, wenn sie mit Sanne oder Fabio oder beiden hier versackt war –, stellte er ihr ein zweites Bier hin.

Und als er fertig war – der Boden trocknete bereits, alle Gläser waren poliert, das Licht schon gelöscht bis auf die schummerige Beleuchtung über dem Tresen –, tranken sie zusammen noch einen doppelten Grappa.

Kalli erinnerte sich, dass sie Anekdoten aus ihren Berufen austauschten, dass ihm ihre Zigarettenmarke nicht schmeckte und dass sie sich draußen, nachdem er abgeschlossen hatte, wankend umarmten, bevor er nach links und sie nach rechts weiterging.

Sie lief direkt auf die Kreuzung mit ihrem alten Wohnblock zu.

Sie sollte das besser nicht tun.

Sie bog ab.

Nur um wenige Minuten später zu merken, dass sie ihre Schritte erneut in Richtung ihres alten Zuhauses lenkte.

Wo sie das Tor zum Hinterhof aufstieß. Das Schloss noch immer nicht repariert. Das Neonlicht im Hof noch immer unruhig flackernd.

Dann nahm sie einen großen, rostigen Nagel und stieß ihn in den Reifen von Lenis prächtigem neuen Rennrad. Dreimal, fünfmal, zehnmal.

An Sannes Rad zögerte sie. Und ließ dort nur die Luft ab.

Unschlüssig stand sie im Hof, sah sich um. Schwankte. Ihre Taten kamen ihr etwas … wenig vor.

Also nahm sie Lenis Rad über den Kopf – es war leicht und sie war stark – und warf es über die niedrige, bröckelige Mauer in den Nachbarhof. „Ha!", hallte es im Innenhof wider.

Aus dem Notizheft, das sie immer in der Innentasche ihres Mantels mit sich herumtrug, riss sie einen Zettel und schrieb in großer, krakeliger Schrift FUCK YOU darauf.

Sie musste sich mit der Schulter an der Wand der Einfahrt abstützen, als sie versuchte, den Schlitz ihres alten Briefkastens zu öffnen und den Zettel darin zu versenken.

Danach musste sie sich im Treppenhaus vor Fabios und Luís' Wohnung zusammenrollen. Hatte den Schlüssel vergessen. Und wollte auf keinen Fall klingeln.

Als sie gegen vier frierend und mit pochenden Schläfen aufwachte, fand sie den Schlüssel in ihrer Hosentasche.

Wie erbärmlich.

Voller Scham hatte sie ihr Zeug zusammengesucht, eine kurze Notiz für die Jungs auf dem Küchentisch hinterlassen und sich zum Bahnhof aufgemacht.

Im Zug hatte sie dann Folgendes entdeckt: Sie war das größte Schaf der Welt. Das allergrößte.

Sie hatte in der Nacht offensichtlich keine leere Seite aus ihrem Notizbuch gerissen. Sie hatte das FUCK YOU auf die Rückseite ihres Predigtentwurfs für den heutigen Sonntag geschrieben.

Da hätte sie es auch gleich unterzeichnen können.

Mal abgesehen davon, dass sie keine Ahnung hatte, wie sie diesen Gottesdienst zum Totensonntag bestreiten sollte. Sie wünschte, der Hügel würde sich auftun und sie, die Bank, die Linde und die Krähen einfach verschlucken. Sie würde ins erdige Innere rutschen und in einer warmen, behaglichen Höhle unter der Linde Winterschlaf machen, bis sich die Lage wieder beruhigte. Dort unten gäbe es nichts zu tun, keine Entscheidungen zu treffen, und es wäre nichts zu hören, außer ihre eigenen, tiefen Atemzüge im Schlaf.

Das Quietschen näherte sich wieder.

Kalli richtete sich auf. Der Arm mit der Zigarette war an ihrer Seite auf die Bank gesunken. Sie betrachtete ihn wie einen Fremdkörper, der mit ihr nichts zu tun hatte. Die Zigarette war ausgegangen. Sie merkte plötzlich, wie kalt ihr war. Viel zu kalt. Sie würde sich noch den Tod holen.

„Immer noch da? Sie werden sich noch den Tod holen."

Kalli hob müde die Schultern. „Ich geh gleich."

„Geht es Ihnen gut?" Der Mann trat von einem Bein aufs andere.

„Geht schon."

„Hm. Wollte auch nur meine Handschuhe holen." Er griff neben Kalli auf die Bank. „Hab ich vergessen." Unschlüssig schlug er sich die Handschuhe in die Handflächen.

„Sicher, dass es Ihnen gut geht?"

„Ja, ja. Alles in Ordnung."

Der Mann drehte sich von ihr weg und ließ seinen Blick über die Umgebung schweifen, die jetzt in blauem Schimmer lag. Am Horizont zeichnete sich bereits ein gelber Streifen ab.

„Wird wirklich ein wunderschöner, freundlicher Tag."

Sie wünschte, sie könnte seinen Optimismus teilen.

Und doch.

Jetzt, da man förmlich dabei zusehen konnte, wie der Tag heller und heller wurde, Bäume, Felder, Wege, Zäune, Häuser Stück für Stück aus der Dunkelheit auftauchten, verstand sie, warum er hierherkam. Die Aussicht war wirklich prächtig. Auch Gerüche nahm sie plötzlich wahr. Das taunasse, welke Gras. Den frisch geharkten Weg. Sogar den leicht süßlichen Geruch der Linde.

Der Nebel hatte sich fast vollständig gesenkt, hing nur noch wadenhoch über dem Boden. Sie konnte von der Bank direkt über die Wiese den Hügel hinunter, durch die Bäume hindurch zum Gemeindehaus schauen. Ein einzelnes Pony hatte sich zwischen zwei Bäumen zusammengerollt.

Im Gemeindehaus brannte Licht. Britta und Brigitte schienen schon auf zu sein. Sicherlich war bereits die erste Kanne Kaffee angesetzt. Sie bereute, dass sie das Käsebrötchen auf die Wiese geworfen hatte.

„Was is'n das?" Der Mann ging zum Zaun und beugte sich leicht darüber.

„Hm?"

Kalli trat an seine Seite.

Der Mann deutete den Hügel hinunter zu der Stelle, an der das Pony lag.

„Ach, das ist nur eines der …"

Doch der Rest des Satzes blieb ihr im Hals stecken. Wie konnte das eines der Ponys sein? Die waren doch vor wenigen Tagen abgeholt worden.

Und legten Ponys sich überhaupt hin zum Schlafen?

Sie kniff die Augen zusammen, lehnte sich über den Zaun. Im Versuch, ein schärferes Bild zu kriegen.

Dann weiteten sich ihre Augen. Sie verstand, was sie da sah.

„Schiet", sagte der Mann neben ihr. „Dat sieht man nich' jut aus."

15

Wie angenagelt stand sie hinter dem Zaun und starrte auf die taunasse, im Dämmerlicht liegende Wiese des Pfarrgartens. Sie wusste nicht, wie lange schon. Die Angst griff nach ihrem Herzen – vom morgendlichen Grübeln auf der Bank ohnehin flatterig – und drückte es schmerzhaft zusammen.

Sie wusste, wer dort lag. Oder besser, ahnte. Fürchtete.

„Besser, wir rufen die Polizei", murmelte der Mann mit dem Fahrrad neben ihr.

Doch als Kalli sich, nach einer gefühlten Ewigkeit, mit vom Schrecken steifen Gliedern zu ihm umdrehte, war er verschwunden. Wie vom Erdboden verschluckt. Obwohl sich der Nebel so weit gelichtet hatte, dass sie links und rechts den Fuß des Hügels erkennen konnte.

Mann weg. Rad weg. Diesmal auch die Handschuhe.

Unendlich lange dauerte es, bis sie mit den Eisklötzchen, die ihre Finger waren, auf ihrem Smartphone zwei Nummern gewählt hatte.

Erst die von Britta und Brigitte. Dann 110.

Kalli umklammerte die oberste Latte vom Zaun und traute sich nicht, in den Garten zu steigen und nachzusehen.

Wer die Person war. Die dort lag. Zwischen den Apfelbäumen.

Ob ihre Befürchtung stimmte.

„Wer ist es?", keuchte es vom Weg her.

Die Schwestern standen hinter ihr; Britta hielt sich vom schnellen Anstieg den Hügel hinauf die Seiten. Beide hatten ihre Daunenjacken über ihre Morgenmäntel geworfen. Kalli öffnete den Mund, aber es kam kein Wort heraus.

Sie versuchte, sich zu konzentrieren.

Stattdessen starrte sie irritiert auf die Hosensäume der Pyjamas, die bei beiden unter den Morgenmänteln hervorlugten. Sie hatte immer angenommen, dass die beiden Schwestern – stets in identische Outfits gekleidet – auch privat das Gleiche trugen. Aber Brittas Pyjamahose war rotweiß-kariert, während Brigittes hellblau war.

„Hallo? Erde an Pastor!"

Brigitte schnippte aufgeregt vor Kallis Gesicht herum.

„Brigitte!", rief Britta.

„Da hinten!", krächzte Kalli und wies zwischen die Bäume im Garten.

„Waren Sie noch nicht dort?", fragte Brigitte entgeistert.

Kalli schüttelte stumm den Kopf.

„Was?" Britta schaute sie entsetzt an. „Vielleicht lebt der noch!"

Eine neue Welle des Entsetzens schwappte durch Kallis Körper und ließ sie schwer gegen den Zaun sacken.

Das war ihr nicht in den Sinn gekommen.

Noch bevor sie etwas sagen konnte, raffte Britta ihren Morgenmantel und kletterte über den Zaun. Kalli schaute ihr hinterher. Eine Mittsechzigerin in knallvioletter Jacke und Lockenwicklern, der Morgenmantel bauschte sich um ihre Waden, die sich energisch ihren Weg zwischen winterbraunen Sträuchern, entlaubten Obstbäumchen und Maulwurfshügeln bahnte. Der Morgenmantel würde nass werden im hohen, feuchten Gras.

Kalli übergab sich in einen Hagebuttenstrauch.

Brigitte reichte ihr wortlos ein Taschentuch.

Als Kalli aufblickte, war Britta wieder da. Völlig außer Atem.

„Das glaubst du nicht, wer das ist", sagte sie zu ihrer Schwester. Und dann, an Kalli gewandt: „Das erklärt alles."

***

„Herrgott noch mal, wir haben geschlossen!", hörte Kalli Brigitte im Flur die Eingangstür anbrüllen. Sie hatten sich vor den Schaulustigen, den Gafferinnen und Fragestellern im Gemeindehaus verbarrikadiert.

Draußen, an der Eingangstür, hing, fett gedruckt auf hellblauem Kopierpapier: „Wegen Todesfall und Polizeieinsatz entfällt heute der Gottesdienst."

Später hatte Brigitte mit Kugelschreiber in Blockschrift darunter gesetzt: „Also lassen Sie uns gefälligst in Ruhe!"

Was die meisten jedoch nicht vom Klingeln und Klopfen abhielt. Offensichtlich gerade nicht.

In der kleinen Stadt hatte sich die Nachricht am Sonntagvormittag wie ein Lauffeuer verbreitet. Ein Foto vom Aushang an der Tür war auf Facebook bereits tausendfach geteilt worden.

Kalli saß zitternd in der Küche, eine Wolldecke um die Schultern, und klammerte sich an ihrer Tasse fest, in die Britta, nachdem Kalli hektisch drei Tassen schwarzen Kaffees gestürzt hatte, nur noch heißes Wasser goss. Brigitte hatte drei Scheiben Zwieback auf einer kleinen Untertasse mit gold- und rosafarbenem Blümchenrand vor der Pastorin abgestellt, doch sie lagen bislang unangerührt vor Kalli, die mit starrem Blick ein Loch in die blau- und gelbkarierte Wachstuchdecke brannte.

Britta räusperte sich und blickte zu ihrer Schwester. Die stieß sie ihrerseits mit dem Ellbogen in die Rippen. Britta machte einen Schritt vor.

„Frau Krause?"

Kalli reagierte nicht.

Britta räusperte sich erneut. „Frau Krause?"

Kalli blinzelte aus müden Augen zu ihr hoch.

„Wie … Warum … Was wollten Sie eigentlich so früh da oben?"

Kalli kam es vor, als wäre sie unter Wasser und würde Britta aus weiter Ferne sprechen hören. Eigenartig verzerrt, alle Vokale übermäßig lang gedehnt, traf die Frage auf ihre Ohren. Sie konnte regelrecht spüren, wie die Worte in Zeitlupe durch alle ihre Gehirnwindungen wanderten. Ja – was wollte sie eigentlich so früh da oben? Kalli fuhr mit dem Finger die Linien der Karos auf der Wachstuchdecke entlang. Auch wenn ihr die nächtliche Eskapade in Schwerin nach dem Fund der Leiche wie aus einer anderen Welt vorkam – die Nacht saß ihr tief in den Knochen. Sie war völlig lädiert. Sie brauchte Schlaf.

„Mensch, wie kriegen wir die nur wach?", hörte sie Brigitte zu Britta sagen. „Die Polizei wird sie noch weiter befragen wollen."

Sie waren bereits befragt worden. Von einer sehr jungen Frau von der Kripo, Kalli hatte ihren Namen nicht mitbekommen.

Es waren einfache Fragen gewesen, im Stil von „Wie haben Sie die Leiche entdeckt?", „Was haben Sie dann getan?" und so weiter. Und während weitere Polizeibeamte in den Pfarrgarten einfielen, hatten sich die drei ins Gemeindehaus verdrückt.

‚Befragen wollen, befragen wollen', echote es in Kallis Kopf.

Dann rastete etwas ein.

„Mich?" Kalli schraubte sich aus ihrem Stuhl empor. „Wieso mich?"

„Das liegt doch auf der Hand", belehrte sie Brigitte. „Und besser, Sie unternehmen was, dass Sie einen klaren Kopf kriegen!"

„Ich bin völlig klar!", rief Kalli, schob mit dem Hintern den Stuhl weg und streckte die Arme aus. Die Wolldecke rutschte auf den Boden.

Plötzlich fühlte sie sich nackt. Ohne die Decke, in dem kalten Neonlicht der Teeküche. Die Schwestern – mittlerweile wieder identisch gekleidet in Blue Jeans und braune Rollkragenpullover – lehnten an der Küchenzeile, hatten die Arme verschränkt und starrten sie abschätzig an. Zwischen ihnen der Tisch mit dem unangerührten Zwieback.

Kalli griff sich einen und stopfte ihn sich in den Mund. Krümel flogen links und rechts aus ihren Mundwinkeln.

„'tschufriedn?", rief sie und griff gleich nach dem nächsten.

„Jetzt dreht sie durch", flüsterte Britta ihrer Schwester zu.

„Isch ka' Schi hörn, wischn Schi?"

Brigitte hob eine Augenbraue.

„Ich meine ja nur. Wann haben Sie zuletzt …" Britta sah ihre Schwester hilfesuchend an.

„… in den Spiegel geschaut?", vollendete die den Satz ungerührt.

„Schpiejl?"

Kalli schluckte den letzten Bissen Zwieback hinunter.

„Was Brigitte sagen möchte – ein bisschen Haare ordnen, etwas Wasser ins Gesicht. Und Sie fühlen sich wie neu."

Brigitte blickte skeptisch. „Naja", setzte sie hinzu, „*fühlen* vielleicht schon."

Durch das harte, fast bläuliche Licht der Küchenleuchte starrte Kalli die beiden angestrengt an. Was meinten die nur?

Sie schaute an sich herunter.

Dann kam die Erinnerung mit aller Gewalt zurück. Woher der schlechte Geschmack in ihrem Mund herrührte. Dass sie in einem höllisch aufgeheizten Regionalzug hierhergekommen war, der nach den Bier- und Schnapsausdünstungen einer Samstagnacht gerochen hatte. Nicht, dass sie selbst besser riechen würde. Sie hatte die Nacht schließlich in einem Treppenhaus verbracht.

Und was pikste sie da eigentlich die ganze Zeit in den Oberschenkel?

Sie kramte in der Tasche ihrer speckigen Jeans und zog einen langen, rostigen Nagel heraus. Sie hielt ihn sich vor das Gesicht und kniff ein Auge zu.

Brigitte entfuhr ein ungnädiges Seufzen.

Dieser Nagel … Hatte sie etwa? Das konnte nicht sein. So etwas würde sie doch nicht tun!

Oder?

„Guten Morgen", sagte eine tiefe Stimme von der Tür.

„Zu spät", seufzte Britta.

„O nein", hauchte Kalli.

„Interessant", sagte die tiefe Stimme.

„Häh?", machte Brigitte.

Kalli sank auf ihren Stuhl zurück. Die große Frau mit der tiefen Stimme hatte keine Mühe, den gesamten Türrahmen auszufüllen. Sie musterte sie mit einem neugierigen Lächeln auf den Lippen.

Anna aus der Bar in Hamburg.

„Anna" in Anführungszeichen, setzte Kalli gedanklich hinzu.

„Julika Krause?", fragte die Frau von der Tür.

„Julika?", rief Brigitte aus, „Sie heißen Julika?"

„Das ist aber ein schöner Name", sagte Britta. „Wieso nennen Sie sich Kal…?"

„Sie sind Julika Krause?" Die Frau in der Tür richtete sich an Kalli.

Kallis Stimmbänder versagten. Sie machte ein scheues Zeichen mit der Hand. Himmel, sah „Anna" gut aus. Sie trug einen dunkelbraunen Wollmantel, der offen über eine Anzugshose aus grobem Stoff fiel, dessen Säume sie in ihre Stiefelschäfte gestopft hatte. Ihr rotblondes Haar hatte sie zu einem Zopf zurückgebunden. Kalli musste hart schlucken. Das Geräusch klang ungewöhnlich laut in der stillen Küche. Alle starrten sie an.

„Ähm, ja“, sammelte sie sich, „ich bin hier die Gemeindevorsteherin.“ Kalli trat einen Schritt auf sie zu und streckte ihr die Hand entgegen. Die Frau ergriff sie. Die Haut ihrer Hand fühlte sich rau an und war von feinen Falten durchzogen. Sie musste gute zehn Jahre älter als Kalli sein. Das war ihr bei ihrem gemeinsamen One-Night-Stand gar nicht aufgefallen. „Und Sie sind ...?“

„Kriminalhauptkommissarin Kirsten Mathiesen.“

„Kirsten? Wieso Kirsten?“, rutschte Kalli heraus.

Kirsten hob eine Augenbraue, räusperte sich und sah Kalli eindringlich an. Die hielt ihrem Blick stand.

Britta und Brigitte verfolgten diesen Wechsel von Worten und Blicken mit schwer zu deutenden Gesichtsausdrücken.

„Nehmen die Damen vielleicht einen Tee?“, fragte Britta schließlich in die Stille hinein.

„O ja, gerne“, sagte die Kommissarin und trat einen Schritt in die Küche hinein, die augenblicklich zu schrumpfen schien. Hinter Kommissarin Mathiesen kam eine schmale, sehr junge Person mit Bürstenschnitt zum Vorschein, die Kalli als die Kripo-Beamtin erkannte, die sie vorhin befragt hatte. Emma, Emily ... oder so ... Brenner, erinnerte sich Kalli. Die Beamtin maß Kalli mit einem eisigen Blick. Kalli wurde auf Anhieb eifersüchtig.

„Sie kennen sich ja bereits“, sagte Kirsten Mathiesen.

„Ja“, sagte Brenner knapp, nickte den Schmieds zu und zog ein kleines Notizbuch aus der Gesäßtasche ihrer Jeans.

Brigitte goss den Tee auf und verteilte Tassen auf dem Küchentisch. Währenddessen beobachtete die Brenner mit zusammengekniffenen Augen Kalli, die unter gesenkten Lidern wiederum Anna – nein, Kirsten, nein, Kommissarin Mathiesen – beobachtete, die Britta und Brigitte betrachtete. Brigitte fegte kommentarlos eine letzte, zerbröselte Zwiebackhälfte vom Tisch in ihren Handteller und betätigte anschließend lautstark den Treter vom Mülleimer.

Kalli kam es vor, als wäre sie die einzige qualifizierte Teilnehmerin in einer Rallye aus Peinlichkeiten. Einer Rallye, die gerade erst begonnen hatte.

„In Ihrem Pfarrgarten liegt ein toter Mann“, eröffnete Brenner auf ein Zeichen ihrer Chefin hin das Gespräch, nachdem sich alle um den kleinen wackeligen Tisch in der Teeküche gruppiert hatten. Brenner saß Kalli gegenüber, die Schwestern links und rechts von ihr, während Kommissarin Mathiesen hinter Brenner im Türrahmen lehnte.

Brigitte und Britta nickten ernst.

Brenner fixierte Kalli. „Sie haben ihn erkannt?“

Kalli hob die Hände. „Ich nicht.“

Brigitte fiel ein: „Wir.“

„Wer ist der Tote?“

„Unser Gemeindesekretär. Jens Müller.“

Die Brenner notierte sich den Namen in ihr kleines Notizbuch. Kalli erwischte sich dabei, wie befriedigend sie es fand, dass die junge Kommissarin dabei ungelenk und ihre Schrift krakelig wirkte.

Jens Müller. Der Sekretär, den sie nur vom Hörensagen kannte. Und jetzt wohl auch nicht mehr kennenlernen würde.

Wieder durchströmte sie die Erleichterung, die sie auf dem Feldweg hinter dem Gemeindehaus verspürt hatte, als Brigitte ihr sagte, wer dort lag.

Agi. Sie dachte, es wäre Agi gewesen. Sie war sofort überzeugt, dass es etwas gegeben hatte, was das Mädchen ihr am Freitag in Hamburg nicht anvertraut, dass sie Kalli vielleicht sogar über den wahren Grund ihres Weggangs getäuscht hatte. Weshalb sie nun noch einmal nach Moorstede zurückgekommen war und dann … ja, was?

Als Brigitte keuchend hervorgestoßen hatte, es handle sich um einen Mann, musste Kalli ein sehr unchristliches Gedankenszenario mit Adrian Plessner in der Hauptrolle unterdrücken.

Und nun saß sie in der Teeküche und versuchte über ihren revoltierenden Magen und ihre nebligen Gedankengänge hinweg etwas von dem mitzukriegen, was sich offenkundig als intensivere polizeiliche Befragung entwickelte.

Britta ergänzte gerade die etwas lapidaren Angaben ihrer Schwester: Dass sie selbst den Toten kaum gekannt hätten; dass der eines Tages im Oktober auf der Matte gestanden und sich erkundigt hätte, ob die Stelle des Sekretärs noch vakant sei.

„Und da haben Sie ihn einfach eingestellt?“, fragte Kommissarin Brenner ungläubig.

„Nicht wir. Pastor Fuchs.“

„Fuchs?“

„Mein Vorgänger“, warf Kalli ein. „Und genau genommen wird ihn wohl der Gemeinderat eingestellt haben.“

„Sie sind also noch nicht lange hier Pastorin.“ Es war mehr eine Feststellung als eine Frage. Kalli nickte. Brenner blinzelte und Kalli spürte deutlich Kirstens interessierten Blick.

„Wie lange genau?“

Kalli musste im Kopf nachrechnen. „Seit etwa zweieinhalb Wochen.“

Brenner unterstrich ihre letzte Notiz nachdrücklich mit zwei festen Markierungen und wandte sich dann wieder Britta und Brigitte zu.

Kalli spürte, wie ihre Handflächen feucht wurden. Was war so interessant an ihrer Äußerung gewesen? Atmen, erinnerte sie sich. Bloß nicht nervös werden. Nicht noch nervöser, zumindest.

Unterdessen zählten Britta und Brigitte auf, was sie alles von Jens Müller wussten. Dass er Theologiestudent im vierzehnten Semester war. Dass er mit Kusshand für ihre Gemeinde für zehn Stunden die Woche eingestellt wurde, weil er bereits andere Nebenjobs in der Verwaltung von Unis, Verlagen und Zeitschriften nachweisen konnte. (Nicht, dass sie nicht auch so hätten nehmen müssen, was sie kriegen konnten – hier in Moorstede.) Dass sie ihn kaum bemerkt hätten, in seiner kleinen Kammer. Dass sie ihn wahrscheinlich auch kaum hätten beschreiben können. An den Vormittagen hatte er konzentriert vor sich hingearbeitet. Und war immer nur für einen kurzen Schwatz und eine Tasse Tee in die Küche gekommen. Fuchs als sein ehemaliger Vorgesetzter wusste sicherlich mehr.

„Wann haben Sie ihn denn zuletzt gesehen?“, fragte Brenner, nachdem sie sich die Kontaktdaten von Kallis Vorgänger hatte geben lassen.

„Wann war das?“, wandte sich Brigitte an ihre Schwester.

„Das muss“, überlegte die, „vor mittlerweile drei Wochen gewesen sein.“

„Drei Wochen?“

„Ja.“

„Er hatte überraschend Urlaub genommen“, sagte Britta, „für etwas über eine Woche. Da hat er ja selbst gerade mal ein, zwei Wochen hier gearbeitet.“

„Und dann“, ergänzte Brigitte, „ist er nicht wiedergekommen.“

„Haben Sie sich da nicht gewundert?“

„Gewundert?“, schnappte Brigitte. „Hier wundern wir uns nicht so schnell, junge Frau.“

„Doch“, fiel Kalli ein und unterdrückte ein Grinsen über Brigittes Kommentar, „aber wir sind erst einmal von einem Missverständnis über das Ende des Urlaubs ausgegangen. Erst als deutlich war, dass er wirklich überzieht – da haben wir die Propstei verständigt. Das war Donnerstag, vor ein paar Tagen.“

Brenner notierte.

„Wissen Sie etwas über sein Leben – außerhalb der Dienstag- und Freitagvormittage, die er hier gearbeitet hat?“, warf jetzt Kommissarin Mathiesen von der Tür aus ein.

Britta, Brigitte und Kalli schüttelten den Kopf.

„Das heißt, doch“, setzte Kalli nach. Ihr war wieder eingefallen, was Anita Unheil ihr an dem Donnerstag am Telefon gesagt hatte.

„Offenbar ist er von Hamburg aus hierher gependelt. Wusstet ihr das?“, wandte Kalli sich an die Schmieds.

„Von Hamburg?“, fragte Britta. „Für einen mäßig bezahlten Nebenjob?“

„Gute Frage“, sagte Brenner.

„Das müssen ja an die …“, Brigitte legte den Kopf schief, „… anderthalb Stunden Fahrt sein.“

„Zwei“, sagte Kalli und schaute Kirsten in die Augen. Etwas zu tief, denn die wandte sich blinzelnd ab.

„Am besten“, richtete Kalli das Wort an Kommissarin Brenner, „fragen Sie Frau Unheil im Vorzimmer vom Propst. Die hat sicherlich auch die Bewerbungsunterlagen von Herrn Müller verwahrt.“

Wieder eine Notiz mit zwei energischen Strichen darunter.

„Okay“, sortierte sich Brenner neu, „kommen wir mal zu Ihnen. Was genau sind Ihre Funktionen hier? Und wie lange schon?“

Bevor die Schwestern ins Schwadronieren kommen konnten, ergriff Kalli das Wort. Sie wollte das hier unbedingt abkürzen. Sie fühlte, wie ihr die durchzechte Nacht deutlich auf die Stirn geschrieben stand. Wie sie in ihrer ganzen Abgerissenheit unter dem unerbittlichen Licht der Neonröhre mit jedem einzelnen abstehenden Haar, mit jedem einzelnen geröteten Äderchen in den Augen und jedem einzelnen fragwürdigen Fleck auf der Hose deutlich ausgeleuchtet wurde.

So stellte sie in aller Kürze Britta und Brigitte als Gemeindehelferinnen vor – „Seit nunmehr dreißig Jahren!“, warf Britta indigniert ein – und sich selbst als Neuzugang, der den alten Pastor, Daniel Fuchs, abgelöst hatte.

„Richtig. Vor zweieinhalb Wochen.“ Die Brenner schaute noch nicht mal vom Notizbuch hoch. „Wann genau?“, hakte sie nach, „Datum bitte.“

„Mein erster Arbeitstag war …“, setzte Kalli an, brach dann aber ab. Sie hatte plötzlich Mühe, sich zu orientieren. Welcher Tag war heute? Wenn schon nicht Datum, zumindest welcher Wochentag?

„Sonntag, heute ist Sonntag“, sagte sie laut und zuckte unter ihrer eigenen Stimme zusammen. Sie meinte, es nur gedacht zu haben. „Totensonntag“, setzte sie hinzu.

„In der Tat“, sagte Kirsten.

„Also, dann … Mein erster Arbeitstag war der 7. November.“

„Haben Sie zuvor auch schon in Moorstede gewohnt?“

„Nein. In Schwerin.“

„Warum sind Sie von Schwerin hierhergezogen?" Der Stimme Brenners war deutlich anzuhören, dass sie das ernsthaft beschäftigte.

Kalli zuckte mit den Achseln. „So ist das halt in der Kirche. Eine Stelle läuft aus, woanders wird eine frei." Das war natürlich nicht die ganze Wahrheit, aber sie wüsste auch nicht, was dieser beneidenswert wachen, sorgfältig gekleideten, Eifrigkeit aus jeder Pore ausströmenden Person ihre ganze Geschichte angehen sollte. Die sich jetzt stumm eine weitere, längere Notiz machte. Wenigstens dieses Mal ohne vehemente Unterstreichungen.

Ein Polizist in Uniform erschien im Flur und tippte Kommissarin Mathiesen auf die Schulter. Sie flüsterten kurz.

„Emilia", sagte Mathiesen dann zu ihrer Kollegin, „erledigen Sie das kurz? Ich mache hier weiter."

Die Brenner sprang unverzüglich auf und war mit einem Satz hinaus. Kalli rollte innerlich mit den Augen. Natürlich nennen sie sich beim Vornamen. Und dann auch noch Emilia. Wieder nagte zaghaft Eifersucht an ihr.

Kirsten Mathiesen ließ sich auf den Platz ihrer Kollegin fallen; währenddessen bezog der Polizist in Uniform Stellung im Türrahmen. Kirsten stützte die Unterarme auf und beugte sich leicht zu Kalli vor.

„Was denken Sie", ihr Blick umfasste sowohl Kalli als auch Britta und Brigitte, „was Ihr Sekretär heute Nacht hier zu suchen hatte?"

Tja, was wollte er hier? Das hätte Kalli auch gerne gewusst. Sie hätte ihn ja noch nicht einmal identifizieren können. Die Wahrheit war, sie hatte sich nicht viele Gedanken um den Sekretär gemacht. Die dämmerigen Züge um Brittas und Brigittes Augen verrieten ihr, dass es wohl auch den Schwestern so ging. Und wie absurd war das denn alles bitte? Sie kommt hier seit Wochen kaum in den Schlaf – eine gesprengte Beerdigung, ein verschwundenes Mädchen, ein weiteres, bei dem ein von der Familie vertuschter Selbstmord im Raum steht, beunruhigende Aktivitäten von Fundis in diesem beschaulichen Städtchen. Sie war durchaus auf noch mehr Chaos gefasst. Aber doch nicht aus *der* Ecke! Kalli hätte Kirsten Mathiesen einiges über Agnieszka Król und deren Beziehung zur jungen Stuvemann erzählen können (nicht, dass sie besonders erpicht darauf wäre). Sie hätte auch nur zu gerne eine markante Theorie um den fiesen Arzt Plessner gesponnen (nicht, dass es was geholfen hätte). Aber zu ihrem Gemeindesekretär wusste sie nun wirklich nichts zu sagen.

„Hat er sich vielleicht mit jemandem treffen wollen?", half Kirsten Mathiesen jetzt nach. Gleichzeitig griff sie nach der Teekanne, in dem Moment, in dem auch Kalli die Hand danach ausstreckte. Eine Millisekunde lang berührten sich ihre Fingerspitzen. Der körperliche, wenn auch kurze Kontakt jagte Kalli einen Stromstoß durch die Glieder. Sie hatte das Gefühl, die Haare müssten ihr zu Berge stehen.

Sie lächelte Kirsten an. Es fiel schüchterner aus, als ihr lieb war.

Kirsten blinzelte und bekam rote Flecken am Hals. Dann räusperte sie sich. „Hatte er sich mit jemandem treffen wollen?", wiederholte sie und setzte hinzu: „Jemand, der ihn vielleicht bedrohte?"

„Bedrohte?" Brigitte war wieder voll da.

„Moment mal", kombinierte Britta, „heißt das, wir reden hier von … einem Verbrechen?"

Die Kommissarin musterte die Gemeindehelferinnen eine nach der anderen. „Es sieht leider ganz danach aus."

Schweigen senkte sich über die Teeküche. Kalli hatte es gewusst. Also, nicht wirklich. Nicht in dem Sinne, dass sie im Wirrwarr dieses Morgens zu sich selbst gesagt hätte: Ja, klar, das kann nur Mord sein, was auch sonst? Und doch überraschte sie Kirstens Klarstellung nicht. Die Gewissheit hatte ihr die ganze Zeit über im Bauch rumort. Eine neue Woge der Entkräftung schwappte durch ihren Körper. Vom Haaransatz bis zu den Zehenspitzen – alles an ihr fühlte sich bleiern an. Sie hatte keine Vorstellung, wie sie jemals wieder von diesem harten Küchenstuhl hochkommen sollte. Die kurze Nacht, ihr idiotisches Verhalten in Schwerin, die überstürzte Fahrt nach Moorstede, der qualvolle Versuch, an der frischen Luft wach genug für den Gottesdienst zu bleiben, all das trat in den Hintergrund.

„Wie ist er denn …“, hörte sie Britta zögerlich fragen.

„Er ist erschlagen worden“, sagte Kirsten.

Kalli dachte nur noch an ihr Bett. Und doch rüttelte ein Gedanke an ihr. Ein Gedanke, den sie nicht zu greifen bekam. Ein Gedanke, der sie erschreckte. Sie merkte, wie er entstand, sich formte. Ein schmales Band zwischen dem Toten im Pfarrgarten und Agi in Hamburg wob.

Das laute Räuspern der Brenner vom Flur schallte in Kallis Ohren wie das Geräusch einer Tür, die direkt neben ihr zugeknallt wurde. Kalli schaute auf. Brenner hatte ihre Vorgesetzte herangewinkt, zwei Klarsichtbeutel in der Hand. Doch bevor Kalli erkennen konnte, was sie enthielten, verdeckte ihr Kirstens Rücken die Sicht. Die Kommissarinnen beugten sich über die Beutel. Einen der beiden drehten und wendeten sie im Licht der Flurlampe. Sie flüsterten. Dann kamen sie zurück in die Küche.

„Boah, ich kann nicht mehr“, begehrte Brigitte leise auf. Woraufhin ihre Schwester sie ausnahmsweise einmal nicht in die Seite stieß.

Kirsten hatte einen der Beutel auf den Tisch gelegt, aber die flache Hand – ihre kräftige, raue, rote Hand, dachte Kalli mit Kribbeln im Bauch – über den Gegenstand darin ausgebreitet. Einen Zipfel des anderen Beutels sah Kalli aus der Hosentasche der Kollegin lugen.

„Schaut so aus, als wäre Ihr Müller nicht Müller“, sagte Kommissarin Mathiesen knapp.

„Wie?“, fragte Brigitte. „Ich hab ihn doch erkannt. Das ist Müller.“

„Oh, ich weiß!“, rief Britta. „Er ist ein Zwilling.“ Sie klang bestimmt. „Genau wie wir.“

Brigitte legte ihr begütigend die Hand auf den Arm. „Hase, nicht alle Menschen sind Zwillinge.“

Kalli musste laut losprusten. Aus purer Erleichterung darüber, dass sie offenbar nicht als Einzige in diesem Raum völlig drüber war.

„Ihre Heiterkeit ist mir ein Rätsel“, kommentierte Brenner konsterniert.

Kommissarin Mathiesen blickte genervt in die Runde. „Können wir dann mal wieder? – Danke." Sie nickte Brenner zu und nahm die Hand vom Spusi-Beutel.

Darunter kam ein Personalausweis zum Vorschein.

„Ihr Müller", setzte Brenner an, „hieß eigentlich Brandt. Ferdinand Brandt. Schon mal gehört?"

„Jesus", flüsterte Kalli und fing sich einen entrüsteten Seitenblick von Brigitte ein.

„Also ja", stellte Brenner fest. Kalli fand, ihre Augen hatten etwas zu raubtierhafte Züge angenommen.

„Ich … Wo fang ich an?", überlegte Kalli. Britta und Brigitte sahen sie überrascht von der Seite an.

„Vorne bitte", erwiderte Kirsten.

Erst stockend und ungeordnet, dann etwas flüssiger erzählte Kalli, was sie über Ferdinand Brandt wusste: Dass er im Oktober über die Brauerei recherchiert hatte. Wohl in der Annahme, eine finstere Wendezeit-Story ausgraben zu können. Jedoch in dem Moment, in dem er eigentlich alle Informationen zusammenhatte, offensichtlich das Interesse an dem Thema verlor. Danach aber noch in der Stadt gesehen wurde. Sie war bei Dienstantritt sogar explizit vor „einem Journalisten" gewarnt worden, nur dass sie dessen Namen zu dem Zeitpunkt noch nicht kannte, ihn erst später von der Wirtin des *Krugs* erfahren hatte. Natürlich wusste sie auch nicht, dass er und Müller eine Person waren. Und offenbar hat auch derselbe Mann …

Sich sehr für Agnieszka Król interessiert, hatte sie sagen wollen. Und sich noch rechtzeitig auf die Zunge gebissen.

O Göttin, sagte sie sich, ich muss Agi unbedingt dazu bringen, sich endlich bei ihren Brüdern zu melden, damit ich nicht ständig um das Thema herumeiern muss. Sie konnte sich ja nicht einmal selbst gut erklären, warum sie Kontakt zu einem offiziell vermisst gemeldeten Mädchen hielt. Geschweige denn der Polizei.

„Und offenbar hat auch derselbe Mann … was?", wiederholte Brenner in Kallis stockenden Satz hinein.

„… sich sehr für unser Gemeindeleben interessiert", improvisierte Kalli.

Brenner zog die Stirn kraus, als Kalli das Offensichtliche aussprach.

Das Offensichtliche, dachte Kalli erstaunt. Das war es wirklich. Offensichtlich. Marlis selbst hatte angedeutet, dass sie den Eindruck hatte, Brandt sei einer neuen Geschichte auf der Fährte. Einer Story, die sich offensichtlich um die Gemeinde rankte. Was tat er sonst hier?

Kalli packte ihre Teetasse fester. Ihr war schwindelig. Sie schaute zu Kirsten. Die erwiderte ihren Blick und runzelte dann die Stirn. Ein kurzer Ausdruck von Sorge glitt über ihr Gesicht.

„Ich weiß, Sie sind alle erledigt", sagte sie, und direkt an Kalli gerichtet: „Das ist ja kaum zu übersehen. Aber wir haben leider noch weitere Fragen. Und ich fürchte, wir müssen auch noch Müllers, ich meine, Brandts Arbeitsplatz inspizieren."

Währenddessen wippte die Brenner hinter Kirsten unruhig von den Fersen auf die Fußspitzen und wieder zurück.

„Okay", sagte Kalli matt.

„Neben dem Opfer", schoss Brenner sogleich los, „wurde etwas gefunden."

„Ja?"

„Eine Papiertüte. Mit einem halb angebissenen Käsebrötchen. Die Tüte trägt den Aufdruck einer Schweriner Bäckerei."

„Oh." Peinlich berührt schloss Kalli die Augen.

Die beiden Kommissarinnen betrachteten sie eindringlich.

„Das ist wohl meine."

„Frau Krause!" Britta rückte unwillkürlich ein Stück mit ihrem Stuhl ab.

„Ich kann das erklären."

Aber genau genommen konnte Kalli das nicht erklären. Jedenfalls nicht, ohne etwas von der verrückten Nacht zuvor preiszugeben.

Also behauptete sie, schlecht geschlafen zu haben (was stimmte), weshalb sie frühzeitig von ihrem Besuch bei Freunden in Schwerin aufgebrochen war (stimmte auch), dann aber unschlüssig war, ob es sich lohnte, vor dem Gottesdienst noch nach Hause zu gehen, und deshalb einen Spaziergang unternommen hatte (naja …).

„Einen Spaziergang?", fragte Brigitte verwundert. „Mitten in der Nacht?"

Kalli funkelte sie verärgert an.

„Und das Brötchen?", wollte Britta wissen.

Doch Brigitte hatte schon entschieden. „Sie haben einfach Ihren Müll in unseren schönen Garten geworfen! Wie die Teenager, die am Friedhof rumlungern."

„'tschuldigung", murmelte Kalli, insgeheim dankbar über diesen simplen Ausweg aus der Geschichte.

Doch Brenner hatte noch mehr.

„Überhaupt fragen wir uns", setzte sie an und kam um den Tisch herum auf Kalli zu, „was Sie dort gesucht haben. Genau oberhalb des Fundorts der Leiche. Denn eins haben wir festgestellt: Den Hügel hoch, wo Sie gesessen haben, führen Reifenspuren. Wir wissen noch nicht, ob vom Mörder oder vom Opfer."

„Oh", unterbrach Kalli sie, „die müssen ja dann vom Mörder sein, oder?"

Wieder richteten sich alle Augen auf sie.

„Naja", erklärte sie, „das Auto vom Müller … äh … von Brandt steht doch bei uns auf dem Parkplatz."

In dem Moment merkte sie, was sie da sagte. Sie kannte das Auto von einem Mann, den hier niemand je gesehen und sich in der Gemeinde als Sekretär ausgegeben hatte. Und sie hatte den Morgen an der Stelle verbracht, in deren Nähe er ermordet worden war.

„Sie erkennen das Auto?" Kirstens Stimme war eisig.

Kalli nickte vorsichtig.

„Wieso haben Sie es bei Ihrem Eintreffen heute früh nicht gleich bemerkt?"

„Keine Ahnung", sagte Kalli kleinlaut. Streng genommen wusste sie noch nicht mal mehr genau, wie sie am Morgen hierhergekommen war. Sie musste den ganzen Weg vom Bahnhof zum Gemeindehaus hochgelaufen und dann auf den Pfad hinter der Koppel eingebogen sein. Automatisch. Wie ferngesteuert. Aber konnte sie sich an den Weg erinnern? Oder wie der Parkplatz vor dem Gemeindehaus zu dieser frühen Stunde ausgesehen, wer dort geparkt hatte? Nein. Vermutlich hätte der Zirkus heute Nacht seine Zelte vor dem Pfarrbüro aufgeschlagen haben können – sie hätte es nicht registriert. Erst nach dem Fund der Leiche war ihr der BMW aufgefallen; doch das rauschte als weiteres, bizzares Detail dieses bizzaren Morgens durch sie hindurch.

„Wo haben Sie denn geparkt?", fragte die Kommissarin weiter.

„Woher wissen Sie, dass ich ein Auto fahre?", sagte Kalli. Ein kurzer Anfall von Trotz.

Kirsten funkelte sie an. „Fahren Sie?"

„Ja."

„Wo steht es?"

Kalli heftete ihren Blick fest auf den Türrahmen über Kirstens Kopf. „In Schwerin."

„In Schwerin?"

Kalli zog die Schultern zu den Ohren. Kirsten lehnte sich zurück und warf ihr einen langen Blick zu. Dann nickte sie. Verstehe, sagte ihr Blick, mal in Hamburg, mal in Schwerin einen draufmachen. Warum auch nicht?

„Und woher kennen Sie das Auto von Brandt?"

Brenner, die in der Zeit der Befragung Kallis durch ihre Vorgesetzte im Hintergrund kaum ihr Zappeln unter Kontrolle hatte halten können, blickte Kirsten sichtlich enttäuscht an, als sie Kalli an der Stelle so vom Haken ließ. Kalli war sich sicher, die Brenner hätte jedes für den Tathergang noch so unwesentliche Detail ihres unrühmlichen, nächtlichen Ausflugs aus ihr herausgearbeitet.

„Man hatte mich bei Amtsantritt vor ihm gewarnt. Also nicht vor ihm direkt. Seinen Namen kannte keiner. Nur die Wirtin vom *Krug*, wie gesagt. Was ich erst später erfuhr. Aber man hatte mich gewarnt: Nicht mit dem Journalisten in dem roten BMW reden."

„Wer hat Sie gewarnt?"

Kalli musste etwas in ihrem Gedächtnis kramen. Ja, wer eigentlich?

„Jemand aus der Familie Stuvemann, vielleicht der Alte selbst, vielleicht einer der Söhne. Ich weiß es nicht mehr genau. Und

Adrian Plessner. Er hat seine Praxis in der Stadt. Auch Marlis, die Wirtin vom *Krug*, hat das Auto erwähnt."

Die Brenner schrieb fleißig mit.

„Den vollständigen Namen bitte."

„Marlis Schidlowski", sagte Kalli zögernd und hoffte, sie handelte ihrer Freundin keinen Ärger ein. „Sie führt den *Krug am Moor*, unten am Fluss."

Brenner räusperte sich und tippte beharrlich mit ihrem Kugelschreiber auf ihre Kladde.

„Jedenfalls, die Reifenspuren", fuhr sie mit einem kurzen Seitenblick auf ihre Vorgesetzte fort. „Erst einmal egal, von wem die sind. Auffällig ist …"

Kalli schloss erneut unwillkürlich die Augen. Sie wusste genau, was kommen würde.

„… dass die Reifenspuren auf der Hügelkuppe entfernt wurden. Genau an der Stelle, an der Sie sich aufgehalten haben!"

Neben ihr zogen Britta und Brigitte scharf die Luft ein. In die Stille der Teeküche setzte der alte Kühlschrank hinter Kalli mit gleichmütigem Rumpeln ein.

„Wenn ich Ihnen jetzt sagen würde", antwortete sie kraftlos, „dass ich da morgens saß und dann kam ein Mann durch Nacht und Nebel, mit einem quietschenden Fahrrad, und der packte einen Laubbesen aus und harkte die Fläche auf der Hügelkuppe unter dem Baum – wie klingt das für Sie?"

Die Brenner stieß einen unangenehm spitzen Lacher aus.

„Ach so", brummte Britta und machte eine abwinkende Bewegung mit der Hand, „klare Sache, das war der Erwin."

„Der Erwin?", fragte Kirsten.

Kalli erlaubte sich ein kurzes Gefühl der Erleichterung. Gleichzeitig konnte sie förmlich dabei zusehen, wie es in Kirstens Kollegin arbeitete. Und während Britta und Brigitte von Erwin und seiner Bank („Das geht jetzt schon Jahre so!") erzählten, kaute die Brenner auf ihrer Unterlippe und sortierte sich für den nächsten Angriff.

Der kam prompt.

Mit einem theatralischen Griff in ihre Hosentasche beförderte sie den zweiten Spusi-Beutel zu Tage. Kalli hatte ihn bereits völlig vergessen. Ihre Augen wurden groß. Das konnte doch nicht sein! Was war denn hier nur los?

„Erkennen Sie diesen USB-Stick?“, fragte Brenner in die Runde.

„Nun ja“, sagte Britta zögernd, „es ist ein Stick, wie ihn die Nordkirche massenweise an ihre Gemeinden ausgibt.“ Kallis Herz ging auf bei dieser unmittelbaren Geste der Loyalität. Die Schmieds mussten den Stick doch erkannt haben. Wie auch nicht? Mit dieser großen, flauschigen, neongrünen Bommel daran.

„Massenweise“, insistierte Brenner. „Mit dieser Bommel?“

„Schon gut, das ist meiner“, gab Kalli zerknirscht zu.

„Aha!“, sagte Brenner. Ihre Augen blitzten triumphierend.

„Oder, was heißt schon ‚meiner‘?“, fügte Kalli hinzu. „Er war hier im Büro. Auch Müller – Brandt – hat wahrscheinlich darauf gearbeitet. Ich habe nur diese …“, sie schluckte, „… Bommel daran gemacht, weil ich die Teile ständig verlege und suche.“

„Diese Bommel … äh, dieser Stick“, stellte Brenner fest, „wurde beim Opfer gefunden.“

Aha, dachte Kalli. Das dachte ich mir auch schon. Und laut: „Ich weiß jetzt auch nicht, was ich dazu sagen soll.“

Erneut fiel das Rumpeln und Brummen des Kühlschranks in die sekundenlange Stille der Küche ein.

„Der Stick war gestern Nachmittag noch definitiv in Frau Krauses Büro“, mischte sich Brigitte ein.

„So – war er das?“ Ein Nasenflügel der Brenner zuckte leicht.

„Definitiv“, bestätigte auch Britta. „Wir haben aufgeräumt. Und der Stick lag gut sichtbar auf ihrem Schreibtisch, neben der Tastatur. Mit der Bommel.“

„Datenschutzrechtlich ein No-Go“, flüsterte Brigitte mit erhobener Stimme Kirsten Mathiesen zu, „aber dafür können Sie sie doch nicht verhaften, oder?“

„Gut.“ Kirsten spreizte die Finger und betrachtete sie eingehend. Dann blickte sie auf, direkt in Kallis Augen. Wieder durchlief Kalli ein Schauder. „Dann zeigen Sie uns doch bitte mal dieses Büro, von dem schon so viel die Rede war.“

Unterwegs diktierte Kalli der eifrigen Brenner in die Kladde, was sich ihres Wissens auf dem Stick befinden sollte. Als sie ihn zuletzt geöffnet hatte, erinnerte sie sich, quoll der Speicher fast über. Da sie nichts hatte löschen wollen, weil sie nicht wusste, was davon für Müller wichtig war, hatte sie nur vorsichtig damit gearbeitet. Nur vier, fünf kleinere Dokumente habe sie hinzugefügt. Der Rest sei von ihm. Nur – genau angesehen hatte sie sich die Inhalte nicht.

Britta war bereits dabei, das Pfarrbüro aufzuschließen. Sie hielt den Kommissarinnen die alte, schwere Holztür auf. Brenner stürmte voraus, die Hände in Latexhandschuhen. Kalli wollte folgen, doch vor ihr hielt Kirsten abrupt inne und drehte sich um, sodass sie zusammenstießen. Ein sich spontan in ihr regender, zaghafter erotischer Impuls ertrank in Kirstens strengem Blick.

„Sie drei bleiben erst einmal draußen."

„Wieso das denn?", murmelte Britta, während Kirsten sich ebenfalls Handschuhe überstreifte, Licht machte und sich von der Tür aus in dem geräumigen Arbeitszimmer umsah. Brenner hatte auch schon den kleinen Nebenraum entdeckt.

„Das is', weil du bei den Krimis immer einschläfst", krittelte Brigitte.

„Schauen Sie", wandte sich Kalli leise an Britta, „als Sie gesagt haben, Sie hätten den Stick gestern Nachmittag noch im Büro gesehen – das stimmt doch, oder?"

Die beiden nickten.

„Das heißt also, der Stick war wahrscheinlich noch hier in der Nacht. Und wenn sie ihn dann bei Brandt gefunden haben, heißt das, dass Brandt nachts hier drin gewesen ist."

„Damit ist das Büro irgendwie Teil des Tatorts, oder so", ergänzte Brigitte.

Wie um das zu unterstreichen, rief Kirsten ihrer Kollegin zu: „Telefonieren Sie bitte die Spusi an. Wir brauchen sie als Nächstes hier drinnen."

Im Büro brach nun Geschäftigkeit aus. Die beiden Kommissarinnen öffneten alle Schubladen und Schränke, überprüften die Fenster, schauten unter Tischplatten und Stühle. Kalli war völlig unklar, wonach sie suchten. Immer wieder schauten sie zu ihr und den Schmieds hinüber und raunten sich anschließend knappe Bemerkungen zu. Kalli hätte sich gerne eingebildet, dass Kirsten sie anders ansah als ihre Kollegin. Aber das war nicht der Fall. Ein mulmiges Gefühl breitete sich in Kallis Magen aus.

Oder war das der Hunger? Sie dachte sehnsüchtig an ihr angebissenes Käsebrötchen, das jetzt vermutlich in einem dieser Beutel steckte.

Als Nächstes ließ sich die Brenner das Passwort für den Computer im Nebenzimmer geben und fluchte laut und vernehmlich über das langsame Tempo, in dem er hochfuhr.

Und dann wurde sie ganz still.

„Kirsten, kommen Sie mal bitte?"

Kirsten! Kalli kniff die Augen zusammen. Durfte sie sie derart vertraut ansprechen? Kalli fand, sie durfte nicht.

Britta und Brigitte neben ihr verrenkten sich die Köpfe, damit sie um die Ecke des Türrahmens zum Nebenraum schauen konnten, ohne dabei auch nur eine Fußspitze in das Büro zu setzen. Kalli stand hinter ihnen und konnte rein gar nichts von dem sehen, was sich an Müllers altem PC abspielte.

„Sie beugen sich über den Monitor", tuschelte Britta.

„Sie sehen ziemlich ratlos aus", fuhr Brigitte fort.

„Achtung, sie kommen!"

Die Köpfe der beiden schnellten in den Flur zurück und sie machten teilnahmslose Gesichter, die Kalli so übertrieben erschienen, dass sie kichern musste.

Das Kichern verging ihr sogleich.

„Der PC ist komplett leer." Brenner fixierte sie unumwunden mit ihrem Blick.

„Leer?"

„Leer. Im Sinne von: als wäre alles, wirklich alles gelöscht worden. Oder nie an diesem PC gearbeitet worden. Keine Dateien. Kaum Programme. Browserverläufe leer."

„Ich … ich weiß auch nicht", mühte sich Kalli. „Wie gesagt, ich bin kaum drei Wochen hier. Ich bin kein einziges Mal an diesem PC gewesen. Ich habe ja auf die Rückkehr vom Sekretär gewartet."

Die Brenner drehte sich auf dem Absatz wortlos um und fummelte den Spusi-Beutel mit dem Stick aus ihrer Hosentasche.

Britta beugte sich wieder in den Raum hinein.

„Jetzt testen sie offenbar noch den Stick", flüsterte sie über die Schulter. „Oh, das sieht nicht …"

„Scheiße!", schallte es da auch schon durch das Büro, gefolgt von den stampfenden Schritten Brenners. Sie schwang den Beutel mit dem Stick vor ihren Gesichtern hin und her. „Der ist auch leer!"

Bei Kalli riss endgültig der Geduldsfaden. Was bildete die sich eigentlich ein?

„Hören Sie mal! Was wollen Sie eigentlich von uns? Für uns ist das auch rätselhaft. Ich war nicht – und sicherlich auch nicht die Schmieds", sie schloss die Zwillinge mit einer Geste ein, „am PC unseres Sekretärs. Und der Stick war zumindest vorgestern noch randvoll mit Unterlagen und Fotos. Mehr weiß ich auch nicht!"

„Wir werden das hier alles versiegeln müssen", schnarrte die Kommissarin.

„Emilia", meldete sich jetzt Kirsten aus der Tiefe des Nebenraums, „schauen Sie doch bitte mal draußen nach, wo die Spusi bleibt."

Brenner schoss einen letzten, giftigen Blick auf Kalli ab, dann drückte sie sich durch den Türrahmen und rauschte den Flur entlang nach draußen. Kalli hörte die Tür schlagen und ihre Schritte, nein, Sprünge, auf den Steinstufen am Eingang.

Kirsten trat zu ihnen auf den Flur.

„Was ist denn los?", fragte Brigitte, die Stimme nun voller Sorge.

„Wir gehen davon aus, dass Ihr Sekretär – der Journalist Brandt – heute Nacht als Erstes hier drinnen war. Wir haben auch einen Schlüsselbund bei ihm gefunden – er hatte wahrscheinlich einen Schlüssel zum Gemeindehaus?"

Alle drei nickten.

„Er war also hier drinnen", fuhr Kirsten Mathiesen fort, „und er hat wahrscheinlich etwas gesucht. Vielleicht den Stick, vielleicht auch etwas anderes. Wissen Sie, was das sein könnte?"

Die drei schüttelten unisono den Kopf.

„Jetzt liegt er jedenfalls tot im Pfarrgarten. Den Stick hatte er bei sich, aber er ist leer."

„Und der …“, Kalli schluckte, „… Mörder? Oder die Mörderin?“

„Er oder sie hat entweder mit ihm das Gebäude betreten. Oder draußen auf ihn gewartet. Vielleicht werden wir das anhand der Reifenspuren und der Spuren im Garten weiter einkreisen können.“

Kirsten drehte sich zum Fenster und Kalli folgte ihrem Blick. Nebel, Dunkelheit und das grelle Licht der Flutlichter, die das Tatort-Team morgens zwischen den Bäumen aufgestellt hatten, waren dem sanften Glimmen eines sonnigen, aber schneidend kalten Novembersonntags gewichen. Unwillkürlich zog Kalli die Luft ein, in der Erwartung, den Duft von altem Laub, nassem Gras und frischer Luft einzuatmen. Sie war enttäuscht, als alles, was sie roch, der leicht muffige Geruch des alten Büros war. Draußen, durch den Rahmen der Doppelfenster, konnte sie Kommissarin Brenner in ihrem wattierten Anorak sehen, wie sie auf einzelne Personen zuging und kurze Anweisungen an sie richtete. Sie sammelte sie hinter sich und trat den Weg zurück um das Gebäude an.

Kalli kam das alles schrecklich surreal vor.

„Julika“, flüsterte Kirsten plötzlich neben ihr. Kalli zuckte zusammen, wie immer, wenn sie unvermittelt mit diesem Namen angesprochen wurde. Ein kurzer Blick auf Britta und Brigitte verriet ihr, dass den beiden nicht entgangen war, dass die Kommissarin sie mit Vornamen anredete.

„Bitte, sag doch einfach Kalli“, sagte Kalli.

„Gut, Kalli. Brauchst du noch etwas zum Arbeiten? Du wirst eine Weile nicht hier reinkönnen.“

Daran hatte sie noch gar nicht gedacht. Der Gottesdienst heute war zwar ausgefallen, aber nächste Woche standen Hausbesuche, eine kleine Abendandacht im Seniorenheim, Konfirmandenunterricht und am Sonntag sogar doppelter Gottesdienst, vormittags in Moorstede und nachmittags in Groß Sandacker, an.

Kirsten wartete ihre Antwort nicht ab. Sie legte kaum merklich ihre Hand auf ihren Rücken und schob sie Richtung Schreibtisch. Die Berührung dauerte nur den Bruchteil einer Sekunde, doch als ihre Hand fort war, spürte Kalli die Stelle am Rücken immer noch knistern und kribbeln.

Mechanisch fuhr sie den Rechner hoch und markierte wahllos alles, was sie auf dem Desktop fand. Kirsten stand hinter ihr und ließ keine ihrer Aktionen am Rechner aus den Augen. Kalli drückte Strg+C, ließ ihre Hand automatisch über den Tisch wandern. Dann fiel es ihr ein: Der USB-Stick war ja beschlagnahmt. Plötzlich fühlte sie sich vollkommen hilflos, den Tränen nahe.

„Frau Krause", flüsterte Britta aus dem Flur. Kalli schaute zu der Gemeindehelferin, ihr Blick getrübt durch den ersten Tränenschleier der Überforderung.

„Dropbox", soufflierte Britta von der Türschwelle.

„Sie wird doch wohl eine haben, oder?", hörte sie Brigitte ihrer Schwester zubrummen.

Also schob Kalli ihre Unterlagen in ihre private Dropbox. Kaum stand sie auf dem Flur, da rückte die Brenner mit der Spusi an. Sie würdigte Kalli keines Blickes und schritt sofort zur Tat.

„Wir werden jetzt nicht mehr gebraucht, oder?", sagte Kalli stockend zu Kirsten, die zu ihnen auf den Flur getreten war.

„Nein." Die Kommissarin senkte den Kopf und Kalli bemerkte, dass sich eine einzelne Strähne aus ihrem strengen Zopf gelöst hatte. Sie unterdrückte die Regung, ihr über die Stirn zu streichen. In der Bar war ihr gar nicht aufgefallen, wie groß Kirsten wirklich war. Jetzt wurde ihr bewusst, dass sie sich auf die Zehenspitzen stellen müsste, um die widerspenstige Strähne zu erreichen.

„Dann verkrümeln wir uns jetzt ohne weitere Umschweife", meinte Brigitte und zog ihre Schwester, die die Interaktion zwischen Kommissarin und Pastorin neugierig beäugte, den Flur entlang. Britta drehte sich um und zeigte mit einer Geste, dass sie baldmöglichst telefonieren sollten.

Kalli trat nervös von einem Fuß auf den anderen. Es war ihr unangenehm, so unversehens mit Kirsten allein zu sein. Sie spürte ihre Präsenz überdeutlich. Und sie hatte kaum mehr die Energie, die unterschiedlichen Gefühle, die das in ihr auslöste, unter der Decke zu halten.

„Ich … ich muss gehen“, sagte sie. Sie kreuzte nur kurz Kirstens Blick und taxierte dann intensiv eine Stelle im Linoleum schräg hinter ihr.

„Oh.“

Bildete sie es sich ein oder klang die Kommissarin enttäuscht?

„Ähm, bitte halte dich zu unserer Verfügung. Das ist das, was ich sagen muss.“

Kalli nickte langsam und schenkte weiterhin dem Abrieb am Boden hinter Kirstens Beinen ihre Aufmerksamkeit.

„Ansonsten …“, Kirsten zog eine Visitenkarte aus der Innentasche ihres Mantels, legte sie gegen die Wand und schrieb eine Nummer mit Kugelschreiber darauf, „… hast du hier meine Telefonnummer. Dienstlich und privat. Für alle Fälle.“

Kalli nuschelte ein „Danke“, nahm die Karte und wandte sich um. Kirsten hielt sie an der Hand fest. Kalli schaute sie überrascht an.

Dann entzog sie sich schnell ihrem warmen Griff. „Bis dann“, murmelte sie.

16

Sie verschlief die Nachmittags- und Abendstunden des Sonntags. Nach der Befragung durch die Kripo und der Abgabe ihrer Fingerabdrücke wurde sie von einem Polizeibeamten nach Hause gefahren. Sie wusste, dass das eine Gefälligkeit von Kirsten war. Dennoch kam sie sich wie eine Schwerverbrecherin vor, als sie neben dem überaus adretten, beflissentlichen Polizisten auf dem Beifahrersitz Platz nahm. Alles an ihr fühlte sich so betäubt an, dass sie sich im Gurt verhedderte und sich kaum aus dem Sitz schälen konnte. Oben, in ihrer Wohnung, kippte sie einfach aufs Sofa.

Als sie am späten Abend wieder zu sich kam, hatte sie noch Schuhe und Jacke an. Sie stand auf, spülte sich den Mund aus und ging dann, so wie sie war, vor die Tür. Pizza holen. Die sie gierig, im Schneidersitz auf dem Boden vor dem Sofa sitzend, verschlang. Sie starrte ins Leere und dachte an nichts. Noch nicht einmal daran, Fabio zurückzurufen. Er hatte es insgesamt zwölfmal versucht. Zwischendrin eine kurze SMS geschickt: „Wo bist du? Alles okay? Ruf zurück!“ Sie hatte sich seit ihrem überstürzten Aufbruch in der Nacht nicht bei ihm gemeldet.

Sie scrollte durch die Anrufliste in ihrem Smartphone. Auch ein Anruf von Sanne war eingegangen. Als sie das sah, schloss sie kurz die Augen und versuchte mit aller Macht den Gedanken an ihr Notizbuch fortzuschieben.

In dem unsaubere Reißkanten das Fehlen einer einzelnen, verräterischen Seite anzeigten.

Sie sammelte den letzten Schwung Energie, schleppte sich unter die Dusche und ging von dort direkt ins Bett. Wo sie in einen unruhigen Schlaf fiel.

Sie erwachte früh.

Erst hatte sie Mühe, sich zu orientieren. Dann polterte ihr alles auf einmal durch den Kopf. Und durcheinander.

Dass sie eine Leiche im Garten hatten. Dass der Tote der Gemeindesekretär war. Der eigentlich keiner war, sondern ein Journalist aus Hamburg. Und die ermittelnde Kommissarin ihr One-Night-Stand vom vorletzten Wochenende. Dass sie Freitag endlich Agi getroffen hatte. Der es zwar halbwegs gutging, deren haarsträubende Geschichte sie jedoch noch immer nicht ganz verdaut hatte. Und schließlich, dass sie richtig Mist gebaut hatte. Herrgott, sie hatte Fahrradreifen zerstochen! Und eines der Räder aufs Nachbargrundstück geworfen!

Dieser Teil von ihr, der da zusehends den Kopf aus der Deckung reckte, gefiel ihr nicht. Die Ohrfeige. Die tiefe Verachtung, die sie Leni gegenüber empfand. Die Rachefantasien. Und nun die Reifen.

Ihr kam zu Bewusstsein, dass sie in den letzten Tagen keinen einzigen Gedanken an Merle verwendet hatte. Keinen einzigen. In ihren ersten Tagen in Moorstede hatte der Kummer darüber, sie verloren zu haben, noch alles überdeckt. Und nun …

Stöhnend schwang sie die Beine über die Bettkante und stützte den Kopf in die Hände, als eine weitere, üble Erkenntnis durch ihr Bewusstsein schwappte: Es war früh, es war noch dunkel, und es war Montag.

Sie hatte frei. Ein ganzer, langer, leerer Tag ohne Ablenkungen lag vor ihr.

Sie schlurfte ins Wohnzimmer und öffnete die Umzugskisten mit den Klamotten. Zwar hatte sie sich die schon vor einer Woche vorgenommen. Doch darum ging es nicht.

Im warmen Lichtkreis der Pendelleuchte baute sie das Bügelbrett auf.

Sie bügelte zwei Stunden lang.

Sie plättete ausnahmslos alles, was ihr in die Finger kam. Sogar ihre Socken.

Nach und nach spürte sie, dass sie sich langsam wieder einnordete. Wenn auch nicht vollständig. Dafür war einfach zu viel passiert.

Ein weiteres Oxford-Hemd.

Kalli ließ ihre Gedanken wandern. Nächste Woche stand der Umzug ins Gemeindehaus an. Das hatte ihr Anita noch am Freitag gemailt. Die Propstei hatte sich nicht lumpen lassen und sogar ein Umzugsunternehmen bestellt. „Nutz das richtig aus", hatte Anita geschrieben, „Schränke aufbauen, Lampen anklemmen, Regalbretter anbohren – bloß keine falsche Bescheidenheit!"

Kalli musste laut auflachen, als sie diese E-Mail las. Schränke und Regalbretter. Sie war nur mit einer Lampe, dem Rudergerät und den Kartons angereist. Kaum etwas in ihrem alten Zimmer in Schwerin hatte ihr gehört. Die Möbel hatte sie damals von einer ehemaligen Mitbewohnerin von Leni übernommen. Und die Agave und die Monstera, beide mittlerweile opulent und prächtig, hatte Sanne ihr zum Einzug geschenkt. Als zarte Ableger ihrer eigenen Zimmerpflanzen.

Kalli hatte sie dort gelassen.

Die Unruhe kehrte zurück. Sie bereute, dass sie sich am Wochenende so hatte gehen lassen. Dass sie so viel getrunken, im Treppenhaus übernachtet hatte.

Allerdings nicht, was sie mit den Rädern angestellt hat.

Nur, dass sie einen derartig eindeutigen Hinweis auf sich hinterlassen hat. Als hätte ihr Unterbewusstsein ihr da einen Streich gespielt.

Sie dachte an die Pflanzen in ihrem alten Zimmer und merkte, dass unter der Wut etwas anderes lag: Heimweh. Seit ihren ersten Tagen hier war es offenbar nicht verschwunden. Nur in den Hintergrund gerückt.

Sie erinnerte sich, dass sie Agi am Hafen gefragt hatte, ob sie nicht Heimweh verspüre. „Ich habe kein Heim", hatte Agi geantwortet. Kalli hatte gesagt, dass sie ihr das nicht abnehme. Daraufhin hatte Agi ihr einen finsteren Blick zugeworfen, einen dieser „Was weißt du schon?"-Blicke, die das Mädchen in Perfektion beherrschte. Jetzt wurde ihr klar, dass sie wirklich nichts wusste. Nichts über diese junge Frau. Nichts über sich selbst. Sie hatte erwartet, dass Agi sich fühlen würde, wie sie sich fühlte.

Die letzten Jeans. Sie legte sie sauber zusammen und verfrachtete sie mit allen anderen gebügelten Klamotten wieder in die Kartons.

Sie schaute auf ihr Handy. Halb neun. Da erwischte sie Fabio noch gerade so, bevor er zur Arbeit ging.

Nach nur einmal Klingeln war er dran.

Ohne auch nur seine Begrüßung abzuwarten, erzählte sie in einem Rutsch, was sie in der Nacht von Samstag auf Sonntag getan hatte.

„Und das ist noch nicht das Schlimmste! Du glaubst gar nicht, was passiert ist, als ich hier angekommen …"

„Jetzt reicht's aber!", brüllte ihr bester Freund.

„Was ist los?", fragte sie überrascht.

„Was los ist? Du lässt uns hier ohne vernünftige Erklärung zurück, reagierst auf keinen meiner Anrufe, heute meldest du dich plötzlich, als wäre nichts, und erzählst mir, dass du nachts Reifen stechen warst? Mensch, Kalli – geht's eigentlich noch?"

„Ich … eigentlich wollte ich noch etwas anderes erzählen."

„Hörst du mir eigentlich zu?"

„Ich brauche Rat."

„Schön. Aber nicht von mir. Nicht heute. Und sicher auch nicht morgen."

Und damit legte er auf.

Wütend blickte sie das Smartphone an. Hatten sich jetzt alle gegen sie verschworen? Sie stopfte es in ihren Rucksack und warf, mit Blick auf das Wetter draußen, auch noch einen Schirm dazu. Dann suchte sie ihre Autoschlüssel.

Sie fand sie in den dreckigen Jeans von gestern. Zusammen mit dem rostigen Nagel. Der sofort das Bild von ihrem Passat, wie er in einer Querstraße hinter dem Häuserblock, in dem Fabio wohnte, stand, vor ihren Augen aufsteigen ließ.

„Scheiße!", rief sie laut.

Dann würde sie eben laufen.

***

Der Tag wurde nicht besser. Eine Flut an Briefen quoll ihr aus dem Gemeindebriefkasten entgegen. Einige waren beim Öffnen des Postfachs zu Boden geflattert; sie setzte schnell einen Fuß darauf, bevor der Wind sie forttragen konnte. Die meisten steckten in losen Kuverts, ohne Absender. Sie las einen und wusste, wie die anderen sein würden. Die Brötchentüte unter die linke, den Schirm unter die rechte Achsel geklemmt, fischte sie den

Briefkasten leer und klaubte die herausgefallenen Umschläge von den regennassen Kieseln des Parkplatzes.

„Britta? Brigitte?" Als sie mit dem Ellenbogen die Türklinke herunterdrücken wollte, stellte sie fest, dass abgeschlossen war. Das war noch nie vorgekommen; die Schmieds waren immer vor ihr da. Sie ließ den Stoß Briefe aufs Fensterbrett neben der Eingangstür gleiten, legte die Brötchentüte daneben und warf ihren feuchten Schirm auf das blanke Linoleum. Sie schaute nach rechts zu Teeküche und Kleinem Saal. Nach links zum Gottesdienstraum und Pfarrbüro. Dem versiegelten Pfarrbüro.

Keine Antwort. Das Gemeindehaus war leer.

Trotzdem wiederholte sie ihren Ruf. Sie lauschte ihm hinterher, wie er sich den Flur entlang ausbreitete.

Die Stille war geradezu unheimlich – nach dem Trubel von gestern.

Unentschieden klimperte sie mit ihrem Schlüsselbund. Sie hatte am Markt spontan zehn statt zwei Brötchen gekauft und war zu Fuß und trotz ihres freien Tages den Weg aus der Stadt hierhergekommen. In der Hoffnung, die beiden Schwestern im Gemeindehaus anzutreffen. Wo sie doch sonst immer steckten. Sie warf einen kurzen Blick auf die Wanduhr im Flur. Fast halb zehn.

Sie stellte sich ans Flurfenster. Von dort aus konnte sie das Haus der Schmieds auf der anderen Straßenseite sehen. Der Regen ließ gerade nach. Ein paar einzelne Sonnenstrahlen, die hier und da durch die Wolkendecke drangen, warfen helle Flecken auf die schlichte, grau verputzte Fassade des Hauses. Die Vorhänge waren aufgezogen; oben, unter dem Dach, wölbte sich ein hellgelber Gardinenschal mit dem Luftzug durch ein offenes Fenster, wurde wieder eingesaugt, wölbte sich erneut hervor.

Sollte sie einfach hinübergehen und klingeln? Das Gartentor des grün gestrichenen Lattenzauns schwang leicht im Wind. Auf und zu, auf und zu. Offenbar hatte es jemand nicht fest genug verschlossen.

Kalli trat von einem Fuß auf den anderen. Sie traute sich nicht richtig. Wo die Schmieds ihre gesamte Freizeit der Gemeinde zur Verfügung stellten, wollte sie nicht auch noch unaufgefordert in deren Privatsphäre eindringen.

Also öffnete sie zwei weitere Briefe. Den einen zerknüllte sie sofort; den anderen stieß sie wieder ins Kuvert.

Sie schaute erneut über die Straße. Und dann auf die Briefflut im Flurfenster.

Mit diesem Mist sollte sie nicht allein bleiben.

Sie griff sich einen Stoffbeutel von der Garderobe, stopfte die Umschläge hinein, legte die Brötchentüte obenauf und trat nach draußen. Es nieselte nur noch sachte.

Auf dem Parkplatz fuhr gerade ein PKW vor.

„Himmel, auch das noch", knurrte sie in sich hinein.

Ein Bein schon halb auf der nächsttieferen Treppenstufe, hielt sie inne. Sie würde hier oben stehen bleiben.

Mit verlegenem Gesichtsausdruck grüßte Tim durchs Beifahrerfenster, als sein Stiefvater die Fahrertür aufstieß und seine kostspielig aussehenden Lederstiefel auf den knirschenden Kies setzte.

Als Plessner Kalli vor dem Gemeindezentrum stehen sah, verzog sich sein Gesicht zu einem breiten Grinsen. Er rief etwas, doch sie machte eine Geste hin zu ihrem Ohr, dass sie ihn nicht verstehe. Er warf lautstark die Tür zu, trat an die Treppe und schaute zu Kalli hinauf.

„Ich habe ja von Anfang an gewusst, dass Sie Leichen im Keller haben."

„Finden Sie das besonders amüsant?"

Der Arzt neigte den Kopf, seine Mundwinkel zuckten.

Kalli deutete auf den Umschlag, den der Arzt in der Hand hielt.

„Was haben Sie da? Werfen Sie Ihre Beleidigungen persönlich ein?" Sie schwenkte den Beutel mit den Briefen.

„Oh, das?" Plessner schaute auf seinen Brief, als wäre er selbst überrascht, ihn zu sehen. „Das ist nur die Rechnung. Vom letzten Vortrag." Und setzte süffisant hinzu: „Den Antrag, Sie übergangsweise von Ihren Pflichten als Vorsitzende des Kirchgemeinderats zu entbinden, habe ich gemailt. Natürlich nur, bis zweifelsfrei erwiesen ist, dass Sie hiermit" – er machte eine ausholende Geste zum Pfarrgarten hinüber – „wirklich nichts zu tun haben."

Kalli beschloss, nicht darauf einzugehen. Darum konnte sie sich immer noch später kümmern.

„Wieso stellen Sie *uns* eine Rechnung?"

„Das Honorar für die Referentin."

„Für diesen Schmutz zahlt die Landeskirche?"

Die Augen zusammengekniffen, die Lippen leicht geöffnet, sah der Arzt aus, als würde er sie jeden Moment beißen wollen.

Kalli stieg die Stufen zu ihm hinunter und zog ihm das Kuvert aus der Hand.

„Geben Sie her. Aber besser, Sie hören sich für das nächste Jahr nach einem neuen Sponsor um. Und auch nach neuen Räumlichkeiten."

„Wir werden sehen", giftete er. „Besser, *Sie* hören sich nach einer neuen Stelle um. Mal wieder."

„Was meinen Sie damit?"

Plessner warf ihr einen letzten, abschätzigen Blick zu. Dann drehte er sich auf dem Absatz um und ging zurück zum Wagen.

Tim, der den Wortwechsel vom Auto aus beobachtet hatte, schaute mit hochgezogenen Schultern zu Kalli herüber. Er öffnete die Beifahrertür, wie um auszusteigen, doch Plessner schlug sie von außen gleich wieder zu. Es folgte ein kurzer, sichtlich aufgebrachter Wortwechsel zwischen den beiden im Wageninneren.

Da fiel Kalli etwas ein. Mit drei Sätzen war sie am Auto und klopfte schnell und laut gegen die Fensterscheibe des Beifahrerfensters. „He!" Tim rutschte tiefer in den Sitz und nagte an der Unterlippe. Plessner starrte sie über ihn hinweg an und startete den Motor.

Kalli riss kurzerhand die Tür auf.

„Sind Sie noch ganz …", rief Plessner wütend aus. Sie ignorierte ihn.

„Tim", sagte Kalli und beugte sich zu dem jungen Mann hinab. „Du hast Luisa an ihre Eltern verraten, oder?"

„Was fällt Ihnen ein?" Plessner öffnete die Fahrertür und schwang sich aus dem Auto.

„Du warst das", beharrte Kalli an Tim gewandt. „Erst, dass du vermutest, Luisa sei lesbisch – und später dann ihre Beziehung zu Agi. Ist es nicht so? *Das* nagt die ganze Zeit an dir."

Tim starrte stur geradeaus und schüttelte den Kopf. Dann blickte er zu ihr hoch. „Ja", sagte er leise. „Ich war so unfassbar eifersüchtig." Er schloss die Augen und drehte sein Gesicht zur Seite.

„So, jetzt reicht's aber." Plessner drängte sie zur Seite und hieb mit lautem Knall die Tür zu. „Sie hören noch von mir."

Die Worte rauschten durch Kalli hindurch. Sie hatte erfahren, was sie erfahren wollte. Sie trat ein paar Schritte zurück. Im Auto ließ Plessner mit hochrotem Kopf den Motor aufheulen und brauste vom Parkplatz. Kies spritzte.

Kalli stand noch einige Minuten vor dem Gemeindezentrum, wartete, dass ihr Puls wieder runterkam. Dann umschloss sie die Schlaufen des Stoffbeutels fester, überquerte die Straße und schob das Gartentor der Schmieds auf. Sie betrachtete die mit Meisenknödeln behangenen Fliederbäume im Vorgarten, die nackten Rosensträucher am Haus, die braun-weißen Keramik-Rehe, die Vogeltränke in Marmoroptik – und wusste plötzlich mit Gewissheit, dass sie länger in dieser Gemeinde bleiben würde, als es Plessner und einigen anderen vielleicht lieb war. Der Kranz an der Tür war bereits weihnachtlich geschmückt mit roten Schleifen, Kiefernäpfeln und goldenen Glöckchen. Ein neues Kirchenjahr begann.

Bevor sie auch nur den Zeigefinger nach dem Klingelknopf ausstrecken konnte, wurde bereits die Tür aufgerissen.

Brigitte blinzelte sie über ihre randlosen Brillengläser hinweg an. „Wir haben uns schon gefragt, was Sie da draußen in unserem Vorgarten rumstehen."

„Ich …", stammelte Kalli und zog die Brötchentüte aus dem Beutel.

„Frau Krause, wie schön!" Britta erschien hinter Brigitte und drängte ihre Schwester zur Seite.

„Und Brötchen, wie nett. Kommen Sie rein!"

Minutenlang hatte Kalli sich überlegt, was sie sagen könnte, wenn sie so unangemeldet vor der Tür der beiden stehen würde. Hatte eine Ausrede („Ich war zufällig hier!" – ohne Auto?) nach der anderen („Ich wollte mal nach Ihnen sehen!" – die beiden waren robuster als sie selbst, so ihr Eindruck) verworfen. Und jetzt schien ihre Anwesenheit selbstverständlich zu sein.

Kalli streifte sich ihre dreckverkrusteten Chelsea Boots ab – sie sah amüsiert, wie Brigitte kritisch zur Kenntnis nahm, dass ihre Pastorin sich seit vorgestern offenbar nicht die Stiefel geputzt hatte – und schlüpfte in viel zu große, braun-rot karierte Gästepantoffeln.

„Entschuldigen Sie", sagte Britta, der sie in den Filz-Schlappen über die blanken, terracottafarbenen Fliesen im Flur vorsichtig in die Wohnküche folgte, „die kleineren Größen waren alle schon aus."

In der Küche wurde sie freudig begrüßt, auf einen Stuhl gedrückt und bekam prompt eine Tasse Kaffee vorgesetzt.

„Sie kennen ja alle, was?", fragte Brigitte, während sie Kallis Brötchentüte in den bereits halb leeren Brotkorb der Frühstücksgesellschaft füllte, in die Kalli da offensichtlich hineingeraten war. Kalli nickte nacheinander Minh Lý, Paula Diedrichsen und Anita Unheil zu.

„Ich wollte wirklich nicht stören", sagte sie höflichkeitshalber.

„Keine Rede", antworte Minh Lý sofort. „Wir haben eh gerade über Sie getratscht."

„Oh." Kalli spürte, wie ihre Ohren heiß wurden.

Die Frauen um den Tisch herum lachten.

„Nur Gutes natürlich!", setzte die Lý hinzu.

Wie sich herausstellte, traf sich die regionale Gruppe des Landfrauenbunds immer montags bei den Schmieds zum Frühstück – zum Schnacken und „um die Lage zu besprechen", wie Anita sich ausdrückte. Kalli lehnte sich zurück, genoss einen sehr starken Kaffee, hörte mit einem Ohr den Gesprächen der Frauen zu und ließ ihre Gedanken treiben. Sie fühlte sich auf Anhieb wohl. Die niedrige Küche mit den freigelegten Balken an der Querwand war geräumig und doch durch die Gespräche der fünf Frauen angenehm ausgefüllt. Sie sank tiefer in ihren Stuhl und spürte an ihrem Rücken die angenehme Wärme des Backofens, in dem eine Ladung Dosen-Croissants buk. Für die Frauen schien der Ermordete im Pfarrgarten kein Thema zu sein – oder sie hatten es schon gründlich durch –, doch der große

Beutel, den Kalli in den Türrahmen zur Küche gelehnt hatte, erregte plötzlich die Aufmerksamkeit von Paula Diedrichsen.

„Was haben Sie da mitgebracht?"

Kalli hatte die Briefe völlig vergessen. Ihr spontaner Impuls war, den Beutel zu verbergen. Doch dann fragte sie sich, wofür sie sich eigentlich schämte. Sie hatte nichts getan. Ein paar Bewohner aus Moorstede und Leserinnen von Facebook-Kommentarspalten hingegen schon.

„Schauen Sie gerne nach. Es ist allerdings nichts Erfreuliches."

Die Diedrichsen öffnete einen Umschlag und ließ ihn sofort angewidert auf ihren Teller sinken. Sie musste wohl gleich ein besonders schönes Exemplar erwischt haben.

„Ich habe sie nur überflogen", sagte Kalli trocken, „aber mir scheint, es sind drei Gruppen: Ein Drittel, das mich direkt als Mörderin adressiert. Ein Drittel, das den Mord nicht erwähnt, aber mir selbst Tod und Verdammnis wünscht. Und ein Drittel – das sind die längeren, meist handschriftlichen – mit Bibelstellen, warum Frauen nicht predigen sollten."

„Bitte?" Minh Lý rutschte vor Empörung die Lesebrille tiefer auf die Nase. Sie legte den Versandhauskatalog zur Seite, in welchem sie gerade mit Britta Gummistiefel durchsah, und griff ebenfalls nach einem Brief. Der Beutel machte die Runde und angestrengtes Gemurmel brach um den Tisch herum aus.

„Hören Sie sich das an! ‚Mich hat auch eine Frau geboren, habe also nichts gegen Frauen. Doch aus einer Gemeinde, wo eine Frau predigt, würde ich austreten.' Sympathisch!"

„… dass nun ein Opfer zu beklagen ist, das gewaltsam auf dem Gelände der Gemeinde den Tod gefunden hat, kann nur ein Zeichen sein, dass diese Gemeinde den Weg von Sodom und Gomorrha …"

„Frauen sollten im Gottesdienst die Klappe halten – das steht schon im Korinther. Meiner Meinung nach sollten sie sogar am besten draußen warten. Studiert die Bibel! Legt euren Irrglauben ab!"

„Werden Seelen von Sünde befreit und gerettet, wenn sie dich in Predigt und Gebet hören? Ergreifst du sie alle oder nur Frauen, Alte und Kinder? Gottes Wort sagt, Apostelgeschichte 2,37:

‚Als sie aber das hörten, drang es ihnen durchs Herz, und sie sprachen zu Petrus und den anderen Aposteln: Was sollen wir tun, ihr Brüder?'"

Brigitte ließ den Brief mit einem verwirrten Gesichtsausdruck sinken. „Mehr steht hier nicht."

Britta nahm ihn ihr aus der Hand und kicherte. „Erinnerst du dich an Onkel Herbert? Das klingt wie die wirren Briefe, die der immer zu Pfingsten verschickt hat."

„Ich hoffe doch nicht, der ist ja seit zwölf Jahren unter der Erde."

Britta drehte den Brief um. „Oh, wie dezent! Schauen Sie sich das an." Sie reichte den Brief an Kalli weiter. Er war auf die Rückseite eines alten Lieferscheins geschrieben. Von Biokost Rostock an Bioladen Moorstede, Inhaberin S. Majuntke. Bananen, Äpfel, Gurken, Blumenkohl, Rotkohl, las Kalli. Birchermüsli, Sportlermüsli, Haferbrei, Mandelmus. Deosticks, Handcreme, Intimwaschlotion. Und auf der Rückseite die Apostelgeschichte.

Der spöttische Umgang, den die Frauen um den Tisch herum mit den Briefen fanden, machte Kalli das Herz leichter. Sie belud sich ein noch heißes Croissant mit Pflaumenmus, während Minh Lý bereits laut überlegte, was man mit den Briefen anstellen sollte.

Brigitte klickte mehrmals nachdrücklich mit einem Feuerzeug und legte ein leidenschaftliches Plädoyer für Verbrennen vor dem Gemeindezentrum hin. Dann zündete sie aber doch nur ein neues Teelicht im Teestövchen an.

„Bist du irre?" Anita funkelte sie entgeistert an. „Da hat Kalli gleich die nächste Schlagzeile am Hals." Sie öffnete den letzten Brief und überflog ihn schnell.

„Oh." Sie ließ ihn sinken und schob ihn Kalli über den Tisch. „Das ist was anderes. Schauen Sie."

Kalli ließ ihre Fingerspitzen vorsichtig über das gestärkte, cremeweiße Papier fahren. Ganz oben stand in Kursivschrift „Einladung". Sie wusste, es war alles andere als das. Im besten Fall noch „Vorladung". Aber eher sogar Drohgebärde. Sie spürte, wie sich ihre Kehle zuschnürte. Was hatte Plessner gesagt?

„Wir werden sehen." Vielleicht hatte er recht. Vielleicht war sie die längste Zeit hier Pastorin gewesen.

Jäh wurde ihr bewusst, dass sie das alles hier vermissen würde: Die Warmherzigkeit und die Schrullen der Schmieds. Die oberflächliche Sprödigkeit der Gemeinde. Die Abgeschiedenheit des Ortes. Den Blick aus dem Gottesdienstraum in die Weite der mecklenburgischen Ackerlandschaft.

Bekümmert ließ sie die Einladung sinken.

In das gleichmäßige Gemurmel und Gelächter der Frauen schrillte unsanft die Türklingel.

„Wohl doch noch Marlis", vermutete die Diedrichsen.

„Nee", winkte Brigitte ab und stemmte sich vom Tisch hoch, „die hat sich für heute abgemeldet."

Sie schlurfte in den Flur. Dann kam sie mit zwei hastigen Sätzen zurück.

„Die Polizei! Schon wieder. Was sollen wir tun?" Hektische, rote Flecken bildeten sich auf ihren Wangen.

„Na, was schon", sagte Britta, „lass sie rein, ich setz neuen Kaffee auf."

Dann trällerte sie ihrer Schwester nach: „Ist das die Große, Rote?" Sie zwinkerte Kalli zu. Kalli spürte, wie sie sich rosa verfärbte. Sie fing einen missgestimmten Blick von Anita auf.

„Ja!", rief Brigitte aus der Küche. Dann hörte Kalli, wie sie die Tür öffnete und die Neuankömmlinge begrüßte.

Kalli stopfte sich den Rest ihres Croissants in den Mund, angelte sich noch eine Mandarine aus dem Obstkorb und sprang auf. Sie wollte auf keinen Fall unter der Beobachtung so vieler Augenpaare mit Kirsten reden müssen.

Minh Lý und Paula Diedrichsen schauten überrascht auf.

„Ich mach mich nach drüben", sagte sie zu Britta. „Falls mich wer sucht. Danke für das Frühstück!"

„Die Schmieds haben übrigens eine Hintertür", flüsterte Anita und machte eine Bewegung mit dem Kopf nach links. Kalli drückte ihr dankbar die Schulter. Im Flur hörte sie Kirsten fragen: „Ist Frau Krause auch hier?"

Schnell verzog sie sich durch die Hintertür. Das Briefpapier der „Einladung" knisterte in ihrer Hosentasche.

***

Das Taxi setzte sie vor der Einfahrt ab. Der Fahrer blickte enttäuscht auf das karge Trinkgeld; er hat sich von der Fahrt zu dieser Adresse sichtlich etwas mehr erwartet.

Kalli stellte sich an das schmiedeeiserne Gittertor und schaute die Auffahrt empor, während das Taxi hinter ihr vorsichtig wendete. Sie klingelte noch nicht. Sie erinnerte sich, wie sie das erste Mal hier gestanden hatte. Auch damals hatte sie durch das Gitter geschaut und versucht, hinter die Kurve zu blicken, die die Auffahrt etwa fünfzig Meter hinter dem Tor nahm. Auch damals hatte sie ein mulmiges Gefühl gehabt. Wenn auch ein anderes als heute. Vor einigen Wochen war es eher ein Gefühl von … als gehörte sie hier nicht hin, dränge unerwünscht ein, wüsste zu wenig über den Ort, die Leute hier. Das Gefühl heute speiste sich eher aus dem Gegenteil. Sie hatte in den letzten Tagen mehr erlebt und in Erfahrung gebracht, als ihr lieb war. Und weil sie ohnehin das deutliche Gefühl hatte, dass ihre Zeit in Moorstede abgelaufen war, hatte sie sich entschieden, auf Angriff umzuschalten.

Am Nachmittag, unter einer heißen Dusche, das Radio laut aufgedreht, war ihr das leicht vorgekommen. Doch jetzt, im Dunkeln, allein am Tor, am Anfang dieser langen Auffahrt, an deren anderem Ende das Haus nicht zu sehen war, so lang und so dicht von dunklen Tannen und Kiefern umstanden war sie, fühlte sie sich klein, viel zu klein. Und sie fragte sich, warum sie dieser Einladung überhaupt folgte.

Sie klingelte. Sie hörte ein Summen und das Tor öffnete sich sofort.

Zweifelsohne würde sie ihre Sachen packen müssen. Es war ja wohl kein Zufall, dass auch Winter sie zu sich bestellt hatte. Gleich für den nächsten Tag.

Warum also noch zu diesem Abendessen gehen? Im besten Fall war sie hier, um die Neugier dieser Leute zu befriedigen. Im schlimmsten Fall, um sich eine weitere Demütigung abzuholen.

Aber bevor das passiert – sprach sie sich Mut zu und dachte an Agi –, sagst du denen noch die Meinung.

Das stürmische, nasskalte Wetter vom Vormittag war zum Mittag hin aufgeklart. Am Nachmittag war die Wolkendecke sogar so weit aufgerissen, dass Kalli nun, am späten Abend, das leise Blinken der Sterne über den Baumwipfeln der Tannen betrachten konnte. Sie versank in der Tiefe dieses Anblicks. Automatisch griff sie nach ihren Zigaretten, doch als ihre Finger die Schachtel berührten, da ekelte sie sich plötzlich. Sie hatte seit dem Abend in Schwerin nicht mehr geraucht. Sie ließ es bleiben.

Ihre Schritte klangen gespenstisch laut auf der sandfarbenen, quaderförmigen Bepflasterung des Weges. Dunkelheit umfing sie, sobald sie die große Lampe am Tor hinter sich gelassen hatte. Kleine Leuchten am Rande der Auffahrt, kaum wadenhoch, mit Hüten wie große Pilze, gaben ein nur mattes Licht. Rundherum war es vollkommen still. Sie blieb stehen.

Nicht ganz still. Wenn sie angestrengt lauschte, konnte sie das Summen der Autobahn in der Ferne hören. Und oben, am Haus, vernahm sie das gedämpfte Schlagen einer Tür. Sie starrte zu ihrer linken Seite in die Wand aus Tannen, Kiefern und Farnen. Sie erinnerte sich, dass am Grundstück der Stuvemanns auch der Wald von Moorstede begann. War das von ihr gesehen links oder rechts? Sie blickte nach rechts. Sie blinzelte. Hatte sich dort etwas bewegt? Je länger sie auf die dunkle Menge aus Baumstämmen und Sträuchern starrte, desto weniger konnte sie sich des Eindrucks erwehren, dass der Wald zurückschaute.

Zurückschaute! Jetzt hör aber mal auf, schalt sie sich. Deine Fantasie geht mit dir durch. Sie zog ihren Schal fester und spürte den Kragen ihres gestärkten Hemdes enger am Hals liegen.

Zu Hause hatte sie sich ganz bewusst für ein Kollarhemd entschieden, das sie zu einer dunkelgrünen Anzughose trug. Sie meinte nicht, dass dieser Anlass – was immer er sein mochte – etwas Legereres erlaubte. Im Gegenteil, sie wollte als Geistliche erkennbar sein. Als Vorsteherin einer Gemeinde. *Dieser* Gemeinde.

Für Frauen im Pfarramt war es nach wie vor ziemlich schwierig, geeignete Kleidung für halboffizielle Anlässe zu finden. Anlässe, bei denen man als Pastorin erkennbar sein möchte. Sie erinnerte sich an eine Kollegin in Schwerin, die in der Mittagspause einer Konferenz zu einer Gruppe von Pastoren hinzugetreten war, um sich vorzustellen, und von dem einen gefragt wurde, ob noch Häppchen mit Lachs da wären. Sie hatten sie, Anfang dreißig, blond, in knielangem Rock und Blazer, für eine Servicekraft gehalten.

Männer konnten immer auf Kollarhemden zurückgreifen, aber für Frauen wurde so etwas gar nicht hergestellt. Und das im 21. Jahrhundert! Die wenigen Angebote, die es gab, waren noch im Design-Stadium. Kunstvolle, avantgardistische Kleidungsstücke – und entsprechend kostspielig. Pastorinnen, die das Kleingeld dafür nicht besaßen, mussten sich wohl oder übel mit der Kollarmode zufriedengeben, die für ihre männlichen Kollegen produziert wurde. Kein Wunder, dass auf dem selbstverwalteten E-Mail-Verteiler für Pastorinnen in der Nordkirche, den sie abonniert hatte, eine Zeit lang das Thema „Wie passe ich ein Standardkollarhemd meinem Körper an?" trendete. Kalli selbst hatte zwei Exemplare, die sie an Kreuz und Schultern zwar gut ausfüllte, die aber unten deutlich zu lang waren. Also hatte sie sie von einer Schneiderin kürzen lassen. Auch vormittags hatte Kalli das Hemd bereits getragen. Sie hatte fest damit gerechnet, Kirsten wieder zu begegnen, und wollte dem abgerissenen Eindruck vom Vortag unbedingt etwas entgegensetzen.

Sie bog um eine weitere Kurve der Auffahrt. Nun ging es einen kleinen Hügel bergauf und sie sah in einigen hundert Metern Entfernung das Haus aufragen. Sie bremste ihre Schritte und sog noch einmal die Ruhe der Umgebung in sich auf. Sie hatte es nicht eilig.

„Wieso hatten Sie es vor ein paar Wochen so eilig, hierher nach Moorstede zu kommen?", hatte Kirsten heute Vormittag gefragt. Vermutlich hätte sie sich an ihrer Stelle diese Frage auch gestellt.

Es stimmte, es war ein abrupter Aufbruch gewesen, ein hastiger Rückzug aus ihrem früheren Leben. Die Flucht vor einer Kalli, die offenbar in der Lage war, Menschen zu ohrfeigen, Fahrradreifen zu zerstechen und andere aus tiefster Seele zu verabscheuen. Das wusste sie jetzt.

Aber zum ersten Mal seit ihrer Ankunft wurde ihr bewusst, dass es nicht nur pures Glück gewesen war, so schnell und unkompliziert auf eine Pfarrstelle wechseln zu können. Sie war eine gute Bewerberin. Nicht irgendeine. Und die Propstei in Moorstede vermutlich ganz überrascht, dass sie hierhin wollte. Niemand, der es sich aussuchen konnte, niemand von den Jüngeren, ging in die Provinz (es sei denn, die Person hatte einen inbrünstigen Hang zu Tradition und Abgeschiedenheit). Sie war ein Glücksgriff für die Landeskirche hier draußen. Sie fühlte, wie diese Erkenntnis sich warm einen Weg durch ihre Unsicherheit brannte.

Eine Unsicherheit, die diese Einladung zu Stuvemanns und der beinahe zeitgleichen Vorladung zu Winter am nächsten Vormittag zur Grundlage hatte.

Aber vielleicht war die Nähe der beiden Termine nur ein Zufall. Vielleicht war die Vorladung zu Winter morgen nur für die interne Abstimmung – angesichts einer polizeilichen Ermittlung in der Gemeinde, angesichts der ganzen Presse und Aufmerksamkeit auf ihre beschauliche Kleinstadt.

Und hatte rein gar nichts hiermit zu tun.

Und wenn doch?

In der Stadt, auf ihrer früheren Stelle, da schien ihr alles klar geregelt und vorgegeben: Zusammenarbeit, Kommunikation, Abläufe, Macht. Zumindest im Vergleich zu Moorstede. Hier hatte sie das Gefühl, sie bräuchte Wörterbuch und Kompass, um sicher durch dieses Meer an Spitzfindigkeiten und Grauzonen zu segeln, die hier eher die Regel als die Ausnahme waren. Alles war eng miteinander verwoben und konnte sich von einem Tag auf den anderen drehen. Minh Lý und Paula Diedrichsen, die ihre offenen Sprechzeiten mit ihrem Nachbarschaftszwist füllten, waren Freundinnen im Landfrauenbund. Tim und Jo stritten sich nach wie vor erbittert, ob Gott nun was gegen Schwule hat oder nicht, aber riefen einträchtig gemeinsam an, um ihr Mut zuzusprechen – zumindest nahm sie an, dass es das war, denn sie schnatterten am Telefon so wild durcheinander, dass sie eigentlich nur mit Sicherheit „Das ist doch scheiße alles!“ (Tim) und „Quatschen Sie bloß nicht mit den Bullen!“ (Jo) heraushören konnte.

Sie hatte das Gefühl, vom Halboffiziellen, von den Zwischentönen, den Absprachen bei Abendessen und Brauereifesten verschluckt zu werden. Und das ungute Gefühl beschlich sie, dass auf der halboffiziellen Achse „Stuvemanns – Propstei" etwas im Anmarsch war.

Mit Schwung kickte sie einen Tannenzapfen zwischen zwei Leuchten am Rande der Auffahrt. Den ganzen Weg hoch, ja eigentlich den gesamten Tag über, hatte sich ein Entschluss in ihrer Brust entfaltet: Wenn sie versuchen sollten, sie loszuwerden (warum auch immer, das würde sie ja sicherlich beim Abendessen erfahren), dann würde sie sich wehren. Es war ihr nicht mehr egal. Sie wollte hierbleiben. Sie mochte die Leute (die meisten). Sie mochte die Gemeinde (meistens). Sie konnte sich ein Leben hier vorstellen. Instinktiv drehte sie sich um und schaute den Weg hinunter – so eindrücklich war ihr plötzlich eingegeben, dass sie etwas hinter sich gelassen hatte. Zugehörigkeit war mehr als ein bloßes Gefühl. Zugehörigkeit war auch die Art von Entscheidung, die man an Weggabelungen trifft. (Amen, fügte sie innerlich hinzu.)

Kirstens Frage, warum sie so schnell nach Moorstede „wollte", war die letzte Frage in einem Interview gewesen, das Kalli furchtbar ins Schwitzen gebracht hatte. Die beiden Kommissarinnen überraschten sie eine gute Stunde nach Kallis Frühstück bei den Schmieds im Kleinen Saal. Kalli hatte sich dort an der Längsseite des Raumes unter einem Fenster einen provisorischen Arbeitsplatz aus Konferenztisch und einem der bequemeren Stühle aus der Teeküche eingerichtet. Und so war sie in die Vorbereitung der morgigen Abendandacht im Seniorenstift versunken, als es an der Tür klopfte.

Die Brenner sah kaum weniger mürrisch aus als am Tag zuvor, doch als Kirsten durch die Tür trat, vollführte Kallis Herz einen spontanen, übermütigen Hüpfer. Gleichzeitig wünschte sie sich weit, weit weg und spürte zu ihrem Ungemach, wie ihre Ohren anfingen zu glühen.

„Nette Briefe haben Sie da bekommen." Die Kommissarin hielt den Beutel hoch, in den Kalli am Morgen ihre Fan-Post gesteckt hatte. („Fan", wie in „Fanatiker", dachte sie.) Sie war vorhin so überstürzt bei den Schmieds aufgebrochen, dass sie die Briefe hatte liegen lassen.

Sie nahm den Beutel entgegen.

„Berufsrisiko."

„Bitte?"

„Von fundamentalistischen Christ*innen an der Ausübung meines Berufs gehindert zu werden."

Kirsten Mathiesen zuckte mit den Schultern. Übertrieben lässig, wie Kalli fand.

„Eh alles Heuchler, oder?"

Die Brenner machte ein schnaubendes Geräusch.

Kalli glaubte, sich verhört zu haben. Wie unsympathisch. Sie streckte die Brust durch und erwiderte frostig: „Davon gehe ich, ehrlich gesagt, nicht aus."

Kirsten Mathiesen geriet ins Stottern.

„Oh, natürlich nicht, so war das nicht gemeint. Nur wegen der …" – sie zeigte auf den Beutel, den Kalli auf dem Tisch abgelegt hatte – „… Post, die Sie erhalten haben." Die Kommissarin machte eine ausholende Geste und stieß dabei mit dem Zeigefinger an die Stuhllehne. Kalli konnte den Schmerz in der eigenen Hand spüren. Kirsten verzog das Gesicht.

Jetzt tat sie Kalli fast ein wenig leid. Sie wollte sicherlich bloß Smalltalk machen und hatte den erstbesten Fettnapf erwischt, der sich angeboten hatte. Aber so schnell wollte sie sie auch nicht von der Angel lassen. Die in der Community zur Schau getragene, antireligiöse Attitüde ging ihr gehörig auf die Nerven.

„Sind Sie gläubig, Frau KHK Mathiesen?", fragte sie genüsslich.

Die Kommissarin fuhr sich durch die Haare, während die Brenner betont gelangweilt aus dem Fenster sah.

„Nein. Nein, eigentlich nicht."

„Eigentlich?"

„Weihnachten", murmelte Kirsten kleinlaut.

„Dann lade ich Sie herzlich ein, den Weihnachtsgottesdienst in Moorstede zu verbringen."

Kirsten sah aus wie ein begossener Pudel. Kalli zwinkerte ihr zu und war erleichtert, als sich der sachte verärgerte Ausdruck, den sie von gestern kannte, zurück in Kirstens Gesicht stahl.

Ein trockenes Räuspern erinnerte sie daran, dass sie nicht allein im Raum waren.

„Eigentlich" – Kirsten zog sich einen Stuhl zu Kalli heran – „wollten wir auch nur noch mal einen Blick in das Büro werfen. Aber wenn Sie schon alle hier sind, dachten wir, wir werden noch ein paar weitere Fragen los. Das erspart Ihnen den Weg ins Präsidium."

Kalli nickte und wartete ab.

„Fangen wir mit den Briefen an. Die würden wir gerne durchsehen."

„Okay. Aber – wieso?"

Die Brenner hielt ihr von der Seite eine am Computer ausgedruckte E-Mail in einem der unerlässlichen Spusi-Beutel unter die Nase.

„Erkennen Sie das?"

„Keine Ahnung."

„Keine Ahnung?"

Kalli funkelte sie an. „Ich konnte nichts sehen, Sie haben den Beutel zu schnell wieder weggezogen."

Kirsten gab ihrer Kollegin ein Zeichen und die legte den Ausdruck flach vor Kalli auf den Tisch. Kalli las. Die E-Mail trug den Betreff „Recherche Moorstede", war ohne Anrede verfasst und bestand aus wenigen, kurzen Sätzen. Kalli las es halblaut vor.

„Ich weiß, wonach Sie suchen. Es ist noch da. Sie müssen es sich nur holen. Und ich weiß auch, wo das Mädchen ist. Treffen Sie mich Samstagnacht, 23 Uhr, hinter dem Gebäude."

Kalli blieb kurz die Luft weg.

Unterschrieben war die E-Mail mit Britta aus M.

„Was …"

„Frau Schmied bestreitet, dass die E-Mail von ihr ist."

„Natürlich ist sie nicht von ihr!"

Die Brenner schaute sie übertrieben ironisch an.

„Sie denken, Brandt bekam diese E-Mail und ist daraufhin hierhergekommen?"

„Er bekam sie nicht direkt. Sie wurde an die Poststelle der Redaktion geschickt. Durch die Betreffzeile konnte sie ihm intern zugeordnet werden."

„Das heißt", spann Kalli den Faden weiter, „jemand hier wusste, dass er für das Magazin arbeitet, hatte aber nicht genug Kontakt zu ihm, um seine personalisierte Adresse in der Redaktion zu kennen."

Kirsten und ihre Kollegin beobachteten sie.

„Marlis", flüsterte Kalli unwillkürlich.

Kirsten nickte. „Mit ihr werden wir heute noch sprechen." Sie änderte abrupt das Thema: „Wussten Sie von dem verschwundenen Mädchen? Agnieszka Król?"

Auf diese Frage hatte Kalli schon gewartet. Und sie hatte die Antwort darauf heute früh vor dem Spiegel geübt. Immer und immer wieder. Sie bemühte sich, ihre Hände ruhig auf den Oberschenkeln liegen zu lassen, und unterdrückte den Impuls, ihre Sitzhaltung zu ändern oder sich ans Kinn zu fassen.

„Es ist mir am Rande zu Ohren gekommen." Sie fuhr beim Klang ihrer eigenen Stimme zusammen. Die übermäßig tief klang. Auf eine gekünstelte Art und Weise.

Kirsten legte die Stirn in Falten. Kalli konnte sehen, wie es in ihr arbeitete.

„Die is' jedenfalls wieder aufgetaucht", murrte die Brenner, ohne von ihrem Notizbuch hochzuschauen.

„Wieder aufgetaucht?", rief Kalli aus. Während sie noch „Jetzt bloß nicht überrascht irgendwas spontan rufen" dachte.

Kirsten hob eine Augenbraue. Kalli wurde rot. Sie war so eine schlechte Lügnerin.

„Offenbar" – Kirsten dehnte die letzte Silbe des Wortes – „war Agnieszka von zu Hause weggegangen. Nach Hamburg. Sie hat sich erst heute früh bei ihren Brüdern gemeldet."

Göttin sei Dank, dachte Kalli, immerhin.

„Wir haben uns gefragt, ob sie das Mädchen sein könnte, das in der E-Mail erwähnt wird."

Kalli kreuzte die Beine und versuchte, ihr Interesse zu verbergen. Wieso war sie selbst nicht darüber gestolpert?

„Wir werden sie natürlich auch befragen", warf die Brenner ein. Kalli grinste in sich hinein. Bei einem Gespräch zwischen der forschen Brenner und der störrischen Agi wäre sie gerne dabei. Mit Popcorn.

„Kommen wir zum Stick. Und zum PC, den Brandt hier genutzt hat."

Kirsten hatte wieder Kallis volle Aufmerksamkeit. Sie merkte, wie sie sich in den Schultern verspannte. Irgendetwas an der Art, wie Kirsten die Wörter betonte, ließ sie vorsichtig werden. Und wieso erzählten sie ihr das alles überhaupt?

„Auf dem Stick war nichts. Nichts – außer Ihrer Bewerbung auf diese Stelle."

Kalli ließ das sacken.

„Sie hatten gesagt, der Stick sei voll gewesen, als Sie ihn das letzte Mal benutzt hatten?"

„Ja."

„Das war …?" Mathiesen drehte sich zu Brenner um, die blätterte einige Seiten in ihrem Notizbuch zurück und tippte mit dem Ende des Kugelschreibers auf eine Zeile.

„… am Freitagmorgen."

„Ja."

Kommissarin Brenner beugte sich zu Kirsten und flüsterte ihr etwas ins Ohr. Kirsten nickte.

„Dann ist das nicht der Stick, den wir suchen", murmelte Kalli.

„Vermutlich nicht", erwiderte Kirsten knapp. „Und da ist noch etwas."

Kalli rutschte unbehaglich auf ihrem Stuhl hin und her.

„Der PC des Opfers."

„Was ist damit?"

„Auch leer."

„Ja." Ungeduld ergriff sie. Das hatte sie ja am Vortag schon mitbekommen. Worauf wollten sie hinaus?

„Leer – aber nicht im Sinne von ‚gelöscht'. Sondern es wurde darauf tatsächlich nie gearbeitet."

Kalli wartete ab.

„Wo hat er denn gearbeitet? Wenn nicht auf diesem PC?", fragte Brenner sie.

„Ich weiß es nicht." Kalli schaute von der Brenner zu Kirsten. Sie verstand nicht, worauf sie hinauswollten.

„Wir werden deinen PC auch untersuchen müssen", setzte Kirsten fort.

Ach, darum geht's, dachte Kalli zerknirscht.

„Okay", sagte sie. Was sonst hätte sie auch sagen können?

„Danke", sagte Kirsten.

Aber ihre Kollegin war noch nicht fertig. „Was denken Sie", fragte sie süffisant, „werden wir wohl darauf finden? Im Papierkorb zum Beispiel?"

„Was schon", schnappte Kalli, „'ne Menge alten Kram, den ich nach der Übergabe vor ein paar Wochen gelöscht habe."

„Na, wir werden ..."

„Danke, Emilia", sagte Kirsten mit Nachdruck und warf der Brenner einen scharfen Blick zu.

„Gut", sagte die. „Dann zurück zu Ihnen. Warum sind Sie so plötzlich hierhergekommen? Sie haben offenbar eine gute Stelle gekündigt, in ...", Brenner konsultierte erneut ihre Notizen, „... Schwerin?"

„Ja."

„Dort haben Sie quasi von heute auf morgen die Zelte abgebrochen ..."

Von heute auf morgen! Hörte die Frau sich zu? So spontan war der Aufbruch nun auch nicht gewesen.

„... für eine Landpfarre hier?"

Was tust du hier? Kalli hatte sich alle Mühe gegeben, diese Frage in den letzten Wochen zu umgehen. Und jetzt kam sie zu ihr zurück, durch eine polizeiliche Befragung.

Und da hatte Kalli sich das zusammengestottert, was immer man vorbringt, um nicht zu dicht an die Wahrheit zu geraten.

Die Kommissarinnen hatten ihr das nicht abgenommen; das hatte sie deutlich gemerkt. Doch das war ihr in dem Moment egal. Sie hatte für sich Klarheit gefunden.

Die letzte Kurve der Auffahrt. Kalli verlangsamte ihren Schritt. Sie war schon neugierig, was für ein Anwesen wohl hinter einer derart langen Zufahrt verborgen lag. Sie durchschritt eine großzügige Wendeschleife, in der Busse mühelos hätten kehrtmachen können. Das Rondell in der Mitte war im Frühjahr und Sommer bestimmt opulent bepflanzt, Kalli konnte es geradezu vor ihren Augen sehen: gelbe Lilien und zartrosa blühenden Thymian, in einem Bett aus Funkien. Am Haus selbst zogen sich

Rosen- und Weinstöcke an der Hausfassade hoch. Der feudal wirkende zweistöckige Bau aus gelbem Backstein umschloss in einem „L“ den Wendeplatz. Mit seinen fünf Giebeln wirkte das Anwesen wie aus mehreren Häusern zusammengesetzt. Die weißen Läden der zahlreichen großen Fenster waren weit geöffnet. Nur in einem einzelnen Zimmer im zweiten Stock waren sie geschlossen. Von Weitem sah es ein wenig so aus, als würde das Haus ein Auge zukneifen.

Die Schultern gestrafft, nahm sie die drei Stufen zwischen den Säulen, die den Eingang flankierten, hindurch zur Haustür und drückte den Klingelknopf.

Noch bevor sie die prächtige Lünette aus Bleiglas über der Tür richtig bewundern konnte, öffnete sie sich. So als hätte bereits jemand dahinter gestanden und nur darauf gewartet, dass sie endlich ankäme. Halb hatte sie erwartet, dass ihr ein Diener in Livree aufmachte.

Peter Stuvemann – sie erinnerte sich, dass ihr schon auf der Beerdigung aufgefallen war, wie frappierend ähnlich er und sein Vater sich sahen – schüttelte ihr energisch die Hand, begleitet von einem nicht zu einladenden, dennoch charmanten Lächeln. „Schön, Sie einmal persönlich kennenzulernen.“

Er nahm ihr den Mantel ab und gab ihr einen Moment, die weitläufige Eingangshalle gebührend zu betrachten. Kalli bestaunte den blanken Boden aus Eichenholz, den antiken, mit Schnitzereien verzierten Dielenschrank und den ausladenden Kronleuchter. Bilder vom Flur ihres Elternhauses in Thüringen schossen ihr plötzlich durch den Kopf. Der war so eng gewesen, dass zwei Leute nicht nebeneinanderstehen konnten. Sie musste an Luisa denken. Wie es wohl war, hier aufzuwachsen?

Peter Stuvemann ging ihr voraus; er hielt sich nicht mit weiteren Begrüßungsfloskeln auf. Ein langer Flur, der mit dunkelblauem Teppich ausgelegt war. Gediegene, dezente Wandleuchten. Aufeinander abgestimmte Vasen, Plastiken und Schalen – antik, schätzte Kalli – auf Sideboards in schlankem Design.

Und an den Wänden eine Reihe von Familienfotos. Im Vorbeigehen ließ sie den Blick darüber schweifen. Es handelte sich um professionelle Studio- und Außenaufnahmen. Kein verwackeltes Selfie der Familie am Strand oder krisselige Aufnahmen von Eis essenden Geschwistern im Tierpark. Keine überblitzten Schnappschüsse von Weihnachtsfesten, Geburtstagsfeiern oder Hochzeiten.

Stattdessen gestochen scharfe, gut zentrierte Fotografien aus versierten Händen. Gestellt, aber so, dass sie nicht gestellt wirkten.

Kalli hielt vor einem Arrangement von Kinderfotografien. Vermutlich wäre es ihr gar nicht aufgefallen, hätte sie nicht neulich schon eingehend die Fotowand im Gemeindehaus betrachtet, die in Erinnerung an Luisa zusammengestellt worden war. Diese Fotowand, die ihr reichlich lückenhaft erschien. Auch hier fehlte etwas.

Sie vergewisserte sich mit einem kurzen Seitenblick, dass sich Peter den Flur entlang entfernte. Der dicke Teppich dämpfte seine Schritte.

Der Älteste der drei Geschwister – wie alt er wohl jetzt sein mochte? Sechsundzwanzig? Siebenundzwanzig? – starrte von der Wand auf sie herab.

Peter Stuvemann auf dem Schoß seiner Eltern vor einer silbrig glänzenden Studiowand, wohl in den Neunzigern. Peter mit Schultüte. Peter zur Konfirmation, links sein Vater, rechts – war das Fuchs? Deutlich jünger zwar und mit Schnauzbart, aber ja, er war es. Kalli erwischte sich bei der Fantasie, er könnte jetzt hier sein, heute Abend, um die Situation etwas zu entstressen, die Gemüter zu beruhigen.

Aber nein, das war ihre Gemeinde und sie war keine blutige Anfängerin mehr, auch wenn sie sich viel zu oft so fühlte. Sie würde sich alleine behaupten.

„Frau Krause?“ Peters Stimme hallte durch den Flur.

„Ich komme!“, rief sie.

Sie warf noch einen schnellen Blick auf die Fotos von Hendrik, dem jüngeren Bruder. Die gleiche Abfolge an Fotos. Die Eltern mit dem einjährigen Hendrik, der größere Bruder, Peter, etwas mürrisch daneben. Dann Einschulung, Konfirmation. Ein aktuelleres Foto der beiden Brüder, im Anzug vor einer großen, festlichen geschmückten Tafel. Zwischen ihnen auf dem Tisch eine imposante Sahnetorte mit einer goldenen „80“ darauf. Und hinter der Torte die Jubilarin Christa Stuvemann thronend.

Und das war es.

Kein Foto von Luisa. Kein einziges. Und das war so gruselig, dass sich ihr die Nackenhaare sträubten.

„Frau Krause?“

Sie schrak zusammen. Peter Stuvemann stand sehr dicht neben ihr und schaute sie erwartungsvoll unter seinen buschigen, blonden Augenbrauen an. Sie murmelte eine vage Entschuldigung für ihre Neugierde, die er mit einer lässigen Geste beiseitewischte. Dann folgte er ihrem Blick zur Bildergalerie.

„Wir ertragen es nicht“, murmelte er. Und setzte dann, etwas aufgeräumter, hinzu: „Was nehmen Sie als Aperitif?“

„Whisky und Soda?“

Was als eine spontane Antwort gedacht war, geriet ihr zu einer unsicheren Frage. War das überhaupt ein Aperitif? Tranken sie das in den britischen Kostümfilmen nicht erst nach dem Essen, im Salon oder so? Ein Zucken um Peters Mundwinkel schien ihren Fauxpas zu bestätigen.

Peter ließ ihr am Esszimmer den Vortritt durch die breite Flügeltür mit goldeingefassten Glaseinsätzen. Beatrix Stuvemann, in einem samtig schimmernden, ärmellosen schwarzen Kleid, an dessen Ausschnitt Kalli erneut den *aquila*-Pin bemerkte, und Markus Stuvemann, in weißem Hemd und Kordhose, traten ihr sogleich entgegen und begrüßten sie.

Herzlicher, als sie es von den beiden gewohnt war.

Indessen trat der älteste Sohn zu einer kleinen Bar in der Ecke des Raumes und begann, Drinks zu mixen. Wie aus dem Nichts erschien sein jüngerer Bruder und drückte ihr ihren Whisky in die Hand.

Und während die Söhne den Tisch eindeckten – „Wir haben eine Köchin, aber keine Hausmädchen“ –, hangelte sich Kalli durch den Smalltalk. Die Sanduhren, diese selbstablaufenden Parkuhren, die die Stadt ausgegeben hatte, seien ein Desaster. In Stromühlen habe es ein Feuer in der Küche des Sportlerheims gegeben. Der Verkauf des neuen Winter-Bocks lasse sich gut an. Danke, ja. Der Älteste, Peter, habe vor zwei Jahren den Vertrieb in der Firma übernommen. Der Jüngste sollte eigentlich auch einsteigen, habe aber gerade sein Jurastudium abgebrochen und orientiere sich neu. Ist ja auch erst zweiundzwanzig. Aber zu viel Zeit solle er sich auch nicht lassen …

Die Tür zum Flur schwang auf. Kalli zuckte beim Anblick von Christa Stuvemann zusammen, das Bild von ihr, wie sie beim Vortrag der Wuesten in der ersten Reihe saß und wie sie später Jo taxierte, noch deutlich in Erinnerung.

„Mutter ist wieder zu spät", flüsterte Beatrix ihrem Mann zu.

„Sie ist alt", gab er zurück.

„Und sie hört sehr gut", schnarrte die Frau, zog ihren weiten, blauen Seidenschal fester um die Schultern und trat zu ihnen. Kalli tauschte einen Händedruck.

„Christa", stellte Markus vor, „meine Mutter."

„Ja", sagte Kalli, die das Händeschütteln so kurz wie möglich hielt, „wir sind uns bereits begegnet. Auf der Beerdigung. Und auf dem Vortrag im Gemeindehaus neulich. Und ich glaube, auch einmal kurz durch die Gegensprechanlage."

„So?" Christa schaute etwas verwirrt drein, als würde sie Kalli zum ersten Mal wahrnehmen. „Nun, ich hoffe, ich habe hier noch nichts verpasst. Was gibt es Neues von der Leiche im Pfarrgarten?"

„In der Tat haben Sie nichts verpasst", erwiderte Kalli trocken, „wir waren noch beim Smalltalk."

„Und unsere Pastorin", sagte Beatrix und führte ihre Schwiegermutter mit einer sanften Bewegung am Ellbogen zum Esstisch, „möchte sicherlich ein wenig von diesem ganzen Drama ausspannen."

Wie fürsorglich, dachte Kalli und folgte dem dezenten Hinweis Hendriks, zu seiner Linken Platz zu nehmen. Sie saßen Beatrix und Peter gegenüber; an den Tischenden hatten Christa und Markus Platz genommen. Der Tisch war schlicht in Weiß und Silber eingedeckt, ein herbstliches Gesteck aus getrockneten Rosen, Physalis und Kiefernzweigen prangte in der Mitte. Kalli beobachtete die Verrichtungen der Familienmitglieder, die über lange Zeit ritualisiert sein mussten. Die Mutter, die sich zur Köchin, die soeben die Suppe auftrug, beugte, etwas sagte und beide daraufhin lachten. Der Vater, der seinen jüngsten Sohn ermahnte, doch bitte gerade zu sitzen. Der älteste Sohn, der um den Tisch herumging und allen ein Glas Wasser einschenkte. Was wohl Luisas Rolle in dieser kleinen Familienvorführung gewesen wäre? Ihr kam in den Sinn, dass sie wahrscheinlich auf ihrem Stuhl Platz genommen hatte. Das leichte Gefühl von Grusel, das sie vorhin bereits auf dem Flur empfunden hatte, krabbelte erneut ihren Rücken hinauf. Und wenn es stimmte, was Agi ihr erzählt hatte, dann hatte Luisa ebenfalls – und zwar Abend für Abend – aus der Stadt hierher, diese lange Einfahrt hoch- und den Flur entlanggehen müssen. Sie fragte sich, ob die Fotos von ihr da noch gehangen hatten.

Christa berührte sie unter dem Tisch leicht am Oberschenkel und flüsterte: „Alles Fassade."

Das hatte Kalli nicht in Zweifel gezogen. Die fahrige Unruhe des jüngeren und die gekünstelte Gewandtheit des älteren Bruders, die geröteten Augen der Mutter und die Schatten unter den Lidern des Vaters waren ihr nicht entgangen.

„Ich verstehe nur nicht", setzte Kalli mit gedämpfter Stimme an, „warum. Ich meine, ich wollte Sie in Ihrer Trauer begleiten, allerdings war es wohl nicht erwünscht."

„Das müssen Sie verstehen" – Christa hielt die Hand über ihr Weinglas, um Peter zu signalisieren, dass sie keinen wollte –, „wir waren hier all die Jahre an Ihren Vorgänger gewöhnt. Nicht nur beruflich. Auch eng befreundet. Beatrix und Markus telefonieren fast täglich mit ihm. Und einmal pro Woche kommt er her."

Natürlich, das war Kalli plausibel.

„Aber ist nicht ..."

„Hendrik", unterbrach Markus Stuvemann ihr Gespräch vom anderen Ende des Tisches, „du sprichst heute das Tischgebet."

Tischgebet! Kalli war gleichzeitig erschrocken und zutiefst erleichtert. Wenn er nun sie dazu aufgefordert hätte! Sie hatte so lange keines mehr gesprochen, dass es sicherlich recht kläglich ausgefallen wäre. Das Stirnrunzeln Beatrix Stuvemanns – selbstverständlich mit gesenktem Kopf und geschlossenen Lidern – stand ihr nur zu deutlich vor Augen. Es dämmerte ihr, dass dieser Abend voller frommer Fallen sein würde, und sie spürte merklich, wie sich die ersten Schweißperlen an ihrem Haaransatz formten.

Das ist keine Prüfung, erinnerte sie sich, während Hendrik neben ihr mit einem fisteligen Stimmchen, das so gar nicht zu seiner fitnessstudio-gestählten Statur passen wollte, ein strophenreiches Gebet vortrug. Du bist eine gute Pastorin, auch wenn du auf der Frömmigkeitsskala nicht die höchsten Punkte erzielst.

„Amen“, piepste Hendrik neben ihr.

Über Suppe – Fenchelcreme mit Kresse, um genau zu sein – und Salat – Maronen und Orange auf Rapunzel – nahm Kalli den Gesprächsfaden zu ihrer Sitznachbarin wieder auf. Sie hatte zwar eine vage Idee, was so ein geschäftsführendes Ehepaar einer an einen internationalen Konzern angegliederten Brauerei so verdiente, aber das Ausmaß ihres Lebensstils – das Haus, die Einrichtung, die Privatschulen der Kinder – überraschte sie dann schon.

„Antiquitäten“, klärte Christa sie auf. Der Stolz schwang sichtlich in ihrer Stimme mit, als sie Kalli davon berichtete, wie ihr Mann und sie das Vermögen der Familie aufgebaut hatten. „Die Kinder vermehren ja bloß noch den Grundstock.“ Offenbar war die Brauerei nur die Spitze des Eisberges. Kalli glaubte es kaum, aber offenbar war ihre Sitznachbarin Millionärin. Durch das geschickte Ausnutzen einer Nische in den Siebzigern. „Sie glauben ja nicht, was wir alles gefunden haben – an der Seenplatte, in der Lausitz, in der Uckermark, geschweige denn auf Rügen!“

Gefunden, zweifelte Kalli, wohl eher nicht. Das Ehepaar luchste Familien auf dem Land zu Spottpreisen antike Möbel, kostbarstes Porzellan, unbezahlbaren Schmuck, verschollen geglaubte Gemälde und Kunstgegenstände ab. Zunächst verkauften sie sie auf eigene Rechnung an Unternehmer, Professoren und Parteifunktionäre. Doch dann wurde der staatliche Kunsthandel auf sie aufmerksam.

„Erst dachten wir ja“, feixte Christa, „jetzt ist es aus. Aber Pustekuchen! Da rollte der Rubel erst richtig. Wortwörtlich. Die Leute im Westen zahlten das Doppelte!“

Zur Wende war das Ehepaar so reich, dass sie den Handel eigentlich nur noch für ihren Sohn, der das Geschäft übernehmen sollte, aufrechterhielten. Aber der stieg dann in die Brauerei ein, die die Hamburger Familie seiner Frau kaufte. Ira Ristows Brauerei, erinnerte sich Kalli.

„Und was haben Sie mit dem ganzen Geld gemacht?", fragte Kalli. „Wenn ich so unverblümt fragen darf", fügte sie höflichkeitshalber hinzu, obwohl die Alte nur zu bereitwillig mit ihrem Vermögen protzte. Kalli war der Appetit vergangen. Die Köchin räumte ihren Salatteller fast unberührt ab.

„Immobilien", resümierte Christa, „ein paar Anteile an der Brauerei. Und viel geht in kirchliche und soziale Projekte. Zum Beispiel finanzieren wir engagierten jungen Menschen aus der Region das Theologiestudium. Tim Ladtke haben Sie doch sicherlich kennengelernt?"

„Tim?" Kalli konnte ihre Überraschung kaum verbergen. Sie sah ihn irgendwie nicht als Pastor.

„Nun ja – er hat sich noch nicht entschieden. Aber ich denke, er wird da noch hinfinden."

„So?"

„Oder, damals, auch unser Daniel …"

„Daniel?" Kalli blickte sich intuitiv um, so, als hätte sie die ganze Zeit ein Familienmitglied übersehen.

„Pastor Fuchs."

Ach so. Der wieder.

„Mein Mann – Gott hab ihn selig – hat ihm das gesamte Studium finanziert."

Natürlich hatte er das. Am Beginn des Abendessens war Kalli froh gewesen, dass sie nicht neben Beatrix oder Markus platziert wurde. Doch so langsam ging ihr die salbungsvolle Geschwätzigkeit der Alten gehörig auf den Zeiger. Sie machte eine vage, anerkennende Geste.

„Wissen Sie, gute Pastoren – nichts für ungut – sind ja so schwer zu finden. Es war auch eine Investition in die Zukunft der Region."

Kalli hätte sich sehr dafür interessiert, wie Fuchs das wohl sah.

„Die Eltern hätten den ja nie Theologie studieren lassen. Dabei war der Daniel schon als junger Mann sehr fromm. Kirche ist sein Leben. War wohl der Einfluss von meinem Markus.“ Sie hob ihr Wasserglas in Richtung ihres Sohnes am gegenüberliegenden Ende des Tisches.

Unterdessen servierte die Köchin, unterstützt von Peter, den Hauptgang. Und während Kalli die dampfenden Schüsseln mit Rosmarinkartoffeln, grünen Bohnen und Romanesco-Röschen sowie die Platte mit duftenden Steaks in Augenschein nahm – ihr Magen knurrte vernehmlich –, hörte sie nur noch mit halbem Ohr hin, wie Christa über die enge Freundschaft zwischen den beiden jungen Männern schwafelte. Was sie so angestellt hatten. Wie Daniel sonntagvormittags häufig Fahrradtouren mit Freunden vorschützte, um dann mit Stuvemanns in den Gottesdienst zu gehen und anschließend zum Mittagessen bleiben zu können. Es tangierte Kalli nur marginal. Sie wollte endlich wissen, was hinter dieser Einladung steckte.

„Wie gefällt Ihnen denn das Landleben so weit?“, fragte Beatrix von der anderen Seite des Tisches in ihre Gedanken hinein.

„Gut“, sagte Kalli unverbindlich.

„Entspricht es den Erwartungen, die Sie hatten?“, fragte Markus und schob sich ein großes Stück Steak in den Mund.

Kalli verfolgte seine ausholenden Kaubewegungen und antwortete: „Mal werden sie übertroffen, mal werden sie unterschritten.“

„Inwiefern?“, fragte Peter.

„Nun ja“, Kalli legte ihr Besteck zur Seite, „übertroffen – in der Herzlichkeit der Menschen, denen ich hier begegnet bin. Und unterschritten – darin, dass ich angenommen hatte, in derartig kleinen Gemeinschaften könnte man gar nicht anders, als offen miteinander zu sein.“ Beides war zumindest zu Teilen glatt gelogen. Kalli spürte, dass sie das Spiel – was auch immer es war – bereits begonnen hatten. Strategische Antworten waren gefragt. Keine ehrlichen.

„So.“ Kalli beobachtete, wie Beatrix ihrem Mann einen Seitenblick zuwarf. Dieser übernahm: „Und, Frau Krause, wie sind Ihre Pläne?“

Kalli stocherte zögerlich in ihren Bohnen herum. Pläne? Worauf wollte er hinaus?

„Sie wollen doch sicherlich nicht für immer in Moorstede bleiben?" Markus begleitete das Ende des Satzes mit einem kurzen, spitzen Lacher. So, als wäre das wirklich vollständig absurd. So, als würde seine eigene Familie hier nicht seit Generationen leben.

„Ich bin doch gerade erst angekommen", entfuhr es Kalli, ehrlich erstaunt.

„Sicher, sicher", entgegnete Markus, „aber Kleinstädte wie diese sind doch für Geistliche eine rechte Karriere-Sackgasse. Zumal für Frauen. In Ihrem Alter."

Da haben wir's, dachte Kalli. Ihr wollt mich tatsächlich loswerden.

„Mir gefällt es hier, danke."

„Wie schön." Dem Familienoberhaupt gelang ein schiefes Lächeln. Bevor er den Rest seines Steaks mit präzisen, energischen Schnitten vierteilte. Schweigen senkte sich über den Tisch.

„Wir freuen uns immer über frisches Blut in unserer Gemeinde", nahm seine Frau den Faden auf. „Aber …"

„Aber Sie sollten sich an ein paar Regeln halten." Das war Christa zu Kallis Linken. Sie blickte die alte Frau überrascht an. Den gesamten Wortwechsel über hatte sie das Gefühl gehabt, Christa würde dem Gespräch eher teilnahmslos folgen.

„Regeln? Wie meinen Sie das?" Kalli schob demonstrativ ihren Teller von sich.

„Was Mutter meint …" – Beatrix, der das direkte Vorgehen ihrer Schwiegermutter sichtlich unangenehm war, schoss einen funkelnden Blick auf Christa ab – „… ist, dass es etwas turbulent geworden ist, seit Sie die Gemeinde übernommen haben."

„Aber das ist doch nicht mein Verdienst!"

„Das wissen wir doch, Kindchen." Christa tätschelte ihren Oberschenkel unter dem Tischtuch, und Kalli wurde es vor Abscheu kurz übel. Sie schob die Hand der Frau zur Seite.

„Und gleichzeitig ist es doch auch kein Zufall", fuhr diese fort, „dass hier Unruhe reinkommt, wenn jemand eher Unkonventionelles wie Sie in eine Gemeinde kommt, die – nun, sagen wir einmal – Traditionelleres gewohnt ist."

Kalli blieb sprichwörtlich die Spucke weg. Ihr Mund wurde so trocken, dass sie den Eindruck hatte, die Zunge klebte ihr am Gaumen und würde sich unter keinen Umständen jemals wieder lösen lassen.

„Weshalb wir gedacht haben, Sie würden es vielleicht vorziehen, wieder auf eine städtische Pfarrstelle zu wechseln", ergänzte Markus seine Mutter. „Ich könnte das für Sie arrangieren, wissen Sie?"

„Also, natürlich nicht Schwerin", stellte Beatrix klar. „Da haben Sie ja offenbar verbrannte Erde hinterlassen." Sie richtete den Blick auf ihr Glas und schwenkte den Wein darin hin und her.

Das habt ihr also auch schon rausgefunden, dachte Kalli. Ein starker Impuls, nach ihren Zigaretten zu greifen, regte sich in ihr. Stattdessen nahm sie einen großzügigen Schluck aus ihrem Glas. In ihrem Kopf überschlugen sich die Gedanken. Ihr stand deutlich vor Augen, wie Stuvemanns – und sicherlich auch andere aus der Gemeinde – auf sie schauten. Sie erwischte sich bei der Einflüsterung, dass sie es ihnen kaum verdenken konnte. Zigaretten und wechselnde Liaisons. Eine Einstellung zum Dienst, die die meisten wohl als … schluderig wahrnahmen. Im besten Fall. Ihr Hang zum Alkohol. Offenbar auch ein Hang zu Gewalt. Sie war das wandelnde Klischee.

‚Kalli, übertreib nicht', sagte eine Stimme in ihrem Kopf, die sehr nach Fabio klang. ‚Und genug Wein hast du auch.'

„Danke für Ihr Angebot. Aber … nein, danke."

Christa stieß einen theatralischen Seufzer aus. Peter gab seinem jüngeren Bruder ein Zeichen, der Köchin beim Abräumen zu helfen.

„Verstehen Sie doch …"

„Oh, ich verstehe sehr gut!" Kalli schaute herausfordernd in die Runde. „Aber was wollen Sie tun? Einen Fackelumzug organisieren?"

„Kindchen, wir haben subtilere Methoden als das!", rief Christa aus und fuchtelte mit ihrem Steakmesser in Kallis Richtung.

Hendrik, bereits einen Stapel Teller balancierend, zog es ihr von hinten vorsichtig aus der Hand.

„Noch subtiler als dieses Abendessen?“, schoss Kalli zurück.

„Alles, was wir zu sagen versuchen“, mischte sich nun Beatrix wieder ein, „behalten Sie doch bitte Ihren Lebensstil für sich. Wenn Sie schon hierbleiben wollen.“

„Sie wissen, dass das nicht rechtens ist?“

„Sie wissen, dass die Kirche ihr eigenes Recht hat?“, beendete Christa die Diskussion.

Das Dessert – Mousse au Chocolat auf Himbeerspiegel – verging in angespannter Stille. Kalli zwang sich, den Nachtisch komplett aufzulöffeln, auch wenn ihr die Galle hochstieg. Sie wollte dieses Abendessen ohne weiteres Aufsehen – aber auch ohne weitere Konversation mit diesen Menschen – einfach hinter sich bringen. Doch mit dem letzten Löffel Dessert wurde ihr schlagartig klar: Wer derartig unverblümt mit den Säbeln rasseln konnte, musste über weit mehr Einfluss verfügen, ihr das Leben zur Hölle zu machen, als sie ihnen ohnehin schon zurechnete.

Sie leerte ihr Weinglas. Ihre Hand zitterte dabei.

Sie warf ihren Dessertlöffel auf den Teller. Er klirrte hell in das angespannte Schweigen hinein.

Kein Grund mehr für Höflichkeiten. Alles auf eine Karte.

„Wieso verbergen Sie den Suizid Ihrer Tochter?“

Kalli war es, als würde sich für kurze, sehr kurze Zeit ein schweres, staubiges Buch aufblättern, um ihr einen verstohlenen Blick auf seine Geheimnisse zu gewähren. Sie meinte die aufrichtige Bestürzung der Ältesten und des Jüngsten zu erkennen. Christa sackte in ihre Stuhllehne zurück und schaute sie ungläubig an und Hendrik entfuhr ein entgeistertes „Wie meinen Sie das?“, während die Eltern und der älteste Sohn ein Blitzen in den Augen hatten, das bei allen dreien erschreckend gleich aussah.

Nur Sekunden später hatte sich die Familie wieder formiert.

„Das ist doch lächerlich“, konstatierte Christa. „So etwas gibt es in unserer Familie nicht.“

Luisas Stuhl glühte unter Kallis Oberschenkeln.

„Und die eigene Tochter vor die Tür zu setzen, die kaum volljährig ist – wie sieht es damit aus?“

„Vor die Tür setzen, vor die Tür setzen – was reden Sie da?" Christa funkelte sie an. „Man wird ja wohl noch verhindern dürfen, dass die eigene Enkelin und Tochter in dieses … dieses *Milieu* abdriftet. Wir haben schlicht …"

„Mutter!", fuhr Markus Stuvemann ihr von der anderen Seite des Tisches her über den Mund. Christa stierte ihn an, die Hand um die Tischkante geklammert.

Kalli verschränkte ihre Arme vor der Brust und lehnte sich zurück.

Die Familie saß wie zum Tableau gefroren.

Und als sie sie so sitzen sah – Christa, den Mund, der sich eine knappe Stunde zuvor so weitschweifig über soziale Projekte ausgebreitet hatte, zu einem schmalen Strich zusammengekniffen; Peter, mit seinem distinguiert-unbeteiligten Gesichtsausdruck, den er auch auf den zahlreichen Fotografien im Flur so gut zur Schau stellte; und Hendrik, der mit seinem Stuhl erheblich von ihr abgerückt war. Als sie sah, wie Beatrix scharf die Luft einzog und dabei in einer Geste der Empörung ihre schmale Hand mit den eleganten Armreifen auf ihrem Schlüsselbein zum Liegen brachte, nur knapp neben dem *aquila*-Pin. Und als sie sah, wie Markus, nur durch Miene und Körpersprache, entschieden zum Ausdruck brachte, was er von ihr hielt.

Da wurde ihr unversehens klar, was geschehen sein musste. So unfassbar es ihr auch vorkam.

Die Erinnerungen an die letzten Tage rasten durch ihren Kopf. Was hatte Agi gesagt? Über die Wohnung, in der Luisa lebte, über ihren Tagesablauf? Über das Geld, das ihr, Agi, angeboten wurde, damit sie die Stadt verließe? Kalli hatte eine Ausreißerin gesucht, aber etwas völlig anderes gefunden. Das konnte doch nicht sein!

Und nun wusste sie auch, was die ganze Zeit über in ihr rumort hatte.

Der Aufwand, der betrieben wurde, um Luisas Leiche unbesehen und schnell unter die Erde zu bekommen – selbst für sehr religiöse Familien erschien ihr dieser Aufwand als zu groß. Wenn man wirklich von einem vertuschten Suizid ausging. Und nicht von etwas ganz anderem.

Ihre Gedanken galoppierten.

Und noch schlimmer. Wenn das stimmte – dann konnte der Tote im Pfarrgarten unmöglich Zufall sein.

O Göttin.

Sie merkte, wie ihr die Farbe aus dem Gesicht wich. Konnte man sich käseweiß fühlen? Wenn ja, dann fühlte sie sich gerade so.

„Ist Ihnen nicht gut?"

Die Besorgnis in Hendriks Stimme klang unverstellt.

„Kommen Sie", sagte Christa und stützte sich am Tisch hoch, „trinken wir noch einen Grappa im Wohnzimmer. Nach dieser hitzigen Diskussion."

In Gedanken sah sich Kalli die Flügeltüren des Esszimmers aufstoßen und nach draußen rennen. Auf Nimmerwiedersehen. Doch sie konnte sich kaum bewegen. Von ihrer blitzartigen Erkenntnis völlig betäubt, folgte sie der Familie ins angrenzende Wohnzimmer. Ihr war, als würde sie auf kleinen, spitzen Steinchen laufen.

Den mit Antiquitäten, schweren Brokatvorhängen und sanfter, indirekter Beleuchtung ausgestatteten Raum nahm sie kaum wahr. Überdeutlich war ihr die Präsenz der Personen um sie herum.

Auffällig, wie Peter sich nicht zu ihnen setzte, sondern neben der Eingangstür stehen blieb. Wie eine Wache auf ihrem Posten. Frappierend das gekünstelte Scherzen von Markus mit seiner Mutter und seinem jüngsten Sohn. Übertrieben laut ihre Stimmen in Kallis Ohren. Bezeichnend die Millisekunden, die Beatrix ihr beim Ausschenken des Grappas ein wenig zu lange in die Augen schaute.

„Prost!"

Kalli lief es kalt den Rücken hinunter.

Sie stieß gerade mit Mördern an.

17

„Ich bleib hier so lange stehen, bis du endlich die verdammten Rühreier gegessen hast." Marlis, das Gesicht puterrot, die Schürze fleckig, das obligatorische Geschirrtuch über der Schulter, stützte ihre Hände in die Hüften und stierte sie gereizt an.

„Schon gut", knurrte Kalli und spießte ihre Gabel in das mittlerweile kalt gewordene Ei.

Sie hatte eine aufwühlende Nacht hinter sich. Eine Nacht, in der sie sich todsicher war, dass einer ihrer Gastgeber vom Vorabend die eigene Tochter – oder Enkelin oder Schwester – um die Ecke gebracht hatte. Sich todsicher war, dass auch Brandt auf deren Konto ging. Und sie selbst die Nächste auf der Liste. So sehr, wie die sie loswerden wollten … Doch am Morgen, als sie sich gestreckt und den ersten Kaffee vor der Nase hatte, kam ihr all das wie ein böser Traum vor. Sicherlich, hier war etwas oberfaul; der Hase konnte allerdings auch woanders im Pfeffer liegen. Schließlich war sie keine Polizistin. Oder Detektivin. Sie war Pastorin.

Obwohl mich das für eine ganze Reihe anderer Jobs qualifiziert, fand sie, während sie ein hellblaues Hemd aus schimmerndem Oxford-Stoff auswählte und einen leichten, schwarzen Wollpullover darüberstreifte.

Außerstande, mit den neugierigen Schmieds über den Abend zu sprechen – und sie würden alle, wirklich alle Details wissen wollen –, hatte sie am Morgen Marlis angerufen, ob sie im Wirtshaus arbeiten durfte.

Mobiles Arbeiten 3.0 für Dorfpastor*innen, dachte sie, als sie, auf dem Barhocker kippelnd, Rührei auf ihre Notizen zur Abendandacht im Seniorenstift kleckerte.

Zwischendrin schaute sie immer wieder auf ihr Handy. Fabios Funkstille lastete schwer auf ihr. Seit dem kurzen, heftigen Streit gestern früh hatte sie das Handy zwar immer wieder in die Hand genommen, letztlich aber doch nicht angerufen.

Halb zwölf war sie noch nicht nennenswert weit mit ihrer Arbeit vorangekommen. Die ersten Mittagsgäste begannen, sich die Klinke in die Hand zu geben.

„Was gibt's 'n heute", fragte sie Marlis über den Tresen.

„Wirsingsuppe mit Schweinebauch."

Kalli verzog das Gesicht.

„Keine Sorge. Ich kann dir auch noch 'n Rührei machen."

„Na danke", murmelte Kalli.

„Übrigens …" Marlis stellte sechs Saftgläser auf einem Tablett zurecht. „… ich war gestern auf dem Präsidium in Grevesmühlen." Die Wirtin zwinkerte ihr zu. „Imposante Frau, diese Kriminalhauptkommissarin – habt ihr euch schon bekannt gemacht?"

„Besser, als du ahnst."

Marlis verteilte Apfelschorle und Cola auf die Gläser und ließ die Pastorin dabei nicht aus den Augen. „So? Das klingt nach einer interessanten Geschichte. Wie …"

„Marlis!", brüllte jemand aus dem Gastraum. „Was muss ich hier tun, um was zu trinken zu kriegen?"

„Warten, hauptsächlich", brüllte die Wirtin zurück. Der gesamte Gastraum lachte. Marlis brachte die Gläser an den Tisch und Kalli hörte sie sagen: „Mensch, Andi, jetzt hab ich ja glatt deinen Kaffee vergessen. Hast mich wohl abgelenkt mit deinem Krakeelen." Wieder Lachen.

„Jedenfalls …" Marlis huschte hinter den Tresen, setzte die Kaffeemaschine in Gang und stellte Tasse, Untertasse und Kaffeelöffel bereit. „… wollten die von mir alles zu Brandt wissen. Wann is' er hier aufgetaucht. Was wollte der in Moorstede. Was hab ich Samstagnacht gemacht." Kalli verspannte sich kurz auf ihrem Stuhl, was Marlis nicht entging. Sie zwinkerte ihr zu. „Keine Sorge. Bombensicheres Alibi. War auf dem Sechzigsten einer Cousine in Stromühlen. Dann ging das weiter: Was hab ich Brandt erzählt. Was denke ich, warum er so plötzlich verschwunden is'. Was wollte der von Stuvemanns. Der ganze Kram halt. Scheinen im Umfeld von *Nordbier* zu ermitteln."

„Hm."

Kalli glaubte mittlerweile nicht mehr, dass das die richtige Spur war, aber sie überlegte noch, ob sie Marlis einweihen sollte.

„Und weißte was?"

„Hm?"

„Die wollen sogar Ira aufspüren!"

„Ist nicht wahr!"

Marlis strahlte über das ganze Gesicht. Doch in der nächsten Sekunde entglitt ihr das Lächeln und ihre Stirn legte sich in Falten.

„He!" Kalli griff über den Tresen nach ihrer Hand.

Marlis Blick ging in die Ferne. „Weiß nach so langer Zeit nicht, wie ich ihr gegenübertreten soll."

„Erst mal abwarten, ob sie sie finden. Und vermutlich wird sie eh durch die Polizei in Polen befragt, oder?"

„Ach ja. Stimmt wohl." Marlis klang enttäuscht.

„Und wenn doch?", fragte sie nach kurzem Schweigen. „Ich meine, was sagt man da, was zieht man da an …?"

Kalli lachte. „Du wirst das hinkriegen, da bin ich mir sehr sicher!"

Marlis machte eine Bewegung mit der Schulter, die alles heißen konnte, und ging den Kaffee servieren.

„Mahlzeit", dröhnte es da neben Kalli. Bernd hievte sich auf den Barhocker zu ihrer Linken. Er roch nach Novemberwetter.

„Ach nee", sagte Marlis, die sich wieder am Tresen vorbeiquetschte. „Der feine Herr Touristenführer. Dachte schon, du gehst jetzt woanders zum Mittag."

„Quatsch nich', Liebling", gab Bernd zurück, „hatte viele Beratungen die letzte Woche. Tari war krank." Auf Kallis fragenden Blick ergänzte er: „Ich deck die Beratungen ab, die Tari nicht schafft. Meistens abends nach der Arbeit in der Touri-Info. Aber wenn jemand da nicht kann, lege ich es in die Mittagspausen." Er schälte sich aus seiner orangeroten Outdoorjacke. „Außerdem", gab er zu, „hat mein Liebster mich kurzgehalten."

„Und jetzt nicht mehr, oder wie?", fragte Marlis.

„Doch", sagte Bernd, „aber ich habe für mich entschieden, dass deine Schnitzel eine kleine Lüge hier und da rechtfertigen."

„Nix Schnitzel“, raunte Kalli ihm zu. „Frag Marlis bloß nicht nach dem Tagesgericht.“

„Oh nö!“, maulte Bernd. „Wieso guck ich immer an den Wirsing-mit-Schweinebauch-Tagen vorbei?“

„Gibt auch Rührei“, knurrte Marlis.

Kalli grinste breit. Dann fiel ihr etwas ein. „Sag mal, du hast dich doch auch mit dem Brandt unterhalten.“

Marlis hinter dem Tresen spitzte die Ohren.

„Brandt?“, fragte Bernd desinteressiert.

„Mann! Der Journalist“, erinnerte ihn Marlis und begann, Gläser zu polieren. „Der jetzt“, sie senkte die Stimme, „tot ist.“

„Was ist mit dem?“

„Ihr habt gesprochen“, folgte Kalli ihrer Eingebung, „und danach war er weg vom Fenster.“

„So? Kann mich nicht erinnern.“

Marlis hieb mit ihrem Geschirrtuch auf den Tresen.

„Dann streng dich mal ’n bisschen mehr an.“

Bernd funkelte sie an. Dann seufzte er dramatisch und rutschte vom Hocker. „Na gut. Dann komm mal mit. Ich muss dir was zeigen.“ Er schaute Kalli eindringlich an. „Hätte ich vielleicht sowieso schon früher machen sollen.“

***

Kalli musste erst einmal sacken lassen, was ihr Tari, Bernd und Jo da gerade eröffnet hatten. Alles in ihr sträubte sich.

Sie schaute ungläubig zu Tari, die an einem Aktenregal lehnte, die Arme vor der Brust verschränkt. Zu Bernd, der im Stuhl neben Taris Schreibtisch saß; er wich ihrem Blick aus. Schließlich zu Jo, der halb auf der Fensterbank hockte. Er erwiderte ihren Blick, machte eine Geste mit den Händen, die „Glaub’s oder lass es halt bleiben“ bedeuten mochte.

Zugegeben. Verwunderlich war es nicht. Nie. Ihr Arbeitsumfeld zog eher Menschen mit konservativen Ansichten an. Daran würden auch so schnell die Bemühungen der Kirche, junge, liberale Menschen an sich zu binden – ob an Kanzel oder Kirchenbank –, nichts ändern. Sie machte sich keine Illusionen über fortbestehende, frauenverachtende Einstellungen der alten Garden. Keine über die Ausgrenzung homosexueller Paare in Gemeinden, während die Landeskirche Verlautbarungen zu Toleranz und Frieden veröffentlichte. Keine über die Probleme queerer Jugendlicher, wenn sie in so einem Umfeld aufwuchsen. Sie wusste auch, dass es Personen, Gruppen, Vereine gab, die für solche Jugendliche etwas anboten, was sie selbst freundlich „Konversionstherapie" nennen, wo Menschenrechtsorganisationen von „Folter" sprechen.

Sie selbst hatte Betroffene im Studium kennengelernt. Sie hatte erlebt, wie schwer es ist, das überhaupt für sich zu erkennen. Zu verstehen, was einem da angetan worden war. Darüber zu reden. Sie hatten es kaum getan.

Und Kalli hatte nie weiter nachgefragt.

Sie spürte, wie etwas in ihr dieses Thema abwehrte. Konversionsbehandlungen in Moorstede? Unmöglich.

Tari räusperte sich, zog einen großen, roten Ordner aus dem Aktenschrank und knallte ihn vor Kalli auf den Schreibtisch. Staub flog auf und einzelne, gelbe und grüne Post-its flatterten von der Tischplatte auf den Boden zu Taris Füßen. Die Beraterin stützte die Arme auf den Ordner und sagte: „Das ist die Recherche von sieben Jahren. Zeitungsartikel. Seminarflyer. Anonymisierte Hinweise aus der Region. Die alles oder nichts sein könnten."

„Himmel", stieß Kalli aus.

„Aber nichts Stichhaltiges. Bislang zumindest." Bernd und Jo hatten sich neben Tari gestellt. Bernd schlug den Ordner auf.

„Obwohl wir diesen Verein schon so lange beobachten."

„Bislang sind wir noch nicht einmal sicher, ob wir alle aus der Region, die bei *aquila* aktives Mitglied sind, auf dem Radar haben", ergänzte Tari.

Kalli drehte den aufgeschlagenen Ordner zu sich herum und blätterte durch die oberen Seiten. Es handelte sich um verschiedene Stellungnahmen von Vereinen und Verbänden zu einem Gesetzesentwurf. Einem Gesetzesentwurf zum Verbot von Konversionsbehandlungen.

„Zum Glück wird das Ganze bald verboten sein", kommentierte Tari. „Was du da siehst, ist, was andere Vereine uns während des Beteiligungsverfahrens zum Referentenentwurf durchgestochen haben. Veröffentlicht sind die Stellungnahmen aber noch nicht."

„Wir hoffen, dass das Gesetz im Frühjahr verabschiedet wird", fügte Bernd hinzu.

Kalli las in den Stellungnahmen, was sie nur zu gut wusste. Sie wusste von den Angst- und Essstörungen, von den Depressionen bis hin zu Suizidversuchen, die Betroffene unternahmen. Sie wusste, dass für diese „Behandlungen" völlig offen geworben werden durfte. Sie wusste, wie beeinflussbar gerade Jugendliche und junge Erwachsene waren, die in einem konservativen, kirchlichen Umfeld die ersten vorsichtigen Regungen einer Identität spürten, von der sie gelernt hatten, sie sei nicht gottgewollt, sei Ausdruck einer krankhaften Neigung, Auswüchse „negativer Gefühlsstrukturen", gehöre unterdrückt.

Sie wusste das alles. Theoretisch.

„Aber doch nicht in Moorstede", versuchte sie es matt. Die Worte wurden ihr schal im Mund, noch bevor sie ihr über die Lippen gingen.

Sie blätterte Kopien von Beratungsprotokollen durch, in denen die Namen geschwärzt waren. Vier Männer, eine Frau und eine nicht-binäre Person im Alter zwischen achtzehn und sechsundzwanzig Jahren.

Sie kamen wegen Albträumen und Schlafstörungen. Wegen Appetitlosigkeit und Problemen beim Sex. Wegen Angstzuständen, die sie überrollten, und Suizidgedanken, die sich ihnen ungewollt aufdrängten.

Und alle hatten am gleichen Seminar teilgenommen.

„Meine Mutter bat mich, dorthinzugehen", las Kalli. „Das sei meine letzte Chance."

Oder: „Ich wollte einfach nur normal sein. Familie haben. Dachte, vielleicht klappt es so."

Fassungslos überflog Kalli die Seiten. Vier der Ratsuchenden nannten *aquila* e.V. oder Adrian Plessner als Ausrichter des Seminars. Zwei wollten dazu keine Angaben machen. Es ging jedoch, trotz Schwärzungen der Unterlagen, deutlich hervor, dass sie an Veranstaltungen in Moorstede teilgenommen hatten.

Bei den vier Personen, die *aquila* und Plessner benannt hatten, stand in der letzten Zeile des Formulars unter „Weitergabe an/ Beschwerde an“: „Die Person möchte nicht gegen den Verein vorgehen.“

Kalli konnte das gut verstehen. Dennoch schoss die Wut in ihr hoch.

Sie blätterte die Kopien noch einmal durch. „Hier steht kaum etwas zu den Inhalten oder Methoden des Seminars.“

Tari nickte. „Ja. Alle sechs waren aus anderen Gründen hier. Irgendwann kamen sie alle auf dieses Seminar zu sprechen, aber wir haben sie dazu nicht gedrängt.“ Sie zog den Ordner wieder auf ihre Seite des Tisches und schlug zwei Seiten um. Dann tippte sie auf ein Protokoll. „Hier. Das ist alles. Zumindest alles, was wir von diesen sechs zu hören bekommen haben.“

Die Pastorin beugte sich über den Tisch und las die Zeilen, über denen Taris Finger ruhte.

„Uns wurde geraten, niemandem davon zu erzählen. Mit Atemübungen die Gedanken darüber zu kontrollieren. Und auf jeden Fall unser Begehren nicht auszuleben.“

Jo beugte sich neben sie über den Ordner und lachte auf. „Atemübungen! Ha! Das sollten die mal an mir ausprobieren.“

„Jo!“ Bernd verzog das Gesicht. „Das ist nicht komisch.“

„Ja, ja.“ Jo ließ sich auf einen Drehstuhl fallen und schlenkerte mit den Beinen. Mit verstellter Stimme und rollenden Augen sagte er: „Sich darüber lustig zu machen, heißt, es nicht ernst zu nehmen, und ist damit Teil des Problems und so weiter und so fort.“

„Exakt.“

Kalli schaute unschlüssig von Jo zu Bernd und Tari. Sie konnte nicht ganz folgen.

„Dass die Community dieses Thema so stark abwehrt. Sich eher darüber lustig macht, als Betroffene zu unterstützen“, fasste Tari zusammen und warf Jo einen scharfen Blick zu. Der winkte ab. „Ich denke, es ist Teil des Problems, warum es so schwer ist, Licht in solche Fälle zu bringen.“

Kalli merkte, wie sich ihre Wangen röteten. Sie fühlte sich erwischt.

„Ich hätte ja auch mal fast an so 'nem Seminar von dem Spinner teilgenommen", prahlte Jo und schwang auf seinem Drehstuhl hin und her. Die Lehne des Stuhls knarzte dabei unschön.

„Teilgenommen?", echote Kalli.

„Nur aus Jux", sagte Jo. Dann spürte er wohl Taris Blicke und setzte hinzu: „Zu aufklärerischen Zwecken."

„Erzähl!", forderte Kalli ihn auf.

„War vor 'nem guten Jahr." Jo saß jetzt ruhig da und fixierte den roten Ordner auf Taris Schreibtisch. „Nachdem wir wieder einen echt heftigen Fall hier hatten, dachten wir, wir schleusen mal wen ein. Nicht die sauberste Methode, zugegeben."

Jo meldete sich unter falschem Namen für den Start der nächsten Gruppe an, überwies die stolze Summe von 200 Euro – die Anzahlung von einem Viertel, wohlgemerkt – und fand sich zum ersten Termin pünktlich in Plessners Praxis ein. Die Frauen und Männer, die bereits im Empfangsbereich warteten, hatte er zuvor noch nie gesehen, vermutete aber, dass sie zum Teil aus Moorstede und Umgebung kamen. Ein paar Autos mit Kennzeichen aus anderen Landkreisen parkten allerdings auch vor dem Praxisgebäude.

Später kam eine Frau herein, die ihm vage bekannt vorkam. Es war die junge Malermeisterin aus Groß Sandacker. Jos Mutter war mit ihrer Familie befreundet und Jo wusste, dass die Frau gerade geheiratet hatte und Nachwuchs unterwegs war.

Sie tat, als erkenne sie ihn nicht.

„Schließlich steckte Plessner den Kopf aus seinem Behandlungszimmer und bat uns einzutreten. Durch das Sprechzimmer kam man in einen geräumigeren Raum." Kalli erinnerte sich an den großen Raum hinter Plessners Sprechzimmer, den der Arzt ihr damals gezeigt hatte. Auch an das unwillkürliche, ungute Gefühl, das der Raum in ihr ausgelöst hatte.

In dem Zimmer waren Stühle im Kreis angeordnet. Ein imposanter Strauß mit roten Gladiolen stand in der Mitte auf einem mit Kreuzen bestickten, runden Leinendeckchen. Ein junger Mann war damit beschäftigt, Heiß- und Kaltgetränke, Tassen und Gläser auf Tischen zu arrangieren, die in der Nähe der Tür an die Wand geräumt waren,

Dann ging alles schnell.

Der junge Mann packte Jo am Handgelenk und zog ihn zurück ins Sprechzimmer. Dort schaute Plessner fragend von Unterlagen auf, die er noch schnell für das Seminar ordnete.

„Ich wurde rausgeworfen", schloss Jo. „Tim hat mich vom Gymi erkannt. Wusste, dass ich *out and proud* bin." Jo streckte die Brust raus. „Tim ahnte wohl, dass ich nur Ärger machen würde. Wir wussten nicht, dass er und Plessner verbandelt sind."

„Aber unserem jungen Freund gelang es, noch einen Ablaufplan für das Seminar von Plessners Tisch zu schnappen", sagte Bernd, trat neben Kalli und heftete erneut einige Seiten im Ordner aus. Dann nahm er ein beidseitig bedrucktes Blatt heraus und reichte es ihr.

Oben links auf der Kopie prangte das Logo von *aquila*, der rote Adler mit schwarz-silbernem Schriftzug. Unversehens kam ihr wieder der mysteriöse Pin in ihrer Kollektensammlung in den Sinn. Wenn es nur drei gab, wie der Arzt behauptete, und er selbst und Beatrix ihren noch hatten – wem gehörte der dritte? Und wie und warum war er in der Kollekte vor anderthalb Wochen gelandet? Oder hatte Plessner übertrieben mit der Exklusivität des Vereins – und es gab noch einen vierten (fünften, sechsten ...)? Aber auch dann blieb die Frage, wer diesen einen speziellen Pin in ihre Kollekte getan hatte. Sie spürte ein Ziehen hinter dem Bauchnabel und ein jäher Schwindel erfasste sie. Sie fühlte, dass die Antwort auf diese Frage gefunden werden musste, um hinter die Ereignisse zu schauen. Und wie sie miteinander verzahnt waren. Sie sah sich vor anderthalb Wochen, wie sie erst amüsiert, dann verärgert den Anstecker aus ihrer Kollekte fischte. Doch in diesem Bild wurde der vermaledeite Adler immer größer und größer und seine Schwingen verdeckten, was sich hinter ihm verbarg.

„Kalli?"

„Tut mir leid, ich war kurz abgelenkt."

Sie wandte sich dem Seminarprogramm in ihren Händen zu. „Acht-Wochen-Programm für Männer und Frauen ab 18 Jahren", stand oben drüber. Und in schnörkeliger Schrift darunter: „Raus aus der Not – Mein Weg zu einer heterosexuellen Lebenspraxis".

Als sie den Ausdruck durchgelesen hatte, pochte es unschön in ihren Schläfen. Sie heftete ihn zurück in den Ordner und blätterte weiter. Tari und Bernd hatten sich in eine Sitzgruppe fallen lassen und flüsterten leise miteinander. Jo starrte ins Leere und schwang auf seinem Bürostuhl hin und her. Das Nachmittagslicht dieses Tages, der nie richtig hell geworden war, fiel trübe durch die Lamellen an den Fenstern zur Straße.

Die Beratungsstelle hatte wirklich eine beeindruckende Menge an Hinweisen zusammengetragen. Bald schon konnte die Pastorin nichts mehr aufnehmen. Die meisten Seiten überflog sie nur noch. Die letzte Kopie im Ordner war ein Zeitungsartikel, der vor acht Jahren in der Hamburger Presse veröffentlicht worden war. Kalli erinnerte sich, warum sie eigentlich hier war, und suchte augenblicklich nach dem Namen des Autors.

Doch von Brandt war der Artikel nicht. Das wäre wohl auch zu einfach gewesen.

Bernd und Tari gesellten sich zu ihr an den Schreibtisch und blickten auf den Artikel. „So lange ist das schon her", murmelte Bernd.

Kalli las. „Klage gegen mutmaßlichen ‚Homo-Heiler' abgewiesen", titelte die Überschrift. Darin ging es um einen Hamburger Arzt. Dr. Adrian Plessner.

Kalli trat einen Schritt vom Tisch zurück. In ihr rumorte es.

„Wieso zeigt ihr mir das alles erst jetzt?"

Bernd wandte sich zu ihr um. „Irgendwie sind wir es nicht gewohnt, mit Gemeinden gut zusammenzuarbeiten."

Tari durchbohrte ihn von der Seite mit einem Blick.

„Um fair zu sein – wir haben es nie wirklich versucht. Nicht in letzter Zeit."

„Schade eigentlich", sagte Kalli.

Bernd zog sie sachte am Handgelenk wieder an den Schreibtisch. „Jetzt lies schon weiter."

Offenbar hatte Plessner zuvor in Hamburg praktiziert. Dort hatte ihn der Partner eines Mannes angezeigt, der bei ihm in Behandlung gewesen war.

„Wegen eines Magenleidens", wie der Freund im Zeitungsartikel zitiert wurde.

Plessner habe „Exorzismen“ an seinem Partner durchgeführt.

„Ernsthaft?“, fragte Kalli und blickte auf.

Tari bedeutete ihr weiterzulesen.

Die Anzeige wurde zurückgewiesen. Zu wenig stichhaltig seien die Beweise gewesen. Ein Aufruf des Paares, dass sich weitere Betroffene bei ihnen melden sollten, verlief im Sande. Der Artikel endete mit einem Statement Plessners, dass er erleichtert sei, dass Gott Gerechtigkeit habe walten lassen.

„Wenn es für ihn gut ausging … Doch was macht er dann hier?“

„Wir wissen es nicht genau. Kurz nach Ende des Prozesses ist er hierhergezogen. Hat seine Praxis in Hamburg verkauft und bei uns die der alten Schulze übernommen.“

„Obwohl wir Hinweise haben, dass er auch nach wie vor in Hamburg praktiziert“, ergänzte Tari. „Aber eingemietet, als Honorar-Dozent. Kann wohl nicht auf die reiche Hamburger Klientel verzichten.“

„Und hier kommt Brandt ins Spiel“, sagte Bernd. „Wir dachten, er würde endlich was ins Rollen bringen.“

Kalli ließ sich zu den beiden in die Sitzgruppe fallen. Ihr schwirrte der Kopf. Als hätte er ihre Gedanken lesen können, trat Bernd zum Fenster und öffnete es. Kalli fühlte die frische Luft ihre Stirn kühlen.

Bernd war in der Kneipe zufällig auf Brandt gestoßen, als der gerade im Begriff war, die eigentliche Reportage über *Nordbier* an den Nagel zu hängen. Sie tranken ein paar Gläser und kamen ins Gespräch. Bernd stieß den Journalisten auf das Thema. Er reagierte zunächst ungläubig, winkte ab. Beim Namen Adrian Plessner wurde er jedoch hellhörig. „Der Homo-Heiler!“, rief er sofort aus. Er kannte den Namen noch aus der Presse. Und so wurden sie sich einig.

Kalli kam etwas in den Sinn. „Wusstet ihr, dass er sich unter falschem Namen als Sekretär in der Gemeinde hat anstellen lassen?“

Bernd, Tari und Jo nickten.

Kalli überlegte laut: „Aber wieso nur? Wenn er doch *aquila* auf den Fersen war? Die agieren ja nicht über die Gemeinde.“

Theoretisch zumindest, korrigierte sie sich gedanklich. Praktisch hatten sie dort eine große Plattform – wenn sie an Plessners Engagement im Kirchgemeinderat dachte.

„Schätze, es bot sich einfach eine gute Gelegenheit, irgendwie näher an Plessner dran zu sein", meinte Tari. „Der Posten war quasi dauer-vakant; es war einfach, sich darauf zu bewerben."

„Jedenfalls, von da an lief es wie geschmiert", setzte Bernd seine Erzählung fort. „Brandt war ganz aus dem Häuschen über die Entdeckung, die er" – Bernd setzte Gänsefüßchen mit den Händen in die Luft – „gemacht hatte."

Im Hintergrund rollte Jo mit den Augen. Das Knarzen der Drehstuhllehne mischte sich in die weiteren Schilderungen Bernds. Brandt recherchierte in Hamburg zu dem Prozess und trieb auch die damaligen Kläger wieder auf. Doch der Journalist drängte auf etwas, was Bernd ihm nicht geben konnte.

„Er wollte Infos aus erster Hand. Am besten betroffene Personen aus der Region, die er interviewen konnte."

Kalli nickte und dachte an die Notizen aus den Beratungsgesprächen, die sie zuvor gelesen hatte.

„Als wir die ihm nicht ohne Weiteres geben wollten, recherchierte er erst einmal weiter in Hamburg." Über eine Hamburger Beratungsstelle kam er ins Gespräch mit zwei Männern. Die wollten mit ihrer Geschichte jedoch nicht an die Öffentlichkeit. Sie waren noch nicht mal out. Aber sie verwiesen ihn an zwei weitere, norddeutsche Städte, in denen Plessner Seminare anbot. Brandt war dabei, ein ganzes Netzwerk aufzudecken.

„Das war spektakulär", erinnerte sich Tari.

„Ja", stimmte Bernd zu und revidierte: „Und zugleich war es das, was wir überhaupt nicht im Sinn hatten. Er sollte sich doch auf Moorstede konzentrieren. Wir wollten in erster Linie Plessner hier vor Ort das Handwerk legen."

Kalli musterte den großen, dicken Bernd, wie er an den Schreibtisch gelehnt stand und sich mit einer Hand über die Glatze rieb. Er fing ihren Blick auf und wandte ihn dann sofort ab. Sie wusste längst, was jetzt kam.

„Ich habe dann etwas ziemlich Unrühmliches getan: Ich habe Brandt mit Agi und Luisa geködert."

Das Interesse des Journalisten für Moorstede war augenblicklich aufs Neue entfacht. Konversionspraktiken an Erwachsenen – das war eine Sache. Aber die noch bessere „Story“, wie Brandt sich ausdrückte, waren Konversionspraktiken an Minderjährigen.

Vor allem in Hinblick auf das Gesetz, das kommen sollte.

„Doch dann starb Luisa und Brandt war von einem Tag auf den nächsten nicht zu erreichen. Hinterließ eine verschwurbelte Nachricht auf dem AB, von wegen, dass Luisas Tod ihm unheimlich sei und alles ändere. Und er sich wieder melden würde.“

„Aber wir hörten erst wieder was von dem, als er tot in Ihrem Garten lag“, ließ Jo schnodderig vernehmen.

„Eigenartig“, murmelte Kalli. Dann überlegte sie laut: „Von Agi weiß ich, dass …“

„Du hast mit Agi gesprochen?“

„Äh, ja. In Hamburg. Jedenfalls, von ihr weiß ich, dass Brandt sie nach der Beerdigung von Luisa anquatschte. Sie hat sich belästigt gefühlt und hat sich ihm entzogen.“

„Er war auf der Beerdigung?“, fragte Bernd mit großen Augen. Er sah unschlüssig zu Tari. Auch sie schien verwirrt.

„Aber wie passt das …?“

„Nun ja“, erinnerte sich Kalli, „er war nicht wirklich offiziell dort. Ich selbst habe ihn gar nicht gesehen. Nur das Auto, von dem ich später erfuhr, es sei seines. Offenbar hat er die Beerdigung vom Parkplatz aus verfolgt, auch die …“, Kalli räusperte sich, „… Szene, die Agi dort gemacht hat.“

Tari nickte. „Ja, das hat sich rumgesprochen.“

Kalli versetzte sich gedanklich zurück an diesen Tag. An diesen Tag, in den sie so unvorbereitet hereingestolpert war, noch durchgeschüttelt von ihrem Orts- und Arbeitsplatzwechsel, irritiert von der kühlen Vorbereitung der Trauerfeier durch die Familie, durchgepustet von dem kalten Wind, der hier übers platte Land brauste. Sie sah die Trauergesellschaft, wie Brandt sie vom Rande des Friedhofes aus gesehen haben mochte. Viele Menschen waren gekommen, erschüttert von dem plötzlichen Tod eines so jungen Gemeindemitglieds. Kalli wusste jetzt, dass niemand von ihnen Luisa wirklich gekannt haben konnte. Sie wusste jetzt, dass diese Familie sehr abgeschieden lebte. Dass Luisa die meiste Zeit im Internat verbrachte. Es war wohl mehr der Name der Familie, der die zahlreichen Trauergäste anzog. Und sie mittendrin, in Talar und Beffchen, am Grab stehend. Auftritt Agi. Die erste Kerze fliegt. Weitere Kerzen, Steine. Die junge Frau ist außer sich. Sie schreit und tobt. Damals hatte Kalli sich einfach nur in Sicherheit gebracht. Von außen sieht sie sich flach auf dem Boden liegen, sie schaut um sich, ob sich die anderen Gäste ebenfalls in Sicherheit bringen konnten. Heute. Heute wäre sie an Agis Seite. So wie ihr Kollege es dann tat. Agi auf die stille Bank unter der Weide zog. Sie beruhigte. Während sie selbst unschlüssig hinter dem Baum stand. Peinlich berührt. Und dann zur Trauerfeier aufbrach.

Kalli fuhr sich mit den Händen über das Gesicht. Sie spürte deutlich: Irgendetwas fehlte in ihren Erinnerungen an diesen Samstagvormittag. Nur ein Detail, aber ein wesentliches.

Doch ihre Gedanken waren bereits weitergaloppiert.

Brandt war bei der Beerdigung Zaungast gewesen. Jetzt fragte sie sich zum ersten Mal, ob sie bei dessen Tod ebenfalls Zaungast gewesen war. Vielleicht wurde der Mann ermordet, während sie in dieser unseligen Nacht am Wochenende dort auf der Bank am Feldweg gesessen hatte. Um sie herum alles in Nebel.

Sie spürte wieder den morschen alten Bretterzaun unter den Achseln, als sie sich hinüberlehnte, um im sich lichtenden Nebel zu erkennen, was sie dort sah. Im Pfarrgarten.

„Kalli?" Von weit her drang Bernds Stimme an ihr Ohr. Sie machte eine unwirsche Bewegung mit der Hand. Und dann fielen in ihrem Kopf alle Entdeckungen der letzten Tage und Wochen wie Puzzlesteine ineinander.

Der ermordete Brandt. Diese Kleinstadt, die der irrwitzige Knotenpunkt christlicher Fundamentalist*innen in Norddeutschland zu sein schien. Die religiöse Luisa, die so sehr mit sich haderte. Die strengen Eltern. Agi, die Reißaus nahm. Und das Zeltlager, in dem sich die beiden kennengelernt hatten.

Das Zeltlager, das wohl mehr als das war.

Kalli blickte auf. „Das Feriencamp", sagte sie.

Tari nickte. „Wir denken, es ist das Gegenstück zu den öffentlicheren Seminaren in Plessners Praxis. Das Angebot, für alle die, die unter achtzehn sind."

„Oder eher, für deren Eltern", schnaubte Bernd.

Kalli versuchte, diese neue Enthüllung zu verdauen. Der starke Drang nach Nikotin durchflutete sie, und unwillkürlich fuhr ihre Hand an ihre Gesäßtasche. Doch da war kein Päckchen. Sie rechnete im Kopf nach. Hatte sie wirklich zuletzt am Sonntagmorgen geraucht? Das konnte kaum sein.

Allerdings vertrieb ihr der Gedanke an all die Dinge, die am Wochenende passiert waren, sofort die Lust. Die Vorstellung, wie sie an der glimmenden Zigarette zog, der Rauch ihre Lungen ausfüllte, vermischte sich sofort mit dem Gefühl, wie ein großer rostiger Nagel durch Fahrradreifen stieß. Die Vorstellung, wie sie den Rauch wieder aus Mund und Nase entließ, war untrennbar von der Erinnerung, wie sie sich schwankend wie ein Seemann auf Landgang auf die kalte Bank am Feldweg hinter dem Gemeindehaus fallen ließ. Und eine Leiche entdeckte.

Tari hatte ihren Griff zur Schachtel registriert und hielt ihr ihre eigenen hin. Kalli schüttelte den Kopf. Stattdessen schenkte sie sich ein großes Glas Wasser aus der Karaffe vom Beistelltisch ein und stürzte es in einem Zug hinunter.

Sie hatte es überhaupt nicht gecheckt. Dabei war es direkt vor ihrer Nase. Gut, Agi hatte nicht die klarsten Worte dafür gefunden. Vielleicht wollte sie nicht offener darüber sprechen. Vielleicht verstand sie auch nicht richtig, was dort passiert war. Oder vielleicht hatten die Ereignisse danach – die stürmische, dann auf ein tragisches Ende zuschlitternde Liebesgeschichte, Luisas plötzlicher Tod, Agis Erpressung durch deren Bruder – die Erfahrungen im Zeltlager überdeckt.

Und doch war es da gewesen. In ihrem Gespräch.

Und sie hatte es nicht erkannt.

Sie wusste, dass es Konversionsbehandlungen gab. Sie wusste, dass sie nicht immer auf den ersten Blick erkennbar waren. Sie war selbst, als Studentin, jahrelang gegen Netzwerke aktiv gewesen, die solche Angebote hervorbrachten.

Und dennoch hatte sie nicht verstanden, wovon Agi gesprochen hatte. Dabei gab es sogar Hinweise. Was hatte Agi erzählt? Dass es viel „Gequatsche" gegeben hätte – über Frau-Sein, Mann-Sein, Pubertät. Sie erinnerte sich, dass ihre Intuition ihr geraten hatte, das aufzugreifen, sie dann aber Agi erst mal hatte reden lassen. Und an anderer Stelle Agi sogar sagte, Luisa dachte, sie könne beten, bis ihre Neigungen weggingen. Als kindliche Ansicht Luisas hatte Kalli das insgeheim abgetan. Und sich nicht gefragt, woher diese Ansicht wohl stammte.

Sie hieb mit der Faust auf ihren Oberschenkel. „Verdammt!" Sie war unfassbar wütend auf sich selbst. Sie wandte sich an Tari und Bernd. „Habt ihr sie direkt befragt? Damals, als die beiden zu euch in die Beratung kamen?"

Tari und Bernd schüttelten die Köpfe.

„Es hat uns selbst überrascht", antwortete Bernd. „Ich meine, wir haben immer geahnt, dass es sicherlich etwas für die Teenager gibt. Aber bislang hatten wir nur Hinweise und Erfahrungsberichte von Erwachsenen." Bernd kreuzte die Arme vor der Brust. „Und dann berichtete Agi von diesem Zeltlager. Ich dachte, ich spinne! Wir sind aber nicht tiefer in sie gedrungen. Wir wollten beide sie nicht noch weiter aufschrecken. Wir wussten – wissen – ja nicht, was dort genau abgeht. Es gibt dezente Methoden, die schon allein genug Schaden anrichten. Aber auch Dinge, da wärst du schockiert."

Kalli nickte, das war ihr verständlich.

„Und letztlich war Agi wegen ganz anderer Dinge hier. Sie war in Aufruhr wegen ihrer Beziehung zu Luisa. Und weil sie aus Moorstede rauswollte."

„Und Luisa", ergänzte Tari, „wich direkt aus, als ich sie nach dem Ferienlager fragte." Die Beraterin umschloss den Anhänger ihrer Kette mit einer Hand. „Ich habe ihr gesagt, dass es sein kann, dass sie etwas erlebt hat, das nicht rechtens ist. Darüber schien sie nachzudenken. Sie hat sich dann ja auch überraschend von mir einen Termin geben lassen." Leiser setzte sie hinzu: „Der, zu dem sie nicht gekommen ist. Zu dem du die Terminerinnerung gefunden hast."

Kalli dachte an den Tag zurück, an dem sie die Post von der Beratungsstelle auf dem Briefkasten der Gemeindewohnung gefunden hatte. Der Brief, mit dem alles ins Rollen kam. Zumindest für ihre Nachforschungen. Für die Geschichte von Luisa und Agi markierte dieser Brief eine Art Schlusspunkt. Sie versuchte, diesen Gedanken vollständig zu greifen zu bekommen. Er lastete auf ihr. Sie schüttelte ihn ab.

***

Der Regen war stärker geworden. Sein dumpfes Trommeln auf dem Glasvordach der Bäckerei am Markt war so laut, dass es Kalli schier unmöglich war, ihre eigenen Gedanken zu verstehen. Sie war etwas ratlos, was sie nun tun sollte. Also hatte sie sich erst einmal neue Zigaretten besorgt. Obwohl sie blanker Widerwille durchströmte, zündete sie sich eine an und nahm einen tiefen Zug.

Nach dem zweiten Zug schnipste sie die glimmende Zigarette auf die Straße, an deren Rand bereits große Rinnsale zu einem gluckernden Gully ein paar Meter links von ihr flossen. Sie spülte den schalen Geschmack des Rauches mit einem Schluck schwarzen Kaffees hinunter, den sie zusammen mit einer Mohnschnecke in der Bäckerei gekauft hatte. Über dem Rathaus hellte sich der Himmel auf. Die Rathausuhr zeigte Viertel vier. Zu früh, um schon zur Propstei, zu ihrem Termin mit Winter, aufzubrechen. Aber auch zu spät, um noch Frieda Martin im Krankenhaus zu besuchen, wie sie es sich eigentlich vorgenommen hatte – zumal, da sie zu Fuß unterwegs war.

Frieda. Ein weiteres Puzzleteil, von dem sie nicht wusste, wie es sich einfügte. Sie hatte immer noch keine Haltung dazu, ob sie der Kripo nun von Frieda erzählte – und das Seelsorgegeheimnis brach – oder nicht.

Sie lehnte sich mit dem Rücken an das große Frontfenster der Bäckerei. Dabei knisterte der Computerausdruck, den Bernd ihr mitgegeben hatte, in ihrer Gesäßtasche. Sie zog ihn hervor und betrachtete das Papier erneut.

Noch lange hatten sie über das Feriencamp geredet, drifteten jedoch dabei notgedrungen in den Bereich der reinen Spekulation ab. Relativ sicher schien, dass das Zeltlager über *aquila* organisiert wurde. Im Archiv der Webseite waren sie auf einen Hinweis auf das Camp gestoßen. Der Zeitraum der angebotenen „Jugendfreizeit" deckte sich mit den Wochen, die auch Agi und Luisa im Ferienlager waren. Völlig im Nebel lag hingegen, wer die „Workshops" und „Gesprächsrunden" dort leitete. Dass Plessner für drei Wochen seine Praxis dafür schloss oder aber Beatrix beziehungsweise Markus Stuvemann sich mit ihrer frostigen Aura um eine Horde pubertierender Kinder und Jugendlicher kümmerten, schien Kalli ausgeschlossen. Die anderen stimmten ihr zu. Den ältesten Sohn, Peter, sahen sie schon eher in der Runde sitzen. Der jüngere, Hendrik, kam ihnen zu verpeilt vor. Und Luisas Großmutter Christa schien Kalli nicht das Charisma und Geschick zu haben, Kindern vermeintlich bibeltreue Glaubenssätze zu Identität und Sexualität einzuflüstern. Sie war wohl eher die Fraktion „Schlaghammer".

So tendierten sie insgesamt dazu anzunehmen, dass *aquila* externe Referent*innen hinzuzog. Breit vernetzt waren sie ja.

Während Tari im Nebenzimmer ein Beratungsgespräch führte und Jo zu seiner Arbeit an der Rezeption des einzigen Hotels in Moorstede, des Hotels „Seeschwalbe" am Markt, aufbrach, scrollten Bernd und Kalli sich durch zahlreiche Internetauftritte christlicher Jugendgruppen, überkonfessioneller Foren und evangelikaler Kleinverlage. Auf der Suche nach Spuren, mit welchen einflussreichen Größen der deutschen und europäischen Fundamentalisten-Riege sich Plessner und Stuvemanns vielleicht zusammengetan haben mochten.

Kallis Augen fühlten sich bereits eckig an und ihr Magen knurrte laut und vernehmlich – sie verfluchte sich, am Vormittag Marlis Rührei nicht angerührt zu haben –, als Bernd „Moment mal!" rief, ihr die Maus aus der Hand zog und hektisch zu einem Foto zurückscrollte.

Sie waren auf der Webseite des *Bündnisses für Familien* und hatten sich durch die vergangenen Veranstaltungen geklickt. Das Foto zeigte zwei Personen, die sie kannten. Sie standen vor einem Rednerpult und lächelten breit. Unter dem Foto stand: „Die Initiatoren unserer BFF-Sommer-Konferenz 2018, Beatrix

Stuvemann und Dr. Adrian Plessner aus Mecklenburg-Vorpommern."

Bernd klickte auf das verlinkte PDF. Es war das Programm der Konferenz. Nach zahlreichen Vorreden und Vorträgen wurden zwei Zeitslots mit Workshops angeboten. Im ersten hielten jeweils Beatrix – „Kultur der Unentschlossenheit: Die Rolle der Frau in unserer Zeit" – und Adrian – „Stabile Rollen, stabile Ehen" – einen Kurs. Der parallel angesetzte Zeitslot hielt ebenfalls zwei Workshops parat – „Kinder und Jugendliche auf ihren Weg bringen, Teil 1 und 2".

Als „Referent": „N. N.".

Bernd seufzte vor Enttäuschung und wollte die Seite bereits wegklicken, doch Kalli hielt ihn zurück und starrte auf den Monitor. Irgendetwas an diesem Programm erinnerte sie an etwas anderes. Nur an was – und wo? Erneut hatte sie das deutliche Gefühl, nahe an einer Lösung dran zu sein. Sie schloss die Augen. Zwecklos. Sie brauchte eine Pause.

Nur jetzt, mit dem trommelnden Regen, der sich mit Grieselschauern zu vermischen begann, dem lauen Kaffee und den Krümeln der Mohnschnecke, die ihr in den Schal rieselten – nur jetzt fiel es ihr auch nicht ein. Sie hatte dieses Programm schon einmal gesehen. Sie war sich ganz sicher. Aber ihr fiel partout nicht ein, wo.

In dem Moment klopfte es hinter ihr an der Fensterscheibe der Bäckerei. Sie wandte sich um und sah einen Mann, der hinter der Scheibe an dem langen Tisch mit den Barhockern über Frankfurter Kranz und Milchkaffee saß. Sie zog die Tür der Bäckerei auf und beugte sich hinein.

„Ja?"

„Ich kann nicht rausschauen." Der Mann gestikulierte Richtung Fenster und Marktplatz.

„Sie können nicht rausschauen?" Kalli blickte den langen Tisch mit den Barhockern entlang. Fünf weitere Hocker waren frei. Der Mann war der einzige Gast. Er hatte den Platz gewählt, der direkt hinter Kalli war.

„Ja. Ich kann nicht rausschauen."

Kalli nickte. „Interessant." Sie schloss die Tür, rückte einen halben Meter weiter nach links und überließ sich wieder ihren Gedanken.

Es gab einen einfachen Weg herauszufinden, wer mit Plessner und Stuvemanns zusammenarbeitete. Sie brauchte bloß Agi anzurufen und zu fragen, ob sie sich an die Namen erinnerte. Ohne dass es ihr bewusst war, hatte sie bereits ihr Smartphone aus der Innentasche ihres Regenparkas gezogen.

Sie ließ es sinken. Sie hatte Bernd und Tari versprochen, Agi erst einmal in Ruhe zu lassen. Und nach dem, wie sie Agi in Hamburg erlebt hatte, konnte sie ihnen eigentlich nur zustimmen.

Im Gegenzug hatten Bernd und Tari Kalli wiederum versprochen, sich auf dem Polizeipräsidium zu melden und von den Recherchen Brandts zu erzählen.

Die Rathausuhr zeigte zwanzig vor vier. Sie nahm den letzten Schluck aus ihrem Pappbecher. Als sie ihn absetzte, erblickte sie zwei junge Männer im Eingangsbereich des Hotels gegenüber. Der eine – nicht für das Wetter angezogen und bereits klitschnass – sprach erregt auf den anderen – in Hotel-Livree und mit Schirm – ein.

Tim und Jo.

Tim gestikulierte wild. Wischte sich das nasse Haar aus der Stirn. Jo antwortete. Sichtlich aufgebracht. Und stieß dabei immer wieder den Hotel-Schirm gen Himmel.

Die beiden! Ob sie sie wohl wieder trennen musste? Doch in diesem Moment geschah etwas Überraschendes.

Jo zog Tim zu sich unter den Schirm und legte ihm die Hand auf die Schulter. Sie wechselten noch wenige – ruhigere – Worte. Dann umarmten sie sich kurz und Jo betrat das Hotel. Tim schaute ihm eine Weile hinterher. Dann klappte er den Kragen seiner Jacke hoch und sprintete unter das Häuschen der Bushaltestelle am Rathaus.

Kalli kniff die Augen zusammen. Was war das denn?

Egal, entschied sie. Ihre Gedanken waren zurück zu der Bestatterin gekehrt. Sollte sie – oder sollte sie nicht?

Sie zerknüllte den Pappbecher. Jede Minute musste sie zu ihrem Termin bei Winter los.

Sie öffnete das E-Mail-Programm auf ihrem Smartphone und schrieb Kirsten eine kurze Nachricht. Dass sie glaubte, der Mord an Brandt hänge mit dem Todesfall Luisa Stuvemanns zusammen. Und dass sie in Frieda Martin, der örtlichen Bestatterin, eine Art Zeugin vermutete. Aber ohne zu schreiben, was die ihr erzählt hatte. Das war eine Lösung, die sie mit ihrem Gewissen vereinbaren konnte.

Schnell schickte sie sie ab, bevor sie es sich anders überlegte. Der Regen hatte nachgelassen.

***

Im Vorzimmer von Propst Winter war Anita gerade damit beschäftigt, den Teewagen zu bestücken. Zuoberst standen eine große Thermoskanne Kaffee, eine Karaffe mit Wasser, ein Obstkorb sowie ein Teller Kekse. Die Tür zu Winters Büro war noch geschlossen.

„Kommt noch jemand zu dem Gespräch außer mir?", fragte Kalli angesichts dessen, was Anita an Snacks für den Termin aufgetischt hatte. Die Sekretärin drehte sich vom Teewagen zu ihr herum. Rote Flecken erschienen auf ihren Wangen.

„Oh, Kalli, du bist schon da! Nein, nur du und der Chef. Wird aber wahrscheinlich dauern, da fahre ich lieber etwas mehr auf." Sie warf einen prüfenden Blick zur Tür. Dann nahm sie Kalli Parka und Schirm ab, warf beides nachlässig auf einen Besucherstuhl und zog sie am Ärmel ihres Hemdes zum Fenster. Weit weg von der Tür zum Büro.

„Hör zu – ich fürchte, man möchte dich loswerden", wisperte sie ihr ins Ohr.

Normalerweise hätte Kalli gefragt, wer genau „man" ist, aber ihr war bereits offensichtlich, dass dieser Termin nur die Verlängerung von Plessners hämischem Auftritt am gestrigen Vormittag und Stuvemanns „Einladung" zum Abendessen auf ihrem Anwesen war. Stuvemanns hatten ihr reinen Wein eingeschenkt. Sie passte ihnen nicht ins Bild. Hier, beim Propst, würde das kein Thema sein. Er würde eine vage, langwierige, umschreibende Erklärung dafür finden, warum sie sie nicht länger hierbehalten könnten.

Also drückte sie der Sekretärin nur die Hand und sagte: „Ich weiß."

Anita setzte an, etwas darauf zu erwidern, doch in dem Moment öffnete Winter die Tür zu seinem Büro.

„Frau Unheil, sagen Sie mir doch, dass unser Gast schon da ist."

Kalli straffte ihre Schultern. Dann schritt sie an Winters ausgestreckter Hand vorbei in sein Büro und baute sich neben dem runden Besprechungstisch auf, auf dem bereits zwei Blöcke und Kugelschreiber bereitlagen, als wäre dies ein offenes Gespräch, bei dem man sich wechselseitig Notizen machte. Anita folgte mit dem Teewagen. Die Tassen und Gläser im Mittelfach des Wagens klirrten, als sie über die Türschwelle setzte. Anita begann, den Tisch zu decken.

Winter trat hinzu und machte eine einladende Geste zu einem der grau-violett gepolsterten Stühle. „Bitte, setzen Sie sich doch."

Kallis Herz schlug in ihrer Kehle. „Ich habe nicht vor, länger zu bleiben."

Anita, die Obstschale in der Hand, schaute verblüfft an Winters Rücken vorbei.

„Alles, was es zu sagen gibt, haben mir Stuvemanns gestern bereits vermittelt."

Winters Mund verzog sich zu einem harten Strich. Er machte eine weitere, nachdrücklichere Geste zu einem der Stühle.

„Frau Krause, wenn Sie vielleicht …"

Doch Kalli unterbrach ihn erneut. „Was wissen Sie über *aquila*? Wussten Sie, dass im Schatten unserer Gemeinde Konversionsbehandlungen durchgeführt werden? An Erwachsenen – und an Kindern?"

Winter konnte sein Erschrecken nicht verbergen. „Kinder?", fragte er entgeistert.

Was für eine eigenartige Reaktion, dachte Kalli und fügte laut hinzu: „Besser, Sie haben mich nicht noch weiter verärgert, wenn Ihnen diese Geschichte um die Ohren fliegt. Und jetzt entschuldigen Sie mich. Andacht im Seniorenstift."

Damit rauschte sie zurück durch die Tür.

„Was sind Konversions…“, hörte sie Anita fragen.

„Ach, seien Sie doch …“, fluchte Winter.

Kalli warf ihren Parka über, griff nach ihrem Schirm und verließ schnellen Schritts das Vorzimmer. Sie hörte den Propst hinter sich im Flur: „Warten Sie! Das meinen Sie doch nicht ernst, oder? Hier, in unserer kleinen Stadt? Wie meinen Sie das? He, Frau Krause, warten Sie!“

Aber Kalli war bereits den Flur hinunter- und die Treppe hinabgestürmt.

***

Als Kalli nach der Andacht im Stift in ihre Straße einbog, mit müden Füßen, leerem Kopf und immer noch zittrigen Händen, war das Erste, was sie sah, ihr geliebter, dunkelroter Passat. Er parkte direkt vor ihrem Mietshaus, so als hätte er dort den ganzen Tag über gestanden und auf sie gewartet.

Mit klopfendem Herzen näherte sie sich dem Auto. Sie hatte es fast erreicht, da schwang die Fahrertür auf. Mit heftigem Schluchzen fiel sie ihrem besten Freund um den Hals.

„Ich hatte noch deinen Zweitschlüssel“, flüsterte er. Er hielt einen großen Jutebeutel hoch, aus dem das Grün einer Lauchstange ragte. „Komm, ich mach uns Suppe.“

18

Fabio stellte seine Reisetasche im Flur ab. „Hat sich ja hier nicht viel verändert, seit ich zuletzt da war." Er wanderte von Raum zu Raum, die Furchen auf seiner Stirn vertieften sich.

„Kalli!", rief er entrüstet aus, als er den neben der Spüle aufgereihten Mix aus Rotweinflaschen, Dosensuppen, Knäcke und den letzten zwei, mittlerweile schrumpeligen Äpfeln beäugte. Mit demonstrativ spitzen Fingern verfrachtete er alles in den Küchenschrank über der Spüle. Den Wein hatte er wortlos in den Ausguss gekippt und anschließend mit dem Kochen begonnen.

Jetzt, nach dem Essen, ohne ihr aufgeregtes Geplapper, das Klackern der Messerschneide auf dem Holzbrett und das Blubbern des Eintopfs aus Möhren, Lauch, Kartoffeln und Graupen kehrte Stille in der Wohnung ein. Bereits beim Schälen der Kartoffeln war alles gesagt gewesen. Kalli nippte an ihrem Pfefferminztee und beobachtete über den Rand ihrer Tasse, wie Fabio den alten Herd, die fleckigen Küchenschränke, die kahlen Wände und die spinnwebenbehangene Neonleuchte an der Decke musterte. Sie ahnte, was ihm durch den Kopf spukte.

„Hier hat sie also … gewohnt", sagte er. Er zog die Stirn kraus. „Gewohnt – das ist sicherlich das unpassendste Wort, das ich dafür finden kann."

„Hm." Kalli stellte ihre Tasse ab.

„Denkst du …?"

„Ja. Mittlerweile", sie rollte das Blättchen vom Teebeutel zwischen Daumen und Zeigefinger, „denke ich, dass Luisa zu Hause rausgeflogen ist. Bereits, bevor ihre Familie überhaupt die Beziehung zu Agi entdeckt hatte." Sie erinnerte sich an ihr Gespräch mit Agi in Hamburg. „Dass sie sie erst wieder unter ihrem Dach haben wollten, wenn sie sich auf Linie befindet. Und deshalb an den Wochenenden die Großmutter zu ihr geschickt haben: Um das, was sie vermutlich als irregeleitete Entscheidung für einen ‚dekadenten Lebensstil' bezeichnen würden, wieder unter Kontrolle zu bringen."

„Und als dann noch die Beziehung zu Agi ans Licht kam …"

„Hat die Familie dafür gesorgt, dass die die Stadt verlässt."

Fabio stand auf und setzte neues Teewasser auf.

„Die Großmutter …", murmelte er vor sich hin. „Kaum vorstellbar. Wenn ich an meine denke …"

„Hm. Oder vielleicht war es auch nicht die Großmutter", erinnerte sich Kalli. „Agi nimmt es an. Und wenn ich ehrlich bin – ich kann sie mir dabei vorstellen."

Fabio lehnte sich mit dem Rücken an die Küchenzeile und kratzte sich seinen Dreitagebart. „Haben sie Luisa hier eingesperrt?"

Kalli streckte die Beine unter dem Tisch aus und verschränkte die Hände über ihren Bauch. „Nein. Nein, sie konnte sich frei bewegen. Einsperren wäre gar nicht nötig gewesen. Luisa wollte nicht weg. Luisa wollte ihre Familie zurück, ihr altes Leben. Zumindest ein Teil von ihr wollte das, ein sehr mächtiger."

Sie schwiegen eine ganze Weile.

„Göttin", Kalli setzte sich wieder aufrecht und stützte die Unterarme auf den Tisch, „das musst du dir mal vorstellen. Du bist sowieso schon durcheinander, weil du dein Begehren für Frauen entdeckst, und dann fliegst du von zu Hause raus. Wirst hier einquartiert, deine Großmutter kommt an den Wochenenden her, um auf dich einzureden, und zweimal musst du zu deiner Familie zum Essen. Zu Fuß. Trittst diesen Weg an, zu deinem alten Zuhause. Und dann musst du wieder zurück. In diese Bude hier. Weil es immer noch nicht reicht."

Fabio schüttelte den Kopf. Dann goss er ihnen frischen Tee ein.

***

Als Kalli am nächsten Morgen durch das Rumpeln der Müllabfuhr unter ihrem Fenster geweckt wurde, hatte sie kurze Zeit Mühe, sich zu orientieren. Wo war sie? Welcher Tag war heute?

Fabio, neben ihr, lag auf der Seite, die Haare über die Augen bis zur Nasenspitze, den Mund leicht geöffnet.

„Was ist das für ein Geräusch?“, nuschelte er, die Augen zugekniffen.

„Müllabfuhr.“

„Klingt, als würden sie durchs Zimmer fahren.“

Kalli schwang sich aus dem Bett, zog sich Jeans und Sweatshirt an und warf ihren Mantel über. Es war halb sieben, und sie voller Elan, erfüllt von einem seltsamen Gefühl. Unten, während sie beim Bäcker an der Ecke in der Schlange wartete, erkannte sie, was es war. Seit vielen Tagen – ja, Wochen! – fühlte sie sich einigermaßen … entspannt.

Sie schäkerte mit der Verkäuferin, kaufte eine großzügige Auswahl Brötchen, ein Stück Butter, ein Glas Honig und eine Packung Eier.

Oben in der Wohnung hatte Fabio bereits Kaffee gekocht.

„Du musst nicht mit mir aufstehen“, sagte sie und legte Einkauf und Schlüsselbund auf der Küchenplatte ab.

Fabio murmelte etwas Unverständliches und ließ seinen Kopf gegen ihre Schulter sinken. Sanft schob sie ihn auf einen Stuhl, setzte Wasser für die Eier auf und begann, den Tisch zu decken. Wenn sich hier alles wieder einsortiert hatte, musste sie unbedingt von ihm hören, wie es ihm ging. Sie wusste, er und Luís hatten Probleme, Probleme, die sich zuspitzten. Aber in den letzten Wochen hatten ihr Umzug, die Aufregung um Agi und nun noch um den Mordfall ihre ganze Aufmerksamkeit gebunden.

Sie frühstückten in Stille – Fabio in schläfriger Verfassung, Kalli in nachdenklicher. Ihre Gedanken galten bereits dem Konfirmandenunterricht am Nachmittag.

„Ich glaub, ich leg mich noch mal hin“, sagte Fabio und schob sich den letzten Happen seines Honigbrötchens in den Mund.

„Mach das. Hast du hier alles, was du brauchst?“

„Denke schon. Komm nicht zu spät nach Hause, Liebling.“

***

Die Aufregung im Gemeindehaus war greifbar, noch bevor Kalli Britta und Brigitte überhaupt zu Gesicht bekam.

„Guten Morgen!“, rief sie den Flur entlang und hängte ihren Mantel an die Garderobe.

„Wir sind in der Küche!“, schallte es zurück.

„Sie glauben es nicht“, schnatterte Britta bereits los, da hatte Kalli sich kaum Kaffee eingeschenkt. „Die Brenner hat angerufen.“

„So.“ Kalli würde sich heute nicht so schnell aus der Ruhe bringen lassen. Jedenfalls nicht schon vor dem Mittag.

„Es geht um Ihr Käsebrötchen!“

„Mein Käsebrötchen?“ Kalli brauchte einen kurzen Moment, bis sie sich besann, worauf sich die Gemeindehelferin bezog. Das angebissene Brötchen, das sie vor wenigen Tagen – der Magen flau – mit lautem Schrei in die Nacht geworfen hatte. In die Mordnacht, genau genommen.

„Ja, um Ihr Käsebrötchen, das die in unmittelbarer Nähe zur Leiche gefunden haben. Genau wie diesen USB-Stick.“

Kalli war ganz Ohr.

„Also, genau genommen“, ließ sich Brigitte vernehmen, „ging es in dem Telefonat weder um das olle Brötchen noch um den Stick. Das hast du ihr alles aus der Nase gezogen, der Frau Brenner.“

Brittas Augen blitzten.

„Die wollen einer ja wirklich gar nichts sagen! Stellt selber lauter Fragen über Sie, über uns, über Plessner, über Frieda und über Gott weiß wen. Als wären wir hier die Auskunft.“ Sie schaute zu ihrer Schwester. Die blinzelte.

„Frau Krause“, Britta machte eine ausholende Bewegung mit den Armen, „haben Sie sich denn nie gefragt, warum der Mörder …“

„Oder die Mörderin“, unterbrach Brigitte.

„… oder die Mörderin die Leiche einfach zwischen den Bäumen hat liegen lassen? Sie nicht beiseitegeschafft hat?“

„Wer stellt jetzt hier die ganzen Fragen?“, triezte Brigitte und setzte hinzu: „Nun sag es uns schon, Hase!“

„Ihr Käsebrötchen!“

„Hm?“, machte Kalli.

„Ihr *Brötchen* – hören Sie denn gar nicht zu? Als das angeflogen kam, hat das den Mörder vermutlich aufgeschreckt!“ Brittas Stimme triumphierte.

„Bitte?“, krächzte Kalli. Das bedeutete ja … sie brachte den Gedanken nicht zu Ende.

„Sie waren also quasi fast live dabei.“ Britta war da schonungslos.

Kalli verdaute das.

„Erzähl ihr noch das mit dem Stick“, drängte Brigitte.

„Ja, der Stick. Da habe ich aus der Brenner rausgekitzelt“, Britta machte eine bedeutungsvolle Pause, Brigitte rollte mit den Augen und Kalli rutschte auf ihrem Stuhl hin und her, „dass die Fingerabdrücke auf dem USB-Stick, den sie bei Brandt gefunden haben, von einer unbekannten Person sind – jedenfalls nicht von uns.“

„Und mit uns meinen Sie …?“

„Weder Brigitte und ich noch Sie hatten den Stick je in der Hand.“

„Vorausgesetzt, keine von uns ist eine kaltblütige Mörderin, die ihre Spuren beseitigt hat“, schnarrte ihre Schwester. Britta wischte diesen Einwand unwillig fort.

Kalli ließ sich diese Neuigkeit auf der Zunge zergehen. Dass ihre Fingerabdrücke nicht auf dem Stick waren, war sicherlich vorgestern auch schon klar gewesen. Trotzdem hatten Kirsten und ihre Kollegin sie damit genervt. Doch eine andere Frage schob sich in den Vordergrund. „Wie kann das sein?“, überlegte sie laut. Sie selbst war davon ausgegangen, dass … doch ihre Gedanken waren zu langsam für Britta. Die hatte bereits eine Theorie.

„Wir denken …“

„Du denkst“, korrigierte sie ihre Schwester.

Britta funkelte sie an. „Na gut. *Ich* denke, dass das ein anderer Stick ist. Wie wir es denen ja auch schon gesagt haben. Davon gibt es Tausende. Brandt – oder sein Mörder – war auf der Suche nach Ihrem Stick.“ Sie wandte sich Kalli zu, die sich bemühte, ihre Skepsis zu verbergen. „Er – wer auch immer von beiden – fand ihn, tauschte ihn gegen diesen leeren und fummelte die Bommel dran, damit es nach Ihrem aussah und der Verlust erst mal nicht auffiel.“

„Hm.“

Britta strahlte.

Brigitte rührte in ihrem Kaffee.

Kalli dachte nach. „Das könnte sein", sagte sie schließlich. „Brandt hatte darauf ja intensiv gearbeitet. Das Teil war randvoll, als ich es das erste Mal benutzen wollte."

„Eben!"

„Schön, Miss Marple", brummte Brigitte. „Und was heißt das jetzt?"

„Nun ja, das heißt", Britta gestikulierte mit den Händen in der Luft. Dann ließ sie sie sinken. „Das weiß ich auch nicht."

Brigitte schnalzte mit der Zunge.

„Zumindest, dass wir was übersehen."

Kalli gab einen Schuss Kaffeesahne in ihren Becher. Die Sahne sank durch das schwarze Getränk zum Boden der Tasse und stieg dann in hellbraunen Wölkchen wieder auf. Es stimmte, irgendetwas übersahen sie. Sie spürte ein Kribbeln zwischen den Schulterblättern.

„Es braut sich irgendwas zusammen", sagte Britta.

Kalli rührte ihren Kaffee um.

***

Halb vier schloss Kalli die Tür auf, um die ersten Konfirmand*innen hereinzulassen. Die meisten Kids kamen direkt her, nach Schule, Hort oder Training im Sportverein. Andere wurden vorne an der Straße abgesetzt, ein kurzes Hupen, ein kurzes „Bis später" oder „Trödel nachher nicht!".

Heute war alles anders.

Eltern suchten das Gemeindehaus heim. Unter einem wolkenlosen Himmel, der in einem satten Indigo strahlte und an dem ein orange-roter Horizont den nahenden Sonnenuntergang ankündigte, entströmten sie ihren Opel Zafiras, VW Tiguans und Ford Galaxys.

Kalli hatte damit gerechnet. Sie war auf neugierige Fragen zum Ermittlungsstand gefasst und auf begieriges Bohren nach pikanten Details, die es in den Zeitungen vielleicht nicht zu lesen gab.

Sie schaute nach Westen. Dort hatte der auffrischende Wind eine einzelne, dicke Wolke an den Horizont geblasen. Eine Wolke wie ein großes wildes Tier. Weitere würden sicher folgen.

Kalli versuchte, sich auf die Kinder zu konzentrieren und den Erwachsenen weitestgehend auszuweichen. Doch als hätten ihre Eltern, Tanten und Großväter das gewittert, schienen etliche von ihnen ihren Sprösslingen eingebläut zu haben, welche Fragen sie stellen sollten.

„Werden Sie jetzt verhaftet?", fragte ein schlaksiger Jugendlicher (Nikolai?, überlegte Kalli) sie unumwunden zur Begrüßung. Er kassierte dafür von seiner Mutter einen Knuff in den Rücken. „Was denn?", rief ihr Sohn aus. „Du hast doch gesagt, ich soll das fragen!"

Die Mutter schaute Kalli betreten an, scheuchte den Sohn an ihr vorbei in den Flur und murmelte entschuldigend: „Teenager!"

Kalli hatte diese Szene kaum veratmet, da stürzte ein Mann auf sie zu, auf dem Unterarm ein Blech Streuselkuchen, im Schlepptau zwei missmutig dreinschauende Mädchen mit Pferdeschwänzen (Franziska und Vanessa, erinnerte sich Kalli).

„Hier", er drückte ihr den Kuchen in die Hand und sagte laut: „für Sie und Ihr Team." Dann senkte er die Stimme zu einem fürsorglichen Flüstern. (Oder wahrscheinlich sollte es zumindest so klingen.) „Das muss ja schlimm gewesen sein! Sie Ärmste! Stimmt es, dass Sie den Mord mit angesehen haben?"

Und so wand sich Kalli durch ein Labyrinth an unverhohlenen Sensationslüsternheiten („Dürfen wir einen kurzen Blick in das versiegelte Büro werfen? Nur vom Fenster aus?") und versteckten Bosheiten („Wann verlassen Sie uns?"), dessen fulminante Spitze die junge Bott sein sollte, die, oben auf der Treppe angelangt, ihrer Tochter (Anne?) einen Schubs Richtung Tür gab, Kalli mit einem eisigen Blick durchmaß, auf den Kuchen herabsah, den diese immer noch in der Hand hielt, die Nase rümpfte und die Treppe wieder hinunterschritt.

Als Letzte fuhr Minh Lý auf den Hof und setzte den Ältesten der Diedrichsens ab, der mit hängenden Schultern vom Beifahrersitz rutschte. Minh stieg nicht aus, ließ nur das Fenster hinunter.

„Alles in Ordnung?"

„Geht schon", sagte Kalli und trat von der Treppe auf den Parkplatz hinunter. Sie hob das Kuchenblech. „Interesse? Zum Teilen mit den Diedrichsens?"

„Gerne. Her damit!"

Minh winkte und hupte, als sie vom Parkplatz rollte.

„Na, komm, Ben", sagte Kalli zu dem Jungen, der gerade seinen Rucksack richtete.

„Tyler heiß ich", beschwerte er sich.

„Okay", sagte Kalli.

Ich sollte vielleicht doch Namensschildchen basteln lassen, überlegte sie im Flur, wo sie Tyler Richtung Kleinen Saal schob, aus dem bereits lebhafte Geräusche drangen.

Sie steckte ihren Kopf durch die Tür der Teeküche. Dort waren Brigitte mit einem Sudoku und Britta mit Schnittchen-Schmieren beschäftigt.

„Haben wir noch irgendwo Papier – außer im Büro?"

Brigitte schaute von ihrem Heft auf und legte die Stirn in Falten.

„Ich fürchte nicht. Wofür brauchen Sie es denn?"

„Ich wollte mit den Kids Namensschilder basteln. Es scheint, ich hab mir nur die Hälfte gemerkt."

„Vorne in der Auslage", mischte sich Britta ein und deutete, ohne aufzuschauen, mit ihrem margarine-verschmiertem Messer Richtung Flur, „müssten so Werbepostkarten aus der Region liegen. Nehmen Sie doch die."

„Super Idee!"

Kalli nahm großzügig von dem Stapel mit dem Foto von der restaurierten Nashorn-Statue im Labyrinth von Gut Cauten. Die Karten waren an den Rändern bereits angegilbt. So wirklich schien sich hier niemand für das Gut zu interessieren. Doch Kalli musste lächeln. Sie erinnerte sich gern an diesen Nachmittag in ihrer ersten Woche und an die Begeisterung ihres Kollegen. Himmel, das schien Monate her zu sein!, dachte sie, als sie im Kleinen Saal die Karten und einen dicken schwarzen Filzstift an Tyler reichte, der nahe der Tür saß. Sie hatte einen der Tische in die Mitte des Saales geschoben und neun Stühle im Halbkreis drumherum aufgestellt. Auf dem Tisch stand ein großes Schraubglas, das bis zur Hälfte mit verschiedenen, kleinen Gegenständen gefüllt war.

„Bitte eine Karte nehmen und dann weitergeben."

„Gehen wir in den Zoo?", frotzelte Tyler mit Blick auf das Nashorn auf der Vorderseite der Karte.

„Nein, Ben", sagte Kalli zu ihm. „Du sollst deinen Namen auf die Rückseite schreiben, damit ich ihn nicht immer verwechsele."

„Ich bin Ben", meldete sich eine schüchterne Stimme drei Stühle weiter.

Kalli seufzte. „Ich weiß."

Sie lehnte sich gegen den Tisch. Das Weitergeben der Karten, das konzentrierte Schreiben der Namen, das sorgfältige Knicken und Aufstellen der Karten auf dem Boden erforderte seine Zeit. Kalli wartete. Sie plante für den Einstieg eine kleine Gesprächsrunde zum Thema „Was ist uns Glaube wert? Was Gemeinschaft?". Sie hatte sich angewöhnt, eher offen einzusteigen, um die Gruppe zu aktivieren. Und das, was offiziell erwartet wurde – Bibelstellen, Glaubenslehre, Katechismus –, eher nach hinten zu schieben.

Franziska – sie vergewisserte sich des Namens mit einem Blick auf die Karte – gab ihr die restlichen Karten und den Stift zurück. Im Gegenzug reichte Kalli ihr das Schraubglas vom Tisch.

„Ich habe hier ein Glas mit einer Sammlung von Gegenständen", sagte Kalli an die Runde gewandt. Erste Hälse reckten sich bereits und waren neugierig, was Franziska da auf dem Schoß hatte. „Schaut es euch in Ruhe an und gebt es weiter. Überlegt, was es damit auf sich haben könnte."

Das Glas wanderte von Hand zu Hand und verblüfftes Gemurmel wanderte durch den Halbkreis.

„Sieht aus wie das Glas, aus dem ich mir bei meiner Zahnärztin immer was aussuchen darf", meinte Nikolai und entblößte beim Sprechen eine glitzernde Zahnspange. Er reichte das Glas an Tyler, der nur einen kurzen, desinteressierten Blick darauf warf und es gleich an Kalli zurückgab.

Kalli hielt es hoch, alle Augen waren auf sie gerichtet. „Dieses Glas enthält sämtliche Gegenstände, die ich während meiner Zeit als Pastorin sonntags aus der Kollekte gefischt habe. Die Kollekte ist …"

Kalli hielt kurz inne und starrte in das Glas. Auf einen kleinen, rot-silbernen Gegenstand, der ganz oben in der Mitte lag und metallisch funkelte.

Sie spürte die erwartungsvollen Blicke aus der Runde.

Sie räusperte sich. Doch während sie kurz umriss, was das Wort Kollekte bedeutete, ließ sie den Gegenstand im Glas nicht aus den Augen.

„Also. Was denkt ihr: Wie landen diese Gegenstände in der Kollekte? Und was hat das mit Glauben zu tun? Hat es überhaupt etwas damit zu tun?"

Nur am Rande nahm sie wahr, wie ihre Konfis erst einmal die anderen aus der Runde beäugten, in der Hoffnung, nicht beginnen zu müssen. Kallis Aufmerksamkeit galt dem Glas. Sonst hätte sie sicherlich etwas zu Vanessas Wortwahl gesagt, die nach sekundenlangem Schweigen schließlich mit einer derart heftigen Meinung zum Thema einstieg, dass sich augenblicklich eine rege Diskussion entspann.

„Das meinst du doch nicht ernst!", empörte sich Franziska. „Ich glaube, die meisten machen das unabsichtlich. Was ich alles in den Hosentaschen rumtrage!" Ihre Schwester fiel ihr prompt ins Wort: „Das ist ja wieder typisch …"

Unabsichtlich, hallte es in Kalli nach. Wie bist du nur in die Kollekte geraten?, fragte sie stumm den *aquila*-Pin, der im Glas obenauf lag. Auf einem Bett aus Fremdwährungen, Haargummis, Eicheln und Kronkorken.

aquila, dessen Gründungsmitglieder diese Pins stolz an der Brust trugen. In ihrer heiligen Mission, die Welt vor der Dekadenz zu retten. Kallis Magen blubberte sauer.

Wann war er hier gelandet? Beim Buß- und Bettag? Nein, diesen Gottesdienst konnte sie ja gar nicht zu Ende bringen. Also an dem Sonntag davor. Kalli kniff die Augen zusammen und versetzte sich gedanklich an die Kanzel im Gottesdienstraum. Wer war dort gewesen?

Plessner.

Aber nein. Der hatte seinen Pin noch. Sie hatte ihn selbst gesehen. Auch Beatrix Stuvemann trug ihren.

Drei müssen es sein, erinnerte sie sich. Plessner hatte bei dem Vortrag der Dr. Dr. Wuesten damit angegeben. Dass nur drei Pins für die drei Gründungsmitglieder angefertigt wurden.

„Wem gehörst du?“, murmelte sie und fischte den Pin aus dem Glas.

„Was?“, fragte Tyler neben ihr.

„Nichts, nichts“, sagte Kalli und schritt in Gedanken die Reihen an dem besagten Sonntag ab. „Redet ruhig weiter.“ Plessner saß weiter hinten. Ganz vorne die drei Freundinnen Rackwitz, Schulze, Bott. Waren das alle? Der Gottesdienst war nicht gut besucht gewesen. Aber doch, da war noch jemand …

„Aber es redet ja keiner mehr“, sagte Tyler.

In ihrem Kopf rastete etwas ein.

„Sei mal still“, fuhr sie Tyler an.

Tim. Tim war noch dort gewesen.

Sie ließ den Pin in ihre Hosentasche gleiten und sprang auf. Es wurde gekichert.

„Wartet mal kurz. Ich muss noch, ähm … was holen. Bin gleich zurück.“

Skepsis aus neun fragenden Augenpaaren; Vanessa zwirbelte eine Haarsträhne.

„Nehmt doch schon eure Katechismen raus und übt die Stelle vom letzten Mal.“ Damit war sie aus dem Raum.

Tim. Tim hatte den Pin in die Kollekte getan. Und das hieß entweder, er gehörte ihm selbst …

Sie stürmte den Flur entlang zur Ausgangstür.

… oder aber Tim wusste wahrscheinlich, wem dieser Pin gehörte. Hatte ihn von der Person erhalten.

Sie stieß die Tür auf und war mit wenigen Sätzen die Steinstufen der Treppe hinab zum Parkplatz gesprungen. Sie schloss ihr Auto auf und langte zu ihrem Rucksack. Tagsüber hatte sie wieder notgedrungen mobil gearbeitet und Notizbuch, Laptop und Handy auf dem Beifahrersitz gelassen.

Sie suchte die Nummer von *Buntes Moorstede* raus und wählte. Es klingelte. Sie schaute auf die Uhr. 16:48 Uhr. Hoffentlich war noch jemand da.

Sie wollte schon auflegen, da meldete sich Bernds voller Bass. „Hallo?"

„Bernd, hier Kalli! Hast du die Nummer von Jo?"

„Ja. Aber wieso?"

„Ich muss irgendwie Tim erreichen."

„Tim?"

„Ja, du weißt schon. Der Stiefsohn vom Plessner. Er und Jo haben in letzter Zeit häufiger die Köpfe zusammengesteckt."

„Das kann ich mir nu' nich' vorstellen."

„Gibst du mir die Nummer?"

„Was ist denn los?"

Kalli holte tief Luft.

„Ich glaube, Tim ist tiefer in die ganze Sache um Luisas Tod verstrickt, als ich angenommen habe."

***

Über dem *Krug* zog Marlis die Tür zu ihrer Wohnung im Dachgeschoss zu. Ihre Glieder waren noch steif von der Mittagsruhe. Sie fröstelte. Sie hatte sich einen schweren, tomatenroten Pullover übergezogen, doch jetzt schloss sie ihre Wohnung noch einmal auf, angelte sich ihr königsblaues Wolltuch von der Garderobe und schlang es sich um die Schultern. Schon heute früh hatte sie das deutliche Gefühl gehabt, dass dies ein Tag für grelle Farben sein würde. Sie hielt inne, lauschte den dunklen Flur entlang. Sie machte Licht und trat zu der Wendeltreppe, die in den Vorraum zur Küche des *Krugs* führte.

Irgendetwas stimmte nicht. Auch Tucker zu ihren Füßen war angespannt, hatte den Kopf seitlich gelegt und starrte die Treppe hinunter.

Marlis strengte ihre Ohren an.

Es war nichts zu hören. Wie auch. Sie würde erst um 17 Uhr öffnen.

Sie schnupperte. Ihre große Angst war, dass einmal Gas austreten würde oder dass irgendwo in Küche oder Gastraum ein Brand vor sich hin schwelte, den sie zu spät bemerkte.

Aber es roch nicht anders als sonst.

Vorsichtig und fast lautlos tappte sie die Treppenstufen ins Erdgeschoss hinunter. Zaudern ergriff sie. So unmittelbar und heftig, dass es sie schwanken ließ.

In Vorraum und Küche machte sie kein Licht. Tucker zottelte vor ihr her. Wenige Meter vor der Schwingtür zum Schankraum blieb der kleine Hund stehen und begann leise zu knurren.

Langsam drückte Marlis die Schwingtür auf, tastete nach dem Lichtschalter, fand ihn. Die Deckenlampen gingen an und hüllten den Raum in warmes Licht.

Tucker kläffte. Marlis erschrak.

Eine fremde Person saß mitten im Gastraum.

„Ich hatte einen Schlüssel."

***

Entnervt funkelte Kalli ihr Smartphone an. Sie hatte bereits das zweite Mal die Nummer von Jo gewählt, der drückte sie jedoch weg. Also schrieb sie ihm eine knappe SMS. „Hallo, Jo, hier ist Kalli. Bernd hat mir deine Nummer gegeben. Würdest du mir die Nummer von Tim schicken? Es ist wichtig."

Sie trommelte mit den Fingern auf dem Lenkrad ihres Passats und starrte durch die schmutzige Windschutzscheibe auf den dunklen Parkplatz. In der Spiegelung sah sie sich an ihrer Unterlippe nagen.

„Verdammt – die Konfis!"

Sie sprang aus dem Wagen, warf die Tür zu und hetzte zurück ins Gemeindehaus. Beinahe hätte sie Britta umgerannt, die gerade aus der Teeküche bog, sorgfältig eine Platte mit Schnittchen in der linken Armbeuge balancierend, während sie in der rechten eine große Teekanne hielt.

Im Kleinen Saal saßen neun Mädchen und Jungen im Halbkreis, die Schultern nach vorne geschoben, die Köpfe gesenkt, und starrten andächtig auf ihre Smartphones.

Kalli räusperte sich.

Zwei Smartphones verschwanden in Hosentaschen.

Sie räusperte sich erneut.

Der Rest blickte zumindest auf.

„So. Entschuldigt bitte. Zurück zum Katechismus. Wer kann mir sagen, warum …“

Ihre Dropbox.

Sie hatte sich doch alle Adressbücher der Gemeinde in die Dropbox gezogen, bevor die Polizei das Büro versiegelte! Mit Sicherheit fand sie da einen Kontakt zu Tim oder zumindest seiner Mutter.

Sie kehrte auf dem Absatz um, nahm Britta die Schnittchen ab und schob sie schnell auf den Tisch in der Mitte des Halbkreises.

„Erst mal Abendessen“, rief Kalli in den Raum und war schon wieder aus der Tür.

Britta, noch immer die Teekanne in der Hand, und Brigitte schauten ihr hinterher, wie sie den Flur entlangrannte. „Ich weiß immer noch nicht, was ich von ihr halten soll“, brummte Brigitte.

Draußen, wieder im Auto, zog Kalli den Laptop aus ihrem Rucksack, schwang sich erneut auf den Fahrersitz und fuhr das Gerät hoch.

Es ging qualvoll langsam.

Sie lud die Dropbox. Das WLAN vom Gemeindehaus reichte gerade so hierher. Sie startete ihren Passat und fuhr ihn mit offener Tür etwas näher an das Gebäude heran. Die Verbindung wurde nur wenig besser.

Sie wählte den Ordner „Adressbücher“.

Klickte auf „Herunterladen“.

Lange Zeit tat sich nichts. Dann …

„14 Minuten!“, fluchte sie.

Sie nestelte ihr Handy aus der Gesäßtasche.

Ein letzter Versuch.

Es klingelte einmal. Dann war er dran.

„Jo!“, rief sie atemlos ins Telefon.

„*Homosexuelle Hotline Mecklenburg-Vorpommern*, Sie sprechen mit unserem schönsten Mitarbeiter, was kann ich für Sie tun?“

„Keine Zeit für Scherze!“

„Es ist *immer* Zeit für Scherze.“

„Hast du die Nummer von Tim?“

„Ja.“

„Kannst du sie mir …“

„He!“, hörte Kalli da eine weitere Stimme. „Wer ist das?“

Jo sagte etwas für sie Unverständliches.

„Gib der bloß nicht meine Nummer!“, rief die andere Stimme. Dann wurde die Verbindung unterbrochen.

Kalli brach der Schweiß aus.

Das war nicht gut. Sie spürte, dass etwas in Gange war.

Der Download der Adressbücher war von 14 auf 25 Minuten gesprungen.

Sie brach den Download ab.

Schon war sie im Begriff, den Laptop zuzuklappen, da verfing sich ihr Blick an dem Ordner unter „Adressbücher“.

Unter „Diverses USB-Stick Müller“ hatte sie die Dateien reingezogen, die sie auf dem Desktop gesichert hatte, um auf dem Stick des Sekretärs arbeiten zu können.

Und schlagartig versetzte es sie zurück in Bernds Büro. Als sie Plessner und Beatrix Stuvemann im Programm der *Bündnis-für-Familien*-Tagung entdeckt hatten. Und überlegten, wer wohl die angekündigte, dritte Workshopleitung sein mochte.

Sie öffnete den Ordner in der Dropbox und zog scharf die Luft ein.

Nicht die Programm*inhalte* waren ihr gestern so bekannt vorgekommen, sondern sie hatte das *gesamte* Programm bereits einmal gesehen. Nur hatte es sie damals, vor fast zwei Wochen, nicht weiter interessiert. Sie erinnerte sich genau, sie hatte die Datei geöffnet und nur grob gescannt, ob sie sie wohl löschen konnte oder eher verwahren sollte.

Der Cursor verharrte auf dem Bildschirm über dem Dateinamen „Tagung BFF-aktualisiert-neu“. Sie öffnete das PDF.

Und im Gegensatz zu der Programmvorschau auf der Webseite vom BFF waren hier alle Vortragenden und Workshopleitungen vollständig angegeben.

Sie las den Namen und schloss die Augen. Dann atmete sie tief ein und klickte sich durch den Ordner „BFF-Tagung Fotos“.

Und da standen sie zu dritt. Zeigten viel Zähne beim Lächeln in die Kamera. Mit ihren *aquila*-Pins an der Brust.

Die Haut entlang ihrer Wirbelsäule kribbelte. Die Härchen an ihren Armen stellten sich auf.

Das Foto war ein Bote. Ein Bote, der ihr zuraunte, welches Puzzleteil hier fehlte. Dass sie bislang auf dem Holzweg gewesen war. Dass alles anders zusammenhing.

Sie klappte den Laptop zu.

Eines war definitiv gewiss. Tim war in die ganze Sache verwickelt. Sie musste ihn unbedingt erreichen.

***

Britta und Brigitte strengten sich an, das Dämmerlicht auf dem Parkplatz zu durchdringen. Britta beugte sich so weit über die Fensterbank des Flurfensters, dass ihre Brille gegen die Scheibe klirrte. Sie beschattete ihre Augen mit den Händen. Ihre Pastorin saß im Auto, Gesicht und Oberkörper matt vom Licht des aufgeklappten Laptops beleuchtet.

„Was tut sie nur?", fragte Brigitte.

„Ich glaube", sagte Britta, „sie sitzt nur da. Sitzt nur da und starrt aus dem Fenster."

Brigitte beugte sich ebenfalls vor.

Im Auto hielt Kalli sich nun ihr Handy ans Ohr. Sie gestikulierte wild.

***

„Göttin sei Dank, Jo! Was ist los bei euch?"

„Was soll los sein?", fragte Jo.

„Gib mir Tim", forderte Kalli.

„Kann nich'."

„Jo!"

Jo senkte seine Stimme zu einem Flüstern. „Ich kann wirklich nicht. Wir fahren gerade los. Und, ehrlich gesagt – die Sache ist mir spooky. Ich glaub, er dreht endgültig durch."

Kalli hörte eine Autotür zuschlagen.

Dann Tims Stimme, diesmal näher: „Verdammt, mit wem sprichst du da wieder? Fahr endlich los!"

„Alter", vernahm Kalli Jo, „chill mal bitte. Außerdem weiß ich gar nicht, wie wir zu der fucking Brauerei kommen!"

„Woah, rutsch rüber, ich fahre."

Kalli hörte Geknirsche, Geknuffe und Gestöhne. Dann brach die Verbindung ab.

Kalli zögerte nicht. Sie startete ihren Passat.

***

Drinnen zogen die Zwillinge erstaunt die Köpfe von der Fensterscheibe zurück.

„Fährt sie … weg?"

„Wo will sie nur hin?"

„Ich habe keine Ahnung", sagte Britta. Sie schaute den Flur hinunter zum Kleinen Saal. „Besser, wir schicken die Konfirmanden nach Hause." Durch die offenstehende Tür sah sie drei von ihnen auf ihren Stühlen sitzen. In der gleichen Haltung wie vorhin: Schultern gekrümmt, Kopf gesenkt, Handy in der Hand. Nur mit dem Unterschied, dass sie in der anderen noch ein Käse- oder Wurstbrot hielten.

„Oder", meinte Brigitte und schenkte ihrer Schwester ihr diabolischstes Lächeln, „wir lassen sie noch ein wenig mit uns singen und dann die Küche aufräumen."

***

Kalli hielt mit quietschenden Reifen auf dem Parkplatz der Brauerei. Schon beim Aussteigen versuchte sie, sich zu orientieren. Was könnte Tim hier wollen? Und wohin würde er sich wenden? Während des Unterrichts hatte der Himmel sich zugezogen; der Wind war stärker geworden und riss ihr die Autotür aus der Hand.

Sie drehte sich einmal um die eigene Achse. Der Parkplatz war von drei Backsteingebäuden aus roten Ziegeln umgeben. Sie erinnerte sich dunkel, dass das zu ihrer Linken das Gebäude mit der großen Aula war. Das mittlere Gebäude lag in völliger Dunkelheit da. Im Gegensatz dazu waren in dem Gebäude zur rechten Seite alle Fenster und das Treppenhaus erleuchtet.

Ganz zu schweigen von dem Tumult, der dort gerade ausbrach.

Oben, in der dritten Etage, flog plötzlich etwas durchs Fenster; die Scheibe splitterte mit hellem Geräusch. Ein Gegenstand landete wenige Meter vor Kalli, genau zwischen zwei parkenden Autos. Es war ein massiver Flaschenöffner aus Metall in Form eines Bierfasses. Wenige Augenblicke später konnte Kalli sehen, wie Angestellte aus dem dritten Stock durch das Treppenhaus nach unten eilten.

Kalli erhielt einen unsanften Stoß in die Rippen, als sich hinter ihr zwei Security-Mitarbeiter durch die parkenden Autos quetschten und auf das Gebäude zurannten. Der eine brüllte in sein Diensthandy.

Sie zögerte nicht länger und folgte ihnen im Laufschritt. Unten verließen die ersten Personen fluchtartig das Gebäude. Sie hatte Mühe, an ihnen vorbei ins Treppenhaus zu gelangen.

In der ersten Etage fragte sie sich, was sie oben wohl erwarten würde. In der zweiten hielt sie sich die Seiten und nahm sich vor, ihr Rudertraining zu intensivieren. In der dritten stieß sie unsanft mit einer zierlichen Person in einer schwarzen Windjacke zusammen.

„He!“, fluchte sie, aber die Person wand sich an ihr vorbei, die Kapuze tief im Gesicht, und sprang die Treppenstufen hinunter.

Kalli drückte die Glastür zur Etage auf. Einer der Securitys stürmte an ihr vorbei, zurück ins Treppenhaus. Der andere stand im Türrahmen eines Konferenzraumes und hielt die Hand vor den offenen Mund geschlagen. Kalli schob sich an ihm vorbei. Er hinderte sie nicht. Er war zu sehr mit Gaffen beschäftigt.

Der Punkt, von dem das ganze Chaos ausging, war ein gigantischer Cremetörtchen-Anschlag.

In Sekundenschnelle nahm sie das Bild der Verwüstung – und die Tatsache, dass Tim nicht mehr hier war – in sich auf. An dem langen, für zwölf Personen eingedeckten Konferenztisch saß nur noch ein einzelner, entgeisterter Teilnehmer in der hintersten Ecke. Umgestürzte Stühle zeugten von der abrupten Flucht der anderen. In der Mitte des Raumes lag ein umgestoßener Servierwagen auf der Seite. Tee, Kaffee und Orangensaft sickerten in die graublaue Auslegware.

Unter dem zersplitterten Fenster standen Beatrix und Markus Stuvemann und säuberten Gesichter und Kleidung von einer schmierigen, braunen Substanz. Kallis Blick wanderte über die große Platte mit Cremetörtchen, in die aufgebrachte, wütende Hände große Lücken gerissen hatten.

Markus Stuvemann unterbrach kurz seine kläglichen Versuche, die Schokocreme aus seinem weißen Hemd zu tupfen, und funkelte sie an.

„Was wollen Sie denn hier?"

Sie schob ihn wortlos zur Seite und trat ans Fenster. Unten sprang die Person in der schwarzen Windjacke in einen kleinen weißen Golf. Der Wagen fuhr an.

„Mist!", rief sie aus und schlug mit den flachen Händen auf das Fensterbrett.

Sie wandte sich Stuvemanns zu. Beatrix wischte sich Buttercreme von der Augenbraue, hielt sich den beschmierten Finger vor das Gesicht und verzog den Mund. Markus taxierte Kalli aus zusammengekniffenen Augen. „Was war hier …"

Doch dann brach sie ihre Frage ab. Zu gerne hätte sie gehört, was hier los gewesen war, aber sie überkam eine deutliche Vorahnung.

Es war noch nicht vorbei.

Die Brauerei war nur eine Zwischenstation gewesen. Sie durfte den Kontakt zu den Jungs nicht verlieren.

Mit wenigen Sätzen war sie wieder im Treppenhaus.

***

„Ich bin nicht stolz darauf", beendete Frieda Martin ihre Erzählung und schloss die Augen. Sie saßen in einer Besuchernische auf dem weiträumigen Flur der Klinik. Frieda war auf ihrem Stuhl zusammengesunken. Sie schaute Kirsten aus erschöpften Augen an, dann drehte sie sich zum Fenster. Das Licht der Parkleuchten, das von draußen hereinfiel, ließ ihre Haut noch blasser erscheinen, als sie ohnehin schon war. Kirsten Mathiesen warf einen kurzen Blick zu ihrer Kollegin. Wie so oft in solchen Situationen konnte sie förmlich sehen, wie Emilia hinter ihrem neutralen Gesichtsausdruck mit ihrem aufsteigendem Ärger kämpfte.

„Vielen Dank, Frau Martin, das wäre dann alles", sagte Kirsten und erhob sich.

Frieda Martin stand nicht auf. Sie drehte sich nur kurz zurück zum Raum und gab ihnen eine Hand, die sich kraftlos und kalt anfühlte.

Die beiden Kommissarinnen durchmaßen den Flur mit schnellen Schritten, verabschiedeten sich von der Stationsschwester und verließen die Klinik. Unten, vor dem Ausgang, atmete Emilia lautstark aus. Kirsten legte ihr kurz besänftigend die Hand auf die Schulter, dann zog sie ihr Handy hervor. Es hatte dreimal während der Befragung in ihrer Jackentasche gebrummt. Zwei verpasste Anrufe von einer unbekannten Mobilnummer. Sie würde gleich zurückrufen.

„Das war ein verdammt guter Tipp von deiner Pastorenfreundin", sagte Emilia, als sie ihren Weg durch den dunklen Park zum Parkplatz fortsetzten.

„Sie ist nicht meine Freundin", knurrte Kirsten. Und dachte bei sich: Aber wer weiß, wenn der Fall hier abgeschlossen ist … Allerdings schien die Gute außerhalb von Darkrooms derart schüchtern zu sein, dass ihr unwillkürlich als Bild in den Kopf schoss, wie Kalli in Ohnmacht fallen würde, die Hand an der Stirn, wenn sie sie fragte, ob sie mit ihr was trinken gehen würde.

Was für ein Unfug, schalt sie sich und lächelte. Wenn sie an Kalli dachte, wurde ihr Bauch warm.

„Also", unterbrach Emilia ihre Gedankengänge. „Sie haben ihre Tochter und Schwester umgebracht …"

„… oder jemand anderes und sie haben es vertuscht", erinnerte sie Kirsten, aber Emilia hatte ihre Theorie und wischte den Einwand ihrer älteren Kollegin mit einer unwirschen Handbewegung beiseite.

„Stellt sich die Frage nach dem Motiv. Dazu wissen wir gar nichts."

Kirsten nickte. „Wir haben nur die Beobachtungen der Bestatterin."

„Ja. Also: Frieda Martin. Die Familie präsentiert ihr den Tod ihrer Tochter als Suizid und setzte sie unter Druck, das diskret zu behandeln. Frieda wundert sich zwar über die Wunde am Kopf der Toten, fragt aber nicht weiter nach", fuhr Emilia fort.

Dann fragte sie entgeistert: „Gehört echt der ganze Ort dieser Familie?“

„Scheint so“, sagte Kirsten.

„Also. Die Bestatterin stellt keine Fragen und moniert es auch nicht, als der befreundete Arzt der Familie …“

„Plessner.“

„Ja, genau.“ Emilia funkelte Kirsten an. „Unterbrich mich doch nicht ständig!“

Kirsten hob entschuldigend die Hände. Sie hatten das Ende des Klinikparks erreicht und sie hielt unter der Kolonne an schwarzen Autos auf dem im Halbdunkeln liegenden Parkplatz Ausschau nach ihrem eigenen schwarzen Wagen, während sie die Autoschlüssel aus der Innentasche ihrer Jacke nestelte.

„… als dieser Plessner den Totenschein falsch ausstellt.“

Kirsten stoppte unversehens, die Hand bereits am Türgriff.

„Was sagt uns eigentlich, dass Plessner nur der Helfershelfer gewesen sein soll?“, überlegte Kirsten laut. „Frieda ist ja erst später dazugekommen. Da war er schon da.“

„Aber welches Motiv sollte er schon …“

„Keine Ahnung.“

„Und Brandt?“

„Klassische Erpressung?“

Emilia nickte. Sie stiegen ein.

„Exhumierung veranlassen?“

„Ja“, bestätigte Kirsten. „Und wir fahren zur Brauerei und setzen Stuvemanns fest. Vorher sammeln wir noch Plessner ein.“

Emilia startete den Motor und setzte aus der Parklücke. „Was ich nicht verstehe: Wieso tarnen die es als Suizid? Warum präsentieren sie es ihr nicht als Unfall?“

Darüber hatte Kirsten auch schon nachgedacht. „Schätze, sie mussten Frieda Martin etwas bieten, was begründet, warum sie so auf Diskretion pochen. Bei einem Unfall wäre das ja nicht unbedingt nötig. Gleichzeitig würde es aber, wenn das mit dem“ – sie schürzte die Lippen – „Unfall die Runde macht, Fragen aufwerfen.“

„Zum Beispiel, warum die minderjährige Tochter der bekannten Brauereifamilie ganz allein in einer Gemeindewohnung lebte. Und ihr dort etwas zustieß“, nahm Emilia den Faden auf.

„Genau.“

„Und die Kopfwunde nahm die Bestatterin einfach als kleine Widersprüchlichkeit in Kauf?“

„Das – und eine Summe, die es möglich macht, den Kredit auf das Bestattungsunternehmen abzubezahlen.“

Sie schwiegen einen Moment.

„Hattet ihr eigentlich Erfolg mit den Dateien vom PC?“

„Nicht wirklich. Es ist allerhand gelöscht worden. Sieht aber wirklich nach Übergabe aus. Da ist nichts, was irgendwie auf den ersten Blick brisant wäre. Nichts, was das alles erklärt.“

Im Rückspiegel sah Kirsten das weiße Gebäude der Klinik zwischen den Platanen des Parks kleiner werden.

***

„Dann eben nicht!“ Kalli pfefferte ihr Smartphone auf den Beifahrersitz. Sie hatte mehrmals versucht, Kirsten zu erreichen. Gerade fuhren sie durch das kleine Industriegebiet am Rande der Stadt. Glücklicherweise konnte sie eng an dem kleinen weißen Golf dranbleiben. Dafür sorgten zahlreiche rote Ampeln, an denen die beiden auch akribisch hielten. Obwohl die Straßen ansonsten ausgestorben schienen, wie Kalli verdutzt feststellte. Nicht gerade eine wilde Verfolgungsjagd, dachte sie, als sie wieder einmal an einer leeren Kreuzung hinter dem Golf hielt und Jo sich vom Beifahrersitz zu ihr umdrehte.

Sie warteten. Diese Ampel würde niemals grün werden. Der Motor ihres Autos brummte laut in dem stillen Abend. Kalli schaute aus dem Fenster zu einem Burger-Laden am Straßenrand. Hinter den grell erleuchteten, großen Fenstern stand eine Servicekraft in einer rosa-braunen Uniform an der Theke des bis auf sie selbst menschenleeren Ladens und starrte ins Nichts. Kurz vor sieben war anscheinend niemand mehr, der nicht musste, in den Straßen von Moorstede unterwegs.

Außer natürlich ihre …

„O nein!“

Kalli fischte das Smartphone vom Beifahrersitz und wählte genau in dem Moment Brigittes Nummer, als die Ampel auf Grün sprang. Die Jungs vor ihr drückten sofort das Gaspedal durch, als gälte es ihr Leben.

In dem Versuch, gleichzeitig den Hörer hinters Ohr zu klemmen und hinterherzubrausen, rutschte ihr das Handy aus der Hand, fiel in den Fußraum und sie würgte den Motor ab.

Die Ampel war rot, als sie mit dem Handy wieder auftauchte.

Brigitte war noch dran.

„Hallo? Frau Krause?"

„Ja", keuchte Kalli ins Telefon. „Ich .... Was machen ...?"

„Alles in bester Ordnung", sagte Brigitte. „Die kennen jetzt alle Adventslieder, die sie jemals singen werden. Und gerade trocknen sie die letzten Tassen ab."

„Sie sind unersetzlich", sagte Kalli und meinte es auch so.

„Das wissen wir", sagte Brigitte und legte auf.

Kalli schaute verdutzt das Display an. Die beiden interessierte es offenbar schon gar nicht mehr, wo sie sich rumtrieb und warum. Sie musste ja bereits einen fabelhaften Ruf haben.

Sie fuhr bei Rot.

Sie versuchte es ein viertes – und letztes – Mal bei Kirsten, dann gab sie auf und schickte eine kurze SMS.

Das Ortsausgangsschild zog an ihr vorbei. Hinter dem Industriegebiet lagen die Felder neben der Landstraße in völliger Schwärze.

Über den Abend hatte der Wind mehr und mehr Wolken ins Inland geblasen. Die Wolkendecke war zunehmend dichter geworden und hatte Sterne und Mond verdunkelt. Jetzt brach der Mond durch eine Lücke in den Wolken und tauchte einen Teil der Landstraße in gespenstisches Licht.

Vom Auto der Jungs keine Spur. Sie konnten jedoch das Industriegebiet nur in diese Richtung verlassen haben. In Moorstede gab es drei Ortsausfahrten: eine Richtung Grevesmühlen, eine Richtung Autobahn und eine Richtung Nirgendwo, wie Marlis es neulich anschaulich zusammengefasst hatte.

Und diese Straße Richtung Nirgendwo war sie schon einmal gefahren. Als sie sich mit ihrem Kollegen Fuchs draußen am Labyrinth getroffen hatte.

Was wollten die beiden hier draußen? Es war ihr vollkommen schleierhaft. Es sei denn …

Es sei denn, die beiden waren zu dem gleichen Schluss wie sie gekommen.

Diese unheilige Allianz seines Stiefsohnes mit einem jungen schwulen Mann war von Plessner sicherlich nie vorgesehen gewesen. Zumal eines jungen Mannes, der ehrenamtlich in der Beratungsstelle arbeitete und um die Recherche zu Konversionsbehandlungen in der Region wusste. Wenn der jetzt sein Wissen mit dem von Tim zusammentat …

Aber was wusste Tim? Was hatte er entdeckt?

Sie beschleunigte das Tempo. Sie musste sie wieder einholen.

***

Die beiden Kommissarinnen hatten Glück. In der Arztpraxis brannte noch Licht, obwohl die Sprechstunde um sieben vorbei war. Emilia drückte die Türklinke herunter. Es war abgeschlossen. Sie presste den Klingelknopf. Der Ton hallte schrill auf der Straße wider.

Keine Reaktion.

Kirsten nickte ihr zu. Emilia klingelte erneut.

Die Tür wurde aufgerissen.

„Ja?"

Sie schauten in das verärgerte Gesicht der Arzthelferin. „Sprechstunde is' um sieben vorbei."

Die Kommissarinnen zeigte ihre Ausweise und stellten sich vor.

„Schön. Und was wollen Sie jetz' von mir?"

„Nichts", sagte Kirsten ungehalten. „Von Dr. Plessner. Würden Sie uns bitte einlassen?"

Die Arzthelferin stemmte ihren kräftigen Arm in den Türrahmen.

„Das nu' nich'. Er ist nicht mehr da."

„Dann bräuchten wir seine private Anschrift und Telefonnummer bitte."

„Kleen' Moment." Und damit knallte sie ihnen die Tür vor der Nase zu. Emilia drehte sich zu Kirsten und rollte mit den Augen.

Kirsten zog ihr Handy aus der Tasche. Zwei weitere Anrufe von der unbekannten Nummer. Dann las sie die SMS und wusste, wer sie angerufen hatte.

Die SMS war kurz. Nur fünf Worte.

Sie trat ein paar Schritte von Emilia und dem Eingang zur Arztpraxis weg und rief Kalli zurück. Doch die ging nicht ran. Sie rief im Pfarrbüro an. Doch Kalli war anscheinend von dort vor einer guten Stunde aufgebrochen. Die Schmieds wussten nicht, wohin.

Kirsten überkam ein unbehagliches Gefühl.

***

Kalli trat auf die Bremse, als das Vorderlicht ihres Wagens drei Augenpaare am Straßenrand aufleuchten ließ. Rehe. Vorsichtig rollte sie an ihnen vorbei. Sie hatte den Eindruck, sie würden ihr nachschauen.

So weit entfernt von Moorstede war die Landstraße löchrig und holprig, sie war ohnehin nicht besonders schnell unterwegs gewesen.

Anders als die Jungs weiter vorne, zu denen der Abstand immer größer wurde.

Aber sie war sich nun eh sicher, wohin es die beiden zog. Und in dem Fall sollte sie hier nicht Verfolgungsjagd spielen, sondern lieber die Polizei anrufen. Weit schienen die ja mit der Auswertung ihres PCs nicht gekommen zu sein. Zumindest hatte sie nichts mehr gehört. Vielleicht, dachte sie sich, haben sie aber auch einfach nicht erkannt, was sie da vor sich hatten.

In diesem Moment fuhr sie an der Abzweigung vorbei und sah vorne die Rücklichter von Jos Auto hinter einem Hügel verschwinden. Sie drosselte ihr Tempo und rollte unschlüssig aus; das Licht ihres Autos war die einzige Lichtquelle weit und breit. Die dicke Wolkendecke verdichtete die Novembernacht, die hier draußen ohnehin finster war. Langsam setzte sie den Wagen zurück bis zum Abzweig.

Nicht ganz die einzige Lichtquelle. Sie lehnte sich über den Beifahrersitz und schaute aus dem Fenster. Unten, in dem kleinen Tal, am Rande des kleinen Ortes, brannte Licht am Gutshaus.

Sie zog den Reißverschluss ihres Parkas auf und griff nach ihrem Handy in der Innentasche. Sie würde vernünftig sein und sofort Kirsten anrufen. Die würde schon wissen, was zu tun ist.

Und die Jungs konnte sie ziehen lassen. Sie würden ihn nicht zu Hause antreffen.

Sie checkte den Empfang ihres Handys. Immerhin, ein Balken. Dann öffnete sie die Anrufliste.

Wiederum … Sie ließ die Hand sinken.

So recht glaubte sie nicht daran, was sich ihr Kopf da vorhin zusammengereimt hatte. Okay, es war enttäuschend genug, dass er da mitmachte. Das ließ sich kaum mehr leugnen. Aber ein Mörder war er doch nicht.

Sie würden das klären.

Sie startete den Wagen und schlug das Lenkrad ein. Dann fuhr sie langsam die Straße nach Gut Cauten hinab.

***

Die Tür ging erneut auf.

„Na gut, komm' Se rein." Die Arzthelferin zog einen Flunsch und führte die Kommissarinnen ins Behandlungszimmer. Dort saß der Arzt über einen Stapel Befunde gebeugt.

Emilia Brenner schaute die Arzthelferin stirnrunzelnd an.

„Wollt' ihm ja nur den Feierabend gönnen", raunzte die, nahm ihren Mantel von der Garderobe und stampfte davon.

***

Der Mond brach durch die Wolkendecke, als Kalli den Weg vom Gutshaus zum Garten hinunterging. Für einen kurzen Moment war in grelles, fast bläuliches Licht getaucht, was zuvor im Dunkeln gelegen hatte. Weit zu beiden Seiten erstreckten sich vor ihr die immergrünen, dichten Hecken des Labyrinths. Sie staunte, wie ein Ort, der ihr vor wenigen Wochen als die perfekte Kulisse zur Kontemplation erschienen war, sich ihr nun so kalt und abweisend darbieten konnte. Der Wind strich hart über die Hecken und ließ die Zweige und Blätter rascheln. Dann schob sich die Lücke in der Wolkendecke wieder zu. Es war stockdunkel.

Sie trat von einem Fuß auf den anderen und fragte sich, wie viele Abstufungen von Dunkel es eigentlich gab. Wenn der Garten mit dem Labyrinth ein Zimmer war, in dem man das Licht ausgemacht hatte, um sich schlafen zu legen, so war der Eingang zum Labyrinth ein Loch, das man in den Boden dieses Zimmers zum dunklen Keller gerissen hatte.

Ihr war kalt.

„Hallo?", rief sie in den tiefschwarzen Eingang hinein.

Sie lauschte.

Keine Antwort.

***

Kirsten schlug die Autotür hinter dem Arzt zu. Der Mann schaute völlig teilnahmslos drein, als hätte das alles nichts mit ihm zu tun. Seine Arzthelferin war nicht besonders weit gekommen. Sie stand auf dem Fußweg, rauchte und beobachtete das Geschehen.

„Emilia", sagte Kirsten, „schau mal." Sie beugten sich über ihr Handy. Sie öffnete Kallis SMS.

„Oh. Und nun?"

„Wir trennen uns. Holt noch die Eltern. Dann treffen wir uns später auf dem Präsidium."

„In Ordnung."

***

Sie tastete in der Tasche ihres Parkas nach der Taschenlampe, die sie aus dem Auto mitgenommen hatte. Einen kurzen Moment lang überlegte sie, ob sie sie anknipsen sollte. Doch sie befürchtete, dass dann noch tiefer im Schatten lag, was ihre Augen, wenn sie sich an das Dunkel gewöhnt hatten, vielleicht sehen würden.

Sie nahm einen tiefen Atemzug und betrat das Labyrinth. Um sie herum türmten sich die Hecken auf. Langsam setzte sie einen Fuß vor den anderen. Bis auf das Rauschen in den Blättern schien es vollständig still. Sie konnte sich selbst atmen, ja, ihr Herz unruhig schlagen hören.

Wie lange waren sie damals vom Eingang bis zum Mittelpunkt unterwegs gewesen? Sie konnte sich nicht entsinnen. Sie war so sehr mit anderen Dingen befasst gewesen.

Du kannst jederzeit umkehren, beruhigte sie sich. Erinnere dich: Das ist kein Irrgarten. Der Weg, den du hineingenommen hast, wird dich auch wieder herausführen. Du musst das nicht durchziehen.

Sie tastete sich um die nächste Ecke vor. Nach links. Ein weiteres Mal nach links. Nach rechts. Dann eine ganze Weile geradeaus. Wieder nach links. Nach rechts. So langsam gewöhnten sich ihre Augen an die Finsternis, die zwischen den Hecken herrschte. Zwei weitere Male nach rechts.

Er war nicht hier.

Was sollte er auch hier? Mitten in tiefster Nacht? Bei eisigem Novemberwetter?

Abrupt blieb sie stehen. Der Gedanke kam ihr zum ersten Mal.

Aber doch, sie hatte sein Auto stehen sehen.

Und was bedeutete das?, schalt sie sich. Wie unschuldig kann jemand sein, der sich hier nachts herumtreibt?

Egal, wie sympathisch er ihr war – wer weiß? Sie ging ein unnötiges Risiko ein. Sie sollte sich schleunigst auf den Rückweg machen, bevor er sie entdeckte. Und Kirsten verständigen. Sie zog das Handy aus der Tasche.

Es war im Mecklenburg-Modus. Kein Empfang.

Still fluchte sie in sich hinein. Okay, das war's.

Sie kehrte um, zurück Richtung Eingang. Der Schreck fuhr ihr durch die Glieder, als eine aus der Hecke heraushängende Ranke ihr Ohr streifte. Sie schlug sie zur Seite und tappte weiter voran.

Da raschelte es plötzlich hinter ihr. In der totenstillen Nacht klang das leise Geräusch beklemmend laut wie der Schuss aus einer Pistole.

Mit einer schnellen Bewegung zog sie die Taschenlampe hervor, schaltete sie ein und richtete sie auf den Weg hinter sich.

Im Lichtkegel der Lampe stand ein braunes Huhn. Kerzengerade aufgerichtet starrte es sie an.

Es starrt dich nicht an, ermahnte sie sich. Es ist ein Huhn!

Der Widerschein der Taschenlampe auf dem Weg schmerzte in ihren Augen.

„Was machst du denn hier?", flüsterte sie dem Huhn zu. „Musst du nicht längst im Bett sein?"

Das Huhn wandte den Hals nach links. Dann zurück zu Kalli. Dann wieder nach links. Schließlich schlüpfte es rechts durch das Buschwerk, tiefer ins Labyrinth hinein.

Kalli atmete aus und entspannte ihre Schultern.

Es raschelte erneut. Kalli richtete die Lampe auf die Hecke auf der linken Seite. Dort stahl sich eine große, getigerte Katze hervor. Ohne Kalli auch nur eines Blickes zu würdigen, huschte sie auf lautlosen Pfoten durch den Lichtkegel ihrer Lampe und verschwand an der Stelle, an der auch das Huhn durch die Hecke verschwunden war.

Kalli knipste die Taschenlampe wieder aus. Helle Flecken tanzten vor ihren Augen. Sie versuchte, sie wegzublinzeln.

Also das war's jetzt definitiv! Sie setzte ihren Rückweg fort.

Nun sollte es sich nur noch um wenige Biegungen handeln. Eigentlich sollte der Ausgang gleich zu sehen sein. Die nächste Ecke war sicherlich die letzte in diesem Garten des Grauens.

Sie bog nach rechts. Und stand vor einer Hecke.

Vor einer Hecke?

Das konnte nicht sein. Sicherlich war nur der Weg überwuchert.

Sie tastete vor sich. Laub. Zweige. Links und rechts auch.

Sie zog erneut die Taschenlampe hervor, leuchtete um sich.

Kein Zweifel.

Vor ihr Hecke.

Links und rechts von ihr Hecke.

Nein, unmöglich!

Das war ein Labyrinth. Kein Irrgarten.

Und wieso ist dann hier eine Wand? So schnell wächst die Hecke wohl kaum!

Sie ließ die Lampe sinken.

Das bedeutete – er hatte sie getäuscht. Oder nicht? Sie kramte in ihrem Gedächtnis nach den Einzelheiten ihres Gesprächs vor gut zwei Wochen. Die Inhalte verschwammen. Sie erinnerte sich, dass sie ihn anfangs gefragt hatte, warum sie bislang an keiner Kreuzung vorbeigekommen waren. Und er … konterte mit einer Gegenfrage, wurde ihr in diesem Moment bewusst. Und gab dann irgendetwas von wegen „Leben als Irrgarten versus Leben als Labyrinth" von sich.

Sie schlug sich mit der flachen Hand vor die Stirn. Nicht *er* hatte sie getäuscht. Das hatte sie schön selbst übernommen. Wie so häufig anscheinend in den letzten Tagen und Wochen.

Was auch immer. Fakt war: Irgendwo war sie falsch abgebogen. In dem Glauben, dass genau das nicht passieren könne. Hatte nicht achtgegeben. Ob irgendwo Kreuzungen waren. Ob irgendwo Abzweigungen in den Ranken verborgen lagen. War einfach ihren Füßen im Dunkeln gefolgt.

Kalter Schweiß brach ihr aus.

Kein Problem, beruhigte sie sich. Ich werde durch diese Hecke einfach durchbrechen! Sie griff nach vorne und versuchte, das Gestrüpp zur Seite zu schieben, Äste auseinanderzudrücken. Doch das Zeug war erstaunlich robust.

Sie duckte sich und quetschte ihren Körper seitlich in eine tiefere Stelle der Hecke, die etwas lichter wirkte. Die Zweige stachen ihr unangenehm in Beine, Wangen und Hände.

Schließlich brach sie auf der anderen Seite durch. Die Geräusche, die sie dabei verursachte, mussten noch weit über das Gut hinaus zu hören sein.

Und auf der anderen Seite waren – nur Weg und weitere Hecken. Was hatte sie sich auch gedacht? Dass sie durch diese eine Hecke brechen und draußen stehen würde? Wer weiß, wie tief sie in diesen Garten bereits vorgestoßen war? Sie war vorhin an die zehn Minuten gelaufen und nach dem Zusammenstoß mit dem Huhn ebenfalls eine ganze Weile. Und das … Vermutlich weiter weg vom Ausgang, als sie sich vorgestellt hatte.

Hektisch leuchtete sie mit der Taschenlampe um sich. Jetzt bekam sie wirklich Angst. Erste Panikwellen griffen nach ihrem Herzen und drückten es unsanft zusammen.

Okay, sagte sie sich. Ich muss Ruhe bewahren. Und erst einmal die blöde Lampe ausmachen. Sie schaltete sie aus. Und während erneut Lichtflecken vor ihren Augen tanzten, konzentrierte sie sich auf ihren Atem. Bauchdecke heben, Bauchdecke senken.

Sie fasste einen Entschluss: Lieber in Ruhe, leise und ohne Licht versuchen, den Ausgang zu finden. So viele Optionen wird es da ja wohl nicht geben. Lieber das, als dass sie mit viel Getöse durch Hecke und Hecke und Hecke brach, sich dabei das Gesicht zerkratzte und nur noch mehr die Orientierung verlor.

***

Fabio zog sich die Kopfhörer aus den Ohren. Hatte es gerade geklingelt? Er nahm die Füße vom Sofa und rutschte an die Kante, bohrte unschlüssig die Zehen in den Teppichboden.

Die Türklingel schlug an. Einmal, zweimal.

Zögernd ging er in den Flur. Es klingelte erneut.

Fabio zog die Tür auf.

Draußen im Treppenhaus stand eine junge Frau, schwarzer Kapuzenpulli, schwarze Lederjacke, raspelkurze Haare, Rucksack und Reisetasche, selbstbewusster Blick.

„Ist Kalli da?“, fragte Agi.

***

Sollte ich nicht endlich da sein?, fragte sich Kalli im Labyrinth. Sie hatte schon längst jegliches Zeitgefühl verloren. Seit sie so unsanft und uneffektiv durch die Hecke gebrochen war, konnten fünf oder fünfundzwanzig Minuten vergangen sein. Sie wusste es nicht.

Irgendwo, auf der anderen Seite des Gartens, schrie ein Huhn. Oder ein anderer großer Vogel. Und seit der letzten Wegbiegung hörte sie ein gleichmäßiges, dumpfes Geräusch. Als würde ein großer Gegenstand regelmäßig auf etwas Massives treffen.

Schon hinter der nächsten Ecke war es deutlich lauter.

Sie war dem Ort des Geräusches ein gutes Stück nähergekommen. Sie verlangsamte ihren Schritt, setzte vorsichtig einen Fuß vor den anderen. Da trat sie auf einen Zweig. Mit berstendem Laut zerbrach er unter ihrer Schuhsohle.

Sie hielt inne und lauschte.

Das Geräusch hatte ausgesetzt. Wieder einmal hörte sie nur ihren Atem. Den sie sich flachzuhalten bemühte.

Als das Geräusch wieder einsetzte, setzte sie ihren Weg fort. Hinter der nächsten Ecke stand sie erneut an einer Weggabelung. Wie hatten ihr diese ganzen Abzweigungen bei ihrem ersten Besuch nur entgehen können?

Rechts schien der Weg zurück in die Richtung zu führen, aus der sie gerade gekommen war. Links schimmerte über den Rand der Hecken ein sanftes, warmes Licht.

Nach kurzem Zögern wandte sie sich nach links. An der Ecke machte sie Halt. Dann lugte sie vorsichtig um die dunkle Hecke.

Sie war in der Mitte des Labyrinths angekommen. Auf dem kleinen Platz mit der Nashorn-Statue.

Auf halbem Weg zwischen ihr und der Holzstatue des Tieres stand eine LED-Leuchte und warf einen Kreis aus Licht bis zu den Hecken und Durchgängen, die den Platz umgaben. Am Fuße der Statue stieß eine Gestalt in einer dunklen Wachsjacke wieder und wieder eine Schaufel in den festen Boden. Das Loch schien schon beachtlich tief.

Unvermittelt wandte die Gestalt sich um.

Noch rechtzeitig zog Kalli den Kopf zurück. Sie hielt den Atem an.

Schloss die Augen.

Es war also wahr. Sie hatte recht.

Ungeordnet zogen alle ihre Treffen, ihre Telefonate der letzten Tage durch ihren Kopf. Sie sah sie jetzt in einem anderen Licht.

Wenn Plessner der Mann fürs Grobe war, derjenige, der organisiert, vernetzt, Räume auftut. Und Stuvemanns diejenigen, die die Kohle dafür beisteuern. Dann war *er* der Kopf dahinter.

Vor Wut wurde ihr erst heiß, dann kalt. Genug. Sie sollte die Polizei holen.

Nur noch einen Blick.

Die Gestalt griff in die Jackentasche und holte einen kleinen, silbern glänzenden Gegenstand heraus. Dann ließ sie ihn in das Loch fallen.

Da setzte etwas in ihr aus. Sie trat auf den kleinen Platz.

„He!“

Ihre Stimme zitterte angestrengt.

Der Mann fuhr zusammen und drehte sich zu ihr herum. Im Spiel der Leuchte aus Licht und Schatten wirkte sein Gesicht kantiger, als sie es in Erinnerung hatte.

„Oh, hallo“, sagte er, in seinem gewohnt jovialen Tonfall, „was tust du denn hier?“ Er reckte sich etwas. Wie, um an ihr vorbei auf den Weg zu schauen.

„Die ganze Zeit dachte ich“, sagte Kalli, „es ist dieser bekloppte Arzt.“

„Na na na“, tadelte Fuchs sie.

Dabei ist er es, setzte sie stumm hinzu. Mein charismatischer, sympathischer Kollege. Ratgeber in meiner ersten Zeit hier.

„Ich bin mir nicht sicher, was du von mir willst.“ Fuchs machte einen Schritt auf sie zu. „Warte doch kurz, bis ich hier fertig bin, und wir reden über was immer du auf dem Herzen hast.“

„Okay“, sagte Kalli. Einfach nur, weil sie auch nicht wusste, wie es jetzt von hier aus weitergehen sollte.

Ich meine, dachte sie und lachte nervös in sich hinein, du hattest doch jetzt nicht im Ernst vor, ihn zur Rede zu stellen, oder? Hier? Alleine? Im Dunkeln? Ohne den Ausgang aus dem Irrgarten zu kennen? Sie überschlug, wo Tim und Jo in diesem Moment steckten und wie schnell ihnen auffallen würde, dass Fuchs nicht an seinem neuen Wohnort anzutreffen war. Und ob sie dann noch auf die Idee kommen würden, auf Gut Cauten nachzusehen.

„Gut“, sagte Fuchs und begann, das Loch am Fuß der Statue zuzuschütten. Seine Stimme klang bemüht fröhlich.

Als wüsste ich nicht genau, was du da gerade tust!, dachte Kalli. Die Wut in ihrem Bauch loderte erneut auf. Der muss sich ja sehr sicher fühlen. Oder hat er gar nicht bemerkt, dass ich gesehen habe, was er hineingetan hat?

„Wühlmäuse.“ Fuchs machte ein schnalzendes Geräusch mit der Zunge, wandte sich zu ihr um, lehnte die Schaufel an den Sockel der Statue und klopfte sich die Hände an der Jeans ab. „So.“

Kalli steckte unschlüssig die Hände in ihre Hosentaschen. In der rechten fühlte sie einen kleinen, glatten Gegenstand. Sie zog die Hand heraus.

„Hier!" Sie warf Fuchs den *aquila*-Pin zu. Der fing ihn geschickt mit einer Hand auf.

„Das ist wohl deiner."

„Danke", sagte Fuchs spontan. „Ich habe mich schon gefragt, wo ich …"

Schlagartig verdunkelte sich sein Gesicht und Kalli wusste, dass sie eine große Dummheit begangen hatte.

„Woher hast du den?"

„Sag du es mir!"

Er kam einen weiteren Schritt auf sie zu. Kalli wich zurück.

„Vielleicht verloren, als du mit Stuvemanns die Leiche ihrer Tochter beiseitegeschafft hast?"

„Was redest du da?" Er breitete die Arme aus, die Handflächen zum Himmel.

„Vielleicht tauschen wir?" Kalli reckte ihren Hals. „Der Pin deines verbrecherischen Vereins gegen den USB-Stick, den du letzten Samstag Brandt abgenommen und gegen einen leeren ausgetauscht hast? In aller Eile, um eine falsche Spur zu legen. Weil du die Leiche nicht mehr verschwinden lassen konntest."

Fuchs' Mund war ein schmaler Strich.

Göttin, was mache ich hier?

Kalli fror vor Panik am Boden fest. Einen Mörder an einem Ort provozieren, an dem ich mich nicht auskenne. Und niemand weiß, dass ich hier bin.

„Kalli, Kalli, Kalli." Fuchs schnalzte mit der Zunge. „Du raubst mir echt den letzten Nerv. Schon deine Beichte vorletzte Woche, was für eine Qual! Aber ich konnte dir da ja schlecht den Dienst verweigern …" Er stierte sie an, sein rechter Mundwinkel zuckte. „Dass Leute wie du zum Theologie-Studium zugelassen werden, ist mir ein Rätsel."

Kalli entsann sich, wie ihr während der Beichte dieses Zucken mehrmals aufgefallen war. Und sie es nicht hatte einordnen können. Abschätzig. Es war ein abschätziges Zucken.

Wie hatte sie nur so mit sich selbst beschäftigt sein können!

Langsam griff Fuchs hinter sich und nahm die Schaufel wieder auf. Kalli zögerte nicht länger. Sie stürzte wahllos in den Durchgang zu ihrer Linken und rannte zurück ins Labyrinth. Hinter sich hörte sie Fuchs schnaufen. Hörte seine Stiefel auf den harten Boden donnern. Und wie er die Schaufel gegen die Hecken schlug.

Wo war nur der verdammte Ausgang?

Wieder eine Biegung, wieder nach links. Dann rechts. Noch mal rechts. Eine Abzweigung.

Sie überlegte nicht. Sie rannte los. Und hoffte, dass sie nicht wieder plötzlich in einer Sackgasse stehen würde.

Ihr ging die Puste aus. Sie lief und lief.

Abrupt kam sie zum Stehen. Was war das da vorne? Vor ihr auf dem Weg ragte ein abgeknickter, schmaler Ast aus der Hecke. Die Stelle, an der sie vorhin versucht hatte, sich so unelegant durch das Gestrüpp zu schieben.

Hinter der Biegung, die sie gerade genommen hatte, hörte sie ihren Kollegen heranstürmen. Schnell drückte sie sich durch die Lücke auf die andere Seite. Dann zog sie den herausragenden Ast zurück in die Hecke.

Und schickte ein Stoßgebet gen Himmel.

In diesem Moment bog Fuchs auf den Weg ein, den sie gerade verlassen hatte. Er blieb genau an der Stelle stehen, an dem die Hecke etwas lichter war.

Sie hatte den Ast noch in der Hand und traute sich nicht, ihn loszulassen. Oder sich sonst wie zu bewegen.

Sie hielt den Atem an. Würde Fuchs seinen Kopf nur ein wenig nach rechts, nur ein wenig tiefer drehen, würden sie sich direkt in die Augen schauen.

Fuchs schien zu lauschen. Sein Atem ging stoßweise. Kalli konnte sehen, wie sich sein Brustkorb hob und senkte. Um seinen Mund tiefe Falten.

Da waren in der Ferne plötzlich Martinshörner zu hören.

Er packte die Schaufel fester und lief weiter.

Puh! Kalli erlaubte sich ein langes, tiefes Ausatmen und unterdrückte den Drang, an Ort und Stelle auf den Boden zu sinken und den Kopf auf die Knie zu legen.

Sie lief in die entgegengesetzte Richtung als die, in die Fuchs sich bewegt hatte. Zwar war das nicht die Richtung, in der sie den Ausgang vermutete. Nur erst einmal weg von ihm!

Völlig verdattert blieb sie stehen, als sie sich nach nur zwei Biegungen wieder auf dem kleinen Platz mit der Nashorn-Statue wiederfand. Wie konnte das sein?

Von jetzt auf gleich riss die Wolkendecke auf und der Mond flutete den Platz mit weißem Licht. Das Nashorn glotzte sie an. In der Ferne wurden die Martinshörner lauter.

Mit zwei Sätzen war sie am Sockel der Statue. Unkoordiniert stieß sie dagegen und das Nashorn begann bedrohlich auf seinen ungleichen Beinen zu kippeln. Schnell stützte sie es auf der anderen Seite und balancierte es aus. Den Krach einer umstürzenden, sicherlich wenigstens sechzig, siebzig Kilo schweren Holzskulptur konnte sie nun wirklich nicht brauchen.

Mit einem letzten Blick, ob das Tier wirklich stabil stand, hockte sie sich am Fuß der Statue nieder und wühlte die von Fuchs nur lose aufgehäufte Erde zur Seite.

Und da war er: Der Stick, den alle suchten und auf dem Brandt seine gesamte Recherche zu *aquila* gespeichert hatte.

Eine Recherche, die die Gründungsmitglieder von *aquila* in einen mehr als verdächtigen Zusammenhang mit Luisas Todesfall brachten.

Und sie, erinnerte Kalli sich plötzlich schaudernd, hatte Fuchs auch noch auf diesen Stick aufmerksam gemacht. Als er so freundlich war, ihr seine Predigtnotizen zu überspielen.

Und noch mehr.

Fassungslos ließ sie sich auf die Fersen fallen. Sie hatte ihm auch den Namen von Brandt geliefert. Und wo er arbeitete.

Sie stieß die Hand in das Erdloch und griff nach dem Stick.

Schob sich wieder auf die Füße.

Klopfte die Erde von der Vorderseite ihrer Jeans.

„Leg ihn zurück!"

Sie drehte sich um. Ihr Kollege stand, wenige Meter von ihr entfernt, in dem Durchgang hinter ihr. Seine Stirn glänzte, ein paar der sonst sorgfältig hinter die Ohren geklemmten Haarsträhnen hingen ihm wirr in die Augen.

Er warf die Schaufel von sich – sie kam scheppernd in der Mitte zwischen ihnen auf – und rang die Hände.

„Komm, ich tu dir nichts. Aber gib mir den verdammten USB-Stick."

„Du hast den Mord an Luisa vertuscht. Und anschließend für Stuvemanns Brandt aus dem Weg geräumt!"

Fuchs wischte sich den Schweiß von der Stirn.

„Ich habe alles gehört. Bei der Beerdigung. Wie du Agi unter Druck gesetzt hast." Nur schien es ihr damals gerechtfertigt, wurde ihr schuldbewusst klar. Sie dachte, Agi wäre eine Unruhestifterin und dass Fuchs einen guten Umgang mit ihr gefunden hatte.

„Pfffh", zischte Fuchs, „da brauchte es nicht viel Druck. Ein Batzen Geld hat gereicht. Und noch mal etwas nachhelfen, als das schlechte Gewissen sie überkam und sie bei der Beerdigung aufkreuzte. Konnte ja keiner ahnen, dass Brandt der ganzen Geschichte da bereits auf der Spur war."

„Geschichte?", rief Kalli. „Du meinst, dass Stuvemanns ihre Tochter umgebracht haben, nur weil die auspacken wollte?"

Ihr Kollege schnaubte. „Das mit Luisa war nicht geplant von mir. Es war kaum mehr als ein Unfall. Wie sie ständig passieren."

„Du …?" Sie umklammerte den Stick fester.

„Nur zur Vernunft hatte ich sie bringen wollen. So vielen Menschen haben wir geholfen. Über Wochen hat sie jedes Wochenende von mir persönlich Zuspruch bekommen. Und eines Tages geht doch die kleine Furie auf mich los! Da habe ich sie gestoßen. Mehr nicht."

Mehr nicht. Kalli wurde übel. Er war das also. Er ging an den Freitagen und Samstagen zu Luisa. Nicht Christa, die Großmutter, wie Agi annahm. Nicht Christa, die Kalli sich nur zu gut in dieser Rolle hatte vorstellen können..

Sie wich zurück und stieß mit dem Rücken an die Statue. Sie spürte sie hinter sich wackeln.

„Es ist nicht so, dass mir das nicht leidgetan hätte. Ich wollte weg aus Moorstede und das Ganze vergessen." Fuchs strich sich eine verschwitzte Haarsträhne aus den Augen. „Doch dann schnüffelt erst dieser Reporter und dann noch du hier rum." Er kam näher und machte eine fordernde Geste mit der Hand. „Jetzt her mit dem Teil."

„Und was dann?"

Er grinste. „Dann schauen wir weiter."

Kalli umschloss den Stick fester und schob sich seitlich von der Statue weg. Zu ihrer Linken war ein weiterer Durchgang.

Fuchs sprang ihr in den Weg.

Sie wirbelte herum. Hinter das Nashorn.

Fuchs setzte um die Statue.

Sie rannte auf die andere Seite. Bevor sie jedoch auch nur den Fuß Richtung Ausgang setzen konnte, umrundete er ebenfalls die Statue und erwischte ihren Jackenärmel.

Mit einem schnellen Ruck riss sie sich los und sprang erneut hinter das Nashorn, im Rücken die Hecke.

Fuchs trat einen großen Schritt zurück, schaute am Nashorn vorbei und breitete die Arme aus.

„Wollen wir das jetzt die ganze Nacht weiterspielen?"

Kalli zog den Stick aus der Tasche.

„Her mit dem Teil!" Seine Stimme überschlug sich.

Da holte sie aus und warf den USB-Stick über die Statue hinweg. Fuchs machte einen Satz darauf zu und fing den Stick im Flug. Mit einem triumphierenden Funkeln in den Augen richtete er sich auf.

Der Stick glitzerte im Mondlicht.

Da gab Kalli dem wackligen Nashorn einen festen Stoß.

Die Statue kippte.

Sie sah noch, wie Fuchs versuchte auszuweichen. Ein markerschütternder Schrei ertönte.

Dann Stille.

Kalli sank gegen die Hecke. Zu Boden.

Sie konnte nicht mehr.

***

„Da ist sie ja! Frau Krause!"

War das Brigittes laute Stimme? Kalli blinzelte. Ja. Von dem seitlichen Eingang zum Platz näherten sich die Zwillinge. Aber sie konnte die Augenlider nicht offenhalten. Sie waren so schwer. Und sie so erschöpft.

Nur noch ein bisschen …

„He! Kalli." Jemand rüttelte sie sanft an der Schulter. „Augen auf."

Mühevoll schob sie die Lider auseinander. Hinter dem Sockel der Statue ein hektisches Treiben aus orange-roten und schwarzen Uniformen.

Sie versuchte, ihren Blick scharf zu stellen. Auf die Person in ihrem Gesichtsfeld.

Unter einer sommersprossigen Stirn schaute sie ein grünes Augenpaar besorgt an.

„Kirsten", sagte Kalli. „Du riechst so gut."

Dann kippte sie erneut zur Seite.

19

Sie hätte den Markt fast nicht erkannt, so viele Menschen wuselten über den Platz der Ortsmitte Moorstedes.

„So kommt er mir richtig klein vor", sagte Kalli zu Fabio und lenkte den Passat in eine Seitenstraße, direkt in die Lücke, die ein ausparkender Opel Zafira freigemacht hatte.

Es war ein herrlicher, klarer Adventssonntag.

Bereits beim Öffnen der Autotüren schmetterte ihnen vom Marktplatz her *Silver Bells* entgegen.

„Woah, ich weiß nicht, wie lange ich das ertragen werde." Fabio hielt sich die Fingerspitzen an die Schläfen, als er um das Auto herum zu Kalli auf die Straße trat.

Kalli konnte sich gut vorstellen, wie er sich fühlte. Sie fühlte sich genauso. Sie hatte keine Hoffnung, jemals wieder den Brummschädel loszuwerden, den ihr die gestrige Wohnungseinweihungsparty beschert hatte.

Sie zog ihrem besten Freund die Sonnenbrille von der Nase und warf sie aufs Armaturenbrett, bevor sie das Auto verriegelte. „Die bleibt hier. Wir werden sowieso schon ständig angeglotzt. Und außerdem übertreibst du."

Mit einem theatralischen Seufzer ergab sich ihr Freund in sein Schicksal. „Dann will ich jetzt aber sofort das Allerfettigste, was dieser Adventsmarkt zu bieten hat!"

Kalli lachte und hakte sich bei ihm ein. So überquerten sie die Straße zu den gut zwölf Ständen, die im Halbkreis um eine riesige Fichte gruppiert waren. Der Marktplatz strahlte in der matten Wintersonne und der Duft von gebrannten Mandeln, Gebäck und Grünkohl traf auf Kallis knurrenden Magen.

„Wie idyllisch", säuselte Fabio. „Hätten wir noch Agi dabei, dann könnten wir Vater-Mutter-Kind beim Ausflug zum Weihnachtsmarkt geben."

Agi hatte sich auf Kallis Sofa vor YouTube zusammengerollt. Immer noch in dem von Kalli geliehenen Pyjama, obwohl es bereits zwei Uhr nachmittags war. Sie wäre gerne mitgekommen, wollte aber nicht riskieren, auf ihre Brüder zu treffen. Bei denen hatte sie sich zwar mittlerweile gemeldet; aber man konnte das Verhältnis wohl ohne Umschweife als zerrüttet bezeichnen.

Ganz selbstverständlich war Agi vor anderthalb Wochen wieder vor Kallis Tür aufgetaucht. Ganz selbstverständlich geblieben. Ganz selbstverständlich mit in die Pfarrwohnung im Gemeindehaus umgezogen.

Kalli bezweifelte, dass das auf lange Zeit gut gehen würde. Zwei Dickschädel in einer Wohnung. Sie würden eine Lösung für ihr Zusammenleben finden müssen.

Am Eingang des Adventsmarktes strebte sie gleich nach links; dort hatte sie den Stand der Gemeinde erkannt, von dem aus die vergnügten (Britta) beziehungsweise mürrischen (Brigitte) Gesichter der Zwillinge ihr entgegensahen. Während Fabio nach rechts zog, wo ein Stand mit Churros in „echter belgischer Schokolade“ lockte.

„Hier, das … das brauche ich jetzt!“

„Na, dann flitz los. Ich möchte erst mal Hallo sagen.“

Fabio stürmte zu dem Churros-Stand, ohne Zeit an eine Antwort zu verschwenden.

„Und wie läuft es?“, fragte Kalli die Schwestern am Gemeindestand.

„Nun“, brummte Brigitte. „Da sich eine gewisse Person“, sie deutete mit übertriebener Geste auf Britta, die sich gerade die rote Zipfelmütze richtete, „auch in diesem Jahr wieder mit Händen und Füßen gewehrt hat, Alkohol auszuschenken, rennen die Leute uns nicht gerade die Bude ein.“

Kalli ließ den Blick über die Auslage des Standes schweifen. Zwischen Kinderbibeln und Einladungen zu den Advents- und Weihnachtsgottesdiensten, zwischen Weihnachtsschmuckbasteleien der Konfi-Gruppe und selbstgebackenem Kuchen und Plätzchen auf grün-goldenen Papierservietten thronte ein imposanter Thermo-Topf mit der Aufschrift „Punsch“.

Mit rotem Filzstift hatte jemand darunter hinzugefügt: „Alkoholfrei!".

„Statt ständig", entgegnete Britta, die Augenbrauen zusammengezogen, „umgeben zu sein von Leuten, die auf der Suche nach dem schnellsten und billigsten Becher Glühwein sind, können wir doch so viel besser das fröhliche Treiben beobachten!"

„Fröhlich?", fragte Brigitte und deutete mit dem Zeigefinger hinter Kalli.

Kalli drehte sich vom Stand weg. Inmitten der ausgelassen lachenden Menschen mit – nun ja – Glühweinbechern, die sich zwischen den anderen Ständen und der mächtigen, mit Lichterketten und gigantischen, roten Plastikkugeln herausgeputzten Fichte drängten, fiel ihr sofort der einzelne Konfirmand in die Augen, der dieses Jahr zum Bauchladendienst verdammt worden war.

Er sah ausgesprochen unfröhlich aus.

Sie deutete zu ihm rüber. „Und bei ihm? Wie läuft's bei Ben?"

„Tyler!", riefen Britta und Brigitte im Chor.

„Sorry, stimmt. *Tyler.*"

„Ja?", fragte ein zartes Stimmchen hinter ihr. Tyler näherte sich, den Bauchladen wie einen Körperteil, der nicht recht zu ihm gehören wollte, vor sich herschiebend.

„Oh, he", sagte Kalli. „Wie läuft es mit den Losen?"

„Schon fünf verkauft."

Kalli sah aus den Augenwinkeln, wie Brigitte stumm mit den Lippen „schon" artikulierte.

„Was war noch mal der Hauptpreis?"

„Zwei freie Plätze auf der Pfingstfahrt nach Feldesau."

„Pfingstfahrt?" Kalli schreckte zusammen und fragte mit gesenkter Stimme, an die beiden Gemeindehelferinnen gewandt: „So was machen wir auch?"

Britta runzelte die Stirn. „Lesen Sie denn unsere Berichte nicht? Erst vor zwei Tagen habe ich Ihnen den Vorschlag für die Jahresplanung gemailt!"

„Doch, doch, natürlich! Nur das mit der Fahrt muss mir entgangen sein."

Sie atmete auf, als Fabio zu ihnen trat, zwei große Portionen Churros mit Schokolade in den Händen. Kalli beugte sich über den Stand und flüsterte den Schmieds zu: „Vielleicht kann ja in 'ner Viertelstunde oder so Tyler mal den Stand übernehmen und wir treffen uns bei Marlis auf einen Glüh…" – Britta räusperte sich vernehmlich – „Kakao, meine ich. Wie wär's? Ich habe ja noch immer nicht meinen Einstand gegeben."

Und so schlenderten Fabio und Kalli die Stände entlang, einmal um die Fichte herum, und knabberten genüsslich an ihrem Gebäck.

„Kondome?" Eine grün gekleidete Gestalt mit spitzen Ohren hüpfte ihnen in den Weg und schwenkte ein Körbchen.

„Jo!", sagte Kalli, „du siehst einfach …"

„Elf-tastisch aus", vervollständigte Fabio ihren Satz. Kalli stellte die beiden einander vor. Jo hatte am Vorabend leider nicht zu ihrer Einweihungsfeier kommen können, weil er Schicht im Hotel hatte.

„Und du bist hier als Weihnachtself in aufklärerischer Mission unterwegs?" Kalli musterte das Kostüm des jungen Mannes. Seine langen Beine steckten in erbsengrünen Thermoleggings und Schnallenschuhen, ein tannengrüner Rock aus Wollfilz endete auf Mitte der Oberschenkel. Dazu trug er ein knallenges, neongrünes Trikot, welches er über einen türkisblauen Wollpullover gequetscht hatte.

„Man beachte auch meinen Gürtel", trällerte Jo und drehte sich einmal vor ihnen im Kreis, sodass die Messingglöckchen um seine Hüfte fröhlich klimperten. „Mission, nun ja", stellte er richtig, „eher war es so, dass die beiden Miesepeter*innen dort mich nicht mehr am Stand ertragen konnten." Er machte eine lässige Bewegung aus dem Handgelenk über seine linke Schulter. Hinter ihm lag der Stand von *Buntes Moorstede*. Bernd und Tari, in dicke Anoraks gehüllt, waren dort in ein offenbar angeregtes Gespräch mit zwei älteren Männern versunken.

„Also, was ist nun mit den Kondomen?" Jo schwang sein Körbchen.

Fabio zog eine saure Miene.

„Danke, Jo. Für uns heute nicht“, sagte Kalli mit Blick auf ihren Freund. „Wir kommen aber bestimmt später noch mal vorbei.“

Damit zog sie Fabio weiter.

„Ich will zurück zum Auto.“ Schon nach wenigen Schritten war er unter der Fichte stehen geblieben. Kalli drückte seine Hand.

Erst vor wenigen Tagen hatte Fabio mit ihr offen gesprochen, warum es zwischen ihm und Luís so stark kriselte. Fabio hatte sich zuvor bedeckt gehalten. Genauso wenig, wie sie ihm von der Ohrfeige erzählt hatte. Und, das musste sie ehrlich zugeben, sie hatte in der letzten Zeit auch nicht groß bei ihm nachgeforscht. Man musste sogar sagen: sich nicht groß interessiert. Für Probleme, die nicht ihre eigenen waren. Sie schüttelte über sich den Kopf. Was hatte sie ihren besten Freund gefordert – mit ihrem Kummer über den Wegzug, den Neuanfang „in der Provinz“, den Kontaktabbruch zu Sanne und Leni. Ganz zu schweigen ihre Sehnsucht nach Merle. Als sie hier ankam, hatte sie sich nicht vorstellen können, wie das sein sollte, Merle nie wiederzusehen. Und jetzt. Jetzt kam es ihr vor, als lägen Jahre zwischen diesem Ereignis und heute. Rätselhaft, was sie bei dieser Ohrfeige geritten hatte. Rätselhaft auch die Energie, die sie aufgebracht hatte, um im rachsüchtigen Alkoholrausch Fahrradreifen zu zerstechen.

Vor zwei Tagen kam eine SMS von Sanne: „Hätte erwartet, du entschuldigst dich wenigstens. Aber gut. Ich setze einen Punkt dahinter. Leni weiß nichts von dem Zettel in unserem Briefkasten. Vielleicht sehen wir uns ja mal wieder. Wenn noch mehr Wasser die Elbe runtergeflossen ist.“ Kalli hatte bislang nicht darauf reagiert. Erst hatte sie sich über die SMS aufgeregt, doch das war schnell verflogen. Genau wie der Schmerz, der nur noch sachte im Hintergrund pochte.

Fabio legte seinen Kopf auf ihre Schulter.

„Wann hört das auf?“, stöhnte er.

„Der Schmerz?“

„Ja.“

„Der große in der Brust oder der kleinere im Kopf?“

„Beide“, kam es gedämpft von ihrer Schulter.

„Für einen von beiden stehen die Prognosen gut, dass er morgen passé ist."

„He, ihr beiden!" Bernd und Tari hatten die Männer, mit denen sie im Gespräch waren, verabschiedet und winkten Kalli und Fabio zu sich heran.

„Kommst du mit?", fragte Kalli Fabio.

Der zog die Nase hoch und schlurfte hinter ihr her.

„Schon Jo entdeckt?", fragte Bernd, als er Kalli am Stand die Hand drückte. Kalli nickte. „Der wird bestimmt mal Schauspieler – bei den vielen Rollen, in die er in letzter Zeit geschlüpft ist! Gestern Privatdetektiv, heute Elfe."

„Mir hat er ja eröffnet, Theologie studieren zu wollen", meinte Tari und reichte den Neuankömmlingen am Stand ebenfalls die Hand. Sie zwinkerte der Pastorin zu. „Schätze, du hast mich als Role Model abgelöst."

„Elfe verstehe ich ja", sagte Fabio und drehte sich zur Menschenmenge um, aus der klar und deutlich das Klingeln von Jos Glöckchen zu vernehmen war. „Aber Privatdetektiv?" Er wandte sich zu Kalli und kicherte. „Ich dachte, das ist *dein* neuer Ehrentitel!"

„Oh, hab ich das nicht erzählt?"

Fabio breitete die Arme aus, die Handflächen gen Himmel, eine Geste, die wohl „Wer erzählt mir hier schon *irgendwas*?" aussagen sollte.

„Uff", machte Kalli, „erzähl du, Bernd. Mein Mund ist schon ganz fusselig vom vielen Beantworten von Fragen."

„Okay, pass auf", setzte Bernd an, während Kalli die Zigarette ablehnte, die ihr Tari anbot. „Was unser finsteres Triumvirat aus Arzt, Pfarrer und Firmenchef getan hat, wissen ja mittlerweile alle."

„Naja, also ehrlich gesagt ...", entgegnete Fabio, aber Bernd unterbrach ihn mit einer Geste.

„Jedenfalls, womit das finstere Triumvirat wahrscheinlich niemals gerechnet hatte, war, dass sich Tim, Vorzeigestiefsohn, und Jo, Vorzeigeelfe, zusammentun. Tim mit seinem Wissen um die Aktivitäten von *aquila*. Und Jo mit seinem Wissen über Konversionsbehandlungen."

„Ganz zu schweigen“, mischte sich Kalli ein, „von Tims Trauer um Luisa. Und Jos Neigung zu rasanter Empörung.“

Fabio schaute von einer zum anderen und sagte: „Bahnhof.“

„Gemach, gemach“, bremste Bernd.

„Die beiden zählten eins und eins zusammen …“

Kalli schaltete auf Durchzug. Sie kannte die Hintergründe mittlerweile zu Genüge. Dass Tim an dem Morgen nach dem Brauereifest aufgewacht war, mit zwei Fragen im Kopf: Was hatte Luisa bei der Beratungsstelle gewollt? Und was wusste dieser Jo, den er nicht besonders gut leiden konnte, über die letzten Tage seiner Freundin? Als sie sich nur wenige Tage später zufällig in der Stadt trafen – Tim auf dem Weg zum Bäcker, Jo auf dem Weg zur Beratungsstelle –, stellte Tim ihn zur Rede. Und Jo, Plaudertasche, die er war, erzählte Tim alles, was der wissen – und nicht wissen – wollte über die Recherchen des Vereins. Das hätte er eigentlich nicht tun dürfen. Kalli schätzte, dass er vor allem Tim eins auswischen wollte.

„Aber da hat unser Jo Tim unterschätzt“, hörte sie Bernd erzählen.

Das hatte er, in der Tat. Denn alle Zweifel, die er über den Tod Luisas hatte, erhielten nun eine Richtung, eine Erklärung. Dass Luisas Tod vielleicht kein besonderer Zufall war. Wobei er, Tim, auch eher von einem geheim gehaltenen Suizid ausging, während Jo weit finsterere Gedanken spann.

„Und die Quintessenz war: Die beiden beschlossen, zu Fuchs zu fahren und ihn zur Rede zu stellen.“

„Fuchs?“ Fabio horchte auf. „Wieso ausgerechnet den – und nicht seinen Stiefvater oder Luisas Eltern?“

„Ach, hör doch auf“, klinkte sich Kalli nun doch ein. „*Das* habe ich dir schon hundertmal erklärt!“

Fabio schaute sie ratlos an.

„Der Pin?“, erinnerte sie ihn.

„Ach ja!“, sagte Fabio.

„Moment“, sagte Tari, „davon wissen *wir* jetzt wieder nichts.“ Sie warf einen Seitenblick auf ihren Kollegen. „Oder?“

Bernd schüttelte den Kopf.

Kalli seufzte resigniert. Sie hatte längst genug von ihrem kriminalistischen Ausflug und freute sich bereits auf das ganz alltägliche Leben und Leiden einer durchschnittlichen Landpastorin.

„Also die Kurzversion. Als Tim von Luisas Tod erfuhr, konnte er es nicht glauben. Er ging zu ihrer Wohnung …"

„Naja, Wohnung", brummte Bernd.

„Ihr wisst, was ich meine. Die Wohnung, in die ihre Eltern sie ausquartiert hatten."

„Verbannt, meinst du."

„Er ging dorthin, wollte sich wohl selbst überzeugen, dass sie nicht mehr da ist. Und da fand er den Pin vor Luisas Wohnung. Er kannte das Ansteckermotiv von seinem Stiefvater und nahm es mit. Er dachte sich wohl zunächst nicht viel dabei." Gedankenverloren nahm Kalli einen Flyer vom Stand und begann, ihn zwischen den Handflächen ein- und aufzurollen. „Über seinen Kummer vergaß er, dass er den Pin gefunden hatte."

„Verständlich", kommentierte Tari.

„Irgendwann muss er ihn dann wiedergefunden und begriffen haben, dass das Fuchs' Pin sein musste. Ohne bereits zu verstehen, was der Fundort bedeutete, bereitete ihm der Pin Unbehagen."

„Also entsorgte Tim den Pin einfach in deinem Kollektenbeutel?", fragte Fabio.

„Scheint so. Schätze, er wusste einfach nicht, was er damit machen sollte." Kalli kratzte sich unter ihrer schweren Wollmütze. „Zu mir meinte er, ihm wurde erst spät klar, dass das etwas zu bedeuten hatte. Dass er den Pin vor der Wohnungstür gefunden hatte. In der Nacht von Luisas Tod. Und Fuchs so plötzlich den Wohnort wechselte. Doch er wollte darüber nicht nachdenken."

„Hm."

„Hätt' er wohl besser", warf Bernd ein und goss sich schwungvoll Tee aus einer Thermoskanne ein. „Wär' vielleicht der arme Reporter noch am Leben."

Betroffenes Schweigen senkte sich über die Gruppe, nur unterbrochen von Bernd, der auf seinen Tee pustete und ihn dann in vorsichtigen Schlucken aus dem Deckel der Thermoskanne schlürfte.

„Ich versteh das alles nicht", brummte er. „Ich hoffe, die verabschieden wirklich dieses Gesetz."

Kalli wusste, was er meinte. Auch sie stand ratlos vor diesen zwei Morden. Mord war etwas, das sie mit den zehn Geboten assoziierte. Du sollst nicht töten. Abstrakt. Etwas, das man Konfirmand*innen beibrachte. Inklusive der wortgetreuen Auslegung im Katechismus. Aber nichts, was real – zumindest in ihrer behüteten Welt – stattfand. Was konkreten Personen zustieß. Von konkreten Personen ausgeübt.

Kirche ist sein Leben, hatte Christa Stuvemann über Fuchs gesagt. Dessen Leben, mit allem, was er erreicht hatte – vom durch Stuvemanns geförderten Theologiestudium, über sein Amt in Moorstede, seiner Heimatstadt, bis hin zu seinen Netzwerken – plötzlich ins Rutschen kam. Durch ein junges Mädchen, das letztlich nicht mehr mitspielen wollte. Und unter seinen Händen zu Tode kam. Während er versuchte, sie zu „therapieren". In einer Zeit, in der darüber diskutiert wurde, Konversionsbehandlungen gesetzlich zu verbieten. Unter Strafe zu stellen.

Fabio räusperte sich in die nachdenkliche Stille hinein und klatschte in die Hände. „Ratet, wen ich gestern Nacht noch beim …", er wandte sich an Kalli, „wie sagt man bei euch, Engtanz?"

Sie funkelte ihn an. „In den Fünfzigern vielleicht!"

„Nun ja", er wandte sich wieder zu Bernd und Tari und zwinkerte. „Ihr habt ein Bild. Jedenfalls, wen ich gestern Nacht noch beim Engtanz erwischt habe, nachdem sie sich den ganzen Abend wie zwei schüchterne Teenager umkreist und kein einziges Wort miteinander gewechselt haben?"

„Oho", rief Tari und Bernd prostete Kalli mit seinem Thermosbecher zu. Kalli spürte, wie ihre Wangen zu glühen begannen.

Auf der Einweihungsfeier ihrer noch fast vollständig unmöblierten Wohnung im Obergeschoss des Gemeindehauses hatten sich bereits zu früher Stunde die Gäste gestapelt. Neben den Schmieds, den Frauen vom Landfrauenbund, Anita, Propst Winter – er schaute nur sehr kurz, der Form halber herein –, Fabio, Tim, Tari, Bernd und Jo hatte sie selbst nur wenige persönlich eingeladen. Den Rest erledigte der Dorffunk und natürlich eine Prise Sensationslust. Ihre Rolle bei der Aufklärung der beiden Todesfälle hatte sich in einer Geschwindigkeit herumgesprochen, da war sie am nächsten Morgen noch nicht einmal richtig ausgeschlafen.

Sie hätte nicht gedacht, dass Kirsten ihrer Einladung folgen würde. Und doch stand sie plötzlich da. Als die Party schon im vollen Gange war. Mit einem riesigen Strauß aus Rosen, Disteln und Kamille – und praktischerweise einer passenden Vase dazu. Vor Aufregung konnte Kalli nichts sagen, außer „Danke", was ziemlich gekrächzt herauskam. Und sie bezweifelte auch, dass Kirsten das bei der Lautstärke – Tim hatte seine Bluetooth-Box dabei und rangelte sich mit den Schmieds darum, wessen Spotify-Playlist abgespielt wurde – überhaupt verstanden hatte. Den verbleibenden Abend war Kalli damit beschäftigt, bloß nicht zu sehr in Kirstens Nähe zu kommen und heimliche, schmachtende Blicke auf sie abzufeuern. Nur, um sich schnell wieder wegzudrehen, wenn diese sich zu ihr hinwandte. Doch es wurde später und später. Die Gäste brachen in kleinen Grüppchen auf. Kalli gingen die Gesprächspartner*innen aus. Zu guter Letzt hakten sich die Schmieds gegenseitig unter und wankten nach Hause und Fabio gähnte und streckte sich übertrieben, zwinkerte ihr zu und verschwand im Schlafzimmer.

Die beiden Frauen standen etwas ratlos voreinander, bis Kirsten Kalli anbot, ihr beim Aufräumen zu helfen.

„Schnapsgläser auskippen und Bierflaschen einsammeln, wie romantisch", gluckste Fabio. „Wie du jemals ohne meine Hilfe Frauen erobern konntest!"

Fabios Kommentar platzte mitten in Kallis Erinnerung. Sie schoss einen grimmigen Blick auf ihn ab. Sie wusste nicht mehr, wie sie es bewerkstelligt hatte, aber als klar war, dass es nicht mehr viel zum Aufräumen gab, hatte sie sich ein Herz und Kirstens Hand gefasst und gesagt: „Ich küsse dich jetzt. Okay?"

Leider musste sie ziemlich genuschelt haben, denn Kirsten fragte: „Was?"

Zum Glück beugte die große Kommissarin sich dabei nach unten, sonst hätte Kalli niemals das in die Tat umsetzen können, was sie bereits angekündigt hatte. Die Erinnerung an den Kuss war, wie mit dem Kopf voran in einen See einzutauchen, über den eine Sommerbrise wehte.

„Puh, sie muss ganz schön verknallt sein, wenn sie so spricht", sagte Fabio zu Bernd und Tari. Er zog Kalli den Flyer aus der Hand und fächelte sich damit gespielt Luft zu.

Hatte sie das mit dem See und der Brise etwa laut gesagt? Sie spürte die kalte Dezembernachmittagsluft auf ihrem Gesicht und blinzelte. Die Sonne stand bereits tief, war hinter den Häusern rund um den Markt verschwunden.

„Wird langsam dunkel", sagte Tari und trat von einem Fuß auf den anderen. Hinter ihnen ging mit lautem Zurren die Lichterkette an der großen Fichte an.

Fabio zupfte Kalli am Ärmel ihres Anoraks. „Schau mal", er deutete nach rechts, „ich glaube, wir werden schon erwartet." Kalli drehte ihren Kopf nach rechts. An einem großen, mit einer Holztheke und Tannenzweigen verkleideten Wagen standen die Schmieds und winkten zu ihnen hinüber. Hinter der Theke zankte sich Marlis mit einer Frau, die Kalli zuvor noch nie gesehen hatte. Sie verabschiedeten sich von Tari und Bernd, winkten kurz zu Jo hinüber, der unter Glöckchengeklingel drei verdutzten Teenagern gerade Kondome in die Hand drückte, und gingen auf Marlis' Glühweinstand zu.

Marlis stellte ungefragt zwei Tonbecher mit Glühwein vor Kalli und Fabio ab.

Fabio verzog den Mund. „Für mich bitte lieber Tee."

Marlis sah ihn mitleidig an, schob sich ihren magentaroten Filzhut aus der Stirn und genehmigte sich selbst einen Schluck aus dem verschmähten Becher. Dann wandte sie sich an ihre Aushilfe. „Machste mal 'nen Tee oder haste das etwa auch verlernt?"

Die Frau zog eine gigantische Kelle aus der Suppenterrine vor sich und richtete sie auf Marlis. Gulaschsuppe spritzte in alle Richtungen. „Sprich nur weiter so mit mir, du alter Drachen, dann biste mich schneller wieder los, als du den Namen von deinem blöden Hund rufen kannst."

Unten, aus dem Bauch des Standes, war das Knurren und Kläffen von Tucker zu hören.

Kalli musterte die große, dicke Frau neben Marlis. Sie trug den gleichen Filzhut wie die Wirtin, nur in nachtblau, und zottelige, graue Strähnen schauten darunter hervor.

„Ist das …? Sind Sie …?"

„Bin ich."

Kalli schaute Marlis' alte Freundin Ira Ristow ungläubig an. Wo kam die plötzlich her? Nach so langer Zeit? Und was wollte die hier? Sie warf Marlis einen Seitenblick zu. Besonders glücklich sah die ja nicht aus …

Stopp, ermahnte sie sich. Du machst es schon wieder. Du wolltest doch jetzt einfach nur Pastorin sein. Hör auf, dich in die Geheimnisse anderer Leute reinzuhängen.

Also sagte sie nur: „Danke für die Getränke" und wandte sich zu den Schmieds und Fabio, die gerade Paula Diedrichsen, Minh Lý und Anita Unheil begrüßten.

„Habt ihr's schon gehört", flüsterte Letztere atemlos, während sie Kalli überschwänglich an sich drückte. „Die Kripo hat Stuvemanns gesamtes Anwesen auf den Kopf gestellt. Und unser Winterchen musste auch einiges erdulden. Scheint aber aus der Sache unbeschadet rauszukommen."

Die Umstehenden nahmen den neusten Tratsch begierig auf.

„Genauso wie Beatrix, Luisas Brüder und die Mutter des alten Stuvemann", steuerte Britta bei. „Ich meine, glaubt ihr das? Dass sie von alledem nichts gewusst haben sollen? Zumindest Beatrix?"

In Kallis Bauch bildete sich ein Knoten. Sie hatte wirklich längst genug von dem Thema. „So richtig glauben kann ich's nicht", schaltete sie sich dennoch ein.

Die Fakten, die sie sich zusammengereimt hatte und die nun durch die polizeilichen Ermittlungen bestätigt und in der Presse breitgetreten waren, schienen eine klare Sprache zu sprechen. Als Beistand der Familie war Fuchs immer wieder zu Luisa gegangen, um auf sie einzuwirken. Fortzusetzen, was im Ferienlager begonnen wurde. Zu verhindern, dass sie – wie hatte Christa es bei diesem unsäglichen Abendessen doch gleich formuliert? – „in dieses Milieu abdriftete". Doch in Luisa war längst das Korn des Zweifels gesät.

Durch Agi, durch das schlichte Erleben von Verliebtheit. Auch, wenn es auseinanderbrach. Durch die Beratungsstelle, das Gespräch mit Tari. Auch, wenn sie zu dem Folgetermin nicht mehr erscheinen konnte.

Und vermutlich, dachte Kalli bei sich, auch durch die Tatsache, dass ihre Familie Agi bestochen hatte, um sie aus der Stadt zu kriegen. Sie war sich sicher, dass irgendwer das Luisa unter die Nase gerieben hatte. Wenn nicht Vater, Mutter oder Bruder – so doch wahrscheinlich Fuchs. Um den Keil noch tiefer zwischen die beiden zu treiben. Was auch gelang – schließlich meldete sich Luisa bei Agi nach deren Fortgang nicht mehr zurück.

Aber was Stuvemanns und Fuchs sicherlich unterschätzten, war, dass es auch die bereits aufgebrochene Kluft zwischen ihnen und Luisa noch vergrößerte.

Beharrlich musste Fuchs es bei ihren Treffen zunächst mit Gebet und Trost versucht haben. Später dann mit Vorwürfen und Beschwörungen.

Und als das nichts fruchtete, wurden aus Beschwörungen wohl Drohungen.

Was zwischen Fuchs und Luisa in der Nacht von Luisas Tod vorgefallen war, ließ sich nur schwer rekonstruieren. Fuchs – bis zur Hüfte in Gips von seiner Kollision mit dem Nashorn – schwieg sich aus. Fraglos hatte er sie – im Streit? mit Absicht? – gestoßen. Und sie war mit voller Wucht auf die Kante des Glastisches gefallen. Das hatten Exhumierung und rechtsmedizinische Untersuchung bestätigt.

Mit Unbehagen dachte Kalli an die vier rechteckigen Abdrücke im Teppich der Wohnung zurück, auf die sie an ihrem ersten Tag lethargisch gestarrt hatte. Überlegt hatte, ob sie wohl von einem schweren Tisch stammten. Und wo der hingekommen war.

Als gesichert galt auch, dass Plessner und der alte Stuvemann Fuchs beim Aufräumen halfen. Und der Bestatterin ein Angebot machten, das diese nicht ablehnte. Frieda stellte keine weiteren Fragen, auch wenn ihr Gewissen sie plagte.

„Und was war mit diesem Brandt?“, fragte Paula Diedrichsen, an Marlis gerichtet. Die hatte sich über den Tresen ihres Wagens gebeugt, um ihnen zuzuhören. Im Halbdunkel des hinteren

Teils des Wagens stand Ira mit verschränkten Armen; Kalli fing ihren Blick auf und versuchte es mit einem Lächeln, das nicht erwidert wurde.

„Mensch, Kind, lieste keine Zeitung?"

„Dieses Käseblatt? Außerdem", die Diedrichsen zwinkerte, „dachte ich, du bist unsere Zeitung."

Marlis winkte ab und nahm einen großen Schluck aus ihrem Tonbecher. An ihrem Gesichtsabdruck konnte Kalli ablesen, dass der mittlerweile kalt sein musste.

„Also, der Brandt …"

„Alias Gemeindesekretär Müller", ergänzte Kalli und erntete ein herrisches Funkeln aus Marlis' Augen.

„Stimmt. Fangen wir so an. Brandt – als Müller – versuchte, über seine Arbeit für die Gemeinde Infos über die Aktivitäten von *aquila* zu sammeln. Fuchs verwandte einen großen Teil seiner Gemeindearbeitszeit für die Tätigkeiten des Vereins und seines Netzwerks. Alles, was sich Brandt an Infos nur wünschen konnte, flog offen im Gemeindebüro rum. Fuchs muss sich sehr sicher gefühlt haben."

„Is' ja auch noch nicht strafbar, leider", mischte sich Brigitte ein.

„Brandt brauchte bloß einzusammeln. Sicherte alles, was ihm verdächtig erschien, auf seinem Stick. Aber er wollte mehr. Er wusste, wenn er das ganze Ausmaß dieser Praktiken begreiflich machen wollte, brauchte er Berichte aus erster Hand. Am besten, minderjährige. Agi und Luisa. Doch dann ging alles schnell, Luisa plötzlich tot, Agi verschwunden. Da bekam er es mit der Angst …"

„Das dichtest du jetzt dazu", sagte die Diedrichsen.

„Bin ich jetzt deine Zeitung oder nicht?"

„Schon gut."

„Er bekam's mit der Angst, sag ich euch. Und kam nach dem Wochenende, an dem Luisa starb, nicht mehr an seinen Arbeitsplatz zurück. Blöd für ihn, dass der Stick mit dem Material noch im Büro war. Also musste er versuchen, von Hamburg aus an ihn ranzukommen. Ohne erkannt zu werden. Das ist verbürgt", sagte Marlis und schenkte sich frischen Glühwein ein.

„Verbürgt ist auch", fuhr Kalli fort, während Marlis an ihrem Getränk nippte, „dass Fuchs am Tag der Beerdigung noch alle Dateien, die er zu seinen Aktivitäten für *aquila* hatte, auf seinem alten PC löschte. Sicherheitshalber. Auch wenn es noch nicht strafbar ist, Konversionsbehandlungen an Kindern durchzuführen, ahnte er, dass ihn diese Dateien vielleicht in einen verdächtigen Zusammenhang mit Luisas Tod bringen würden, falls doch noch Zweifel an dessen Umständen aufkommen sollten."

„Nur wusste der wohl nicht, wie man Dateien richtig schreddert", brummte Brigitte dazwischen. „Die Kripo konnte die Dateien wiederherstellen."

„*Wenn* er das wüsste, müsste er wohl kaum auf die Idee kommen, den belastenden USB-Stick zu *vergraben*. Ich meine, wie Neunziger ist das?" Britta rieb mit einem Taschentuch ihre beschlagenen Brillengläser ab.

„Dem müssen sich ja ganz schön die Nackenhaare aufgestellt haben, als ihm klar wurde, dass dieser USB-Stick von Brandt kursiert", sagte Minh Lý.

„Wie ist er da eigentlich draufgekommen?", überlegte Fabio.

„Ich fürchte", sagte Kalli, „da war ich ihm eine große Hilfe. Er hat mir vor Wochen Predigtentwürfe auf diesen USB-Stick gespielt. Auf den Stick, auf dem Müller – Brandt – Kopien und Fotos von Unterlagen über Fuchs und *aquila* gespeichert hatte."

„Verstehe. Und von da war es nur noch ein kleiner Sprung zu der Schlussfolgerung, dass der Gemeindesekretär ein doppeltes Spiel spielte."

„Ja. Und sogar identisch ist mit dem Reporter von *Wir im Norden*, der zur gleichen Zeit im Ort aufgetaucht war." Kalli schluckte. Den Hinweis dazu hatte sie ihrem Kollegen ebenfalls geliefert. Am Telefon.

„Und er musste ahnen, dass der Reporter auf der Suche nach diesem Stick sein würde."

„Ach, deshalb hat er uns auf dem Brauereifest beim Bock-Anstechen so zugesetzt, ihn ins Büro zu lassen", sagte Britta.

„Ach so?", fragte Kalli. Sie erinnerte sich vage daran, wie sie die drei vor der Bühne hatte streiten sehen.

„Wieso haben Sie es ihm verwehrt?"

„Naja …“, murmelte Britta plötzlich wortkarg.

Brigitte räusperte sich und rammte ihre Hände tiefer in ihre Anoraktaschen.

Kalli verstand. Nur wenige Tage vor dem Fest hatte sie die beiden beim Wühlen im Büro aufgescheucht, als sie die vermeintlichen Spuren von ihrer Arbeit für Fuchs vernichten wollten. Die Arbeit, die sie taten, während Fuchs sich intensiv um anderes kümmerte. Aber nachdem Kalli sie im Büro erwischt und mit ihnen darüber gerätselt hatte, was Fuchs wohl in der Zeit tat, während seine Gemeindehelferinnen den meisten Schreibkram für ihn erledigten, waren sie argwöhnisch gegenüber dem alten Pastor.

Hätte ich mir davon mal was abgeguckt, dachte Kalli.

Lange Zeit sprach niemand aus der Runde. Anita, Minh, Fabio und Kalli nippten an ihren Bechern, Britta und Brigitte traten von einem Bein aufs andere, Paula Diedrichsen knabberte gedankenverloren an einer Portion gebrannter Mandeln, und Marlis schaute von ihrem Tresen hinunter in die Mitte der Gruppe und bohrte ihren Blick in das Pflaster des Marktes.

„Also haben …“ Fabio und Anita hatten gleichzeitig zu sprechen angesetzt. Mit einer Geste ließ Fabio Anita den Vortritt.

„Also haben Fuchs, Plessner und Markus Stuvemann befürchtet, dass mit dem Aufdecken der Konversionsbehandlungen auch der Tod von Luisa in einem anderen Licht erscheinen würde.“

Fabio nickte ihr zu.

„Und dann heckten sie zu dritt aus, dass Fuchs Brandt über eine E-Mail an dessen Redaktion ins Gemeindehaus locken würde.“

„Geäußert hat Fuchs sich nicht“, sagte Kalli. „Aber die Kripo geht fest davon aus, dass sie den Entschluss, Brandt aus dem Weg zu schaffen, zu dritt gefasst haben – der alte Stuvemann, Plessner und Fuchs. Und Fuchs hat es ausgeführt. Hatte am meisten zu verlieren, nachdem er Luisa umgebracht hatte. Die Reifenspuren, die sie oben auf dem Hügel hinter dem Gemeindehaus in der Nacht gefunden haben, passen wohl zu Fuchs’ Jeep.“

Bei der Erkenntnis, dass nur wenig später Markus Stuvemann mit ihr vor dem prunkvollen Abendessen auf dem Familienanwesen über die „Leiche im Pfarrgarten“ gesmalltalkt hatte, jagte es ihr kalte Schauer die Wirbelsäule hinunter.

„Was sie wohl nicht eingeplant hatten, war, dass Fuchs gestört wurde“, kommentierte Britta und hob eine Augenbraue in Kallis Richtung. Die verstand; der Appetit auf Käsebrötchen würde ihr wohl auf ewig verhagelt sein. „Ab da wurde es chaotisch“, fuhr Britta fort. „Zwar kam Fuchs noch auf die Idee, über den Tausch des USB-Sticks eine falsche Fährte zu legen. Aber er übersah so etwas Naheliegendes wie zum Beispiel, dass auf dem ausgewechselten Stick seine Fingerabdrücke sein würden.“

Kalli sah Britta scheel von der Seite an; die Schmieds glänzten nicht zum erstem Mal mit kriminalistischem Halbwissen.

„Na, dann ist ja jetzt alles geklärt“, konstatierte Brigitte und orderte einen zweiten Kakao – mit Schuss – bei Marlis.

Geklärt?, fragte sich Kalli. Sie zog sich die Mütze tiefer ins Gesicht und pustete in ihre kalten Hände. Aufgeklärt, vielleicht. Aber geklärt?

Und zumindest für eine Person würde die Geschichte wahrscheinlich nie zu Ende sein. Agi. Sie würde damit leben müssen.

Mit der Tatsache, dass ihre Brüder, die Einzigen, die von ihrer Familie noch übrig waren, sie in eine solche „Jugendfreizeit“ gesteckt hatten. Mit den giftigen Worten, die ihr im Camp eingeträufelt worden waren. Und mit dem doppelten Verlust Luisas.

Erst durch Streit und Verrat. Dann durch Mord.

Sich damit auseinanderzusetzen, würde ein langer Weg sein.

Kalli dachte an Agi und hoffte, dass sie gerade einfach nur auf dem Sofa fläzte, Schokolade und Chips in sich reinschaufelte und Videoclips schaute. Über Katzenbabys, verrückte Auto-Tunings oder bizarre, aber harmlose Unfälle, die Leuten weit, weit weg passierten.

„Wie geht es dir denn?“, fragte Anita in Kallis Gedanken hinein.

„Mir?“ Kalli war etwas überrumpelt.

„Ja, Ihnen“, brummte Brigitte. Sie pustete auf ihren Kakao und setzte hinzu: „Nachdem wir Sie so spektakulär auf Gut Cauten retten mussten.“

„Ihr beide?", fragte Anita und schaute von einer Zwillingsschwester zur anderen.

„Naja, na gut", lenkte Brigitte ein, „nicht direkt."

„Zum Glück waren Tim und Jo ebenfalls unterwegs zum Gut", nahm Britta den Faden auf. „Tim wusste, wo er Fuchs Mittwochabend finden würde. Nur hatten sie – anders als Kalli – die Abzweigung verpasst. Als sie wenig später gewendet und Kallis und Fuchs' Autos am Labyrinth vorfanden, von beiden keine Spur, riefen sie die Polizei."

„Und uns!", ließ sich Brigitte es nicht nehmen.

Das war ein Punkt, den Kalli von sich fortgeschoben hatte. Genau genommen hätte es da längst zu spät gewesen sein können, wenn sie nicht Kirsten schon lange vorher diese kurze SMS geschrieben hätte.

Es war Fuchs. Gut Cauten.

Ihr lief ein Gruselschauer den Rücken hinunter, als sie daran dachte, dass sie gezögert hatte, den Text abzuschicken.

„War ich froh, euch zu sehen", sagte sie.

„Sehen?", foppte Fabio sie. „Nach allem, was ich gehört habe, lagst du ohnmächtig hinter dem Statuensockel. Fast hätte Kirsten dich über die Schulter werfen müssen. Du wärst in die Geschichte eingegangen als erste Butch, die von ihrer Liebsten aus einer gefährlichen Situation herausgetragen wurde."

Kalli knuffte Fabio in die Seite.

„Was ist ein Butsch?", fragte Paula Diedrichsen.

Fabio seufzte. Zu Kalli sagte er: „Na, bring dich bitte nicht noch mal derartig in Schwierigkeiten."

„Versprochen." Kalli hängte sich in seinen Arm und Fabio ließ den Kopf auf ihre Schulter sinken.

„Ich fand den ja immer suspekt!", rief Brigitte schließlich in die Stille hinein, die sich ausgebreitet hatte.

„Wen?", fragte Minh.

„Na, Fuchs."

„Du?", sagte Britta und riss die Augen auf. „Du hast den doch *angehimmelt*!"

„Ich? Du verwechselst da wohl was!"

Die Runde atmete erleichtert aus, als sich die Aufmerksamkeit auf die Kabbelei der Schmieds verlagerte. Kalli wandte sich zu Marlis um und reichte ihr ihren und Fabios Tonbecher.

„Und“, fragte die Wirtin, „was hast du jetzt vor?“

„Wie, was ich jetzt vorhabe? Jetzt fange ich überhaupt erst an. Also mit Pastorin-Sein.“

„So, so.“

„Ich freue mich schon.“ Kalli pustete in ihre Hände und rieb dann die Handflächen gegeneinander. „Die trubelige Vorweihnachtszeit bringt mich schon jetzt auf andere Gedanken. Krippenspiele, Baumschmuck, Adventskränzchen im Seniorenstift, Feiertagsgottesdienste – Ruhe und Frieden werden sich über diese Gemeinde senken!“ Sie breitete die Arme aus.

Marlis schaute skeptisch.

„Im neuen Kirchenjahr werde ich so richtig durchstarten. Mich ganz und gar um meine Schäfchen kümmern. Ich habe schon große Pläne. Ich werde …“

Jemand klopfte ihr auf die Schulter. Sie drehte sich um.

Hinter ihr stand Tim, komplett verloren in einem viel zu großen Wollmantel mit Fischgrätmuster und einer roten Zipfelmütze. „Frau Krause, kann ich kurz mit Ihnen …“

„Nee, warte mal kurz, Tim.“ Sie drehte sich zurück zu Marlis. „Mein erstes Vorhaben ist …“

Doch Tim ließ nicht locker.

„Bitte, es ist wichtig!“

„Herrgott noch mal.“ Sie fuhr herum.

Tim runzelte die Stirn. „Ist das nicht Gotteslästerung…“

„Ach, sei doch still. Was ist denn?“

Tim nahm sie am Ärmel und zog sie etwas von der Gruppe fort, neben den Wagen. Er holte tief Luft.

„Es geht um die Schmieds.“ Er senkte die Stimme. „Haben Sie sich denn nie gefragt, was Fuchs gegen die in der Hand hatte?“

Kalli spürte ein aufgeregtes Ziehen hinter dem Bauchnabel.